黑洞

张成功 著

作家出版社

图书在版编目（CIP）数据

黑洞 / 张成功著 . -- 北京：作家出版社，2024.8
（作家影视文库）
ISBN 978-7-5212-1964-7

Ⅰ. ①黑… Ⅱ. ①张… Ⅲ. ①长篇小说 – 中国 – 当代
Ⅳ. ① I247.5

中国版本图书馆 CIP 数据核字（2022）第 126663 号

黑　洞（作家影视文库）

丛书策划：启　天　韩　星
作　　者：张成功
责任编辑：韩　星
装帧设计：今亮後聲 HOPESOUND 2580590616@qq.com · 小九
出版发行：作家出版社有限公司
社　　址：北京农展馆南里 10 号　　邮　　编：100125
电话传真：86-10-65067186（发行中心及邮购部）
86-10-65004079（总编室）
E-mail:zuojia @ zuojia.net.cn
http://www.zuojiachubanshe.com
印　　刷：河北京平诚乾印刷有限公司
成品尺寸：140 × 210
字　　数：470 千
印　　张：18.25
版　　次：2024 年 8 月第 1 版
印　　次：2024 年 8 月第 1 次印刷
ISBN 978-7-5212-1964-7
定　　价：62.00 元

黑洞——广义相对论所预言的一种暗天体。其边界是一个封闭的视界面，外来的物质能进入视界，而视界内的物质却不能逃出去。因此，远处的观测者无法看到来自黑洞内的辐射。黑洞与外界仍有引力作用。考虑到量子效应，黑洞中的质量也可转化为辐射。黑洞的质量愈小，其温度愈高，辐射愈多。

——题记

序　章

2000年4月30日是个星期天。在这一天，海滨城市天都新开张了两座星级酒店和六家洗浴中心；三环通了车；全市医院里又生了一千三百五十八个孩子。

一个普通得不能再普通的日子发生着无数普通得不能再普通的事情：

在这一天，有些人结束了他们暗无天日的生活，获得了新生。绰号“黑头魈三”的天都市“黑帮老大”、“菜刀队”的头目肖云柱在服完十年的劳役之后，一脚踏入了新生活；也是在这一天，天都市颇有名气的两个陪侍女郎周玲玲和王芳，突然得到了她们生命中第一笔巨额的财富；同样是在这一天，有着十五年工龄的市棉纺一厂优秀职工、会计师王丽敏，被通知成为最新的一批下岗职工中的一员。

……

然而，对于天都海关新任缉私处处长贺清明而言，这一天绝对是一个非常特殊的日子。历史将证明，这一天贺清明所作的决定，以及这个决定引发的一系列事件，将彻底改变这个城市未来十年甚至更长时间内权力结构的组成，并使天都这个中国的中型城市一举成为全国瞩目的中心……

第一章

1

码头上集装箱林立。贺清明在众多下属的陪伴下从集装箱前走过，他瘦削的身躯在高大的集装箱下显得有些单薄，但步履坚定沉稳，双臂摆动得果断有力，富有节奏感。他的眼睛直视着前方，几道细细的鱼尾纹从眼角延伸到白净的脸颊处，和紧绷的嘴角连在一起，给人一种严肃刻板、精明而又内向的感觉。这是他上任以来首次对货品进行审检。

他在一个体积比较大的集装箱前停住脚步，低头看了看手中的文件夹，然后敲了敲道："把它打开。"他身后的下属面面相觑，无人动手。他转过头略略有些诧异地问他们是怎么回事。一个科长看着手中的单据说："装的应该是普通电子元器件，龙腾集团的。"他把"龙腾集团"四个字咬得很重，然后便欲引领贺清明往前走。

龙腾集团？贺清明有些耳熟，但一时想不起在哪听说过这个公司，于是用不容置疑的语气重复说："打开。我看看。"

"这……这是龙腾集团的，龙腾集团的箱子一般免检。"科长不得不明确提示。贺清明怔了怔，然后不以为然地说道："谁说的？谁规定的？"下属们都眼皮一耷拉，不吭声了。贺清明看了看集装箱上的标识，又核对了一遍表单，提高声音道："打开！"科长和其他人相互看了一眼，脸上显出为难的神情。

贺清明皱起了眉头问：“怎么，要我自己动手吗？”科长忙道：“不是，不是。”他转脸朝后：“阿强，把箱子打开……”跟在后面的被唤作阿强的工人跑上前来，把箱子上的铅封拆开，打开集装箱的大门。

门开后，贺清明的眼睛瞪大了。科长和其他几个关员同样吃惊地睁圆了双眼。只见集装箱中的铁架子上分两层固定着两辆崭新的黑色奔驰轿车。贺清明慢慢转过身，沉声质问：“这就是你们说的电子元器件吗？”科长和所有的人全都目瞪口呆。贺清明厉声喝道：“打开所有龙腾集团的集装箱，开箱验货！”

周玲玲和王芳扭动着腰肢走进金碧辉煌的天都酒店。她俩是酒店的常客，和来往的服务员轻佻地点头打着招呼。王芳朝前台的一个熟识的男孩挑逗地努了努嘴，那男孩也马上以同样的动作回应。周玲玲在摘下墨镜的同时，掠了掠披散下来的金黄色刘海，然后把一片口香糖塞进嘴里，津津有味地咀嚼着。王芳怀里紧紧抱着一个手袋，手袋里隐约可见一个牛皮纸信封，她略略有些紧张地扫视着周围。当然，她不可能发现，在大堂的咖啡座中，有一个戴着太阳镜看报纸的男子，正从报纸的一侧窥视着她的一举一动。

“上去吧，姐。”周玲玲扯了扯王芳的衣襟，她轻轻“嗯”了一声。两人慢慢走到电梯间门口，周玲玲按亮了指示键，王芳不安地四处张望着。电梯的指示灯显示电梯正从十八层迅速地下降。这时，王芳突然对周玲玲说她要去一下前台，然后就跑向大厅。

王芳气喘吁吁地在前台站定，问刚才跟她调情的男孩：“大力，你值班呀？”“姐，又有生意了？”被叫作大力的小伙子一表人才，非常帅气。他笑着过来，不无戏谑地说。

王芳摇摇头说：“别乱说。大力，麻烦你帮我把这个东西存一下。”她说着用身体遮掩住自己的手包，从里面抽出那个牛皮纸袋子，纸袋上写着地址和收件人。大力问她是什么东西，该不是定时炸弹吧。王芳笑得有些勉强，说："大力，如果你下班前我还没下楼，你替我把东西寄出去好吗？"大力说当然没什么问题，只是以后得有点表示。王芳捏了捏他的肩，踮起脚尖，附在他耳边说："行，到时候试试你是不是真的大力。"两人前仰后合地笑了起来。大堂中那个装作看报纸的男子，见王芳在调情，于是转头去看另一边，发现周玲玲嚼着口香糖正百无聊赖地在电梯口等待。他站起身，将报纸扔到椅子上，快步走了出去。王芳从大力身边跑开，又回头抛出一个飞吻。大力掂了掂牛皮纸袋，顺手放到了柜台底下。

周玲玲看着跑过来的王芳，埋怨说："你怎么什么人都想招？大事情还没办呢！""好了呀，别啰嗦……"王芳边说边拉着周玲玲走进电梯间。

电梯在一层层上升。两个神色紧张的女孩儿对视着，呼吸急促起来。周玲玲忍耐不住了，声音发抖地问："姐，要是……出事了……怎么办？""没事。这对他们应该不是什么了不得的事，最多轰走咱们。大点胆子。再说我有准备。"王芳说罢，从手袋里拿出一把剪刀。周玲玲脸上的表情更加紧张了。

电梯在十二层停住。她们走出电梯间，顺着走廊前行，在尽头停步，抬头看到了客房门楣上的1230牌号。周玲玲身子抖了抖，点点头。王芳镇定了一下自己的情绪，伸手摁响了门铃。

门开了，一个高大壮实的穿西装的男子站在门口，问道："是周小姐和王小姐吗？"

"是的。"王芳边回答边往房间里瞅，她奇怪地发现室内沙发、地板和床上全铺满了塑料布与白布单。"张总呢？"她身子往后缩了缩反问道。

"张总陪朋友办点事情，很快就回来。"那男子向房间里做了个"请"的手势，"请进吧。"王芳和周玲玲迟迟疑疑地跟着男子进了房间，腿似乎有些发软地迈不动步子。"张总委托我全权处理他与你们之间的事情。"男子反手关上门，逼视着她们，"东西呢？”王芳故作茫然的样子问：“什么东西？”

男子从门后提出一个黑色皮箱。他单腿跪地，摁出密码，只听“啪”的一声，箱盖弹开，露出整整齐齐的一沓沓百元大钞。“一百万，你们点点！”男子站起身，微笑着说。“啊？”周玲玲和王芳几乎不敢相信自己的眼睛。她们伸出手触摸着这厚实的钞票，禁不住尖叫起来。

“对不起。”男子又把箱子关上了，“张总的东西呢？”“在这儿，你把箱子给我。”王芳掏出个黑皮本子晃了晃。男子把箱子递给了王芳。王芳把箱子交给周玲玲，吩咐道：“玲玲，你到门口去。”周玲玲手哆嗦着，提起箱子就往门口走。

王芳把黑皮本子丢给男子，说道：“跟张总说，他讲信用，我们也讲信用。”

男子接过本子翻了翻，点点头道：“张总让我谢谢你们。”说着，他把黑皮本塞进西服口袋。顺着这个动作，他从西服中掏出了手枪，顶在王芳的额头。王芳顿时魂飞魄散，可是后悔已晚，她看见了扑面而来的死神。只听噗的一声闷响，她往后便倒。周玲玲惊呆了，她把箱子一扔，转身扑向门把手，但还没跨出几步，后脑的长发便被一把抓住。男子把她拖向沙发，她发出惊恐的尖叫，拼命地挣扎着。枪响了，她也是头部中弹，血喷在了白布单上。她晃悠了两下，便颓然倒地。男子匆匆地用塑料布卷起两人的尸体，塞进一个巨大的行李箱。

男子费了很大的劲儿，终于把尸体收拾停当，然后拿出自备的毛巾擦拭门上的血迹污渍，用刷子清除地毯上的血渍，最后他将所有的毛巾塞入一个塑料袋……

电梯门开了，那个衣冠楚楚的黑大汉若无其事地拉着硕大的行李箱出现在电梯口。他向门口的几个侍者招了招手，两个侍者跑过来，使出吃奶的力气搬着行李箱摇摇晃晃地走向停在门口的本田车。

2

半山坡上的檀山寺，卧在绿树丛中。悠远深沉的钟声在山间回荡，愈加显得空灵幽静。石阶旁铺满了五彩绚丽的野花，一阵春风吹来，花枝随风摇曳起舞。

古刹的庭院中，一位消瘦文雅颇有学者风度的男子，有些空寂落寞的样子，站在一棵高高挺立的古槐树下，一位面沉如水的老僧缓步向他走来。他无动于衷，双眼微眯，似乎深深地陶醉在这早春晚钟的意韵中了。老僧在他身边站定，并没有去惊扰他，只默默地捻着佛珠。

这是他二十几年的习惯了。每到人生的得意或者坎坷关头，他都会到檀山寺来。听一听沉沉的钟声，看一看遍地的绿树红花，闻一闻那安神清脑的佛香。用他自己的话来说，佛门净地可以洗去尘世间的污秽，所有的欢乐或烦恼，在这里便显得微不足道了。他深信在这里所得到的人生感悟会永远使他逢凶化吉、遇难成祥。这位便是大名鼎鼎的聂明宇——省十大青年企业家之一，龙腾国际商贸有限公司董事长、天都市委常务副书记聂大海的公子，一颗在天都政治经济舞台上迅速蹿红的新星……

他是檀山寺最大的香客，每次来这里，住持都不敢怠慢，除亲自迎迓之外，还要陪着他上香。

聂明宇终于睁开了双眼，向住持微微点头。住持心领神会，引导着他步入大雄宝殿。聂明宇点燃一炷香，慢慢地插在了堂前的香炉中。住持这才开口道："聂施主，今日又有事烦心了？"

聂明宇对住持笑了笑，不久前刚刚发生的一幕便又在他眼前晃动起来：

他坐在董事长室的老板桌后，微笑着对一脸局促的老鸨道："告诉我，那个黑本子的副本在哪里？"老鸨显出诚恳，说道：

"聂老板，真的没有。两个黄毛丫头哪懂这些。再说，就昨天的事，时间她们也来不及呀！"他点点头说："好，你知道那本子里是什么吗？"老鸨摇摇头，惊恐地看着他。他的脸上一直挂着笑问："那你知道她们背着你来敲诈公司吗？"老鸨更加惊恐地摇头。他从老板桌后站起身问："那你也来替她们出头？"老鸨脸上的肌肉开始抽搐。他看着老鸨，从抽屉里拿出一捆百元大钞，摔在写字台上说："算了，拿回去吧，把她们稳住。以后不要再找麻烦了。"老鸨稍稍定了定神，连忙摆手说："聂老板，钱我是万万不敢要的，我就是替她们求个情。孩子不懂事，您大人大量，抬抬手放了算了。您能见我，我已经万幸了。我保证今后什么事也不会有了。"他从桌下的纸箱里拿出一瓶矿泉水递给老鸨说："嗯，没想到你还挺义气。咱们以后交个朋友！"老鸨受宠若惊地接过矿泉水，灌了几口，然后不住地点头。可是点着点着，头就抬不起来了，一屁股坐在地板上，口鼻流血，身体痉挛了几下，不动了……

他笑得更欢了，不知不觉出了声……

聂明宇在住持的陪伴下，漫步在青翠欲滴的竹园里。西天的晚霞，燃得正艳。

龙腾公司大楼矗立在市区西郊，在夕阳晚霞的照耀下，金色的铝合金幕墙光芒四射，甚是壮观，颇有鹤立鸡群之神姿。

三楼走廊里，一个戴眼镜的中年人挪动着胖胖的身躯，跟在一个瘦得像麻秸秆似的小伙子身后。"阿三，你他妈的慢点行不行！"中年汉子有些发喘。阿三放慢了脚步，转过脸来问："张总，董事长怎么忽然不见了呢？刚才不是和那两个丫头的老鸨在谈话吗？"

"操，谁能老见着他呀？他既然自己喜欢处理，咱们就别问。我只管那边的事，处理好女的就齐了……"突然，手机响了。他打开接听："嗯，我是张峰。妈的，你怎么回事？约好几点，现在几点了？"

旁边的阿三嘟囔：“我离开天都酒店时，眼看着她们上了电梯，竟然到现在还没弄利落，真是笨熊！”

说话间，张峰带着手机和阿三已走出了公司大门，在路边的奥迪车旁停住。阿三钻进车，打火启动。张峰却没有上车的意思，对阿三摆摆手，阿三又从车里跳了出来。

手机里传出瓮声瓮气的男声：“老大，市里面堵车，要不早搞定了。”张峰对着手机提高了声音：“赵志刚，你别七个八个地给我找理由，我不听你的废话，东西拿到没有？”阿三竖着耳朵在听，没注意奥迪车顺着慢坡悄悄滑了下去。

“拿到了。”赵志刚的声音很兴奋，“一根毛都没少，我把这两个‘鸡’埋好后，就给您送过去。”张峰长出一口气说：“拿到了就好。不多说了，我在你的折子上存了二十个，完事后去广州歇两月。”他压低声音，“深一点，把屁股擦干净。”

奥迪车歪歪斜斜顺着坡渐渐加快，在路人的惊叫声中冲向街头，一位巡警急忙迎上前去，试图拦阻。奥迪车旁若无人，根本不听招呼，在路人的尖叫声中继续往前冲，最后终于在路边杂物的阻挡下戛然而止。车门在冲撞中打开，巡警走上去正要发火，却见车内空无一人。他抬眼向坡上望去，看到了正打电话的张峰和凑在旁边的阿三，马上明白了是怎么回事。

张峰收了电话，突然发现轿车不见了，忙问：“怎么回事？车呢？妈的，这一眨眼，就被人偷了？”阿三左右看看说：“不会吧，谁敢到这公司门口偷车。”

张峰疑疑惑惑地观察着斜斜的下坡，突然一只手搭在他的肩上。他一回头，脸差点儿吓绿了。一个警察正站在面前冲着他冷笑。张峰瞠目结舌：“你……你……”

这位巡警是市公安局刑警支队原支队长刘振汉，四十岁左右，精瘦的身材，黝黑的一张小脸，两道漆黑的浓眉横在凸起的眉骨上。再加上那身新式黑色的警服，还真有点黑包公的味道。只是比戏台上的包公小了一号，也少了许多的威武劲儿。他对张峰笑了笑："紧张什么？张总，干啥坏事情了？"

张峰松了口气："刘支队。嗨！我正琢磨事呢，你可真把我吓着了……"刘振汉拍拍张峰的肩膀："别叫什么刘支队，我现在已经不是支队长了。"张峰一愣，忙说："哟，怎么了？刘支队高升当局长了？"这时他才发现，刘振汉身上穿着巡警的服装。一辆巡警专用摩托停在旁边。张峰结巴着问："这……这是咋回事？"

刘振汉调侃道："领导考虑到我脑子不好用，腿脚还灵巧，就派了这活儿，物尽其用嘛。""哎呀，这不是屈才了吗？要不，把这身皮脱了到我们公司来吧，聂总一直给您留着位置呢！"张峰说着巴结地递过烟去。刘振汉把香烟推回去说："别，别拉拢共产党干部，我可不吃你们这套。刚才溜下来的那辆轿车是你的吧？"他说罢指了指坡下。

张峰抬眼望去，只见奥迪车正被警车拖着往坡上爬。他转脸盯着阿三，厉声道："你说怎么办？"阿三头一缩，不敢吭声。刘振汉摆摆手道："算了，小孩子嘛！下回记住拉手刹，要不会出大事的。我回去写个报告把事结了就完了。"张峰直作揖说："那今天晚上算我的。又麻烦你老哥一回，我代聂总谢了！"

刘振汉把车钥匙扔给阿三，对张峰道："别了。我这刚到巡警队，还是注意点好。聂明宇呢？"张峰犹豫了一下说："聂总好像又去檀山寺了。您知道，他干什么都不要人跟着。您要不要通个电话？"他说完递过手机。

"够有兴致的。"刘振汉推开手机，眯起眼睛抬头看了看远处余晖中的檀山山顶，"算了，不打扰他的修炼了。"

3

一辆黑色本田车停在一片长满荒草的海滩上。看不见人，却能听见不远处深坑里的刨土声。在坑边摆着那个硕大的行李箱。

赵志刚猛地蹿上土坑，抹了把脸上的油汗，展直了身体朝四周巡视着。海边一片荒芜，半人高的蒿草中间是车轮轧出的两条小道。远处翻翻腾腾的海浪发出有节奏的哗哗声，圩内青青的芦苇在如血的残阳中随风摇曳。

赵志刚收回目光，看着脚下，自言自语道："这儿风水不错，早点儿投胎吧！"说着话，他蹲下身子，将行李箱奋力一掀，落入坑里。然后他挥动铁锹，迅捷地往坑里填土。

掩埋好尸体，赵志刚将毛巾等物倒进一个沙窝里，浇上汽油，点上火。大火熊熊燃烧，不一会儿，带血渍的毛巾等物化作了一团灰烬，海风吹来，四散飘开。

当他认为没有任何遗漏之后，驾车离去。

聂明宇缓步走出寺院的大门，拾级而下，在平台的石栏杆旁停住。他凝视着远方在夕阳笼罩下的市区建筑物，双眉微蹙。

住持慢慢捻动手中的佛珠，轻声说："聂施主好像心事颇重？"聂明宇回脸看了看住持，说道："是的，我是有事要请大师指点迷津。"可聂明宇并没有接着往下讲，却把脸扭向了迷蒙的市区。

他这次的确是带着心事来的。最近他接连遇到了一系列难题：首先是"黑皮本"事件；其次是父亲聂大海在即将被任命为天都市市长的紧要关头，一封匿名信送到了省委组织部，内容只有很简单的一句话"市委副书记的公子聂明宇大肆走私贩私，请组织调查"，结尾署名是"一个老共产党员"。这封简短的匿名信效力惊人，不但父亲的任命被搁置下来，而且原本跟龙腾公司合作关系良好的几家银行也开始缩手缩脚。他深知，这些问题的出现肯定有很复杂的幕后背景，如果不能处理好这次的危机，自己的事业，自己奋斗了十几年建立起来的龙腾集团，可能将毁于一旦。于是，他来到了檀山寺，希望能在这儿理清纷乱的思路……

山脚下，张峰的奥迪车驶到聂明宇的凌志车旁停下。他打开车门对阿三说："就这里等着吧，再上前就该挨骂了。"阿三点点头，熄火。张峰正要下车，手机响了。他缩回腿，看看来电显示，连忙摁下接听键问：“是刘关长呀！有什么指示？”天都海关副关长刘建义着急地说：“兄弟，大事不好了！”张峰一激灵，忙问：“怎么了？”“你们那三十六辆奔驰被扣了。”刘建义声音急促。“啊？”张峰大惊失色，“有没有搞错，不是交代过了吗？”“我是吩咐下面给你们免检了，但是今天是贺清明去查的，不知道为什么他非要看你们的箱子，结果……唉！”“那怎么办？”“我再想想办法，你别急。”“这种事能不急吗？我的刘大关长！立案了没有？”“已经立了。我尽全力弥补，你也赶紧通知聂总。”

张峰慢慢合上手机，对阿三道：“妈的，这下麻烦了，快上山去找董事长！”阿三不无担心地说：“他会骂人的。”“就是杀人也得去，这种事耽搁不得，快！”张峰擦了把脸上的冷汗，大声道。

阿三只好发动着车，驶上盘山道。

寺院门前的平台上，住持对聂明宇道：“我佛慈悲为怀，聂施主定将逢凶化吉。阿弥陀佛！”聂明宇点点头，深鞠一躬。他正要再说点什么，看见张峰沿着石阶快步走了上来，顿时皱起了眉头。

“董事长……”张峰看了看旁边的住持，欲言又止。聂明宇瞥了张峰一眼，不耐烦地问：“谁允许你上来的？”张峰低声嗫嚅道：“呃，怕那个老鸨……”聂明宇神情一凛，张峰连忙噤声。

聂明宇转身向住持道：“大师，我告辞了，有空再来拜访您。”

住持双手合十：“阿弥陀佛，请施主走好。”

山风陡起，暮色渐沉。聂明宇满脸阴郁地跨上凌志车，眼睛微闭着坐下。张峰坐到驾驶位子上，缓缓开口道：“别怪我不放心，您看，事又来了。这也是人算不如天算，谁知道这个贺清明刚刚上任就亲自到港口看货呢，而且偏偏要开咱们的箱子……”“我告诉你多少次了，不要出了问题就找借口。”聂明宇依然双眼微合，仰靠在座椅上。张峰不说话了。

聂明宇睁开眼，问：“贺清明的个人资料你拿到了没有？”张峰说：“刘建义说晚上给我……”“防患于未然！防患于未然！而你呢？总是亡羊补牢！”聂明宇打断道。他看了看垂下头去的张峰，语气缓和了些，说：“立即安排和这个贺清明见一面，看看到底是尊什么佛！”

4

市委会议室里亮起了灯光，会议已进入尾声，主持会议的是常务副书记聂大海。因为市委书记兼市长钱涛去中央党校学习，所以，市里的工作由他主持。他清了清嗓子道：“这十件直接关系到人民生活和出行的问题，一定要在下个季度内全部解决。大家看还有没有什么困难？”

负责城建和环卫的副市长杨松海挺了挺身子说：“困难肯定会有，我来督促有关职能部门尽快解决。”

聂大海满意地笑了笑，又把脸转向政法委书记陆伯龄：“下面的最后一个议题我就回避了，因为牵扯到我的儿子。我只说一句，也算是向组织上表个态。伯龄同志，如果他真的触犯了刑律，该怎么查就怎么查，不要因为我而有任何影响。如果匿名信所说的不是实际情况，也请组织上在适当的时候给予澄清，因为他还年轻。请组织相信，我是一个老党员，非常清楚在这种时候该做什么不该做什么，也请组织考验我。好，大家谈，我走了。”他说完后，拿起自己的文件、杯子，慢慢起身离开了会场。

与会的领导们看着聂大海的背影，都感到他在一瞬间苍老了许多，同情油然而生。屋子里的气氛有些沉闷。

陆伯龄咳嗽了一声：“匿名信的事，大家说怎么办？省里已作了批示，要查清楚。”

杨松海道：“这件事是要马上就查，不能拖。因为它影响到聂书记的形象，也会影响他的工作。咱们市好多事情都是聂书记一手抓的，他的功绩大家都很清楚。不能因为儿子的事使他有精神负担。”

领导们纷纷点头，表示同意。

“怎么好久没听到老庞说话了？”一位常委大声说道。

大家把目光都投向角落里的一个五十来岁的胖子，他戴着老式的黑塑料框眼镜，手托着腮帮子，似乎已经在打瞌睡。陆伯龄用手指头敲了敲桌面说：“老庞，这里不是睡觉的地方。你是公安局长，可不能只坐在那儿放闷屁。”大家都笑。庞天岳睁开眼睛，也嘿嘿一笑说：“我听着呢……”陆伯龄道：“那你就讲两句吧。”

庞天岳打个哈欠说：“你们让公安局查，我没有意见，就让刑警支队办就可以了。不过，有一点，现在刑警支队的几个老同志手头都有大案，不是部里督办的，就是省厅挂牌的。剩下的就是一批毛头小青年了，我怕他们捅娄子。”

有个常委开玩笑：“老庞，你就辛苦一点……”“我不行，最近身体一直不好。”庞天岳摆着手，“让我这个老猴子爬树，你这是成心让我腿断胳膊折。”他说着瞥了一眼杨松海。

杨松海会意地点点头，道：“我倒有个人选，不过……唉，算了，不提了。”

陆伯龄脸朝向杨松海说：“老杨你打什么哑谜，说说嘛！”他接着又补充，“一定要慎重。这个案子比较敏感，政策性也比较强，最好能是一个老同志主办。”

杨松海用严肃的语气说道：“我知道公安局原来有个刑警支队长，这位同志党性、政策性都强，而且法律业务也精，对聂明宇也很了解。不过……”他说到这里停住了。

“你说的是刘振汉吧？”陆伯龄眼睛一亮说，“刘振汉好呀，就让他来带队。”

“我把他调到巡警支队去了，不太好办。”庞天岳往前倾了倾身子说，“电力局那个案子，你不是说刘振汉不服从纪律吗？再说，他和聂书记家的关系也有些特殊，是不是有些不太合适？”

陆伯龄急了：“刘振汉是有党性的。我说他不服从纪律，是指他在工作中太莽撞太冲动，不能考虑全局。但是，这样的同志我们是要用的。他和聂书记一家关系密切，这很好呀。一来，正好可以有机会接触聂明宇，能把情况了解得更透彻；二来，也不会被一些有险恶用心的人利用，把这件案子变成对天都市改革开放发难的工具。我看，用刘振汉没什么问题。”

与会者们都纷纷点头，认为陆伯龄的话有道理。庞天岳的嘴角浮出一丝微笑。

陆伯龄又问庞天岳：“他去巡警支队多长时间了？”

庞天岳抬头眯着眼睛想了想说：“有一个月了吧。”

陆伯龄站起身说：“一个月也可以了。调回来，调回来。我看，不要再有那么多想法了。现在时间紧迫，早查早结束。就这么定了，让刘振汉回来查！”

暮色四合，夜幕降临。奥迪和凌志一前一后驶出盘山路，上了开往市区的高速公路。

张峰坐在凌志车里，握着方向盘，侧身对坐在后排的聂明宇道：“聂总，我刚才还遇到了刘振汉。”

聂明宇挺直身子，睁开眼问：“振汉？有什么事吗？”

“我的车丢了，他帮我把车找了回来。”张峰心中明白，打破沉闷的最好办法，就是谈刘振汉。只要一提起他，聂明宇的精神马上就会振奋欢快起来。他接着道：“还有，他说自己不当刑警支队长了，给调到巡警那边轧马路去了。”

“是吗？”聂明宇有些生气，“我知道是怎么回事了，省外贸公司的案子。那是副省长儿子的公司，他非要管。唉，这个刘振汉呀！”

张峰接上话茬儿：“听说当时市里局里都不让他再往下查了，他居然谁的招呼都不听，一竿子捅到底。”

聂明宇叹口气说：“他要认起真来，天都市没人能拦。再加上他背后有人，就更是无所顾忌。”

“有人？那就是您了！”张峰嘻嘻一笑。

聂明宇摇摇头说：“错矣！我告诉你吧。有两个人，其中一个是庞天岳。那家伙是个老狐狸，对上面一律笑脸，底下该查什么还照样查，振汉就是这个老狐狸手里最得意的兵器。”

“那还把他给发配到巡警去？”张峰不解。

聂明宇笑道：“这是瞒天过海的把戏！天都市但凡有棘手的案子，你看庞天岳让不让他回去？”

张峰又问：“那另一个呢？”

“另一个就是我家老爷子。”聂明宇苦笑，“他和老爷子几乎一个脾气，都是认死理的人。老爷子对振汉，比对我还亲呢！”

张峰有些兴奋地说：“咱的事万一转到公安局去，是不是托刘振汉大哥想想办法？”

“他？”聂明宇撇撇嘴，不置可否……

5

菜市场里熙熙攘攘，人头攒动。炽白的碘钨灯晃得人眼睛发花，菜贩肉贩鱼贩们反复地吆喝着那几句俗得不能再俗的生意经。

下了班的刘振汉推着自行车，在人缝里游动。他从摊贩手里买了一条鱼和一些蔬菜，很快自行车把上便挂满了大大小小的塑料袋。

这时有两条腿悄悄跟上来，一只手很利索地伸向他的裤兜。他灵巧地转身擒拿，却没有捉住那只手，这令他大为惊疑。

“刘支队！”身旁有个声音在喊。刘振汉转脸一看，是一个年轻英俊的小伙子，上身穿着件挺时尚的黑绿色夹克衫。“王明！原来是你这小子！”刘振汉拍了拍小伙子的肩膀，“怎么？你跑这儿来干吗？学会买菜了？”他说罢习惯性地扫了四周一眼。然后两人交换了一个默契的眼神。

王明有些自得地说："我跟了你半天了。功夫大幅退步，才一个月……"

刘振汉一把拉住他说："别急，我这不是休息吗，还有你小子的机会呢。走，去家里吃饭。"

王明忙推辞说："别，您好不容易正点回去，我不掺和了。"

"嗨！我现在正点回家的日子可多了，不像干刑警的时候。"刘振汉说着，流露出一丝伤感，"怎么着？王明，不认我这个老队长了？"

王明赶紧摇头："不，不是这个意思。你看，挺麻烦嫂子的。"

"麻烦什么？"刘振汉瞪了他一眼，"反正你单身汉回去也是吃食堂。走吧，到家里炒几个菜喝两杯，给我说说咱队里的事情。"

王明无奈地说："好吧，老蹭您的饭，我都不好意思了。"

两人说着话，已经挤出了菜市场。

昏暗的门洞中，刘振汉从王明手中接过装着菜的塑料袋。王明道："我回去了，有事传呼我。"说罢便跟没事人似的往外走。刘振汉一把搂住他的手腕。王明手疾眼快，立刻施展反擒拿。刘振汉又把他的招数给封了，瞬间掰住王明的手腕。结果还是王明求饶："哎哟！哎哟！哥，轻点儿！"

"想跑是不是？老老实实跟我上去！"刘振汉得意地笑。

王明揉着手腕说："刘支队，你的功夫没撂下呀！我刚才多嘴行不行？我上去，我上去！"

刘振汉把身体让开说："你先走。想跟我耍滑头，没门儿。我玩的时候你还嫩呢！"

王明只好往楼上走："不是，就是有点怕咱……嫂子！"

刘振汉和王明悄悄进了家。刘振汉看看客厅没人，来到了厨房。"媳妇！"他举着蛋糕，"明天是你的生日，你看我给你买什么来了……"

王丽敏没有回头，刘振汉的手尴尬地举在半空中，亮亮冲爸爸直摆手。

王丽敏擦了擦眼泪转过身说："买菜了，难得！"说着要从刘振汉身边走过去。刘振汉一把抓住她的胳膊，说："你看，以前我回来晚不给好脸。我现在回来早了，也不给个鼓励！"

王丽敏把刘振汉的手挡开嚷道："怎么回事啊你，放开！"

刘振汉分明看到了王丽敏眼中的泪水，忙有些惊讶地问："丽敏，怎么了？"

王丽敏低头不语，泪水更多了。

刘振汉这才意识到出了什么不妙的事情，对亮亮说："亮亮，把蛋糕拿到客厅去，爸爸要和妈妈说话。"

亮亮听话地接过蛋糕盒子，走了出去。

王丽敏搂住了刘振汉的脖子，无声地抽泣起来。

刘振汉轻抚着王丽敏的头发问："丽敏，到底发生了什么事？你跟我说，好歹我还是个警察。"

王丽敏不听"警察"二字还好，一听他提起这个茬儿，顿时火了。她突然捅了丈夫的胸膛一下，怒道："警察怎么了，别人瞧着威风是不是？我还不知道你那个窝囊德行！天天穷酸着不说，还见不着个人！这下更好了，改轧马路了！你说你怎么就不能跟别人学学，懂点儿人事，往高处走呢？不然的话，我也不会……"

刘振汉蒙了，丈二和尚摸不着头脑，但他心中很清楚：妻子一定是遇到了什么不祥的大事。不然，不会说出如此刻薄的话来。他一把抓住她的双肩，逼视着她道："告诉我，究竟出了什么事？"

王明坐在客厅的沙发上。亮亮很乖地给他端来一杯茶，轻声说："王明叔叔，您喝水。"王明把亮亮拉到怀里，将嘴巴贴在他耳边问："妈妈怎么了？"亮亮悄声说："妈妈的工作没有了。"

"什么？"王明吃惊地提高了声音。亮亮忙把手指放在嘴上，示意王明小声。

厨房里，王丽敏慢慢抬起脸说："就是因为你是个警察，振汉。我反正今天给你说清楚，我下岗了。往后，你看这日子怎么过下去？亮亮怎么过下去……"

刘振汉登时怔住，过了一会儿自语般说道："去年……你不还是先进工作者吗？"

王丽敏惨然一笑："你不也是全市优秀人民警察吗？说让你轧马路，不也是得去！"

刘振汉有些恼火地问："你们厂领导为什么要这样？"

王丽敏幽怨地说道："他们为什么拿我开刀你应该知道。"

刘振汉突然明白了："是不是因为去年……我们抓了你们招待所……"

王丽敏轻轻点头："招待所是厂长亲戚承包的，去年扫黄你们去抓了人之后，厂长不是到咱家来了两趟吗？就是想让你通融一下把人放了。结果每次都让你给说走了。当时我就料到肯定会有事情，你的刑警支队长一撤，他就放出了风，要整治我，这不……"

刘振汉脸本来就黑，现在更是气得黑里发红。他大声道："这不是打击报复吗？我找他们去！"

"你找谁去？"王丽敏没好气地揶揄，"你现在是个小巡警，他们根本就不会把你放在眼里，别自找没趣了！"

灯突然又灭了，两人在黑暗中无语地对视着。

等了一会儿，仍不见灯亮。刘振汉忍不住了，道："你看咱们这电……我瞧瞧去。"

王丽敏拉住他说："别人偷电你去充什么大头？不去，看他们能耗到什么时候。"

黑暗中，王明坐在客厅的沙发上听着刘振汉和王丽敏的对话，脸色越来越阴沉。他把手里的茶杯往茶几上一放，站起身子，欲往外走。亮亮扯住他说："别去，王明叔叔，得从二楼那家进去修，他家老没人在。电闸又特高，好多人摔下来过。"

整座楼无声无息，死一般沉寂。

6

龙腾集团总经理室里，电话铃声响过之后，桌子上的传真机开始自动工作起来。一份写着贺清明简历的资料从传真机中缓缓吐了出来……

这时候门开了，张峰匆匆走进来。他从传真机上拿下传真，扫了一眼，便快步走了出去。

董事长室在大厦的顶层，是一个半圆形的房间。弧形的一面是巨大的落地窗，罩着厚厚的紫色围幔。室内很昏暗，只有左右两侧的壁灯亮着。聂明宇此刻正坐在老板桌后打电话。

随着敲门声，张峰急步走进。

聂明宇对着话筒道："谢谢您，我明白了。"他说完慢慢放下电话。

"董事长，贺清明的资料搞到了。"张峰把几页传真纸放在聂明宇面前。

聂明宇拿起传真仔细地看起来，说道："人民大学？这小子竟然是我的校友！"

张峰不好点明人家是在校毕业生，而他是函授生，迎合着说："这就好了，虽不是同窗，但同校的情谊还是管用的。"

聂明宇一边看着材料，一边缓缓说道："张峰，刚才我接到电话，市委正在开会，要市公安局立案查匿名信。"

"啊？"张峰脸色唰地变了。

"这个时候，你给我捅了这么大的娄子。"聂明宇抖抖手中的材料，"有人想整我，正愁找不着把柄呢！"

张峰额上沁出了冷汗。

"你看怎么办吧，我的张总经理？"聂明宇掷下材料，揉了揉太阳穴，"真要是立了案，查出来，咱们全都得死。三十六辆奔驰，每辆两万八美元，是个通天的案子了！”

张峰哆嗦着嘴唇说：“董事长，给我五天时间，我一定拿下贺清明！”

聂明宇摇摇头，抬头看看张峰，冷冷地吐出两个字：“两天。”

张峰咬着牙说：“两天！两天内搞不定贺清明，董事长，我自有办法，绝不连累您！”

聂明宇意味深长地沉声道：“有些事现在只有你才能知道。”

张峰重重地点头：“董事长，我明白！”

电话又急促地响了，聂明宇拿起话筒：“嗯，我是。什么？真的吗？嗯，知道了。”他沉重地放下电话。

张峰看着聂明宇忧郁的表情，小心翼翼地问：“董事长，怎么了？”

聂明宇站起来走到落地窗前，缓缓拉开窗帘，灯火璀璨的夜景扑入房内。他静静地伫立着。

张峰又走近了几步：“董事长……”

聂明宇抬起手，示意他不要讲话。他脸色严峻，凝视着脚下流光溢彩的街道，久久沉默着。过了好大一会儿，他才转过头来，对张峰道：“明天，公安局便要调查匿名信的案子，主办人是刘振汉！”

“太好了！”张峰显出激动，“他不是巡警吗！调回刑警支队了？”

“你不要高兴得太早。”聂明宇摇摇头，若有所思地踱着步，“那些人想拍我父亲的马屁，以为把振汉找过来办这事是对得起咱们。也许只有我知道，如果真的是刘振汉查这个案子，那就真的不妙了。”

张峰有所领悟地点点头。

“你抓紧时间见见那个贺清明，千万不能让他把案子移交给市公安局！”

“明白。我立刻去办！”张峰说罢，转身大步走出门外……

二里街住宅楼仍然是一片漆黑。王明和刘振汉从门洞里走出来，王明抬头看看三楼的闸盒，骂道："妈的，谁设计的，这么损。有梯子吗？"

刘振汉摇摇头，看看大家谁也不动，自己欲上去。王丽敏眼一瞪："刘振汉，你再充大头？上次摔的伤还没好呢，你敢上去试试？"

王明转身便走，边走边说："我去找个梯子，顺便给派出所打个电话。"

刘振汉对王丽敏道："有什么不合适，回家咱们再说。"说罢，突然动作奇快地爬上二楼凉台，在人们的惊叫声中顺着水管攀上三楼。

王丽敏又担心又生气地叫喊："小心点！"然后转脸对着众人说："谁干了歪门邪道，也摸着心口问问，你们合适了吧？"说着拉过亮亮，"亮亮，快去找你王明叔叔！"

刘振汉几个高难度动作终于爬到三楼墙壁边，换上了保险丝。整栋楼的灯唰地亮了。人们长出一口气，纷纷赞扬着。王丽敏无奈地看着上面的刘振汉。

回到屋里，王丽敏把酒和酒杯摆放到餐桌上。刘振汉满身是灰地走了进来。王丽敏嘟着嘴不看他。

刘振汉笑笑说："别生气丽敏，不也是为咱好吗？"

王丽敏瞋了他一眼："好好！我知道是管不了你的。你个蔫人心里硬着呢！"

刘振汉脱下外衣说："你就少说两句吧，当着王明，多少也得给留点面子。"

"王明怎么了？他可是我的弟弟，没让他帮着我克你，已经便宜你了！"王丽敏忍不住捶了丈夫一拳。

亮亮这时跑进来。王丽敏问儿子："王明叔叔呢？"亮亮在餐桌边坐下，拿起筷子："王叔叔走了，他让我告诉爸爸，身手还行。”

刘振汉和王丽敏相互埋怨地对视了一眼。

电话铃响了。刘振汉走过去拿起话筒：“喂，我是刘振汉。是局长。什么？您再说一遍。我明白了……您让我想一想……”他表情复杂地挂了电话。

王丽敏疑惑地看着他问：“是庞局长！他找你是什么事？”

“他说……决定恢复我的刑警支队长职务。”

“你应该高兴呀，又可以到外面去野了……”

刘振汉却是忧心忡忡，一屁股坐在椅子上说：“你不知道，他说调我回去是查匿名信的案子。可是……”他突然打住，后面的话咽了回去。

第二章

1

东方一抹黛色的地平线上，蓝天澄明，几片朝霞如初燃的火炬。市公安局局长室里，庞天岳戴着老花镜，正翻看着一份文件。

听见敲门声，庞天岳并没有抬头，只是沉沉地说了声：“进来。”

刘振汉低眉顺眼地走进来，说：“劳动法规定八小时工作时间，一大早就电话不断，催命似的，还让不让人休息？您不能老动不动就把人揪过来。我还有老婆孩子呢！”

“哟呵，长脾气了你！”庞天岳走过去亲热地拍了刘振汉一巴掌。

刘振汉没好脸色地闪身躲开，说：“我马上还要去扫马路，有事请领导尽快发话。”

庞天岳指指办公桌前的沙发，说：“坐坐，就在这儿休息，我给你泡茶，够意思了吧？”他边笑着说边给刘振汉沏茶。

刘振汉坐下，说：“您可别这样，我更怕，非有大事不可！”

“还真叫你说中了！”庞天岳把一封信丢到刘振汉面前的茶几上，“你先看看。”

刘振汉拿起信浏览了一遍。“匿名信？就是您说的那封信？”

“嗯！”庞天岳把茶水放到刘振汉面前。

“您换人吧，我不想干。”刘振汉把信递还给庞天岳。“您昨天晚上打过招呼后，我几乎一夜没合眼。我跟聂明宇是发小，打‘文革’聂书记下放到我们老家，我们就在一起了。后来又一块当兵，一起上了战场，那才真叫相濡以沫呢！”他抿了一口茶，“您知道的，我从部队复员后，上警校、进城、办户口都是他父亲帮的忙。要不是聂叔，我现在还在海边打鱼捞虾呢。所以，根本就轮不到我来查这事。真的，您最清楚我跟聂家的关系，您说这活儿我干得了吗？”

“我当然知道，那时候我是警校校长嘛！”庞天岳在办公桌后坐下，“你当年进警校，就是聂大海写的条子。要不，我还真不能收你。”他说着往后一仰靠在椅背上。“你那两笔蛤蟆字，能当警察？”

说起往事，刘振汉不由得笑了：“老校长，咱字是差了点儿，可别的成绩优异，也是过了录取分数线的。”

“优异个屁。除了语文、政治和专业成绩还凑合，英语、数学一塌糊涂！”庞天岳白了刘振汉一眼，然后双手交叉支住下巴，“我知道你还有抵触情绪，对不对？”

刘振汉苦笑一声，道：“庞局，说实话，刚把我调去干巡警时，我是想不通。可是现在我全通了。巡警工作并不比刑警轻松，管理好面上的社会治安，也十分重要。再说，我这十来年干刑警，欠媳妇孩子的也太多了。所以，退下来多陪陪他们，挺高兴的。依我看，调查个案子什么的，您还是让王明这些小伙子多扛扛大梁，多给他们些锻炼的机会，他们能行。”

庞天岳默默地盯着他问：“冲着我，你也不愿意干是吧？”

刘振汉态度很坚决：“冲着谁，我都不能干！”

“我看，还是为到巡警支队记仇了。”庞天岳试图再次激激他，逼他就范。

刘振汉偏不上他的套：“您误会了，我打心眼里就不想干。聂明宇是我的生死之交。以前我没跟您讲过，在战场上他为了救我，到现在身上还有俩弹头没拿出来。每次上飞机，安检都恨不得把它抠出来。一个能为别人付出生命的人，还能干什么坏事？这个案子，您爱找谁查就找谁查，我反正不管。”

庞天岳晃着身子说：“是哟，情在法面前是老大哩！”

刘振汉站起身就要走。

“站住！你这个混蛋！”庞天岳火了，大吼一声。他脸上看不出是真怒还是假怒。

刘振汉垂头不语。

庞天岳霍地站起说：“我现在不是在和你商量回不回刑警支队，也不是看你的脸色再决定查不查。我一大早把你叫来是宣布一项市委常委会议的决定！”他气呼呼地打开抽屉，拿出一张纸，戴上老花镜，念道：“撤销刘振汉同志的处分，恢复刑警支队支队长职务。责令其组织警力在一个月内彻底查清匿名信中有关问题，并由市公安局向市委作出书面报告。”

刘振汉蔫了，脸上一会儿青一会儿白。

庞天岳严肃地问：“听明白了没有？”

刘振汉机械地点点头。

“表个态吧。”庞天岳注视着他。

刘振汉还是不说话。

“现在告诉我，干还是不干？”庞天岳重又坐下，提高音调问。

木已成舟，刘振汉明白很难摆脱掉了。他慢慢地坐回到沙发上，一脸坏笑地抬起头道：“回来当支队长我同意，查聂明宇的事还要容我再考虑考虑。”

“你难做是吧？”庞天岳看得出是真生气了，“我原以为你刘振汉是狗改不了吃屎，只要让你当刑警，什么都会干。看来，还是我认错了人。”

“不，不，局长。明宇这个案子，我实在不想查。要不，您先告诉我，您相信他真会犯这匿名信上写的事吗？”刘振汉仍然别扭着。

庞天岳站起身，走到刘振汉对面坐下说：“你真是个猪脑子。

我费了这么大心血把你弄回来容易吗？你先答应下来，查就查嘛，没有的事总不能硬往人家身上安。最后不还得靠事实和证据讲话吗？你真是个不开窍的榆木疙瘩！”他说着用报纸在刘振汉脑袋上乱敲。

“嗯，是这个理儿。”刘振汉似有所悟，接着又不无顾虑地说，“我们可是兄弟相称，您不怕传出去有不避嫌的指责？”

庞天岳笑笑，并不回答他的问题。刘振汉从局长的笑里，似乎察觉出某种不便言明的东西，心里又不免忐忑起来……

海关缉私处处长贺清明正在整理着桌子上的文件，然后拿起公文包，准备离开。正在这时，电话响了。他看了看来电显示，连忙拿起话筒：“喂，丹丹呀……”

话筒里传出女儿的声音，问他什么时候回家，要不要先煮点面条。贺清明忙道：“不用，我马上就回去，你等着，我来做饭。”

“好的，我等着您。爸爸，你帮我联系学校了吗？”贺丹丹的声音里带着期待。

贺清明顿时痛苦起来，愁眉紧锁。他的女儿自小得了小儿麻痹症，没有生活自理能力。妻子在她三岁时，遇车祸身亡。女儿是他一把屎一把尿拉扯大的。也正因为这，他至今未再结婚。女儿已上初中，从北京随他过来天都后一直未能找到愿意接收的学校。他无法责怪校方，因为女儿确实没有生活自理的能力。他这时只好含糊其词地对女儿说：“丹丹，对不起。爸爸刚上班，特别忙。等等好吗？爸爸一定尽快帮你联系。”

话筒里传来丹丹的啜泣声，接着是电话挂断的声音。贺清明发了会儿呆，准备拿帽子。副关长刘建义这时走了进来，说道：“清明，准备下班了？”

贺清明点点头道：“刘关长，我正有事情要向您汇报，上午一直没找到您。昨天下午在天都港码头查获了三十六辆走私奔驰车。我把情况写了一份材料。”他说着从公文包里取出一沓纸，递给刘建义。“就是这些，您看看？”

刘建义接过翻了翻：“好，我回去再细看。走，中午一个朋友请客，正好一块去吃吧。”

贺清明推辞说：“刘关长，我不……不太喜欢这种场合。而且，我女儿还在家等我回去做饭呢。”

刘建义道：“我让司机过去，把你女儿也接过来一块吃。”

贺清明忙摇头说：“不了，不了，她还小。”

刘建义搂着贺清明的肩膀：“清明，吃饭并不重要，重要的是认识一些朋友。像你这样从机关下来刚到天都工作，建立一些关系是非常必要的，这也是工作。”

贺清明还保持着文人的书卷气：“咱们海关是垂直管理，关系不关系的似乎并没什么重要。”

刘建义被噎了一下，心中很不满。但他还是很快调整过来，笑吟吟地说道：“说你是书生吧？走走！做领导干部的，应该什么场合都要适应！”说着，连拉带拽地把贺清明扯出了办公室。

贺清明初来乍到，不好再驳顶头上司的面子。他苦笑着说：“那我给女儿打个电话，让她自己随便吃点。”

刘建义高兴地拍了他一下说：“这就对了，不就是吃顿饭嘛！老像个娘儿们似的婆婆妈妈还能干什么大事……”

2

老城区向阳巷的一个大宅院里传出一阵阵争吵声。一卷行李从一扇门里被抛出。肖云柱和他的拜把兄弟黄毛跟着慢悠悠地走出来。一个老人在后面叫骂：“你给我滚！刚回来一天，不琢磨着怎么干活挣钱找个媳妇好好过，又和这帮混蛋搅和，害人还没够啊？我作什么孽了，生你这么个不争气的东西！滚，永远都别再回来……”

肖云柱看看黄毛，低头无语。黄毛受不住了，转身道：“肖大爷，我就是知道我哥今天回来，过来看看他。怎么了？”

肖大爷一顿脚：“我没这个儿子了。你们走，爱怎么着就怎么着！”

邻舍们出来劝，黄毛大声呵斥：“滚蛋，都回屋去，谁出来我记着呢！”

人们纷纷后退，肖云柱摆手阻止他，低声说：“别，都是邻居。理在这儿是说不清的，咱们走。”说着，拾起地上的铺盖卷，走出院门。

肖云柱和黄毛分手后，径直来到了刑警支队，抱着个铺盖卷蹲在门旁。

这时，王明正好开着桑塔纳警车进门。他停下车，上前奇怪地看着肖云柱，问：“怎么了你？蹲在这干吗？”

肖云柱抬起头，懒洋洋地伸伸胳膊说：“没地方去了，不是让回来先报到吗？”

王明马上明白了是怎么回事，说道：“你刚刑满吧？告诉你，报到在对门，派出所。这里是刑警支队，不管这些。而且现在是下班时间，先回家吧。”

肖云柱站起身说：“原来你们只管抓人，不管放的人，明白了。”他说罢拎起铺盖就走。

王明看着他的背影，若有所思地摇摇头。

他大步走进办公室，见自己的副手李冬正和几个小青年议论着什么。他兴奋地大声说：“来来，告诉你们一个内部消息，我刚刚偷听来的。”

李冬自觉地拿起开水瓶为王明添水：“王队，是不是刘支队要回来了？”

王明一愣说：“你这个鬼李冬，怎么什么事都瞒不过你呀！”他捧起茶杯灌了一气，把水杯往李冬面前一递，“再倒！”

李冬乖乖地又把他的杯子添满。

王明扫了坐在旁边的几个年轻人一眼："哎，这不是刚从警校分来实习的几位吗？我的大案队可不是你们的家呀，怎么下班了还坐在这儿？"

留着男式短发的龚静嘟着嘴说："王队，我一直听说咱们大案队业绩非凡，每天都盼着赶紧毕业来这里参与办大案。这倒好，一个月了，我看和坐办公室没什么区别！"

王明睁大眼睛："咦，小女孩儿，怪话还挺多呢！你可别学李队副！这样吧，李冬，你把水瓶给她，先从倒茶开始！"

龚静有些不高兴，可又不得不接过水瓶，逐个倒水。但她故意把王明放在最后，拖长声音说："王队，您说的老支队长，是不是刘振汉？听说您见了他，就像老鼠见了猫，这下您该有管头了！"

王明怔了怔，没料到初出茅庐的小丫头片子竟敢当面揶揄他。可他又不好对一个姑娘发火，于是晃晃脑袋道："小女孩儿，等着吧，有你忙死的时候。不过，我得考虑一下，从倒茶开始，看看咱警校的小实习生能否胜任办案。"

龚静气得说不出话，手一偏，开水倒在了外面，烫得王明哇哇大叫。

凌志轿车平稳地滑进院门，在一栋奶油色的两层小楼前停住。张峰从前门下车，打开后门。聂明宇从车里走出。张峰随后从后备厢中拿出三个包装袋，递给聂明宇。

"什么东西？"聂明宇皱起眉头问。

"您好久没回家了，这是些老人用的补品。您给叔叔阿姨提上。我还替您给老太太买了件衣服。"张峰乖巧地说。

聂明宇接过包装袋说："明天我回公司把钱给你。"

"您骂我呀！"张峰不安的样子，"我这工资还是您开的呢！"

聂明宇笑了笑："算你心细，谢了。"他马上又变得严肃，"你什么时候去见贺清明？这可是头等大事！"

张峰回答道："我立刻过去，刘关长那边我已经打好招呼了。"

聂明宇微微点了点头："好吧，随时联系。"

张峰匆匆上车。聂明宇向他挥挥手，提着包装袋走进了家门。

聂大海正靠在客厅的沙发上闭目养神。电视开着，里面在播放午间新闻。"爸爸。"聂明宇坐到聂大海身旁，"蕾蕾有信吗？"

聂大海睁开眼睛，瞥了他一眼，含含混混地嗯了一声。

聂明宇扫视着挂在墙上的相框，有一张是他和妹妹冯蕾蕾与刘振汉的合影。

"孟琳呢？"随着话声，一位老太太从厨房走出，她就是聂明宇的母亲冯月梅。

"孟琳……不知道，可能在公司吧。她最近好像新办了个服装公司。"聂明宇自己给自己倒了杯水。

"别喝茶了，一会儿就吃饭了，喝汤。"冯月梅伸手拿下聂明宇手中的杯子，"你们这是两口子吗？吃，吃不在一块；住，住不在一块。我和你爸还等着抱孙子呢！"

聂明宇笑了笑："她忙我也忙，所以就老见不到面。"他说着指指旁边的几个包装袋，"我给你们带了些补品，还给您买了件衣服。"

冯月梅瞪了儿子一眼说："别一提这事你就岔话题。我们不缺吃也不缺穿，缺的就是孙子！"

"你们还有完没完，知道不知道我头痛？啰里吧嗦地烦死人。"聂大海指指冯月梅，"你先出去！"他突然冒起了无名火，冯月梅和聂明宇都不由怔了怔。这是一位和儿子气质截然不同的老人。聂明宇身体单薄瘦弱，颇有书卷气，而聂大海身材魁梧健硕，鹤发童颜，颇有英武之气。

冯月梅这时似乎已悟出了老头子发火的原因，向儿子使了个小心些的眼色，便转身进了厨房。

聂明宇试探着问："爸，您好像有什么不顺心的事吧？"

聂大海挺了挺身子说："明宇，你给我坐近点儿。"

聂明宇往父亲身旁挪了挪。

聂大海盯住儿子问:“事情想必你也知道了,你告诉我,到底搞没搞那些歪门邪道?明说吧,如果你做了违背法律和对不起老百姓的事,我就亲手把你送进监狱!”

聂明宇直视着父亲的眼睛问:“爸,那我问您一句,您这辈子没犯过错误吗?”

“是我问你还是你问我!”聂大海生气了。

“爸,您先回答我。”聂明宇神色不安。

“当然犯过,谁会没犯过错误?”

聂明宇笑了:“那我告诉您,我没搞什么歪门邪道,但是可能我犯了一些错误。”

“什么错误?”聂大海审视着儿子,“你别给我大事化小,小事化了!”

聂明宇以平静的音调说道:“龙腾集团一年十几个亿的贸易额,有一两单生意的一两项手续不全就说是走私,那全中国还能有几家公司敢说自己是清白的?”

聂大海有些将信将疑:“就这点儿事情?”

“我可以向您保证,我没有干过任何触犯法律的买卖。当然也包括走私贩私。龙腾公司没这个必要!”聂明宇信誓旦旦地说道。

3

张峰已换上了自己的新款奥迪,为他开车的是他的助理,也是他的心腹小芮。他坐在车内看着贺清明的资料。

“是天都酒店吧?”小芮回头问道。

张峰点点头:“小芮,咱们手上教育口的关系有没有?”

小芮想了想道:“和平中学有个副校长比较熟。怎么?有事吗?”

“给他打个电话，让他给我安排一个女孩入学。”张峰吩咐说。

小芮笑着说：“哥，您怎么也动了凡心了？”

张峰举起手中的资料抖了抖说：“这个贺清明有个女儿，今年考高中，分数很高。但是没有学校要她，因为她有残疾，没有生活自理能力。现在在家待着呢！”

“行，这事我明天去办。”小芮轻打方向盘。

张峰问他：“那个校长的手机号是多少？”

“是13901320132。”小芮听到张峰摁号码的声音。

张峰道：“你现在就跟他讲。”

“现在？”小芮一愣。张峰的手机已经伸到了他嘴边：“告诉他，我们龙腾集团提供十万赞助，然后负责帮他们学校宣传。”

小芮苦笑了笑，那边已经接通了，他只好对着手机说：“喂，阎校长吗，我是小芮，龙腾集团的小芮……”

聂大海稍稍松了口气，但马上又有些不踏实地问聂明宇：“我是相信你不会干什么出格的事情。可是为什么就会有人写信告你呢？还不是你的商业活动中有漏洞？”

聂明宇摇头：“爸，您也是一个有丰富政治斗争经验的老干部了。您看这封匿名信早不来晚不来，怎么偏偏赶着您要提升的时候突然冒出来？”

“这……”聂明宇的话显然准确地击中了聂大海的脆弱处。他既是辩驳又像是表白地说道：“他们为什么要冲着我来？我为官这么多年，你看看家里这些摆设，除了这个大电视机是你和孟琳送的外，其他有新玩意儿吗？我聂大海没拿过别人一分钱，上对得起组织，下对得起天都市两百万人民群众！”

聂明宇有些不屑地撇撇嘴，没搭腔。

聂大海转身对儿子道：“明宇，你可一定要给我讲实话。你……到底做没做亏心事？”

“爸！”聂明宇站了起来，脸绷得紧紧的，“我为自己的事情麻烦过您吗？我让您批过一张条子吗？我打过您的旗号或者借着您的名义干过任何事吗？我现在所有的一切都是自己白手起家干出来的。有的人就是居心叵测。我干这行已经十来年了，怎么从来没人告我？现在却突然冒出了什么匿名信，明显就是醉翁之意不在酒嘛！”

“嗨！不说这些了！”聂大海一拍双膝挺起了身子，“咱共产党员身正不怕……”

“那些口号没用！”聂明宇打断父亲的话，“党员受冤枉的还少吗，您还是提防着点儿好！”

正说着，聂明宇的手机响了。他看了一眼号码，举到耳边，道：“是张峰吧，什么事？”

“董事长，可能您要出面一下。贺清明有个女儿，成绩不错，但是身体不好，所以一直没有中学收她。我刚才联系了和平中学，他们那个负责招生的副校长，不太好打交道。我说我们龙腾出十万元赞助这个孩子，他还是不肯收，您看……”

聂明宇生气地打断道：“知道了！你去见贺清明吧，这个事情我来办！”

聂大海没有在意儿子的电话内容，把注意力集中到电视里的一条重要新闻上了。

聂明宇合上手机，慢慢坐下，对父亲道：“爸，咱们国家的有些政策我不懂，我想请教您一下。”

聂大海回过脸来，有些茫然地问：“什么意思？”

聂明宇道：“一个成绩优异的女孩子，仅仅是因为残疾，就没有受教育的权利吗？”

聂大海听明白了，马上说：“当然不是。共产党干革命这么多年，目的是什么？以前是让所有人吃上饭，现在是让所有的孩子受教育。”

“咱们天都市有一个小女孩，成绩非常优秀，就是因为身体不好，所有的中学都拒她于门外。可以想象，她以后的大学、工作、人生之路会多么艰难。我们龙腾集团现在想捐十万元供这个孩子上学，却被校方无情地拒绝了，您看怎么办？”

聂大海怔了怔：“有这种事情？我给主抓教育文化的李副市长挂个电话，让他出面帮你们安排这件事。”

聂明宇露出了笑容：“最好明天就能让这个女孩上学……”

“明天？是不是太急了点儿？”聂大海狐疑地看着儿子，“这个孩子和你的公司是不是有什么特殊关系？”

聂明宇急忙否认说：“我只是听说，连人还没见过。您不是常说要提高工作效率吗？可以先让这个孩子入学，手续再慢慢补办嘛！课程耽误了也是大事情。既然是办好事，为什么要让那个孩子等着呢？”

聂大海被儿子恳切的话语打动了，他欣慰地点点头说道：“别人的子女都是逼着自己的老爹批条子牟取私利，我的儿子还是好样的。明宇，我现在就给李市长打电话。”

聂明宇连忙把手提电话递给了父亲。

聂大海接通电话后，先是寒暄了几句，然后就直奔主题，对方似乎有些犹豫，他不由得提高了声音：“李市长，这是关系到天都市形象的问题，你必须和学校的领导讲清楚，又不要他们花什么钱。龙腾集团愿意提供十万元学费，这种条件都不让人家孩子上学，我看就连资本主义都不如了。要讲起码的阶级感情嘛！要有起码的同情心嘛！我看就这么定了。明天让那个孩子上学，手续以后再说。好，好，就这么定了！”他挂了电话，愤愤地骂了一句：“官僚！”

“爸爸，在家说话那么大声音，干什么呀？”一个年轻女人的声音飘了进来。聂明宇皱了皱眉，转身对着电视机画面。一个容貌姣美的少妇走了进来问：“爸爸，明宇……怎么了？”

聂大海在沙发上让了让说：“孟琳回来了？坐下，坐下。为一个孩子上学的事情，推三阻四，要是自己的子女，会是这个态度？”

聂明宇很亲热地看看父亲："爸，谢谢您！"

"谢我什么？"聂大海不以为然地耸耸肩，然后又道，"以后别告诉我那个孩子的父亲是你的什么朋友，我可就说不清了。"

聂明宇笑了笑说："儿子用人格担保，我不认识和那个孩子有关系的任何人。当然，现在提供了资助，以后也许会有些联系。"

聂大海看了看坐下的儿媳，移开话题："孟琳，难得你和明宇一起回家，正好一起吃个团圆饭。"他对着厨房喊，"老婆子，孟琳也回来了，你这饭做好了没有？"

冯月梅的声音从厨房里传来："快好了！"

聂明宇斜了一眼自己的媳妇，淡淡地问："你怎么今天有空？"

孟琳笑了笑，反问："我就不能回来看看爸爸妈妈？"

聂明宇脸上没有任何表情："能。当然能。"他转身对父亲说，"爸，吃饭还有一会儿，我上楼躺会儿，今天有些不舒服。"说着，他站起身走上了楼梯。

聂大海看看儿子，又看看儿媳妇，不禁叹了口气。

孟琳低下头，脸露幽怨之色。

4

奥迪车停在天都酒店门口。张峰匆匆下车。他快步走进大堂，一眼便看到了咖啡座上的刘建义和贺清明。他走上前去，抱拳对刘建义道："对不起，对不起。路上堵车，来迟了。"

刘建义显然和张峰已经是老朋友了，站起身搂着张峰说："一会儿可得罚你！"

"认罚，认罚！这位是……"张峰向贺清明伸出手。

刘建义拍了拍贺清明的肩膀道："这位是我们海关新上任的缉私处长贺清明。怎么样，年轻有为吧？"

张峰躬身握住贺清明的手："久仰，久仰！我是张峰，一个草民！”

刘建义笑着调侃：“他是人民银行的张行长！”

贺清明略显惊讶地问：“行长？”

“银子多呗，不就是银行行长了吗？”刘建义解释道。

大家都笑。

张峰捶了刘建义一拳说：“你这家伙！我听出来了，这是在骂我呢！走吧……”他说着拉起贺清明就往外走，“您是刘关长的朋友，就是我张峰的朋友。以后天都市生活上有什么困难或麻烦事，找我就可以了。大事办不了，小忙还是能帮的！”

贺清明很不习惯张峰的江湖气，连忙说：“不用，不用……”

“我们天都人比较好客，您不见怪吧？”张峰说着已走出了大堂，他拉开奥迪车车门，“贺处长，您请上！”

贺清明弯腰钻进车后座，张峰从另一侧也上了车，刘建义自觉地坐了副驾驶位置，然后侧身问道：“今天去哪儿？给咱们贺处长接风可不能随便吃点窝头就算了！”

“不要，不要。”贺清明如坐针毡，“随便一点儿最好。我要早点儿回家看看，女儿还在等我呢！”

张峰说：“既来之则安之，我听说海滨又开了一家海鲜馆，咱们去那儿品尝品尝。”

小芮未等张峰吩咐，便反应很快地启动了车子。

刘振汉正在厨房里刷洗碗筷，他有些心不在焉。王丽敏走进来，奇怪地看着他说：“今天不仅回来得早，而且还这么勤快，有些不对劲呀！说吧，有什么事？”刘振汉没回头，说：“没什么事啊。我想为你减轻负担，多陪陪你不行？”

“少来虚情假意那一套！”王丽敏把他推到一边，抢过了活，“我还怕你刷不净呢！是局里又让你回刑警支队，激动的吧？”

刘振汉用抹布擦擦手，叹了口气：“实话说吧，我真高兴不起来。”

“我已经听说了，回刑警支队的代价是去查聂明宇，对不对？”王丽敏冷笑道，“可你还真答应了？”

“算是答应了。”刘振汉挠挠头，“不答应，那个庞天岳要吃人！”

“我可跟你说清楚，明宇是咱自家人，聂叔像你亲爹一样，别傻不愣怔的！”王丽敏以教训的口吻说。

刘振汉皱了皱眉：“这和案子是两码事！”

“什么两码事？你少给我绕圈子！你和明宇一起长大的，又是生死战友，要没有人家你现在还在吗？这些道理不用我细说吧？别说没什么事，就是有，你法办他？”

“你越说越离谱了。他要真是犯了法，那还真不行！”刘振汉脱口而出之后，不由心中一凛。

王丽敏一听他说这话，急了：“不怕一万，就怕万一！如果明宇一时糊涂，真干了错事怎么办？这种案子你怎么能接？公安局有的是人，为啥偏偏让你去查？我看这里面有名堂！”

“别这么说。”刘振汉闷闷地点上一支烟。

王丽敏也被自己纯粹无意识的分析推断吓了一跳，心忽地沉了下去。她顺着刚才的思路越想越后怕，于是道：“这个案子你无论如何不能去查！天都市谁不知道你和聂家的关系，连咱们俩都是冯姨给撮合的。查聂明宇怎么轮也轮不到你呀！”

刘振汉抽了一大口烟：“你别急。庞局长的意思是先让我回刑警支队，至于调查的事，反正我想明宇不会出啥问题，到时候走个过场，我写份报告上去不就结了？”

“这必须有明宇不犯事作前提！”女人的心细，王丽敏显然比丈夫想得深一些，“假如结果不是你想的这么简单怎么办？这是让你顶雷呢！反正，振汉你记住，如果你要真没良心去害明宇，我和亮亮以后都没脸再见聂叔、冯姨了！”她说罢气呼呼地撂下碗筷就走。

刘振汉追在王丽敏身后：“嗨！我说，就算是调查一下，也不叫害吧？我刘振汉怎么可能去害自家兄弟呀！”

王丽敏不听他的解释，径自进了卧室。

5

海滨海鲜馆里的酒宴正酣，来宾都有了六分的酒意，贺清明也脱去了外衣。

“来，贺处长，我敬您一杯。以后在天都有什么用得着的地方，您尽管发话。我先喝为敬了！”一位身穿警服，肩上佩戴着一级警督衔的警官站起身，将面前的酒一饮而尽。他是市公安局第一看守所所长曹天良，长得矮矮胖胖，一脸福相。

张峰调侃说：“贺处长，你什么人都能找，千万别找他！”

曹天良打着哈哈：“也是，也是，还是尽量少跟我们打交道。”

贺清明满面通红地站起来说：“我这真的是最后一杯了，实……在是喝不下了。”

张峰伸手把酒杯拦了下来，说道：“曹所长，今天为贺处长接风，我替他干了这杯！”

“干吗，扶贫扶到酒桌上来了？”曹天良晃晃圆脑袋，“你替就不是一杯了，三杯！”

张峰豪气地把酒杯一放，说：“三杯就三杯！”

哗哗，服务员手脚麻利地倒了三杯白酒。

刘建义说话了：“这叫啥杯子？这样的杯子我可以喝一百个，换大杯子！”

服务员拿来了大酒杯，足有鸡蛋大。

曹天良道：“张峰你酒量大，三杯不算什么。你既然出这个头，要喝就喝个满贯。三三得九,九杯，你敢不敢？”

贺清明忙阻止张峰说：“张先生，别……要出事的。”

张峰已经有些微醺，他摇摇头，用力抓住贺清明的手说：“兄弟，我张峰虽然没读过大学，但是当工人那会儿，做梦都想读书……我现在就想和你这样的读书人交朋友……你们还都别激我，这酒，我张峰喝了！”

贺清明有些着急：“千万别这样，张先生……”

“贺处长还叫我先生，就是没拿我当自家弟兄！”张峰一挥手，“满上，这酒我非喝不可！”

服务员过来，满满地斟了九大杯白酒。

张峰端起杯子道：“贺老弟，你要是看得起老哥，不嫌我没上过大学，是个糙人，咱们今天就做个兄弟！”说完咕咚一口吞了下去。

贺清明呆呆地看着他。

张峰抹了下嘴，然后艰难地喝了第二杯。酒还没咽下去，他又拼命地把第三杯倒进了嘴里，接着是第四杯……

贺清明实在是看不下去了，他扯住张峰的胳膊恳求：“张先生……不，不，张大哥……张哥，别喝了……”

“行！”张峰大叫一声，“就……就冲这声哥，这酒我也得喝……”他一仰头，第五杯！

然后是第六杯。张峰已经支持不住了，他胸膛内翻江倒海，血液几乎要从眼中喷射出来，可他还是哆嗦着手，把一杯热辣辣的液体灌进喉咙。

第七杯，他感到了生命的极限，眼前的一切都在旋转。中午的阳光从窗帘的缝隙间斜斜地照进来，他发现一道道白光在飞旋、在飘忽不定地闪烁晃动……

第八杯，热泪从他通红的眼里流出，心中像有千万头疯牛冲来撞去，寻找不到出口。他挣扎着把手伸向第九杯。这最后一杯终于被他送进了嘴里，酒水顺着口角流了出来，杯子啪的一声重重滚落在地上。他全身伏在餐桌上，已人事不知。

贺清明看得惊心动魄。他还从来没遇到这样的阵势，更是第一次看见如此玩命的喝法。

“张峰……真是条汉子！”曹天良由衷地说。

刘建义不禁跷起大拇指：“真是太仗义了！”

“这……这怎么办？”贺清明看看周围的人，“咱们把他送医院吧？”

“没事，一会儿我送张总回去。”小芮走过来，把一个盆子放在张峰头下，然后轻轻地拍着张峰的背。哇——张峰一口白酒喷了出来……

聂大海、冯月梅和聂明宇、孟琳围坐在餐厅的饭桌前，默默地吃饭，都不说话。

聂明宇打破沉默道：“蕾蕾什么时候回国？”

冯月梅神情有些黯然地说：“有些日子没接到她的信了，也没打电话来。明宇呀，你太不关心你这个妹妹了。”

聂明宇笑着说：“她现在是大艺术家了，我只是个生意人。想关心，人家也不睬咱。”他说着不由自主地把目光投向了墙上的照片，眼神里含着殷殷的关切。

孟琳接上话：“我也盼着蕾蕾回来，她一直说要给全家捏个像呢！”

冯月梅给儿子儿媳每人碗里舀了勺汤，问道：“明宇，咱一家人也别藏着躲着的了。你说实话，你和孟琳是不是闹矛盾了？”

可能是母亲提出的问题太突兀，聂明宇不觉怔了一下。“没有呀！”他脸对着孟琳问，“怎么，咱们吵架了吗？”

正在喝汤的孟琳抬起头来看看聂明宇，然后微笑着摇摇头。

冯月梅瞋了二人一眼说：“反正看着你们生分的样子，我心里不舒服。现在没外人，我说一句，夫妻过日子，没有你们这样若即若离的，怎么看怎么像一对冤家！”

孟琳连忙解释：“妈，明宇忙……”

聂明宇皱皱眉打断道：“都忙！妈，您多虑了。我和孟琳挺好的，您别瞎操心。”

聂大海终于忍不住发话了："你们两口子的事，我们不会多管。不过，我规定一下，下次要么你们两个人一起来，要么就都别来了。"

冯月梅接上话茬儿："我看行，你们得尽快要个孩子。"她说着给孟琳使个眼色，意思是说，有了孩子，就能拴住他了。

孟琳明白婆婆的意思，立刻很温柔地看了聂明宇一眼，聂明宇能看出那目光里意味深长的东西。可他无法向父母，更不愿意向妻子说出那个只有他和刘振汉才知道的秘密。他默不作声地夹了一筷子菜，放到孟琳的碗里，孟琳的眼圈登时红了。聂大海和冯月梅的脸上都露出了满意的笑容。

聂明宇岔开话题："对了，爸爸。您知道他们要派谁来查我的案子吗？"

"谁？"聂大海不由得停住了筷子。

"刘振汉。"聂明宇轻轻吐出三个字。

"振汉？"聂大海吃了一惊，"他们……他们这是要干什么？"思索片刻，他不禁哑然失笑，"把振汉调回来查你……哈哈！亏他们想得出来……哈哈哈！"他第一次开心地笑了。

"让振汉来办这个案子，太好了！"冯月梅毫不掩饰自己的得意，"让振汉过来，我好久没见亮亮了。"

当孟琳听到是刘振汉时，举到嘴边的调羹停住了："刘振汉？爸，他好像有段日子没来了吧？"

欢快轻松的气氛立刻僵住了。聂大海疑疑惑惑地问："是的，他忙吗，怎么了？"

"没什么，我这只是随便问问。外面可总在传，那是个铁面包公。"孟琳不动声色地说。

"包公？"冯月梅不以为然，"振汉长得倒是挺黑的，可咱明宇又不是胡作非为的王子公孙。就是有些差错，他还能怎么着？"

孟琳看了一眼聂明宇，两人交换了一个彼此心知肚明的眼神，都没有说话。

聂明宇把碗里的汤喝光，站起身来："爸、妈，我想起来一件事，美国的一个合作公司要给我发两个重要传真，我要回公司。孟琳，你在家陪爸爸妈妈吧。"

孟琳也站起来说："明宇，我今天没什么事，跟你一块转转吧。"

"这……"聂明宇愣了愣，勉强地答应，"好吧。"

冯月梅很高兴地说："好好，有事多商量，两口子嘛！下回把振汉两口子也喊过来，看看他怎么包公……"

聂明宇未置可否，和孟琳走出家门。聂大海看着他们的背影道："算了，等事情查完了再叫他过来吧。我现在真的有点儿弄不明白了！"

6

海鲜馆的酒一直喝到黄昏时分才结束。贺清明回到住处，醉醺醺地掏出钥匙，轻轻打开门。

客厅中昏黄地亮着一盏壁灯。他看见十五岁的女儿蜷缩在沙发上。电视还开着，遥控器落在茶几下。他弯腰捡起女儿掩在沙发边的毛巾被和遥控器，然后轻轻摸了摸女儿圆润的脸颊。丹丹皱皱眉，醒了。她噌地坐起身问："爸爸，您怎么到现在才回来？"

贺清明面露愧疚，伸手把大灯开了。

"呀！好大的酒气！"丹丹捂住嘴。

"在家复习功课了没有？"贺清明赶紧脱下沾满酒水的外衣。

"谢谢爸爸！"丹丹突然想起一件非常重要的事情，一把抱住贺清明"啪"地亲了一口。

贺清明一愣，问："怎么了？"

"别装了，爸爸，和平中学说收我了！"丹丹激动地抱着爸爸又亲了一下。

“怎么，他们突然又收你了？”贺清明真的糊涂了。

“原来您不知道呀？”贺丹丹眉飞色舞地说，“是校长亲自给我打的电话，让我明天到学校去报到。他还说，他是聂什么先生和张什么先生的朋友，所以，他肯定会帮忙的……”

“聂……什么？”贺清明摇摇头，“还有张先生？”

“聂明什么。”丹丹认真地回忆着，“我想起来了，那个人叫张峰！”

“张峰？”贺清明不禁呆住。

“校长还说你是聂董事长的好朋友，就是他的好朋友。爸爸，您真厉害……”丹丹脸上洋溢着自豪。

“聂董事长？可我并不认识什么董事长呀！”贺清明心里嘀咕起来。

丹丹不想再给爸爸啰唆了，她开始缠着贺清明给她买新书包。贺清明自然是一口答应，说明天一早就去买。丹丹又问他谁陪自己去报到。贺清明看着墙上妻子的遗像，垂下头，心里涌出伤感，对丹丹说：“当然是我陪你去了，真是个傻丫头！”

王丽敏已在床上静静地睡着了。刘振汉悄悄从床上起来，走到书桌前坐下，摁亮了台灯。他从公文包里掏出那封匿名信，在桌上展开。“万一……万一！”王丽敏的话在他耳边不停地轰响着。他不禁痛苦地皱紧了双眉。他一抬头，无意间看见了桌子上的合影照。照片上，他和聂明宇身着军装，在木棉树下肩并肩地站在一起。

刘振汉陷入往日的回忆之中。

二十年前，应该是1979年。记得那是个初春的下午，他和聂明宇潜入边境丛林秘密地带，执行上级交给的侦察任务。绵绵细雨飘洒在低矮的灌木叶片上，渐聚渐大的水珠轻轻地滑落。不远处的丛林在弥漫的雾岚里时隐时现，偶尔传来几声沉闷的枪炮声。他们悄无声息地伏在灌木丛中，双眼一眨不眨地暗视着对面的207高地，那是敌军的主阵地。观察了一会儿后，他抬起身子，从怀里抽出绘图纸。聂明宇用胳膊遮住不时滑落的雨珠，另一只手掏出特制的不褪色绘图笔，递给他。他紧张地绘图，只觉得身上湿漉漉的。高地的战壕里不时有戴着钢盔的头伸出来，朝这里张望。聂明宇脸上也沁出了汗水。一个小时后，他绘好了地形图，把能观察到的火力点一一标上，然后长长吁了口气。

聂明宇把早就准备好的竹筒交给他，他把图纸卷起塞进竹筒里，往怀里一揣，二人立刻往回撤。他们在草丛里爬了足有五百米之后，见207高地已隐没在雨雾中，这才半弓起身子飞快地向丛林里跑。然而不幸的是，他们还是被敌人发现了，身后的枪声如炒豆一般乒乓地响着。他们借着灌木的遮掩，跳跃着往丛林里跑。敌兵一边开枪，一边紧追不舍。进了丛林后，他们以树为依托，向蜂拥追来的敌兵射击。敌人仗着人多，一拨接一拨地往上冲。他们扔完了挂在腰上的手榴弹，才勉强压住敌人的攻势。为了节省子弹，他们尽量用点射，瞄准露头的敌兵射击。但随着守势的减弱，敌人靠得越来越近。一个敌兵端枪瞄准他，聂明宇大吼一声把他扑倒在地，可枪声也随之响了。聂明宇“哎哟”一声，捂着腹部委顿在地。他端起冲锋枪一阵狂扫，将冲在前面的几个敌兵打倒在地，后面的敌兵退了回去。

聂明宇半靠着树坐在地上，喘着粗气，额上冒出豆大的汗珠，捂着腹部的手指缝里溢流着鲜红的血，滴落在枯叶上。他从斜背在身上的挎包里掏出急救带，为聂明宇包扎住伤口。聂明宇推他快走，自己来掩护。他红着眼断然拒绝，说要死一块死，要活一起活。他们终于坚持到天黑，他搀着聂明宇从一棵树移到另一棵树，拉开同敌人对峙的距离。当天完全暗下来之后，他意识到机会来了，猛地背起聂明宇，撒腿就往丛林里跑。敌人发现后，边喊叫边开枪，却不敢往丛林深处追。子弹在他脚下厚厚的落叶里发出“噗噗”的响声……

尽管已经过去二十年了，当年的那一幕仍然如此清晰地在他眼前闪动。聂明宇负伤之后，便丧失了生育能力。每每想到这些，刘振汉心中便如针扎一般剧痛难忍。更让他痛苦不安的是，他还不得不为聂明宇保守秘密，致使聂叔、冯姨还蒙在鼓里。

刘振汉回头看了一眼熟睡的王丽敏，心中默默地祷告：千万别有妻子所说的“万一”！

7

聂明宇和孟琳走进很少回来的家门，便慵懒地歪倒在沙发上，打开了电视机。孟琳柔声地说去洗洗澡，就走进了卧室。

电视里正在播着一部反映“文革”时期的电视剧，画面上是一群红卫兵站在卡车上，高唱着“造反有理”的战歌。那雄壮的歌声听得他胆战心惊，不由得坐直了身子。电视画面在他眼前渐渐变幻：

街道上，几个穿着军衣臂上戴着红袖章的孩子在追赶着他和刘振汉。他们奔过来分别堵住两个出口，逼上前就打。他和刘振汉被击倒在地。刘振汉猛地站起，从地上抄起根木棍冲了上去，还击着。那几个孩子都抄了家伙，嘴里喊着“狗崽子还敢反抗”，又把刘振汉砸倒。他擦擦脸上的血，死盯着那个冲在最前面、个子稍高的男孩。那男孩挥动皮带，雨点般抽打他。刘振汉爬上前护住他，皮带全都落在了刘振汉身上。聂明宇悄悄拿起一块砖头，照着那个红卫兵就要砸。刘振汉叫道：“明宇，不能砸，砸了就是反革命了！”聂明宇手中的砖头依旧狠狠砸去，那男孩慢慢倒了下去。他冷冷地看着……

父亲在乱糟糟的书房里被倒剪着双手，身旁围着几个红卫兵，不时地扇上去几个耳光。父亲嘴角流着血，咬紧牙关一声不吭。他和母亲悲伤无奈地注视着……

他在院子里发疯地追逐着一只猫，一直追到后庭花园里，终于捉住了它。他在猫的哀鸣声中虐待着它，眼里的泪水却哗哗地流出……

聂明宇阴郁的脸在荧光屏前抽搐着，他一把推翻面前茶几上的果盘，关掉电视。他忽然间便生发出给刘振汉倾诉的愿望，而且十分强烈。他的手伸向电话机，握住了听筒。然而，他最终还是克制住了，霍地站起身，走进卧室。

卧室里没有人，看样子，孟琳还没有洗好。他走到浴室门前，果然听到里面有哗哗的水声。他回到卧室，长出一口气，仰面躺倒在床上。他突然看见了床头孟琳放在外衣下的手提电脑。于是翻身坐起，迅速地打开，在文件库里找到标有“龙腾”名称的资料。电脑显示询问密码，他思索一下，隐隐想起孟琳存款折上的密码号，于是试着击打出 64127，果然没错，资料被打开了。屏幕上赫然出现龙腾公司近几年行贿走私的记录，他冷笑了。

孟琳走出浴室，已经换上了睡衣，额头露出两缕乌黑的湿发，头上还用白色的浴罩包裹着。她揉揉太阳穴，走到卧室门前，从门缝里看到了屋内的一切。她禁不住打了个寒战，轻轻推开门。聂明宇听到了轻微的响动，从容地关了电脑，若无其事地回头看了看妻子。

孟琳走到聂明宇身旁，默默地看着他。

聂明宇从床边站起身，漫不经心地问：“对了，你的生日是哪天来着？”

“1964 年，12 月 7 号。明宇……咱们好好谈谈行吗？”

聂明宇淡淡一笑：“今天谈得够多了，咱们唯一没探讨的可能就是爱人和敌人、感情和阴谋的问题了。”

孟琳脸变得苍白起来，她垂下头嗫嚅着说：“明宇，请你相信我。我永远都是你妻子。”

“是的，我是你丈夫！”聂明宇神色陡变，语调如冰，“你我都是靠这个家庭有了今天。没有这个家庭，你可能还在轧花厂里弹棉花。你还害怕什么？你担心这个家庭的倾倒还是怕到时候没了揭发我的证据立功？所有的人都以为掌握了我的秘密，以为那些是我最为软弱的要害。”他轻声笑起来，“其实，你是最大的受益者，因为五年前你还一文不名。孟琳，应该是我提防着你，而不应该是你提防着我。我们还是好好过吧，许多人都希望我们好好过，我也希望我们好好过。你明白吗？”

孟琳呆呆地站在床前，不由自主地点头。聂明宇盯着她注视良久，转身大步离去。

孟琳慢慢缓过神来，表情复杂地看着丈夫的背影消失在门口。

红色出租车停靠在和平中学大门旁。贺清明抢先一步下车，从后备厢里拿出折叠轮椅，然后将贺丹丹抱出。

他一回头，惊呆了。不知从什么地方突然冒出了很多记者和摄影师。学校的门口也立着一块大黑板，上面写着几个粉红色的大字——“欢迎贺丹丹就读和平中学”。

一位女记者把话筒对准贺清明：“请问，您是贺丹丹的家长吗？”

“对，你们这是……”贺清明迷惑不解。

“请您谈谈对于学校破格录取您女儿这样一位残疾……”

“我女儿没有任何的残疾！”贺清明毫不客气地打断记者的提问，“我再重复一遍，她只是走路有些障碍。但是她从任何方面讲都是一个最优秀的女孩子。我为她自豪！”他紧紧握住女儿的手。贺丹丹激动地看着爸爸，脸上洋溢着幸福的笑容。

贺清明推着轮椅往学校里走。记者们继续围上来，七嘴八舌地提问：“您女儿今年报考了多少所学校？”“您女儿能入学，能说说您的感想吗？”……

贺清明充耳不闻，加快了脚步。

记者们又围在轮椅两边，问贺丹丹：“你是否激动，说说你的心情好吗？”……

贺丹丹有些不知所措了。

贺清明停住脚步，严肃地道：“对不起。我们现在不想接受采访。我只想问一句，你们是从哪里知道这件事情的？是谁通知你们来采访的？”

记者们面面相觑：“是……安排的……”

“谢谢大家的关心，但我们不想接受采访！”贺清明说完，推起轮椅就走。

这时，有两位西装革履的中年男士走过来，其中一位自我介绍是和平中学的校长，叫滕晓。介绍另一位是阎明军副校长，分管招生工作，并对贺丹丹的入学表示了热烈的欢迎。

贺清明向两位校长表示感谢，但申明不想让女儿成为宣传工具，只希望能让她安心地读书。

滕晓笑了笑说：“贺清明先生，您误会了。”

贺清明单刀直入道：“那您能告诉我为什么你们在拒绝丹丹的入学申请近两个月之后，又突然决定再次录取她吗？”

滕晓解释说：“贺先生，贺丹丹能够入学完全是破格录取。因为按规定，起居不能自理的学生是不能入学的。但是，我们考虑到贺丹丹的实际情况，尤其是您的好朋友聂董事长慷慨解囊，免除了后顾之忧，这才有了您女儿的就读机会。”

“又是聂董事长……”贺清明困惑地喃喃着说，“哪一个聂董事长？”

“聂明宇董事长，您……”滕校长有些奇怪。

贺清明禁不住问：“他花了多少钱？”

“十万元。作为录取贺丹丹和她以后在学校的起居生活费用。”滕晓边说边不由得诧异地睁大了眼睛。

“十万元！”贺清明显得有些吃惊，“聂明宇出的？”

“更准确地说，是聂董事长以龙腾集团的名义捐助的。”滕晓补充道。

“什么，龙腾集团？”贺清明心中一沉，“那个张峰是……”

“张总是我老朋友了。”阎明军虽然只是跟张峰通了一次电话，却表现出亲近的样子，“他是龙腾集团的总经理呀！”

贺清明顿时什么都明白了，身体不由得晃了晃。

8

刑警支队办公楼。肖云柱在走廊里慢慢走着，挨个门探头。一位值班民警训斥他，他嬉皮笑脸地说道："政府，我来报个到，不是这屋？"他又往前走，抬腿进了大案队办公室。

王明喝住他："干什么的你？"

肖云柱眨巴眨巴眼汇报道："政府，刚回来，让报个到，是这屋吗？"

王明抬眼细瞅瞅，认出他来："怎么又是你啊？不是告诉你到对面派出所吗？这是刑警支队！"

肖云柱看看王明，傻傻地咧嘴一笑。李冬上前告诉他方向，他默默地转身向外走，很遗憾又没能找到刘振汉。李冬把门关上。

"老说刘支队，人哪？不是说今天来报到吗？等了半天，等来个劳改释放犯。真逗！"龚静连珠炮似的，似乎仍不过瘾，又补上一句，"你们这儿是不是都这么懒散啊？"

王明横了她一眼说："你一个刚分来的实习生，做好自己分内的事就行了，怎么这么多话，茶倒了吗？"

龚静一撇嘴："我不倒。我来是工作的，天天给你倒茶算怎么回事？"

李冬接过话来："哎，这你就不对了。我们刚来的时候谁不是这样？你不是老损刘支队吗，他也一样的。要不，怎么学会本领？何况你一个黄毛丫头。"

龚静不服气地眉毛一挑说："黄毛丫头怎么了？"

王明不耐烦了："得，得！我喊你大姐行了吧，只要你少说两句！"他看看表，"也怪。哎，我说李冬，上头不说他准时来报到吗？刘支队那人可是时间观念很强的。"

龚静忍不住又嘟囔："本来我还挺崇拜他的。看来，不能当盲目追星族……”

聂明宇独自走在公司大楼的过道里，职员们纷纷和他打招呼，他以不同的态度对待着不同的人、说着不同的话。

财务部经理陆同在董事长室门前正等着他。他接过他递过的财务报表，点点头道：“我看过再找你。”

他走进董事长室，刚刚坐定，小芮就匆匆走了进来。

“慌慌张张干什么，张峰又拼倒了？”聂明宇问道。

“嗯。”小芮指指窗子，“我来不是为这事，董事长您看看外面。”

聂明宇惊疑地看看他，站起身，透过窗玻璃朝楼下望去。只见刘振汉正着一身便装在楼对面的马路上溜达，不停地抬头看这边。

小芮担心地提醒他：“董事长，是不是已经开始监视我们了？”

聂明宇思索片刻：“胡说！他现在可不是我们的敌人！”

小芮放心了，问道：“那……我去请他上来？”

聂明宇犹豫一下说：“不，那会给他惹麻烦。我下去，你们谁都别跟着。”

小芮连忙躬身打开房门。

聂明宇快步走出公司大门。刘振汉正迟疑着拿不定主意是否过去，突然看见聂明宇在马路对面远远地看着他。车流从马路上穿过，他们被阻隔着，只能彼此观望。终于，两个人都笑了。他们做了一个只有两人才明白的特殊手势，分别向对方跑去。两人在街道中心相遇，躲避着来往的车辆，在一片鸣笛声中，紧紧拥抱在一起……

第三章

1

滕晓从贺清明手里主动接过轮椅，向丹丹介绍着说："这边是我们学校刚刚新建的图书馆，里面的藏书在全省都是数一数二的。你下了课随时可以到这儿来看书。你喜欢看电影吗？"

贺丹丹用力点点头。

"图书馆里还有个音像室，收藏了很多中外经典电影光盘。你可以办一个卡，挑选你喜欢的片子看。"

贺丹丹仰脸看了看校长，高兴得双颊通红。

贺清明深一脚浅一脚地跟在后面，心底涌起一股股寒流。

"那是我们的球场，喜欢看球吗？"

"喜欢！我最爱看篮球，NBA！"

"哟，和我兴趣一样。咱们学校有篮球队，高年级的篮球队还拿过全市学生运动会的冠军呢！"滕晓指着远处几个学生中的高个少年，"你看，那个就是队长。他们都是你的同学。"

贺丹丹看过去，发现几个男生女生正冲她笑着走过来。高个少年走到轮椅前，把手伸出来："贺丹丹，我叫刘勇，咱们一个班呢！"

贺丹丹脸红红地轻轻握住男生的手。

滕晓嘱咐说："你们今后要好好照顾丹丹同学。"

"您放心吧，交给我们了！"孩子们叽叽喳喳地喊叫着。

“校长。”贺丹丹感激地说，“我给学校添麻烦了……”

“不！不！”滕晓忙摇头，“是你给所有的学生做出了榜样。只要你好好学习，刻苦用功，将来成为国家有用之才，你就永远是和平中学最想要的学生！”

“谢谢校长！”贺丹丹眼中含着幸福的泪水，转头去找爸爸。

贺清明悄悄地跟在一旁，他见女儿转脸，忙走到女儿面前，不知该说什么才好。

贺丹丹嚅动着双唇说：“爸爸，您是最好的爸爸！谢谢爸爸！”

贺清明心里如针扎般一阵剧痛，只是紧紧握住女儿的小手。

滕校长对他说道：“贺先生，您就回去吧，孩子在这儿完全可以放心。我们带她去看看宿舍。学校专门做了安排，就在一层，下午工人就过来把入口用水泥铺平。”

贺清明机械地点点头。同学们簇拥着轮椅往宿舍走。他呆呆地注视着他们的背影，心里骤然翻腾起来：显而易见，自己落入了一个用温情精心编织的陷阱。清正廉明，是他为官做人的唯一标准，所以才能被提拔到海关缉私处长的重要岗位上。他心里很清楚，要从这个陷阱中脱身，唯一的选择便是带着女儿立即离开这里……想到这里，他一咬牙，小跑着追了过去。

他挡住了轮椅。女儿看着他，苍白的脸色让他感到难以启齿。

“爸，您回去吧，还要上班。”贺丹丹劝爸爸说。

他终于下了决心，俯身在女儿的身边说：“丹丹，听爸爸一句话，咱们先回家好吗？”

丹丹像没听懂：“回家？教室还没去呢，同学也得见见啊！”

贺清明心里一阵颤抖。他必须告诉女儿，孩子，这个学咱不能上，快跟爸爸回家……可是他能这么做吗？他忍心这么做吗？自从妻子去世后，他再也没从女儿的脸上看到过如此舒心动人的笑容了。他知道，这是属于女儿那片残缺不全的心灵的，他不能剥夺女儿上学的权利啊！然而，随后等待他的将是把灵魂抵押给魔鬼，付出最珍贵的代价……

该怎么对女儿说？贺清明犹豫良久，艰难地启齿道：“丹丹，暂时等等不上学行吗？回家爸爸再给你说好吗？”

丹丹呆呆地看着他，突然猛摇头，眼泪一下子涌出：“不！爸爸！为什么？说什么也不！爸爸，我求您了！”她说罢，狠狠地摇着轮椅，驶向宿舍方向。

贺清明深深地垂下了头。灿烂的阳光下，是一条凝止不动的阴影……

刘振汉和聂明宇在街边的人行道上慢慢地走。久久的沉默之后，聂明宇先开了口：“见到你真不容易。也怪我太忙，去哪儿喝点？”

刘振汉摇摇头：“别了，我马上得走。随便聊聊吧，队里还等着呢！”

“走着是聊，边吃边聊不是更好吗？”聂明宇一指路边的小吃摊，“就这儿怎么样？都是咱们小时候最爱吃的。”

“也行。”刘振汉咽了咽口水，“那会儿吃上这个可不容易。”

两人找了一个僻静处坐下，点了几样小菜。摊主很快便把菜摆上了小餐桌。聂明宇又要了两瓶天都牌啤酒。还是老规矩，二人各自干了满满一大杯。

刘振汉抹了抹嘴：“明宇……”欲言又止。

聂明宇把二人面前的酒杯斟满，说道：“行了，振汉，你时间不多，我也很忙。直说吧，是不是为那封匿名信的事？你难办了？”

“明宇，实话实说，你是什么人我还没数吗？兄弟是被摆在这儿了，真的很为难。你只要给我句话，心里一踏实，今天报不报到我也就好决定了。”

聂明宇吃着菜说：“振汉，这种事不是明摆着吗？我龙腾公司走私干吗？我只讲一句，你查，该干什么就干下去。”

刘振汉道：“明宇，我没有不相信你。可你知道吗？走私是严重的违法行为！”

聂明宇很轻松的样子笑了：“你还不了解我？我既然不怕查，你还怕什么？”

刘振汉松了口气，也笑了：“从来都是你鬼。好，我让他们查查吧。”

聂明宇转开话题，问：“振汉，还打拳吗？当兵的时候，你可是一天也闲不住呀！”

“偶尔还动动身子骨，你呢？”刘振汉连忙住嘴，他突然想到他的伤。

聂明宇揉揉腹部说：“没事。拳是不打了，也打不了了。反正我从来都打不过你。不过，我有个小乐队，在天都酒店歌舞厅。”

“还拉你那个破手风琴呀？”刘振汉捣了他一拳。

聂明宇也回了他一拳说：“哪天来歌舞厅看看，咱哥儿俩一齐练练，看看还行不？”

刘振汉摆手道：“得了，我可没这个细胞。”他看看表，“明宇，我得先走一步了，人都等着我呢，有信儿我再告诉你。”

聂明宇点点头，看着匆匆而去的刘振汉，他的双眉一下子紧锁起来。

2

刑警支队办公室里，几位刑警眯着眼睛直打哈欠，不停地伸着懒腰。

“都给我精神点！听见没有？把屋子收拾一下。刘支队回来看见一个个㞞德行，不骂死我，才走一个月！”王明满脸严肃地大声说。

“刘支队还回来吗？顶雷的活儿呀！”一位年龄稍大些的刑警哑着嗓子道。

"废话!"王明呵斥。

龚静忍不住了，说道："人家说的也对呀，要不，为什么到现在还没来报到？我看，这刑警支队也不是什么净土!"

王明火了，吼道："说什么呢你？小孩子嘴没把门儿的！你知道这刑警支队怎么过来的？刘支队怎么过来的？告诉你，再这么不干不净说话，小心我把你发回去！你一个丫头片子见过什么呀？竟敢在这儿批评起老家伙来了!"

龚静被吓住了，窝着身子不敢吭声。

李冬连忙解围打圆场："算了，算了，小孩儿嘛不懂事。人家也是心直口快，肚子里没啥瞎玩意儿，以后注意得了!"

龚静委屈得摸着鼻子想哭。

"算了，刘支队看样子上午来不了了。正好有件急事。"王明指点着另两个实习刑警，"汤文军、张九夏，你们跟我出趟外勤，去棉纺厂。"两个小伙子顿时蹦了起来说："王队，怎么着？有案子?"

"别问那么多，跟我走!"王明边说边往外走。两个小刑警忙紧步跟上。

李冬过来拍拍龚静，安慰道："这王明脾气躁，人其实很好。你不了解刘支队和他这些年出生入死的事，今天说话有点刺激他。他其实也怕刘支队不来报到……"

"好什么好?"龚静眼睛红红地看着李冬，"这打击报复马上就来了，他为什么不带我去?"说着，泪珠便滚了出来……

王明开着车，从支队的院子里往外疾驰，正好碰到刘振汉骑着自行车往门里进。汤文军眼尖，叫道："王队，那不是刘支队吗?"

王明想了一下，看看表说："先干活儿!"他说着一点油门，车噌地蹿出了大门。

刘振汉看了看王明的警车，摸摸脑袋问："这小子，见鬼了?"

他走进办公室，大伙便围了上来。"刘支队，你终于又回来了！”“昨天就听说你要回来……”

刘振汉开玩笑道：“我胡汉三又回来了！”

大家都开怀大笑。

刘振汉在人堆中看见几张新面孔，问：“这几位是……”

龚静走过去敬礼：“报告刘支队，我是刚从警校毕业，来这儿实习的。我叫龚静……”

马荃也走过去，“啪”的一个立正：“报告支队长，我也是，我叫马荃！”

刘振汉乐了：“好呀，咱们刑警支队人丁兴旺！”

李冬慢慢地凑上去，苦着脸说：“刘支队，你走后我天天哭。你看，这眼睛还肿着呢……”

“你这双眼看了不该看的东西，红了快十年，蒙你老哥哥呀？倒是这屋里有人眼睛哭肿了。”刘振汉看看龚静。

龚静嘴一噘：“都是那个王明……一看，您就和他不一样！”

“怎么，他欺负你了？”刘振汉有些惊讶，“这小王八蛋！没关系，我替你出气，罚他给你倒三天茶！”刘振汉哈哈大笑。

龚静也不好意思地笑了。

刘振汉拉把椅子坐下。他感慨万千地说：“哪儿也比不了咱这刑警队。一看到你们，我这心里就踏实。”

几位老刑警队员听了他的话，都有些伤感。李冬道：“刘支队，你这次回来不会再走了。”

大家一时默然无语，心里都像打翻了五味瓶。

刘振汉笑着说：“但愿如此！”

聂明宇回到董事长室，脱去外衣，揉了揉腹部。和刘振汉分手后，他就觉得伤口一直有些隐隐发疼。有人敲门。他连忙把衣服套上，沉声道：“进来！”

小芮匆匆走进来，说道：“董事长，孟夫人带话，说一会儿过来，有个邮件要交给您。夫人真是难得来啊！”

聂明宇皱了皱眉说：“贫什么嘴，你去取一趟不行吗？”

小芮笑着道：“她说比较重要，非要亲手交给您。说不定是什么要紧的东西。”他发现聂明宇老是揉腹部，“董事长怎么了，不舒服？”

聂明宇忙抬起手说：“没事，打仗时落下的老枪伤了。”

小芮嬉皮笑脸地想幽默一下：“是吗？我这年岁，没赶上打仗，遗憾呐！那您这枪伤不会是从后面打的吧？”

聂明宇神色一变，斥道：“话多！你是说我逃跑时被打的？”

小芮忙躬身退后两步说：“哪敢呀！对不起！董事长，我只是随便问问……”

“那是替刘振汉挡的子弹！”小芮背后传来一个低沉的声音。他转脸一看，是张峰疲惫不堪地走了进来。他不禁一愣，问道：“张总，您酒醒了？”

张峰训道：“小屁孩子，说话这么没规矩，出去！”

小芮一吐舌头，赶紧走出门去。

张峰在聂明宇对面坐下问：“刘振汉来过了？”

聂明宇看看他，没有回答。

3

棉纺厂厂长室里，一片嘈杂的吵闹声，王丽敏正在和一个副厂长理论。几个科长劝着，多数人从门里溜了出来。

王丽敏在屋子里大声喊叫：“那不行，没有这样干事的！把我的会计拿掉，换的却是张红，而且她从来没干过财会，我哪点不如她？她不就是厂长的小姨子吗？这谁不知道？告诉你们，这事要是不公，咱们天天在这儿，直到张红也下来！我是好欺负的？”

副厂长愁眉苦脸、唉声叹气地说：“谁说不是呢？丽敏，你和我们闹也没用呀！”

王丽敏跳着脚吼："杨厂长呢？杨胖子呢？这是国家的大厂，不是他的私有财产！别以为躲起来就没事了！他不让我们一家人好了，他还想好？我要拉着他去市政府评理！"

王明在厂办公楼前停下车，刚要带着两名年轻刑警进楼，突然看见一辆很帅的轿车开进来，在他的车旁停住。胖厂长从崭新的别克车上走下，发现面前站着三个刑警，不禁一愣。

王明上前一步问道："您就是杨厂长吧？"

胖子眨着小眼睛，答道："是……是。"

王明又问："去年查封了你们搞三陪活动的招待所是不是？"

杨厂长有些紧张地说："不错。那是过去的事了，怎么……"

王明打断他，板起脸说："我们是刑警支队的，今天要再检查一下，你带路吧！"

"检查？不必了吧？现在那个招待所是厂里直接管理，没有再承包出去。"杨厂长解释说。

"直接管理更要查！"王明眼一瞪，"你给我讨价还价？"

杨厂长见来者不善，也弄不清是不是招待所又干了什么违法的事，连忙道："没有没有。主要是我上午还有个生产会。我让负责'三产'的马副厂长陪你检查行不行？"

王明摇头说："不行！现在不是兴厂长负责制吗？去年抓的那个招待所的头听说是你老婆的弟弟，没处理你的连带责任就够便宜你了。别啰唆了，你去不去？"

杨厂长万般无奈，只好说："我去，去！"他看着自己的秘书："你上去给他们说一声，会推到下午……"

"下午可不一定行！"王明再次打断他，"这一天要是检查不完呢？"

杨厂长怔住了："这……"

站在王明身后的汤文军和张九夏面面相觑，弄不明白王队葫芦里卖的啥药。

杨厂长走得一头大汗，指了指前面的一幢三层楼，气喘吁吁地说："这前面就是招待所。"

王明悠悠然问道："厂里效益怎么样？"

"不行呀！每个月都亏损，现在工资都发不出来了。"杨厂长擦擦脸上的汗。

"亏着钱你还坐别克？我看你应该骑自行车！"王明一句话噎得厂长半天说不出话来。

突然，王明的手机响了。他打开接听："哪位？"

"你小子跑哪儿去了，还不回来？"是刘振汉的声音。

"我在棉纺一厂……"王明意识到自己说漏了嘴，可是已经来不及了。

刘振汉果然提高了音调："你跑到那儿干什么？"

王明瞥了一眼杨厂长，忙走到一边，压低声音："回去咱再说……"

"混蛋！"话筒震得嗡嗡响，刘振汉显然发怒了，"你小子要敢假公济私，胡乱搞，你就别他妈回来！回来我扒你的皮！"

王明怯了，嗫嚅着说："刘支队，我是在开展工作，没那事。要不，我回去再向你解释？"

刘振汉没有商量余地地大吼："立刻给我滚回来！立刻！听见没有？"

话筒里传出一声脆响，断了。王明看着手机发呆，无奈地叹了口气。

杨厂长走过来问："打完了？咱们快去检查吧。你看我这一身的事。"

就在这时，王丽敏风风火火地奔了过来问："王明，你怎么跑这儿来了？"杨厂长赶紧拉住她说："丽敏，他要查招待所呢！我没时间呀，你给说说？"

王丽敏没好气地瞪他一眼说："咱们还有话，待会儿再说！"她把王明扯到旁边，低声问："是为我的事不？准不是你哥叫你来的。你怎么这么傻呀？我这事本来人家挺站在咱这边的，你这样一来，不是和他杨胖子一样让人戳脊梁骨了？回去！这事嫂子有理，我会跟他论个长短！”

王明点了点头，转身走到杨厂长面前，道：“今天有案子得赶回去，不查了。但是不定哪天我就过来看看，给我放规矩点，别整歪门邪道！”

“你看这话是从何说起？也好……也好……”杨厂长无端被王明戏谑一番，有气又不敢出。

“收了！”王明对那两个不明就里的实习刑警道。他走出几步又停住，转过身来：“我看，你把那辆别克卖了给工人发工资吧！心一歪车就行不正，别出事啊！”

杨厂长张口结舌，半天说不出话来。

董事长室里，聂明宇和张峰仍在商谈着公司的大事。张峰告诉聂明宇，和平中学那边已经来了电话，贺清明陪着女儿去了学校。他看看表说，如果没有特殊情况，现在贺丹丹已经办完了手续。

“是吗？”聂明宇露出一丝微笑，“看来，中国还是可以高效率的。十二个小时，咱办了那帮人两个月都没办完的事！”

“市长都出面了，能不快吗？”张峰也得意地笑了，“董事长，那个女孩双腿萎缩，不能行走，是坐轮椅去的。咱们还真干了件好事。”

聂明宇问他：“贺清明那边怎么样？”

张峰正要回答，孟琳走了进来。他连忙站起来，谦恭地问候：“您好！”然后知趣地退出董事长室。

聂明宇抬起眼皮：“有事？”

“没事敢来你的办公室吗？”孟琳的语调里不无怨气。她从口袋里抽出一个纸包邮件，递到聂明宇面前：“我也很忙，但还是得亲自送来才放心！”

聂明宇接过，随手放到写字台上，并不看。

孟琳只好提醒道："蕾蕾寄来的。她没寄给爸爸妈妈家，而是寄到了咱们的住处，想必很重要。"

聂明宇这才拿起邮件，仔细看包装。

孟琳笑了笑。"放心明宇，没拆开过！"她站起身，"晚上回去吗？"

"可能回不去。"聂明宇端坐不动，"你的公司不忙了？"

孟琳百无聊赖的样子道："天天捣鼓那些批文什么的，也无聊。晚上我准备去见个人，也许你不想我见她……"

聂明宇无动于衷地翻弄着邮件，轻描淡写地说："你的话我听不明白。"

孟琳凄然一笑："是个女的。"

聂明宇丢下邮件："我更不明白了。"

孟琳狠狠地瞪了他一眼，快步走出。

聂明宇面无表情地看着孟琳砰的一声带上门，不觉笑了。他迅速打开邮件，里面是一盒录像带。他将盒带插入录像机中。

蕾蕾坐在一个装饰典雅的房间里，对着镜头说道："爸爸妈妈，放心吧。旧金山还不冷，学校的环境很好，各方面都令人满意。妈妈要多吃些营养搭配合理的好东西，别老舍不得。爸爸工作上少忙点，多陪陪妈妈。还有，告诉爸爸，美国没电视里那样暴力，很安全的，让他不用担心。告诉你们一个消息：我下个月可能回去，学校的展览选在中国巡回进行，能和你们在一起两个多月呢，到时候再当面向你们汇报我的学习生活情况。"

聂明宇饶有兴致地看着，脸上涌出很欣慰的神情。突然画面一闪，变成另一间屋，蕾蕾由刚才欢快的表情变得沉重忧郁，她锁着双眉说："哥，这是给你说的，别让爸爸妈妈看见。我下个月回去，还是想知道那个人怎么样了，他死了没有？"她说着眼里溢满泪水，咬牙切齿，"怎么也忘不了，哥！你知道我为什么不愿意回天都……可我还是得回去。哥，你答应过我。你给我个信，我就要个心里踏实……"

聂明宇叹口气，抹掉后面一段录像，拿出盒带。他仰面斜靠在皮转椅上，双眼凝视着天花板，陷入沉思之中。

4

刘振汉在刑警支队分发着复印的匿名信，说道：“大家可能都知道了，局长交给我一个案子。是一封群众的举报信，控告咱们市一家企业从事走私贩私活动。”

李冬问：“哪家企业？谁呀？”

刘振汉有些不自然，故意轻描淡写地说：“哦，是龙腾集团……聂明宇。”

几个老刑警都知道刘振汉的根底，彼此交换了一个诧异的眼神，低下头不吭声了。

龚静不了解情况，所以不知道深浅地说：“聂明宇？我好像听说过。”

马荃站起来从报纸架子上拿过一张《天都日报》，抖了抖说：“他可是红人呀！前几天刚刚在报纸上登了他的先进事迹！青年企业家，本市十大杰出人物……”

龚静这才忽然想起，接着道：“噢，对了。今天的早间新闻还报道他捐资让失学的残疾女孩上学呢！”

刘振汉听到后愣了一下：“是吗？他倒是爱干这些事情。”

李冬笑说：“刘支队，局座怎么让你来查聂明宇，是不是有点不太合适？”

刘振汉尴尬地搓搓手：“其实，你们私底下都议论过，我也知道。我今天就给大家交个底。我是想回到咱刑警支队才答应下来的。”

办公室内再次沉默了。大家若有所思。刘振汉一个个看过去，似乎明白了什么。龚静和马荃对视了一下，也似有所悟，目不转睛地看着刘振汉。

“大家不说话，我知道是什么意思。我先表个态。我刘振汉的确和聂明宇一家私交不错，而且说实话，我也不太愿意接这个活儿。这都是我内心的实际想法。但是，一旦这案子开始调查了，我绝不会有任何对不起警察形象的行为。大家可以监督我。”他说完坐下，看了看李冬。

李冬不能不开口了：“刘支队，你这么一讲，咱也就直说了。大家的确有些顾虑，怕你感情上过不去。不过，我跟你这么多年了，从来没见过你违心办过案子。但如果让我讲实话，我觉得这个案子没有查的必要！”

刘振汉一愣：“嗯？为什么？”

“我个人感觉，领导其实就不太想查这个案子。”李冬给了个耸人听闻的结论。

大家都吃惊地问他理由。

李冬胸有成竹地接着说：“刘支队你别生气。第一，明知道刘支队和聂明宇的关系，却让他来查这案子，这领导的心思还不明白吗？第二，什么是走私？去年一年龙腾集团捐助了三个希望小学，两个养老院。报纸广播电视天天宣传着，什么利税第一大户，全市改革开放富有开拓精神的典型。我就不信，领导能让咱们把这么个金疙瘩给弄死了。”

“就是。你们算算，光咱们局就有多少民警家属在龙腾下属的工厂里工作？这要把龙腾集团给查趴下，咱天都市得多少人下岗呀？说不定，咱们的工资里都有人家的钱呢！咱们还是省省工夫，破几个刑事大案是真的！”另外一个老刑警附和着说道。

刘振汉大口大口地抽烟，默然无语。他不能不承认：他们的话都是有道理的，实际情况确实如此……

龚静并不以为然：“你们这样讲，我觉得有些偏颇。应该是事实第一！信上不是说有走私贩私什么的吗？可以去海关查他们的底单，再把龙腾公司的账查一下。最好还是查清楚，我们必须对法律负责！”

李冬不屑一顾：“你要能从账上查出聂明宇的问题来，我把‘李’字倒着写！他是什么人，是人精呢！你想到的，他都想得到！我觉得不如随便查查糊弄一下，写个报告上去得了，最好别搅和进去……”

刘振汉瞥了他一眼问：“李冬好像有情绪？”

“嗨，我没有情绪，就是说点实话。”李冬有些激动，“这种事干吗叫咱们干？说白了，让咱们顶雷呢。查出是诬陷，大家高兴，还有功。但凡查出问题来，最后谁敢管？我听说光省级干部的亲属子女，龙腾就养着十来号，咱们还能把他们都抓起来？这不是开玩笑吗？刘支队，电力局你捅了一家伙，捎带着外贸整了整，结果弄出去扫了一个月的街。龙腾集团是市里乃至省里的金牌企业，万一惹了祸，还不得把咱们都发配到山里去看老林子？”

“是！就是！”底下一片赞同声。

龚静鼻子哼了一声：“怎么就是？照这么下去，还怎么执法？那我们还坐这儿瞎聊什么案子？也去偷抢扒拿得了！”

刘振汉很欣赏她的勇气，笑眯眯地注视着她：“嗬！我这出去一个月，李冬说怪话不足为奇，又带出个徒弟啊！”

大家都笑了。

“报告！”门口突然响起一声喊。屋里的刑警们都转脸看去，只见王明萎靡不振地倚在门框上。

刘振汉狠狠瞪他一眼：“去体育室等我！”

聂明宇走进总经理室。小芮迎上前来低声道：“董事长，张总酒喝急了，胃部轻度出血，刚吊完水，正休息呢。”聂明宇摆摆手，示意小芮出去。然后轻轻坐在张峰躺倒的沙发前，静静看着他。张峰突然醒了，挣扎着坐起。

聂明宇抚着他的肩膀说：“是不是太拼命了？我一直在想，在他一个处长身上这样耗费心机值得吗？”

张峰自然明白这是聂明宇在特意安慰他，于是，摇摇头道："唉，不喝是死，喝也是死。只要您能平安无事，我怎么做都值得。"

聂明宇手上用力，亲热地捏了捏他的肩。

张峰感激地笑笑："贺丹丹的入学事宜已经办妥。贺清明是个聪明人，应该懂得我们的良苦用心，至少今天他不会立案，咱们又多了一天时间。还有海关、码头、船务科的几个人都和咱们关系不错，要不然，这三十六辆车的案子一出来，再要抹平可就不好办了。"

聂明宇点点头，沉思片刻后说："除这件事外，其他的事也要处理好。"他站起身，"我要琢磨点事，如果有急事，你知道到哪里找我。"说完走出办公室。

张峰看着聂明宇的背影消失在门口，若有所悟，他明白"其他的事"是指什么。小芮走进来，把一块热毛巾敷在他额上："董事长刚才交代，让您回去休息。"

张峰摇摇头："赵志刚回来没有？"

小芮想了想，回答说："好像没看到……"

张峰紧张起来，吩咐道："你立刻去保安队看看！"

5

体育室里，刘振汉换上拳击手套。王明躲躲闪闪地在旁边磨蹭。刘振汉黑着脸，只是死死盯着他，也不说话。

"刘支队，我错了……"王明往前凑凑，忐忑不安地低声说，"以后改正！"

"让老百姓说闲话，不想干了！你嫂子也不干吧？换套子！"刘振汉斥责。

王明不敢回嘴，赶快换上拳击手套。

刘振汉继续教训："以后懂点事理！我不唱高调，可是，你总不能欺负人吧？穿这身制服不是家兵家将！"

王明憋急了，一拳打出："行了，别说了，我不干不完了吗？看嫂子受气窝囊！"

刘振汉猝不及防，被他一拳打倒，愣了一下爬起来。"你小子放黑枪。"他轻轻击出一拳道，"我是要和你商量商量匿名信的案子，你已经知道了吧？"

王明笑笑说："你没回来，我就听说这事情了。"

刘振汉也笑了："咱天都市真是无密可保。你知道了，有什么想法？"

体育室门外，龚静循声而来，躲在门旁侧耳偷听。

王明道："我听到了一些议论，都是他妈瞎扯，对你，我还能不了解？我想，还是查吧，对上面总得有个交代。我见过聂明宇，挺佩服他，天都市有这么个人才还是很难得的。我想，他可能也会有点什么事，干这样大的公司，难免。既然上面让查，那就看看有没有啥违法的，总比他越滑越深好，你说是不是？"

刘振汉点点头："我想也不会很干净，哪个企业能没有点问题？只是匿名信恐怕不是冲着聂明宇来的，你明白吗？我怕我和聂明宇都成为人家的棋子。不过，听你这话我就放心了。"

龚静在门旁听得直撇嘴。这时，李冬也走了过来。龚静小声地说："哼，这就是传得跟神似的刘振汉呀？我看……"李冬连忙捂住她的嘴。

王明问："你放什么心？"

刘振汉狡黠地眨眨眼说："我想弄个专案组，你来牵头。"

王明躲过他的一个勾拳："你的用意我明白。可你为什么干脆不推掉呢？"

"这个……"刘振汉很为难的样子，"要不说，我猜这是个套呢？我怎么查呀？按理说，这案子我都得回避。"

王明双拳碰碰，跳着道："我明白了。我并不怵，可把我推前面，你总得放些权力吧？”

刘振汉一拳击倒他，说：“我可告诉你，我不出头，并不意味着不管！”

门外，李冬对龚静小声道：“明白没有，斗争需要策略。”

龚静颇不以为然地嘀咕说：“我看不出来，这策略有多高明！”

贺清明一身便服站在码头上，看着堆积如山的集装箱，好像它们全都压在了自己的胸口。直到这时，他才感到后悔，真不该来担任这个缉私处长。如果在机关研究室里继续做他的学问，也不会落到这步田地。想着想着，他感到一阵揪心的疼痛，不由得慢慢蹲下了身子。

这时，一个海关关员从他面前经过，仔细看看他，惊讶地问：“哎呀，贺处长！您怎么自己在这儿？”

贺清明抬起头道：“没事没事，来看看。”

关员殷勤地说：“要不，我叫科长来？”

贺清明摆摆手说：“不用了。我问你，这二十个箱子都是以电子元器件报关的？”

关员答道：“嗯。好像是这样。”

贺清明直起身子说：“我听说过两辆、三辆车闯关的。但是一下子搞三十六辆，胆子也太大了。”

关员道：“龙腾集团是省里的知名企业，可能是领导打过招呼。不然，他们肯定不敢这么做。您知道，三十六辆豪华车，那可是要杀头的！”

“杀头？”贺清明不禁怔了怔。他显然没把问题考虑到如此严重。

关员强调说：“如果真立案了，往公安局一交，这可是涉及一百多万美元的大案子，肯定要人头落地的。其实，我今天已经说多了。”

贺清明心里一沉。他的脑海里闪现出张峰拼命喝酒的情景。

他昏昏沉沉，也不知是如何回到办公室的，在办公桌后的椅子上坐着发呆。直到一阵急促的敲门声传进来，他才如梦初醒，喊了声："请进！"

刘建义匆匆忙忙走进来，嘴里大声说着："贺处长，把电视打开，快打开！"他走到电视前，摁下开关。

电视屏幕上，正播着新闻。

播音员：今天早晨，和平中学迎来了一位特殊的学生，请看现场记者的报道。

记者：各位观众，今天早晨，本市身残志坚的中学生贺丹丹终于走进了学校的大门。

画面上出现坐轮椅的贺丹丹。

记者：贺丹丹同学，你高兴吗？

贺丹丹：高兴，太高兴了。我以为我不能上学了。

记者走向贺清明：作为丹丹的父亲，您能谈谈感受吗？

贺清明：我没什么可说的。对不起。

记者转过身：贺丹丹的父亲太激动了。据我们了解，贺丹丹同学能上学，除了和平中学给予了很大的关心之外，和社会各界的共同帮助也是分不开的。我市龙腾集团为了贺丹丹的入学，向学校捐助了十万元，以交付未来三年中贺丹丹在学校的各种费用……

刘建义"啪"地关上电视，对贺清明道："清明，你家里出了这么大的事情，怎么也不跟组织说？你也是，我们都可以帮帮忙嘛！"

"唉，我实在是……"贺清明皱皱眉，"我真的不明白到底发生了什么！"

刘建义耸耸肩说："不过，龙腾集团的聂董和张总都是我的朋友，他们出面没有什么事情办不下来的。"

贺清明抬脸看了刘建义一眼说："刘关长，我有句话想问您。"

"请说。"刘建义在沙发上坐下。

“龙腾集团这么做，是不是为了那三十六辆奔驰？”贺清明盯着他。

刘建义一愣，他没想到贺清明会如此直截了当地问，屋子里出现了令人尴尬的冷场。终于，刘建义开口了：“小贺，材料我看了。我来也是问问你，有什么意见。”

“我刚刚来。”贺清明顿了顿，“没有经验，您看呢？”

刘建义皮笑肉不笑地道：“贺处长，这是你查出的问题，总该拿个意见。”

贺清明沉吟着说：“按规定……如果核对无误的话，咱们就应该立案报上级机关，然后将各种物证移交公安部门。”

刘建义腮上的肌肉抖了一下问：“你准备这样做？”

贺清明从刘建义的神态里已经观察出他对此事的态度，于是再度绕开说：“我还拿不准。您是分管领导，如果这样处理，您觉得妥当吗？”

刘建义被逼到了墙角，不得不表明态度：“如果你问我，我必须说。对于龙腾集团这个案子，一定要慎重。”

“您的意思是……”贺清明再逼一步。

刘建义点上香烟，长长吸了一口说：“龙腾集团的背景是天都市政府。它的很多经营项目是政府特批的。这个集团公司是天都市最重要的经济支柱企业之一……”

贺清明打断刘建义的话：“有这样便利的条件，它完全可以从事合法的经营，为什么要走私呢？”

刘建义抖抖烟灰：“小贺呀，我是这么看这个问题的。如果走私是个人操纵的，那必须严厉打击。但是，如果是政府行为，是促进当地经济的，可能就不能那么简单地一刀切了。”

贺清明摇摇头说：“海关是受中央直接管辖的，任何地方政府无权……”

“好了，好了。这些我都懂。”刘建义不客气地打断，把香烟摁在烟灰缸里，站起身来，“我当了这么多年副关长，现在又代理关长，不需要你给我背条例。我只是把我的看法说一下。如果你非要立案，向上级汇报，我可以签字，决不会阻拦。我问你，我们工作是为什么？是为人民服务对不对？你想没想过，如果立案，你的确可以立功受奖，但是，一个优秀企业会因此垮掉。一批像聂明宇、张峰这样年轻有为的人才会断送前程，几万工人会下岗。地方经济会一蹶不振……这是为人民服务吗？”

“这……”贺清明哑口无言，他的确没有想过这些。

“你再考虑考虑，想好了，咱们随时可以沟通。”刘建义说罢走出门去。

贺清明浑身的血像被抽空了一般，软软地瘫在椅子上。

6

龙腾集团保安队队长办公室里，赵志刚正匆匆忙忙地把自己的东西往纸箱里放。突然门开了，他大吃一惊，猛地转过头去。只见张峰身穿黑色风衣站在门口。赵志刚颤着嗓音喊道：“张总！”

“准备好了吗？”张峰说着把门反锁上。

“差不多了。”赵志刚从自己的椅子上把衣物拿开，让张峰坐。

张峰坐下，点了支烟，问道：“东西呢？”

赵志刚走到保险柜前，打开，拿出一个黑封皮的笔记本。张峰接过来，仔细地每一页查看了一番，点点头，放进自己的怀里。随后，他从兜里掏出一个存折说：“我替你存了二十万，先用着。到了那边重新开个账号，没钱就给我打电话，我给你汇过去。等风声过了再回来，估计最多半年几个月的。”

赵志刚点点头，犹豫了一下，说：“我想回家看看，成不？”

张峰沉吟片刻说：“最好不去。”

赵志刚不太情愿地低下头：“好吧。”

张峰拍拍他道：“我知道你舍不得媳妇孩子。一会儿我就给她打电话，就说公司紧急派你出差了。等你那边安顿好了，我把你媳妇送过去。”

赵志刚显出十分感激的样子，频频点头。

地下车库的光线很昏暗。因为大多数车已经离开了公司，所以，宽敞的车库内空荡荡的。日光灯管一闪一闪地照着粗糙的白墙，显现一丝绿莹莹的色彩，使得四周的氛围颇有些阴森森的。

哗！一桶水泼到一辆黑色本田车上。穿胶皮制服的车库工人正上上下下地刷着车胎、底盘和车身。

电梯门无声地开启，赵志刚和张峰一前一后从电梯里走出来。赵志刚提着行李箱。张峰双手插在风衣兜里，快步走到车前。张峰弯腰仔细地看了看车子的清洁情况，脸上露出满意的神情，从口袋里拿出五十块钱，递给工人。工人接过钱，躬身道谢，提着桶走开。

赵志刚不好意思地说：“其实，车挺干净的，就是胎上沾点泥。”

张峰脸上没有一丝表情：“刚弟，我说你这脑子就是缺根弦！”他说着弯腰在地上蹭了一下手指，站起身，“这点泥巴，将来就能要咱们的命！明白吗？”

赵志刚顿时有所省悟，连忙道：“我明白了！”

张峰擦擦手说：“我就估计你想不到洗车，所以，在这里替你擦屁股。下午我就要检查全楼的卫生。”他说着指指散落在地上的碎泥块，“这些都会被冲刷干净。”

赵志刚由衷地佩服：“哥，你真是……太牛了！”

张峰苦笑笑说：“就这样还出娄子。”

“怎么了？”赵志刚问。

“跟你没关系，行了，走吧。”张峰推了他一把。

赵志刚把行李往车里一放，钻进去后从车窗里探出头，有些不舍的样子，道：“哥，我走了！”

张峰趴在车窗上说：“不管将来有什么问题，公司给你撑着，明白吗？”

赵志刚很有些伤感地说：“哥，有可能的话，我还想回公司……”

“只要董事长在，公司就会管你，别想那么多！”张峰让开身子。

“……那你呢？”赵志刚似乎听出了一丝不祥。

张峰惨然一笑：“我？不知道能不能活过这次！”他挥挥手。

“兄弟，走吧！一路顺风！”

赵志刚一踩油门，带着满腹的疑问将车开出。本田无声无息地滑出车库。

张峰默默地看着本田的尾灯渐闪渐远。站在空旷的车库里，他骤然间感到了孤独和些许的寒意。

海滩上，杂草丛生。黄昏的晚晖使得大海灰蒙蒙的，几片孤帆正向海边靠近。

一个电影厂家的摄制组正在拍戏，工作人员忙碌着做前期准备工作。摄像师在取景器中左右看着，总发现有一块新土。他吩咐：“置景，把那块土盖一盖！”

一切准备就绪，导演发令：“安静。预备……”

短暂的静寂之间，突然有呼机声响起。导演大怒：“怎么回事？谁的呼机没关？”

录音师也喊道：“关上，关上，正录着呢！”

导演又举起电喇叭：“预备……”

呼机声再次传来。导演急了，跺着脚嚷：“谁呀，谁呀？干不干了？”

管道具的人寻找着呼机，人们互相询问着，都说没开呼机。演员突然发现呼机声是从脚底下发出的，顿时紧张得直跳，嘴里喊着：“导演！好像是这地下……”

导演带着大伙儿循声走过去，发现声音竟真的出自那片新土下。大家惊讶地你看看我，我看看你，一时手足无措起来。道具师找来铁锹，一下下挖了下去……

两具女尸呈现出来。摄制组登时炸了营。人们大呼小叫，打电话的打电话，上车跑的上车跑，一片大乱。

7

刑警支队支队长办公室里，刘振汉站在窗前给花浇水，晚霞把窗玻璃映得通红。

王明突然闯了进来。

“我给你讲过多次，进来前要先敲门。”刘振汉把茶杯放在窗台上，“这些老规矩都忘了？”

王明呵呵一乐：“你要是不高兴，可以别让我去查……”

刘振汉转过身说：“别卖关子了。什么事快说。”

王明变得严肃，煞有介事地说：“我把队里现有的人员分了两个组。一个组归你，负责查天天都可能发生的刑事案子。我带一组专门查匿名信。”

刘振汉笑道：“把我架空了？”

王明得意地晃晃脑袋：“既然我出头，我可把精兵强将都挑走了！”

刘振汉盯着他道：“我听听，你都把谁挑走了。”

“这几个实习生除了龚静我都要，他们敢想敢干，在天都没有什么社会关系和背景……”

龚静冲了进来，直嚷嚷：“刘支队，凭什么他们都进了专案组，我不能进？我在学校成绩比马荃他们好多了……”她委屈得要哭。

王明斜了她一眼说：“一个女孩儿，先学学街边那些案子，慢慢来。你不是一直很崇拜刘支队吗？”

龚静咬咬牙，不看他，也不说话。

刘振汉道："龚静对我还是有偏见呢！不愿意和我们这些老家伙做伴。"

龚静急得满面通红，忙说："不是……"

突然，一个刑警风风火火跑进来，大声道："刘支队，来案子了！"

刘振汉猛转脸："说！"

刑警道："海滩那边发现了两具无名女尸！"

警车风驰电掣般在通向海岸的公路上疾驶。刘振汉对坐在旁边的龚静道："龚静，很快王明他们就要羡慕咱们组了。跟着我，有的是活儿干。你明白吗？他们是务虚，咱们才是务实。"

龚静已转怨为喜："刘支队，我才不稀罕他们呢！从现在开始，我跟定您了！"

开车的王明转过脸来说："嗨！嗨！怎么说话呢？注意影响！"

龚静哼了一声："刘支队，刚才别生我气。主要是来这么长时间了，天天倒茶，也没个正事。刘支队，这个案子咱们绝不能让王队插手，他们有他们的事，您说是不是？"她说着挑衅性地向王明努了努鼻子。

"王明，你又让新来的给你倒茶了？"刘振汉作严厉状，"回去给我倒几天！"

龚静很快活地笑。王明朝她撇撇嘴。

警车在海边草滩上停住。刘振汉等飞快地跳下车。龚静等人在出事地点迅速地拉了警戒线，许多渔民围着看热闹。

李冬噼噼啪啪地给尸体照相，龚静激动又有些紧张地做着笔录，王明指导着两个实习生用摄像机拍摄现场，刘振汉抱着胳膊默默地看着手下们忙碌……

张峰在总经理室里抱着膀子转圈，双眉紧锁，脸色晦暗。他突然拿起电话听筒，快速地摁了两个号码，又犹豫起来。迟疑了一会儿后，沉重地放下了听筒。

小芮匆匆走进，低声说：“张总，刘关长说那个贺清明还是在立案与否的问题上举棋不定。”

张峰狠狠地骂：“妈的，这个书呆子，不识好歹！”他颓然跌坐在沙发上，“小芮啊，真要是立了案，事情可就大了！”

小芮回身把门关死，几步跨到他面前。“哥，要不然……”他做了一个杀人的手势。

张峰摇摇头：“他比不得一般人，那是条死胡同，万万不可！再说，事情要是已经泄露出去，杀了他也没用。唉……”他长叹一声，“我去见贺清明！大不了，我都顶下来！”他慢慢站起身，去拿大衣。

小芮看着张峰憔悴绝望的样子，不由得心中一酸。他拦住张峰说：“哥，再想想别的办法……”

张峰抬起布满血丝的眼睛，声音沙哑地黯然道：“还有什么办法？没有了！我都想过了！”他掏出一串钥匙，“如果我回不来，你把这些钥匙交给董事长。他在舞厅拉琴，没重要的事别打扰他。”他说罢拍了拍小芮的肩膀，蹒跚着走出门去。

小芮带着哭音冲他的背影喊：“哥，这还不重要吗？你要跟董事长打个招呼呀！”

张峰像没有听见一样，突然加快了脚步。

奥迪车在海关大楼前停下。张峰慢慢走下车，抬头看着缉私处办公室的铝合金窗子。

贺清明此时正站在自己的办公桌后，呆呆地看着桌子上的材料。刘建义的话不停地在他耳边回响。突然，电话铃响了。他一把抓起听筒，原来是丹丹。他松了口气，问道：“是丹丹，你在哪里？”

“爸爸，我用宿舍外的电话。学校说，过两天要给我住的宿舍也装部电话哩！”丹丹欢快地嚷嚷着。

“在学校习惯吗？不习惯就回家……”贺清明试探着问。

“爸爸，我决定了。从今天开始，我一个月回两次家。其他时间，我要在学校好好学习。”

“怎么？学校那么好？爸爸都不要了？”

“爸爸说得不对，学校好爸爸也好。好了，不多说了，同学要送我去图书馆。我就还想问您一句，您还让我上学吗？不会再退了吧？”

贺清明满脸苦涩地说：“只要爸爸能做到，一定不让你失学。”

贺丹丹高兴地说了声“再见”，便挂了电话。贺清明软软地瘫坐在椅子上，凝视着电话机。他终于再次拿起了听筒，拨通了刘建义的办公室。可没等对方讲话，他又放下了，张峰不请自来。

贺清明愣住了，吃惊地问：“你……你来干什么？”

张峰双手往前一伸说：“兄弟，我来自首……”

第四章

1

西天的余晖已渐渐隐退，又一个夜晚将要来临了。聂明宇走进天都酒店歌舞厅，没有客人，只有几个乐师在调琴。他从高高的壁柜上，拿下了他的专用手风琴。

一个乐师说："聂董，今天有空？好久没来玩了……"

聂明宇脱掉琴套问："客人什么时候上？"

正走进来的舞厅老板回答说："没事。聂董，怎么也得八九点钟。"

聂明宇试着拉一下琴说："好，有的是时间，今天不尽兴不归！"

出租车嘎吱一声停在酒店门前，小芮从车上跳下，急匆匆走进舞厅。他对乐池搜寻着，看到聂明宇正在忘情地演奏。

他踟蹰了一会儿，实在忍耐不住了，试着上前道："董事长，有急事！"

聂明宇置若罔闻，头也不抬地拉着手风琴。小芮无奈，退到一旁，神情焦灼地等待。

良久，聂明宇奏完一曲，深出一口气。他起身走过去，注视着小芮，音调冰冷地道："记住，这个时候别打扰我！谁告诉你我在这里的？"

小芮嗫嚅着说："张总，他……"欲言又止。

聂明宇皱起了眉头，语气也严厉起来："有事快说，有屁快放！"

小芮赶紧沉声说："张总他去海关了！"

"什么？去海关了？去那儿干什么？"聂明宇一怔。

小芮吞吐着说："张总说……他……他去自首。他说要把事情一个人顶下来……"

聂明宇大惊，不由得提高了声音："胡闹！快去把他给我找回来！"

小芮抬腕看表说："他现在肯定已经到了，去了有半个多小时了。"

聂明宇顾不得跟乐师们打招呼，拉着小芮就往外走。在酒店门口，他掏出手机，快速拨打："老黄吗？我是聂明宇。咱们能见一面吗？老地方见？好好！"他收起手机，和小芮一起上了凌志车。

贺清明在办公室里转着圈子问："自首？你什么意思？"

张峰很平静地说："咱们明人不说暗话。汽车那个案子，是我一手经办的，所以，我来自首。"他说完坐下，掏出烟点着。

贺清明伸手向张峰要烟，也点上。张峰愣了，疑疑惑惑地看着他。

"先说清一件事……"贺清明抽了口烟，被呛得直咳嗽，"我女儿的事情是怎么回事？你帮这个忙，我表示感谢，但如果你们以此来要挟我，那就大错特错了。如果要她退学，请随时告诉我，我会领她走！"

张峰苦笑道："贺处长，你怎么能说出这样的话，我只是想跟你交个朋友，仅此而已。不提这个事了。你是外来的和尚，不了解天都的具体情况。说句不中听的话，你上来就这样误打误撞的，不好念经啊！"

"误打误撞？我听不懂！"贺清明盯着他，"那你告诉我，为什么要替别人顶罪？”

“替谁顶罪？”张峰摇摇头，“我是总经理，我没有替任何人顶罪，聂明宇董事长根本就没过问此事。我是罪有应得。”

贺清明又抽了口烟，说道：“我在海关部门工作了十几年，什么样的人没见过？你也太猖狂了，几十辆车闯关！”

“闯关？”张峰不以为然地耸耸肩，“我还没傻到会用三十六辆车闯关！”

贺清明逼视着他说：“我也不是傻子。我能看出来，你和这个海关上上下下的人都打了招呼，对不对？”

张峰不置可否地说：“真是命里注定的，谁让你这个新来的凑巧那天去验货，又偏偏要开我的箱子？”

“你什么意思？”贺清明神情严峻起来。

“现在说什么也没用了。”张峰猛地抽了一大口烟，“你说吧，到底准备怎么办？”

贺清明犹豫了一下，道：“我正准备打报告，明天向上级汇报，然后把案卷移送公安部门。”

张峰冷笑一声：“我早该知道如此，碰到你他妈的这样一个不食人间烟火的书呆子，我只能表示遗憾！”

贺清明抖了抖烟灰说：“你骂我没关系。可你应该清楚这个案子的严重性。知道吗？它的严重性已经到了要死人的程度！”

张峰站起身说：“每个人都是要死的，早晚而已。我们这个年龄，未来也就这回事了，子孙后代能够无忧无虑地幸福生活，才是最重要的！”

他的话击中了贺清明的薄弱处，贺清明心中不禁一抖，但他马上就恢复了镇静，说道：“还有，这个案子太大了，谁都知道那一定有着深厚的内幕，你一个人是顶不下来的！”

张峰瞥了他一眼，以讥讽的腔调道：“你还想干什么？你以为你是什么人？我劝你要认真想一想，你能否充起这个英雄。”

贺清明火了，把烟狠狠摁在烟灰缸里说：“张峰，你是在谁的办公室说话？好了，请你走吧！”

张峰拿起包说：“至少我知道今天晚上是安全的了。怎么，我明天再来？”

贺清明道：“也行，我也需要些时间。明天上午，我等你！”

张峰微笑着说：“前天我有句话是真的。我欣赏你的书生气，我喜欢读书人。这个疯狂的世界，因为有了读书人而变得理智和有节制！”

贺清明明白他的弦外之音，没有搭理他。

2

孟琳的车在街边停下，她下车后抬头看看油渍斑驳的小饭馆，不禁皱了皱眉。王丽敏在里面已经等得不耐烦了，见她进来，忙从餐桌边站起，向她招招手。

孟琳走到王丽敏面前打招呼：“嫂子，干吗着急忙慌的？平常见不着个人，今天怎么了？”

王丽敏说：“平常忙呗，今天闲了。快坐下！”

孟琳扫视着脏兮兮的环境说：“嫂子，有什么话不能到家里说，到这破地方来？要不，换个地方？”

王丽敏有些不高兴了，嗔怪地看了她一眼说：“坐下。第一，我知道你有钱，可是今天我请。第二，咱们说的话不能让明宇知道。请你坐下行吗？”

孟琳看看她，饶有兴味地坐在凳子上。

嘈杂的小饭馆里，热菜乱哄哄地上来。孟琳穿着名贵的时装，与这儿的氛围很不协调。王丽敏拿起筷子指戳着说：“吃，妹子！难得咱姐俩单独聚聚！”

孟琳拿起筷子，看看油腻腻的菜，没下手，问道：“嫂子，什么事你就直说吧。是不是明宇的事？”

王丽敏可没有她这么讲究，把菜送进嘴里，吃得津津有味，说道："你真是绝顶聪明。这个刘振汉，天天自己孩子都还没管好，老婆工作也难，他却……"孟琳忙问："嫂子，你工作怎么了？"

王丽敏筷子一摆说："先不说这个。这个刘振汉，因为点什么走私车的事，上面命令他来调查你们家明宇呢。我寻思着，这是有人要整咱们两家啊！明宇是什么人我还不知道吗？这分明是对着老爷子来的！"

孟琳对这好像并不关心，说道："这是他们男人的事，咱别管那么多。"

王丽敏有些惊讶地看着她说："你这样讲可就错了，他们男人死要面子活受罪。你想，振汉不好意思跟明宇问个明白，明宇也一定不好意思去解释。到时候两人越闹越僵，我们还怎么处？"

孟琳又想起了聂明宇对她的冷漠，淡淡地说："嫂子啊，你真是多管闲事。听我一句，没什么大不了的，船到桥头自然直，随他们去吧！"

王丽敏咕嘟嘟灌了一杯啤酒，摇摇头说："哪有这么容易？我们那个振汉我还不了解？家里跟个熊似的，出去那身皮一穿就来劲，是个不管不顾的。孟琳，聂家跟我们血脉相连。别说明宇没什么大不了的事，就是有，他刘振汉敢动你们一指头，我就和你们一块上刑场！"

孟琳有些感动了，劝慰说："嫂子，别喝太多了，没那么严重。"

王丽敏一杯酒下肚，脸顿时就红了："别告诉老爷子。回去悄悄让明宇知道就行了。让他别记恨振汉，他也是没办法，上头的命令。"

孟琳点点头。这时，有几个小流氓晃了过来。他们显然被孟琳艳丽的容貌和高档的衣着迷住了。一个满脸青春痘的小青年蹭了孟琳一下，孟琳猛地站起，呵斥道："干什么你！"

“哟，红颜一怒赛贵妃呀！”几个小流氓嬉皮笑脸着，上前动手动脚调戏孟琳。孟琳马上拿出手机打电话：“小钟，公司有人吗？我在中山街小西天饭馆，快带几个人过来！”几个小流氓欲夺孟琳的手机。“叭”一个嘴巴冷不丁扇到那个青春痘脸上。王丽敏气势汹汹地站起来说：“你们吃豹子胆了！欺负到老娘头上了，滚蛋！”几个流氓上来推搡王丽敏。王丽敏顺手抄起凳子，高高举起。“不过了好，大家都不过！”

凳子砸过去，老板来劝，有人报警。餐厅乱成一团。

几辆警车呼啸着驶进刑警支队，刘振汉和刑警们跳下车。

进了办公室后，龚静问刘振汉下面怎么办。马荃在旁边插嘴说：“按常理，下面该是解剖尸体。然后是论证会，找疑点线索，排除可能……”

龚静白了他一眼：“没你的事。要不，你来这组？”

看得出来，马荃是龚静嘴下败将，吐了吐舌头，没敢回嘴。

王明又问刘振汉：“要不，先开个会？尸体已经送法医科了。”

龚静赶紧向刘振汉使眼色。刘振汉笑笑说：“王明，匿名信那案子归你，忘了？去忙你的吧！”他若有所思地皱着眉，“我总有点不放心，你要抓紧时间把事实弄清。”

“好吧。”王明点点头，“一有结论，马上告诉你。”他说完，便带着另一组人走开。

龚静低声咕哝：“既然老担着心，索性和他们换过来不得了，何苦呢？”

李冬轻轻拍了她一下说：“听说过垂帘听政吗？一个意思！”

刘振汉没吱声，低着头走进了里面的支队长室。

不知不觉，一个多小时过去了。刘振汉进了里间屋后，一直没出来。

龚静有些忍不住了，对着里屋喊：“刘支队，你没事吧？睡着了？”

刘振汉在室内答道：“不是让你们别吵吗？照片出来没有？出来了就抓紧时间回宿舍去！”

王明悄悄走来，试图和龚静和解，用轻柔的声音说：“小龚，别大声。多少年习惯了，一有案子，出现场后总得安静地想几个小时。别理他！”

李冬急匆匆拿着照片递进里屋说：“刘支队，照片来了。”

龚静吐了吐舌头：“这么多怪毛病。还是你王队对他了解啊！你看，案子也出了，现场也去了，可我总觉得摸不着门。”

王明很和善地笑了笑说：“没事，第一次嘛。你已经很专业了。我第一次更惨，紧张得死人都不敢摸。你一个女孩儿，没想到还挺勇敢的，是块儿刑警的料。以后多学着点，熟了就好了。”

龚静第一次发觉，王明挺亲切的。她又注意看了看他，而且还挺帅。自己的脸不觉红了。

3

聂明宇独自驾车驶向海滨。夜色正浓，灯光渐渐稀少。车上的激光唱盘里正放着一曲颇悲壮的交响乐。聂明宇握着方向盘，神色沉重地凝视着前方。

凌志车在位于海湾处的一个很僻静的咖啡馆门前停住。聂明宇下车后，径自走入。他环顾四周，朝幽雅安静的角落走去。那边有个中年人正坐着等他。他在那人的对面落座，轻声道：“对不起，黄秘书，我来晚了。”

此人衣着朴素，从他那白里透红的肌肤就可以看出，他保养得很好。他叫黄盛，是聂大海的秘书，还兼任着市委办公厅秘书处副处长。他抬起头对聂明宇笑笑：“我也是刚刚来，坐吧，明宇。”

“老黄，有件事情，我必须让你知道。”聂明宇往沙发椅背上靠了靠。

黄盛搅动着咖啡杯说："请说。"

聂明宇平静地说道："那批车子，出事了。"

黄盛并不吃惊："我已经听说了。怎么会呢？"

"是新任缉私处长贺清明查出来的。"聂明宇脸上没有什么表情，"我们还没来得及做他的工作。他上任第一天就搞了个突击检查。"

"贺清明？就是那个刚刚从上面机关调来的年轻处长？"

聂明宇点点头。

黄盛淡淡地问："现在立案了没有？"

聂明宇回答道："好像没有，具体情况我还不大清楚。张峰想自己把事情顶下来。"

黄盛摇摇头说："这件事情如果出麻烦，不是哪一个人可以顶下来的。由我来想想办法吧。"

聂明宇拿起咖啡台上的车钥匙，对着窗外一摁解锁，窗外响了两声。他问道："黄秘书今天开的是……"

黄盛品了口咖啡，答道："红旗。"

聂明宇点点头站起身走出，他在靠近咖啡馆窗子的地方找到红旗轿车，打开车门扔进去一个包，然后长出了一口气。

凌志车在海边公路缓缓地行驶。聂明宇一手扶着方向盘，一手打开手机拨打。手机里传出对方已关机的声音。他想了想，又拨出一个人工传呼……

张峰开着奥迪，在市郊的高速公路上发疯般疾驰。摇下玻璃的车窗被狂风打着呼哨，他散乱的头发剧烈地飘拂着。

传呼机急促地响了起来，张峰减慢车速，从腰里摘下呼机，揿亮指示灯，只见液晶屏上显示：别干傻事。车到山前必有路。聂。

张峰脑门上紧皱的纹沟稍稍舒展了些。他掏出手机，打开后拨号，举到耳边说："丽丽吗？对，是我。你等着我。今天我谁都不想见。给我做点好吃的。”

张峰来到明丽园公寓，电梯在十八楼的六号房门前停住，摁了两下门铃，一位艳光照人的小姐打开门，把张峰迎进房间。餐桌上摆满丰盛的晚餐，香气缭绕。张峰一把抱住她，轻声喊：“丽丽！我的好丽丽！”

丽丽仰起脸道：“我不问你什么事，但是我就说一句，保重好自己。”

就在这时，手机又响了。张峰关了，道：“今天谁也不见，谁的电话也不接。就咱们两个在一起。丽丽，我们在一块有三年了吧？”

丽丽很感动的样子柔声说：“但愿下一个三年我们还在一起。张峰，我不想说你公司的事，我什么也不需要。你应该明白的，我只要你，只要你平安！”

张峰吻着她：“再一个三年？好，人在江湖能有几个三年？我们得好好吃一顿！然后我搂着你，踏踏实实地睡一个安稳觉！”

丽丽的眼里，不知不觉流出几颗泪来……

王丽敏站在“下岗职工再就业信息栏”前仔细地看着。一则消息吸引了她的目光：××物业招聘环卫工人。

这时，无所事事的肖云柱也晃晃悠悠地走了过来。他的目光扫了扫信息墙后落在秀气的王丽敏身上，他凑了过去。王丽敏感到后面有人过来，便让了让。她掏出小本子记录下这条信息的编号，然后走进旁边的居委会。肖云柱左右看了看，也跟了进去。

居委会办公室里，两位大姐正热心地安排着下岗女工的工作。屋子里坐了一圈人。王丽敏进去的时候感觉有些羞涩，低着头排在了队伍的尾巴上。

肖云柱也无目的地排在后面凑起了热闹。

终于轮到王丽敏了。居委会大姐一看，惊讶得叫了起来：“呀！王大妹子，你怎么也来了？”

王丽敏的脸腾地红了，肖云柱有点好奇地看着她。

一位大姐说："是给别人找工作？"

另一位大姐也说："那还排什么队呀！打个电话说一声不就完了吗？"

王丽敏窘得无地自容，嗫嚅着道："不是，我们厂里效益不好……"

两位大姐相互看了一眼，马上明白了，问她："您看中了哪个号？"

王丽敏把抄下的号递过去，她们看了看，告诉她说："这活儿可苦。要不，您先干着，等过两天有好活儿了，我们再给您调换。"

王丽敏忙不迭地连声答应。

她们把环卫队的电话和地址交给她，嘱咐她上班后再来个电话确认一下。王丽敏道了谢，很高兴地拿着条子走出门去。

一位大姐摇着头叹口气说："真是邪门了！刘振汉的媳妇，竟然也没有了工作！"

刘振汉！这个名字在肖云柱心里如重锤一般敲响。那过去的一幕顿时在他脑海里闪现。

一群举着菜刀的人被警察追得狼奔豕突。一只有力的大手把他的头狠狠摁在地上，他的嘴唇和脸颊上沾满了尘土。那个警察将他的胳膊狠狠撅到背后，铐在一起，他疼得鬼哭狼嚎。他冲着警察大叫："今天栽在你手里算我倒霉，有种你丫留个名！"警察凑近他说："我就是刘振汉！"他被押到审讯室，很英雄气地供认了他所有的"壮举"，刘振汉吃惊地又问："什么？ 5月18号青龙桥？晚上？"他脸一扬说："怎么着吧？就我一个人干的！你还别冤枉别的兄弟，那姑娘完事后还冲我笑呢！"刘振汉气得嘴歪眼斜，狠狠地甩了他一个嘴巴……

肖云柱想着想着，脸色渐渐铁青起来，而屋子里的碎嘴婆娘们还在叽叽喳喳议论着：

"她老公当刑警队长，咋还用得着她出来干杂活儿挣钱？"

"就是，现在警察多神气呀！"

"这事情我知道，她老公把她们厂厂长的小舅子给抓进去了，她能不下岗吗？"

肖云柱转身问那位居委会的胖大姐："刚才那个女同志的丈夫是哪个区的刑警队长？"

"你哪儿的呀？"胖大姐警惕地反问。

"哦。我们厂是生产警械警具的，不行就让刚才那个女同志到我们那里去工作，搞点推销。"肖云柱眼珠一转，编出一套瞎话。

胖大姐眉开眼笑："你真会做生意，那公安局肯定能买你们的东西。"

肖云柱很诚恳的样子问："我怎么和她联系？"

胖大姐不假思索地道："这好办，她留了家里的住址和电话。"她说着把字条递给肖云柱。

肖云柱嘴角露出一丝笑来。

4

第二天上午，张峰如约走进了海关大楼，在贺清明对面的椅子上稳稳地坐下。

贺清明能看得出也是彻夜未眠，两个眼圈泛着青，面容枯槁。他开门见山问道："我想知道，这些车子，你们要销往哪里？"

张峰摇摇头说："你弄错了，我们这些车并不是用来卖的。如果不是你查扣，一个月之后，它们便会具有完全合法的车牌照，奔驰在全省的各条公路上，为国家的经济建设实现'四化'出力了。"

张峰的话深深震动了贺清明，他问道："你……你说它们能合法上牌照？"

张峰笑笑，打开手提电脑，搞出车辆调拨单，说道："你不妨看看。我说我不心疼是真的。说白了，这些车里面只有六辆是属于龙腾集团的。”

“其他车呢？”贺清明看着电脑屏幕上连牌照号都定好的资料，吃惊地追问。

“其他的车？”张峰吐了个烟圈，接着扭动键盘，“你真的想知道？”

贺清明沉声道：“我想知道！”

张峰冷静地敲下笔记本回车键说：“看吧，其他的车，是市政府的。”

“什么？”贺清明两眼发直，惊呆了。

“今年财政上困难，市政府也是没办法才为之的。”张峰慢慢说道。

“你们……你们勾结起来走私！”贺清明感到不寒而栗。

“我说过，这事并不是单纯的企业行为。我今天也许说的都是胡话，将来在任何地方我都会否认我说过的一切。但是作为朋友，我想应该让你知道真相。”张峰一下子删除了所有资料，疲惫不堪地靠在椅背上，“我求你点事情，可以吗？”

“说……”贺清明也如虚脱了般慢慢坐回椅子上。

“你不管是汇报还是立案，我希望这个案子中最终的罪人只有一个，就是我张峰。所有的手续都是我的签名。牺牲一个张峰，了结一起走私案，这是大家都可以接受的现实。你顾全了你的清白，履行了职责，天都市也维持了安定团结的大好局面。”

“如果我不答应你呢？”

张峰的眼光陡地变得凶狠，死死地盯住贺清明。贺清明不由得打了个寒噤，说道：“我要立刻打电话向上级汇报这里发生的一切！”他说着，手伸向电话机。

“那我就没有别的办法了！”张峰脸罩寒霜，“不但你我的朋友之情就此断绝，你女儿也就不仅仅是上不成学的问题了！”

“你威胁我？”贺清明勃然大怒，霍地站了起来，手指张峰道，

"张先生，我看你是找错了对象！"

张峰端坐不动，脸上换成笑容，缓声说："那你可以试试，今天能不能活着走出这座大楼？"他在说话时，已从口袋里掏出了手枪，"当然，贺丹丹会走在你的前面！"

乌黑的枪口对着他，散发出一股锐利的杀气，在屋内弥漫。贺清明浑身一震，手僵在空中。

"你如果不答应我，我会打死你，然后自杀。"张峰面无表情，"我的遗书在上衣口袋里。人们会看到一个犯罪分子的绝望和悔恨。你会被追认为烈士，而这个案子会被人遗忘。"他说罢，脸上涌出绝望凄惨的笑来。

"你……你太嚣张了！"贺清明浑身哆嗦，但额头上渗出了冷汗。

"兄弟，不到万不得已，我是不会这样做的。你只要照管你女儿就可以了，可我们要养活三万多工人！贺清明处长，我请求您给天都市留下龙腾集团，给这三万多人留口饭吃，也给所有牵扯到这件事中的人留条活路！你可以把我送进班房，送上刑场，随便怎样处置我。但是，我绝不能让你把龙腾集团搞垮，绝不能！"张峰说着，枪口向贺清明逼近。

贺清明额上的汗珠渐聚渐多。他知道，张峰绝对可以干出他所威胁的事情。一个垂死的人，什么事都能干出来。对自己他并不足惜，也不畏惧死亡，只要死得磊落，死得问心无愧，他可以坦然地去拥抱死神。可是现在盘桓在脑海里的全是丹丹，她苍白的脸，无助的眼神，摇着轮椅的瘦骨嶙峋的胳膊……巨大的恐惧霎时攫住了他颤抖的心。他在拼命挣扎着。

两人在默默僵持对峙，突然门被推开了，刘建义站在门口。"嘿！张峰，你小子怎么来了？"他的眼睛清晰地看见了张峰手中的枪，吃了一惊，但目光很快就滑了过去。贺清明也观察到了刘建义这一细微的动作，他顿时感到彻骨的寒意和孤立无援的悲哀，颓然坐下。

“又来请我们吃饭的？真是局长呀！饭局局长！哈哈……”刘建义大笑着回身关上门。

张峰毫不掩饰地把手枪放进西服口袋说：“我今天是来和贺老弟聊天的。你说吧，到哪里去吃饭？”

“小贺定，小贺定。”刘建义走到张峰旁边坐下，对贺清明道：“清明，我是来告诉你，今天晚上市委秘书处黄盛处长要代表市委、市政府来看望你。市委的一些领导从电视上看到了你女儿的事情，委托他来问候一下。”

贺清明定定地看着刘建义，沉重地点点头，脸上如同一张揉皱的白纸……

王丽敏和孟琳谈过聂明宇的事后，孟琳心里总有些怅怅的。刘振汉的性格，她又何尝不清楚，是个眼里揉不得沙子的倔汉子。如果他真的查出什么蛛丝马迹，会是个什么态度，有个什么结果，还真难说。从内心深处，她还是想帮帮丈夫的，因为自己的一切，都是他和他的家庭给予的。倘若这棵大树没了，她也就会失去现在拥有的一切。可是，聂明宇作为一个丈夫，是极不称职的。一个女人，可以容忍男人对自己的任何疏忽，但唯一不能容忍的就是冷漠。出于对将来的担忧，她记录了他的秘密，想留一手，没料到被他发现了，他们的关系可想而知也更雪上加霜了。她真不知道，在目前这种状态，自己该怎么办。

孟琳就这么边想边走，恍恍惚惚走进自己的公司。她刚在写字台后坐下，秘书小钟风风火火跑了进来，嚷着：“孟总，看看电脑，咱们公司的资料好像都有问题了！”

孟琳连忙打开电脑，操作起来。她吃惊地发现，电脑上她所有的私人资料都被病毒感染了。

“查查吧，是不是别的公司的黑客？”钟秘书说道。

这时外面有人喊：“好了，没事了！今天小心点儿，可能是病毒大传播……”

小钟跑出去，不一会儿又转回来，问："没事了，孟总，吓了我一跳。您的电脑好了吗？"孟琳的电脑上依旧是一片混乱，她看着咬咬牙说："好了……"

孟琳关上电脑，气冲冲地开车赶到了龙腾公司，闯进董事长室。正在打扫卫生的小芮吃了一惊，抬起头打招呼："夫人！"

孟琳压住心中的火气问："你们董事长呢？"

小芮把抹布放在窗台上说："刚接了电报，好像去机场接他妹妹去了。"

孟琳惊愕地问："蕾蕾回来了？"

小芮点点头，问她有什么事。孟琳摇摇头说："算了，别告诉他我来过，也没什么大事。对了，你们公司的电脑今天受病毒侵袭了吗？"

小芮回答说："没有啊！这不好好的吗？"

孟琳没再说话，扭身走了出去。

5

刑警支队法医室的两张台子上，分别摆着两具尸体，上面盖着白布，她们的脚指头上挂着"海滩一号""海滩二号"两个牌子。

法医已经解剖完尸体，正在缝合尸身的胸腔。刘振汉问道："死亡原因搞清楚了没有？"

"从尸体解剖来看，两个死者都是非正常死亡。应该都是死于枪击。"法医说着，掀起尸布的一角，让刘振汉看他所指点的部位，"您看，一号身体有两处伤痕，头后脑部的枪伤直接使得脑部组织受损以致死亡，同时手臂尺骨骨折。二号尸体同样是遭到枪击而死亡，子弹是近距离从眉心穿入。"

刘振汉认真仔细地看着弹孔。

龚静在旁边发表看法："两个受害人都是一枪毙命，看来，凶手是训练有素的。"

"我也这么想。"刘振汉表示赞同，"一号女尸弹孔在太阳穴位置，二号在眉心。这都是专业杀手喜欢的部位。"

李冬问法医："受害人死亡的时间，能不能确定下来？"

法医答道："根据尸体状况看，死亡时间应该在四到五天之内。但是，死者已被凶手有意识地毁容，所以，很难确定其身份。"

刘振汉又慢慢走到尸体旁，将盖布全部掀开，细细地从头到脚认真查看，目光最后停在手臂上。他凝神注视，心有所动。

龚静和李冬等人都很奇怪地看着他的举动。刘振汉把照片拿出，对照了一番，然后盖上尸体，若有所思地说道："走，去会议室！"

刑警支队会议室里，"咔嚓"！一张幻灯片投映在白板上，正是海滩女尸现场的照片。刘振汉和几个刑警坐在幻灯机前静静地看着。马荃操作幻灯机，龚静作着讲解："这是今天在海滩发现的两具尸体。尸体发现时，全身裸露。根据尸检报告，这两具尸体均为女性，年龄在十九至二十一岁之间，死亡时间不超过五天。现在基本可以排除自杀的可能性，可以肯定是一起残暴的凶杀案。"

大灯打开了，大家纷纷围坐在桌子前。刘振汉点了根烟，环视一圈后说："侦破此案的关键是查清尸源，你们有什么想法？"

马荃争先发言："我刚刚理出个思路，准备明天就开始做。女尸的脸部已经被凶手破坏，无法辨认长相，因此，我准备请技术科采用颅骨对比技术，先复原出死者生前的模拟照片，然后再核查失踪人口，争取尽快找出线索。"

大家频频点头。李冬道："虽然麻烦点，但这条路子可以试试。"刘振汉却表示了不同意见："我看麻烦，而且会拖时间。咱们的颅骨对比技术目前还处于摸索阶段，对死者身份定性没有十分的把握，还是另辟蹊径吧！”

大家讨论了半天，也找不出什么更好的办法，都把目光对准了刘振汉，希望他能说出一个更高的招数来。

刘振汉把烟头摁灭，拿起几张照片，走到白板前。“这是死者各个部位的照片。我刚才在解剖室和看幻灯片时都注意到一些细节，在这几张照片上也有所反映。不知大家注意了没有。”他把照片分别贴在白板上，“最近气温不是太高，因此，尸体除了头部，相对而言，保存得还比较完整。大家请看照片。”他指点着，“这是两个死者的手臂，你们看有什么特殊的地方？”

大家围上前看。龚静首先看出端倪，急切地说：“手臂上都有点状疱疹……”

刘振汉点点头：“答对了一半，这不是点状疱疹，是死者生前用烟头烫的伤疤。”

几个刑警突然都省悟到一些东西。

刘振汉继续道：“这些烟头烫的伤疤应该给我们一些启示。”他指着一张死者牙齿的照片，“你们再看这张，从死者的牙齿上可以清晰地看出，上面有很重的烟渍，至少有几年的烟龄。刚才龚静讲了，法医判定死者的年龄在二十岁左右。一个十几岁便开始吸烟的女孩，应该是什么女孩？”他又指着另一张照片，“这是二号女尸的手臂，从照片上可以清楚地看到一个刺青，是一个二厘米乘三厘米的‘忍’字。刺青、疤痕、烟渍……这些细节，为我们判明死者身份提供了很有价值的参考坐标：这两个女人应该是从事不良职业的女人！”

刑警们纷纷点头。

刘振汉端起茶杯喝了口水，龚静忙拎起水瓶给他添上。他接着道：“从事不良职业的女人，一般有两个特点。一是流动性大，行动比较隐秘；二是相互之间往往认识。当然，有组织的卖淫活动更是如此。所以，即使马荃弄出来精确的照片，也很难查实这类边缘人的身份。”

龚静问："刘支队，那我们该怎么查，采取什么具体措施？"这也正是有些不服气的马荃迫切想知道的，他双眼一眨不眨地看着刘振汉。

刘振汉道："明天可能会有一次行动。具体情况，我还不太清楚。但不管是什么行动，咱们正好乘此机会，将所有城区的妓女、老鸨、妈咪等一网打尽。然后通过审讯，来查询死者身份。我相信，这样的话，会事半功倍。"

大家听了刘振汉的话都很振奋。这时，值班员走了进来，交给刘振汉一份电报。他看着，不由发出一声惊呼，连忙看表。龚静问他是不是又有了什么大案子。他回答说："不是，一个好久不见的亲戚回来了。对不起，我得去趟机场。你们先聊着，研究一下明天的行动方案，我回来听结果。"

龚静看着他慌张地跑走，笑道："这是怎么了！跟孩子似的……"

李冬得意地看着几个新兵道："怎么样？咱们刘支队不比你们学校的老师差吧？有没有学问？"

"刘支队应该到我们学校去当老师！"汤文军由衷地说。

天都国际机场。一架波音飞机张开巨大的双翼，轰鸣着落地。旅客们鱼贯而出，步下舷梯。一位留着齐耳短发，面容秀美的女孩随着人流走向出口处。

刘振汉风风火火地驱车赶到候机厅前，跳下车，在人群中寻找着。另一边，聂明宇身着黑色的短风衣，戴着太阳镜，双手背在身后，在慢慢地溜达。

乘客们陆续走了出来。那位短发女孩推着行李车往外走。刘振汉首先发现了她，大叫："蕾蕾！冯蕾蕾！"她在人群中寻找着，先是发现了聂明宇，然后才发现了对她招手的刘振汉。与此同时，刘振汉和聂明宇也互相发现了对方。

冯蕾蕾并没有太兴奋的神情。她努力掩饰住一点点激动走上前。她有些犹豫，不知该先跟谁来亲热。两个男人也犹豫着，都似乎在谦让着对方。最终，还是聂明宇先拥抱了她，然后是刘振汉。三个人都有些不自在。

蕾蕾喊："哥！"

刘振汉和聂明宇同时应了一声，两人都有些尴尬地互相看了看。

聂明宇故意做出不高兴的样子对蕾蕾说："好呀！回国也不打电话，怎么想起发电报了？"

刘振汉笑吟吟地说："雕塑家嘛！艺术家都和别人不一样，咱蕾蕾从小就有艺术家气质！"

蕾蕾轻声道："不是。主要是我想让你们两个都来接我。哥，爸爸妈妈好吗？"

聂明宇搂了搂蕾蕾的肩说："好。他们都好。你呢？"

蕾蕾偎在聂明宇胸前说："你不是看见了吗？我还正喘着气呢！"她走到刘振汉身边，挽住他的胳膊，"你呢？振汉哥！"

刘振汉看看聂明宇说："好，还好。你看，咱这不是又聚齐了？"

三人并排走向停车场。刘振汉走向警车，聂明宇走向凌志，蕾蕾站住了。

聂明宇转过身来，欲喊又止。

刘振汉道："蕾蕾，上你哥的车吧，坐着舒服。我给你们开道。"

聂明宇拉开车门说："别了，振汉，你还嫌麻烦不够呀？"

蕾蕾向警车走去说："我和明宇哥在一起机会还多，上你的车吧！"说着，钻进了警车。

刘振汉对聂明宇笑笑，也上了车。聂明宇开着凌志，跟在后面。

刘振汉轻打方向盘，侧过身没话找话："蕾蕾，这两天到家让你嫂子给你做点可口的菜。外国苦，净吃些半生不熟的东西。"

蕾蕾不回话，忽闪着一双大眼睛看着他。

刘振汉只好接着再说："蕾蕾，这趟回来办展览，待多长时间？哪天带你嫂子也看看你们那个雕塑去？"

蕾蕾终于开口了，语调冷冷的："振汉哥，我听说了，孟琳告诉我的。说你和我哥闹了矛盾。好像你正调查他。是吗？"

刘振汉冷不丁被蕾蕾这么一问，心不觉一沉。他勉强挤出几丝干笑："哪能呢？谁传的？瞎说。你看，咱们一块长大，我能害你们？"

蕾蕾舒了一口气："我就要听你这句话。我知道，振汉哥，明宇哥他不会总守着规矩。他做这么大，不弄点鬼才叫见鬼呢。不过，我会说他。你也了解他，他这个人还是能把握住尺度知道轻重的。"

刘振汉点点头："我知道。所以，我躲着这事呢！"

"就算他真有什么不对，该怎么处罚让别人去。好吗？"

刘振汉想了好大一会儿，又点了点头。

凌志车上，聂明宇静静地听着音乐。他注视着前面警车里刘振汉和蕾蕾聊天的背影，心如潮涌。

警车拐弯，放慢了速度。蕾蕾透过车窗，突然看到了旁边一条阴暗的胡同。她顿时咬住嘴唇，颤抖着嗓音说："这里……振汉哥，还记得这里吗？这么多年……怎么没变样啊？"

刘振汉慌忙看去，问道："哪儿？"他顺着蕾蕾的目光，看到了那条巷子。霎时，那惨痛的场景在他眼前浮现出来：蕾蕾哭喊、哀求，肖云柱面目狰狞地扑在她身上……

刘振汉恍然大悟，赶紧掉转车头走别的路。他边猛打方向盘边急促地说道："不走这儿！蕾蕾，咱不走这儿！我说，你怎么……过去这么久了！你还得好好生活呀！去美国读书咋还忘不掉……"

蕾蕾满脸悲怆和仇恨，眼里闪动着晶莹的泪光。

警车突然掉头，聂明宇不由得吃了一惊。他朝旁边看去，也发现了那个胡同，双眉紧紧拧到了一起。

6

贺清明缩在风衣中跟着刘建义、张峰走进天都酒店餐厅。迎宾小姐快步上前，引领着他们来到酒店最豪华的“天上人间”包厢。

黄盛西装革履，已端坐在沙发上等候多时了。

刘建义把贺清明让到前面，介绍说：“这位就是我们海关新来的缉私处长贺清明。这位是市委秘书处黄盛处长。”

黄盛上前一步，紧紧握住贺清明的手：“小贺，市委领导听说了您女儿的事。都是我们工作不力，关照不周，让您的女儿受委屈了！”

贺清明喃喃说道：“没……没有，她……”

黄盛指点着张峰说：“张峰呀，这次你们龙腾公司真是做了件大好事！市委主要领导在我面前对你们可是赞不绝口啊！”

张峰很谦恭的样子拱手道：“黄秘书过奖了。您是知道的，我们龙腾集团每年在教育上的捐助都不下一百万。正巧碰上贺丹丹这样的好学生，我们当然要帮忙了。”

黄盛热情而不失稳重地让座：“来来，坐。贺处长，坐这里。”他把神情有些呆滞的贺清明按坐在首席位置，“今天我代表市委、市政府领导给贺处长接风。张峰，你可要表现好一点，多陪贺处长喝几杯！”

张峰忙连声答应：“一定！一定！”

贺清明和张峰隔着桌子相互注视着。菜很快端了上来，穿旗袍的服务小姐手执“酒鬼”，逐个斟上。

“为了祝贺贺处长上任，也为了他以后工作顺利，大家举杯！”黄盛站起来。

贺清明机械地端起杯，也勉强地站起身。他感到浑身的骨架像被人抽走了一般，直打飘。喉结滚动了几下，咽下苦涩。他的眼睛始终没离开张峰。

白蓝相间的车门上标有“公安”二字的北京切诺基吉普在聂家大门前停住，后面的凌志车也跟着停了下来。

聂明宇下车搂过蕾蕾，刘振汉把蕾蕾的行李箱拎下，说道：“明宇、蕾蕾，我还有事，队里的伙计们都在加班呢。我改天再来。”

聂明宇一拉他说：“知道吗，这是自己家！咱们今天不说别的……”

蕾蕾也嘟起了嘴：“怎么了？怕见我爸爸？”

刘振汉无言以对，有些为难地搓着手。

这时，聂大海和冯月梅走了出来说：“到了，蕾蕾！”

蕾蕾此时才像个孩子似的张开双臂扑到爸爸妈妈怀里撒起娇来。

聂大海转脸看见了刘振汉，走过去握手问：“振汉，你也去机场了？”

冯月梅对着刘振汉大声说：“汉子呀！快，一会儿叫丽敏和亮亮也过来，今天是个好日子！”

刘振汉有些不自然地喊了声聂大海：“聂叔！”

聂大海一拍他的肩膀道：“好小子！还知道喊叔！就冲你今天来这里的勇气，你还是我儿子！”他转向聂明宇，“明宇，今天家里人难得聚齐，不谈工作怎么样？”

聂明宇笑了笑道：“求之不得。”

刘振汉和聂大海下象棋，聂明宇和蕾蕾闲聊着美国的逸闻趣事，冯月梅在厨房里忙活。没多大一会儿，王丽敏和孟琳一前一后走了进来。她们自然是和蕾蕾又抱又叫地亲热了一番。聂明宇问王丽敏为什么不带亮亮来。王丽敏说他要写作业，她已经给孩子做好了吃的。

冯月梅很快端上了菜，大家围坐在餐桌旁，吃得兴味盎然。尤其是蕾蕾，边吃边连声说香。

聂大海感慨道："好像又回到了从前，那会儿一个个饿得呀……"

大家都笑了起来。王丽敏对蕾蕾说："蕾蕾，给咱说说美国，到底美在啥地方？闹不好，将来送你小侄子也到那儿去美一美！"

蕾蕾看着大家说："美国其实并不美，那里的女人都长着很长的毛，所以，刮毛器是热销产品，没什么好说的。我出去这么久了，最想知道的是你们的情况，给我说说吧。"

大家一时无话，互相看看。

王丽敏是个直性子人，不愿意冷场，就说："反正你这个哥是没什么说的。你走多久，回来还就是这个德行。哪如人家明宇，芝麻开花节节高！"

冯月梅接上话茬儿："嗨，明宇能咋着？再混得好，咱汉子也是政府的人。明宇还不是得被他管着。"

大家都愣了一下。

聂大海瞪了冯月梅一眼，说："今天不谈工作，也不进行人身攻击。"

大家又都笑了，但这次笑，内容却各不相同了。

孟琳移开话题："奇怪。蕾蕾，美国怎么样？电脑普及吧？病毒多不多？今天我们公司电脑系统就被侵入了，你们那儿怎么样？"她说着瞥了聂明宇一眼。

王丽敏道："这个孟琳，刚说不谈公事的，她又来了！"

聂明宇耷拉着眼皮站起，道："我有些不舒服，上楼稍躺一会儿。"说罢，便离开了餐桌。

大家看着他上楼。恰在这时，刘振汉的呼机响了，他看看，也连忙站了起来说："对不起，队里有急事，我也要先走一步了。聂叔、冯姨，让丽敏多陪陪你们。"他匆匆走出。

欢乐的气氛顷刻之间荡然无存。餐桌旁，留下一桌人静静地呆坐着。

7

大家都有了几分醉意。黄盛端起杯子道："贺处长，你刚来，对天都市的一些情况不太了解。龙腾集团作为市里、省里的龙头企业，对咱们天都的经济发展，做出了非常大的贡献。张峰你见到了，还有董事长聂明宇，抽个机会也介绍你们认识认识。他们和你一样，都是年轻有为的非凡干才。来，祝你们携手共进，为天都的经济建设助一把力！"

贺清明呆坐不动。

黄盛显然猜出了贺清明的心思，于是直截了当地说："贺处长，我知道你是一位非常有原则的干部。我可以用人格向你担保，这次的事情，不能怪龙腾集团。市里要用车，但是财政上有困难，所以求到了龙腾集团，请他们为市里做点事情。"

刘建义接话道："我说一句，黄秘书，这就是你们的不对了。既然是政府的事情，为什么不给贺处长打个招呼呢？"

黄盛有些醉了，脱口而出道："刘关长，我想和你打个招呼……"

张峰连忙打断道："贺处长不是刚刚来吗？我们实在是没有准备。原本想在一起吃饭的时候再把事情说清楚……好，不解释了。我认罚，我认罚……小姐，换大杯子！"

贺清明心里一阵发毛，他实在不愿意再看到几天前的那一幕重演。

服务小姐走进来问："要几个？"

张峰咬了咬牙道："十个！"

桌上的人都愣了，贺清明慢慢抬起头，注视着张峰。

桌子上一溜排了十个大酒杯，白酒哗哗地倒了进去。刘建义拦住说：“张峰，你喝不下了，别玩命，前天就翻了。”

张峰摇摇头道：“我知道，让贺处长作难了。我没有别的，就这条贱命。要是喝死在这里，权当给贺处长赔礼了。”说着，他端起杯子冲着贺清明，“兄弟，算我张峰对不住你，我自罚十杯！”话没落音，他已“咕咕”灌了一大杯。

当他的手伸向第二杯时，贺清明突然噌地站了起来，沉声道：“等等！”他披散在额上的一缕黑发颤抖着，眼圈红红的。所有人都吓了一跳，不知他要干什么。贺清明看了看桌旁的人，最后死死盯住张峰说：“咱们一起喝！我贺清明不过一个书生，受不起大家抬举！”

张峰心中顿觉一轻，刚刚下肚的酒也不苦不辣了。他故作苦笑状：“兄弟，该是我敬你酒。我对不起你，我们龙腾集团对不起你。我说一句直肠子话，老弟，只要你让我们龙腾集团过这一关，我今天就是喝死在你面前都没关系。”

贺清明脸上的表情不知是哭还是笑，态度坚决地说：“请你不要喝。这酒，我喝！”他端起一个大杯，“干！”

张峰怔怔地看着贺清明，也把杯子伸出去说：“干！”

贺清明猛地仰脸喝了一杯，他被辣得咧开了嘴，抹了抹嘴角，又拿起一杯灌进了喉咙。两杯酒下去，他便醉了，拉着张峰的胳膊喊：“喝……喝，你……怎么不喝！咱……咱们一块喝死……干净！”

张峰点点头：“我喝！”说着也是一杯吞了下去。

贺清明扑倒在餐桌上，他感到眼前一片模糊，禁不住热泪长流。他彻底绝望了，明显地感到身边所有的力量都在把他推向一个无底深渊。他挣扎着，拼命想伸手抓住一只手，一只能把他从苦海里打捞出来的手。可是一切都是徒劳，每个人都是漠然旁观，看着他在水里扑腾，渐渐地，他沉入了那个万劫不复，有着强大引力的黑洞。他对自己呼喊：我疲倦了，我要放弃了，我没有力量抗争了……

贺清明终于选择了妥协。

这是天都市的老城区，一片平房让人忆起逝去的年代。红的朝霞映照着青灰色的屋脊，屋脊上林立着各种简易电视天线。在屋脊中间，间或有一两株大树露出来。一群群的鸽子从屋脊上飞过，留下一串悠扬悦耳的鸽哨。

新的一天就这样平平常常开始了。

肖云柱的家就在这片青灰色的屋脊之中，是很多人家杂居的老式院落中的两间旧房。上班的邻居们纷纷推着自行车往外走。门开了，一个瞎眼老汉披着衣服哆哆嗦嗦地扶着门框往外迈步。“肖大爷，早呀。”几个邻居打招呼。“早！早！”肖大爷听着声音，把头扭过去。

这时，肖家隔壁的邻居出来刷马桶，问肖大爷：“肖大爷吃了吗？”

肖大爷一听，气不打一处来，骂道：“吃，吃个屁！我倒是想吃，谁给我弄去呀？”

邻居同情地说：“要不，我给您端过来，刚刚买的热油条……”

肖大爷更气了，嚷道：“我有儿子，不用！”他摸索着走到另一间屋子门口，用拐杖“当当”地狠敲门板，“几点了？还睡呢！”里面没有动静，他再次用拐杖敲门喊，“起来，浑小子！快给我起来！”

门哐地开了，肖云柱气冲冲地站在门口说：“爸，你干吗？天天跟喊丧似的……你睡不着也不让别人睡是不是？”他说着打个哈欠，又要往屋里钻。

瞎老头耳朵贼尖，大喝一声：“你给我站住！”

“干吗？”肖云柱不得不站住脚。

“干吗？你三十多岁的大老爷们，天天蹲家里不做事，整天个吃你老爸这二百大元的退休金。你好意思吗？你让邻居听听，你好意思吗？”肖大爷狠狠地顿着拐杖。

“操！我吃你什么了？我不是刚回来没两天吗？”肖云柱有点急了。

“你回来就在家里蹲着，蹲着能蹲出钱来吗？出去找活干呀！”肖大爷一副恨铁不成钢的样子吼着。

“人家正经工厂的都下岗了，我他妈一个刚出大狱的你让我到哪儿去找工作呀？”肖云柱也是一肚子火。

有不少邻居出来看这父子俩吵架。

“那你就在家蹲着、蹲着！我看你蹲到什么时候！三十大几的人了，连个媳妇都没有！”肖大爷拄着拐杖往屋里走。

肖云柱愤愤然套上衣服，骂道："他妈的不让偷不让抢，又不给工作！找媳妇，敬老院的八十岁老太婆都不会要我这样的！”他嘀咕着，走出了院子门。

8

天都酒店豪华套房里。早晨的阳光透过窗帘空隙照射进来。贺清明睁开酸胀的眼睛，被刺目的阳光耀得一阵晕眩。他忙用手遮挡住，又闭上了双眼。他似乎意识到有些不对劲，然后慢慢睁开眼，发现自己在一个完全陌生的环境中。他想起身，但是头痛欲裂，使得他几乎再次栽倒在床上。

贺清明终于费力地支撑起身体，却吃惊地发现自己赤身裸体。更让他吃惊的是身边竟然躺着一个同样赤身裸体的年轻女子，正在酣睡着。骤然之间，他便忆起了不久前曾做的一个梦，那是多年来未曾有过的梦：身边的这个面容姣美的女子媚笑着脱去身上的衣服，如凝脂般雪白透明的胴体晃得他血脉偾张。这女子把硕大丰满的酥胸颤动着送到他脸前，本来就已被酒精烧得遍体灼热的他，再也控制不住自己了。压抑了很久的激情喷涌而出，像一个极度饥渴的流浪汉，疯狂地隆饮着玉液琼浆……

贺清明惊惧地盯着那女子披散在枕头旁被染得黄黄的发亮的长发，心里一阵发紧，哆嗦着手用床单裹住身体，悄悄爬下床。他发现地毯上全是他随意丢弃的衣物。他急急地捡起衣服，抱在怀里，快步进了洗手间。

他对着穿衣镜，慌忙穿上衣服，冲了把脸。一夜之间，他已经胡子拉碴的了。

他走出卫生间，蹑手蹑脚绕过宽大的席梦思床，轻轻拧开房门，逃也似的突然加快了脚步。一个人迎面向他走来，问候："贺处长，休息得好吗？"

贺清明定睛一看，不禁大惊失色，原来此人正是张峰……

老城区胡同口，一个早点摊子冒着腾腾的热气，简易折叠桌旁，围坐着吃早点的人们。

"热油饼，热油条！"卖油条的王师傅用铁丝从油锅里挑出油饼，嘴里大声地吆喝着。

肖云柱晃着膀子走过来，眼睛斜了斜筐子里的油饼，停住脚步，说道："来四个油饼，两根油条。"

"四个油饼，两根油条，来了！"王师傅手脚麻利地从筐里面挑了油饼和油条，用黄表纸包上，递给肖云柱，"一共是四块四。"

肖云柱斜着眼道："行，记上吧！"

王师傅一愣，问："什么？"

"我说记上吧！"肖云柱提高了声音，说完转身就走。

王师傅追上去喊："哎，师傅，我这小买卖不赊账！"

肖云柱根本不理睬，昂首挺胸，雄赳赳地大步往前走。王师傅刚追出几步就被熟人拖住了，问道："你干吗？"

"我找他要钱！"王师傅气得满脸通红。

"你知道他是谁吗？"熟人问。

“我管他是谁！”王师傅还要追。

“原来城南有个菜刀队，你知不知道？”熟人又问。

王师傅转过脸问：“菜刀队？”

熟人点点头说：“这个就是当年菜刀队的队长，外号‘黑头魑三’的肖云柱！刚蹲了十年大狱出来，你给自己找麻烦呀？”

王师傅一听，脖子缩了回来。他往地上狠狠啐了一口：“妈的，算老子晦气！”

东方的太阳越升越高，城市躁动起来。街道上，涌动着上班的车流人潮……

第五章

1

聂明宇一睁眼，突然发现蕾蕾正静静地坐在自己床前。他吓了一跳，忙问："怎么了，蕾蕾？这么早干吗？"

蕾蕾盯着他，不答反问："你怎么不和嫂子睡一起？"

聂明宇怔了怔，坐起身子，倚在床头说："小孩儿别管那么多，她忙！"

"哥，我看你们两口子……怎么说呢？不正常吧！"蕾蕾摇摇头，"你们之间的事我不想干涉。我现在关心的是我的事。"

"你的事？"聂明宇有些愕然。

蕾蕾注视着他问："那个人怎么样了？"

聂明宇马上明白了。他长叹一声，抚摩蕾蕾的头发说："我打听过了，刚刚刑满，可能已经放出来了。"

蕾蕾垂头思索。

聂明宇套上睡衣起来，在落地窗前的沙发上坐下，冲了一杯速溶雀巢咖啡，用汤匙轻轻搅动，问道："说吧，蕾蕾，你想怎么办？"

蕾蕾抬起脸，咬紧嘴唇说："你知道的……"

聂明宇抿了口咖啡说："我让张峰去办。你准备怎么处置他？"

蕾蕾对哥哥的明知故问有些不满，说道："振汉哥在调查你走私的大案，我已经问了他。哥，既然你能干这么大的事，为什么处理我这点缠绕了十几年的小事，反而畏首畏尾缩手缩脚了呢？"

“别说了，蕾蕾，这能是小事吗？”聂明宇咕咚灌了一大口咖啡，“你总得让我想个万全之策。”

“那我就不说了。”蕾蕾恨恨地道，“最后一句，我要这王八蛋死，千刀万剐！如果你不动手，非要我来的话……”

聂明宇挥手打断她，说道：“别再废话！我刚刚帮你找了个画室。你现在要做的是好好办展览，笑着和客人说话，带朋友去野餐。你走之前，会有结果的。你不相信哥哥？”

蕾蕾吁了口气，脸上阴转多云，又有些忐忑不安地问：“振汉哥和你之间不会有什么事吧？虽然他已经答应了我，可我心里还是有些不放心。”

聂明宇做出很轻松的神态说：“我们到什么时候都是兄弟，能有什么事？你就别瞎操心了。快回去换套鲜艳点的衣服，也换换心情，到街上走走。咱们天都变化还是很大的。你看你，像个小老太婆，不是从非洲灾区来的吧？连我这个董事长哥哥都觉得没面子。”他说着站起身，“好了，我还要去公司，下午让孟琳带你去看看画室。”

蕾蕾多云转晴，终于笑了。

丽丽把早餐端到床头柜上，轻轻坐在床边，摇了摇熟睡的张峰。张峰睁开惺忪的眼，搂住她说：“昨天一夜没敢合眼，实在是困极了。”

“又在天都酒店寻花问柳了吧？”丽丽噘起了嘴。

“寻花问柳是别人，还轮不到我。我在陪几个朋友打牌……”

急促的电话铃声突然响起，打断了张峰的话。他拿起听筒：“喂……我是张峰。哦，什么事？”

一个男人的声音从听筒里传出：“张峰，那两个女孩被发现了。尸体已经运回了刑警支队。”

“什么？”张峰眼睛睁大了。

“早做准备吧，再见！”说着，那边挂断了电话。

张峰重重地跌坐回床上，愣怔了片刻后，突然火冒三丈地猛捶床垫，嘴中骂着：“妈的，全是废物！”

丽丽看着他穿衣服，叹了口气说：“你成天干些让人提心吊胆的事。峰，什么时候你能安安稳稳就好了……”

张峰系上领带，丽丽眼巴巴地看着他说：“离开那里，好好过日子行吗？”

张峰一言不发，转身冲出门去。丽丽呆呆地看着他的背影，泪水慢慢流出。

张峰火烧火燎地赶到公司，进了总经理室后，就召来了小芮。小芮一见他猴屁股失火的样子，就估摸着可能是出了大事。还没等他开口问，张峰便把王芳和周玲玲的尸体被刑警发现的事讲了一遍。小芮脸色煞白，小腿肚子直哆嗦。

张峰问：“赵志刚人到了广州没有？”

小芮摇摇头说：“我催过他几次了。他媳妇缠得要命，不舍得。”

张峰跳起了脚，骂道：“这个不知命短的王八蛋，看他老婆的裤衩里能不能藏住他？真他妈是个废物！”他平息一下怒气，冷笑说，“他哪儿也别去了，你要把他给我严密监控起来。另外，找一个和公司没有瓜葛的无赖地痞，钱给足，也候着。你知道该怎么办！”

小芮明白他的意思，点点头，转身要出去。

“等等！”张峰喊住他，“正好有个叫肖云柱的刚放出来，是个强奸犯。这小子见血就眼红，见钱就没了爸妈，可以考虑是个人选。原来他玩菜刀队那会儿……”小芮接上话：“您正在工厂里造反呢！”张峰横了他一眼说：“这个人反正要除掉，不如用他！”

小芮想弄清楚，问道：“明白了，张总。我多嘴一句，为什么要除掉他？”

张峰又横了他一眼：“你还真是多嘴！”

小芮不敢再问了，咧嘴笑了笑，转身快步走出门去。

2

技术室的暗房里，一位身着白色工作服的技术人员正在精心检验着匿名信。激光束在信封上反复扫描，电脑光屏上开始逐行显示结果。

王明低头问操机员：“小路，结果出来了吗？”

小路手指飞快地在键盘上敲击，屏幕上显示一连串的数据，说道：“出来了！”小路说着站起身来，“经过对比，有十一组指纹是同时出现在信封和信纸上的。说明有十一个人同时接触过信封和信纸。”

王明问：“匿名信作者的指纹肯定是这十一组指纹中的一个吗？”

小路笑了笑说：“那可不一定。我要弄一封匿名信，绝对让你查不出我的指纹。我还能把你的指纹弄上去呢！”

王明捶了小路一拳说：“犯罪分子都是你这样的，我就别干了！”

小路摆弄着电脑说：“不过，还有点线索。你看测试各组指纹在信封和信纸上出现的频率和时间，就可以发现最为陈旧的一组指纹与出现频率最高的一组指纹吻合。”

王明顿时来了精神：“这组指纹很有可能是这封信的作者留下的！”

小路点点头道：“不错。如果他不是个有反侦查经验的人，这组指纹便很可能是他留下的。”

王明兴奋地问：“指纹找到了，怎么找人？”

小路诧异地看着他说：“老大，找人不是我的工作，那是你的事。再说，你调查事情的内容就完了，非要查人家写匿名信的人干吗？这可不符合规定。”

“上边就这么笼统的一句话，我怎么查呀？”王明恳求的样子，“拜托给找找，找到写信的人，我就可以让他多提供点线索了。”

小路道：“老大，跟你实说吧，我早就给你查过了，没有！”

王明一愣，有些不相信：“指纹摆在那里，你还查不到？”

小路以讥讽的语气说：“美国大片看多了吧？咱们可不是美国，生下来指纹存档。我这库里只有罪犯的指纹记录，好人的指纹可没有。”

王明沮丧地摇摇头：“你早说不就齐了，白忙乎一场！”

小路笑道：“你呀，别投机取巧了，干正经的吧！”

王明走出技术室，边走边闷闷地琢磨：找写匿名信的人的路看来是走不通了，目前唯一的办法就是直接查龙腾公司。可是说说容易，真要实施，就不那么简单了。聂明宇是个人精，又是市委常务副书记的公子，碰这只老虎，他似乎还没有武松的胆量……直到这时，他才有了一种被刘振汉绕住的感觉。不知不觉，他走到了支队长办公室旁。他赌气地看着那扇窗子，心中恨恨地道：你让我查，我就查，大不了也去扫马路。我看你最后怎么收场！

此时的刘振汉端着个大茶缸子，在给自己那棵丑陋不堪的虎刺梅浇水。透过窗子，他发现王明在对面不远处对着这边跺脚，然后气咻咻地转身走进了大案队办公室。他猜想这小子肯定是对匿名信的事无从下手了，不禁哑然失笑，继续细心地浇他的花。

庞天岳悄悄地走了进来。

刘振汉听到了脚步声，猜肯定是王明来找他了，停住手沉声道：“都不长记性是不是？先敲门，再喊报告！我告诉你，别拿我这豆包不当干粮！我整死你这个小王八……”他转过身看见庞天岳笑眯眯地坐在他的位子上。“哟……局长！”他的脸噌地红了。

“想整死谁呀？”庞天岳话里带点嘲讽，“够清闲的，心情也不错呀！在这儿当园丁了！”

“嘿嘿，怎么劳您大驾过来了？”刘振汉弄不清庞天岳的来意，便把话岔到自己的虎刺梅上，“幸亏我这花耐旱，要不早让这帮懒虫给弄死了……”

庞天岳并不搭腔，只是带点玩味的意思看着他。

刘振汉被局长看得心里直发毛，拖过椅子坐下：“有什么吩咐？说吧，庞局！”

庞天岳用审视的眼光盯着他道：“我说刘振汉，我让你回来是干什么的？不是让你当园丁浇花的吧？你的案子呢？”他抬腕看看表，“这会儿你应该在外面工作呀！而不是在这里坐办公室！”

刘振汉马上明白局长是兴师问罪来了，于是，“嘿嘿”一笑道：“庞局，原来你不放心，亲自监工来了。您放心，按照您的指示，我们正在抓紧调查。我弄了个专案组，还没给您汇报，是让王明牵的头。”

“这个主意不赖。”庞天岳语调冷冷的，“那你自己呢？”

“最近又冒了几件重大刑事案，我抓这些。”刘振汉有点心虚。

“既不得罪聂明宇，又把事情干了，真有你的！”庞天岳晃晃腿，话语里不无揶揄。

刘振汉忙解释说：“我不是怕得罪聂明宇，主要是脸太熟了，查起来不好办。”

庞天岳站起身：“你小子别给我耍滑头！你那点儿花花肠子我还不懂？我就给三个星期时间，到时候你不给我东西，我让你到山里看林子去！”

刘振汉也忙站了起来说：“庞局，我一定督促王明……”

庞天岳不耐烦地打断：“我就找你要东西，其他的你弄七个八个专案组我都不管！”说罢气呼呼地背着手走了。

刘振汉呆呆地站在那里。他很明白局长这并不是压他，而是市委和省里到时候是要报结果的。想到这里，他顿觉心里沉甸甸的。

这时龚静走了进来，问：“局长来干吗呢，刘支队？是让您查聂明宇吧？我说，要不咱就干吧。你实在为难，不还有我吗？”

刘振汉使劲拍了拍她的头。

琥珀苑是天都新落成的高档住宅规范化试验小区。一幢幢古色古香的小别墅楼依河而建。一排排公寓楼高高矗立，十分整齐。

王丽敏身着环卫工制服，和几个女工一起，跟着一个领班式的人物。领班似乎要区别与王丽敏她们的身份不同，虽然也穿着环卫制服，却和她们保持着一定的距离，头也比她们昂得要高些。

领班在十字路口站住，等她们走近之后，很严肃地交代说：“这一片物业每天要清扫两次，每天都有人检查。第一次不合格罚百分之三十的工资，第二次不合格就要辞退。”

王丽敏和几个女工毕恭毕敬地听着。

“工作的时候看到业主过来，一定要站到路边。像这个样子……”领班示范。她拿了个笤帚扫地，假装看见来人了，忙恭恭敬敬地站到路边，垂手站立，并嗲声嗲气地轻声说：“先生好。”

几个女工都笑，王丽敏也忍不住笑出了声。

领班板起脸训斥道：“不许笑，这是规矩……你们都听清楚了吗？”

稀稀落落的声音响起：“听清了。”

一个男人从远处偷偷地窥视着这边，他正是肖云柱。

3

庞天岳背着手，在办公室里慢慢地踱着步。他万万没有想到，自己钦点的刘振汉居然在消极怠工。对聂明宇和他的龙腾公司，他已经关注很长时间了。那张以聂明宇为中心织起的黑网，已在天都形成了很强大的势力，说是黑社会，一点儿都不为过。作为公安局长，他无法置之不管，任由他们中饱私囊，胡作非为。可是，鉴于自己位置的特殊和案件的复杂，他无法直接出面调查。

于是，他想到了视法律为生命、一身正气的刘振汉。起初，他曾有些犹豫：刘振汉同聂家的关系非同一般，和聂明宇更是情同手足，他下得了手吗？考虑再三，他认为刘振汉会站在正义一边，在这种大是大非问题上，一定能站稳立场，便把宝押在了他身上。可现在，他为开始的选择后悔了。看来，刘振汉并不像他认定的那样无私无畏，能跨过私情这道坎。

恼怒失望之余，庞天岳又在想：刘振汉怠工的原因也许是他并不真正相信聂明宇有走私等犯罪行为。可让他为难的是，他又无法向他露底。

他慢慢走到靠墙角的保险柜前，费力地蹲下身子，嘴里念叨着密码，然后轻轻地把密码盘对准位置。“啪”，里边发出一声响动。他一拧把手，密码柜开了。

他从密码柜中拿出一个绿色的圆片，随后用力地关上了柜门。

他走到办公桌后坐下，仔细地端详着手中和大衣纽扣般大小的圆片……

贺清明沿着长长的走廊走向自己的办公室。

“贺处长，怎么今天晚了？”有人向他打招呼。“有点不舒服……可能感冒了。”他点点头掩饰着不安。

当他走到秘书小溪身旁时，小溪站起来说道：“贺处长，上面通知下午传达文件。”

“什么文件？”贺清明看着小溪。

小溪答道：“好像是中央关于严格海关检查会议的精神。”

贺清明心头一震，匆匆走进自己的办公室。他反手关上房门，想把锁扣上。但他稍稍思索了片刻，终于又把手放了下来。他神态诡异地听了听走廊里的动静，然后径直走到办公桌后坐下，慢慢把手中的黑色皮包放在桌子上。

当他早晨在天都酒店客房门前从张峰手里接过自己的皮包时，情急惊惶之中并没有太在意皮包有何变化。上了车后，他才发现皮包沉重鼓胀了不少。他凝视着桌上的包，鼓足勇气轻轻把拉链拉开，里面露出簇新的好几沓人民币。他抖索着手拿出来，粗粗地点了点，竟然有整整十万！他脸上不觉沁出了汗水，赶紧又把钱塞进了皮包。

就在这时，门猛地被人推开了。刘建义探进头来说："小贺，你在呀？"

贺清明魂飞魄散，双手忙捂住皮包，结结巴巴地说："刘……刘关长，您……您有事？"

刘建义站在门口，似乎并没有进来的意思，他关切地问："我来看看你怎么样了。昨天咋能那么喝酒呢？"

贺清明脸上青一阵红一阵，喃喃地说："没，没问题。我……还行。"

"昨天晚上休息得还可以吧？"刘建义脸上露出暧昧的笑容。

"还行，还行！"贺清明巴不得他立刻离开，连手带胳膊盖住皮包，生怕被他发现什么。

没想到刘建义居然慢慢走了进来，他往沙发上一歪问："小贺，考虑得怎么样了？那批车该怎么办？"他悠悠然点上烟，看来一时半会儿没有走的意思了。

贺清明心都快蹦出来了，迟疑地说："我想……还是听您的指示吧……"

刘建义笑了笑，他的眼睛像无意似的扫了下贺清明面前的包问："皮包不错，是马萨克的？"他起身走到办公桌前，"让我看看！"说着伸出了手。

贺清明额上冷汗直冒，忙说："假的，仿造的。不值一看，不值一看！您还是说说您的处理意见吧……"

刘建义拿起包端详着，又掂了掂。

贺清明几乎就要窒息了，眼球鼓得圆圆的，像是随时都可能滚落出来。

刘建义道："我想就不要立案了。因为牵扯到方方面面的关系，又是政府行为。真把脸皮撕破，对大家都不好。咱们毕竟在这里工作，很多事情还要靠地方的支持和协助。”

贺清明紧张地盯着他的手说：“但是……这个案子已经出来了，能抹得过去吗？”

刘建义摸索着包说：“只要你这边守住口，其他的工作我来做。你看如何？”

贺清明看着他，艰难地说：“好吧，我同意不立案。”

刘建义笑了：“好，好。有你这句话我就放心了。我走了，你今天早点儿回家休息吧，我看你的脸色可是非常不好。”他放下包，转身走向房门。

贺清明如释重负，不由偷偷喘了口气。

刘建义拉开门，突然转过身又说：“小贺，以后贵重的东西不要摆在桌子上。咱们这里人来人往，容易让人产生误解。”他说完意味深长地笑了笑，关上门走了。

贺清明当然明白他的意思，对他如此直露的嘲弄仍感太过分，羞愤不已。他慢慢垂下头去，不禁愕然：桌子上竟然还剩一沓百元钞票！他呆呆地看着桌子上的钱，终于伸出颤抖的手，把钱放进了抽屉……

这天上午的十点三十五分，贺清明作出了一个重要决定：龙腾集团走私的三十六辆奔驰车，不予立案调查。

4

白色的浪花从遥远的天际涌来，冲刷着海滩。阳光下，金黄色的沙砾闪闪发亮。海边横躺着一条木船。远处，巨大的客轮停泊在天都港码头，高高的吊塔映衬在蓝天白云下，颇为壮观。

王明从海堤上快步走向海边，在木船旁停住脚步，四处看着。

“你迟到了。”一个声音从木船另一边传出。

王明吓了一跳，绕过去。只见一个男人把脑袋紧紧裹在风衣里，贴着木船坐在沙滩上。

“队里有事情，走不开。”王明说着，紧挨那人坐下。

这个神秘的男人显然不想让别人发现自己的身份，戴着防风帽不说，鼻梁上还架着副大墨镜，整个脸都遮住了。

王明问：“捞到点儿干货没有？”

那人点点头说：“钓到大鱼了！”

王明惊喜地问：“真的？”

那人又点点头：“真的！”他说着，从衣服兜里掏出个字条，递给王明。

王明接过来急切地看，脸色立刻沉重起来。

赵志刚在家里窝着快一个星期了，他没有按张峰的旨意直接去广州。老婆可以不见，但小儿子可是他的心头肉啊！他回到家后，老婆哭哭啼啼不让他走，儿子又在发烧。他想，人已经在海边深埋了，应该不会有什么问题，至少暂时这段时间不会追到他这儿，等一等看看情形再说吧。于是，就没走。他没敢直接跟张峰讲，只是告诉了小芮。

门不出楼不下，就这么闷在家里，的确不是个滋味。老婆怕他偷偷溜了，不分白天黑夜地在家守着他。

有人敲门。赵志刚透过“猫眼”看门外，发现是小芮和阿三。老婆过来紧张地问：“谁呀？”“没事，自己人。”赵志刚打开了门。

小芮和阿三跨进门，又赶紧把门关上。小芮道：“志刚，公司决定给你换个地方。”赵志刚一愣说：“我准备这两天就去广州。怎么，出事了？”小芮笑了笑说：“没什么事。怕你去广州也不安全，换个僻静的住处，把嫂子也带上。”赵志刚心里一凛问：“明白了，我能见见峰哥吗？”“有机会的。”小芮催促道，“快收拾东西吧！”

赵志刚向媳妇点点头，他们一齐动手，阿三也跟着帮忙，将东西打包装箱。

小芮掏出手机，拨通了张峰的电话。

正在董事长室的张峰听到手机响，掏出来看看来电显示，摁下了接听键问：“怎么样？小芮，顺利吗？嗯，嗯。好，办完后马上回来！”他合上手机，对聂明宇道：“那边已经安排妥当了。估计刑警队动作不会这么快，单单查身份就够他们折腾一阵子的。”

“我不想再看你做亡羊补牢的事！”聂明宇阴沉着脸，“也好，刘振汉不用拐弯抹角地找麻烦了，遮遮掩掩的我们都难受。”

张峰面露不安地说：“董事长，是我工作不力，考虑问题不细，我会尽量把所有的漏洞堵上。”

聂明宇面部神色缓和下来说：“摆平贺清明你还是立了大功的。这样，我们就掌握了主动权。再把这些细枝末节的事处理好，我想应该没什么大不了的。行了，你去吧！”

“还有件事。”张峰嗫嚅着说，“您交代的那个肖云柱，能不能缓两天？他对公司有用。我想等用完了再……”

聂明宇想了想，点点头说：“可以。但是你要记住一点，我不想感觉到这个人任何存在的信息。而且，我妹妹见天盯着呢。”

张峰胸有成竹的样子道：“您放心，我不会让他瞎折腾！”

5

海关大楼造型独特，上宽下窄，如同一把没有展开的折扇，气宇轩昂地挺立在海滨。

汤文军和马荃仰头看了看，羡慕得直咂嘴。马荃说，还是海关有钱。汤文军耸耸肩回应，那还用说。二人边欣赏赞叹边走进了旋转玻璃大门。

他们办了会客手续，没能找到主持工作的代理关长刘建义，于是，在秘书小溪的引领下径直进了缉私处办公室。

过了不大会儿，刘建义夹着几张报纸从洗手间慢慢腾腾走了出来，正好碰见从缉私处走来的小溪。小溪喊住他："关长，刚才我到处找您。"他问有什么事。小溪说："没事情了。就是来了两个公安局刑警支队的同志。他们拿了介绍信过来调查龙腾集团的什么案子……"

刘建义心里一沉，脱口问道："什么？人呢？"小溪答道："我没找到您，就带他们去贺处长那儿去了。"说着就要走过去。

"啊！你怎么能把他们弄到贺处长那里？"刘建义差点儿要叫起来，随即他意识到失态，对小溪挥挥手，"行了，我知道了。你去吧。"小溪吓了一跳，不知自己做错了什么。

刘建义匆匆忙忙朝贺清明的办公室走去。

马荃和汤文军正在和贺清明交谈。马荃道："贺处长，我们这次来是调查龙腾公司的一些情况，想请你们海关协助一下。"

贺清明紧张起来，连忙说："能帮助的，我们当然要帮助。可是，不知道是哪方面的问题？"汤文军接上话："是这样，我们想了解一下龙腾公司对外贸易方面的一些资料。"

"这……"贺清明怔了怔，"我还是不太明白。对外贸易方面的情况？"

马荃和汤文军对视了一眼说："贺处长，实际情况是这样的，我们接到了一封群众举报信，说该公司涉嫌走私……"

贺清明一抬手，差点儿打翻手边的茶杯，吓了马荃和汤文军一跳。"对不起，对不起！"贺清明边红着脸道歉边拿纸巾在桌子上擦拭着。马荃发现这位缉私处长似乎有些慌张，忍不住看了看汤文军。

"请您继续说。"贺清明总算忙利索了，把纸巾丢到废纸篓里。马荃说："我们这次来就是调查有关这方面的情况，希望能得到你们的支持帮助。"

"这个嘛……"贺清明斟酌着，"你们需要什么帮助？"

马荃正要说话，突然传来两声敲门声。没等贺清明做出反应，刘建义便推门一步跨了进来，马荃和汤文军愣了一下。贺清明呼出一口气，忙站起来介绍："这是我们主持工作的副关长刘建义，这二位是……"刘建义打断说："我刚才听说了。二位辛苦了，我有事出去了一趟，对不起。"他拖了把椅子坐下，"请问什么事？"

贺清明坐下说："我刚才跟这两位刑警同志说了。我刚来时间不长，一些业务上的事情不太清楚。他们来是想要调查一下龙腾集团走私的情况。"他说完注意着刘建义的表情，发现他的脸上也掠过一丝不安。

刘建义沉吟片刻，说道："龙腾集团走私？我怎么没听说呀？按正常情况，应该是我们先发现走私问题，然后再移交公安部门。现在怎么反过来了？变成你们先知道情况然后再查我们，是不是对我们不信任？"

汤文军没想到刘建义会这么说，连忙解释说："刘关长，您误会了。因为有一封群众来信，举报龙腾公司走私。我们是受上级委派，来核实有关情况的。"

刘建义问道："信中有没有说龙腾集团走私什么货物？什么时间走私的？"马荃只好据实回答说："信里没有具体点明。"

刘建义和贺清明交换了一个默契的眼神，他有些为难道："这就不好查了。"

马荃、汤文军露出失望的神情，只得告辞。

刘建义和贺清明送两位刑警出来，刘建义热情地说："有些情况你们可能不了解。我们人员有限，货物一般只能抽查部分，能达到百分之二十就已经很了不起了，所以，我不敢说龙腾公司没有走私的事情。但是，在我们这里，到目前为止，还没有查到过他们有瞒报谎报以及走私闯关的现象。"

贺清明附和说："这个情况是没有。今后我们会对龙腾的货重点审查，请你们放心。"

马荃和汤文军向他们表示了谢意，沮丧地进了电梯。

贺清明转身欲进自己的办公室。刘建义拉住了他，有些神秘兮兮地压低嗓门道："小贺，今天下班后，我带你去个好地方。"

贺清明愣了愣，惊疑不定地问："什么地方？"

刘建义咧嘴笑了笑："一个你没有去过，但去了还想去的地方……"

孟琳开着她的红色奔驰 300 在宽阔的街道上中速行驶，旁边坐着冯蕾蕾。录音机里在播放着小提琴协奏曲《梁祝》，如泣如诉的小提琴声在车里回旋。孟琳很是有些伤感的样子。

蕾蕾侧过脸问她："嫂子，你跟我哥……"

孟琳挤出笑问："怎么了，挺好的呀！"她把话岔开，"你看，前面就快到了。"

红色奔驰停在美院的一幢红楼前，孟琳和蕾蕾跳下车。蕾蕾环顾四周，问："我哥怎么没来？"

孟琳挽住她的胳膊说："你不了解。他忙得连家里人见都要提前打招呼呢！不过，到底是妹妹，他给你找的这间工作室，可是全市最棒的！走吧，去看看。"

门打开了。一间宽敞的工作室展现在蕾蕾面前：约一百平方米面积，阳光从顶棚天窗中透射下来。地板是木质的，显然又刚刚油漆了一遍，闪耀着琥珀色。

"还是你哥哥对你好啊！"孟琳不无嫉妒地叹道。

蕾蕾认真地注视着她问："嫂子，他对你呢？"

孟琳顾左右而言他："你那些作品运回来之后，准备先放在哪里？"

蕾蕾见她回避，也就不再勉强，随口道："我想放到哥哥的公司去，他们那些装饰太灰暗了。"

孟琳说："他不一定会同意，试试吧。你的雕塑，也许你哥哥能破例。"

蕾蕾很诚恳地道："嫂子，我哥这个人我了解。他有什么事不太愿意和别人说，自己想定了就去做了。如果家里人都不帮他，恐怕……”

“蕾蕾，你愿意帮他是吗？”孟琳咬了咬嘴唇，“我也愿意，我是他妻子啊！我最近总是觉得挺迷茫。你知道吗？和他在一起时，我多想做个男人！”

“嫂子，你这种想法不好。”蕾蕾对孟琳想要表达的意思很清楚。从她昨天到家之后，就发现哥嫂二人之间隔阂很深，却又问不出缘由，现在只能劝说她。“我这么说，你别生气。就我对他的了解，你应该好好做你的女人。”

孟琳抬头望着天窗，阳光晃得她眯上了双眼。她幽幽地道：“你真的了解他吗，蕾蕾？”

6

王明推门走进支队长室时，刘振汉正在看材料。他见王明进来，忙把材料收起来。

“我找您有重大情况汇报。”王明一屁股坐在沙发上。他发现刘振汉对自己的话并没有什么反馈，一副心不在焉的样子，本来想说的话又不说了，他让刘振汉将匿名信的事儿宽限几天。

刘振汉没好气地道：“我原来给你几天来着？”

“四个礼拜，一个月的时间。”王明回答说。

“那好。”刘振汉对他翻翻眼说，“现在我给你两个礼拜、半个月时间。”

王明吃了一惊：“啊？怎么……”

刘振汉瞪着他说：“再啰唆，我就一个礼拜！”

王明起身，急步后退，委屈地嚷道：“我走，走还不行吗？我看您恨不得就给我一天时间！”

“回来！谁让你走的？”刘振汉声音很严厉。

王明撇撇嘴道：“您欺负人，我不走行吗？”

“局长欺负我，我只有欺负你。”刘振汉笑了，“我说，进展怎么样？这一天天地过去，也没个动静可不成！”

王明又在沙发上坐下说：“我让马荃和汤文军去海关了，还没消息。”

刘振汉点点头说：“他们两个回来后，把你们专案组的人叫过来，我得给开个会。这种节奏可不行。刚才局长来了，发了一顿火，唉！”他不由得叹了口气。

王明不无幸灾乐祸地笑：“怎么了？”

刘振汉又叹口气：“还不是批评咱们办案不力！”

“谁能一口吃个胖子呀？信上就说了一句龙腾公司走私也没有别的线索，怎么查？”王明叹起了苦经。

“好查我还让你去？其实，我不是非要你查出个子丑寅卯。不管有没有料，结论很重要你懂不懂？”刘振汉半是教训半是开导地说。

王明眨巴着眼睛说：“不懂！”他的声音很冷。

刘振汉站起身说：“成，你不懂，我让你懂懂！”

王明看着他问：“什么意思？”

刘振汉从办公桌后出来说：“走，去拳击室！”

刘振汉和王明在拳击室里不紧不慢地对打着，偶尔传出几声扑通扑通的闷响。李冬和龚静在门外偷偷看着。

刘振汉指点王明：“聂明宇是个人精。你要不用心，肯定不是他的对手。”

王明忙不迭地点头：“是啊，是啊！还是你了解他……”

刘振汉接着道：“你要是给他张了网，他往往不向里扑了。对他，你要先揪小头，发现疑点后，快刀斩乱麻。”

龚静看了看李冬说：“行呀，有点意思！”

刘振汉转脸对着门外喊：“别在那儿偷偷摸摸瞎咕叽，进来吧！”

李冬和龚静有些不好意思地走进来，龚静对刘振汉道：“刘支队，我看您夹在聂明宇这个案子中间，实在有点别扭！”

王明说：“你不知道他和聂明宇从小是怎么过来的。局长让他查，能下得了手吗？”

刘振汉默然无语。

李冬一副郑重其事的样子道：“刘支队，我斗胆问您一句：您觉得聂明宇有问题吗？咱都是屋里人，您要实话实说！”

“这个嘛……”刘振汉挠挠头，“我觉得他好像……”他有些很难启口的样子。

王明和李冬、龚静都睁大眼睛，期待着他说下去。

刘振汉苦着脸说：“嗨！要说他的问题，我就是觉得他有点过于聪明了。”

王明他们似乎并不明白他的意思，脸上都有些困惑。

“我的意思……一个太聪明的人就不会太遵守规则。”刘振汉憋了半天，终于说了出来。

龚静快嘴快舌：“我明白了！”

刘振汉摇摇头说：“你肯定还没完全明白我的意思。在这一点上，我们很相似，都不太愿意完全把自己的行为放在一种规则中。”他说出了郁积在心中的话，显得轻松了许多，“我唯一担心的就是这一点。明宇不是坏人，但是他做任何事情，都追求速度和效率，追求捷径。而过于追求捷径的人，必然都会违背规则。所以，匿名信的事一出，我便隐约感觉到，他或多或少会干这类的事情。我觉得他内心深处总有一种向社会制度和法律规则挑战的冲动。”

王明默默听完刘振汉的陈述，觉得可以把那个重要情报向他汇报了，于是，很严肃地道：“现在，刘支队，我要告诉您一件事情。希望您听了不要吃惊。”

刘振汉有些诧异地看着他问：“什么事大惊小怪？别给我故弄玄虚啊！”

王明一字一句道：“我今天得到了一个绝对可靠的情报，聂明宇的一批走私车，现正被查扣在海关！”

刘振汉大为惊骇：“什么？”

王明沉静地说：“这是千真万确的事！”

刘振汉双眉紧锁，问：“你的消息来源？”

王明有些戒备地说：“请原谅，暂时我还不能告诉您。”

刘振汉明白王明是对他不放心，也就不再勉强，转问其他问题：“什么车？多少辆知道吗？”

“奔驰，三十六辆。”王明冷静地回答。

刘振汉慢慢脱了拳击手套，转身去拿帽子。

王明问：“您干什么去？”

刘振汉精神有些恍惚地说：“去海关。”

王明也脱掉手套说：“我跟您一块去。”他说着转向李冬和龚静，“你俩守家。”

刘振汉和王明快步走出拳击室。

龚静有些惴惴不安地对李冬说：“看样子事情闹大了，刘支队被架到油锅上了！”

李冬表情沉重地点点头道：“显而易见，刘支队认为聂明宇的小问题应付应付处罚一下就完了的想法，现在行不通了……”

王丽敏穿着制服，骑着垃圾车来到了自己的工作段。她跳下三轮车，从车上拿出笤帚和簸箕，开始清扫路面。

她顺着路面，边扫边慢慢往前走。突然一个男人骑着自行车从后面撞倒了她，她倒在地上呻吟。那个男人正是肖云柱，他忙上前扶起王丽敏道歉：“对不起，对不起！要不，咱上医院吧！瞧我这个破手表，光顾看时间了！”

王丽敏抬起脸，见是一个陌生的男人，长得黑粗高大，正冷眼盯着自己。她忙低了头不再去看肖云柱，说道：“没事，没事，不厉害，歇会儿就好了。”

肖云柱拦出租车，嘴里嚷着说：“那哪儿行啊！走，上医院。

我这人就这样，撞了别人不负责可不行！”

王丽敏推脱着说：“不用，这点小伤，你别太客气！”

肖云柱把自行车放到出租车屁股后边，然后不由分说，就把王丽敏拉上了车。

医院里，王丽敏坐在门诊前的条椅上。肖云柱跑前跑后地拿着单子，王丽敏喊住他说：“哎，我说同志，你别忙了。我这身子骨苦惯了，没事。你看已经好了。”

肖云柱躬身道：“还是看看，咱心里踏实！”

王丽敏颇感动地说：“这年头，你这号人可真不多见！”

肖云柱笑了笑说：“您过奖了，一会儿看好我送您回去。”

“不用，不用！”王丽敏赶紧推辞。

肖云柱显出义气的样子说：“一定要送的！”

王丽敏很快便检查完了。肖云柱扶着她走出医院大门，正要上出租车，阿三过来拍拍肖云柱道：“过来一趟，有事！”

肖云柱有些奇怪地看着他，问：“什么事？”

阿三很神秘的样子道：“想挣一大笔吗？”

王丽敏连忙开口了：“哎呀，有事你不早说。去吧，肖同志，我没事了。改天到家里做客，你不是知道我住哪儿了吗？”

肖云柱只好无奈地点点头，看着王丽敏乘的出租车开走。他愤愤地盯着阿三问：“你他妈谁呀？毁我的事！”

阿三一指对面的胡同：“哥们儿，走，那边说！”

肖云柱疑疑惑惑地随着阿三走进了胡同，在一处阴暗的角落里停住。他还没站稳，几条大汉便突袭上来，把他一顿好揍。肖云柱在围殴中奋力反抗着、叫骂着，但双拳难敌四手，没过几个回合，他便被放倒在地上。当他再次努力站起时，一支手抢顶在他脸前。他捂着青肿的头，不禁浑身一哆嗦。

张峰这时出现了，阴沉地说道：“你会死的，因为你做了不该做的。法律对你太好了，现在你没那么运气！别动！这里的地痞小流氓在我面前都不会动！”

肖云柱揉着脸说："他妈的，你放开我，有种咱们单练！"

张峰笑了笑说："真是幼稚得可笑！不过，也许你还有救，就看你是否听话了！"他说罢一挥手，阿三把几沓钞票扔到肖云柱怀里，他不由呆了。

张峰又道："什么也别想，好好玩。记住，需要你的时候，我们会找你。你没有别的选择，兄弟！"

几个人扬长而去，留下肖云柱莫名其妙地傻站着。

7

红色奔驰车驶出美术学院大门，蕾蕾问开车的孟琳："嫂子，咱们现在去哪儿？要不，去哥哥那儿吧？"

孟琳侧身道："现在？现在可别去惹他。据我所知，这时候是他最烦躁的时间。这样吧，我们去见另外一个你肯定很想见的哥哥。"

蕾蕾马上明白了孟琳的意思，忙说："你是说振汉哥，行行！看来，你对我和哥哥都开始关心了……"

奔驰车慢慢驶进公安局大院，向旁边一拐，来到了挂着刑警支队牌子的一个小院子，在三层楼前停住。这时，刘振汉和王明正走出楼门，匆匆走下台阶。刘振汉看见了奔驰车，停住了脚步，王明也站住了。孟琳和蕾蕾微笑着从车里走了出来，注视着刘振汉。刘振汉紧绷的脸顿时柔和了许多，下了台阶走向孟琳和蕾蕾。

"哥！"蕾蕾笑盈盈地迎过去。

刘振汉习惯地伸出手要摸蕾蕾的头，想了想又把手放下了。他感慨道："蕾蕾是个大姑娘了。这是大队长，王明；这是我妹妹，蕾蕾。"

王明和蕾蕾相互看了一眼。

刘振汉对王明说："我妹妹是艺术家，搞……搞什么来着？"

蕾蕾嗔怪地看了刘振汉一眼说：“雕塑！我再说最后一遍！”

刘振汉略有些尴尬地搓着手说：“对，对，雕塑，看我这记性！”他转脸问孟琳：“明宇呢？”说着看了看王明。

孟琳颇有意味地笑笑说：“他？来这里不太方便吧？主要是蕾蕾想找你。”

刘振汉当然能听出她的话外之音，他把蕾蕾拉到一边，说道：“蕾蕾，还是那个事儿？我回来再说好吗？有急事……”

蕾蕾拉着刘振汉的胳膊：“振汉哥，你就给我说一句：怎么放他出来了？”

刘振汉拍了拍她的手说：“哎呀，蕾蕾，刑期满了，怎么能不放人呢？”

蕾蕾冷冷地凝视着他问：“不怕他再害人？”

刘振汉道：“再害人，再抓。蕾蕾，我知道你恨他，我也是。他毁了你一次，可不能让这么个小混混毁了你一生呀！”

蕾蕾面无表情地摇摇头说：“振汉哥，行了，我明白了，你先忙你的正事吧！”

孟琳走过来道：“振汉，多关心一下嫂子。她也挺不容易的，别光顾了忙！”

刘振汉点头，送她们走向奔驰车。这时正好有一辆警车从外面驶进来，汤文军和马荃从警车上跳下，有些惊讶地看着支队长笑容满面送两个漂亮女士上奔驰车。他们走到王明身旁，马荃问：“嗨，怎么回事？那是哪儿来的女士？红奔驰，挺派的！”

王明沉着脸，冷冷地说：“聂明宇的老婆和妹妹。别问了，回去！”

奔驰驶出，王明一直阴沉着脸观望。

蕾蕾透过车窗望了望王明说：“那个大队长好奇怪，一直这样看着咱们。好像咱们是妖魔鬼怪！”

孟琳加快车速，说道：“感觉到了吧？这种不友好说明……”

蕾蕾忧郁地接口道：“我知道，都是因为我哥。”

孟琳一打方向盘，车子驶出公安局大门，说：“所以，振汉很难。”

蕾蕾不由得轻轻地叹了口气，闷闷地把目光投向远处，眼前一片迷茫。

檀山山脚下，是一片新开发的别墅区。天都市的商贾名流，大都在这里购有房产。保安措施在这里相对要严格得多。

赵志刚一家就被张峰安置在靠别墅群最里端的一幢小楼里。赵妻送儿子上学刚回来，就听到外面有汽车驶进来的响声。赵志刚看看窗外，低声说：“峰哥来了。”

赵妻道：“问清楚，怎么还不让咱回家？”

赵志刚无奈地耸耸肩说：“能问清楚就好了。是福不是祸，是祸躲不过。来吧！”

夫妻俩正嘀咕着，张峰一脚跨了进来，关切地问：“还好吧，志刚？”

赵志刚警惕地盯着他说：“峰哥，有什么直说吧！我为公司也是尽忠尽责，别到最后让我弄个不明白！”

张峰伸手入怀，赵志刚紧张地看着，面露惊恐之色。

张峰从怀里掏出烟点燃，说道：“你说什么呢？你要不是闹着见我，我根本就不该来。案子是发了，可我已经给你找好替罪的。”

赵志刚疑疑惑惑地说：“如果公安局真查到了咱们这儿，我可以去。你了解我，峰哥，打死我也不会连累你们的。”

张峰猛抽一口烟：“胡说！不让你去，就是因为这案子不能和公司扯上任何关系。你是公司的保安队长，这点事都不明白吗？让你去广州不走，婆婆妈妈的，像个什么男人？”

赵志刚垂下头说：“对不起，峰哥！”

张峰摆摆手说：“行了，好好在这儿住段日子，公司已经够麻烦了。等需要你的时候，我再通知你，以后需要你出力的地方还多着呢。广州就不用去了，也许这样更稳妥些。”

赵志刚有些感动地说：“谢谢了，峰哥！”

张峰拍拍他的肩膀道：“兄弟，咱们是做正经生意的，迫不得已为了保护自己，才做了点出格的事。你我是多年的生死弟兄，别电影看多了瞎想。”

赵志刚神情轻松下来，不由得对着张峰笑了。

8

正是午休时间，市委办公大楼静悄悄的。聂大海仰躺在办公室里的沙发上，眯着眼睛小憩，脸上遮着一张报纸。

庞天岳走进外间秘书室，黄盛拦住他说：“别，庞局长，刚歇会儿！”

庞天岳示意他别出声，蹑手蹑脚进了里间办公室。他站在沙发前，看着熟睡的聂大海，欲在旁边椅子上坐下。

聂大海盖在脸上的报纸动了一下，下面发出声音：“老庞！”

庞天岳道：“您瞧，睡觉还这么警觉，到底是在朝鲜战场上打过仗的老兵呀！”

聂大海坐起身子说：“我说你这么大岁数了，也为一方长官，怎么还跟个孩子似的？别贫，有什么事？”

庞天岳在椅子上坐下说：“要不，您先休息会儿，我坐这儿给您当警卫。请书记谅解，不赶这会儿找不到您啊！”

聂大海摆摆手说：“行了，有你这样的下属，不累死才怪！”

庞天岳从包里拿出笔记本，言归正传说：“汇报一下，龙腾走私的事正在查，还没个结果……”

聂大海严肃起来，点点头道：“接着查。我表过态，儿子和我没关系。他要真有违法乱纪行为，该怎么办就怎么办。如果他的公司垮了，我带他回家养着，这样也很好嘛，我等孙子都等急了。”

庞天岳笑了笑，突然问道：“还有，咱们市政府是不是财政有点困难？”

聂大海警觉起来问：“什么意思，老庞？你知道咱天都市有些赤字。怎么了，有人钻空子？”

庞天岳忙道：“不是，我琢磨着会不会有人借这个发挥。当然，谁也不会把钱往自己腰包里装，也不敢不是？我只是想了解了解，对我们办案也许会有些帮助。”

聂大海听明白了他的意思，说：“老庞啊，你这个老狐狸。你不明说，我还真是一身冷汗，以后我会多留心的。”

庞天岳宽慰他：“您太忙了，市委和市政府两大摊子，真是千头万绪。方方面面千根线，都要从您这个针眼里过，不可能没有些小疏漏。您现在该吃吃，该睡睡，没那么严重。”

聂大海故作不悦地瞪他一眼，说道：“怎么照你这样一说，我跟得了癌症要死差不多？”

两人都笑了。

聂明宇坐在董事长室里，抱着手风琴在仔细擦拭，然后轻轻拉了起来。音乐很是悦耳动听，能看出他还是有些基本功的。

突然，响起急促的敲门声。聂明宇皱起眉头，对着门沉声问：“谁？什么事？”

小芮抖着嗓音在门外道：“董事长，快开门，了不得了！”

聂明宇一愣，放下琴，连忙上前把门打开，发现小芮正一脸紧张地站在门口，问道：“什么事？”

小芮嗫嚅着说：“董事长，您别生气，其实也没什么事。”

聂明宇大怒：“你混蛋！你不知道这时间不应该打扰我吗？你是不是不想活了？活够了？平常让你没脸没皮地开玩笑，开到这份儿上了！”

小芮吓坏了，结结巴巴说：“董事长……真的……您别生气。

不是我……”

聂明宇还要训斥，蕾蕾从一旁笑着闪了出来，叫道：“哎哟，这么厉害呀？和人家小孩儿没关系，是我硬闯进来的！”

聂明宇怔了怔，看着她笑了，说道：“鬼丫头，改不了你！行了，小芮，你去吧，没事！”

小芮闷闷不乐而去。

蕾蕾走进屋说：“哥，画室真好，比我在国外的还强。还有，嫂子不来，好像不敢来。”

聂明宇瞪了妹妹一眼说：“别胡说！”

蕾蕾在沙发上坐下说：“她说，你就对我一个人好。哥，是不是？我怎么看好多人都挺怕你的？”

聂明宇说：“蕾蕾，你刚回来，这几年国内的事不了解。不过，反正你办个展览就回去，不了解也好。展览准备得怎么样了，我的艺术家？”

蕾蕾回答说：“这两天我的前期作品就能运回来，可没地方放。”

聂明宇说：“不是给你找了个画室吗？”

“画室是创作用的，怎么能放东西。”蕾蕾解释说。

聂明宇递给妹妹一瓶矿泉水，说：“那简单，我再给你找一间库房就是了。”

蕾蕾打开瓶盖，喝了一口：“你怎么那么笨呀？看不出我这是找借口嘛！我就是要放你这儿。你看你这里，跟农民差不多。”

聂明宇笑了：“好好，我就先睹为快，看看我们的蕾蕾出息到什么程度。”

蕾蕾不由得叹口气：“说是筹备着，其实缺的就是钱。几个同学还在四处化缘，照你的话讲，穷酸艺术家，难啊！”聂明宇被她逗乐了，问道：“回家吗？”

第六章

1

黄昏，夕阳西下。

刘振汉和王明直闯海关大楼，值班员出来拦阻，说已经下班了，让他们明天再来。

刘振汉亮明身份，申明是要看看码头上的货物。值班员马上客气多了，打电话向上级汇报。王明悄悄跟刘振汉咬耳朵，告诉他，刑警没权力查海关的货物，估计没戏。

果然，值班员放下电话道：“关长说了，有事明天找外联科的李科长，你们不能随便进入码头货位，谁也不行。对不起，请你们明天再来。”

王明扯扯刘振汉道：“回吧，刘支队，咱们先商量个办法，路子我想会有的。”

两人往外走，刘振汉吩咐王明先回队里和大家商量着，他要去办件事。王明转身走了，又不放心地回头提醒刘振汉注意点。

刘振汉驱车来到聂大海住楼前。他跳下车，在屋外人行道上徘徊着。怎么办？突然而来的变化是他始料不及的。三十六辆豪华轿车，这可是捅破天的大案了！他心乱如麻，脑袋一个下午都在嗡嗡地响，现实就是这样冷酷无情地摆在了他面前。何去何从，他没有办法作出选择，也不敢作出选择！

望着不远处的那幢熟悉的小楼，他陷入了深深的痛苦之中……

王明回到刑警支队，阴沉着脸走进办公室，问道：“说说吧，你们去海关调查的情况怎么样？”王明往椅子上一歪。马荃和汤文军相互看看，嘟囔说没什么结果。

王明皱起了眉头问：“没结果是什么意思？”

“那个刘关长和贺处长对我们挺热情的，但他们一口咬定说龙腾集团没有走私的记录。”汤文军道。

王明不说话了。

汤文军端了杯热茶放到王明面前说：“王队，刚才我看见咱们刘支队怎么跟聂明宇的老婆和妹妹打得火热？这是什么路子？”

“什么路子？野路子！”王明没头没脑地来了一句。

汤文军一愣说：“我早就听说咱支队长和聂明宇是发小加战友，今天一看，这话还真不假。”

王明不耐烦地说：“没用的话少扯，说正经的。”

马荃不服气了，凑上来道：“怎么不正经了？王队，刘支队和聂明宇的关系可是牵扯到咱们的案子查不查、怎么查的大问题。反正我看刘支队不上心，比您差远了！”汤文军立刻表示赞同说：“就是，我早听说这案子应该他查。他不查，发给咱队了！”

王明霍地站起身说：“马荃、汤文军，我可告诉你们，咱们刑警队里不兴搞外面那种人事关系。有话你们明天给刘支队当面说去。如果你们不敢说，就别他妈的背后嚼舌头，听见没有？在一个队里干活，就都是兄弟。刘支队有他的考虑，他能把所有的事情都倒给咱吗？”

正说着，李冬和龚静走了进来。龚静看着王明激动的样子，问：“王队，怎么了？”

王明摇摇头，坐回椅子上。

汤文军和马荃都蔫了，不敢再说话了。李冬一看笑了，走过去拍了拍两个小刑警，打气说：“怎么软不拉叽的像面条，是爷们儿就把脑袋抬起来。行了，别往心里去。我知道你们都是好样的，都想把案子办好。我琢磨着，快了……”

龚静禁不住乐了，问：“什么快了，李冬大哥？”

李冬摇头晃脑道：“咱这两个组，快合成一个组了！”

王明瞪眼：“你说什么？”

龚静嘴快：“我明白，他的意思是这海滩杀人案和聂明宇有联系，对不？”

李冬赶紧摇头，道：“不是，不是，这可不敢胡说，是要证据的！”

“我知道，你是说，刘支队快忍不住了？”王明站起来盯着李冬。

李冬很有把握地点头。

王明顿时提起了精神，说道：“哥儿几个听着，等咱们这个案子办完，我请大家吃饭！”马荃脸上又有了光，大声道：“光吃饭不行，还得加上卡拉 OK、蹦迪……”龚静掰手指头说：“再加上打保龄、游泳……还有什么？”汤文军一蹦老高喊：“桑拿！”

王明笑着说：“桑拿就算了，传出去说刑警队集体桑拿，不好听。关键还带个小姐！”“你坏死了！”龚静上去给王明一拳。汤文军道：“但是必须是除了桑拿以外的全得请，同不同意？”

王明叹口气说：“好，我半年的工资都搭里头了。行，就这么办吧。办完案子，哥儿几个出去好好轻松一下。现在说案子吧。”他指着马荃，“马荃你说说，我看你脑子里东西不少。”

马荃受到鼓励，顿时来了劲，说道：“王队，我看这么查不是个办法。”王明盯着他问：“理由？”马荃道：“我们今天去海关，就有种感觉，好像进了八卦阵了，到哪里都摸不着北。”汤文军附和说：“就是。就说那个关长和处长吧，面子上挺客气，可其实是在敷衍。尤其那个刘关长，整个儿一油子，根本拿不住他！”

马荃接着道：“什么我们海关没发现，倒让你们公安发现了？什么我们也只能抽查百分之二十的货物，在检查过的货物中没有发现走私。都是这种话。可话说回来，咱公安系统在没有确凿证据的情况下，也确实不能查海关的东西。”

王明若有所思地说：“即便有一定的证据，等办完手续，货物怕早没影了。”

马荃点点头说：“是呀！我觉得，王队，该上手段就得上手段了，也别老要什么正常手续了！”

王明沉吟着说：“我正琢磨这事呢。看来，咱们又得干一次了。为使案子进展快，值得。现在是六点半，你们准备一下，天黑行动！”

马荃和汤文军摩拳擦掌。龚静看看李冬。李冬忙说：“别算我，我看家，保证不跟刘支队说。”

龚静跃跃欲试：“算我，你们要干什么？”

马荃瞥了她一眼说：“你不是我们组的……”

龚静急了，怒道：“滚蛋！不是刚才都说要合一块了吗？”

孟琳坐在自己公司的办公室里接电话。电话里是小芮的声音：“聂董叫您回家一趟，说是全家聚会。”

孟琳淡淡地道：“他自己怎么不打电话说？”

小芮犹豫片刻说：“好像太忙了。”

孟琳道：“麻烦你跟他说一声，我要去郊区一个公司谈事，不知道能不能赶回来，尽量吧。”

“是，夫人！”小芮只得答应。

孟琳挂了电话，呆呆地坐着，眉头越皱越紧。

这时，面皮白净、长得颇清秀的秘书小钟走了进来，关心地问：“孟总，回家吗？”

孟琳抬起头，不由得多看了小伙子几眼，心中一动，轻轻摇摇头……

2

满脸是伤的肖云柱回到家，擦洗着伤口，不时疼得哎哟一声。

肖大爷看不到却听得到，叫骂着："混账东西！刚好了几天，又出去闹！是嫌我太清静了，还是觉得我活的时间太长了？打吧！你怎么不被打死，大家都清净……"

肖云柱把一沓钱扔给老爹，肖大爷摸着手里的钞票，直发愣。肖云柱闷声闷气地说："先说清楚了，不是偷不是抢来的。我只求您别再啰唆，让我自个儿待会儿行吗？"

肖大爷声音低下来说："不是偷不是抢，你挣来的？笑话！"肖云柱一变脸说："您要不要？不要我烧了它！"肖大爷拿起钱，念叨着走开了。

肖云柱对着镜子，看着自己脸上的伤，愤愤地自言自语："刘振汉，少给哥们儿玩这个！我还是饶不了你！"然后一甩手，走出门去。

他来到刘振汉家的楼下，抬起头向上望了望。

王丽敏正在手忙脚乱地准备着做晚饭，有人敲门。她忙上前打开，吃惊地发现竟是肖云柱，叫道："哎呀！怎么是你？快进来！快进来……"

"大姐，没别的事，看看您的身体怎么样了。"肖云柱说着走进客厅，环顾四周，"家里还好吧？"王丽敏忙说："好，好。这点儿小伤你还惦记着，你这人可真是……"

肖云柱递上补品，问："大哥不在？"王丽敏埋怨道："他呀，忙得很呢！十天八天，我都见不着个人！"肖云柱不失时机地恭维说："事业心强。好啊，好啊！"

王丽敏端着一杯茶，递给肖云柱。肖云柱看看伏在桌前做功课的亮亮问："孩子多大了？"王丽敏回答道："十岁了，快叫叔叔。"亮亮抬起头，看了看肖云柱说："你像坏人！"

王丽敏一拍儿子的头："看这孩子，跟他爸学的，看什么人都像是坏人。"肖云柱有些勉强地笑笑："好好，警惕性高好。"亮亮一双乌黑发亮的眼睛审视着他，看得他心里直发毛。他坐不住了，起身告辞。王丽敏送他，说道："谢谢你了，肖同志。"

刘振汉仍在聂家对面的人行道上徘徊。他正犹豫着进不进去，一辆凌志车开了过来，在大门口停住。聂明宇和蕾蕾欢声笑语地下车，蕾蕾欺负着此刻像变成了孩子似的哥哥。他们边闹着边走进门去。

刘振汉终于鼓起勇气，向大门走过去。他迟疑着轻轻摁了两下门铃。

屋子里面吵吵闹闹。蕾蕾喊着："嫂子来了，妈您做饭，我去开！"聂明宇的声音很洪亮："我来吧！"

门开了，聂明宇愣了一下。刘振汉和他对视着，二人一时无语。过了良久，聂明宇才垂下眼帘问："来了？"刘振汉点点头说："我想找一下聂……书记。"

蕾蕾从后面跑过来，看到刘振汉叫了一声，上前就把他拉进了屋。她把他扯进了厨房，对冯月梅道："妈，您看谁来了！"

冯月梅一回头，叫道："哎呀，是振汉！你怎么来了？太好了，真是巧，今天就在这儿吃饭。一会儿黄秘书和孟琳也过来，丽敏呢？"刘振汉脸上有些窘状，说道："她在家带孩子呢。我来找聂……叔有点事。"冯月梅忙着炒菜，说："他在那屋呢，孩子似的。"

聂明宇独自在客厅沙发上坐着，刘振汉的目光从他身上滑过，向里面的书房走去。

聂家大门外，停着辆红色奔驰。车内钟秘书问孟琳："孟总，何必呢？回去吧……"

孟琳看着黄盛进门，摇摇头说："太闹了。在一起又那个样子，算了。"小钟劝道："聂总会生气的，还是回去吧。"孟琳烦躁地问："你怎么回事？"

小钟无奈，只好将车开走。

刘振汉走到聂大海旁边坐下，顺嘴说："您真该有个孙子了。"说过又有些后悔。"别提这个。"聂大海指指外面，"要说和外面那个说去。你怎么来了，有事？”刘振汉嗫嚅着说：“没事，来看看……”

客厅里，聂明宇的身旁坐着黄盛。蕾蕾从厨房走过来，跟黄盛寒暄了几句，便坐在聂明宇身旁，用审视的目光看着黄盛。

聂明宇问他：“黄秘书，爸爸叫你来有事？”黄盛笑了笑说：“老爷子今天心情不错，可能想问问市政府财政方面的事，家里方便些。”

聂明宇意味深长地道：“现在他正和刑警支队长刘振汉聊天呢，等会儿吧！”

黄盛怔了一下，神情凝重起来。蕾蕾目不转睛地看着他们。

书房的电视机已经关上，聂大海盯着惴惴不安的刘振汉，说道：“好像有什么事吧，振汉？有事你就直说！”

刘振汉恨不得立刻就把那件大事说给聂大海听，看他是什么态度，究竟该怎么办。可话一出口，又变成了另外截然相反的意思：“我能有什么事？聂叔，您想孙子想了这么多年，看明宇和孟琳这意思也不是一时半时的事。要不，我把亮亮过继给您吧？”

聂大海大笑：“傻孩子，亮亮本来就是我的孙子嘛！你如果有心，就多说说你那位兄弟！”

刘振汉心事重重地望了望客厅方向。

蕾蕾见聂明宇和黄盛都沉默不语，觉得挺无味，于是，站起身说：“我先上楼了，吃饭叫我。”

聂明宇看着妹妹登上楼，黄盛长长地出了口气。聂明宇对黄盛点点头，黄盛急切的样子问：“明宇，那个贺清明怎么样了？”聂明宇压低声音道：“我上午得到的消息是肯定不立案了。这批车怎么出关，还得再想想办法。因为已经开箱验货了，有了记录就不太好办。”

黄盛想了想说：“不行就转到市公安局，找人开罚没证不就完了。”

聂明宇摇头道：“现在转到公安局等于自找死路。先不说你能不能搞定庞天岳，”他指指书房，“就怕把他给惊动了更不好办。”

“刘振汉来干什么？”黄盛不安地问。

“他是我的发小，也一块儿在炮弹坑里滚过。我太了解他了。现在他不动手，那是没闻见味道。如果让他发现马脚，他会立刻变成一条不折不扣的疯狗。”聂明宇慢慢转过身盯着黄盛，脸在灯光的映照下半明半暗，“他从小就讲什么狗屁正义，动不动就满嘴的豪言壮语。你想想，他能不成为一条死死咬住猎物的疯狗吗？”说到这儿，他笑了，“你知道吗？”

“明白了！”黄盛的表情沉重起来。

3

黑色的别克轿车顺着公路从檀山脚下斜插入别墅区，在一幢较大的别墅楼前停住。刘建义和贺清明从车子里走出，来到楼门口。刘建义摁了一下门铃。

楼内一间隐秘的监视室里，黑白监视屏幕上显示出别墅前的停车场中发生的一切。一个西装革履油头粉面白白胖胖的小伙子拿着对讲机正监控着。他便是这幢别墅的主人小白。看见贺清明等人下车，他拿起对讲机道：“张总，车号 AK-10009，黑色别克。”

对讲机里传出张峰的声音：“知道了，开门迎客。”

铁门嘎的一声自动开了。一个保安模样的高大精壮的青年站在门旁，向走过来的刘建义问：“你们是……”

刘建义道：“我们是会员，白经理的客人。”说着，他掏出一张金卡递给那个保安。保安接过金卡，仔细看了看，点点头让他们进了大门。

贺清明好奇地看着这个装潢华丽的别墅：客厅非常宽敞，两面是巨大的落地玻璃窗，白纱垂地，隐约能看到外面的草坪。室内装修显示出北欧风格，色彩对比强烈，线条洗练。墙上饰物错落有致，客厅靠窗的一侧，摆放着一架白色的三角钢琴，一位少女正弹奏着克莱德曼的优美的乐曲。大厅中随意摆了几张玻璃茶几，茶几旁放了几张藤椅，有几个客人正端了咖啡坐在藤椅上闲聊。

贺清明悄声问刘建义："这是……什么地方？"刘建义笑答："是产生财富、制造富翁的地方。"贺清明一愣，还想再问个究竟。刘建义指点着道："你看看，谁来迎接咱们了？"他转头一看，发现不知道什么时候，张峰已经站到了他们背后，他拉住贺清明的手说："兄弟，好久不见了。"热烈之情，溢于言表。

贺清明想起早晨的那一幕，不禁有些尴尬。张峰接着道："今天我做东，好好玩玩。"

贺清明受他的热情感染，轻松了许多，说话竟多了些幽默："玩什么？不会是教我弹钢琴吧？"张峰大笑，然后故作神秘状道："一会儿你就知道了。"他说罢头前引路，带着贺清明和刘建义走进客厅旁的一间书房。书房是个套间，里面的屏风后居然还有个门。进了门，拾级而下，一个偌大的地下室便展现在他们面前了。

贺清明看呆了，他发现这里面竟然是个规模超大的正规赌场。大厅里人头攒动，热闹非凡。一字排开三张墨绿色的赌桌。前后有三排，共是九张。每张桌子后面站着一位年轻漂亮的女发牌员，桌前围满了人。

在大厅的一侧，有一道门，不断有服务员从里面走进走出。

贺清明注意到每张赌桌的上方都有一盏球形的射灯。张峰笑着拍了拍他的肩膀问："怎么样？下去试试手气？"他忙摆手，说道："我不会玩这个。"

刘建义在后面已经蠢蠢欲动了："张总，你陪陪小贺，我去转转了。"他说着走到牌桌旁，在人群中转了两转便不见了。

贺清明见刘建义没了踪影，便轻声问张峰："张总，我包里的钱是怎么回事？”张峰郑重其事地道：“兄弟，这钱不是贿赂你的，算是分红。你应该得的。”贺清明怔住，问道：“分红？”

张峰拉着他一边参观各个赌台一边道：“这个是玩二十一点的……这批车我告诉过你，是给市政府弄的，那点微薄的利润回扣就是用来改善大家的生活的。所以，人人有份儿，兄弟你就踏踏实实地拿着吧……这边是押大小，这边是梭哈……”

贺清明听着张峰的解释，默不作声。

张峰带着贺清明来到了换币的地方，小白晃晃悠悠走了过来。张峰指了指他说：“这位就是这里的老板，你叫他小白就行了。”小白冲贺清明笑了笑：“我们这儿不问客人的姓名，您好好玩……”“好好玩？你白经理就不意思意思？”张峰在一旁道。小白忙说：“张哥说话了，还有什么问题？不过，我们这儿也是有进有出的。”

贺清明马上推辞说：“张总，我不好这个！算了，我上去喝咖啡等着刘关长！”说着就要往外走。张峰不高兴了，对小白翻了翻眼说：“小白，你在我兄弟面前不给面子是不是？去，拿十万块钱的码子，记我账上！”“好嘞！”小白颠颠地走了。

张峰对贺清明道：“兄弟，有我在这里还能让你掏钱吗？今天就是让你来散散心的。”贺清明摇摇头说：“张兄，其实，那天喝酒我就能感觉到，你也不容易。最好别拿钱让我玩，肯定输！”

张峰拍了拍他说：“嗨，输了再挣呗！钱是什么？钱是王八蛋！今日有酒今日醉，你说是不是？”贺清明不以为然地说：“我们这些人是靠薪水吃饭养活孩子的，不能像你这样潇洒。”

这时，小白拿着两个大纸杯的筹码走了过来，递给贺清明：“您点点，十万。”

张峰很是正儿八经地对贺清明道：“兄弟，你可能觉得我交你这个朋友就是为了那批货。我不想解释，咱们走着看。”说着，他把两个杯子的筹码塞到贺清明怀里，“走，我带你去玩玩。”

贺清明看着怀里花花绿绿的筹码，只好勉为其难地点点头。

桑塔纳警车向市外开去，路上的车辆越来越少。王明开车，马荃和汤文军坐在车里。他们全都换上了便装。

王明手握方向盘，侧过脸来扫了大家一眼说：“这么紧张干吗？又不是去抢银行。”龚静忐忑不安地说：“王队，是不是跟刘支队说一声再动手？万一惹了祸可就……”马荃接上话：“能跟刘支队说吗？万一走漏风……”他还没说完，便看见王明狠瞪了他一眼，赶紧住了嘴。

王明说：“出了问题我负责。等一会儿行动前我再告刘支队一声，应该没问题。”汤文军小心地问：“王队，您的线人可靠吗？”王明自信满满地说：“那是我一手发展的，可以说非常可靠。”

龚静又激动起来。她狠狠地捶了马荃的背一下：“嘿，真刺激！”王明从后视镜中看了她一眼说：“一会儿你在车上等着。”龚静被兜头泼了一盆冷水，急了：“为什么？我也要进去！”王明态度坚决地说：“不行！”

马荃帮腔说：“龚静，王队这样安排倒不是因为你是女孩。一个组行动，总得有接应吧？你打着火等我们，任务也是很艰巨的。”“那你为什么不在车里等着，我不管，我一定要去！”龚静觉得自己的话不具威胁力，于是又使出撒手锏，“否则，我现在就给刘支队打电话！”

王明一愣，忙说：“别，别，他现在和聂明宇在一起呢，别影响他。”龚静扒住驾驶座后背问：“那你让不让我去？”王明只好屈服了：“让去，让去。马荃，你委屈一下，在车里等。”

“啊？”马荃的嘴张得能塞进一个大苹果，“太不公平了吧！”王明严肃地沉声道：“别啰唆，这是命令！”马荃声音闷闷地说：“是，怪我多嘴！”

4

赌桌旁的漂亮女孩熟练地发牌洗牌，贺清明面前的筹码只剩下了十几个，装筹码的杯子已经空空荡荡。他的举止神态已经远不是刚来的那个神清气爽的贺清明，而是一个已经赌昏了头的贺清明，一个急于翻本的贺清明……

张峰微笑着站在他背后。

这时候，贺清明拿到了一张 K，而庄家的面前只有一张 8。贺清明红着眼睛，把所有的筹码都推了上去。张峰看了看他手中的牌，又看了看牌桌上的圆形灯。

监控室里，看监视器的马仔喊："白经理！白经理！张总有指示………"

小白凑到监视器前。在黑白屏幕上，张峰仰头看着天花板，然后似乎是无意识地把两只胳膊抱在了胸前。小白吩咐马仔说："客人手上是 K，张总要庄赢。"

马仔立刻摁亮了一个按钮，对着麦克风道："对面客人手中是 K，老板要庄赢！"

赌场里，戴着耳环的漂亮女庄家脸上看不出任何表情，她继续发牌。嗖！一张牌飞到贺清明面前。他用翻开的底牌将那张牌切了起来。他左右看了看，然后把牌捂在手心中慢慢捻开，竟然又是一张 K！这样，实际上他已经有两张 K 了。他努力抑制着自己激动的情绪，把牌慢慢放到桌子上，看了看周围几副牌：左手的一个老太太面上露出的是一张 9，右手的一个中年男子露的也是一张 8，牌型都不是很好。

该庄家了。女孩把自己的牌亮开。一张 8，一张 4。轰的一声，牌桌上喧哗起来。女孩微微一笑，轻轻地从底牌中拿出一张，一翻，是草花 5。牌桌上已经有人忍不住议论。女孩又拿出一张，是黑桃A。桌上突然安静了，所有的人都盯着庄家。

此时桌子上其他五副牌，四副面上都是7、8之类的数字，肯定不行了。只有贺清明面上是K。显然是庄家吃四赔一的局面。贺清明紧紧盯着女孩，他感到呼吸都有些困难了。女孩微笑着，手再次伸向扑克牌。她摸出一张，然后啪地拍了出来：竟然是3，牌桌四周一片哗然。

这样，庄家就是8、4、1、5、3，总共21点。庄家通吃。贺清明目瞪口呆，喃喃地说："这……这不可能！"

女孩把众人面前的筹码一扫而空。贺清明把两个杯子扣过来，里面空空荡荡。他涨红了脸，把手伸向了自己的衣袋。一只手将满满一杯子筹码推到他面前，他吃惊地看着面前的筹码，不由得抬起了头，发现张峰正微笑地看着他。

贺清明努力抵御着诱惑："不……不……"张峰大声鼓劲道："再下，我就不信！输了算我的，赢了算你的！"

周围的人都羡慕地看着贺清明，贺清明也不客气了，点了几个筹码，忽地推了上去，道："发牌！发牌！"

张峰的脸上显得十分舒畅。

桑塔纳警车驶上了海堤。海面上一片漆黑，海浪声隐隐传来。远处的码头上却是灯火通明，停在泊位上的船只闪烁着星星点点的灯光，和夜幕上的繁星融汇在一起。

王明带着龚静、汤文军从车上跳下。他们头上已经包上了黑色的伪装面具，每个人都是一身精干短打扮。

王明向码头方向一指，低声道："到了那儿之后，不准说话，看我的手语行动。对了，你们在学校学过没有？"

龚静和汤文军对视一眼，有些不好意思地摇摇头。

王明苦笑："行了，现在记住。"他边说边做示范，"这个是跟上，这个是停，这个是危险。还有，这个是撤退……"

龚静点点头，重复做了一遍："这样对吗？"

王明挥挥手命令："出发！"

码头上寂静无声。一队执勤武警排着队慢慢走过来，又走过去。粗大的手电筒光柱在集装箱柜、货物间摇摆。

他们刚刚站稳，唰，头上闪过一道手电光。两个穿便衣的汉子走了过来，嘴里正发着牢骚："这几天真他妈累！"

"行了，等这船东西出了关就好了。咱们睡他三天三夜。"

"操！那个贺清明整个一搅屎棍，没事也要整出事情来！"

"嗨，他不整事谁知道他是谁呀？他这一折腾，这不连老总都得看他脸色了。"

"有道理，说白了就是小人得志……"

两人说着走着，慢慢移动着脚步。王明用手势示意龚静跟上去听听他们的对话。龚静点点头，用手语示意他注意安全。王明一愣。他发现她打出的手语是他没有教的！他向龚静伸出大拇指，然后纵身一跃，双手抓住了一个集装箱的铁杆，两个起落，翻上了箱顶。

龚静也向王明跷了跷大拇指，然后利用货物的遮挡，跟上那两个夜巡的男子。她掏出微型录音机，摁下了录音键。二人的谈话正在继续着：

"你说这批东西，不会真给封了吧？"

"怎么可能……"

"可是老他妈的不出关，罪还不得咱受？"

"不过，张总给钱还是挺痛快的。"

"也是……"

……

这边王明几个翻滚找到大集装箱货柜。他翻看标牌，上面清楚地写着"龙腾公司"。他拿出随身携带的工具，费力地撬开货柜。黑暗中，他打开应急灯，吃惊地发现满货柜都是崭新的奔驰车。他拿出相机，连续拍着。

闪光灯频频闪动，正在走着的两个汉子看着前面自己的影子吓了一跳，猛地转过身，用手电“啊”地照射过去。

“我怎么感觉有灯？”

“是的，上面好像有动静！”

两人商量了一下，其中一个爬了上去。

王明在那人往上爬的短暂空隙，从箱子顶部退到边上扒住箱子边缘，身体悬在半空中。

那人用手电仔细地扫了扫箱子，没有任何发现，骂道：“操，鬼影子都没有！真他妈怪了！”

不远处，龚静和汤文军眼神一碰，也悄悄地跟了过来。

5

聂家的聚餐已经开始，一大家人围坐在餐桌周围。冯月梅感慨道：“咱们家有很长时间都没有聚齐过了。”聂大海点点头说：“谁说不是，今天也不齐啊！就振汉来了，还不说什么事！”刘振汉笑了笑说：“真没什么事。平常不来训我，来了又觉得奇怪了？”冯月梅夹菜放到他碗里说：“看你说的，振汉，外气了不是？”

聂大海转动着脖子，发出一声呻吟。

聂明宇道：“爸，有人给我推荐了一个医生，专门治疗颈椎病的，抽个时间我给您带来。”聂大海不以为然的样子说：“算了，看不看都无所谓，反正也快退了。”

蕾蕾嗔怪地看了爸爸一眼说：“您怎么那么消沉呀？现在不正是您‘春风得意马蹄疾’的时候吗？”

“我还得意？”聂大海拖长音调，“我现在上班，天天都有人在背后指指点点！”他转脸看着刘振汉：“振汉，明宇的案子到底查得怎么样了？”

刘振汉一愣，在场的所有人都是一愣。蕾蕾紧张不安地一会儿看看这个，一会儿又看看那个。聂明宇站起身说：“我看，我上去待一会儿……”聂大海不高兴了，说道：“你又没做坏事，你怕什么？”刘振汉目光复杂地看着聂明宇，聂明宇也定定地看他，说：“避嫌，对吧，振汉？”

刘振汉沉默不语，不由自主地把脸转向蕾蕾。蕾蕾对聂明宇道：“哥哥，你干什么吗？这里只有自己人！”

聂明宇只好又默默地坐下来，隔着桌子注视刘振汉。刘振汉脸上极不自然。他万万没想到聂大海会这样直截了当地把事情当着这么多人端出来。他沉吟着不知道该给聂大海一个怎样的答复。

“别为难了！”聂大海大度地摆摆手，“我知道你们有纪律。我不是问你查出了什么问题，而是问你大概什么时候能结案。这一天没个结果，总像有把刀子挂在头顶一样，不好受呀！”

刘振汉忙点头说：“我知道……我知道……”

聂大海颇有些伤感地接着道：“明宇这么多年，从来没求过我什么事情，我也没替他讲过话。其实，我很清楚有人在背地里搞黑材料，准备退休后也试着写一本《新官场现形记》。有人要整我也没什么，那么多大风大浪我都过来了，我还怕这些小暗算？但是，现在有人要拿我的孩子开刀……”他说着，把筷子放下。

刘振汉低垂着头，一言不发。

聂大海言犹未尽地接着说：“黄秘书跟了我这么多年，他可以作证，明宇有没有因为个人的事情让我批过条子、走过后门？”

黄盛表情庄重地说：“没有，从来没有。明宇这一点做得非常好！”

刘振汉默默地听着，胸中剧烈地翻腾着。他越来越感到匿名信像一颗尖啸的子弹，穿透了笼罩在天都市上空那层厚厚的祥和平静的云。他现在已经明白，匿名信指控的事情极有可能是真实的。那么，随着调查的深入，它必将揭开天都市隐秘而黑暗的一角，使得那些原本不为人知的关系暴露出来。当然，如果匿名信是别有用心的诬陷，那么，每耽搁一天，伤害善良的无辜者则更让他痛心，况且，他们都是自己至亲至爱的人。不论从哪方面讲，他都必须尽快作出结论，容不得他犹豫迟疑，更容不得他置之不管。毋庸置疑，无论匿名信的真伪如何，他都必须面对法律和职责，面对那张厚厚的、用人情亲情编织的大网。这张网已经在他周围无声无息地竖立起来，最终的结果必然是束缚着他的行动，左右着他的视听……

怎么办？刘振汉不由得打了个寒噤。

“咦，王队呢？”龚静悄悄地贴在汤文军耳边说。

“可能隐蔽起来了。”汤文军看了看周围，“我刚才发现有个人进值班室了。咱们是不是过去看看？”

龚静点点头。二人蹑手蹑脚地来到货仓值班室窗下，偷听里面的谈话。

值班室里，小芮、阿三和另外一个值班员正在烤电炉子。他们怎么也不会想到隔墙有耳，所以无所顾忌地聊着。

“你说，这批车子要出去能赚多少钱？”

“赚多少钱你不会算？”

“你会算？”

“我告诉你，我老舅在美国，这种车在那儿最多也就两万八美元。在咱们中国，至少八万美元！”

“我操，一辆挣他妈的五万多美元！”

“是呀，要不说这买卖来钱呢？”

“那咱们什么时候也弄它一船……”

“你玩不了。你进了车也上不了号。只有咱们老板这路子才能整这买卖。新车新照，都是全的。这才叫本事！”

……

王明忍耐不住了，两只胳膊和手几乎要麻木了。那两个家伙不仅不走，竟然还绕了过来。他索性跳下来，用手中的闪光灯向两人一闪。两个汉子大叫一声捂住眼睛。

龚静和汤文军也吃了一惊，忙撤离值班室，向王明这边跑来。

小芮和阿三站在值班室门口张望，大声吼："怎么回事？"

一群经警冲了出来，他们看见了黑衣人，大声叫着："抓小偷！抓小偷！"

王明纵身一跃，三拳两脚把冲在前面的人撂倒。然后三人撒腿狂奔。经警挣扎着爬起身，吹响了哨子。尖厉的哨音顿时惊动了整个码头。码头拉响了警报。

小芮恶狠狠地喊："一个都别让他们跑了！"带着几个提棍子的值班员，顺着王明等人逃跑的路追了下去。

王明和龚静、汤文军飞步狂奔。龚静跑得气喘吁吁。王明边跑边掏出对讲机，大声叫："马荃！马荃！"

海堤上，正在车里焦急等待的马荃拿起车台通话器，回应道："听到，听到，请讲！"

对讲机里传来王明急促的声音："到路口接我们，我们被发现了！"

马荃提高嗓门回答："明白，立刻到达！"他火速点火启动，桑塔纳忽地蹿了出去。远远地，马荃便发现王明等三人朝车奔过来，后面至少有十几个人紧追不舍。他原地将车掉了个头，慢慢朝王明等倒过去。眼看与王明只有几步远了，马荃一点刹车板，然后换挡，车缓缓向前开。王明等追上桑塔纳，可他精疲力竭，已经拉不开车门了。"开车门！"他捶着玻璃喊。马荃欠身推开车前门。王明一把拽过龚静，先把她塞进去，然后和汤文军从后门也跳上了车。

马荃加大油门，车子疾速驶下海堤，上了公路。眨眼间，便把小芮等人甩得不见了踪影。

"耶！"龚静和汤文军情不自禁地发出一声欢呼。

小芮看着渐驶渐远的车尾灯，气喘吁吁地停住脚步。后来的人问他是什么人，看清楚了没有。他回过头气呼呼地说："他妈的，我怎么看见接这几个人的车是警车！得赶紧给上面打电话，谁有手机，快给我！"

阿三把手机递给了他。

桑塔纳警车驶上了高等级公路，这也就意味着他们完全脱离了威胁。王明松了口气，说道：“现在必须给刘支队打电话了！”说着，拿起了车挡板上的手机。

6

冯月梅把酒杯放在聂明宇和刘振汉之间，说道：“我不能喝酒，你们知道。明宇、振汉，你们谁代我喝了吧。”

刘振汉和聂明宇几乎同时伸手触到了冯月梅的酒杯。两人都是一愣，然后彼此笑了笑，又几乎是同时收回了手。

冯月梅笑了：“瞧你们哥儿俩，到什么时候都是一条心。”说完，她端起酒杯分别给刘振汉和聂明宇，又道，“一人一半，谁也不偏心，这下好了吧。”

刘振汉和聂明宇均是一口见底。冯月梅欣慰地说：“好久没见你们在一起喝酒了，是不是？”

刘振汉和聂明宇相互看了看，都笑了。突然有手机响，是两种声音。他俩都低头看号码，然后同时打开手机接听：“我是刘振汉。”“我是聂明宇。”

两人都默默地听着，脸上都渐渐罩上了寒霜。“好的，知道了。”两人几乎说着同样的话，然后同时合上了手机。

聂明宇的脸上没有任何表情，他慢慢抬起头来看着刘振汉，刘振汉也抬起头看着聂明宇。两人凝视着对方，一瞬间，整个屋子里充满了他们的杀气。

刘振汉站起身，向餐桌边所有的人点点头，一句话没说，扭身离席而去。聂明宇也站了起来，同样也是一声不吭，转身向门外走。蕾蕾起身追上去。

大门口，聂明宇停住脚步。蕾蕾上前挽住他的胳膊说：“哥，到底是怎么回事？别把我当傻瓜，你们瞒不过我的！”

聂明宇对她笑了笑：“没什么不对劲。振汉干这个的，比较敏感。你是聪明姑娘，我问你一个问题。明说吧，如果我失去今天所有的一切，你会在乎吗？”蕾蕾的双眉渐渐绞到了一起说：“哥，有那么严重吗？振汉哥是不是……”

聂明宇拍了拍她的头说：“我不是跟你说过吗？国内的事很复杂，天都就更复杂了。你不可能搞得懂。我只想要求你，到时候要回美国去，走得越远越好！”蕾蕾咬住嘴唇说：“不，我不会走！你的事情没有结果，我就永远在你身边！”

聂明宇苦笑：“又说傻话了！回去吧，多陪陪爸妈。我先走了。”蕾蕾抬起脸说：“去哪儿？我也去好吗？”聂明宇把她的手拿掉说：“我有我的事。明天我在公司。”说着，把蕾蕾推回了门里。

刘振汉回到支队长室刚刚坐定，王明和龚静就兴冲冲闯了进来。“啪啪啪！”王明把十几张刚刚冲印出来的奔驰车照片拍在刘振汉面前，刘振汉满目充血地一张张看着。李冬悄悄走进来，拉开龚静。

王明眉飞色舞地说道：“怎么着，刘支队？报吧？”刘振汉突然拍案大吼：“你们都给我出去！出去！”

王明满脸惊愕，继而似乎明白过来，冷笑着，猛地扭身走出。刘振汉起身徘徊着。他拿起电话又放下，再拿起，终于摁下了号码。听筒里传出庞天岳的声音：“喂，哪位？说话呀！”刘振汉不吱声。

“是不是振汉？这么晚除了你没别人！是不是你？”庞天岳显然不耐烦了。

刘振汉赶紧挂了电话。他抓乱头发，再次看桌上的照片，不由自主地又拿起了电话，快速地拨号。几声长长的蜂鸣过后，听筒里响起聂大海睡意蒙眬的声音。他依然是沉默着，直到对方说了声“胡闹”后挂了线，他才缓缓放下了听筒。此刻，他有了一种想哭的感觉。

屋外的人仔细听着屋里的动静……

第七章

1

刘振汉呆呆地坐在办公室里，心乱如麻：从照片上看，龙腾公司走私大批量汽车已不容置疑，情势已十分冷峻地摆在了他面前。是否向聂大海谈清楚也同样变得异常迫切，可以说是刻不容缓了，但他自忖没有这勇气，晚上去聂家自己已经做了尝试。尤其是聂大海饭桌上的那席话，已明确无误地表明了态度，这就更使得他丧失了如实禀告的信心。但无论如何他得和聂明宇敞开心扉谈一谈，这不仅仅因为他们是发小和生死战友，更重要的是这关系到正与邪、对与错、法律与犯罪的大问题。如果是真正的兄弟，就应该把他拉回正道，救他于污淖悬崖。什么是情义？这样做才是最深的情，最大的义！

刘振汉长长地呼出一口气，终于下了最后的决心。同时，他也开始对王明等人的擅作主张、涉险偷袭的举动恼怒起来。想想这么做的后果，都不由得不让人脊背发凉。他突然对着门外大声喝道："别听了！都给我进来！"

王明、龚静等一行人慢慢走进来。他们身上的夜行服还没来得及脱下，头发都是乱乱的，一看就知道把面罩摘下来后还没顾上梳理。

刘振汉把照片往桌拐角一推，脱下帽子摔在桌子上，仰头看天花板。王明走到办公桌前说："刘支队，我们等您的主意。"刘振汉压抑不住火气，一掌拍在桌上，怒吼："谁他妈让你们去的？"他这一声大吼把所有人都弄蒙了。他们傻傻地站着，面面相觑。

王明很冷静地盯着刘振汉说："刘支队……"刘振汉粗暴地打断道："别他妈叫我刘支队，我在你们眼里一文不值！"王明沉声道："这是我的主意，我想……"刘振汉怒气冲冲一挥手再次打断："你想什么想？你们闯大祸了知不知道？"

所有的人更傻了。

刘振汉指着发呆的下属道："你们把刑警队当敌后武工队了是不是？穿身黑衣服就敢去演《三岔口》？"王明挺了挺身子说："我刚才已经说过，这事不怪他们，我……"

刘振汉再次不耐烦地说："新来的不知道，你还不知道吗？海关货物码头是什么地方？是武警重点保卫的场所！今天晚上你们幸亏是仅仅被龙腾公司的人看见，如果遭遇上武警，按规定他们是可以开枪的！"他边说边把桌子拍得山响。

马荃和龚静等听了刘振汉的训斥，还真有些后怕起来，意识到这次夜行的危险性。

"如果你们中间任何一个人受伤，任何一个人被武警抓住查出真实身份，这就是一个天大的事故，惹出一个谁都扛不住的大祸。你们知不知道，这是牵扯到公安、海关、武警三个系统关系的大问题，咱们局长、厅长都有可能要为这件事情受处分！"

几个小刑警听得毛骨悚然，王明额上也不由得沁出了冷汗。

刘振汉叹了口气，神态缓和下来，指指沙发和椅子，示意他们坐下。

王明屁股刚挨椅子边，又站了起来，有些焦灼地道："刘支队，这件事情责任主要在我，你看下一步该怎么办？"

刘振汉沉思片刻，说道："我刚才在聂家吃饭时，接到你的电话，聂明宇也同时接到一个电话。我怀疑他们是否已经猜测到是咱们了。如果真是这样的话，就非常不妙了。因为我们在还没有拿到确凿证据的时候就打草惊蛇了。这样一来，我十分担心，他们有可能会把赃物转移。”

龚静拿起照片说：“这还不算直接证据？”李冬瞪她一眼说：“这算什么？几个人偷着进去，没有法律许可，不作数的！你应该学过呀！”

龚静一扬脸说：“那我就天天化装到码头去干活儿，看着这批货。什么时候作数了，我什么时候走。”马荃在旁边道：“龚静说得还有点在理，如果他们真要转移，就麻烦了。”王明在椅子上坐下，看着刘振汉道：“看来，必须尽快采取措施，不然，后果就严重了！”

刘振汉若有所思地说：“只有一个办法，就是弄到正当的手续。”

王明挠挠头说：“这谁都清楚，关键是怎么才能搞到开箱验货的许可证？”

“这件事我只能求助局长了。不进码头直接勘验龙腾集团的集装箱，就拿不到第一手的证据，也就只能是瞎折腾。”刘振汉说着，目光投向窗外深沉的夜色。

深夜时分，正是赌场拼搏最激烈的时候。贺清明已经杀红了眼。他此时已经换到了押大小的赌桌上。

“三、六、四……大。”随着庄家报号，一大堆筹码推给了贺清明。

“啊？”贺清明简直不敢相信自己的眼睛。“赢了！”看着眼前一大堆花花绿绿的筹码，他乐晕了。“张峰、张峰……”他转过脸在人群中找张峰，“我赢了！我赢了！”

张峰在人丛中冲贺清明竖起大拇指，大声道：“好事成双。兄弟，再搏一把！”

贺清明乐得嘴咧着，满面红光地转身，拣了几个码子放了几个数字。

张峰在人圈外观察着贺清明，发现这位仁兄已经俨然入道。

只见他一边看着牌局，手里一边开始把五百、一千、五千、一万不同的筹码分类。他笑着摇摇头，挤进人堆中，凑到贺清明耳朵边轻声道：“兄弟，赢了多少？”

贺清明兴奋得不行：“把你给我的本全赢回来了，还赚了十五万！”

张峰鼓励地拍了拍贺清明的肩膀：“就是嘛，爱拼才会赢。赢了钱可要请我吃饭啊！”“当然，当然……”贺清明的眼睛已无暇顾及张峰了。

这时，张峰发现他的一个跟班从远处神色慌张地快步走过来，手里拿着手机，边走边冲他招手。他挤出人群，跟班把手机递过来道：“张总，小芮的电话，急事！”

张峰接过手机，匆匆走到僻静处，道：“我是张峰。什么事？”

“张总，刚才有几个秘密警察开着警车到码头来了，看样子像是要偷验咱们的货！”小芮的声音急促而又紧张。张峰大惊，不由得提高了音调：“什么？确实吗？”小芮答道：“千真万确！我们开始以为是小偷，追了上去，发现他们坐着警车跑了！”张峰脸色发白，吩咐说：“好，我知道了。你们原地待命，继续观察周围的动静，我一会儿给你电话。”

小芮答应一声，便挂了电话。

张峰抬头看了一眼人群中已玩得神志不清的贺清明，再次打开手机，拨了一个经过压缩的号。他神情严肃地说道：“董事长，有个好消息还有个坏消息……”

2

凌志车在街道上缓缓行驶。聂明宇一手掌着方向盘，一手举着手机发号施令：“好消息是关于贺清明的，不用说了。坏消息是码头的事，你也不用提了。你现在的当务之急是抓紧把货转移出来，别的不用你问，我来办。”

张峰诺诺连声，挂断了电话。

聂明宇重新拨号：“喂，孟琳吗？有件事需要你办。你现在在哪儿？”“我……我在回家路上……马上到。”孟琳的声音有些结巴。

聂明宇敏感地察觉到了什么，微微一笑道：“真的？你那里够安静的。好，好。你放心，我不会让你摁车喇叭给我听，现在听我说……”

在海滨度假村的客房里，孟琳着急地从床上爬起来，拿手机的手直抖。旁边赤身裸体的小钟吓得脸色煞白。孟琳对着手机轻声说：“好吧，我马上去。”她关上手机，慌忙往身上套衣服，汗水已浸湿了头发。小钟紧张地问：“他发现了吗，怎么说的？”孟琳看着他凄然一笑：“没你的事。我该走了。”

孟琳开着红色奔驰车，心急火燎地往市里赶。当车驶进满城璀璨的灯火里时，她用手机给王丽敏打电话，说有急事要见她。已经睡下的王丽敏没有丝毫犹豫，爽快地答应了。两人约好了见面的地点。她这才合上手机，长长舒了口气。

丽人美发厅里，孟琳静静地躺在沙发床上做美容。王丽敏一阵风卷了进来，忙不迭地问：“怎么了？孟琳，出什么事了？”

孟琳显出轻松的样子说：“出什么事啊？叫你来做做美容，顺便谈谈工作的事。”

王丽敏不习惯地被小姐按倒在床上，脸上涂满了油。她嚷嚷着说：“孟琳，你半夜三更叫我来，就是玩时间呀！真是饱汉子不知饿汉子饥，我可是该睡觉了。再说，我哪里习惯弄这个？”

孟琳闭着眼，慢条斯理地说：“习惯习惯就好了。你着什么急？也不能只顾着给城市美容吧？”王丽敏吃惊地问：“你知道了？”孟琳笑了笑说：“下岗又不是什么坏事！”

王丽敏不吭声了。

“嫂子，我觉得你干那个不合适。主要是亮亮学习紧张，你不能没有时间照料孩子呀！”孟琳斟酌着词句，她不想伤害王丽敏的自尊心。

王丽敏眼圈红了，叹了口气。

“要不，到我公司来吧。明宇的意思，也想让你到龙腾去。”孟琳很诚恳地说道。

王丽敏马上回绝说：“不……不！这不合适，你们办个公司不容易，绝不能给你和明宇添负担！”

孟琳见她态度坚决，也就不再勉强，采用曲线救国的方式，说道：“你如果觉得不妥，我已经给市委管后勤的王主任打了招呼，可以调你到那里的医务室工作。钱虽然不多，但却清闲，而且环境也不错，离亮亮的学校还近。你觉得怎么样？”

王丽敏心有所动，脸上露出欣喜，有些不好意思地说：“这……不好吧？”

孟琳睁开眼看了看她说：“明宇和振汉像亲兄弟一样，两个人是割头换命的关系，你就别太客气了。我们不也像亲姐妹一样吗？丽敏，咱们可以苦，可不能苦了孩子。你能忍下去，我这当妹妹的，多少还有两个钱，不能眼看着你这样下去。”

王丽敏尽量不让孟琳看到自己的眼泪，哽咽道：“不是我不想，妹子。你振汉哥，他就是这么个人。我说说看吧！”

孟琳呼出一口气，说：“这就对了。谁跟谁啊，咱们可是一家人哩！”

王丽敏很感动，马上关切地说：“孟琳，我看你挺喜欢亮亮的，你们是不是也该要个孩子了？”

孟琳脸色顿时暗淡下去，沮丧地说：“嫂子，不提这个！”

张峰和刘建义在角落里窃窃私语。刘建义不时点头，随后快步离去。张峰走向贺清明。贺清明正专注于赌局，突然肩膀上被人拍了两下。他一回头，发现是张峰。

“怎么样？手顺吗？”张峰笑吟吟地问。贺清明摇摇头说：“不如刚才了，又输回去好多。”果然，他身旁的筹码少了一大半。张峰安慰说：“赌场上全靠运气。走，歇两把转转手，上去喝点东西吃点点心，然后再玩儿。”

贺清明恋恋不舍地看着自己的筹码，勉强点点头道：“好吧……”他站起来，但眼睛还瞄着自己桌子上的筹码，想带走，又有些不好意思。

张峰早就看在眼里。他一抬手，一个服务员过来将筹码收在一个大纸杯中。“替这位客人拿着，一会儿还要回来。”张峰吩咐道。“是，张总！”服务员躬身回答。

贺清明放心地跟着张峰走出来。

两人上了楼，走到冷餐台边。张峰递给贺清明一个盘子。他们在丰富的各种冷餐前选择着自己喜欢吃的点心。

弹钢琴的女孩已经不在了，换了一位拉大提琴的小伙子。浑厚忧伤的琴声使得贺清明驻足倾听，心有所动。

张峰问：“怎么，喜欢这支曲子？”贺清明点点头：“是的，让我想起了女儿。”“是啊！你的女儿是让人怜爱……”张峰做出同情状。

楼上，微启的落地窗外清风徐徐吹来。安静怡人的氛围让贺清明冷静了下来，他摇摇头道：“张总，说实话，我多少年都没有这么开心地玩过了。”

张峰也感叹着说：“人生就是这么回事，不能不为自己想想啊！”

贺清明道：“你的意思我明白，就是要尽情享受生活，可我无法做到这些。你就是给我时间和金钱，我也不能这样放纵自己。多少年了，对清教徒的生活方式已经习惯。这可能就是中国知识分子的一种宿命吧！”

两人在小餐桌前随便吃了些点心。张峰用纸巾擦了擦嘴，拉起贺清明道：“走，到我的包房里休息休息。”

贺清明茫然地跟着他走到二楼的一间密室里。几个大汉肃立着。张峰摆摆手示意贺清明在沙发上坐下，一位妖艳妩媚的小姐送上两杯咖啡。

贺清明觉得有些不对劲，便对张峰道：“张总，我女儿还在家。要不，我先回去？”“不急。不急。”张峰拍拍他的手，“老弟，我有件事还要求你啊！”贺清明立刻明白过来，问道：“是车子吧？”张峰笑了，说道：“还是知识分子聪明，那批车……”

“我忘记告诉你了。今天我和刘关长通了气，决定不立案了，但是……可能要罚款。”“罚款不成问题。现在的问题是，我想今天晚上把车子全部提走！”“什么？”贺清明惊诧地看着张峰。“提走！全部提走！”张峰重重地说道，“因为就在一个小时前，公安局派人到码头侦查！”

贺清明傻了，半天才回过神来，道：“我们还没有立案，他们的鼻子怎么会这么尖？”

张峰神情变得严肃，说道：“这件事情要说清楚需要很长时间，改日我再细细告诉你。当然，你们海关很有可能也有人把情况透露给了公安，这是我最担心的。”

“啊？”贺清明不由得紧张起来，“张峰，不会出事吧？我刚刚来，不想……”张峰陡地板起了脸：“现在是已经出事了！”贺清明冷汗直冒，声音发抖：“那……怎么办？”

张峰双眉拧紧说：“现在没什么可怕的。你只要同意我把东西运出来，一切威胁都将化为烟云。”“这……”贺清明嘴上像抹了胶水，“那手续……怎么办？现在人都下班了，明天又是星期天……”

张峰伸手，有人送上刚才筹码兑换的现金。

贺清明如同火烧般直缩手，说道：“不……随便玩玩的，不要了……”

张峰又伸出了手，一大汉送上录像带。他晃着，冷冷道：“记得上回你喝多了酒店里发生的事吗？还有你刚才赢钱的样子……”

贺清明愤怒了，他霍地站起，浑身颤抖着直视张峰。张峰并不回避他的目光，沉静地和他对视着。贺清明看看四周，几个大汉的脸上都布满了杀气。他又慢慢坐下了，底气不是那么很足地说道：“我可以去刘关长那里谈，我可以回原籍……”

“这是大案，参与走私的主要人员和官方的胁从主管，会被判死刑的！”张峰侧过身去，“你女儿已升高中了吧？而且她不能再失去唯一的父亲！”

贺清明顿时像被踩扁的皮球，瘫软在沙发上。

张峰拍了拍他的肩膀说：“兄弟，记住，我们已经是一根树枝上的桃子。这件事其实很快会过去，只要我们动作快。你先想想，你开箱验货的时候身边有多少人？”

贺清明回忆说：“有两个科长，一个组长，其他的是工人……”

“我会把所有的漏洞堵上。”张峰递上钱说，“拿着。现在顾不了这么多了，我们必须当机立断。我也不难为你，今天晚上就算了，但明天你必须办好出关手续。这也关系到你的命运！”

贺清明只好勉强点了点头。

3

凌志车停在海堤上。聂明宇走下车，长出一口气。远远地，货柜码头灯火通明。小芮等正指挥着人左右布哨。

他凝神注视着黑压压的集装箱，双眉紧锁。

红色奔驰车缓缓开了过来，在凌志车旁停下。孟琳从车上跨下，米黄色的风衣在海风吹拂下轻轻飘舞。她走到聂明宇身旁，悄悄站住。

聂明宇面对大海，停立不动，似乎并没有发现孟琳的到来。

“谁能想象，夫妻在这里约会？”孟琳幽幽说道。

聂明宇没有回头，问道：“办妥了？”

孟琳道："我不会问为什么，可谁都会知道，刘振汉也会。"

聂明宇笑了："王丽敏不会，事情会朝好的方面发展。振汉和我们又将成为一家人，这样不好吗，孟琳？"

孟琳不置可否。

聂明宇上车。"早点儿回去。对了，刚才你真在路上？"他说完，驱车而去。

孟琳发愣，冷风吹来，她不由得打了个寒噤。

刘振汉悄悄推开卧室的门，一眼看到王丽敏靠在床头看书。他讪讪地调侃道："关云长秉烛夜读啊！你看，现在几点了？"

"这我倒要问你！"王丽敏没抬脸，仍看她的书。

刘振汉自感心中有愧，小心翼翼地伸出手抚摸她的肩膀。王丽敏瞪了他一眼，把他的手拿开。

"对不起。真的，对不起。今天有任务。"刘振汉轻声说。王丽敏推了推他，说道："振汉，有个事想跟你商量商量。"刘振汉边脱衣边问："啥事？"

王丽敏试探着说："我现在打了份工，时间要求得很死，没法照顾亮亮。我想再换一份好些的工作，你看行不行？"刘振汉打个哈欠说："当然行了。等我把手上这个案子结了，找找那些老战友……"王丽敏皱皱眉头说："算了吧，听你这句话我耳朵都起茧子了！"刘振汉刚想睡倒，随口说："那你说怎么办？"王丽敏扯住他，说："孟琳替我在市委大院找到了工作，你看能不能去？"

刘振汉一下子坐直了身子，揉了揉太阳穴道："市委大院？那不就是在聂叔的眼皮底下吗？"

"是呀，在聂叔身边不是很好吗？"

"不行！绝对不行！"

王丽敏没料到丈夫会说出如此斩钉截铁的话来，不禁愣住了，问道："为啥不行？这又不是什么太大的事。而且，我们市委大院的医务室工资很少，如果换别人，人家还不一定愿意去呢！"

刘振汉态度坚决，黑着脸道："我说不行就不行！是孟琳主动找的你？"

"你这是什么意思？"王丽敏火了，眼圈渐渐发红。

刘振汉连忙低声解释说："你看，大家都知道我现在正查着这桩案子，结果你又调到市委大院，这影响多不好。天都市谁不知道你是我老婆，那唾沫星能把咱淹死了。"

王丽敏强抑制住眼泪说："是你老婆沾到什么光了？就应该下岗？就应该去扫地？就应该被人看不起？咱又不是提拔当官或是到什么有油水的部门，怎么就不行了呢？"

刘振汉无法再向深里说，真是有苦难言。他只好好言劝慰："丽敏，干啥不是干，不就是多吃点苦吗？以后我尽量多顾顾家，另外再想想别的办法。你再等等，好吗？"

王丽敏见他说得很恳切，似乎对眼下的案子讳莫如深，不由得警觉起来，直瞪着他问道："你真的要难为明宇？"

刘振汉顿时心里发虚，喃喃地说："你怎么问这个问题？快睡觉吧！"

王丽敏更不放心了，直截了当问："你觉得聂明宇真有问题？"

刘振汉被抵到墙角，没法回避了。他心中也很明白，不给王丽敏讲点实在的内容，她那"不见鬼子不挂弦"的脾气绝不会善罢甘休，于是说道："丽敏，今天我破个例，明宇的事情我可以告诉你一点儿。现在，有很多证据证明，聂明宇的公司有走私嫌疑。如果他犯的是小错误、小毛病，我都可以保他。但如果这些事实存在，我保不了他。谁也保不了他。"

王丽敏吃惊地看着他，问道："你在说什么？"

刘振汉神情严肃地说："我在说事实！"

王丽敏的心一点点往下沉，不由得紧张起来。她有些慌乱地说："振汉，你可不能被人当枪使。你有没有想过，现在做生意挣大钱的人，哪个真的本分了？哪一家公司不会想办法偷漏一点税？我原来的厂子是国营企业，厂长他们还有自己的小金库呢，何况明宇这么大的买卖？你非要揪住他不放干什么呀？”

刘振汉急了：“我和你说不通！”他气呼呼地钻进了被窝。

王丽敏也生气了，给他背上一拳，“明告诉你，说得通说不通我也决定了，就为咱亮亮不能这么苦着，我还就去上这个班了！”

4

早晨的阳光很柔和也很明亮。风软软的，像春姑娘纤纤的玉指，抓挠得人心痒痒的。龙腾公司大楼下，蕾蕾指挥着搬运工，将卡车上的雕塑往大门里搬。

在楼顶层聂明宇的董事长室门前，蕾蕾不耐烦地瞪着小芮问：“你到底开不开门？”

“聂董他不在，没有人可以进去的……”小芮嗫嚅着说。

蕾蕾大声嚷嚷：“我就能！别让我叫他！”

小芮犯怵了，犹豫着点点头，上前打开门。蕾蕾笑了，她在办公室里，指挥搬运工把雕塑摆放好，撤掉原来的装饰。

雕塑安放完毕，工人纷纷离去。蕾蕾满意地看着自己的作品。她突然冒起了好奇心，转身东翻翻、西看看，摆弄着哥哥的各种照片和文件等。她看到办公桌的抽屉没有锁，轻轻拉开，一支乌黑锃亮的铁家伙赫然出现在她眼前。惊讶中，她拎出这支制作精良的特大号手枪，心怦怦直跳。

“那是假的，玩具。怎么样？和真的一样吧？”一个沉稳的声音从她背后传来。

蕾蕾吓得一哆嗦，转过脸，见是哥哥正从门外走进来。

聂明宇走到办公桌旁，收起枪，显出若无其事的样子。蕾蕾用狐疑的目光盯着他。

“蕾蕾，这里都是你弄的？我快认不出了！”

“给个答案。”

聂明宇点头说:“我妹妹么,当然,棒得很。比原来强出许多……”

“哥,我知道你是在满足我的虚荣心。”蕾蕾脸上绽着笑,“不过,我的确不喜欢你这里原来的样子,太阴暗了。哥,你放心,不管你喜欢不喜欢,我展览的事一成,马上就搬走。”

聂明宇习惯性地拉上窗帘,室内的光线顿时暗了下来,他说:“好,我等着。”

蕾蕾显然对房内的昏暗不适应,皱了皱眉说:“哥,你刚才说那支枪是假的?我怎么看着挺真的?”

聂明宇看得出对这个问题不感兴趣。他走到蕾蕾面前道:“好了,蕾蕾,哥有事,以后再说。”

蕾蕾有些不放心地看看聂明宇,转身慢慢走了出去。

聂明宇关上房门,打开柜子,拿出了手风琴……

王丽敏在厨房里忙活。不一会儿工夫,便将一碟子炸鸡蛋和一盘炸馒头片端了上来。她把早点放到餐桌上,又给刘振汉和儿子每人冲了杯速溶奶粉。而她自己,则只端了碗开水泡饭。

刘振汉眼睛一酸,伸手便抢那碗稀饭。

“别,你要真还有这个心,就让我去市委大院的医务室上班。从今天起,咱们家每人一天两个鸡蛋。”王丽敏用手挡着说。

刘振汉不高兴了,说道:“丽敏,你怎么又扯上这件事了?以后再说吧!”

“你别再黑着个脸,够黑的了!什么时候见你这样磨叨过?大老爷们儿,就给句痛快话嘛!”王丽敏提高声音道。

亮亮跑过来,拿起牛奶喝,另一只手抓起鸡蛋,连声说香。王丽敏低头呼噜呼噜喝稀饭。刘振汉看着自己面前的牛奶和鸡蛋,心里很不是滋味。亮亮香甜地吃着,并没有注意到爸爸妈妈的神情。刘振汉手疾眼快地把鸡蛋塞在妻子的碗里。

“呀!你干什么?”王丽敏一愣。

“丁零零……”电话突然响了起来。

“我去接！我去接！”亮亮跑过去拿起听筒。“喂，你找谁？是王丽敏还是刘振汉？”

在刘家楼下的电话亭里，肖云柱一边用火柴棍子掏耳朵，一边靠在墙上打电话：“你是刘振汉的儿子吗？”

亮亮回答：“是，你找谁？”

肖云柱冷冷地笑：“你忘了？叔叔不像好人。你是亮亮吧？”

亮亮手举的听筒里，声音很清晰。刘振汉听着话音，警觉地感觉到不对劲。他冲过去，从儿子手中一把夺过听筒，问：“喂，哪位？”

肖云柱的嗓音很粗：“嘿嘿，刘大支队长呀！没想到吧？我和你夫人、儿子都是好朋友了！你应该高兴啊！”

“请问你是哪位？”

“您老竟然听不出我的声音？”

“对不起，听不出来。”

“您老贵人多忘事。十年前您亲手把我送进去，这么快就把我忘了？我可是常常惦记着您呢！”

刘振汉警觉起来，紧了紧手中的听筒说：“我送进去的人多了。你报上名字来吧。”

肖云柱笑了笑，说道：“我的名字？报告支队长，我是749号！”他掏完了耳朵开始剔牙。“你想干什么？”刘振汉的声音显出威严。“报告刘支队，我想上茅房，我想小便，还想……哈哈哈！”肖云柱歇斯底里地大笑起来。

刘振汉的眉头越皱越紧，他侧过头去看王丽敏和亮亮，发现王丽敏正在一旁关切地注视着他，肖云柱刺耳的笑声正从听筒中传出来。

刘振汉拢住听筒，顺窗户搜索，嘴中大声说：“你直说吧，你想干什么？”

肖云柱停住笑说：“我不想干什么。只是想告诉你我出来了。

这是件好事，你不这样认为吗？所以，我特想让你知道！”

刘振汉绷着脸听。他终于看到了楼下的肖云柱。肖云柱此时也正拿着电话听筒抬头往楼上看，他说：“你可千万别认为我是偷着摸着跑出来的，绝对不是。我怀里就揣着释放证。要不，我也不会等十年才给你打这个电话！”

“谅你也不敢！如果你是跑出来的，你藏在哪里我都能把你掏出来！”刘振汉沉声道。“错了不是？刘支队，是政府把我放出来的，是天天砸石头，砸了他妈十年挣表现分挣出来的。我可是天天都在想念你，望穿秋水啊！”

刘振汉扫视着楼下的电话亭说：“出来就好，有我能帮上忙的地方就说。”“当然会有，以后肯定麻烦你的事多了。至于现在嘛，我还没想起来。等我琢磨出来了，也许会再给你打电话。”电话啪地挂断了。

刘振汉拿着听筒，听筒里发出嘟嘟的忙音。王丽敏紧张地跟着他向窗户下面看，肖云柱正晃着膀子从电话亭里走出来。王丽敏惊呼：“振汉，是他吗？”

刘振汉放下电话问：“怎么？你认识他？”王丽敏急急地问：“他想干什么？他是谁？”“从前的一个犯人。他告诉我他出来了。”刘振汉故作漫不经心的样子道。

王丽敏下意识地抱紧了亮亮，说道：“振汉……那个人到过咱们家，还送我去过医院！”刘振汉一惊：“真的？”王丽敏慢慢点头说：“他还……哦，这里有他送的礼物。”

刘振汉推开王丽敏，自己小心翼翼地打开礼品纸盒，里面原来是几只死耗子。他一阵恶心，赶忙盖上说：“丽敏，这几天你送亮亮上学吧！”

王丽敏用手掩着鼻孔，抱怨说：“刘振汉，你让我说什么！你干的这个破工作，钱没有，连安全都没有！成天提心吊胆的。不行！这么下去不行！”

亮亮看看爸爸又看看妈妈，问：“怎么了？”

不大的房间里被一种不祥的气氛所笼罩。刘振汉笑了笑，想驱散沉闷和压抑，蹲下来摸了摸儿子的小脸蛋说：“刘亮亮同学，考验你的时候到了！”

“嗯，其实呢，咱家这种事遇到的也多了。这样的坏人不过说说出出气，真的是不敢做的。别害怕！”亮亮叉着腰，轻描淡写地说道。

王丽敏拍了他后脑勺一下，说道：“你就学吧！”

5

贺清明放下电话，便一屁股窝在了椅子里。他脸色灰暗，眼睛里布满了血丝，太阳穴上的青筋毫无规律地不时跳一下。

他此时真的是悔断了肠子，明明知道是陷阱，还不得不往里跳。他恨，恨自己疼女心切，把自己押给了魔鬼；恨自己糊涂懦弱，不能站稳脚跟，当机立断。然而，他心里很清楚，一切都晚了，唯一的选择只能是与他们为伍，在枪口前刀尖上搏一搏，也许还有一线生路。

刘建义走了进来，在贺清明对面坐下。贺清明抬抬眼皮，恨不得上去扇他几个耳光。刘建义敲了敲办公桌问：“怎么了？清明，我听说你在安排调度那批货？”贺清明有气无力地说：“刘关长，你不知道吗？我也是没有办法呀，要不，我们都完了！”

刘建义隔着桌子拍拍他的手说：“放松，没那么严重，越是在这种时候越要沉住气，拿出大将风度来。你这样做考虑过吗？手续不全，调度这么大量的货物是会捅大娄子的。欲速则不达。你一个小小的缉私处长，怎么能擅自给调度处打电话？你不懂规章？”

贺清明苦着脸说：“我……我都昏了头了！”刘建义站起身道：“这样吧，我去找调度处的关处长。他那个人你知道，得费一点劲。车辆和人员的事，你多费心！”

贺清明茫然地点着头。

刑警支队走廊里，王明风风火火地大步往前冲，和龚静撞了个满怀。龚静捂着胸部，满面通红，狠狠瞪了他一眼。王明心里有事，根本就没注意碰了对方的敏感部位，更没注意对方又羞又恼的神情，问道：“刘支队呢？”龚静往旁边的健身房指了指：“里面呢！”

王明走进健身房，看见刘振汉正愤怒地独自打沙袋。他凑上前说：“刘支队，我琢磨着是不是该和局领导联系了？”

刘振汉从台子上一下子跳下来逼向他，王明连连后退喊：“干什么，刘支队？我可是按程序说话，你别吓我！”

龚静也像尾巴一样跟了进来，上前为王明帮腔：“对，刘支队，昨天咱们可是商量好的！”

刘振汉解下拳套说：“再容我几个小时。对了，有件事还要向你们求助，我老婆孩子那边……”

“又有新出来的惹麻烦了？”王明一猜就着，转脸对龚静道，“你就跟两天吧，这是女刑警的专利！”

刘振汉提醒说：“这个人我知道，很难缠的。”

龚静一听，不愿干了，说道：“别呀，我这不是忙咱们这个大案吗？盯梢的事，找别人吧！再说，这也是私人的事……”

王明火了：“你这么不懂事？什么私人的？一点儿起码的无产阶级感情都没有！这两年刘支队结下不少仇人，都是为工作啊！别让嫂子和孩子跟着受罪，就几天，事情过去就完了！”

刘振汉转身欲往外走，边走边说：“我出去一下，有事打我的手机。”

王明拉住他说：“刘支队，我觉得……”他鼓了鼓勇气，“昨天你发这么大脾气，不光是为了案子吧？”

刘振汉不置可否。

“你这么骂人，从前可没有过。我只想说一句，聂明宇可不是从前的那个聂明宇了，你放过他会害了很多人……”

刘振汉喝道：“别说了！就你聪明！”他垂下头，突然长叹一声，“咱俩谁傻呀？”说罢扬长而去。

龚静走上前问王明：“我应该怎么做？”

王明道：“天天放学上学远远盯着。”

龚静嘟着嘴说：“那要跟到什么时候？”

“你还有完没完？这么多废话！”王明也吼了起来。

龚静吓了一跳，眼圈一红，扭身跑了出去。

王明望着门外，神情怅然。

6

天都酒店歌舞厅里，聂明宇和乐队正在演奏着古典名曲《别离》。忧伤无奈的曲调如泣如诉，把一对生死相依的有情人别离之痛谱写得淋漓尽致。

刘振汉缓缓地走进来，远远地看着、听着。

聂明宇看到了他，乐曲戛然而止。他定了定神，慢慢走过去。聂明宇对乐师道：“你们先休息一会儿。”

歌厅里只剩下了他们二人。刘振汉说：“明宇，那会儿的曲子还记得？真行！哎，我那段《打虎上山》还能拉吗？”

聂明宇笑了笑说：“样板戏可能不行了。”

刘振汉捅捅他说：“试试！”

聂明宇勉强拉起手风琴。刘振汉扯开嗓子唱了起来。门外大厅的服务员和乐队成员纷纷惊讶地往里窥视。聂明宇微笑，刘振汉愤怒地唱。

曲断琴终。两人谁都不说话，就那么静静地坐着。

良久，聂明宇突然开口了：“振汉，说两句吧……”

刘振汉呆呆地看着舞台上红色的帷幕说："该你说！"

"那我说。"聂明宇调整一下坐姿，面对刘振汉，"咱们俩从小到大都是互相搀扶着过来的。你救过我，我也帮过你。咱们在一起的时间比同任何人在一起的时间都长，不能说是一个大脑，至少可以说是一个躯体，应该说是兄弟。"

刘振汉双眼微红说："所以，我现在摆在这个位置，我要你说句实话，至少和我……"

聂明宇抚摩着手风琴说："我知道。自从你开始查这个案子，咱们生分了很多。不就是那个走私的事吗？我想说，这没有必要。我聂明宇当年两万块钱起家，怎么把公司弄到今天，你应该清楚。"

刘振汉激动了："你还没明白，明宇，很多人在等我……你难道就不怕人头落地吗？我来是想救你……"

聂明宇定定地注视着他说："那好吧，今天仅作为我们兄弟之间的谈话。"

刘振汉点了点头。

"振汉，你过虑了。"聂明宇神情泰然，语调平缓，"第一，我从未说过我聂明宇走私，你可以去查，但结果可能与那些人期待的相反，我保证。第二，要掉头，也掉不了我的头。你该知道，很多你想也不敢想的通天人物，掉头也是他们先掉。"

刘振汉沉默了半天，终于慢慢站了起来。他看着聂明宇，稍稍提高音调说："明宇，我刘振汉是个乡下人，是个粗人，不会说话。但是，我知道没有你们，就没有我刘振汉的今天。话到此为止。今天来，事情我明白了，我会做我该做的！"

聂明宇放下手风琴，也站了起来说："好吧。其实，你什么也不明白。但是你还应知道，你前后之间的分寸把握，是我麻烦多少的关键，这全在你。情谊先不提了，天都市很多人已经知道这个案子，你也难。我想告诉你，无论你刘振汉做什么，将来怎么样，我一直都会当你是我的亲兄弟，你愿意吗？"

刘振汉痛苦地看着窗外，久久无语。他突然紧紧地拥抱了一下聂明宇，又猛地把他推开，蹒跚着走出门去。

聂明宇脸色苍白地看着他的背影。

奥迪车在码头货场上停住，张峰跳下车，小芮等迎上前去。张峰阴沉地说："马上准备，天一擦黑就清货！"

小芮躬身答道："是，峰哥！"

张峰又吩咐留着披肩长发的阿三："阿三，你不要露面，去请贺处长，让他下班后来这里散散心。等完事后带他去放松放松！"

阿三心领神会，领命走了。

小芮有些紧张地问："峰哥，动静太大，会不会出事？"

张峰怆然一笑说："出事？这个节骨眼上，出了事你我都会死无葬身之地！"

天渐渐黑了下来。夜幕中，十几辆蒙着雨布的大货车驶入了码头。吊车隆隆地响着，不大会儿工夫，大货车又慢慢驶出了码头。

货场大门旁，停着那辆黑色奥迪。车内的贺清明和张峰看看驶出的卡车，长长出了口气。张峰看着贺清明，略有些激动地说："该怎么谢你，我的处长？"

贺清明往后一靠，闭上了眼睛……

第八章

1

雕塑作品从美国运回天都之后，冯蕾蕾心里踏实了许多，这两天她一直试图让自己静下心来，投入新的创作。可是每当她独自坐在画室里，却总也无法进入忘我的状态。烦躁、忧郁、迷茫。有时呆呆地对着泥巴一坐就是几个小时。有时在房间里快步转圈子，一转就是半天。

烦心的事虽然很多，但她心里明白，最让她不安的还是哥哥和刘振汉之间的别扭。她总隐隐地有一种不祥的预感。因为她了解刘振汉，更了解聂明宇。如果这样继续下去，悲剧是注定的，什么可怕的结果都可能发生。而最让她苦恼的是自己不知该如何去调和他们并未表露出来的矛盾，以阻止悲剧的发生。

这天，她又在画室呆呆坐了一个下午，夜幕降临时，她突然间想到了天都市关系最好的同学颜名。想来惭愧，自己回天都这么多天了，竟没去看望看望他。对他，似乎还不仅仅是同学关系。在美院雕塑系，颜名是她最敬佩也可以说是心仪的人。可也许是太能谈得来太熟悉的关系，那种男女之间的私情反而淡化了。当她遭受那次惨痛的劫难之后，感到无颜相对的第一个人竟然是他。这时她才明白自己感情最隐秘的那部分是属于他的。于是，她毅然决定远赴美国，彻底断绝和他的一切联系。现在她又无法自抑地想到了他，并且见到他的愿望是如此迫切。在美院就读时，每当她遇到解决不了的难题时，也首先想到的就是他。他现在怎样了？是否结婚成家？事业是否有成？最终，她下了去找他的决心。

出租车上，冯蕾蕾边看着车窗外流光溢彩的夜景，边想象着颜名目前应该是怎样的状况。突然，她发现不远处的一个饭店门口站着孟琳。她让出租车司机减速，想给嫂子打个招呼。孟琳打着手机往前走。远处的街道拐弯处也有一个清秀的男人打着手机，朝她挥手。孟琳小心地示意那个男人向旁边的巷子里走。蕾蕾马上敏感地意识到什么，打消了下车的念头，吩咐司机说："慢慢跟着她。"

出租车跟着孟琳和那男子，他们一前一后进了居民区。蕾蕾付了车费，下车悄悄跟了上去。只见他们进了楼道，孟琳在和房东低声说着什么，然后和那男子相拥着登上楼去。

蕾蕾注视着居民楼的窗户，不一会儿亮起灯光。她犹豫了片刻，鼓起勇气，悄悄走进楼洞，躲藏在楼道的拐角处。

一个多小时过去了。蕾蕾等得焦急，暗忖着是敲门进去还是退出去。就在她进退两难之时，房门开了。孟琳蹑手蹑脚走出来。蕾蕾连忙闪到一边，看到孟琳和送她出来的男子吻别。蕾蕾心里顿时一阵发抖，倏忽之间，她便毅然断绝了同颜名见面的念头。

刘振汉气冲冲闯进局长室，把手中奔驰车的照片啪地摔在办公桌上。庞天岳正戴着老花镜在看一份文件。他抬起头问道："这么说，你摸着门了？"

刘振汉不知是气局长还是恼自己，很有情绪地大声嚷嚷："快想办法办搜查证，我马上完成你交的任务，然后解甲归田！"

庞天岳显然猜出了部下发火的原因和目前状况下进退两难的矛盾心理，于是直截了当问道："聂明宇这一环，你感情上过得去？"

刘振汉被捅到痛处，垂头不语。

庞天岳把文件锁进抽屉，拿起公文包说："天色已晚，我该打道回府了。这事咱们明天再议。"说着，向门外走去。

刘振汉赶紧起身，追着庞天岳走出来，突然发现门被堵住了，是王明他们几个。

“王明，你们来干什么？”庞天岳欲往外走。他以为王明会让开，没想到这小子不言不语就是不让道，而且面前又多了个龚静，不由得睁大了眼睛问：“你们这是哪一出？”

“干什么你们？又是谁出的主意？”刘振汉皱起了眉头，“逼宫？”

龚静点点头说：“差不多，庞局，您要是不答应我们的要求，我们就……”

王明垂下眼皮说：“刘支队，你别生气，我们也是着急。等拿着搜查令，有什么错回去了你再训我！”

刘振汉搓着手说：“我这不是正……你们……？”

庞天岳狠狠瞪刘振汉一眼说：“看你带的好兵！”反身回到屋里，转着圈子。

王明两只胳膊抱在胸前，靠门站着。刘振汉坐在沙发上，目光随着庞天岳的双腿晃动。

“这不好办呀！”庞天岳嘴里念叨，“不符合程序嘛！”

“反正您今天不给想出个办法，我们就陪着您了！”龚静嘟着嘴说。

“没规矩！”王明训道，“你这是不给刘支队面子。话得这么说，龙腾公司的尾巴能否抓住，全在今天了！”

“你更没规矩！”刘振汉站起身，“还是我来说吧，我不想查的时候，你非让我查；现在我想查了，你又不让我查。这活儿没法儿干。”

庞天岳站住，看得出他心里很不舒服，他缓缓说道：“我又没说不让你们查，问题是咱们没有权力去海关码头直接查聂明宇的货。除非……”他欲言又止。

刘振汉忙问：“除非什么？”

庞天岳道：“你装糊涂是不是？除非他们海关立案，然后把案子转到咱们这里来，咱们才有可能去查龙腾的箱子。”

王明看看手表说："庞局，再不想办法，弄不好那批车可就转移走了。"

庞天岳摇摇头说："白天他们不敢动，除非晚上……"

刘振汉一凛："庞局，你必须赶紧想办法，昨天……"他说到这儿戛然而止，不由得看了看王明。

"昨天怎么了？"庞天岳警觉地问道。

刘振汉只好为王明挡着，道："昨天晚上我带着人偷偷溜进码头，想看看货，结果被他们的人发现了。"

庞天岳的眼睛一下子瞪得溜圆，脸也涨得通红，怒道："我说刘振汉，你……"

"庞局，别急，咱们的人一根毫毛都没掉。"刘振汉连忙补上一句。

庞天岳喘口粗气说："无法无天！无法无天！"

刘振汉挠挠头说："回头我写一万份检查，你再把我送老林子里看坟头都没关系。可现在你必须想个办法呀，要不，把东西给转移了还真的麻烦！"

庞天岳凝神思索片刻："看来，我只有找陆书记了。"

王明和龚静等长长呼出口气。刘振汉紧皱的眉头也稍稍舒展了些。

庞天岳又很严肃地问刘振汉："你想好了，时机是否成熟？你真的准备正面较量了吗？"

刘振汉想了一下，重重地点了点头。

2

冯蕾蕾几乎是一夜未合眼。她辗转反侧，经过再三考虑，最终还是决定先跟孟琳谈谈。看看她如何解释，是什么想法，然后再决定是否告诉哥哥。

一大早，她就来到了孟琳的公司，在走廊上意外地看到了那个清秀的男子。他正在布置安排工作，员工们都恭敬地称他为钟秘书。他也发现了快步走来的蕾蕾，目不转睛地盯着她。蕾蕾没拿正眼瞧他，径直走进总经理办公室。

孟琳见蕾蕾突然闯了进来，很是吃了一惊，忙站起身道："怎么了，蕾蕾？这么匆匆忙忙的？我正要找你呢！"

蕾蕾回手把门关上，在孟琳对面坐下，脸上阴云密布地说："嫂子，我今天想和你谈一个很不应该谈的话题。虽然很难启口，但我还是来了，因为我不想伤害你！"

蕾蕾的一席话和她冷峻的表情使孟琳甚感惊诧，试探着问："究竟发生了什么事？"

"你要保证跟我说真话说实话。可以吗？"蕾蕾双眼一眨不眨地盯着她。

孟琳点了点头。

"我哥不好吗？"

"你怎么想起问这个问题？"孟琳有些慌乱。

"你最好不要在我面前装了，我来是为你好，嫂子。你不了解我哥哥？竟然这么大胆子……"

孟琳立刻便明白了，脸色渐渐苍白起来。她低头思索了好大一会儿，才慢慢抬起头来，叹了口气道："蕾蕾，你知道了？看来，怎么小心早晚也是要露出来的。谢谢你先来告诉我，其实，我早做好准备了。"

"嫂子，我们都是女人。你和我说实话，你不爱我哥哥了，是吗？你爱的是那个男人？如果真的这样，我会帮你。我不会让我哥哥还有你受到这件事的伤害。"

孟琳用凄哀的眼神看着蕾蕾："难怪你哥哥对你这么好。你错了，我不爱那个男人，以前一直深深爱着你哥哥，可以说现在仍然对他有感情。"

"那你为什么还要糟蹋自己？你不知道这样玩火的下场吗？

我不想看着一个好好的家被毁掉！”

孟琳潸然泪下，哽咽说：“可是，他这些年是怎么过来的，你知道吗？我又是怎么过来的，你知道吗？你是他妹妹，他对你好。可他对别人呢？对我呢？他做得这样大，你知道是以多少人为代价吗？”

蕾蕾怔住，疑惑地看着孟琳。

“也许，他只对你这个一直伴他成长的亲妹妹是真的疼爱。我能感觉到。所以，今天我不该和你说这些。”

蕾蕾从她的话语里似乎意识到了什么，连声催促道：“不，你说！他变了，我知道，你说！”

“好，我今天就告诉你。这么多年了，我从未和任何亲近的人说过。蕾蕾，你知道他在战场上为刘振汉受过伤，伤在腹部，一直不能成为真正的男人。也许，这就是他拼命寻找别的寄托的原因，也是我们现在这个状况的原因……”

蕾蕾呆呆地听着，眼泪一点点流下。

“话，我只能说到这儿了。蕾蕾，怎么做随你，我等待着。”

蕾蕾再也待不下去了。她猛地站起，扭身掩面跑出。孟琳静静地坐在写字台后。小钟有些慌乱地走进来，问道：“出了什么事？”

孟琳没有动。她摆摆手，示意小钟出去。眼窝里的泪水无法遏制地奔涌而出……

肖云柱蹲在街心花园的公共座椅上，看一张《人才报》，因为上面的字他有一多半不认识，所以，一目十行，看得很快。阿三走了过来，拍了拍他的肩膀。

“来了？今天晚了四分半钟！”肖云柱没抬头，继续看他的报纸。

“哟，你小子时间算得挺准！”阿三递过一沓钞票，“没那么好的事，平白无故拿钱。当心哪天要派上你用场！”

“您随便。老板不是说了吗？要咱先好生吃喝。”肖云柱满不在乎的样子，“最多也就是帮你们去顶个罪，找我的时候再说！”

阿三冷笑一声，径自走了。肖云柱背后偷偷骂他：“一帮有病的，到时候他妈哪儿找我去呀！”

有一辆白色桑塔纳2000远远地发现了肖云柱，慢慢倒了过来。肖云柱并没有发现，他将报纸翻得哗哗直响，然后愤愤地将报纸揉成一团，投向一边的垃圾桶。

“老肖！”桑塔纳里的人试探着叫了一声。

肖云柱一愣，茫然回顾，但是没停下脚步。

“魑三！”那人又喊。

肖云柱猛地回头，见一个瘦削男子正笑眯眯地看着他。这人长相不丑，戴着无边眼镜，衣着考究。但是脸上从额头到右腮，有道长长的暗红色伤疤。他突然醒悟过来，喊道：“我操，疤瘌李！你丫还活着？”

“活着！兄弟是不死的金刚！”两人亲热地相互捅了一拳。“什么时候出来的？你丫出来了也不找我，我以为你死在里面了呢！”疤瘌李说着递给肖云柱一根中华烟。

“操，我刚出来没两天，谁知道你丫去哪儿了呀！”肖云柱看看烟，“牛×大了，抽中华！”

“小意思，小意思！”疤瘌李给肖云柱点上火，“兄弟我出来两年了，再不混出个样儿，也对不住自己！”

肖云柱上上下下地打量着他。只见疤瘌李一身得体的休闲服，手上两个明晃晃的金戒指，腕子上一块满天星晃得他直眼晕。最让他钦佩不已的是疤瘌李身后还停着一辆白色的桑塔纳。他不无嫉妒地道：“行呀！兄弟，混得不错！”

“一般！一般！”疤瘌李很谦虚，“走，老肖，兄弟请客，耍耍去！”他说着给肖云柱拉开了车门。

桑塔纳很快开到了华清池桑拿休闲中心。疤瘌李要了两张豪华贵宾票，二人颠儿颠儿地上了楼。

他们不一会儿便钻进了雾气腾腾的木头房子，体内的脏水顺着毛孔往外渗，蒸得甚是痛快。

“够不够？我再给你来点！”疤瘌李晃着白花花的啤酒肚走到电炉边上，舀了一瓢水，浇在烧红的石头上。房子里再次腾起一股热气。

肖云柱身上汗如雨下，不由赞叹道：“咱们进去那会儿，哪儿他妈有这呀！”

疤瘌李入定般坐在微烫的木栅板上，眯着眼说：“当年咱们就知道拿刀子砍人，现在想想也挺没劲的。你如今到大街上瞅瞅，谁他妈打架呀。谁打架谁他妈傻×。那都是没层次的人干的。”

“现在世道真变了！”肖云柱感慨着抹了把汗。

“原来咱们成天拿刀动枪的，现今有钱才是大爷，没钱就是孙子。那帮刚出大学门的小兔崽子一进写字楼，恨不得一月挣你妈万儿八千的，比工人一年挣的还多。这叫什么？这叫知识就是力量。那些老话，现在都有道理了。”

肖云柱傻呆呆地听着，半晌才接上话：“是啊！操，我看出来了，我这辈子算完蛋㞞了，被丫刘振汉给废了！不过，这两天邪门了，有充大头的白送钱。我估摸着是想让我等着给他们顶人头！”

疤瘌李一听，睁开眼睛抬起头说：“兄弟，这会儿和十年前不一样了，不再是咱们的天下，什么人都有。你可要小心点，别上别人的套。兄弟旁的帮不上，有我一口还是有你一口的。”

肖云柱听了疤瘌李的一番热肠子话，感动得直想掉泪。

3

庞天岳答应刘振汉之后，很快便去找了陆伯龄，向他述说了检查海关码头货场的重要性和必要性，希望市委能出面跟海关通融一下。陆伯龄很爽快地一口答应下来，随即便吩咐秘书接通了刘建义的电话，做通了这位代理关长的工作。

庞天岳立刻通知了刘振汉。

午后的阳光已有些炽热，此时也正是码头最为繁忙的时辰。装卸组组长阿强正吹着哨子，指挥吊车装卸着集装箱。这时，有一群人远远地走来。阿强注目细瞧，发现走在最前面的是仓储科管科长。阿强忙向顶头上司打招呼。管科长脸色严肃地点点头，没有搭腔。阿强这才注意到他身后跟着刘关长和贺处长，再后面是几个警察。所有的人表情都很冷峻。他们走过作业现场，朝集装箱堆放地走过来。阿强嘴里叼着哨子，从人群中看见一张熟悉的脸，正是王明。王明这时也看见了阿强，盯了他一眼。阿强立刻转过身去。

管科长走到一个集装箱货柜前，停住脚步，指了指道："这是龙腾集团的货柜。"

刘振汉慢慢走过去，仰头看了看问："里面什么东西？"

管科长答道："他们的报单上写的是电子元器件。"

刘振汉围着集装箱走了半圈问："龙腾集团就这一个箱子吗？"

管科长摇头，他一边查看自己的文件夹子，一边不停地指一个个箱柜道："这个，这个，还有这个都是。"

王明跨上前一步问："能打开看看吗？"

管科长为难，扭脸看刘建义。刘建义显出很勉强的样子对刘振汉说："我说刘支队长我们已经非常配合了，按理说查货验货绝对是海关的职责，你们……"

刘振汉笑了笑说："刘关长别误会，我们绝对没有不尊重您！"

刘建义脸露不悦地说："不是尊重不尊重我的问题，我个人没有什么。但是我在海关关长这个位置上，代表的是国家海关至高无上的尊严。这里有一个尊重国家职责分工的问题。"

刘振汉低头不语。他知道，在这些冠冕堂皇的道理面前，自己的确没有反驳的借口。唯一可做的只能是沉默和等待。

王明凑上前来说道:“刘关长，您看，陆书记电话中可能已经和您说清楚了。我们主要是因为牵涉到龙腾公司的一个案子，需要查验一下他们的货物，真的没有什么别的意思。”

刘建义说:“那天你们来了两个小同志，我们不是已经把话都说明白了吗?”

王明赶紧赔上笑脸:“是呀，那天他们回去说非常感动，觉得您和贺处长很支持他们的工作。”

刘振汉很满意王明的铁嘴皮子。在他天花乱坠地游说刘建义时，他抬起头观察周围，目光恰巧同贺清明恍惚不安的眼睛相碰。贺清明忙把眼神瞟向别的方向。他从直觉中感到这位缉私处长似乎有某种潜在的东西。于是，决定走一步大胆的棋。他对王明道:“好了。我想刘关长已经很帮忙了，这几个货柜也看到了。虽然没有看到里面的东西，但刘关长如果已经勘验，没有发现问题，咱们也就不必看了。咱们走吧。”

王明一愣，问道:“什么?”

刘振汉没睬他，对刘建义道:“谢谢关长的支持，我们改日再见!”说完，他转身便走。

王明追上他问:“刘支队，你什么意思?”

刘振汉充耳不闻，继续往前走。刘建义和贺清明看着他的背影，脸上的表情很是复杂。

王明急匆匆地跟在刘振汉一旁，试图用手拉他。刘振汉甩开他的手，低声道:“如果他们不喊咱们回去就说明他们是清白的;如果他们喊咱们回去就说明他们心里有鬼!”

贺清明跟刘建义交换了一下眼神。刘建义微微点点头，贺清明紧走几步，大声喊:“刘支队长!刘支队长!”

刘振汉和王明同时站住了脚步，转过身来。

贺清明道:“既然来了，就看看吧，反正大家都是为了工作。”

刘振汉意味深长地看看王明，微微一笑，然后朝贺清明走去。贺清明感觉到刘振汉在注视着自己。他努力不去看刘振汉，转身对工人说："把箱子打开！"

箱子慢慢开启了。刘振汉和王明同时看到，里面没有轿车，也没有汽车配件，有的是一包包整盒的电脑主板。刘建义、贺清明注意地观察着刘振汉的表情，他脸上十分平静，不动声色。

"把其他的箱子全部打开！"贺清明沉声向工人们发出指示。

聂明宇站在办公室巨大的落地窗前，遥望着海关码头方向。灿烂的阳光泼洒在他黑色的短风衣上。他双眉微扬，满脸凝重。

张峰悄悄走进，在他身后站定，低声道："董事长，刘振汉带人去海关了。"

聂明宇缓缓转过身来问："我知道。怎么，你担心了？"

张峰笑着说："我担什么心呀？他们去黄花菜都凉了！"

聂明宇脸上的肌肉仍然紧绷着，他走到老板桌后坐下说："但你心里应该清楚，他们这是准备正面较量了，是你死我活的较量，明白吗？"

"您放心吧，这件事基本上快抹平了。他们查不出什么来。"

"放心？"聂明宇拉长音调，"这种话我从你嘴里听过无数次了，结果呢？我要的是百密无一疏和主动。什么是主动你知道吗？就是事事走在前面，防患于未然。我们不能再干亡羊补牢的事，那会要了我们龙腾的命！"

张峰心惊肉跳地听着，不停地点头。

聂明宇若有所思地继续道："现在我就担心一件事。"

"您说。"张峰额上沁出汗来。

聂明宇抬起头，冷冷地扫了他一眼，说："我担心一粒老鼠屎坏一锅汤。"

张峰手心也冒出了汗，不停地在裤子上擦着。他颤着声问："董事长……您说的是……"

"我没有说你！"聂明宇声音不大，但足够张峰胆战，"你瞎紧张什么？"他拿出矿泉水，喝了一口，"我不太管你那摊子事。但是我现在必须提醒你一句，你得小心了！”

张峰擦了擦头上的汗说：“董事长，您说，我听着呢……”

“赵志刚的事，你是怎么处理的？”

“我让他躲起来了。我想，这种小事……就没详细给您讲。”

“这个时候没有小事，要是不留神，大家全都要完蛋！”聂明宇在皮转椅上来回转动，“夜里偷偷跑到码头侦查，现在又去验我的箱子。这个刘振汉，一定是闻着味儿了。”

“是的，肯定是这样。”张峰垂下头去。

“从今天开始，我们就要进入临战状态。”聂明宇一字一顿道。

“明白，我都已经布置了。”

“查清楚是谁给公安局通风报信，然后跟他好好谈谈。”

“我正在查。”

“你不是说海关和码头的人都已经拿下了吗？怎么还有人给刘振汉告密？你就是这样让我放心的？”

张峰面色发白，说：“是，这是我的失误。”

聂明宇拿出抽屉里的大手枪，走到落地窗前，缓缓举起，透过玻璃瞄着街上的行人，说道：“我对这个人很好奇，真的非常好奇！”张峰紧紧跟随在他旁边，说：“这个人是我们目前最大的危险！”

聂明宇浮现出一丝诡秘的笑容，说：“等你找到他了，替我好好招待他一下。我聂明宇一向知恩图报。”他收回枪，脸转向张峰，“现在货该查得差不多了，我想，你是不是该去看看？”他说着走回写字台后，放下枪，开始换衣服并取请柬，“我还要去和平中学，你该知道是什么事情。咱们分头行事吧！”

4

两个长相妩媚的小姐分别抓住头顶的双杠，在肖云柱和疤瘌李身上踩踏。按摩房里灯光昏黄，一股浓浓的香水味在房内弥漫。

小姐丰满的胸部随着上下运动微微颤动，超短裙紧裹着雪白的大腿。

疤瘌李哼哼唧唧说："哎哟！对……对，重点儿……再重点儿……"

肖云柱回过头来，偷偷往小姐的超短裙里瞄，心猿意马，魂不守舍。一想到自己这副穷困潦倒的酸样，他沮丧下来。

"老弟，你现在准备干点儿啥？"疤瘌李关切地问。

肖云柱黯然神伤地说："我能干啥？要嘛没嘛，出苦力都没人要。唯一想干的事，就是把误我金色年华的刘振汉整治整治！"

疤瘌李心里直骂肖云柱粗心，在这种场合咋能随便就把人家名字抖搂出来。他向两个按摩女挥挥手说："行了，行了，你们开路吧！"

两个小姐退出去，肖云柱一双眼睛直勾勾地盯着她们消失在门口。

疤瘌李隔着按摩床拍了拍肖云柱说："别泄气，兄弟，都有这个时候。我刚出来也是找不着北，很快就能摸出门道了。"

肖云柱回过脸来问："那你现在做什么买卖？"

"我弄了两个饭店，随便混口饭吃。"

"明人不说暗话，我看你这样子不像是搞饭店的。"

疤瘌李笑了："到底是鬼魈三，十几年了，还没磨掉你。眼毒！算你眼毒！"他压低嗓门，"不瞒你说，饭店是个幌子，我是倒腾点药品买卖。"

肖云柱一愣，马上警觉起来，问道："药品买卖？"

疤瘌李把头凑过来，在他耳边咕叽说："是摇头丸。"

"什么？"肖云柱一激灵，"毒品？那是要杀头的！"

"我叫你一声亲哥好不好？"疤瘌李忙捂住他的嘴，"摇头丸哪儿是毒品呀，你别大声嚷嚷行不行？这叫时尚！"

"去你的吧！就是再蹲十年的大牢，那玩意儿我也知道是啥！"

"柱子，你要是愿意，我的买卖里面就算你一股，咱们一起做！谁让咱们是兄弟呢？半年，我就能让你买车买房，如何？”

肖云柱摇摇头说：“我不干。”

疤瘌李有些不解地问：“为啥？”

“我不喜欢，这是害人的东西。你们家，你哥哥、妹子沾了，你不窝心？”

“嘿！我们的柱子竟然成正人君子了！”疤瘌李用不无嘲讽的腔调说，“十几年了，倒是没变了你的性子。说白了吧，这年头只有挣钱是真的。要不，除了我，谁搭理你呀？”

肖云柱受不住了，爬起身来揪住他说：“说话又没规矩了是吧！我是谁？你他妈瞧不起我，别搭理我呀！再告你一遍，我不想沾，干这种事是要遭报应的！”

“嗨，别呀，哥哥，我不是为你好吗，怕你在里面待迂了！”疤瘌李挣脱他，“那些吃摇头丸的都是闲钱没地方花的主儿，不挣白不挣！”

肖云柱说：“我倒是想先弄些钱，把我老爹给安顿一下。可那孙子给的钱只够打牙祭的。想干点儿买卖吧，又没有本钱。”

疤瘌李以为肖云柱要向自己借钱，忙说：“哎呀，实在不巧，兄弟我最近一大笔贷款出去了，周转不灵……”

肖云柱摆摆手说：“我不是要向你借钱。我想请你给我指条路，怎么能弄些银子，做个小买卖。”

疤瘌李歪着头想了想，说：“我倒有个去处，你不妨去试试。”

“哪里？”肖云柱顿时来了精神。

疤瘌李很神秘的样子道：“你听说过檀山别墅区那边有个赌场吗？我可以带你去闯一闯！”

肖云柱不觉眼前一亮。

码头上的检查已进入尾声。两个工人把最后一个箱柜里的纸包抬过来，放在刘振汉面前。开启封条之后，依然是一盒盒的电脑主板，刘振汉低头细看，刘建义和贺清明盯着他。

"行了。"刘振汉终于抬起了头说,"不用再看了。"

"这次刘支队长该放心了吧?"刘建义不无讥讽地笑着说。

"谈不上放心不放心。"刘振汉直了直腰说,"但我们还是要感谢刘关长。"他转脸注视着贺清明,"我也要谢谢贺处长,以后还望能继续得到您的支持和帮助。"

贺清明不太自然地说:"监察走私本来就是我们的职责。"

"有您这话,我们才能放心。"刘振汉话里有话,他看了看刘建义,"我看今天就到这里吧。刘关长,您说呢?"

"我们只是起个配合作用,你说怎么着就怎么着!"刘建义的话里也带着刺。

王明心里清楚,轿车已毫无疑问被转移了。他有些恼火地瞥了刘建义和贺清明一眼。

坐在回程的警车上,刘振汉和王明都面露沉重,默声不语。几十辆轿车一夜之间不翼而飞,使他们感到问题的严重和复杂已经远远超出了他们的想象。

"我看这个案子得放两天了。"刘振汉缓声说道。

"为什么?"王明有些不解。

"咱们已经打草惊蛇。你没注意到吗?这些箱子上连灰都没有,显然是新放上去的。"刘振汉提示。

"操,他们居然连夜就把这么多车给运走了!"王明愤愤然。

刘振汉阴沉着脸道:"你设想一下,他们要动用多少人才能一夜之间把车辆全部运出去?可怕呀,王明!"

王明点点头说:"看来,这里上上下下的人,都和龙腾公司有关联!"

刘振汉望着车窗外街道上来来往往的车流,轻声道:"可以想象,过不了多久,这些走私车便会堂而皇之地在马路上行驶了。"

王明听了他的话,心中不觉一沉,眉头紧紧皱了起来。

5

孟琳开着红色奔驰车，旁边坐着她的婆婆冯月梅。冯月梅陷在柔软的皮椅上，感到十分舒服。她感慨着说道：“我小的时候，父亲坐那种老式的面包车上班，就已经觉得很了不起了，谁敢想自己都能买车呀！”

孟琳笑着道：“妈，您看您。我这车都已经好几年了，正准备换呢！”

冯月梅瞪了儿媳一眼说：“换什么换，不是挺新的吗？我看比你爸上班坐的车都漂亮！”

“公家的车当然要照顾影响。”孟琳把方向盘一打，拐上了一条坎坷的沙石路，“这个小区还没全修好，所以路况不太好。”

冯月梅不无担忧地问：“这么远，将来我和你爸怎么住呀？”

“不远，开车二十分钟就到市里了。您看，这儿环境多好，空气清新，交通也便利。”

“开车，开车。等他退了，我们哪儿有车？你们自己都忙得不行，我们还能指望你们接我们进城？”

孟琳半开玩笑半认真地说：“妈，现在有一个工程，您要是说好了让爸爸给我做，我送您辆车。”

冯月梅也不由得笑了：“哟，我们孟琳贿赂婆婆了！什么工程？不会是让你爸爸犯错误吧？”

“哪能呀！”孟琳正儿八经地说，“就是市委招待所要盖的新楼，现在市委正在招标。妈，您跟爸爸说说，给谁做都是做，干吗不让自己人做？自己人做质量还放心。你给别人，不是想咋糊弄就咋糊弄？”

“我倒是没什么意见。”冯月梅眨眨眼，“可是怎么和老头子说呢？”她说着，很认真地琢磨起来。

红奔驰顺着别墅区新修好的水泥路缓缓开过去。一个清洁女工正在路上扫地。奔驰停在一所别墅前。孟琳走下车，对冯月梅道："妈，就是这儿。"冯月梅仰脸看了看，惊叹道："呀！太高级了吧？"孟琳笑道："高级什么呀？妈，您和爸爸也应该享受享受了，这也是明宇和我的一点儿心意。"

冯月梅似乎并没有听孟琳讲话，眼睛直愣愣地看着远处。孟琳奇怪地问她怎么了。冯月梅不说话，目光仍然定定地看着。孟琳顺着她的目光看过去。这时，扫地的女工正巧抬头，看了她们一眼，一惊，忙埋下头转过身去，快步往旁边走。冯月梅冲着远去的背影迟疑地叫了声："丽敏！"

孟琳也跟着大声喊："丽敏，丽敏！"

王丽敏猛地站住了，她知道躲是躲不过去了，只好乖乖地走过来，神情尴尬地打招呼："冯姨，孟琳。"

冯月梅吃惊地看着她手里的扫帚，又上下打量着那身说绿不绿说蓝不蓝的工作服，过了好大一会儿才疑疑惑惑地问道："丽敏，你这是唱的哪出戏？"

王丽敏满脸通红，不由自主地低下了头，吭哧了半天，也没说出一句话来。

孟琳拉住她的手说："丽敏，我不是给你联系了在市委大院医务室的工作了吗？"

王丽敏眼圈红红的低声说："我想，还是不去了，别影响振汉的工作。"

"影响什么工作？"冯月梅有些火了，"不能因为他是警察，老婆孩子就扎着脖子。去吧，不能这么苦着自己，更不能耽误孩子学习，振汉那边我去说。人家接收单位都同意了，他还跟着瞎搅和什么？"

王丽敏低眉垂目地说："冯姨，我再想想吧。振汉也挺不容易的……"

冯月梅一愣，叹了口气："你俩呀！我怎么说你们好？到底有什么迈不过去的坎儿？也许我这是瞎操心！”

这时，孟琳的手机响了。她连忙走到旁边，打开接听，小声说：“是蕾蕾，好，我就去。”

天都码头已渐渐平静下来。张峰叼着烟走下车，看着工人们把一纸箱一纸箱的电脑主板往箱柜里搬。他的脸上情不自禁地浮出自得的笑，暗暗庆幸自己的手脚麻利，想象着刘振汉一无所获后的沮丧和狼狈之态。

小芮和管科长从远处走过来，张峰迎上前去。小芮介绍说：“张总，这位就是负责货仓的管科长。您应该认识的。”

“见过！见过！”张峰伸出手握住管科长，“咱们不是一起吃过饭吗？”

管科长脸上堆满了笑：“这两天，都为你们服务了。”

张峰拱手说：“多谢了，管科长！”说着搂住他的肩膀，“东西拿到了吗？”

管科长不好意思地说：“嗨，张总，您太客气了！”

“应该的，有饭大家吃嘛！”张峰话题突然一转，“老管，我有个问题还想请您指点。”

管科长很爽气的样子说：“尽管说，只要我知道的。”

张峰往远处一指，说：“到那边说吧，那边安静些。”

二人边说边上了海堤。他们慢慢走着，海风很硬，吹得两个人头发乱飘。海浪一波波地往上涌动，海鸥在海面上振翅飞翔着。

张峰闲聊了一会儿后，便开始进入了主题：“我问你的事，小芮可能已经给你说过了。那个人找到了吗？”

管科长眨巴眨巴眼，说：“这件事刘关长也很恼火。我仔细想了想，那天贺清明开箱时，除了我，还有一个董科长。”张峰打断他的话：“老董他不会，我心里有数。”

“还有两个副科长也跟着……”

“张庆和王奎？不会，不会！绝对不会！”

管科长拢了拢被风吹乱的头发，说：“你老兄对我们这里的人个个都清楚。你怀疑谁呢？”

张峰摇摇头说：“那天我不在场，我怎么知道？你应该想想那天还有什么人在场，又不是咱们的人。”

“那天跟着的，还有三个装卸人员，其中一个是组长。”管科长沉吟着，猛地抬起头，“你这么一说，我倒真想起一个人来。他就是装卸组的组长，平时不太爱说话……”

张峰精神一振：“哦，是吗？”

6

和平中学大礼堂里，座无虚席。主席台正中的天鹅绒幕布上悬挂着“龙腾集团向和平中学捐资助学仪式”的横幅，台边摆放着十几个花篮，众多的记者把镜头对准了聂明宇。他一身笔挺的西服，正和坐在两边的学校官员轻声交谈着，闪光灯频频闪耀。

滕校长起身宣布：“请学生代表贺丹丹代表和平中学接受龙腾集团的助学基金！”

台下顿时掌声雷动。

聂明宇神采奕奕走到台前，从礼仪小姐手中接过写有五十万人民币的巨大支票板。会场的另一侧，坐着轮椅穿着整洁校服的贺丹丹在两位男同学的推动下，向聂明宇慢慢走来。聂明宇弯下腰，把支票板递给了贺丹丹。

“您就是聂叔叔吗？”贺丹丹乌黑的眼睛清澈明亮。

聂明宇笑着点了点头。

“谢谢您，让我能上学了。”贺丹丹看着他，激动得满脸绯红。

聂明宇禁不住伸出手轻轻抚摸了一下她的脸颊，柔声道：“好好读书，将来叔叔还要帮助你上大学，读研究生，读博士，好不好？”

“真的？”贺丹丹不敢相信自己的耳朵。

“真的！”聂明宇用力地点点头。

“谢谢叔叔！”贺丹丹甜甜地笑了，瞳仁里闪闪发亮。

滕晓校长接着宣布道：“下面请我们天都市主管文教卫生的副市长李光辉讲话！”

李副市长走上台，对着麦克风大声道：“龙腾集团这次助教活动给我们市企业界起了一个很好的表率作用，展现了新一代企业家尊重知识、尊重教育、尊重人民教师的精神境界。我代表市委、市政府，向龙腾集团表示衷心的感谢……”

聂明宇静静地听着，脸上一直挂着很有礼貌的笑容。

正是午饭时间，公安局食堂里人声嘈杂。刘振汉和王明打了饭菜走到一个角落里，刘振汉说：“我忘记提醒你一件重要的事了。”

“什么事情？”王明停住手中的小钢勺。

“你今天和你的内线联系了吗？如果龙腾真把汽车从港口运走了，这动静肯定不小，你的内线也许会知道一些情况。”

王明点点头说：“我想到这一层了，咱们去码头，我也看到他了。他好像有些紧张，主动回避了我。”

刘振汉皱眉思索片刻，说：“你再和他接触一下，问问他昨天晚上的情况。”

“行，我下午就约他。”王明说着，便匆匆往嘴里扒饭。刘振汉叮嘱他几句注意保密和安全的话，便坐到餐桌边慢慢吃了起来。

王明吃好饭后，快步回到办公室。刚跨进门，身上的呼机就响了。他边往屋里走边撩上衣，手伸进腰带。

“大忙人呀！”龚静把报纸一折，酸眉醋眼地说。王明总算摘下了呼机，斜她一眼：“什么意思？”龚静百无聊赖的样子道：“没什么意思！”

汤文军忍不住了，摇头晃脑地吟诵道：“春天来了，春天的脚步近了……”

龚静闹一红脸，说道：“汤文军，你少阴腔怪调！”

汤文军涎着脸笑道：“我刚才有点瞌睡，随便背一点朱自清先生的散文醒醒盹儿。”

“你别给我乱说话，瞧我不一脚夯死你！”龚静是河南人，普通话里老带着河南的俗语。

汤文军忙站起来说：“别，别夯死我，还是捂死我得了。”

“什么乱七八糟的！”王明莫名其妙地看着他们，“我看你们硬是闲得没事干了。没事就赶紧商量一下那个海滩女尸案。我可告诉你们，分工不是那么死的。案子放在这儿不破，早晚我会跟你们算账！”说着，他走到电话机旁，拿起听筒，快速地拨号：“喂，哪位？啊！我正要找你呢！”他捂紧话筒，小声说，“老地方？好的。我立刻过去。咱们不见不散。”

龚静眼睛睁得溜圆，牙咬着嘴唇，一脸的不舒服。

王明和阿强通过电话后，便独自一人急急忙忙开着车往海边赶。不一会儿，他就看见了蔚蓝色的大海。他把车速降慢下来。

此时的阿强，正在海边的公路快步走着。他要尽快把奔驰车的去向通报给王明。他回头看看，发现没有人跟踪，于是放心地往前走。他身后的公路有个坡度，一辆吉普车在坡的另一端慢慢显露出来，很快便爬到了坡顶。阿强已经看见那片金色的海滩了，还有那只倒扣的木船。他还看见海边有两个黝黑的赶海的孩子。海风把他的衣服吹得鼓起来，像一个硕大的气球。那两个孩子向他挥手，他也笑着冲他们摆手。他迎着海风朝那片沙滩走去，再有十几米他就可以下公路了。

“啊……”

阿强无意中突然发现那两个孩子急促地对他惊叫，疯狂地冲他挥舞手臂。他有些莫名其妙，左右看了看。猛然间，他便听到身后传来一阵低沉的吼声，像是发动机发出的声音。他转过身去，看见了扑面而至的保险杠，甚至看见了不锈钢保险杠上他的因恐惧而扭曲的脸。

“砰——”一声闷响。两个孩子的嘴大张着，他们目睹了一生都将难以忘怀的惨烈一幕：阿强被撞得像风筝一样翻飞起来，缓缓越过车顶，然后重重地砸在地上。车没有停，开足马力疾驶而去。

“撞人了！”孩子此时才明白过来。他们朝出事地点跑去。

王明开着车，突然一辆越野吉普迎面冲来。他急打方向盘让开，吉普“嗖”地从他的车旁擦过。“妈的，不要命了！”王明气愤地摁喇叭，“不是老子有急事，非把你拿下！”他又往前开了一段，发现不远处有很多人站在公路中央，便摁了摁警笛，但路上的人并不让开。他只好踩了刹车，将车停下。人群中的两个孩子看见了他车上的警灯，朝他哭着喊着跑过来。他跳下车，顿时有了一种非常强烈的不祥之感。

“叔叔！叔叔……”孩子跑上来拉着王明的手往人群里拽。他从人堆的缝隙中看见了一双脚，一只没有穿鞋子。

“警察来了，警察来了！”围观的人议论着，让开一条道。王明走进去一看，几乎不敢相信自己的眼睛：阿强仰面朝天，躺在地上，鲜血从他的口中、耳朵中、鼻孔中不断涌出来。顿时，他感到一阵天旋地转……

第九章

1

王明走后，龚静和汤文军、马荃便来到了技术科，恳求小路帮帮忙。小路无奈，只好勉为其难地答应了。随着咔咔两声，两张女尸头骨的X光照片卡在了灯箱上。

龚静终于忍耐不住了，问道："你觉得有没有希望？"

"希望倒是有，但是……"小路皱起了眉头，认真想了想，"是挺难的。"

马荃急了："我管你叫哥了！咱试试行吗？"

小路瞪了他一眼，慢条斯理地说："我看你们刘支队都不急，你急什么？再说，你也不是管这个案子的。"

龚静不高兴了，说："路技术，你什么觉悟呀？案子放在这儿，还分你的我的？都得破，你说是不是？现在女尸案这么拖下去，真成无头案了！"

小路伸伸腰说："我挺想干这事情的，刚才也琢磨了半天，但是技术上太复杂了。"

"颅骨对比技术不是已经很成熟了吗？"马荃盯着他问。

"我说老弟，你搞错了吧？"小路颇不以为然，"那是在美国，咱们现在还没有这套软件。再说，利用数字技术模拟复原死者生前的形象，这在美国和欧洲都不是很完善。你们看看就我这点儿破设备能干什么？"

马荃愁眉苦脸地说："老兄，拜托你一定给想想办法。我给你当下手。"

小路不由得叹了口气，说："你就死了这条心吧。咱们俩真的干不出来。我这每天还有一堆事情要做。"

"看来，要想在这么短时间内理出个头绪来，只有找一个人。"龚静自语般喃喃着说。

马荃看了看她问："你是说刘支队？"

"不错！"龚静点点头，"还是他有经验，瞒着他没戏！"

马荃站了起来说："那咱们现在就去找他。"

"走！"龚静和汤文军也站了起来。几个小刑警拥出了技术科。

暮色渐深。他们咬咬牙打了个的，直奔刘振汉家。

在龚静他们坐上出租车时，王丽敏正在家里数落着刚进门的刘振汉："冯姨说了，市委大院医务室不去也成，她再给我找个工作。这回你要是再拦着，刘振汉，咱就离婚！"

刘振汉耷拉着眼皮说："不是说了吗？先别忙这事。咱们暂时不能和他们瓜葛上，说不清……"

王丽敏瞪大了眼睛："奇怪！早几年你怎么不这么说？现在当支队长牛了？本来是一家人嘛！再让你这样弄下去，不成仇人才怪呢！"

刘振汉正要再解释几句，传来敲门声。王丽敏上前把门打开。龚静和马荃、汤文军拥了进来。刘振汉有些惊讶："是你们？有事？"龚静不好意思地搓搓手："刘支队……"

刘振汉让座："你们不跟着王明，跑到这里干什么来了？"

马荃回答说："王队跑海边去了，神秘兮兮的，像是约会……"

龚静有些愤愤的样子打断他："说这些废话干什么？无聊！"她拿出照片，"干脆说吧，别瞎耽误时间！"

刘振汉的眼睛扫到了照片。他慢慢踱过来，仔细端详了半天问："是海滩女尸的？"

龚静和马荃都点了点头。

“那你们有什么想法？”

马荃苦着脸道：“我的想法被您否掉了，想自己偷着弄弄试一试……”

龚静接上话：“结果不成，还得请您拿主意，没打扰您和大姐吧？”

王丽敏送上茶说：“没有，没有。我们没时没点的，习惯了！”她话里带着气。

刘振汉拍拍脑袋道：“你的想法虽然不太现实，但在目前这种情况下，我想也不妨试试。智慧型的刑警应该是最富有想象力的。”

马荃受到鼓励，很是激动地说：“我也就是想试试，看看能不能复原出死者的容貌来。”

龚静挠挠头说：“这实在是太难了。刚才小路已经讲得很清楚，因为原体的损坏，电脑复原技术达不到标准。我们想问问您刘支队，以前有没有类似的案例……”

刘振汉想了想，轻轻摇头。

马荃接着道：“其实，理论并不难，关键是靠人做。因为我知道通过颅骨的形状，有经验的专家可以复原出人脸的形状。”

刘振汉若有所思地说：“颅骨面部复原和人体画像复原，目前我们都处于摸索阶段，如果你们决心尝试尝试，我一定全力支持。”他说着偷偷瞧了瞧卧室，“但今天晚上你们能不能给我点儿时间，稳定一下后方。明天开始，咱们就全力攻这个堡垒。如何？”

龚静等人也察觉出刘振汉和王丽敏之间有点小别扭，就没再勉强，告辞出门。

管科长在海关大楼走廊里慢慢走着，突然背后有人叫他。正陷入冥想之中的他吓了一跳，回头一看，发现是贺清明。他问有事吗，贺清明邀他到自己的办公室坐坐。他犹豫了一下，最后还是答应了。

两人进了缉私处处长室，贺清明把管科长让到沙发上，道：“老管，你坐，难得来我这里。”说着拎了壶给他倒水。

管科长道了谢，把腿架上，晃了晃说：“贺处长刚来，有些事情我本不该多嘴……”

贺清明被他突兀的话弄得一愣，注视着他道：“比如说呢？”

“比如这两天公安局的刑警来咱们海关查那批龙腾公司的车，弄得咱们上上下下十分被动。”管科长说罢，悠悠地点上支烟。

贺清明对他的语调和神态颇有些反感，但脸上不露声色，缓缓说道：“是呀，这件事也难为你了。”

管科长抽了一大口烟，以训诫的口吻说：“被动是怎么造成的？我觉得你应该出来解释。因为很明显现在咱们内部有人给刑警队通风报信。本来没什么事，现在搞得人心惶惶。你说，该不该严肃处理这样的人？”

贺清明强压住心中的厌恶，问：“你是怀疑我？”

“那倒还不至于。”管科长弹弹烟灰，呷口茶，“但我心里多少还是有点儿数的。”

贺清明盯着他说：“我也感觉到了。我叫你来就是想问问，今天货物查过后，张峰来了，和你在防洪堤上都谈了些什么？”

“他问我，那天你开箱的时候，都有什么人在场。”

贺清明一惊问：“你说什么了吗？”

管科长迟疑了片刻说：“我……嗨！我能说什么？我当然要保护咱们自己的同志了。但是我能看出来，张总很不高兴。”

贺清明稍稍松了口气：“你不说是对的。不管张峰有什么想法，咱们自己的同事要保护。不过，我很想知道，你怀疑谁是泄密者。”

管科长站起身，走到贺清明旁边，凑在他耳朵上悄声说：“码头装卸组组长曾阿强。”

曾阿强？贺清明立刻便想起了那个在集装箱下与他聊天，说三十几辆走私车罪当杀头的小伙子来。

“就是那个第一个开箱子的人，长得黑黑壮壮，个子不高。”管科长见他沉吟不语，提示道。

“我没有什么印象。”贺清明淡淡地说，“老管，咱们今天的谈话就在这个屋子范围，有些事情是不能乱猜疑的。你应该清楚这里面的利害。”

“好了，贺处长，我们把工作做好并不容易。我觉得像阿强这样的人一定要警告一下，不然，将来对其他同志都有影响。”

贺清明真想给这个狗一样的仓储科长劈脸一拳。他压住心底的鄙夷，苦笑道：“这件事我来处理吧。真要讲的话，方式也很重要，不能引起他的抵触情绪。明天你叫他来，我提醒提醒他。”

管科长也笑了：“贺处长，说出来你别害怕。据我所知，阿强今天早些时候在海边遛弯儿时，被车撞着了。”

“什么？”贺清明白皙的脸庞一下子涨得通红，双眼逼视着他，像要迸出火星来。

管科长依然悠悠地摇着二郎腿，一副满不在乎的样子道：“贺处长你该明白……”

贺清明再也控制不住自己，他猛地掀翻沙发前的茶几。茶杯滚到管科长的怀里，泼了他一身的茶水。“我不明白！我只知道你我都是罪人，是杀人凶手！”贺清明吼叫着，“真没想到，你也会和他们一样卑鄙！”

管科长发了会儿呆，站起身冷冷地说：“卑鄙？我没看出你比我高尚，别他妈的又想当婊子又要立牌坊！贺清明，希望你能冷静些……”

“滚！”贺清明浑身发抖，手指着门外，声嘶力竭地猛吼一声，“你给我滚出去！”

管科长扭身往外走。秘书小溪迎面走进来，她惊疑不定地问：“怎么了，贺处长？”

贺清明叫喊：“小溪，麻烦你给我这个缉私处长安排个车，我要去医院！”

小溪答应一声，快步走了出去。贺清明瘫倒在沙发里……

2

天都市第一人民医院急诊室里，医生和护士们在紧张地忙碌着。唰唰！一个护士用剪刀将阿强的衣服剪开，另一个护士翻开阿强的眼皮用聚光小手电照射他的眼底和瞳孔。接着，阿强的口鼻被呼吸罩罩上。

“心跳已经没了！”一个医生边说边用手按住阿强的胸口，用力地有节奏地按着。他边按边看一侧的心电图仪。心电图仪显示出一条直线。他抬起手，吩咐说：“准备电击！”

所有的急救手段全都用上了，记录心脏跳动的心电图仪依然是一条直线。医生摇摇头，伸手摘下了口罩。护士用白布单将阿强的头轻轻盖上。

在急诊室门外的走廊里，王明正焦躁不安地走来走去，他不时看一眼急诊室紧闭的大门。

此时被贺清明赶出办公室的管科长，已迫不及待地找到了张峰，向他述说了贺清明的反常态度，并告知贺清明已经赶去医院了。张峰并不感到惊讶，更没有任何惶然之色。他向管科长说就这事？管科长又郑重其事地提醒，说他看出来贺清明似有反水的意思，情绪也很激动。张峰笑着说，知识分子就这德行，好冲动，感情用事，翻不起什么大浪。最后，他吩咐小芮去医院看看。

贺清明坐着桑塔纳赶到了医院，但小芮比他还快，已经装扮成医生，在休息室静候了。抢救阿强的医生这时走了进来，小芮问他病人情况怎样，医生顺口回答说已经死了。小芮脸上露出轻松的表情，说了声谢谢。医生很遗憾地摇摇头，说人没救过来，还谢什么。他似乎觉得面前这个年轻的同行有些面生，想仔细看时，小芮已闪身出了休息室。

王明呆呆地坐在走廊边的长条椅上。急诊室的门终于开了，护士推着停尸车走了出来。王明急步迎上去问："护士，请问那个车祸的伤员……"护士看了一眼王明说："你不是家属吧？"王明回答说他是警察。护士便不再睬他了，推着车要往前走。

这时，贺清明从走廊旁侧奔了过来，大声说："护士，我是那个伤员的同事，他怎么样了？"

护士说："正好，你帮忙通知一下家属吧，他死了。"

贺清明和王明都不由怔住了，他们的目光不约而同地紧紧盯着停尸车上那具僵硬的尸体，只见一条沾满鲜血的腿还露在白盖布外。随着一声尖厉的哭喊声，一个三十岁左右的妇女沿着走廊踉踉跄跄地跑了过来，后面跟着好几个阿强的同事。她显然是阿强的妻子，她扑到尸身上，痛哭失声："这是怎么了？这是怎么了呀？"妻子扯开盖在丈夫身上的被单，整个身子伏在阿强的怀里，哭得喘不过气来，人瘫软着往地上滑，几个同事在一旁拼命搀扶着。

王明强忍着内心的悲痛和愧疚，伸出手握住了被单下阿强冰冷的手。贺清明的眼圈红了，如木雕泥塑般呆呆地看着伏在阿强身上痛哭的女人。倏忽间，他便想到了妻子，何其相似的一幕啊！顿时，他心里如针扎般一阵剧痛。护士推着车从他们身边匆匆走过去。一个高大的年轻人从旁边的诊室走了出来。他看了一眼哭喊的人群，然后头一低匆匆离去。贺清明无意间一抬头，立即认出那人正是张峰的助理小芮。此时他已脱去了白大褂摘下了口罩。贺清明偷偷跟着他，转过楼道拐角。

王明注意地看着。

"站住！"贺清明在楼梯口大吼一声。

小芮猛地收住脚步。他慢慢回头，见是贺清明，慌乱的神情渐渐平定，招呼道："贺处长，您好！"

"小芮！"贺清明的胸脯剧烈起伏着，他的脸因激动而涨得通红，指着他的手指在微微颤抖。直觉告诉贺清明，这场车祸，是一场人为的暗杀，是一个凶残的阴谋！他毕竟是一位良知未泯的知识分子，惨烈的血案使他幡然醒悟，明白自己已沦为魔鬼的帮凶，愤怒和悔恨在他的周身膨胀。他万万没有想到，张峰竟然是那种可以随意剥夺一个人的生命来保全自己利益的暴徒。此时在这里遇到小芮，更验证了他对这件事的推测。但王明已走了过来，他又能对小芮说些什么呢？

王明看看小芮，又看看贺清明，一言不发。

“贺处长，怎么了？王队长，您好！”小芮勉强笑了笑，想竭力做出若无其事的样子。

“你来这儿干什么？”王明沉声问。

“看个病人。巧了，碰到你们二位。”小芮很从容地回答。

“那就给你们的张总带个话。”王明一字一顿，“让他好自为之！最好后脑勺上再长两只眼，学一学兔死狗烹的典故！”

小芮哆嗦了一下说：“我一定转告。”他转向贺清明，“贺处长，您还有什么要转告的吗？”

贺清明嘴张着，却说不出话来。王明瞟了瞟他，发现他眼里蓄着两汪泪水……

市公安局技术科里，刘振汉和龚静等一帮年轻刑警在商讨着侦破海滩女尸案的方案。刘振汉强调说目前正是调查龙腾那个案子的紧要时候，按说，这个女尸案要稍微放放，但考虑到他们的积极性，就特批他们用点时间干这个。他最后让小路多帮帮他们。

小路介绍了颅骨复原技术的情况和技术科目前的状况，表示难度很大。

“说到底，用一个不太恰当的比喻，就是死马当作活马医。说不定这几个小青年真能创出奇迹来。”刘振汉鼓励小路，“从你刚才讲的情况看，现在最需要的是造诣深厚的美术师，你能不能推荐一个？”

小路皱着眉头想了想，说：“人选倒是有一个，我以前也曾请教过他。是位专攻人物画的高手，特别是有一套以骨画人的独到技法。但还必须再找一位搞人体雕塑的，双方配合，才有可能成功。”

“搞人体雕塑的？”刘振汉凝神思索，“我倒是想到了一个人。”马荃和小路一听，都伸长了脖子，静待下文。但是刘振汉又断然地摇摇头：“不行，不行！她肯定不会干的！”他看了看几个小刑警期待的目光，沉吟了一下，“这样，我给你们一个电话，你们自己去联系，能不能说通就看你们的能耐了。”

“行！没问题！”龚静首先跳了起来。

刘振汉若有所思地说：“我必须和你们说清楚。我总觉得咱们经手的这些案子有着某种内在的联系。所以，你们找她时，最好不要提龙腾公司的事。”

龚静有些奇怪地看着他。

3

聂明宇坐在董事长室里，静静地欣赏着蕾蕾的雕塑。他完全被这一尊尊或站或蹲，或仰天嘶吼或垂首沉思的古铜色泥巴吸引住了。他似乎从每一个雕像上都能看到自己的身影，似乎那些蕴含艺术张力的静物在和他默默对话。于是，他领会了妹妹对哥哥的深情和一片苦心，不觉怦然心动，一股暖流顿时涌遍全身。

就在这时，蕾蕾推门走了进来。

聂明宇站起身道：“蕾蕾，我正在欣赏你的杰作呢！这样的艺术瑰宝摆在这里太可惜了。没想到，我们的蕾蕾还真的很有才华啊！”

“哥，你怎么也肉麻起来了？是不是想让我跳楼？”蕾蕾话锋一转，“哥……你不能对嫂子好点儿吗？”

聂明宇愣了一下，好像猜到了什么，立刻做出惊讶状："怎么了，蕾蕾？你的话真让我听不懂。你从孟琳那儿来？是不是发现了什么？"

蕾蕾犹豫了片刻，脸上显得不自然，轻声道："没发现什么。我俩聊起来，她挺伤心的。"

"女人啊！"聂明宇从妹妹的神态上已经看懂了她的心思，感慨万千的样子继续说，"蕾蕾，无论你发现什么，听我一句：你嫂子不是坏女人，我也不想伤害她，我们都有很多重要的事要去做。"

聂明宇的话令蕾蕾颇感紧张，好像他已经掌握了什么似的。她赶紧接上话道："女人不重要吗？还有婚姻、家庭？我希望你们能举案齐眉，生活得和谐幸福。而不是像现在这样若即若离。哥哥，生意做得再大，有再多的人围着你转，那些都长不了。"

"蕾蕾，说过分了！"聂明宇皱起了眉头，"凡是我决心做的事情，都应该是长久的！"

蕾蕾嘴角牵出一丝无奈的笑："好，那我也就说一句，多想想爸爸和妈妈！"

聂明宇良久无语。他一时还猜测不出妹妹究竟是什么意思，于是试探着说道："对，他们想孙子想了很多年了。也许孟琳说的太多了……"蕾蕾打断他："我不是这个意思。其实，你心里应该清楚的。我不是不说，而是不想伤害你。"

聂明宇弄懂了妹妹话的含义，也就失去了追问的兴趣。他看了看表，说道："别胡思乱想了，去干你的事吧。我约你嫂子见面，她应该过来了。"

蕾蕾走没多大会儿，孟琳就来了。聂明宇很客气地给她泡了杯茶。"我觉得自己很像个龙腾公司的客户。"孟琳端起茶杯晃了晃说。聂明宇笑了笑说："迄今为止，我还从来没亲自接待过客户。"

"那我应该感到荣幸了。"孟琳脸上没有表情，话题陡转，"昨天海边又有人死了。”

“是吗？死人的事每时每刻都可能发生。”聂明宇扫了孟琳一眼，“你不觉得这并不该你关心吗？说话要注意些，孟琳，不然会有人觉得你很可怕。”

孟琳笑了笑说：“也许这话用到你身上才最恰当。”

“你是说我可怕？”聂明宇意味深长地注视着她，“你该庆幸，蕾蕾什么也没告诉我，我也什么都没问。”

孟琳心中一凉，一股寒意从后背升起。她一咬牙道：“可我自己来了。你说吧，你想知道什么？我已经再也无法忍受了！明宇，我们还是夫妻。你不问，我说好吗？任何后果我都……”

“住嘴！”聂明宇猛地打断，“我们这不是好好的吗？我今天找你是要你办一件事。王丽敏不是没去市委大院吗？要她到龙腾来。你应该能做到。”

孟琳对聂明宇的大度似乎有些感动，她点点头说：“妈已经跟她说过了，我想可以。明宇，我觉得我们之间……”

聂明宇显然知道她下面要说什么，站起身来摆摆手说道：“就到这里吧，我要开董事会。”

孟琳幽怨地看了看他，起身就往外走。在她快要出门时，聂明宇又喊住她，叮嘱道：“自己注意，孟琳！”孟琳快步走出，她在过道里脚步踉跄，有一种想呕吐的感觉。

宽敞、幽静的工作室里，蕾蕾呆呆地坐在一个只完成了一半的雕像前。家里发生的一件又一件事使她烦恼异常，一种世界颠倒的感觉深深折磨着她。她不能不承认：她最亲最爱的哥哥的确变了，而最让她痛不欲生的，是她竟然无力说服他，矫正他迈向歧途的脚步。

突然，敲门声传来。她缓缓站起身，对着门大声问：“谁呀？请进！”

大木门被推开了，两个年轻的警察站在门口，是龚静、马荃。

龚静问道:“请问冯蕾蕾小姐在这儿吗?”

蕾蕾好奇地看着他们，答道:“她不在，请问你们找她有事吗?”马荃看着眼前漂亮的女孩，有点紧张地说:“有……有急事要找她商量。”蕾蕾不由得笑了:“她做什么坏事了吗?要调查她?”

龚静进了屋，就被那些雕塑吸引住了，根本就没注意听他们的对话。只见工作室的不同角落里，已经放了几尊雕塑。有的用白布蒙着，有的则还没有完全完成。这些雕塑似乎都是表现极端痛苦的状态中人的逃脱和挣扎。

马荃被蕾蕾的提问吓住了，忙连连摆手:“不是!不是!我有一个……一个……”他犹豫着该不该说。

“你可以告诉我，因为我和蕾蕾是最好的朋友，她可能这几天都回不来呢!”蕾蕾眨着眼睛故意逗他。

马荃露出极端失望的神情，懊丧地说:“啊?那我告诉你也没有用了。”蕾蕾耸耸肩膀，一副爱莫能助的样子，说:“那对不起了。”她说罢转过身去。

马荃万分遗憾，正准备走。龚静突然发现蕾蕾的手上、工作服上沾满了星星点点的泥巴，脱口问道:“请问……你也是搞雕塑的吗?”

蕾蕾想了想，回过身来说:“也算是吧。”

龚静立刻高兴得拍起手来，说:“行了!我们想求您一件事。我叫龚静，他叫马荃，是市公安局刑警支队的。我们的支队长是刘振汉，他介绍我们来的。”

“刘振汉?”蕾蕾抿嘴一乐，“你说吧!”

马荃道:“不知道您能不能接受。我们有两个被害人，死得很惨，却找不到杀害她们的凶手。”

蕾蕾有些奇怪，问:“我能帮你们什么?”

“他刚才说得不是太清楚。”龚静连忙解释说，“因为受害人面部被毁容，这给我们辨明身份带来了困难，想请您运用雕塑手段，试着恢复死者原貌。”

蕾蕾这次听明白了。她面带难色说："这对我来说可是新课题。再说，我现在手头的工作太多，脱不开身呀！"她忽然想起什么似的，"哎，振汉哥他人为什么不来？"

龚静和马荃明白了眼前的这位小姐就是冯蕾蕾。他们无法回答她提出的问题。龚静岔开，看着远处工作台上一个半成品头部雕塑道："我可以看看那个头像吗？"

蕾蕾有些勉强地答应了。马荃也奔过去，和龚静饶有兴味地细细端详着。只见工作台上，一个泥塑的男人头像仰天嘶吼着，他双目圆睁，脖子上粗壮的肌肉里每一根血管似乎都爆裂出来。

"像真的似的，太棒了！"马荃轻轻触摸着头像的面颊。

"你喜欢雕塑？"蕾蕾对马荃产生了兴趣。

"不，我不懂。"马荃谦逊地摸了摸头，"但是，我觉得这个人像太生动了。冯小姐，这是您的作品吧？我很想知道您为什么能雕刻得如此活灵活现？"

蕾蕾看着这位年轻的警察，对他的谦虚好学平添了几分好感，于是说道："每一个人的长相实际上是由面部骨骼的特征决定的。不知道你如何看待这座头像。但它在我心目中不仅仅是泥巴石头青铜等没有生命的材质，而是骨骼、肌肉、血管和神经等有机地组成的一个生物，一段有灵魂有思想有感知的生命状态！"

龚静见她的情绪调整过来了，赶快趁热打铁："那你能帮帮我们吗？"

蕾蕾似笑非笑地说："你还没回答我的问题。"

龚静见无法回避了，只好据实回答说："昨天海边有位海关人员被谋杀，刘支队长去忙那事了，所以，他不能来。"

蕾蕾心一沉，马上便想到了哥哥，脸色不觉阴郁起来。龚静见她沉默不语，又补充说道："我们办的这个案子，死者是像我和你一样年纪的女孩儿！"

蕾蕾不由得抬起了眼帘。

马荃言词恳切地道："冯小姐，希望您能慎重考虑一下我们的请求。这不仅是为死者申冤，也是维护法律的尊严。天都的公安民警和老百姓都会深深感谢您！”

蕾蕾心有所动。她觉得自己没有理由拒绝两位年轻的刑警。况且，还有振汉哥的信任。

4

交警大队办公室里，刘振汉、王明和交警大队负责人围坐在小会议桌旁。桌面上摆放着十几张海边撞人现场的彩色照片。交警大队队长说道：“我们在慢慢排查可疑车辆，这需要时间。据目击者描述，车子应该是三菱越野吉普。这种车在我们天都有近四十辆。我们正在逐辆摸排，争取尽快找出线索。”

刘振汉说：“客套话我就不讲了，咱们都是一家人。这不是普通的交通肇事，死者是我们的线人，还望费心！”王明在一旁低着头，很是郁闷。大家又讨论了一会儿侦查的方案和具体的落实措施，刘振汉便起身告辞了。在走廊里，刘振汉拍了拍王明说：“交警大队一有结果会马上通知咱们，别蔫不拉叽的，鼓起点劲儿！”王明懊恼的样子直甩头说：“我是真的悔断了肠子，小心点儿就不会了，是我害了阿强！”说着他便气愤起来，“你说明明知道是他们干的，抓不到窝囊不窝囊？干刑警干到这个份儿上！”刘振汉眼一瞪说：“胡说！咱们还没走到最后，丧气什么？等着吧，冰冻三尺非一日之寒，解冻也需要时间。好了，我要去局里，老政委从党校学习回来了。”

刘振汉赶到局里，推开了庞天岳的办公室门。庞天岳和政委郭万清回过脸来，对他笑了笑。刘振汉与郭政委亲热地握手，说：“政委，您学习结束了？”郭万清点点头说：“刚刚回来。这不，庞局长就给发话了。”他有意无意间回避了刘振汉的问题。

“走私案到底查到什么程度了？现在市委每天一个电话查问进

度，我都不知道该怎么回答！”庞天岳扫了刘振汉一眼，朝沙发上指了指，示意他坐下。

刘振汉站着没动，说：“刚刚有点儿进展。但是……唉！线又断了……”

庞天岳一愣：“怎么了？”

“刚刚摸到一点儿线索，知情人突然被车撞死了。”

“什么？出了这么大的事，你为什么到现在才汇报？”

“这件事有些蹊跷，我是想把死因弄清后再向您汇报。现在事情基本落实了，是有人故意谋害。”

庞天岳从办公桌后霍地站了起来，沉声道：“无法无天！简直让人难以置信！”

刘振汉神情严肃地接着说：“既然这不是一件偶然事故，显而易见，也就不是一般性质的走私了！”

庞天岳紧紧皱起了眉头，面露凝重之色。郭万清把刘振汉拉到自己旁边坐下，很关切的样子道：“振汉呀，我刚才还跟局长说，这个案子牵扯到龙腾公司，必然也就涉及聂明宇。他的背景你应该知道，现在方方面面都很关注这件事。我只想提醒你两个字——‘证据’。在没有拿到确凿的证据前，千万不要行动。否则……”他说到这儿，意味深长地看了一眼庞天岳，“后果不堪设想！”

刘振汉明白郭万清的一番话与其说是讲给他听的，不如说是讲给庞局长听的。他很认真地琢磨着他的话，不禁多看了政委几眼。

庞天岳脸上无丝毫表情，点了根烟，默默地抽。郭万清站起身，看看刘振汉，目光最后落在庞天岳脸上，道：“局长找你要谈案子，我去一趟宣传科。这两天北京要来位记者，我去安排一下接待的事。”

庞天岳看着郭万清走出门去，回过头注视着刘振汉问：“你对政委的话有何感想？”

“他去党校学习一年时间，现在还没到八个月吧？”刘振汉不答反问。

“你小子还算不傻。”庞天岳踱到刘振汉对面坐下说，“龙腾的走私案，对每个人都是场考验，包括你我。如果把它比作黑洞，一点儿都不为过。我们没有理由置之不管，更没有理由躲避退缩！”刘振汉早已考虑过这些，内心的矛盾冲突一刻也没有消停过。从他下定决心的那天起，便有了一种把生命和灵魂放进炼狱的感觉，唯一能够支撑他的也就仅仅只剩下了正与邪、对与错、法律与罪恶不可共处这个抽象的概念了。所以，面对庞天岳，他无话可说，只能是默默地等待着他的号令。庞天岳眯着眼睛看刘振汉，接着道：“已经过去了一个礼拜，你能不能在市委定的期限内破案？”

刘振汉想了想说：“我只能争取，没有把握。”

庞天岳瞪大了眼睛，说：“我可以明确告诉你，到了日子你破不了案，我没办法，只有一份报告送上去，说龙腾公司清白无辜，匿名信是诬告信。接下来你要干的，就是把那个诬告者侦查出来，然后将其绳之以法。我好像早就提醒过你。”

刘振汉浑身一震，慢慢低下了头。庞天岳递给他一支烟，继续道：“前两天我还怀疑你到底愿不愿意干，现在看来，我的担心是多余的。也算是我没白把你带出来，我这个快要退休的老刑警多少有点安慰。但是你好像情绪不太高。你需要什么？”刘振汉抬起头，有些犹豫地看着庞天岳。

“说吧！在我的感觉中，你在我面前，好像应该是没有不能说的话！”

刘振汉终于开口了：“我需要线索！庞局，我现在手里只有那三十六辆奔驰的一点点线索，现在唯一可以提供情报的知情人又被……嗨！没有可靠的线索，我怎么能在二十天内查清这么大的案子？”

庞天岳审视着他，突然重重地点了点头，大声道：“好！我带出的兵就应该是这个样子！”他说罢走到门口，左右看了一眼，把门关紧，从里面反锁上。刘振汉略略有些吃惊地注视着他颇神秘的举动。他走到保险柜前，打开，拿出一封举报信，转身递给刘振汉。

“这是什么？”刘振汉惊讶地问。

“你不是要线索吗？”庞天岳指指信封，“这里边就是我给你的线索！”

刘振汉急忙倒出信封里的一张纸，展开细看，不禁大惊失色。

“这封信的内容，只有你我二人知道。你把它背下来。”庞天岳满脸严峻地说。

刘振汉反复看了几遍，点点头，把信还给了庞天岳，庞天岳打着火机，把信烧了。然后从贴身衣袋里掏出一个绿色的图片说：“这个东西给你，也许会有用处。”

刘振汉把绿图片在手里掂了掂，默默地塞进兜里，试探着问：“庞局，我看出来了，是不是有大行动？”

庞天岳举起手道：“今天晚上便会有分晓！”

刘振汉登时来了精神，目光灼灼地看着庞天岳……

疤瘌李手握方向盘，随着录音机的歌声摇头晃脑地哼。一首很优雅悦耳的民歌被他哼得淫荡无比，他自己胡编乱造的荤词儿不堪入耳。肖云柱坐在旁边，忍不住了，问：“你说那个赌场是怎么回事？”

“你不是想找个挣钱容易的地方吗？我想了想，就这个地方可以快速培养暴发户。”疤瘌李说完，又哼起了自编的小调。

“赌场？人家不会干亏本买卖。”肖云柱盯着他，不无疑惑地说，“你不会给我下套吧？”

“哥哥哎！”疤瘌李禁不住笑了起来，“我给你下套？就算把你洗白了，你能值几个钱？”

肖云柱苦笑着点了点头：“倒也是。光脚的不怕穿鞋的。我这几天做梦，有钱得很。姑娘成群，还全是他妈漂亮的。小云也回来了。”

“你还记得她呀？如今出息多了，当上环球娱乐城妈咪了，比以前还要光鲜。”疤瘌李边说边咂了咂嘴。

肖云柱陷入美好的回忆，自语般道：“她那会儿对我真是不错，现如今……算过，不提了！”

“对，人得先有钱。不瞒你说，我刚出来那阵子，也是镚儿子没一个，像满街啃剩骨头的癞皮狗。那头两个月过的，比你现在还惨！”疤瘌李无限伤感的样子叹了口气。

“不会吧？”肖云柱知道他有言过其实的毛病，有些不相信他的诉苦。

“我操！骗你是小狗日的！”疤瘌李拍了一下方向盘，“我连血都卖过。当时是没有鸭子，要有我都得上。整天兜里像气球，连口热的都喝不上。不堪回首忆当年啊！”

肖云柱想想自己的处境，一脸的骚疙瘩，黑得晚上灯都照不见，当鸭子也没人要，不禁黯然。

“嗨，也活该天不绝我疤瘌李！”疤瘌李在座位上屁股蹦了蹦，“后来一个朋友把我带那个赌场去了，当场扎了一万块，结果你猜怎么着？一晚上，兄弟我拿下了三十个大头！见好就收，我拿着钱立马儿就撤，这才有本钱开了买卖倒腾到今天！”

肖云柱听得热血沸腾，脱口问道：“真的？”

“你看，又不相信我了，我骗你干吗呀？”疤瘌李放慢车速，指了指前方，“快到了，紧挨着山脚的那块就是！”

肖云柱脖子伸得像螳螂，顺着疤瘌李手指的方向望去，激动起来。

5

刘振汉离开局长室后，就以最快的速度往刑警支队赶。他冲进大案队办公室，发现只有汤文军在写写画画。他问他王明去哪儿了，汤文军告诉他说王队和李冬去健身室了。他又问马荃和龚静怎么也不见了。汤文军说不是被您发到什么雕塑家那里去了嘛。他这才忽然想起，连忙叮嘱汤文军，通知他们立刻归队，晚上有行动。然后扭身出门，去找王明。

刘振汉走进健身训练房，远远便看见拳击台上王明杀气腾腾，抡圆了拳头到处追杀李冬。

“左勾拳！”刘振汉在台下大吼，“李冬，注意防守！”

刘振汉喊出的口令让李冬做了两个漂亮的躲闪，避开了王明的两记侧拳。然后左拳点击王明面门，右手作势要摆重拳出击。王明用拳一格。李冬抓住时机，右拳突变下勾，重重地捣在王明的下颌上，他如麻袋般砸在拳台上。

龚静尖叫一声爬进拳台，嚷嚷着喊：“李冬，你怎么手这么黑？”

李冬不明所以地撸撸拳套说：“平时应该打不到的呀！”

龚静把王明抱在怀里，也不顾他一头汗水，焦急地用毛巾给他擦着汗。刘振汉蹲在王明身边，对龚静说：“我来。”他说着从龚静手中接过王明，把他放在地上。然后用毛巾扇风，用李冬递过来的清水慢慢拍王明的额头和胸部。王明慢慢醒了过来“啊哟”了一声。龚静见他睁开了眼，高兴得快掉眼泪了。她狠狠地捶了刘振汉一下，问：“刘支队，干吗要这样？”

“他需要发泄一下，没事！”刘振汉瞄了她一眼，“你好像关心得过分了些。”

龚静满脸通红，不好意思地转过头去。李冬自然不会放过，笑着说：“龚静，还没怎么着呢，就这样了？王队，醒醒吧，温香软玉的，别醒不过来了！”

龚静的脸更红了，她嗔恼地白了李冬一眼说：“你这张嘴，当心哪天睡着了给你缝上！”

刘振汉把王明扶坐起来，说：“别把什么事情都往自己身上揽，阿强惨遭毒手又不是你的责任。”

王明翻身趴在地上，痛苦地用拳头砸着台子喊：“怎么不是我的责任？如果不是约他在那儿见面，他不会死的！这是他妈谁告的密？”

龚静显然并不了解内情，悄悄问刘振汉：“刘支队，海边撞死的人跟王队认识？”

刘振汉站起来道：“先别问了。你们快做准备，夜里有大行动！”

山脚下的别墅区很安静，放眼望去，竟然见不到一个人影。在最里端的一所别墅楼门口，停了很多豪华轿车，排列得整齐有序。肖云柱走下车四处张望。疤瘌李指着这所别墅说：“此处即是黄金屋，也可以说是银行，这当然要看你的能耐了！”肖云柱禁不住仔细打量起别墅来，可是看了半天，他也没发现有什么特殊的地方。疤瘌李显然对这里十分熟悉。他用眼睛示意肖云柱看周围的电线杆子。肖云柱仰脸一看，发现路旁的电线杆子上装了不下三台电子监控器，心不由得狂跳起来。

疤瘌李带着肖云柱走进大门。两个长得粗壮高大的保安走过来。他们很职业地从头到脚将两人搜查一遍。别墅的一层是客厅，有几个客人坐在椅子上喝咖啡。疤瘌李熟门熟路地带着肖云柱走向地下室，下了一层之后，肖云柱发现这才真正到了赌场。赌桌旁，年轻漂亮的发牌员正在手法熟练地发牌。疤瘌李附在肖云柱的耳边说：“这些女孩都是选出来送到澳门学习过的，一个月的工资是五万元起价。”肖云柱听得直咋舌。疤瘌李又指着各个台子给肖云柱介绍哪个是赌大小、哪个是赌二十一点、哪个是赌梭哈，最后建议他赌大小，并解释说此项是一翻一瞪眼，作假的可能性较小，而且赢得也快。至于输得也快，他当然不会说出口。肖云柱显然是听懂了，点着头，但突然又想起了自己囊中羞涩，于是手一摊说：“兄弟，我没本呀！”

疤瘌李拍拍他的肩膀，笑着说：“我不是说了吗？这里是会员制，老会员带新人，可以赊一万。你就用我的信用卡先赊一万用着。”

“是吗？”肖云柱半信半疑。

疤瘌李带着肖云柱来到收款台，和里面的人说了两句，那个女孩递出一个本子来。疤瘌李递给肖云柱：“签上你的名字，就能拿钱了。”

肖云柱压住心跳，手抖着歪歪扭扭写上自己的名字。女孩从柜台里丢出一捆封好的百元大钞。肖云柱看着花花绿绿的票子，人整个儿傻了。疤瘌李用胳膊肘捣了捣他说：“这是你的了，拿呀！想什么呢？”

肖云柱拿起钱，嘴巴咧到耳门子说：“不瞒你说，我想揣起钱就回家！”疤瘌李指着他骂：“你妈的放屁，这样你丫可就毁我了，我疤瘌李别在世面上混了，屁股眼非让人家当灯点！走吧，换筹码去！”说罢，他带着肖云柱走到另外一个窗口兑换了筹码。疤瘌李拍拍肖云柱说：“老兄，下面就看你自己的造化了。”

肖云柱捧着沉甸甸的筹码，慢慢向赌桌旁走去。他的血液开始流速加快，弄不清自己是走向刑场还是走向福地，顿时便恍然有了一种置身于天堂或是地狱的强烈刺激感。他闭上眼睛，默默念叨：“佛爷保佑，也让肖家的祖坟上冒股青烟！”

6

贺清明疲惫不堪地推开住处的门，两条腿如灌了铅一般，慢慢移到沙发前坐下。

“累了吧？晚上是不是出去放松一下？”黑暗的角落里飘来一个怪怪的声音。

贺清明大惊，霍地从沙发上站起。

啪！房灯打开了，只见张峰正坐在落地窗下，笑吟吟地注视着他。

“你……你怎么进来的？”贺清明由惊惧而气恼得身子一阵发抖。

“我在这里等你好久了。小芮告诉我，你好像有话要说。我是专门来听你的指示的。”

贺清明颓然跌坐在沙发上，音调发干发涩，说道：“张峰，你不认为你这么做有些过分吗？请你马上离开这里，我现在不想跟你做任何交谈！”他见张峰端坐不动，声音不得不降低下来，“我请求你赶快走，我女儿就要回来了……”

张峰依然是淡淡地笑，说：“你放心，我算过了，你女儿十一分钟后才会敲门。”

“你说什么？”贺清明睁大了双眼，“你们把她……”

张峰揉了揉下巴，说：“哪里的话，贺处长误会了。我们只是在远远地护送她回家。现在社会很乱，你不怕她出危险，我还怕呢！”

贺清明终于被张峰的话拿住了，他无法不顾及柔弱病残、无依无靠的女儿。于是低下头道：“张峰，你不能这样，我什么也没做……”

张峰看了看表，挺了挺身子，他知道可以进入正题了，冷静地说：“还有十分钟，说正事吧。我可以向你明说，曾阿强是我让人把他干掉的。我知道你很想弄清这件事。”

贺清明并未感到震惊，他双目直视着张峰，沉声道：“杀人越货的事发生在你身上并没有什么奇怪，因为你已经失去了理智。当然，我现在也已经和你没有区别。可是张峰，既然我们能坐在这儿交谈，就说明我们还是人，我们能不能留存一点儿人性呢？”

“我不杀掉他，他就会把你、把我、把所有的人都送进地狱！”张峰显然也激动了，他把手伸进大衣，从口袋里掏出一摞照片，摔在贺清明面前说，“你看看吧！”

贺清明翻看着一张张照片，全都是王明在阿强出事现场的照片。长焦吊拍，显然是偷拍的。他顿时目瞪口呆。

“你应该见过这个人吧，刘振汉的大案队队长王明。我是在阿强去和王明接头的路上，让人干掉他的。阿强是他的人。这个王队长现在一定很不爽！”

贺清明双唇紧闭，沉默不语。

“我有确切消息，那天晚上，刑警队偷袭码头，也是阿强送的情报。”

“难道因为这，就非要杀人不可吗？”贺清明双手抱头，嘴里喃喃自语着。

“三十六辆奔驰，足以让很多人掉脑袋，让很多优秀的人掉脑袋。贺处长，你想过这些吗？他们也有妻儿老小，他们能为社会创造出更多的财富。面临这样的紧急关头，如果是你，你会做出什么选择？答案应是明确的。你不会选择让这么多的人去死，而让这个奸细去苟延残喘吧？你不会。我相信，你肯定不会。所以，我只能让他去死。”

贺清明慢慢抬起头，问道：“或许有一天，你也会把枪对准我，是不是？”

张峰眉毛抖了抖说：“不会。你不可能做出阿强那种事，我对你有充分的信心。而且你是位称职的父亲，丹丹她会永远需要你的照顾。”

贺清明怔了怔，目光呆呆地仰望着天花板说：“我真希望没有来天都，我真后悔来这个地方……”

张峰看表说：“时间到！”他话音刚落，丹丹推开了门，喊了声爸爸。轮椅的后面，站着小芮……

王丽敏还是第一次光临咖啡厅。看着金碧辉煌的欧式风格的装饰，听着柔曼悦耳的轻音乐，她既激动又紧张，一时间手脚竟不知如何摆放了。孟琳笑眯眯地看着她，示意她喝咖啡。

“你觉得我像不像《红楼梦》里的刘姥姥？”王丽敏咕咚喝了一大口咖啡，用手背抹抹嘴。孟琳用金质小勺搅了搅杯子说：“我倒觉得你像王熙凤。”

王丽敏笑了：“还真叫你说准了，振汉就经常叫我凤姐。”她突然像有所发现似的，“妹子你倒真像林黛玉，成天皱着个眉头，是不是明宇给你气受了？”

孟琳愣了一下，她显然不想提这个话茬儿，连忙岔开说：“丽敏，总会计师的工资是每个月一万五千元，还不包括奖金。在这之前，公司代培会计师资格，你可以边学边干。怎么说这也是个专长，你一定要发挥出来。”

王丽敏呆呆地看着杯中的咖啡，摇摇头说：“这不可能，振汉不会同意。”

“振汉那边由妈妈去说，他不会驳老人家面子。”孟琳胸有成竹的样子，“明宇考虑，反正公司养的都是省里、市里的干部子弟，光拿钱不干活儿，不如让自己家的人来管理。一来肥水不流外人田，你有些收益，对亮亮的前程也好；二来自家人也贴心，财务这块不能让外人掌管。”

王丽敏想了想，说道：“你回去跟明宇说，我王丽敏不管他刘振汉怎么样，这辈子都会把聂家当恩人。我和亮亮谢谢他了，可是去龙腾公司我不行。你知道，我以前在厂里干的那个小会计活简单，跟主管会计师没法比。我去只能添乱。”

“要不怎么说要培训呢？你别多想了，该安排的我都安排好了。”孟琳说到这儿不禁感慨起来，“唉，如果我们早几年能闯出点名堂来，也不至于让你受这么多年苦！”

王丽敏被孟琳的话深深感动了，她吸溜着鼻子，哽咽道：“孟琳……我……”孟琳拍拍她的手背，说：“还怕振汉不同意？也让他为孩子想想，一个警察能挣多少？亮亮大了，用钱的地方多着呢。高中、大学、研究生，没有钱，以后怎么培养他？”

王丽敏觉得孟琳句句话都说到了自己的心窝里，不由得下了决心，说道：“行，我试试吧。他要再不开窍，我们就各过各的！”

就在孟琳与王丽敏促膝长谈之时，聂明宇正背着手风琴，来到天都酒店里。张峰和小芮从门口迎上来，聂明宇有些不耐烦地问：“你们怎么又来了？说吧，什么事？”

张峰尽量简洁地回答道：“两件事。第一，贺清明不会出岔子；第二，听说今天晚上有大行动，口风很紧，很不寻常！”

聂明宇稍稍思索片刻，眼望着酒店的玻璃旋转门道：“不要一下子撤完，留下一些不疼不痒的。场子那边照常，不过，要做好应急准备，随时可以掌握主动！”

张峰点点头说：“明白了。我马上去办。”说罢，带着小芮扭身离开。

聂明宇迈步走上酒店门前的台阶，口中念念有词：“今天晚上很忙啊！”

第十章

1

刑警支队小淋浴室里，刘振汉和王明、李冬赤条条地在冲洗着。蒸汽弥漫，水花四溅，刘振汉和李冬洗得甚是酣畅，而王明仍是无精打采的样子。刘振汉拍拍王明说："攒足精神。王明，你不是一直盼着有个大行动吗？这回让你过个瘾！"李冬请求他能不能透露一点儿，刘振汉说是要把天都市藏污纳垢的地方扫个底朝天。

"那又能怎么样？龙腾公司照样是安然无恙！"王明带着怨气说。

刘振汉俯身在他耳边轻声说："也许不会，赶紧洗澡，一会儿我告诉你一条重要线索！"

"真的？"王明睁大眼睛，有些半信半疑。

洗好澡后，三人走出浴室，王明急不可待地问刘振汉是什么线索，刘振汉在他耳边悄声嘀咕了几句。王明登时提起了精神，激动地说道："这可太重要了，看样子，这回有戏，终于抓住了他们的尾巴！"

李冬不知道他们在讲什么，刚想张口问，王明捅了他一下，大声说："今天我请你们吃牛肉面，你去喊龚静和马荃他们！"

李冬有些不情愿地转身走向办公室。

此时的马荃正带着蕾蕾悄悄溜进法医室。他打开灯。蕾蕾惊恐地看着满屋子的骷髅骨骼血衣，不由自主地往后倒退，脊背撞在一个骷髅上，失声尖叫起来。

“嘘……”马荃忙制止说，“千万别出声！”

蕾蕾点点头，脸上已经煞白。马荃猛地拉开冰柜。蕾蕾大着胆子往里一看，差点儿吐出来，连忙捂住嘴。马荃关上冰柜门，问她：“没事吧？你不是不怕吗？”

“没事……没事……不怕什么！”蕾蕾嘴唇哆嗦着。

马荃扶着蕾蕾坐下，问道：“要按骨骼原形复原，你看能做吗？”

蕾蕾闭上眼睛问：“她们是怎么死的？”

“她们都只有二十岁左右，是被人用枪打死后毁容的。”马荃低声答道。

蕾蕾慢慢睁开眼睛，想了想说道：“这种事，我真的没把握。要试试，也得先清理干净头骨，带回画室去摸索着进行。”

马荃没再说什么，马上就把头骨取了出来，开始认真地清理。蕾蕾心惊胆战地站在远处看着。马荃说：“没事，你过来。咱们这是为被害人伸张正义呢。人什么都得经历，尤其和干你们这行有关的。你这么怕，将来天天面对头骨工作怎么办？”蕾蕾觉得他说得很有道理，壮了壮胆子，一步步靠了上来。

突然，公安局整栋大楼灯光骤亮。马荃和蕾蕾走到窗口前探身下望，只见警车一排排停在院子里，全都闪烁起警灯，警察在奔跑着。有人高声喊：“全部人员到会议室集合！”蕾蕾有些紧张地看看马荃。马荃转过脸来说：“晚上有行动，别管它，咱们干咱们的。”

警察纷纷从各个楼道跑出，冲入会议室，在空位子上坐下。不一会儿，会议室里便坐满了腰杆笔直的严肃面孔。会议桌的首席位置坐着政法委书记陆伯龄、局长庞天岳和政委郭万清。门口有两个电视台的记者架着机器在拍摄，指挥他们的是一位年约三十岁的女记者。两位摄像记者对她很尊敬，喊她毛毛老师。

刘振汉和王明、李冬、龚静等气喘吁吁地进入会场。庞天岳看看手表，问值班警官："人到齐了没有？"

"报告局长，应到147人，实到146人。除一人未到之外，全部到齐！"

"谁？谁没到？"庞天岳满脸不悦。

刘振汉站了起来："报告局长，刑警支队实习刑警马荃因故未到！"

"什么原因？"庞天岳盯着他。

刘振汉迟疑了一下，说道："我……我让他执行一项侦查任务，是有关海滩杀人案的。昨天就已经派出去了。"

"嗯，知道了。坐下吧。"庞天岳点了点下巴，面向与会民警。"同志们，近一个时期，随着天都市改革开放步子的加快，一些丑恶现象也逐渐增多。尤其是卖淫、嫖娼、赌博、吸毒等违法犯罪活动大幅上升，给我们天都的形象造成了极大损害。"他边说边用眼睛在人群中寻找刘振汉，终于和他的目光交接了，"为了落实中央关于严厉打击黄、赌、毒的文件精神，今天晚上全市民警将和武警协同行动，彻底清查。下面请陆书记讲话。"

陆伯龄严肃地扫了会场一眼，以洪亮的声音道："这次行动是一次非常有意义的行动。这次行动之所以事先没有通知大家，就是因为在以前的类似行动中屡次发生泄密事件。这类发生在公安队伍中的丑恶现象，市委正在进行调查，将会做出决断严处，相信不久我们会有一个干净和公正的执法环境。现在根据聂书记的指示，我宣布：所有参与行动人员的手机、呼机等通信用品全部上缴。"他说着一挥手，几个警务督察人员托着盘子一排一排地收缴手机和呼机。他接着说："从现在开始，到行动结束，不准任何人和外界有任何的联系。这次行动，中央电视台和省电视台将分别跟随各个分队做跟踪采访。所以，我们一定要以百倍的战斗热情投入到行动中去，给天都市人民一个满意的答复。同志们，有没有信心？"

“有！”大家山动地摇地喊。毛毛兴奋地指挥拍摄着。

庞天岳开始布置各个行动分队的具体任务。

刘振汉把嘴凑到王明耳朵边说：“你信不信，会命令咱们分开行动？你去抓黄，我去抓赌？”

王明摇摇头说：“你？让你直捅聂明宇的老窝？我看不会！”他话音未落，庞天岳已点到了刘振汉，他应声站起。庞天岳说：“刘振汉同志带领刑警支队二大队和武警一中队去檀山别墅区。群众举报那里有一个大型地下赌场。你们要在行动中将其一举摧毁！”刘振汉和王明对视一眼，说：“是！坚决完成任务！”

贺清明一支接一支地抽烟，头埋在浓浓的烟雾中。丹丹在写作业，不时用手呼扇着鼻孔。她想制止爸爸抽烟，但看着他愁眉苦脸的样子，又忍住了。电话铃突然响了，她拿起接听，然后递给爸爸。贺清明有些惊惧不安地小声说：“告诉他，我不在。”丹丹奇怪地看着他说：“是个女的。”贺清明愣了愣，拿过了听筒，里面传出清脆的女声：“贺老师吗？我是毛毛！”贺清明浑身一震。“毛毛？”他看了看女儿，小声地说，“你是毛毛？八七届新闻系的毛毛？”对方显然激动了，说道：“是呀，是呀！您还记得我？我每天都采访，刚刚才听说您调这儿来工作了，就要了您的电话。您这些年还好吗？”贺清明的情绪也马上变得愉快了，说道：“啊？怎么说呢？还好还好！抽空来家里坐坐！”毛毛很高兴地答应了。贺清明挂上电话，久久地想着什么。

“爸爸，谁呀？声音挺好听的呢！”丹丹歪着脸，审视着爸爸问道。

贺清明回过神来，显出漫不经心的样子说：“以前在人大当老师时的一个学生，没什么事儿，她出差来看看爸爸……”

丹丹看着他，笑了。

突然，电话铃又响了。贺清明以为又是毛毛打来的，很激动的样子拿起，可电话里传出的却是张峰的声音：“我是张峰。对不起，贺处长，打扰了。只说一句话，今天晚上不宜外出，请务必……”

他啪地挂了电话。之后，任凭电话铃声怎么响，也不去接。丹丹有些惊讶地看着他。他又沉闷起来，看着妻子和自己的合影，又看着自己工作受表彰的奖状，还有当教师时和学生们在一块拍的几张照片。照片里他和身边的毛毛正开怀笑着，他不由忆起了在学校时愉快的日子：每次讲课，总有一双亮晶晶的大眼睛一眨不眨地凝视他，那便是毛毛。课余时间，总是毛毛帮他照料丹丹，推着轮椅，在校园里漫步……

“爸爸！”丹丹摇了摇沉思中的他，“是毛毛阿姨来了吧？”

贺清明怔了怔，然后强作笑容说：“小孩子，别问那么多。快抓紧时间写作业，早点儿休息。”

丹丹向爸爸做了个鬼脸，赶快伏到书桌上。

贺清明再度陷入沉思之中……

2

随着“小”“大”“大”的喊声，肖云柱已经弹尽粮绝。小姐手中的小耙子无情地刮去桌面上的筹码。当然，这其中就有肖云柱的。他满头大汗，手里紧紧攥着仅剩的两枚筹码。新的一局又开始了，他恶狠狠地把最后两个筹码押到了小上。

“一、四、六，大！”随着庄家的开牌，耙子把肖云柱最后的希望抓走了。他茫然回顾，想找到疤瘌李，但偌大的赌场里，根本就没有他的影子。他走到收款台前，干咽了一口唾沫哑着嗓子说：“再赊一万！”收款台里的小姐抬头看了看他说：“请问先生尊姓大名？”

“肖云柱。”

小姐脸上没有丝毫表情，说道：“对不起，肖先生，您的信用只能赊一万元。”

肖云柱愣了，问道:“什么意思？”

“如果您要再赊账，请您在这份合约上写出您的抵押品。”小姐说着递出两份合同书。

肖云柱昏昏沉沉地看着合同上的条款，其中一些字眼刺目地跳进眼帘：抵押房产……逾期不交纳欠款……自动生效……“我他妈没房子，更没有轿车。”他把合同一团，怒道，“你们怎么这样？要赊还不赊个够？让人玩儿都不痛快，什么玩意儿！”说罢，就要向外走。

小姐喊住他:“肖先生，那您欠赌场的一万元也必须用抵押的方式还清……”

“哟呵！跟我来这个？我他妈什么也没有，还什么还？”肖云柱说着就向门口晃。小姐看了他一眼，把手伸到桌子下，摁了摁按钮。

几个马仔正坐在监控室里监视着赌场的情况，每台监视器控制一个赌台。同时，赌场的出口、停车场、入口等要害场所都有监视器控制。小白坐在中心的位置上，看得出来，他是这里的总管。这时监控室内的红灯亮了，对讲机响起来:“老大，老大！有人要挑场子，现在已经上一层了！”

马仔都振奋起来。小白看了看监视器，拿起对讲机道:“4号，4号！把别墅门看严了，没我的命令，一个人都不准出去！今天晚上事多，都给我照应好！”他放下对讲机，对身边的一个马仔挥了挥手，“我下去一趟，去把他们叫来！”

肖云柱晃着膀子从冷餐桌上拿了些食物放在嘴里咀嚼着，大摇大摆地朝大门走去。门口突然出现了好几个大汉，他们都穿着紧身夹克衫，头发染成红色，把肖云柱围在中间。这种场面肖云柱见得多了，早已司空见惯。他满不在乎，摆出一副死猪不怕开水烫的架势，斜着眼睛瞟了瞟这帮人。周围的赌徒们见状，纷纷离开。他们是来赌钱的，不是来赌命的。

小白从楼上走了下来，他分开人群，走到肖云柱面前，说道：“我是这里的经理。您是不是没把借款退给我们？”他很客气。肖云柱翻了翻眼皮，说：“我把钱都输掉了。”

“那就不好意思了。按规矩，您得签一份合同。”此时的小白，看上去文质彬彬，装束和发式都很书生气。但了解他的赌徒心中都清楚，一旦翻脸，他绝对心狠手辣。

肖云柱摇摇头说：“我没有东西抵押，就那两间房子，是我老爹的。你们敢要吗？别和我玩儿这个，小兄弟，老子跑码头时，你们还光着屁股捡臭鱼烂虾呢！”

小白笑了，问道：“你是哪儿的？”

肖云柱抖抖肩说：“我就是菜刀队的魋三！”

马仔哄堂大笑：“菜刀队？”“原来是个卖白菜的！”“哈哈哈……”

肖云柱耳听着他们的讥讽嘲笑，顿时感到很悲哀。这些围在他身边的小混混居然不知道菜刀队，竟然不知道“黑头魋三”曾经在江湖上是多么闻名的一个人物！

小白用轻蔑的目光上下打量着他。

“我说句好听的，反正是左兜进右兜，钱还是入了你们的口袋，就两清算尿了！”肖云柱毕竟是老江湖了，知道光棍不吃眼前亏的理儿，边说着话边用眼睛瞄着往外跑的路线。可他很失望，身前身后已经被小混混围得水泄不通。

小白甩了甩头发，说道：“这位大哥可能刚出来不久，不太知道规矩。其实，你应当明白，敢在这儿开场子的，你也要掂量掂量！你要是不懂事，我可以教你！你要是犯浑，我也自有治犯浑的办法！说吧，你想怎么办？”

“去你妈的！小兔崽子，少在老子面前摆洋谱！”肖云柱拳随话到，唰地击向小白，同时用前额猛撞另一个挡在前面的马仔，撒腿就向外跑。

“我操！”几个马仔纵步上前，堵住了大门。

“干他！”小白并不慌乱，反而兴奋起来。

肖云柱抽出别在腰间的菜刀挥舞着、叫喊着。但是一瞬间，周围的马仔把围子拉了起来，手中都突然多出了家伙。六支乌亮的手枪对准了肖云柱，他一下子傻了。

小白歪着头冷笑：“我就喜欢牛×的。大哥，这年头还有用力的？你真是老朽了。看来，兄弟是要把你当活靶子了。这样吧，你要想活着出去，我给你个公道的价码，一万元的本钱，五万元的赔偿费，一共六万元，你看如何？”

肖云柱把胸口一敞说：“来，朝这儿打！我也看看子弹打进去是怎么回事！”

“行！”小白耸耸肩说，“有种！带进来！”

张峰把所有的事情安排好后，便拖着疲惫不堪的双腿走进了电梯公寓。丽丽已经给他准备好了一桌饭菜。他狼吞虎咽，酒足饭饱之后，就抱过丽丽来，想亲热一番。可这时，手机不合时宜地响了起来。他很恼火地掏出正要挂断，光屏上的号码令他惊得差点儿要叫出声来。他挥手让丽丽离开，接听后，脸色渐渐沉重起来。他挂线之后，马上拨通了小芮的电话，吩咐他即刻去公司等候，有紧急情况。

张峰匆匆跟丽丽打了个招呼，驾车火速赶到了公司，小芮已在那儿等候了。

“你马上去找董事长，别墅那边可能要出事！”张峰眉头紧皱，在办公室里焦灼不安地转着圈子。

“他在天都酒店歌舞厅，是不准任何人打扰的。”小芮提醒张峰。

张峰猛地停住脚步说：“特殊情况就要特殊处理，顾不了那么多，你就说是我让你去的！”

小芮不敢再说什么了，转身跑了出去。张峰随即摸起了电话……

天都酒店歌舞厅里，聂明宇正在起劲地拉着手风琴，两边的乐师们配合着，他很陶醉。小芮和阿三等快步走进，互相看看。小芮鼓起勇气上前。他走到聂明宇身旁，大声地喊道：“董事长，有紧急情况，峰哥让我们来找您！”

聂明宇像是没听见，小芮又憋足劲喊了他一声。他突然挥手停下音乐，转身训斥：“他告诉你要远远地待着了吗？你他妈疯了，竟敢在这里大呼小叫的！你算是什么东西？滚蛋，都给我滚远远的！”

小芮吓得脸都白了，他赶忙后退，所有人都不敢出声。聂明宇转过身，面向乐师们微笑着说：“来，我们继续！”

3

赌场密室里杀气腾腾，几个马仔摁着肖云柱。小白阴阴地说：“我给你老兄看看我的收藏品！”说罢一挥手。一个马仔捧过来一个大肚瓶，里面泡的全是手指头。小白接过瓶，晃了晃，里面的断指上下翻动，甚是恐怖。小白斜眼看着肖云柱说：“做买卖都有个规矩，你应该知道。这些残渣都是你这号人留下的。废话我就不说了，一根手指一万，我要你六根手指。”

肖云柱面无惧色，恶狠狠地盯着小白说：“孙子，今天我栽这儿了，你丫千万别让我活着出去！”

小白冷笑：“操，你的年代过去了！老哥，比你横的人多了，我随时候着！来吧！”

当！一把刀丢到了肖云柱面前，几条胳膊把他的手摁在桌子上。同时，冰凉的枪口顶在他的后脑勺上。肖云柱看看周围横眉冷对的娃娃脸，心中一阵悲凉。他长叹一声，从地上捡起刀子，手不自觉地微微颤抖。他很明白，想躲过此劫，看来是比登天还难了。他低头想了想，盯着小白道：“兄弟，手是吃饭的家伙，给我留下吧。”

小白仰望天花板，摇摇头。

肖云柱凝视着小白，他无动于衷。几个马仔用力摁了摁肖云柱。“兄弟好歹是条汉子，给你个交代！”肖云柱说着握住匕首，照自己的大腿就是一刀，刀子扎进去足有两寸深。“咝……”他疼得不禁倒吸一口凉气，身子打了个趔趄，嘴张了张，差点儿喊出声来，但他终于还是挺住了，周围的混混看得直发愣。肖云柱用力一拔刀子，腿上的血噗地涌出来，汩汩地往下流。他咬紧牙关，故作轻松的样子道：“这行不行？”

小白观之也不禁悚然动容，说：“这……”

肖云柱举起刀子又要扎，小白盯着他的腿，突然笑了，说道：“走吧，兄弟，咱们后会有期！”他的话被一个人的喊叫声打断了。“白经理！白经理……”小白抬头看，只见一个马仔正从二楼跑下来，手里举着步话机。他接过对着步话机道：“我是小白，请讲！”话机里传出张峰急促的声音：“马上关闭场子！要快！快……”小白连忙打开监视器，只见几辆警车正风驰电掣般朝着别墅冲来。他脸色立刻变了，对马仔们大声喝令：“撤摊子，快！”

马仔“呼啦”一声散去。一瞬间，肖云柱身旁空无一人。他听到楼上楼下有奔跑的凌乱脚步声，于是不再傻站着，歪歪扭扭拖着伤腿挪出密室，有些纳闷地看着空荡荡的大厅。

地下赌场内人声嘈杂，烟雾缭绕，赌徒依然兴致勃勃地搏战着。突然铃声大作，所有的赌徒都吃惊地抬起头来，地下室骤然安静了。扩音器里传出清脆的女孩声音：“先生们、女士们，公司有意外情况要暂时停止营业几个小时。本俱乐部现在一楼给大家安排了冷餐会和卡拉 OK 活动，请大家带好筹码，立刻上楼。愿意离开的先生女士可以跟随穿绿背心的先生从后门离开，我们有专车送大家进城夜宵洗浴放松。”随着扩音器里的声音，年轻的马仔开始有条不紊地把赌徒往外疏散。赌徒慌慌张张地把自己剩余的筹码揣进兜里，忐忑不安地拥上一层。有的赌徒四处寻找穿绿背心的马仔。年轻的发牌员们手法娴熟地将赌具用箱子装好，然后将台面上绿色的台布一卷。她们提着箱子，夹着台布，依次从地下室的另外一道门悄然离去。马仔冲过来，把桌子抬走。一个马仔摁了一下开关，墙壁四周原本罩着的幔布向两侧拉开，露出后面的落地玻璃镜子。

肖云柱在一楼大厅里顺手扯下窗帘带子，狠狠扎在大腿上，但血还是在汩汩流着。这时候并没有人注意他，不少赌客正从地下室往上拥。一个穿绿色背心的男人举起手说："诸位先生女士，请跟我走，不要惊慌。我们已为大家准备了班车。"赌客朝男人围了过去。肖云柱混在这些人中间，一瘸一拐地走出后门，一辆依维柯大巴停在那里。

依维柯在市郊公路上行驶。肖云柱眼睛盯着外面，双手紧紧掐着自己的大腿以减轻痛苦。几辆警车呼啸着从旁边驶过，车内一片低声的议论声：

"够悬的！"

"是奔咱们那儿去的……"

"没事，没事，我遇到好几回了。"

"没托儿能开这个吗？"

……

穿绿背心的男人站起来说："我们为大家在市内安排了各种休闲娱乐活动。如有回家的，等到了市内，我们奉送路费，并请保管好筹码。欢迎大家再次光临俱乐部！"

肖云柱突然感到一阵刺心的剧痛，脸上的肌肉不停地抽搐着。

警车迅速包围了别墅区。刘振汉带领武警和刑警冲下车子，他并没注意到，路边的电线杆上，隐藏得十分巧妙的监视器正慢慢把镜头对准奔跑的警察。刘振汉率领众多警察奔到别墅门前，一个警察摁响了门铃。门开了，一个管家模样的女人走出来，问道："请问……"她话未说完，便被一拥而入的警察推到了一边。

她惊恐地双手高举着，看着他们大步冲进。

刘振汉等一拥而入，但是面前的情形却让他不由得一愣：大厅里似乎正在举行一场盛大的私人聚会，条桌上铺着白布，上面摆放着精美的银制餐具，天花板垂挂着漂亮的水晶吊灯，舒缓的轻音乐在回荡缭绕。宾客们衣着整洁光鲜，风度翩翩，似乎都是白领阶层的儒雅之士。他们端着盘子，有些吃惊地呆呆看着冲进来的警察，显出手足无措的样子。

冲在最前面的龚静不由怔了怔，回头看着刘振汉问："刘支队，这……"

刘振汉沉静地吩咐道："龚静，你带人看看他们的地下室。"他又对身旁的武警少校挥挥手说："阎队长，请您检查楼上各个屋子。"

龚静带人冲下，只见地下室是宽敞明亮的健身房。对面墙是一个巨大的连成一体的玻璃镜，镜子前有一根把杆。十几个女孩儿身着紧身的健美服，正跟着一个形体老师在练习。随着强劲的音乐，她们扭腰摆臀舞动着。见全副武装的警察冲进来，她们发出一声尖叫，跳着脚到处乱窜。龚静大声喝令："不许跑，都站好！"

阎队长率领武警冲上楼梯，撞开了二楼正中的大房子。圆桌旁，几个绅士模样的人正在开会，他们惊疑地看着武警。小白站了起来，问："请问，你们这是……"阎队长没睬他，带着手下继续搜查其他房子。小白走出门，顺着楼梯走向一层大厅。

"谁是这房子的主人？"刘振汉提高嗓门问。小白走过去说："我是，请问出什么事情了？"刘振汉大声道："有人举报这里设有非法赌场，我们奉命前来检查！"小白做出惊讶状，说："这怎么可能？一定是搞错了吧……"刘振汉伸手打断他："请你出示身份证！"

小白愣了愣，只好掏出身份证，递给他。刘振汉看了看，还给他。刘振汉顺着楼梯边往下走边左右睃巡着，小白忐忑不安地跟在他身后。

“这房子是你买的？”

“我买的。”

刘振汉扫他一眼，问道：“你怎么买得起这么大的房子？”

小白勉强挤出笑：“嗨，改革开放呗！机会好，就挣着钱了！”

“你是干什么的？”

“是……当然是做生意的。”

他们说着话，已经到了地下室。龚静走到刘振汉面前，压低声音说：“什么都没有。”刘振汉点点头，脸上没有任何惊奇的表情，随口道：“我知道。”他若无其事的神态使得小白一愣，心里不禁七上八下起来。

4

依维柯停在一条僻静的街道旁，肖云柱一瘸一拐地下了车，大巴开走了。肖云柱走进胡同，实在忍受不住伤痛，跌倒在垃圾桶旁。他使出全身力气，挪到垃圾桶前，气喘吁吁地靠在上面。这时，从一家夜总会后门跑出一个打扮妖艳的女子。她慌慌张张沿着胡同往外跑，没注意地上躺着的肖云柱，被绊倒在垃圾桶边。她吓得尖叫一声，注意看着他。肖云柱刚想骂，突然惊愕地盯着她问：“小云？”那女人也停止了叫喊，一下子抓住他的手说：“柱子！你……出来了？”

“出来了。”肖云柱点点头，“死丫头，是不是把我忘了？你怎么……干什么呢？”

小云听着夜总会里的喧闹声，忙站起身，把肖云柱搀扶起来说：“快起来，先走再说，这儿全是雷子！你怎么了？刚出来又闹，伤这么重！”

肖云柱抹了把脸上的油汗问：“今天晚上怎么了？邪性！”小

云搀着他，摇摇晃晃跑出胡同口。

小云把肖云柱带到了自己的住处，为他包扎伤口，不停地对他的伤腿喷白酒。肖云柱忍痛看着她，问："小云，这些年怎么过的？好像有钱了？"小云神情黯然地说："还不是靠在男人堆里混口饭吃。知道吗，柱子？我现在手底下还有二十多个姐妹呢，我是妈咪。"

"妈咪？"肖云柱握住小云的手，轻轻抚摩着，"那可不是什么正经活儿。小云，别干了。我心里一直都在记挂着你。现如今哥是穷光蛋一个，不缠着你，等哪天我有了钱再找你去。"

小云凄然一笑，点燃两支烟，递给他一支，说道："你他妈说得倒是挺白的。当时进去那会儿怎么不为我考虑？告诉你，现在什么都变了，我也回不到从前那个样了。"

肖云柱握紧她的手说："我知道，这世道变了。可你该明白我的心呀！我对朋友怎么样？当年对你怎么样？我就不信，到什么时候，咱也是一条汉子，还能憋屈死咱？"

小云叹了口气说："你的意思我清楚，可钱不是上下嘴唇一碰就有的。柱子，你刚出来，歇一段，找个好工作，别折腾了，只要能吃饱肚子，我都跟你。你不知道，这几年下来，就这么人不人鬼不鬼地混着，我真是累极了。"

肖云柱被她的话深深感动了，说道："小云，我在里面就天天琢磨着，回来和你好好过。你只要还瞧得起我，我就干出个样儿来，别让他们他妈的再踩咕咱们了！"

小云眼里涌出泪水，慢慢伏到肖云柱怀里。

地下室里，刘振汉慢慢踱着步子，眼睛一寸一寸地搜寻着，小白异常紧张地跟在他身后。刘振汉突然回头，盯住小白问："你是做什么生意的？"

小白沉吟了一下，说道："呃……期货……股票，我是做证券的。"

刘振汉微微点头，他转过身子，朝四下里看去，大厅一览无余。于是，他朝天花板看了一眼，上面一个半球形的灯吸引了他的目光。他走到球形灯泡下面，仰头向上看。小白的心几乎要跳出胸腔，那上面的监视镜头正虎视眈眈地转动着。刘振汉装作并没有看见，对手下挥挥手，沉声道：“撤！”大队人马纷纷往楼上走，小白松了口气。

“等等！”刘振汉突然喊了一声，所有的人都停住脚步回头看他。刘振汉慢慢朝小白走去，小白惊疑不定地看着他。刘振汉并没有在小白面前站住，而是走到他身后，蹲下身，从地毯缝里捡起一个圆圆的绿色塑料片。小白的眼睛睁大了，不禁倒吸了一口凉气。刘振汉把圆片举起来仔细端详，上面印了一个“伍”字，背面是一条金龙。小白脸色煞白眼神游离，被旁边的龚静观察得一清二楚。

刘振汉缓缓转过身来看着小白问：“这是玩具吗？”他说着把圆片在手中掂了掂。小白的脸像死人一样僵硬，但他还是挤出笑说：“这……让我看看。”刘振汉把圆片举到他面前。他故作讶然状，说：“我们这儿怎么会有这东西？可能……可能是哪位客人带的小孩子丢在这儿的。”

龚静走过来一看，说道：“这不是筹码吗？”她的话不啻是一声炸雷，小白的头“嗡”地大了，差点儿栽倒。“筹码？不……不是……怎么会呢？”他语无伦次。

刘振汉笑了笑：“也许是玩具。”他盯着小白问：“你说是吗？”“对，玩具！玩具！”小白一拍自己的脑袋，恍然大悟的样子，“是玩大富豪的道具。大富豪，你们知道吗？就是那种股票银行金融的游戏。你让我看看……”他慌乱地说着，向刘振汉伸出手，要拿那枚筹码。刘振汉手心一翻，把筹码塞进了口袋，说：“行了，给我留个纪念吧。”他冷冷地边说边瞥着小白，小白的眼睛盯着刘振汉塞进裤兜的手，恨不得有个钩子把筹码钩出来。刘振汉不再睬他，带着众警察大步上楼。

5

市公安局的指挥中心室里，电话铃此起彼伏，对讲机里传出不停的呼叫声。庞天岳面前的加密频道里传出刘振汉的声音："报告总指挥，我们分队行动失败，没有查出赌场！"

庞天岳一愣，大声问："什么？你没有抓到？"

"是的，我们没有抓到，现在已经撤回市里……"

庞天岳慢慢挂上对讲器，眉头紧紧皱了起来：看来，又有人走漏了风声，不然不会撤得如此之快。此次行动事前没有通知任何人，尤其是对别墅区的行动，只有最核心的几个人知道，这个泄密的人到底会是谁呢？

天都酒店歌舞厅，满头大汗的聂明宇双臂一收，欢快的乐曲终于在巨响中结束。他的嘴角挂着一丝怪怪的笑，冲蜷缩在一旁拿着对讲机的小芮招招手，小芮小心翼翼地靠了过来。

"说吧，怎么样了？"聂明宇解下手风琴背带，平静地问。

小芮垂手肃立，低声说："几个娱乐城被查，带走不少人，别墅安然无恙。"

聂明宇闭上眼睛说："地球离了我照样能转，你们不是干得很出色吗？"这时，街上响起一阵尖锐的警笛声。他缓缓睁开眼睛说："很高兴能为这个美妙的夜晚伴奏，咱们是不是该去吃点宵夜了？"

第十一章

1

蕾蕾的工作室又新支上了两个工作台。小路敲着键盘，在屏幕上调整着一个头像的线状结构。蕾蕾站在旁边，抱着胳膊目不转睛地看。马荃这时抱着两个箱子推门走进来，问道："哎，怎么样，弄到什么程度了？"小路没有回头，说道："不瞒你说，一点儿眉目都没有……你那东西做完了吗？"

"搞定了。"马荃边说边小心翼翼地把两个纸箱子放在工作台上。蕾蕾打开纸盒，里面是两个石膏的骷髅模型。她尝试着抚摩着、闭上眼睛感受着。马荃在屋子里转来转去，说："我能干的都干完了，现在看你们的了。刚才我回队里听说刘支队他们去抓赌没抓着，正在那里生闷气呢！"

小路随口问："去哪里抓赌？"

马荃回答说："好像说是檀山别墅区……"

蕾蕾注意地听着，脸色起了变化。她曾听说哥哥在那儿有一个休闲中心，休闲的内容并不那么正当，好像设有赌场，她心中不免嘀咕起来。马荃仍在不停地走，小路满脸愁苦地面对骷髅坐着，对马荃有些不耐烦地说："你能不能安静地坐一会儿？别在我身后走来走去的，我头晕！"马荃停住脚步说："我没办法安静地坐下来。你什么时候能有结果？"

小路侧脸看看蕾蕾，道："蕾蕾就是能复原它，我想，怎么也得一个月后。冯小姐，您看呢？”

蕾蕾点点头说：“差不多。如果能有个高级画师，也许可以快些。”

马荃跌坐在椅子上，抱着脑袋说道：“崩溃！崩溃！一个月？我们实习期也就该完了！”他突然抬起脸，对着小路：“哎，记得好像听你说过有位以骨作画的人，是不是去找找他？”

“你说的是颜名吧？”蕾蕾略略有些激动地问。

“怎么？您认识他？”小路也有些激动。

蕾蕾点了点头。

“那太好了！”小路跳了起来，“咱们现在就去找他！”

市艺术馆大门两侧的画廊已改建成一间间铁皮小屋，小屋前挂满了花花绿绿的时装。商贩们不停地吆喝着，什么大减价、大甩卖、大放血，不绝于耳。蕾蕾走进大门，心便咚咚地跳开了，想象着颜名目前应该是个什么样子。马荃和小路跟在她身后，观察着颇有些凌乱的院子。排练室已被改作录像放映厅，门前竖着一个大木牌，上面写着“艳女奇遇”“血河骨山”之类十分刺激的大字。

他们经询问很快便找到了颜名的住处。蕾蕾敲了几下门。一个满脸胡须、蓄着长发的年轻人打开了门。蕾蕾和他四目对视，都不由愣住了。颜名嘴里喃喃着说：“蕾蕾……你……”蕾蕾笑了笑：“我们能进去吗？”

颜名这才回过神来，把他们让进屋里。待蕾蕾坐定之后，他很想问问蕾蕾的生活状况，但碍于马荃和小路在场，终究未好启齿。蕾蕾明白他的心思，便简单介绍了一下自己的情况，很快进入主题。

颜名有些为难。他说以前也曾协助公安部门做过几次类似的事，最终效果似乎并不太令人满意。况且，摸骨画像这种东西是隐隐带有一种唯心色彩。因此，无法尽力。马荃和小路对他一口回绝显然没有思想准备，都不由自主地把目光投向了蕾蕾。蕾蕾注视着老同学，缓缓说道：“为死去的毁过容的人复原画像，谁都不可能有十足的把握。记得以前听你说过，人体骨骼经络，每个人都是因先天成形、后天环境的变化有自己的规律。像指纹一样。有经验的人会由人的面部、头颅推断出年龄、身高、体重。所以，那是有科学根据的。颜名，我说的对吗？”

颜名有些惊讶地看着她说：“这么多年了，你竟然还记得住。不错。但是还有一点，我没有告诉你。人体皆像自骨生。你们所要求的复原事实上不只是提出面貌，首先要做的应该是感受骨骼受到打击时的变化。就是说，摸骨不光能推断出一个人的年龄、身体状况，更重要的是，你是否能感受到这个人的性情。”

蕾蕾似乎听懂了颜名的弦外之音，静静地看着他说：“颜名，这是关系到两个无辜受害的女孩是否得以申冤的大事，任何有正义感的人都会伸出手来帮一把对不对？”

颜名笑了，以轻松的语调道：“其实，在你动找我的念头时就已经知道，我会乖乖地跟你走！”

蕾蕾也笑了。

刑警支队支队长办公室里，刘振汉神情有些茫然地在抛着那个绿色筹码。他看到王明从门外晃了进来，连忙把筹码握在手心里。

“刘支队，听说你捡到一个筹码……”王明的话还没说完，那个绿色的圆片便从刘振汉手里飞了过来。王明一把接住看了看，问：“就是这玩意儿？”

刘振汉点点头。

王明有些诧异地问：“既然你抓住了他们的把柄，为啥不动手？”

“怎么？又以为我护着聂明宇？”刘振汉敲了敲桌子，“这个东西算不得证据！”

“你别开玩笑。这算不上证据还有什么能算得上证据？这是你在现场地毯上捡到的呀！”

“不是。”刘振汉摇摇头，“是我放上去的。”

“你放上去的？”王明不由怔住了。

刘振汉站起身说：“走吧，庞局等着见我们。”

他们赶到局长室时，庞天岳正在焦灼不安地踱着步。刘振汉详细汇报了清查别墅区赌场的情况。庞天岳问道：“当你把筹码展示给那个户主看的时候，他是什么表情？”

刘振汉道：“他开始很镇定，但当他看见筹码时，明显慌乱不安，眼神里有惊恐的东西。”

庞天岳点点头说：“所以，这封匿名举报信至少有一半是真实的。赌场肯定是存在的。”

刘振汉表示同意。王明有些迷惑不解地问庞天岳：“那为什么不偷袭他们，却在大会上宣布呢？”

庞天岳脸色忧郁地说：“我是这么想的。如果这赌场真的是被某些大人物控制，那么，这次行动，十有八九就会有人给他通风报信。现在看来，这个赌场的确来历不凡。咱们内部也有他们的内应！”

王明惊呆了，说道：“对，我的内线阿强被杀跟这也有关系。找出这些个混蛋，我他妈非亲手……”“别忙发议论，让庞局说。”刘振汉制止他。

庞天岳看着刘振汉笑了笑：“振汉，你现在怎么想？”

刘振汉皱着眉说：“我以为最了解聂明宇。嗨，如果这些犯罪事实，比如说海滨谋杀案，和他有牵连的话，那我真的不了解现在的他了。以后的发展还是按程序走吧。”

庞天岳神色严峻起来，“振汉，你我心里都清楚，聂明宇快露出来了。你要做好心理准备啊！”他把脸转向王明，“王明，你尽快把那个户主的背景查一查。”

王明挺挺身子道：“是！查清后，连同马荃和交警大队那边的进展情况，一并再向您汇报！”

"我再多说一句。"庞天岳脸色愈加冷峻了，"你们要小心。站在我们对立面的，恐怕还不止一个聂明宇，也许我们面临的是一个又深又大的黑洞！"

刘振汉和王明琢磨着庞天岳的话。

"放心吧！庞局，我们会把握住自己的！"刘振汉终于下了决心，"我现在就向您申请，秘密控制聂明宇的所有活动！"

庞天岳盯着刘振汉，脸上渐渐涌出欣慰之色。他稍作思索，坚定地点点头。

2

檀山别墅区E座8号楼。聂明宇和张峰、小白在看刘振汉率人搜查的录像。倒带时，画面上出现了一个男子被马仔们围在中间，然后扎了自己一刀的镜头。由于距离远，画面不是很清晰。

张峰问："这是谁？"

小白忐忑不安地答道："这是一个来捣乱的，叫什么肖云柱，自称曾是菜刀队队长。他输了钱，我按规矩要他的手指头，这孙子不给，就自己扎了自己一刀……"

"肖云柱！"聂明宇板起了脸，"张峰！"

张峰一惊，忙说："在，董事长！"

"我好像说过，这个肖云柱应该消失了？"聂明宇音调拖得很长。

张峰往聂明宇身边凑了凑说："我们现在正养着他，随时会对我们有用，特别是那两个杀人的案子还没结果。"

聂明宇马上便明白了张峰的意图，说道："时间不要太久。关键是不能让他再在这种地方出现。"

张峰压低嗓门道："我知道，尤其是蕾蕾……但是聂董，这个人我们经过反复了解，好像跟刘振汉有着不共戴天之仇，这也是留着他的原因。”

聂明宇听完沉吟着，手指拨动录像梭子，反复慢慢看着肖云柱扎腿的镜头，脸上露出微笑，说：“这人还是条汉子！”画面很快便到了刘振汉拿起筹码，小白惊慌失措的镜头。聂明宇看到这段，眉头皱了起来。录像上的小白，表现很有些让人失望。聂明宇站了起来说：“行了，我不看了。昨天没出事情就好，以后还要多注意。”他撂下这句话和一屋子人，转身就走。

张峰连忙跟了上去。在大厅里，他惴惴不安地凑到聂明宇身边，小声问：“董事长，事情似乎有些不妙，您看……”

聂明宇铁青着脸道：“刚才那个肖云柱，也许有些用处，你看着办吧！”

张峰躬身说：“我懂了，马上办。”

“别让蕾蕾知道。”聂明宇并没有放慢脚步，“还有，刘振汉已经开始动真的了，这个地方马上就会被查个底朝天，扫尾！”他一把推开玻璃大门，扬长而去，留下张峰呆呆地站在大厅里。小白凑过来心惊胆战地问：“哥，没事吧？”张峰转身狠狠盯着他说：“不！事可多了……”

“扫黄”行动抓获了很多嫖娼人员，李冬和龚静此时正面对妓女、老鸨点名。

刘振汉和王明匆匆地走进来。王明看着花花绿绿满屋的人，不禁惊叹一声：“好家伙，这么多人，能凑一个排了吧！”

龚静走过来，汇报说：“那些妓女和老鸨都集中起来了，准备马上就开始审。刘支队，您说那两个死者可能是从事不良职业的，但从初步了解的情况看，这种行业的流动性相当大。这么多的人，恐怕一时半会儿不会有什么结果。”

刘振汉道：“这也是没有办法的办法了，目前只能采取这种途径寻找线索了，你就辛苦辛苦吧。你是女的，审起来方便些。”他说着转向李冬：“你是老同志了，帮帮她。赌场案子我来。王明你走交警，看看阿强的案子情况如何。李冬和龚静抓紧从这些人中摸排，争取寻找到海滩杀人案的线索。咱们分头行动吧。”

外面不知何时下起了蒙蒙细雨。刘振汉和王明走后，龚静和李冬便又继续开始他们的工作。房顶上的一排日光灯打开了，白惨惨的直闪。满满一屋子的人都坐在了地上。她们大都是年轻的女人，穿什么的都有，以光腿披着皮衣的居多，冻得瑟瑟发抖蹲在地上，双臂抱着头。这时，汤文军推门走了进来，手里拎着照相机，被这满屋子“粉黛”吓了一跳。“哈，这么多！”他嘀咕着走到龚静身旁，“当年解放军取缔北平妓女估计也就这规模。给，你要的照相机。”

龚静接过，走到众多妓女面前，咳嗽了一声。有人抬头偷偷观察。李冬大声呵斥道：“低头！”龚静又咳嗽了一声，妓女堆里也响起一片咳嗽声。她大声喊道：“张玲玉！”人群里有个正打哈欠的女孩哆哆嗦嗦站了起来。

李冬指着她训道：“抓你多少回了？吸毒卖淫！小小年纪五毒俱全是不是？”

女孩低着头，能看得出，她根本听不进去。

汤文军忍不住火了，厉声道：“给脸不要脸，非要吃这碗脏饭！都他妈不傻不呆、有手有脚，怎么就不知好歹呢？”

女孩捂着脸不动。

龚静冲两人摆摆手，语调柔和地说：“小妹妹，你别害怕，说说你的经历好吗？”

张玲玉放下了手，字正腔圆地说：“没问题，警花姐姐，你要先给我支烟！”

龚静登时气得脸通红，她竭力平定了一下情绪，又喊一个叫陈娟的老鸨，把她带进了旁边的小教室。

浓妆艳抹的陈娟在课桌后坐定之后，斜眼看看龚静，油腔滑调地说：“妹子，没事。您别急着放我，出去不比这里，没吃没喝的，还是里面好。所以，先说好了，您问什么我也不说实话好吗？”龚静双目喷火，盯住她。陈娟一点儿也没有恼意，似笑非笑地迎着她的目光。

龚静一拍脑袋，走到室外。汤文军正走过来，问她：“歇会儿？”

她对汤文军嚷道：“哎哟，这比破案累多了。都是什么人呵，我头快炸了！”

汤文军忙给她鼓励：“体会一下她们的生活，毕业论文有用。耐着点性子吧，我看，还是有希望查出点线索的。”

龚静揉揉太阳穴说：“好，咱就慢慢跟她们磨！”

此时的王明，也正在交警大队进行三菱吉普车的查询工作。据大队长介绍，他们根据现场目击者的证词，调查了全市所有此类型号吉普车，结果是四十一辆车子，都有不在现场的证明。目击者回忆说，也许那辆车根本没有车牌，这就极有可能是走私车或是摘下牌照的外地车。这就给查证带来很大的难度。大队长最后又补充，如果罪犯销毁此车，那就更无疑是大海捞针了。

就这样，连续奋战三昼夜。刑警队员们分别对“扫黄”行动中抓获的二百零四名卖淫人员进行了讯问，并根据所得到的线索抓捕了漏网的妓女暗娼七十二人。但是进展极不顺利，在随后的审讯中，他们依然没有得到任何有价值的线索。同时，王明的查车工作也没有任何进展。

3

贺清明坐在办公桌后发着呆。小溪走了进来，将文件交给他签，顺口说道：“贺处长，听说了吗？昨晚上全市大搜捕，抓了不少人，挺大动静呢！”

贺清明不由得一阵心跳，问小溪搜捕什么人。小溪说：“黄啦，赌啦，还能有什么？”他立刻便想到了别墅区的那个赌场，暗暗庆幸自己昨天回绝了刘建义的邀请，不然，可就有大麻烦了。小溪夹着文件夹刚出去，电话铃就响了。他一把抓起听筒，原来是毛毛，心里顿时涌起一股暖流。毛毛在电话里告诉他说，她昨天忙了一夜，这会儿刚编完东西，想和他见一面。

“啊……行！可我家不太好找……”

“没关系，贺老师，我只是想看看您。真的，那我先睡会儿，等您下班后，咱们在永定路口电视台旁边见吧！”

贺清明挂上电话，顿时有了一种莫名的激动，不由自主地忆起在校园的温馨岁月。那时的毛毛正读研究生，他是她的指导老师。有一天晚上，他接到了她递来的一封情真意切的信。慌乱之中，他以老师的身份试图拒绝。她却十分沉静地说他现在是单身，而她已经是研究生了，有权利追求他……

想着想着，贺清明胸中的苦闷暂时得到了缓解。

下班后，他便急不可待地来到了永定路口。他在路口犹犹豫豫地走着。远处，毛毛正孤单地站在街头。她发现了贺清明，于是，很激动的样子向他招手。见了面，毛毛自然是久别重逢的欣喜溢于言表，而贺清明则是别有一番心事的沉默。他们相携着走进街旁的一家小餐馆，在一个双人餐台旁相对而坐。

“毛毛，不是听说你分到北京的电视台了吗？”贺清明目光游移地在毛毛身上晃悠，“是来天都公差？”

毛毛把服务员递来的一杯茶先让给贺清明，轻声道：“天都市要大力惩治腐败、扫黑除恶，我来报道这事。据市委聂书记介绍，他们这次决心很大，要集中一段时间进行。所以，这段时间我可能会经常来。”

贺清明心中一动，说道：“哦，那我们就老能见面了……”

“贺老师，您别害怕，我不会影响您的生活，只是……挺想您的。”毛毛眼睫微颤，“我听说您现在事业很好，还是海关缉私处处长。没准我将来报道腐败内幕，还要向您要些第一手资料呢！”

说者无意，听者有心。毛毛的话像是往贺清明心里扔了一颗炸弹。他的身子不由得晃了晃，满脸是汗，连忙掩饰道：“嗯，当然，当然。现在想来，觉得还是学校好呀！学校单纯……”

低头喝茶的毛毛显然没注意到他的神情变化，抬起脸问：“贺老师，师母走后，这些年您还是一个人？”

贺清明用纸巾拭去额上的汗，说道：“我现在什么都不想，只希望丹丹快点长大。她能无忧无虑地生活，我就知足了。”

毛毛试探着问：“什么时候您方便，我还想看看丹丹，行吗？”

“行。她周末回家，来家里吧。”贺清明不假思索就答应了。

毛毛脸上很灿烂地笑了。

小云租住的房子是在一个非常幽静的巷子里。她和肖云柱一直缩在屋里没敢出门，晚上九点钟还没到，就早早地熄了灯，进入温柔之乡。突然，门吱呀一声被人推开了，几条黑影闪了进来。小云的心一下子提到嗓子眼儿。她明明把门锁上了，竟然被人不费吹灰之力打开了。肖云柱听到动静，眼睛猛地睁开了，在黑暗中，他悄悄把手伸到枕头下。一条黑影慢慢靠近他，走到床前，啪地打开了房灯，随之一支手枪也顶了上来。小云惊恐地大叫，阿三上前捂住她的嘴。

来人正是小芮与阿三。小芮从怀里掏出一沓钞票，扔到肖云柱身旁，说道：“拿着，这是最后一回。再往后，挣钱靠你自己了！”

肖云柱推开枪管说：“终于来了。说吧，要我干什么？”阿三把小云往卫生间推。肖云柱恶声恶气地道：“小子，我看你敢动她？”阿三把卫生间的门关上，对肖云柱笑了笑。

“替我们把刘振汉的孩子做掉！”小芮直截了当。

肖云柱眯着眼看了看他问：“还有这种好事？”

小芮阴声阴调地说：“好事还在后头呢！这次不是让你杀人，是要你把那个孩子偷走，随便卖掉！”

“卖掉？”肖云柱顿时愣住，不由得垂着头琢磨起来。当他抬起头欲仔细问个究竟时，小芮和阿三已没有了踪影。他从床上爬起，打开卫生间的门。小云扑进他怀里，颤抖着声音问："怎么了，柱子？他们持刀拿枪的要干什么？我报警吧？"肖云柱把她抱到床上说："别胡说，这是正事，早答应人家的！"小云眼里噙着的泪一下子就涌出来了，哽咽着说："柱子，我一直指望你别再打打杀杀的了。你……怎么越闹越厉害了。那是些什么人？要杀你？""不是要杀我，是要我杀别人。我的傻丫头！"肖云柱一把搂过小云，可小云已经眉头紧锁。

第二天一大早，小云瞒着肖云柱，匆匆赶往派出所。在门口她犹豫了好大一会儿，才鼓起勇气慢慢走了进去。

"报案？你说有人拿枪进去威胁你们？"治安民警似信非信地看着她。小云点点头说："他叫肖云柱，刚出来的。求你们管管，别再让他犯这些人手里了。"

治安警低着头记录，随口问："你的姓名、地址？"小云一愣，吞吐着说："这……这也要问？""怎么了？"治安警不禁抬头细细打量起她来，"嗯？你好像是大富豪夜总会的妈咪吧？"

小云吭吭哧哧不愿意开口了。

"说！叫什么名字？"治安警严厉起来。

"我……我……叫高嫣红。"小云有些后悔不该来派出所，这真是自投罗网。

"走吧！"治安警站起了身，"跟我一块去扫黄打非办公室接受审查！"

小云垂头丧气地跟在治安警身后，走出了派出所。

4

行动结束后的第四天上午八点二十分。李冬、龚静、汤文军在极度疲劳中结束了第一百四十三个人的讯问。三人一无所获，正准备稍事休息时，派出所的治安警又送来了大富豪夜总会的妈咪，自称高嫣红的小云。

又是一杯温吞水，一个多小时过去了，他们从小云嘴里没问出任何有价值的线索。李冬眼睛通红，他用力掐着自己的太阳穴，不停地打着哈欠。

“你还有什么要说的？”龚静嚅动着麻木的嘴唇，声音沙哑地问。

小云垂着头道：“我都说了……”

“你再想想，干过这行的人有没有失踪的？”龚静重复着不知说了多少遍的话。

小云犹豫了一下，回答道：“没……没有。”

汤文军不耐烦地摆摆手：“行了，高嫣红！你刚才交代的那些暗娼，别人早交代过了，现在都给抓回来在隔壁铐着呢！”

小云做出要哭的样子，说：“那……我这算不算立功？我想早点儿回去，家里还有人等我哩！”

李冬仰靠在椅子上，似睡非睡地闭着眼睛，嘟哝道：“你又没说出什么新鲜的，怎么算立功？”

“好了，带走带走……”汤文军边说边看花名册，在高嫣红的名字上画了个钩子。讯问名单上，高嫣红的后面还有长长一串名字。什么“娜娜”“美美”的，不用说，大都是假名。武警把小云拉起来，往外走。小云磨蹭着不走。她扭动着身子连声说：“等等，等等嘛！”

“干吗呢？你当这是你家呀？想来就来，想走就走！”汤文军瞪她一眼。

小云道：“大兄弟，我想起两个女孩，也是干这个的。不过，好像已经不在天都市了。”

汤文军真有些生气了：“不在了还废什么话！带走！成心捣乱……”

武警扯着小云就往门外走。龚静双眉一挑，忙站起身道：“等等，回来！你说说清楚，她们两个是什么时候离开的？”

小云站住道："她们以前是我手下的，一个小男孩儿管着她们。可最近半个多月了，都没露面，房东还找过她们。我想也许那男孩带着她们到别的地方讨生活去了。"

龚静提起了精神，问："她们多大年龄？"

"也就十八九岁，撑死也就二十，挺小的。"

"什么特征？"

"特征？"

李冬讲解说："就是长相或者身体，有什么特别的地方。"

"文身算不算？"

龚静的眼睛猛地睁圆了，急忙问："算！算！谁文身？"

"那个个子高的叫王芳，手上文了好几个'忍'字。我还问过她，客人不一定喜欢这样，她说没关系。"小云轻一声重一声地说着，她的话像炸雷般在屋子里滚动着。汤文军的左手紧紧地握成了拳头，右手中的笔在记录本上一连写了无数个"YES"。李冬和龚静互相兴奋地看着。

刑警支队办公室里，王明在向刘振汉汇报查车的情况，不时地叹口气。刘振汉的面前，依次摆着奔驰车的照片、海滩女尸的照片、海边公路撞人的照片。他审视着这些照片说："王明，你说本市每天有那么多刑事案子，咱们为什么总感觉这几件和聂明宇有关联？"

王明随口答道："你不是说了吗？感觉！"

"对，是感觉！"刘振汉若有所思地缓声道，"凭我们几十年的交道，我能感觉出来。我甚至还能感觉到，他现在也不安生，他也在行动！"

王明点点头说："我们现在只能一点点抓线索。我已经和交警大队说好，用普查的名义查所有龙腾公司的车辆，包括暗藏的车库。"

"好！我看可以试试！"刘振汉把桌上的照片归归拢，"我让龚静李冬他们也抓抓紧，双管齐下，只要有线索，工作就可以全面铺开了。”

王明站起身：“我再去一趟交警大队，查查司机的情况。”说罢欲走。就在这时，门被轻轻推开了。龚静和李冬、汤文军无精打采的样子走了进来，分别坐在自己的位子上。

“看你们这副样子，肯定又没弄出什么货来！”王明奚落着说。

刘振汉扫了他们一眼，不抱希望地问：“审完了？是什么结果？”

龚静把头埋在办公桌上：“没完，还剩十七个人。”

“没完怎么不审了？”刘振汉不解地问。

龚静依然闷着头说：“再审也没什么意思了。”

王明一愣，然后看刘振汉的脸色。刘振汉果然脸上发青，竭力克制着恼怒，沉声道：“龚静，你怎么能这么没有责任心！”

“我们不想审了，太累……”

王明也觉得龚静太过分了，于是厉声道：“大家不都是干了四天吗？你们搞什么特殊？快去给我继续审！”

“因为……”李冬伸了个懒腰，用舌尖舔了舔干裂的嘴唇，慢悠悠说道，“我们查到了。”

刘振汉怔住，忙问：“查到什么了？”

李冬猛地挺直腰身，大声道：“那两个死者的身份！”

刘振汉霍地站起来问：“你说什么？”

龚静斜了汤文军一眼，说：“汤文军，拿出来给领导瞧瞧！”汤文军从口袋里掏出一张纸，递给了刘振汉。刘振汉边看边激动地直转圈，叫道：“好样的！好样的！”龚静和王明对视着，屋子里所有的刑警发出了一声集体的号叫。

海滩受害人的尸源终于基本上查实了，这对下一步的侦破工作，提供了极大的便利条件。刘振汉感到，可以去见庞天岳局长了。

5

聂明宇的整个身躯，深深埋进沙发里。窗外的阳光很灿烂，透过窗帘的缝隙照射进来，在他凝止不动的脸上晃动着。他微眯着双眼，眉骨上的青筋没有规律地不时跳动一下。刘振汉终于无可挽回地站在了他的对立面，这也是他早就料到的。一股巨大的悲哀彻底笼罩了他隐隐作痛的心灵。尽管这是势在难免的必然结果，他还是被无可名状的失落感反复地折磨着。他十分清楚自己是在悬崖上跳舞，也正因为如此，他才始终有一种强烈刺激带来的人生快感，而且是唯一的快感。

他很清楚，这一生一世不可能再有别的作为，纯洁神圣的爱情不属于他，而财富和荣誉在他眼里更是粪土不如，实现他人生价值的唯一途径便是建立一个只属于自己的王国，在这个王国里他可以为所欲为，所有的臣民都蜷伏在他的脚下，依顺着他的意志和欲望行事。这便是他孜孜追求的大事业，倘若失去了这追求，他觉得活在这个世界上便是多余的了，也许他就已经结束了自己卑微的生命。

可现在，他最亲密的战友和兄弟都成了阻挠他实现理想的对手。失望失落、悲哀悲痛之余，他只能做出和他一样的选择。虽然这场较量就他们二人而言不可能有胜利者，但他还是期望能够战胜他。因为战胜了他刘振汉就是战胜了他所代表的势力。在他眼里，根本就没有正邪之分，只有强弱之别。这个世界本来就是如此……

“丁零零！”电话突然急促地响了起来，他从沉思中猛醒过来，看了看来电显示，不由得霍地站起，一把抓起了听筒。他不停地嗯着，最后说道：“知道了！我明白了！好，谢谢！”他慢慢挂上电话，脸色阴郁，摁下呼叫器：“马上叫张总到我办公室来！”

不一会儿，张峰便快步走了进来。

“那辆吉普车怎么样了？”聂明宇问。

张峰道：“放心，已经送到外省。他们绝不可能查出来。”

“没有任何事情是绝对的！”聂明宇眼睛望着窗外，“那两个女孩的身份已经被查出来了。我不能不很遗憾地告诉你，刘振汉他们又向我们逼近了一步。看来，你又不得不去做亡羊补牢的事了。”

张峰脸上顿时冒出了汗水，嘴张了张，没能说出话来。

“这件事是眼下最要紧的，要快，明白吗？”

“明白！”张峰转身匆匆走出。

画室里，小路和蕾蕾看着颜名在画布上涂涂抹抹，一个年轻女孩的面部若隐若现地露了出来。马荃这时从门外跑进来，兴奋地大声说：“不用了！不用了！已经查到两个死者的身份了。小路，先跟我回局里，东西待会儿再拿，快！”

小路激动得手足无措，对蕾蕾和颜名道：“谢谢你们了，真不好意思！”他和马荃跑出屋子，只留下蕾蕾和颜名对视着。

“那……咱们？”颜名拿着画笔的手一摊，耸耸肩说，“是不是……”蕾蕾凝视着他问：“继续好吗？”“也好也好。”颜名情不自禁地又举起了画笔，“不妨试一试，看看咱们的合作结晶是否完美！”

蕾蕾的脸红了，笑着瞋了他一眼。

马荃和小路急匆匆赶到朝阳小区时，警车正缓缓开过来，停在楼门口。车门一开，刘振汉和王明、龚静等人走下车，马荃和小路跑了过去。龚静指指楼上说：“就在六楼。”

几位居委会的大嫂正在楼道的走廊上学习文件，看见警察来了，便都站了起来。一位自称是居委会副主任的大嫂问刘振汉：“你们是……”刘振汉掏出警官证晃了晃说：“我们是刑警支队的。”

“哦，还是为那两个‘三陪’小姐的事？”居委会副主任皱起了眉头。

刘振汉一愣，龚静上前一步问：“您怎么知道的？”居委会副主任说：“这一上午，你们都来两拨人了，还都是刑警支队的……”

龚静惊异地看着王明问：“你们来过？”王明摇摇头说：“怎么可能？我派你来侦查，不可能自己再来！”

龚静大惑不解，嘀咕着说：“那能是谁？”

刘振汉眉峰拧成了疙瘩，有了一种不祥的预感。他对居委会副主任说：“麻烦您带我们上去看看。”

“行。不过，我可要声明一句，这是最后一次了。我们还要学习取缔‘法轮功’的文件，这可是头等大事！”居委会副主任边唠叨着边往楼上走。

刘振汉等随居委会副主任登上六层，靠左手的门虚掩着，竟然没锁。居委会副主任轻轻一推，门应声而开。刘振汉走进去，只见屋子里凌乱不堪：客厅衣橱的抽屉半开，里面的内衣耷拉在外边；沙发被掀了个底朝天，牛皮面被人用刀子划开了几个大口子，露出不黄不白的海绵……

忽然，里屋发出一声响动。刘振汉和龚静等忙停住脚步，分别从口袋里掏出了手枪。

里屋发出一声咳嗽。刘振汉对他们点点头，举起手枪，突然一个闪身撞开房门，枪笔直地瞄准里面，大吼一声：“不许动！”屋里中央的大席梦思床旁，一个四十多岁的中年男子吓得魂飞魄散，双手举过头顶，颤着声道：“别，别开枪……”

龚静、马荃跃身冲了进去。马荃一个扫堂腿，将那人踢翻在地。龚静利索地用膝盖顶在那个人脖子上，唰地抽出了铐子。那人脸涨得通红，挣扎着喊：“我是房东！我是房东……”

龚静颇有些扫兴地训斥：“房东？房东还鬼鬼祟祟的干什么？”

房东爬起来说：“我怎么鬼鬼祟祟了？这是我的家，按说你们才是……”他看了看龚静身上的警服，不再往下说了。

龚静想了想，“扑哧”笑了，连忙对房东拱拱手：“对不起……”

房东摸摸自己的脖子，不满地嘟哝：“你一个女孩子家，手那么黑！”

刘振汉和王明等人都笑了。马荃说：“她是我们学校女子散打亚军！”房东瞥了龚静一眼说：“幸亏是亚军，冠军来了我就废了！”

“听说这儿刚才来过警察？”刘振汉进入主题。

“可不是嘛！”房东哭丧着脸，“刚才那拨警察比你们还横，我掏钥匙慢了点，就要踹门，我死活给拦住了。本来房子租给俩丫头就没挣着钱，再把门给踹了，我哭都没眼泪了！”

“他们有没有向你出示证件？”刘振汉听了房东的控诉，心中已经大致有数了。

“出示了，领头的叫王明。”

“王明？”王明怔住。

“数他凶！个子不高，都特有贼劲，把我的胳膊都捏肿了！”房东说着，撸衣袖给王明看。

“我就是王明！”王明对房东眨眨眼，“你看像刚才那个人吗？”

房东一下子愣住了，不由得倒退一步，细细打量着他，摇着头说：“不是！绝对不是！他哪有你这么小个头，模样也比你俊多了！”

龚静忍不住笑出了声，王明脸憋得像关公。

“这么说是假警察？”房东愤愤然，“怪不得像土匪下山，这个狗日的冒牌王明！”

“你骂谁呢？”王明撑不住了，瞪了房东一眼，“少说两句行不行？”

房东自觉言语不妥，赶紧低下了头。刘振汉皱着眉头问：“他们进来都干什么了？”房东苦着脸说：“进来就抄东西翻东西，说是要找证据。可我看他们不像是找东西，倒是故意和我过不去，成心毁东西呢！你看好好的沙发也给划了大口子。我求那个小狗日的王……哦，不，假王明，他就眼一瞪，说再废话把我铐走……”

刘振汉四下里一看，里屋也是一片狼藉，衣服乱七八糟，扔得到处都是。他发现床头上方的墙上有几块明显的印迹，于是，走过去边仔细看边随口问：“这两个女孩叫什么名字？”

“她们说自己是学生，叫什么玲玲、芳芳，一听就是假的。”房东很老到的口吻，“主要是她们给钱给得痛快，所以我也就没细问。”刘振汉指着墙上的印迹问：“这是放照片的地方吧？”房东愣了愣，马上说：“是，是，这本来放的是那两个女孩的照片……”刘振汉猛地转过身来问：“照片呢？”房东说：“都被那些假警察给拿走了，还有挂在客厅里的照片。”

王明看了看刘振汉说：“这些人够专业的，把照片这样重要的物证给搜走了！”

刘振汉又问房东：“除了照片，他们还抄走了什么东西？”

房东想了想回答说：“所有的照片都拿走了，弄了一大口袋。还有就是一些带字的，比如本子、信什么的。”

刘振汉突然问：“那两个小姐有没有手机？”

“不知道，但是我有她们的呼机号，传了八百六十遍了，就是不回！”

“你这屋子里没装电话？”

“申请了，还没等安装，这俩女孩就把房子租去了，我也就没再费这个神。”

“那她们怎么打电话？”

“有时候真有急事，就到我家里去打，我也没收她们的钱。不过，要是晚上，她们一般去楼下打，主要是我老婆不愿意。这楼底下就有一个公用电话。”

“麻烦你带我们去打电话的地方看看。”刘振汉说着，对龚静、马荃道："你们几个把现场保护一下，再看看有没有什么其他线索。"

刘振汉和王明随着房东来到楼下，只见装公用电话的杂货店大门紧闭，门上挂着一把大铁锁。

6

王丽敏领着亮亮走下公共汽车，向学校大门走去。亮亮看见同学，立刻拼命甩手，不让妈妈牵着。王丽敏笑问："干吗？"

"别在同学面前拉拉扯扯，多没面子！"亮亮很严肃的样子说。

"好，亮亮是男子汉了！"王丽敏趁儿子不注意，在他胖嘟嘟的脸上啃了一口。

"讨厌！"亮亮赶紧推开妈妈。王丽敏朝亮亮的小屁股上拍了一下，说："去吧，妈妈傍晚来接你！"亮亮回过头问："你不上班了吗？"王丽敏做出神秘的样子说："妈妈也去上学。"亮亮不相信，直摇头。王丽敏附在儿子耳边低语，然后站起身，说："你可要替妈妈保密呀！先别和你爸爸说！"亮亮蹦起来，拍着手说："好嘞！会计师？你要超过爸爸了！"叫罢，蹦跳着朝学校里面跑去。

王丽敏看着儿子跑远。她并没注意到，肖云柱正站在不远处的街拐角，凝目往这边看。他目送着王丽敏走上公共汽车，然后一瘸一拐地上了另外一辆公共汽车。

肖云柱来到李记胖鱼头酒家，只见疤瘌李正站在饭店大门外，十分自豪地指挥工人安装霓虹灯箱，嘴里骂骂咧咧："操，没长眼睛？歪了，歪了……"肖云柱跛着脚走到他身后，在他肩上狠狠拍了一下。疤瘌李一回头，看见了一双非常凶恶的眼睛和一张嘴歪鼻子斜的脸。肖云柱咬着牙，瞪大眼珠逼视着他。

"哟！魍三兄！"疤瘌李一惊，"进去坐坐？"他说着一搭肖云柱的胳膊。肖云柱手一甩，自己往后退了一步。因为退得急，触动了伤腿。肖云柱疼得“啊哟”一声，差点儿坐到地上。

“兄弟，怎么了？腿伤着了？”疤瘌李明知故问，装出很关心的样子。

肖云柱愤愤地骂：“操，别你他妈的装，还不是你狗日的害的！”

疤瘌李一脸冤相说：“哥，我怎么了？我可是好心好意带你去挣钱。师傅领进门，修行在个人。你自己闹的，咋怪我？输了就走呗……”

“这事他妈的以后再说！”肖云柱说着，拉疤瘌李进屋。二人挑一僻静处坐下。疤瘌李递过一根烟去，笑嘻嘻道：“我可听说你和那个小云又傍上了。怎么样？旧梦重温又是别一种滋味吧？”肖云柱甩甩头说：“别提这个了！本来好好的，一觉醒来人没了。我琢磨着不对，就没敢再回去。”

服务员端上两杯茶放在餐台上，讨好地对疤瘌李笑了笑。疤瘌李感慨地说：“是啊！这年头人心像他妈动画片，说变就变。尤其是女人，就是那钞票上的风景画，不可信啊！”

肖云柱打断道：“行了，别废话！我找你有要紧事情……”

疤瘌李赶忙往他面前凑了凑：“你说，你说！”

肖云柱左右看看，压低嗓门道：“我想倒卖个孩子，是长小鸡鸡的，很好出手。你给找个下家。”

疤瘌李傻了，声音发抖：“你要卖孩子？”

肖云柱恶狠狠地点头说：“对，你帮不帮这个忙？”

疤瘌李心惊胆战地说：“我……我能问问是谁的孩子吗？”

肖云柱盯着他说：“刑警支队长刘振汉的儿子，刘亮亮！”

疤瘌李真慌了：“你要卖刘振汉的儿子？”

“对，我要让他一辈子痛苦！”肖云柱咬牙切齿。

疤瘌李的脸都快皱成核桃了，说道：“哥呀！这可比倒腾原子弹还危险啊！你……干点别的不行吗？这……可是怎么敢干呀……”他急得抓耳挠腮，“你要缺钱，我给你还不成……”

肖云柱冷笑着从口袋里抽出一沓百元大钞，往餐桌上一摔道：“操，老子现在不缺钱！你爱干不干！两天内不给我找到下家，我就举报你卖摇头丸！”他话一撂，抓起钱就往外走。疤瘌李苦着脸直喊：“我说大哥，你等等！你等等嘛！有话好好说不成？”肖云柱不睬他，径自一瘸一拐地扬长而去。

王明一身管道公司的工作服，开着小货车进了龙腾公司的车库。门卫是个约五十多岁的矮个男子，姓黄。他上前问道：“干吗的？”

王明跳下车，大大咧咧地回答说：“热水管出毛病了，管道公司的。”门卫说：“就是，你们怎么回事，这两天冻死人了！”

王明从车上往下搬工具箱，门卫主动上来帮助。王明表示谢意，然后说：“别急师傅，一会儿就好。我这儿有酒，冷急了就先灌几口。”门卫笑了。二人把工具拾掇好，便在小小的门房里盘腿坐了下来。王明倒上酒。门卫眼睛直勾勾地看着酒，嘴里却假意推辞：“别，兄弟，头儿来了可了不得。”王明从挎包里摸出一包花生米放下，抿了口酒，嘴里不停地咂着说：“那怕什么？天天一个人孤孤单单的，喝口酒还不行？”

门卫咽了口涎水，竭力把眼睛移向别处，有些伤感地说：“真不瞒你，兄弟，我们这活儿，不是人干的。被他们骂起来的时候，不如猪狗呢！”

王明附和着说：“是啊，老哥！好像听说你是黄县人吧？”

门卫连连点头：“是的是的，黄县道望庄！”

王明做出大惊状，伸出手大声道：“哎哟，巧了巧了，咱们是正宗老乡！我也姓黄，按族谱该到话字辈！”

门卫大喜过望，连忙说：“我叫黄话林，咱们是本家兄弟啊！”

两人情不自禁地搂抱到一起，然后一杯对一杯地喝了起来。酒过三巡，王明很随意的样子问：“兄弟，咱这里车挺多的？”

“是啊！车多的时候你还没见过呢，全是好车！”

“我最喜欢三菱吉普，头昂尾巴翘，就像巡洋舰，你们这儿怎么没有？”

“有！有！前几天还有一辆呢！可能开外地去了……”

“哎，那司机呢？我哥哥玩儿的就是这种车，前天出了点毛病，能找他看看吗？”

“你是说张自强啊？人随车走，我还真有几天没见着他人。等他回来，我帮你说说！”

王明心中一阵狂喜，不由举起缸子，和黄话林“当”地碰了一下。然后一仰脖，灌了下去。

第十二章

1

今天是周末，贺清明在夕阳的余晖中早早便回了家。他系上围裙，把一大早就买好的菜切好放在灶台上，又炒又炸，忙得不亦乐乎。原来毛毛晚上要过来，探望他和丹丹。

很快，他便做好了几样颇为精致的菜，一盘盘端到餐桌上。丹丹注意着他的举动，说好久没见爸爸这么兴师动众了，问他到底是谁要来。他敷衍女儿说有个学生要来看看，让她好好做功课。丹丹一乐，说她知道了。

父女俩正说着话，门铃响了。贺清明既激动又有些紧张地看看丹丹，丹丹笑着示意他快去开门。他犹豫着过去开门。门开处，张峰赫然站在门口。贺清明吃了一惊，不由脱口而出问道："你？怎么现在来了？"

张峰径自往屋里走，问道："怎么？不能来吗？"

丹丹喊了声"张叔叔"。贺清明走过来，让丹丹进里屋去。看着丹丹不情愿地进了里屋，张峰煞有介事地说："也没什么事。贺处长，我马上就走，不会影响你招待客人。听说最近有一个北京过来的女记者和你关系不错，可能会来找你。我来就是想看看这姑娘。"

贺清明愤怒了，沉声道："张峰，我告诉你，我贺清明不是你的用人，你的马仔，还没有卖给你！我不喜欢我的生活和我所有的一切都在别人的监视之下！”

张峰若无其事地在沙发上坐下，跷起腿慢条斯理地说：“安静，贺处长，别这么激动，当心丹丹听见。你生什么气？老实告诉你，连我、连这个城市所有掺和进来的人，都在别人的监视之下！”

贺清明走到张峰面前站住，两眼喷火地看着他说：“谁？龙腾吗？聂明宇吗？告诉你，这是一个法治国家，你不要以为你们暂时的无法无天能长久下去！”

“也许吧。”张峰换了跷着的腿，“但是，现在我们都没办法下船了。老兄，听我一句：不说龙腾公司，更不说聂明宇，你我背后，是你远远想象不到的无底深渊！”他拿起餐桌上的酒瓶，对着瓶口灌了一大口，“像什么呢？准确地说，是一个巨大的黑洞，会把人深深地吸进去，最后，万劫不复！”

贺清明浑身一震，不由呆住。

“好了，我不打扰了！”张峰站起身，“替我问候女记者。记住：无论什么时候，该说的说，不该说的最好别说，哪怕对自己的爱人！”他说罢向房门走去。恰在这时，传来了敲门声。他打开门，对略有些局促不安的毛毛微微一笑。

毛毛站在门口没有迈步，看了看抬起头的贺清明，轻声道：“贺老师，您有客人？”

张峰接过话去说：“不，我们是同事。您请进。”他让过毛毛，径自走出门去。

毛毛走进屋，见贺清明脸色有些不对，于是关切地问：“怎么了，贺老师？他到底是谁？”

“嗯……是……是同事。我们在谈单位的事，没关系的。你快坐吧。”贺清明竭力做出若无其事的样子。

“毛毛阿姨！”丹丹摇着轮椅跑过来，兴奋地大声叫着。毛毛高兴地抱住她说：“丹丹，你还好吗？想不想阿姨？”丹丹故意噘着嘴说：“不想，谁叫你这么长时间不来看我和爸爸，但是有人想。看，做了这么多菜，我也有口福了。”

贺清明注视着毛毛，目光却有着太多的迷茫。

画室里很安静。日光灯镀亮了那些或蹲或立的雕塑。蕾蕾双手塑着头骨。颜名在一旁指点着说：“这个女孩儿，受枪击之前肯定反抗过。这里该是瘀血以后压迫的微小痕迹。感受到了吗？你可以想象，那场面一定很惨。她吓坏了，不停地奔跑躲藏，终究还是没能躲过。这种场面，她已通过这里明白无误地告诉我们了。”

蕾蕾思索片刻后说：“但愿她的在天之灵能告诉我们真相。颜名，你是不是什么都能感觉得到？比如……”她脸红了红，欲言又止。

颜名似乎并没有听出蕾蕾的弦外之音，很认真地问：“比如什么？你快说！”

蕾蕾正要回答，马荃和小路神情沮丧地走了进来。她转脸对他们道：“你们怎么才来？快拿东西走吧！”

马荃一屁股坐在椅子上说：“走不了了，受害人的照片没找到，线索一点儿也没有！”小路也接着道：“还要靠我们来搞！”马荃眼巴巴地看着蕾蕾和颜名，说：“还望二位多帮忙。”

蕾蕾和颜名相视一笑。蕾蕾道：“帮忙是帮忙，可这肚子提意见了。”颜名马上附和：“你这一说，还真觉得饿了。要不，歇会儿，我也该回去了。”

马荃跳了起来说：“我也去，早饿死了！”蕾蕾瞪他一眼说：“不带你去！”

马荃看看蕾蕾，又看看颜名，马上明白了。他马上改口道：“我是在开玩笑，早吃过了。你们快去吃吧！”

颜名笑了笑道：“不了。我刚刚想起，晚上还有个很重要的美术讲座。咱们明天见。”

蕾蕾满脸不悦，嘟着嘴说：“大画家，就是不一样啊，废寝忘食……”她的话还没说完，颜名早已走到了门外。她看着他走远，赌气地把一团泥巴摔到工作台上。

此时的贺清明家，已是饭后席散了。丹丹乖巧地进了卧室，把空间留给爸爸和毛毛阿姨。

毛毛不无担忧地问贺清明："贺老师，您好像有什么心事，能告诉我吗？"

贺清明不由得心中一沉。他最顾虑的就是怕被毛毛看出什么，一直做出轻松洒脱的样子，但最终还是没能逃过干记者的毛毛的眼睛。他很勉强地笑笑："没事，毛毛。不早了，你该回去休息了。"

毛毛拿起外套说："以前您有什么话都是和我说的。现在我还要告诉您：毛毛和以前一样，对您一点儿没变，如果您需要，我随时都会出现在您身边！"

贺清明整理餐桌上的碗筷说："毛毛，你别误会。其实，跟你真的没什么关系，都是些工作上的事。我……也和以前一样。"

毛毛走过去，从背后抱住他说："贺老师，我能感觉得出，工作上的事不会给您这样的压力，这似乎是一种心灵的挣扎。也许，我的话并不准确，或许纯是我的瞎猜疑。可是，比如刚才那个人，我总觉得他有一股杀气，是很不好惹的角色。我一直想告诉您，从我来天都第一次见到您，就发觉您变了。如果您有什么难处，并且愿意告诉我，我随时会听。也许，我能给您一些帮助。这里不比学校，凡事可要当心啊！"

贺清明闭上眼睛，泪水在心底涌流……

2

天都市的每一个早晨都是新鲜的。当朝霞染红每一幢建筑、每一处园林时，人们便感受到了生活的丰富和多姿多彩。

王丽敏的心境便是如此，自从她被龙腾公司送去进修会计师之后，从精神到外貌都鲜亮起来，发生了让刘振汉颇感诧异的非凡变化。这不，一大早她便精神抖擞地忙活起来，煮鸡蛋、热牛奶，还炒了几盘可口的小菜，让儿子和丈夫吃得舒舒服服津津有味。

刘振汉饱餐之余，也就不由自主地要表示表示了。他关切地问王丽敏："这两天送亮亮上学没什么事吧？我看那小于也就是瞎咋呼！"

王丽敏利索地收拾碗筷说："没事。振汉，这几天，明宇那案子怎样了？"

刘振汉用牙签剔着牙说："瞎打听什么！孟琳让你问的？"

"瞧你，老犯职业病，什么人都不往好里看。这不是咱自己家人吗？"王丽敏白了他一眼。

刘振汉警觉起来，敷衍道："查着呢。我能怎样？反正又不能停下来。哎，你扫大街没人欺负你吧？"

亮亮把最后一口鸡蛋吞进肚里，张口大叫："妈妈上学呢！"

王丽敏扇了亮亮一巴掌说："快喝你的牛奶，多嘴！"

刘振汉怔了怔，问道："上学？上什么学？"

王丽敏应付着说："啊，我想报个会计班学一门专长，将来好换个工作。"

"会计班？你哪来的钱？你本来就当过会计，虽然是初级水平，再学又能高哪儿去？"刘振汉看着王丽敏不太自然的表情，"况且，也得有意向性的单位。"他看了看表，"我得走了，回来咱们说清楚。"

王丽敏看着他出门，大声道："说什么清楚，不得了了你！上学怎么着？你没能耐让我上，我自己上还不行？是得说清楚！你回来要说清楚，你是不是个冷血动物！就会对家里人耍横……"

刘振汉摔门离去，王丽敏气狠狠地瞪着亮亮。亮亮嘴一咧："妈妈，你这是说单口相声哩！"

房东带着刘振汉、龚静走到楼前的小杂货店门口，说："就是这儿，晚上有事那两个女孩都是到这里来打电话。"

小店是个白铁皮小屋，前面的柜台上放着一个红色电话机。店主是个胖老太，她问房东："二狗子，有事吗？"房东"嗨"了一声，满脸无奈的样子："又是公安局的，昨天人家就来过，你不在，还是为那两个小姑娘的事。"

刘振汉和颜悦色地往柜台前走过去，没等他开口问，那个胖老太便露出了冷肚子："我昨天走就是怕你们公安的来问。人家还当我犯什么事了呢！先说清楚，我对那两个女孩可是啥也不了解！"

龚静笑眯眯地说："大娘，您别担心，知道什么就说什么，咱们只是随便聊聊。"

胖老太态度有所缓和，说道："那俩姑娘常来，有时候我都睡了，还把我给敲起来。"

刘振汉脸黑，再怎么和颜悦色，也还是有些凶巴巴的，问道："她们最后一次打电话的情形您还记得住吗？"

胖老太瞥了他一眼说："哟，你开玩笑。这谁记得住，我都这岁数了。"

龚静盯着她说："呀，您还老？我看您挺显年轻的嘛！麻烦您再想想，也许能想起来！"

老太太高兴了，脸上的皱纹弯了起来，说："还是这姑娘会说话。好吧，让我想想，让我想想……"

刘振汉提示："您好好想想。比如她们有没有向什么人告别，是否说出什么奇怪的话，或是有人约她们……"

老太太突然一扬脸，打断他道："等等，我好像想起点什么了。嗯……不错，对方是个男的。"刘振汉和龚静目不转睛地看着她。

"那天她们一直在和那个男的吵架。是有些奇怪，从早到晚，打了一天的电话。好像是在和对方谈钱，而且是一笔很大的钱。对，一百万！"

刘振汉和龚静都不由得睁大了眼睛。

“那天是那个叫玲玲的打电话，她声音很大，对着话筒直嚷嚷，说别废话，拿一百万就给你，要不然就免谈。叫芳芳的女孩在一旁做手势，对玲玲说，对，一百万，一分钱不能少。玲玲接着就对那人说，张老板，您又不在乎这一百万，您把钱给我们，我们就把东西还给您。”

刘振汉问：“您是说对方接电话的人姓张？”

“不错！绝对不会错！你这人怎么不相信人呢？”老太太白了刘振汉一眼，继续道，“到了下午，她们又来了。这一次她们好像挺高兴，通了电话很快就谈妥了。是那个芳芳打的电话。她放下电话，脸都激动得通红。玲玲紧张地问她怎么样，那个芳芳说成了。两个人又叫又跳，抱在一起。玲玲问芳芳姓张的怎么说。芳芳说，他让咱们现在就过去，一手交钱一手交货。两人拍给我十元钱，也不让我找，就边说边离开了。从那天起，我就再也没见到她们了。”

刘振汉沉吟片刻，又问：“那天她们打电话，一直没有别的人跟她们在一块吗？”

胖老太很认真的样子想了想，说：“中午打电话时，好像有个小伙子在劝她们，后来他就没再跟着来。”

龚静在笔记本上记录着，抬起脸问：“那个男的长什么样？”

“普通人。因为只见一面，时间又短，模样记不清了。反正不像是好人。跟你说句实话吧，要是她们是卖的，那个人就是……”老太太做了个手势，“以前这样的人我见多了！”

龚静显然不懂胖老太手势的含义，愣了愣问：“是什么？”刘振汉沉声回答：“是老鸨！”

“对了。还是这位黑脸的老同志有经验。”胖老太不无揶揄地瞥了刘振汉一眼。

刘振汉明白自己这身黑警服再加上一张黑脸不讨异性的喜欢，没想到连老太太也欺负他。心中有气，也就不想再多啰唆了，转身离开了柜台。龚静匆匆向老太道个谢，跟在刘振汉身后向外走。

“哎，同志！”胖老太从柜台后探出身子喊。

龚静回过头问：“大娘，您还有事？”

胖老太有些吞吐地道：“我想问问，那两个女孩怎么了？”

刘振汉没有回头，说道：“她们死了！”

胖老太惊得嘴巴半天没有合上。

3

细软雪白的手指在键盘上飞快跳动，电脑上显示出龙腾公司的资料。孟琳小心翼翼地存盘，然后移动鼠标，全部清除。她抽出软盘，匆匆走出办公室。

孟琳走出公司大门，左右看了看，急步走到红色奔驰车旁，打开车门，跳了上去。奔驰车无声无息地滑出。

不远处的出租车内，化装成出租车司机的阿三，手持远焦相机，快速拍照着。然后驾车跟上。

红色奔驰在海堤旁的一栋简易棚旁停住。孟琳跳下车，环顾四周，见阒无人迹，这才放心地走进棚内。阿三把出租车停在堤外，爬上海堤，探头朝小棚屋张望着。

小钟见孟琳走进来，忙迎上去，急切地问：“你还要让我在这鬼地方躲到什么时候？聂明宇并不一定知道我们的事！”孟琳从手提包里掏出软盘，递给他，说道：“拿着，赶快离开。到了国外也不要给我打电话，我会找你。一定要把这东西收好，这是聂明宇几次杀人和走私的证据，它就是我们的护身符。”

“不！孟琳，我不能离开你！”小钟不接，接着说道，“况且，也没有那么严重吧！”

孟琳把软盘塞到他手里说：“我不是告诉你，他已经知道了吗？从他的话音里我能听得出来。你不了解他。快走，听我的。”

“就不，我要和你在一起！”小钟耍起了小男人的性子，“再说，他真要找我，逃到天涯海角也逃不掉呀！”

孟琳叹了一口气，说：“躲一时算一时吧。我估摸着，刘振汉这一次是上真的了，他也不会长。也许，我们还能有相会的一天。”

小钟听着，眼泪竟不觉流了出来，哽咽有声。

“我不能久留。记住，这是保我们性命的本钱，一定要保存好！”孟琳说罢，扭头走出了棚屋。

张峰和小芮把司机张自强用白酒灌醉后，将其拖到海边摁在水里溺死，然后大卸八块，抛进大海里，当了鱼食。干完这些之后，他们又趁着夜色为赵志刚更换了住地。忙完之后已是深夜时分。赵志刚有些焦躁，问张峰究竟要躲到什么时候。张峰皱起了眉头，劝说他好生待着，等风声过了，会接他出去。小芮能看出张峰眉宇间隐含的杀气，怕赵志刚再多嘴招来杀身之祸，忙拉着张峰走了出来。

赵志刚的新住地是郊区新开发的居民小区，入住的只有稀稀落落几户人家，刚刚铺出的通道上撒了碎石。张峰和小芮走到路旁的黑色奥迪车旁，张峰抬腕看看手表，摸出一根香烟点上。

“张总，我觉得……”小芮犹豫着不知该怎么说才合适。

张峰冷着脸看看他，嘴里迸出一个字“说”。

“哥，志刚跟着您好几年了，也给公司做了不少事情，是不是……”小芮用乞求的眼神看着张峰。

张峰狠狠抽了一大口烟，然后眯上眼悠悠地道：“这就要看他自己的造化了。你不该多这个嘴。”

小芮嗫嚅着说：“我知道，只是……”

张峰一语点破，说道：“怎么？想到自己了？”

小芮连忙摆手说：“不是，不是！只是心里觉得有些憋……”

张峰将烟灰轻轻弹掉，说道：“兄弟，你我其实都一样。踩上来了，就只能往前走。我们都损失了很多东西。但是，你我毕竟拥有了那些普通人所没有的荣华富贵，干什么事都是要付出代价的，你我也概莫能外，懂不懂？我可以告诉你一个至诚至理的名言，做眼前的事，之后的事少想！”

小芮点了点头说：“您放心，我懂！张总，我觉得您心里还有话没说，是不是？”

张峰把烟头弹出，红红的一点火光划了一道弧线，落在路边的草丛中。他幽幽地说道：“也许吧，小子。如果要我重活一遍，我宁愿过普通人的生活！”

两个身影在夜色里默默伫立着，良久无话。

“走吧，去别墅！”张峰拉开车门，“小白那里还要解决，这是咱们今天晚上要干的最后一件大事了！”奥迪“唰”地开出。

别墅的吸烟室里，窗帘拉得紧紧的。房间里光线昏暗，只有几张桌上的罩灯发出柔和的黄光。最里端的一张球台被几个马仔包围了，他们“噼啪”地打着，间或发出一声哄笑。

张峰和小白坐在沙发上抽烟，小芮站在张峰身后。

“刘振汉手里的筹码是咱们的吗？”张峰问。

小白肯定地点点头：“我看了，是咱们的。”

“怎么搞的？这么不小心！”

“那几个发牌员都说自己没有掉筹码。而且她们是经过特殊训练的，应该不会。”

小芮接口问：“会不会是客人不小心掉的？”

小白抬起脸看看他：“按理说不会呀！撤台子之后，整个地毯又扫了一遍，就怕掉筹码。这是我亲眼看着进行的。”

张峰哼了一声，道：“最终还是让刘振汉抓住了把柄，你他妈经理是怎么当的？”

小白战战兢兢，颤抖着嗓音说：“他好像……好像没看出来那是什么东西。我告诉他是玩具……”

“那是骗鬼呢！”张峰瞪了小白一眼，“他刘振汉还能看不出是筹码？整个别墅区二十多幢楼，怎么偏偏到你那栋楼去？你以为是瞎猫撞死耗子撞上来的吗？就是扑你来的！很明显，这是有人给他报信！”

小白紧张得直搓手，说：“张总，这……”

小芮又问：“除了这个筹码，他还看出什么来了？”

小白想了想说：“好像其他没发现什么。”

张峰沉思了一会儿，说：“咱们的闭路监视系统他看见了吗？”

“不……不知道。可能没有吧。三层的控制室他们没找到。”小白擦了一把脸上的汗，“我估计，可能是因为别的地方他抓不到什么把柄，所以，他才没有进一步搜查。”

张峰若有所思的神情道：“刘振汉是个聪明人。他没拿到真凭实据前是不会动手的。现在要做的事是清除，然后等待！”

“清除？您的意思是把赌场拆了？”小白有些舍不得。

“你说我还能有什么别的意思？”张峰有点儿火，“就是驴，也该有聪明的时候！”

小白不敢说话了，脸上的汗又冒了出来。

“刘振汉肯定不会善罢甘休。”张峰眯着眼吐了口烟圈，“他首先要收拾的人，就是你！”他说着猛地转过脸，眼睛死死地盯住小白。小白被张峰的眼神吓住了。他忙低下头，不敢和张峰对视。

“小芮，你觉得刘振汉下一步会怎么干？”张峰把脸转向身后。

“他一定会去查小白的背景和身份，查这所房子的产权。”小芮想了想说。

张峰又抽出根烟来，点了点头。小白忙巴结地给他点上火，说道：“张总，这所房子的产权证上写的是我的名字。他刘振汉查不出什么娘娘爷爷来。”

张峰摇头说：“你一个厨师学校的委培中专生，凭他妈什么买一套三百万的楼？就这一条，他刘振汉就能把你审出猫尿来。你这是财产来源不明，懂不懂？”

小白辩解道：“我告诉他我是做股票做期货的。”

“以后这种瞎话给我少编！”张峰用烟点着小白，“你做股票期货是在哪个交易所？你投入多少钱？用什么名字开的户？你做了多少单？哪一单让你暴富的？他刘振汉只要抓住你一句谎话，还不全漏了！”

“这……”小白傻了。

张峰喘了口气说：“要不是我和你姐曾经有过一腿，这里本不该有你！”

“张哥，你救救我……”小白哀求道。

小芮看着小白恨不得要跪下来的可怜样子，便对张峰道：“哥，就让他到南方去吧。”

张峰拍拍小白的肩膀，语调缓和下来，说道：“不是救你，是救公司，是救我们大家。”他把烟摁灭在烟灰缸里，“我让阿三已经给你买好了去海南的飞机票，去投奔你姐姐吧！”

“那……那我什么时候走？”小白嘴唇哆嗦着问。

“千万不能耽误，要争分夺秒，你现在是和死神赛跑。”张峰突然板起面孔，“你现在立刻把这里的事处理好。第一，房子周围有四台摄像机头，这些机头必须在今天夜里全部拆除；第二，三楼监控室的所有器材，必须立即打包装运走；第三，二楼办公室书房的书架后面，有一条通往三层的暗道，马上封死。还有最后一条，就不用我交代了吧？”

小白连连点头道：“将所有的赌具、筹码及相关物品全部销毁！”

“嗯！”张峰站起身来，“我刚才说过，驴也有聪明的时候！”

4

王明穿着一身管道工人的工作服，大步流星地走进办公室，和正要出门的龚静又撞了个满怀。这次龚静脸没红，王明问她：“嗨，咱头儿呢？”龚静指指支队长室说：“和记者谈话呢……你怎么这模样？”

王明走过去，抬手想敲门。想了想，觉得打扰人家谈话有些不合适，又把手收了回来。他没看龚静，匆匆朝外走。龚静有些生气，伸手扯住了他衣服的后摆。王明一个踉跄，回过头来问：“干什么，鬼丫头？”一声亲昵的称呼把龚静喊得心里热乎乎甜滋滋的，问道：“哎，王队，是不是有进展？”王明自得地揉了揉鼻子说：“你们卡壳了，我倒有点门儿了，但暂时还不能告诉你。”龚静嘟起了嘴说：“都是工作，较什么劲你？快给我说说，什么线索？”王明故作很神秘的样子附在她耳边说：“查一个叫张自强的司机。”说完又往外走。

龚静这回真有些恼了，心想：臭神气什么，人家不就是想和你多说两句话么。嘴上却说：“还队长呢？一点儿风度也没有！我看倒像个火烧屁股的猴子……”

王明停住了脚步，拉过一把椅子稳稳地坐下，说道：“龚女士，有什么指教说吧！”

龚静笑了，凑上来问：“你刚才说的那个司机，是不是海边撞人的？”

王明点点头，他好像忽然想起什么，问：“你在干什么？”

“我在查檀山别墅的情况。”龚静也坐了下来。

“我不是让你保护亮亮吗？你怎么又搅和起别的事了？”王明皱起了眉头。

龚静注视着王明说：“这么些天都没事，该没事了。”

“不怕一万，就怕万一。这可是大意不得呀！”王明不无担忧地提醒她。

龚静显然没把王明的话听进去，她目光柔柔地看着他说：“王队，你能陪我到户籍科去一趟吗？我跟他们不熟悉。”

王明被她看得心旌摇摇，顿时便骨松筋软，马上雄赳赳气昂昂地站起来，说道：“没问题。走，我现在就带你去！”

他们很快便来到了户籍科。王明半包烟一散，户籍科的兄弟姐妹们个个踊跃帮忙。打印机出纸口连续地吐出表格，户籍内勤小郑从打印机中抽出表格递过去说："这就是那座别墅的情况。"龚静仔细地看着。小郑接着说："这是一所外销型别墅，房地产项目的开发商是天都龙腾集团所属的房地产公司。"

"龙腾？"龚静眼睛一亮。

王明对小郑点点头道："请继续说。"

"我查了他们销售的原始记录，这所房子好像并不在销售范围。它的产权归属却是一个叫白晓辉的人。"随着小郑的介绍，电脑上显示出小白的照片。龚静激动地站了起来，大声嚷："就是他！我见过他！"小郑移动鼠标，指指电脑，说："我把他的户籍档案找了出来。"

电脑屏幕上显示出小白的身份背景资料记录。王明逐行读着："家庭背景，父母都是工人。学历，九七年厨师学校委培的中专文凭……"

龚静有些惊讶地说："真让人难以相信，他一副很有学识的样子，竟然是个厨师！"

王明补充道："上面说他去年还是酒店的面点师傅，后来因盗窃而被辞退。"

"这么说，他是一个被辞退的面点师傅？"龚静沉吟着，接着说，"他说自己是做股票和期货的，看来，这里面大有文章！"

"这小子肯定有问题！"王明以不容置疑的口吻道，"不然，他不会说谎！"

"就是。一个小偷小摸的厨师，不可能挣这么大产业。不然，我们还不都成了盖茨了。"龚静看着王明说，"我认为，应该立即传讯他！"

王明点了点头道："我看可以。咱们把这些资料再核实一下，然后去刘支队那儿！"

刑警支队支队长室里，刘振汉在和毛毛进行着一场十分艰难的对话。他站在窗前，皱着眉看外面。毛毛稳稳地坐在沙发上，没有丝毫告辞的意思。他只好又走到办公桌后坐下，苦着脸道："能说的只能是这些，求您别再磨我了，我实在没有别的事情可以告诉您。"

毛毛拿起茶几上的水瓶，给自己续了水，用沉静的语调说："您还有很重要的情况没有谈。刘支队长，为什么这么不合作呢？我来可是庞局长下的命令！"

刘振汉往椅背上一靠，说道："又拿局长压我了。"

毛毛很诚恳地说："我不是拿局长来压您，我只想知道，为什么行动失败？为什么市民中间广为流传的天都影子赌场的事，一直没能被有力地打击？这究竟是执法部门的原因，还是有什么别的更深的背景？"

刘振汉不得不把口封死，说："案子没有破，我无可奉告！"

毛毛终于无计可施了，她站起身道："好的。你即使不说，我也有办法获取事实的真相。人民有权利知道事实的真相！"

刘振汉心里几乎要憋炸了。这真是让人哭笑不得，赌场没抓住，他也正感到蹊跷，在琢磨原因，这个记者怎么把一切都推到他这里来了？于是说道："那好啊，你要是把真相查出来，那可是帮了我们的大忙，到时候别忘了告诉我们一声。"

毛毛心里也觉得有团火在烧，冷冷地说："你这位大支队长还用得着我们雨后送伞？"

说来说去，她还是认为他知道原因。刘振汉真恼了。他猛地把抽屉拉开，把厚厚一摞照片摔在办公桌上，说道："我这里有一抽屉的真相，你敢不敢在媒体上披露？"

毛毛走到桌前，看着走私车的照片，心中一阵狂喜。她为自己的激将法奏效暗自得意。刘振汉盯着她道："你敢吗？敢仗义执言，揭开黑幕吗？"毛毛认真地看照片问："这是什么，走私？"刘振汉点点头说："是很有背景的走私案。你不是要真相吗？这就是真相。怎么样？"

毛毛被将了一军，满脸涨得通红，说道：“不管是什么样的背景，我都敢揭露出来。关键在你。刘支队长，这不是证据吗？”

刘振汉把照片扫进抽屉，看着毛毛淡淡地说：“如果真是这样就好了。这不是证据，是用法律不允许的手段得来的。但是，谁都清楚，这是一起牵涉广泛的大案。”

毛毛一脸疑惑，问：“你着手做了吗？你放心，这点我不会报道。”

刘振汉双手一摊说：“首先就牵扯到海关。我们没有权力随意调查。这里面有很多程序问题。你还年轻，记者同志，懂吗？”

“海关？”毛毛不由得警觉起来，“是缉私处管的？”

“对，他们的处长叫……”

“贺清明！”毛毛打断他报出名字。

刘振汉不禁睁圆了眼睛，这才对面前长相不俗的女记者刮目相看起来。

5

疤瘌李和肖云柱开着桑塔纳车来到了位于郊区的长途汽车站。车在候车室门前一侧停下后，疤瘌李先鬼鬼祟祟地跳下车，走进候车室。这时，一个农村妇女模样的人迎上来，二人悄悄密谈了几句。疤瘌李回头朝桑塔纳车招招手。肖云柱从车上走下来，一步三晃地来到村妇面前。

“男的女的？”村妇操一口极端土的乡音。

肖云柱用很下流的手势比画着说：“带把儿的。”

“全活人？”

“妈的，不是活人我卖？”

“我这说的全活人可是很有讲究，要完整、健康。”

“保质保量，绝对优良品种。”

“多大？”

“十岁。”

“十岁不好带，懂事了。”

“不要鸡巴拉倒，别废话。”

“十岁不好带，三千。”

“五千。”

“十岁不好带，三千五。”

“操，五千。”

“十岁不好带，四千，多一分没有了。”

肖云柱把烟头往地上一丢说：“操，四千！定了，三天之内我给你货！”

“我就住在旁边的交通旅馆，等你的信！”村妇说罢，扭头就走。

这时，呼机突然响了。肖云柱从腰带上摘下，看了看上面小云的代号，忙从疤瘌李手中夺过手机，拨打起来。手机里传出小云的呜咽声：“柱子，我回不去了。本来想救你，结果连自己也害了，这马上就要送南湖劳教所。我两年就出来，你要愿意就等着我，咱再好好过。这一段，你要好生照顾自己，别再和他们胡闹了！”

肖云柱气不打一处来，对着手机直叫：“你他妈少废话，是不是跑去告我了？邻居都跟我说，警察来过了。我还真当你对我不错呢，是不是警察就在旁边呢？告诉他们，这回凭什么也不能抓我了。你要还想着我，赶紧给我想办法回来。这几天回不来，咱就永远拜拜了。”

“放你妈的狗屁！”小云在电话里不再哽咽，破口大骂，“老娘为你个小狗日的好，你倒怨起我来了！拜拜就拜拜，老母猪都不会找你这种没良心的！”

肖云柱被骂得心里很舒服，连忙低声下气地说：“小云，我是被气糊涂了。你一定要想办法跑出来，不就是个劳教吗，又没犯法。我等着你，啊？”

小云在电话那边又哭开了，不一会儿便断了线。

肖云柱合上手机，很伤感的样子把手机还给疤瘌李。疤瘌李拍拍他的肩膀道：“别往心里去，女人嘛就像衣服，旧的不去，新的不来。好吃的山珍海味多得是，也要经常换换口味儿！”

肖云柱一跺脚，疼得直吸凉气，狠声道：“回家跟你妈说去吧！”骂罢，一歪一扭地钻进了桑塔纳，疤瘌李被噎得直翻白眼。

聂明宇闭着眼睛，仰靠在老板椅上。董事长室的落地窗已被厚厚的窗帘严严实实遮住，室内的光线便异常地昏暗了。

写字台上的录音机里，正放着一男一女的对话。那女的显然是孟琳，而那男的毫无疑问是小钟。聂明宇脸色阴沉地听着，眉梢偶尔跳动一下。

录音放完了。聂明宇依然闭着眼睛，对坐在旁边的张峰挥挥手。张峰唰地拉开了窗帘，傍晚血红的阳光顿时镀亮了房间内的每一个角落。聂明宇缓缓睁开眼睛，目光如炬，闪闪发亮。他语调欢快地说：“真是一场游戏一场梦啊！人世间还有什么能比绿色更鲜艳诱人呢？”

张峰没有搭话，他也不敢搭话，心里不觉为董事长深深痛苦起来。

“这件事我要自己来处理，你们都躲远点儿。完事后我再见她。”聂明宇双臂撑桌，深吸一口气，“好了，不谈这个无聊的话题了，说正事。”

张峰问：“人都到齐了，会议是不是可以开始？”

聂明宇站起身说：“好好。对了，蕾蕾呢？”

张峰连忙回答：“她很好，跟几个同学在创作。”

聂明宇边往外走边说：“好好。马上通知王丽敏，不必再继续学习了，尽快来公司报到上班。”

张峰点点头，跟在他身后，走向会议室。

公司中层以上的干部全都端端正正地坐在椭圆形会议桌周围，聂明宇和张峰分别坐在两端。财务部经理按照会议程序安排，首先作季度财务汇报：“这个季度集团公司的利润比去年同期降低了百分之二十，利润下滑是惊人的。集团下属的几个实体除龙腾自来水厂保持了百分之七的盈利增长，其他都出现了萎缩状况，尤其是龙腾光盘厂和龙腾首饰加工厂等行业亏损最为严重……”

会议室里顿时响起一片嗡嗡的议论声。这时，一位女秘书悄悄走进来，在聂明宇耳边低声说了几句，聂明宇点了点头。

财务部经理开始念各分公司和所属各厂的财务报表。

聂明宇听了一会儿，向张峰点点头，便站起身走出了会议室。

王丽敏有些局促不安地坐在接待室里，满脸惊奇地四处打量着十分讲究的室内装饰。聂明宇快步走进来。她忙站起来，不好意思地说：“我让秘书别去找你，她非要去。”

聂明宇笑着问：“嫂子，课上得还好吗？”

“好极了！”王丽敏由衷地说，“学到了很多知识。在厂里本来就是做会计这行，学起来也蛮有兴趣。”

聂明宇解释道：“对不起，丽敏，公司现在正是用人之际，我不得不中断了你的学习。你不会怪我吧？”

王丽敏摇头说：“不会。我一听说你让我来上班，就估摸着公司缺人了。该干什么，你尽管安排。”“正好，我们现在正在开会研究调整班子。”聂明宇站起身说，“公司各部门的经理都在，你去听听吧，也算认识一下。”

王丽敏一愣：“哎呀，明宇，我算啥！你别你别……我不能去，要不，以后……”她说着往沙发角落里缩。聂明宇走上去，把她拉起来说：“你这样可不像龙腾集团的管家啊！”

王丽敏不好推脱了，随着聂明宇走进会议室。望着一屋子正襟危坐的管理人员，她心里怦怦直跳，站在门里竟然迈不动腿了。

“……在座的各位大都是省里市里有头有脸的人物。大家今天坐在这里，我想谁都清楚为的是什么。公司薪水丰厚地养着咱们，现在连连亏损，你们心里怎么想我不知道，反正我是有点儿过意不去。中国有句古话，皮之不存，毛将焉附，其中的意思就用不着我解释了吧？如果这种局面不能尽快改变，我们就将面临生存的危机。还望各位三思，为公司出出力，尽尽心……”正滔滔不绝的张峰突然住了口，他发现与会者都在朝他身后看。他转过身，见是聂明宇和王丽敏站在门口，愣了愣：“董事长……”

聂明宇微微点头，把王丽敏拉到自己旁边坐下，然后道：“我介绍一下，这位是新来的财务主管，主任会计师王丽敏女士。”

大感突然的王丽敏慌了，结结巴巴地说：“财务主管？这……”

张峰也是直发愣。聂明宇指指张峰，对王丽敏说：“这位是公司总经理张峰，你的直接上司。”

王丽敏忙站起身，既紧张又有些扭捏地与张峰握了握手。

聂明宇一笑，扫视了会场一眼说：“行了。其他同事以后慢慢就认识了，今天不再一一介绍了。张总，你请继续吧！”

张峰清清嗓子，接着刚才的话道：“从刚才的汇报看，本季度整个集团的支出比上个季度增长了百分之十，比去年同期增长了百分之十五，这是令人难以容忍的。我们的支出绝不能和亏损成正比。在如此严峻……”

“这并没有可比性！”聂明宇打断了他的话，他显然不希望让初来乍到的王丽敏看到公司的任何衰败现象，“公司的运行状况我还是比较满意的，总体来看，是良性发展着的。当然，任何事物任何人都不可能十全十美，没有缺陷没有不足也就没有美，就像断臂的维纳斯。看任何事情看任何人，都要看它或他的主流。我这个人也有很多毛病，但我自认为还对得起社会、对得起天都市、对得起朋友和同事，还在董事长位置上还算称职。因为我有人的良心和良知，不会去坑害我的亲人尤其是我的朋友。这就是主流！我们公司的发展与此同理，龙腾集团的前途是光明的。只要我们同舟共济、患难与共，我们就能不断地创造出奇迹。龙腾公司应该是诞生百万富翁、千万富翁的摇篮，在座的诸位便是希望所在，对此，我没有丝毫的怀疑！”

顿时群情激奋，大家热烈地鼓掌。王丽敏一边拍着巴掌，一边细细品味着聂明宇的每一句话，颇有些感动地注视着他。

6

小白和手下的马仔紧张地忙活了一夜又一天，终于在夜幕降临时，完成了清理赌场的全部工作。他给张峰打电话报告了情况，便疲惫至极地瘫倒在地下室的休息间里。马仔也是东倒西歪地靠在墙边休息，再也不愿动弹。

突然，电灯全都灭了，小白大声喊：“怎么回事？快去个人看看电闸！”正在混乱中，一群“警察”破门而入。他们手持电筒，分别摁倒小白等人，一个个捆绑着。小白刚叫出：“你们……”一团破布塞进了他嘴里。“警察”把他的胳膊扭到背后，上了铐子。他心惊胆战地回过身，在晃动的电筒光柱里，心惊胆战地发现面前站着好几个身材高大粗壮的“警察”，其中一个寒着脸，正用手枪指着他。地上，所有马仔都被绑了起来，嘴里塞着各种棉纱、毛巾之类的东西。一个为首模样的“警察”把小白的手机插进自己的口袋，冲拿枪的“警察”点点头，那人走过来，用黑布将小白的头罩了起来。为首的“警察”这才转过身面向小白，原来他是小芮。

小芮对手下一挥手，两个人架着小白就往外走。他们匆匆从别墅后门冲出来，簇拥着小白，把他塞进一部黑色的奥迪车里，飞速地驶离。

此时的刘振汉好不容易才说服庞天岳，签了传讯小白的手续。他马不停蹄，立即率领李冬、龚静、汤文军等，一路摁响警笛，飞速赶往别墅去。警车在E座8号楼前停住，众警察纷纷跳下车来。

“你！你！还有小汤，外围警戒，负责前后门堵截，一只蚂蚁都不准爬出去！李冬和龚静，你们几个跟我进去！记住，他们手里可能有枪，要保护好自己，但不到万不得已不准开枪，我要活的！”刘振汉口气严厉地布置分派任务，最后问道，“去过的，还记得地形吧？”

所有的人都肃穆地听着、点头，龚静一脸紧张。

“行动！”刘振汉大喝一声，纵身扑向别墅大门。李冬、龚静和另几位刑警紧紧跟随在他身后。

刘振汉一脚踹开地下室的门，不禁大吃一惊。只见地上躺着十几个马仔，全都被牢牢地捆绑着，嘴里塞满了东西。刘振汉拉起一个人，扯下他嘴里的臭袜子，大声问：“你们的经理呢？”

“他……他已经被你们抓走了呀！”马仔惊恐而又有些困惑的样子说。

“啊？”刘振汉和李冬面面相觑，“妈的，又有人假扮警察！”刘振汉气得飞起一脚将面前的一把折叠椅踢飞，大吼道：“给我搜！”

学校门口，亮亮孤零零地坐在昏黄的路灯下，苦苦地等候着妈妈。他不时地朝路口张望着，泪水在眼眶里直转。

这时，肖云柱一瘸一拐地慢慢走了过来，在亮亮身边坐下，很关切的样子问：“亮亮，是在等妈妈？”

亮亮看了他一眼，没理睬他，挪挪屁股往旁边坐。肖云柱又凑上去，抚摸亮亮的头问道：“我认识你妈妈，不记得我了？”

这话对亮亮起了点作用。他转过头仔细打量着肖云柱，好像终于想起来了，努努嘴说：“你是那个坏人！”

肖云柱皱皱眉，眯起眼睛说：“是在等妈妈来接吧？”

亮亮自尊心受到打击，说：“才不是呢，我是在等同学。你快走吧，他一会儿就来！”

肖云柱笑笑：“别等太晚了，现在坏人可不止我一个。我在隔壁开了个游戏机房，改天来玩？”

亮亮摇摇头说：“不，你别想骗我。”

肖云柱拿出袖珍游戏机说：“拿着。爱信不信，就在隔壁街，你去打我可以免费。我先走了，改天见。”

亮亮眼睛直勾勾地看着游戏机，心里直发痒。但他还是忍住了没要，说话却欢快起来：“行，以后我再去你那儿玩，你可别骗我啊！”

肖云柱站起身，和亮亮用小手指勾了勾，说：“谁要骗你是小狗，我等着你，啊？”

亮亮很兴奋地点了点头。

肖云柱开局顺利，心里十分地快活，哼着小曲回了家。一跨进门，便觉肚子饿了，摸起一个馒头就啃。肖老爹嘴里混账王八蛋地骂着，就在肖云柱正要发火时，响起了敲门声。他忙把老爹扶进里屋。然后轻声问：“谁呀？”

门外响起小云的声音：“开门呀，傻瓜！”

肖云柱连忙打开门，小云满脸是泪地扑到他怀里，哽咽着说：“柱子！柱子！我回来了……”

肖云柱把她紧紧抱住，轻声道：“小云，跑出来的？有没有跟梢的？”

小云流着泪说：“柱子，他们肯定会找我，说不定明天就会找到这里来。我那里的邻居现在都知道你。好了，就问你一句话，你应该知道我想方设法跑出来为的是什么。你给句痛快话。好好过，咱们现在就远走高飞，离开这里，结婚生孩子。你要是还闹，我就自己走咱们以后就看缘分了。”

肖云柱怔了怔，说道：“小云，你听我说。我呢，这会儿收了人家的钱，不能不为人家干事不是？另外，你知道我还有些恩怨未了……再说，这是生咱养咱的地方，跑也不是办法。”

小云挣脱他，久久凝视着他说：“好吧，柱子，我明白了。也许我想错了。我只有孤雁南飞了。我一直当你是条汉子，我现在有家难归，你就当帮我上路，多给点儿钱。今后我小云混好了，一定回来报答你！”

肖云柱见小云决心已定，便不好再阻拦了，很有些悲凉地把一个鼓鼓的钱包递给她。小云搂紧他的脖子，最后深深地一吻，然后猛地转身，掩面跑出。她打了一辆出租车，直奔机场。

机场大厅里，灯光亮如白昼，不时有飞机轰鸣着起飞或落地。小云夹杂在熙熙攘攘的人群里，走向售票窗口，排在一个油头粉面的年轻男子身后。

突然，她惊讶地发现，有两个汉子一左一右挟持住了前边的男子。而靠左边那个留长发的，竟是那天晚上去威胁肖云柱，把她推进卫生间的人。她当然不会知道他叫阿三。小云连忙低下了头，心口怦怦直跳。只听阿三对前边的男子轻声说：“钟先生，千万别出声。配合一下，不然，你身上会多出几个窟窿！”

小钟双腿哆嗦，被阿三他们架出了机场大厅……

第十三章

1

王明费尽心机，终于查到了张自强的住处。可当他赶去时，早已人去屋空，杳无踪迹。

蕾蕾和颜名、马荃、小路等人辛辛苦苦完成了两次人像复原，均以失败告终，没有任何进展。

刘振汉虽然弄清了别墅赌场的内幕，查实了白晓辉的身份，但还是被对手抢了先，最终一无所获。他坐在办公室里，凝眉沉思，想来想去，总觉得事有蹊跷：为什么几次行动都是晚了一步？如果不是内部有问题，绝不会发生如此的巧合！想到这里，他不由得自语般喃喃说：“我想起来了。我想起来了。龚静，你信吗？”

坐在一旁长吁短叹的龚静被他问得一愣，奇怪地睁大眼睛问：“信什么，刘支队？”

刘振汉忧心忡忡地又说：“如果有意外事情发生，你愿意给我作证吗？”

龚静真蒙了，觉得他是不是精神错乱，在发呓语，忙走过去要摸他的额头：“刘支队，您别吓唬我。怎么了，是不是发烧？”刘振汉拂去她的手，白了她一眼。龚静略略有些放心，说道：“人跑了，咱们还可以再调查，您别……”

“你个小毛丫头，倒安慰起我来了。不是那回事。”刘振汉烦躁地急促敲着办公桌，“这事要不挖出根儿，咱们就会永远被人当猴耍。这内奸可是最害人啊！”他顿了顿，注视着龚静，“这一连串走漏风声的事，使我不能不怀疑一个本不应该怀疑的人！”

龚静惊愕地鼓着眼珠，颤着嗓音问：“谁？”

刘振汉霍地站起，说：“现在还不能告诉你。我去验证一下。王明回来叫他暂停查询张自强，等我的消息。”说着，大步往外走。龚静跟在后面还想再问几句。刘振汉回头叮嘱说：“跟他们什么也别说！”

阴冷、潮湿、昏暗。头上罩着黑布的小白，手脚被捆着，缩在地下室的墙角里。一个大汉解开他身上的绳索，把他提溜起来，摁坐在一张椅子上。大汉把他的双手分别铐在椅子两边，随后摘下了他头上的黑布罩。

小白抬头一看，吓坏了，面前几个“警察”正坐在桌子后面盯着他。他面露惊恐地问：“你们……为什么抓我？”

“喝水吗？”“警察”挺客气。

“不……喝……”小白神色慌乱。

“该喝水喝水，该抽烟抽烟，需要什么尽管开口。但是有件事情要想好说清楚。”“警察”的问话言词铿锵，很有节奏感。

小白嘴硬地说：“什么事情？我不知道……”

“还没问你什么事情，你怎么就知道不知道？这种态度可不是个态度啊！”问话的“警察”看样子学过绕口令，胖胖的脸上虽然是笑着，但让人总感到像是在哭。胖“警察”冷不丁一拍桌子问：“没事少在这里装蒜！说，赌场是怎么回事？”

小白显然早已做好心理准备，强作笑脸道：“你的话我听不懂，我不知道什么赌场。”

胖“警察”对身旁的瘦“警察”使了个眼色，瘦“警察”走过去捏着小白的下巴问：“你真不知道是不是？”

小白身子直往下缩，摇头说：“我真不知道。我冤枉……”

胖“警察”在桌子后晃晃头道：“你真是太不老实了。我们会有办法让你老实。你信不信？”

瘦“警察”手上开始用力，小白顿感一阵剧疼，脸上不由得布满了恐惧，似乎有些口齿不清地请求说：“我想打个电话给律师……”

胖“警察”问瘦“警察”：“这里有电话吗？”

瘦“警察”摇头答：“好像没有。”

胖“警察”做出不无歉意的样子道：“真对不起，这里没有电话。”

“我可以用手机。”小白示意胖“警察”，“我的手机在您上衣口袋里，天线我都看到了。”

胖“警察”作吃惊状：“手机？”他马上恢复了原态，“你的手机在抓你时摔坏了。”说着，他从上衣兜里掏出手机，一松手，手机砸在水泥地面上，发出一声脆响。他又猛跺了一脚。手机发出咔吧咔吧声。“你看，是不是坏了？”他抬起脚，地上是一堆被踩扁的零件。

小白傻呆呆地看着，嘴里喃喃自语：“你们……你们不是警察……”

瘦“警察”拍拍他的脸说：“你怎么知道我们不是警察？”小白惊恐地看着他们。瘦“警察”抓住小白的头发往后一扯问：“说！为什么说我们不是警察？”

小白脸扬着，痛得龇牙咧嘴，吸溜着凉气，说：“你……”话没说完，瘦“警察”照准小白的鼻口之间就是一拳。小白往后便倒，一口血水喷了出来。瘦“警察”上前用脚踩在他胸口上：“说！为什么说我们不是警察？”

小白双手紧紧抱住椅子腿，闭上了眼睛。

胖“警察”从桌子后慢慢走了过去，把小白扶起来，和颜悦色地说：“你这个人呀，真是傻瓜一个，何必非要自讨苦吃。对硬扛的犯罪分子，我们对付的办法多得是。警察也是人，也会上火，是不是？”

小白喘着粗气，对他的话似信非信，低声道："刑讯逼供是违法的。"

瘦"警察"笑了，说道："违法？打死你，我们都可以说是你拒捕！别忘了法律是掌握在我们手里的！"

小白打了个哆嗦，真有些害怕了，道："我讲实话，能从轻处理我吗？"

胖"警察"用不容置疑的口吻道："党的政策你还能不清楚，坦白从宽，抗拒从严嘛！"

小白低着头琢磨了片刻，终于下了决心，抬起脸说："赌场的确是真的，但我只是个小角色，后台老板是龙腾公司……"

胖"警察"仰脸哈哈大笑："这不就齐了，你到底还是个聪明人。接着讲，接着讲！"

2

庞天岳和老伴正在方桌前吃饭，突然传来急促的敲门声。庞局长的老伴张韵萍起身走过去开门，问道："谁呀？"

"我，刘振汉！"外面闷声闷气地回答。张韵萍打开门说："大刘呀，快请进！"她把刘振汉让进屋子，"吃饭了吗？"刘振汉只是很僵硬地点点头，便径直走到了庞天岳面前。

庞天岳放下筷子，笑眯眯地看着面色阴沉双眉紧皱的刘振汉问："又怎么了？"刘振汉一把抓住他的手道："咱们里屋说话！"庞天岳略有些诧异，点点头站起来，转脸面向张韵萍说："老伴，如果我五分钟不出来，你就打 110 报警，说我被刑警支队长劫持了。"张韵萍也不由得笑了。刘振汉气呼呼地道："他今天说不清楚，我真把他抓走。"说着，便把庞天岳拖进了里屋。张韵萍见刘振汉没有开玩笑的样子，真的有些吃惊了。

庞天岳被刘振汉重重地推倒在沙发上。"放肆！"庞天岳生气了，“你太没大没小！我的年龄可以当你父亲！”

“庞局长，今天我要您一句话！”

“说！”

“您到底是不是一个真正的警察？”

“你什么意思？”

“什么意思？您还问我什么意思？”刘振汉在屋子里转圈，“发动机内部系统出了毛病，车辆就会抛锚。尤其是主要零部件出问题，那这个车子就更只能是一堆废品！”

“你小子怀疑我？”

“不错！”刘振汉猛地停住脚步，直视着庞天岳，“其实，我早就怀疑您了，只是不愿意相信而已！”

庞天岳惊讶得嘴巴合不上了，问道：“你说什么？你凭什么怀疑我？”

刘振汉说：“第一次抓赌的时候，在动员大会前，应该只有你我知道详细地址，对不对？”

庞天岳不动声色地点点头。

“大会宣布完任务之后，所有人都上缴了通信工具，所有参与人员都没有机会离开会议室。”刘振汉盯着他一字一顿道，“而只有你出过会议室的门！”

“哦，我身体不好，有糖尿病，是去上厕所。”庞天岳笑着解释。

“上厕所？”刘振汉扳着手指道，“你是在行动开始前十分钟上的厕所，我的行动分队开车到檀山别墅区要半个小时，对方便得到了总共四十分钟时间。在这段时间里，足够他们把任何一个赌场从一所别墅中彻底抹去。”

庞天岳饶有兴致地晃晃身子说：“你继续说。”

“那次行动，只有我带领的行动分队任务没有完成。而你好像并没有恼火的迹象，我和我的刑警们则背负了一份耻辱！”

张韵萍把泡好的茶端进来，不无担心地看看刘振汉，又看看庞天岳。庞天岳示意她出去。

刘振汉接着道："记得当时向您汇报时，您也曾怀疑过有内应，可您并没有让我查谁是内奸。这是为什么？从前如果有一个案子破不了，您比谁都着急，天天盯着我们，恨不得我们白天黑夜连轴转。可遇到这么大的事，内部都出问题了，您反而不闻不问，能不让人觉得反常吗？"

庞天岳端起茶杯抿了一口，说："说吧，把你要说的话都说出来。"

"抓赌这件事中还有个很大的疑问。匿名信扣在您手上，明明可以突然袭击，你却偏偏不让，非要统一行动……"

庞天岳眨眨眼睛说："记得这件事我不是跟你解释过了吗？"

"那好，这个事咱暂且不论，您怎么解释昨天的事情？"

"昨天怎么了？"

"昨天，全局领导中，只有您一个人知道我要去抓白晓辉。结果，又是在我们赶到的前十分钟，让人把他给截走了。"

"什么？又被截走了？"庞天岳吃了一惊，脸登时沉了下来，"你怎么到现在才汇报？"

"我不敢！"刘振汉一甩手，怒气冲冲地大声道，"我还敢对您这样的有通风报信重大嫌疑的领导相信吗？庞局，如果您觉得警察这个职业和法律不是神圣的、庄严的，那您为什么还要这么说教我们？为什么还要这样来要求我们呢？"

庞天岳沉思片刻，长叹一口气道："振汉，我没想到，我真的没想到……这证实了我的猜想。"

刘振汉不屑地哼了一声。

庞天岳慢慢站起来，说："你可以不相信我。振汉，你的那些推理我不能说是空穴来风，没有一点儿根据。但是，你想没想过，当初我为什么会把匿名信的案子交给你？为什么会想方设法把你调回刑警支队侦破？"

刘振汉淡淡地道："现在很清楚了，你想巴结聂家，为你的仕途增加些砝码。”

“你错了。你应该知道，我快退休了，不需要给任何人做卑躬屈膝的事。”庞天岳走到窗前，看着外面灿灿的阳光，“我只想在退休之前，给咱们的天都市留下一片明朗纯净的天空！”

刘振汉脸上虽松缓了许多，但目光里仍充满着狐疑。

“我不知道你怎么看匿名信事件。但是从我接到第一封信开始，我便强烈地感觉到这里面有文章。聂大海我了解，他是个好干部、好领导。可他的儿子聂明宇，明显有很大的问题。当陆伯龄书记让我挑选人员负责这个案子的时候，我第一个想到的就是你。我的部下中，只有你能够真正接触或是说接近他们父子，同时又能真正做到铁面无私。但万万没想到，你查来查去，竟把矛头对准我这个指挥官了。”

刘振汉喝了口茶，润润干燥的嘴唇和喉咙，说：“事实如此，我不能不这样猜想。我也希望今天您能说服我。”

庞天岳苦笑道：“你能来找我，说明你还没有完全对我失去信任。对此，我表示欣慰。”

刘振汉愣了一下，庞天岳很严肃地提醒他：“振汉，你昨天出发前，最后见到的真是我一个人吗？”

“我……”刘振汉又是一怔。他忽然想起来，在冲出局长室时，的确还碰到一个人。但这个人是无论如何不能怀疑的。记得他曾随口问他匆匆忙忙去干什么。他也随口答了一句去檀山别墅执行任务。刘振汉一屁股坐在沙发上，摇摇头道：“不可能，他是市委领导……”

“我是局里领导，级别低，可能性大？什么逻辑！”庞天岳指指家里的摆设，“我这副家当，像个腐败分子吗？”

刘振汉环顾四周。的确，对于一位公安局长来说，这个家实在是太寒酸了：老式组合家具，几张破旧的椅子，沙发布套已经起毛泛黄。一切都显示着这家的主人是仅仅靠薪水生活度日的公职人员，他的脸上不觉柔和了许多。

“你的话，让我更加怀疑上次行动中一位负责同志的反常举动。”庞天岳的话惊得刘振汉猛地挺直了腰身，大睁着双眼看着他。庞天岳接着道：“那天收缴完手机、呼机之后，我的确是出了会议室，但是你的观察还是不够全面细致。因为，我并不是唯一一个走出会议室的人。”说着，他的眼前浮现出当时的情景：会议室内，坐满了待命的警察。他突然感到一阵晕眩，眼前一片模糊。他勉强支撑着离开会议室，步履蹒跚地朝洗手间走去。他走进洗手间之后，在玻璃镜子前站住，从兜里摸出药瓶子，倒出两粒药放进嘴里。正在这时候，突然嘀的一声，似乎是手机按键的声音。他警觉起来，随即一阵冲水的声音淹没了电话的声音。不大会儿，那位身材矮胖的负责人走了出来。在他出门的一瞬间，看见了镜前的他，愣了愣，喊了声“老庞”……庞天岳收回思绪。“当时，我并没有往心里去。手机的声音我以为是头晕出现的幻觉，就没有多想。同时我也觉得不太可能，因为他是一位我很敬重的领导。”

刘振汉若有所思地说：“洗手间什么声音都有，也许是你听错了。”

“恰恰并非如此！”庞天岳神色冷峻，“当时我的确是这么认为的。因为会场上收缴手机是在我俩去洗手间之前，我亲眼看见他把手机放到了盘子里。那是一部爱立信蓝色手机。可是在行动结束之后，我竟然看到他用另外一部黑色最新款摩托罗拉掌中宝向聂书记汇报行动情况。我很吃惊，这说明……”

刘振汉接口道：“他有两部手机！”

“对。我一直等到他打完电话后将掌中宝放回自己的衣兜，才确信这一点。”庞天岳注视着刘振汉，“设想一下：如果是你配有两部手机，为了行动保密的需要，上级要求你上缴手机，你会不会再留下一个？”

“当然不会！”

“可他却故意留下了一个手机，这说明了什么？”

刘振汉一凛，神情不由得紧张起来。

庞天岳以不容置疑的语气道："这说明，他想在行动时使用手机，以达到自己不可告人的目的！"

刘振汉额上开始冒汗，问道："庞局，你知道我昨天从你办公室出去，碰到谁了吗？"

"你知道我说的这位领导是谁吗？"庞天岳反问。

刘振汉刚要说，被庞天岳制止住。他走到书桌旁，拿了两支笔，交给刘振汉一支。"咱们也当一回古人。"刘振汉点点头。二人分别在自己的手心上写了一个字。他们亮开手，上面都写着一个大大的"陆"字。

庞天岳把手上的字擦掉，面色凝重地说："行动失败，你们没有任何责任。问题出在脑袋上，是中枢神经出了问题呀！"

刘振汉也不由得忧心忡忡起来，说道："他可是主管领导……"

庞天岳走到沙发前，缓缓坐下说："毫无疑问，陆伯龄如果真的卷入，对于我们将是个非常可怕的障碍。"

刘振汉默然，说道："的确是这样。我真弄不明白，以他的身份，怎么会……"

"道理很浅显。金钱和权力对任何人都是有诱惑力的，只不过追求的途径不一样罢了。对于不择手段的人来说，结局只能是堕落。"庞天岳意味深长地说。

刘振汉细细品味着他的话。

"这座山，不好办哪！钱涛书记去党校学习，现在市里的工作都是由聂大海主持，而全市的政法工作又都是由陆伯龄抓，棘手啊！"庞天岳的身体深深陷在沙发里，双眉紧锁，"我之所以一直没向你透露这其中的背景，就是怕你一时冲动，成为靶子。如何用法律而不是用权力去约束、监督干部，我们的机制还有很多的不足。没有更高一级领导的支持，我们甚至无法对某些犯罪嫌疑人展开调查。这就是严峻的现实。我们前途未卜呀……"

"难道……我们就没有办法收拾这些败类了吗？"刘振汉愤愤

地说。

庞天岳缓缓抬起身子说:“办法当然有，但目前我们最需要的是勇气和献身精神。你刘振汉如果要干下去，就必须准备好失去一切，名誉、家庭、友谊甚至生命，你敢吗?”

刘振汉怔怔地看着自己的局长，终于从牙缝里迸出两个字:“我敢!”

庞天岳跳起身子，紧紧抓住刘振汉的双肩，说道:“你个臭小子，我没有看错你!”

张韵萍推门走进来，看着两个人四目相对、亲热无比豪情万丈的样子，不由得埋怨起来:“你俩算怎么回事?小孩子一样，一会儿吵架一会儿又搂到了一块儿……”

庞天岳大声道:“别啰唆!老太婆，把我那半瓶子茅台和花生米拿出来!”

“现在都几点了，还喝?改天吧!”张韵萍瞥了老伴一眼。

庞天岳拉着刘振汉往餐厅走，说道:“就现在喝，我要给振汉壮行!”

小白蜷缩在地下室的墙角里。双腿被捆着，手铐在胸前，屋顶的灯泡发出昏暗的光。

虽然他如实供述了赌场的情况，可公安并没有践诺放他，心里便隐隐有了一种不祥的预感。他一遍又一遍地问着自己:他们真的是警察吗?细想想，他不觉直冒冷汗，那两个警察似乎有些面熟，很像张峰的手下。他越想越恐惧，心一阵阵悸动。他艰难地把身子挪向灰白色的水泥墙，举起戴铐子的手，在墙壁上使劲刻画着。不一会儿，手指甲便磨破了，血肉模糊。突然，响起了脚步声。

他连忙转过身子，背靠着墙，装作昏昏欲睡的样子。

“起来!起来!”又是那两个警察，这次他们换上了便装，那凶恶的样子终于让小白验证了自己的推测——是张峰的人。

“嗨，兄弟，该上路了!”瘦子又踢了小白一脚。小白脑袋嗡嗡直响，惊恐地直愣愣看着他们，身子用力往墙角里缩。胖子笑嘻嘻地说："你态度很好，比甫志高王连举还主动，我们送你出去！"小白苦水往肚里咽，后悔自己没顶住，泪水都快出来了。瘦子不由分说，伸手抓住小白的乱发提起来，将一条宽胶布贴在他嘴上，然后用黑头套一蒙，拖了出去。

在小白靠的墙壁上，留下了三个歪歪扭扭的字：白晓辉。

3

蕾蕾睁开眼，被早晨的阳光晃得一阵晕眩。她用手遮住刺目的亮光，侧脸望去，只见颜名手上涂满了颜料，窝在墙角地板上沉睡。马荃和小路也斜倚在椅子上睡着了。她揉揉眼睛，转过身，惊奇地发现旁边的画板上，露出一个完整、清晰、美丽的女孩儿头像。她紧紧抿住嘴唇注视着，来回欣赏着。走动的脚步把马荃和小路惊醒了。他们看着头像，禁不住欢快地叫了起来。蕾蕾连忙制止他们，指了指地板上昏睡的颜名。

刑警支队里一片静寂，刘振汉满脸憔悴地悄悄走进办公室。龚静一睁眼从办公桌旁站了起来问道："你去哪儿了，刘支队？到底出什么事了？快急死我们了！"

李冬也从沙发上坐了起来，问："可不是吗？龚静说你好像要去闯什么祸。嫂子那里我打点过了，说你夜里执行任务。"

刘振汉面无表情地说："现在我们重新开始工作。以后我会给你们慢慢解释。"他说着扫视办公室："王明呢？"

王明从桌子下面抬起身，萎靡不振地说："别问我，司机的线索断了。"

刘振汉一拍桌子说："你给我精神点儿，时候到了！"

王明惊讶地看着他，满脸迷惘，正想问个清楚，电话响了。龚静抓起话筒嗯了几声，忙转向刘振汉："刘支队，快来，马荃说他们复原出一个被害女孩的头像！”

刘振汉接过听筒，里面传出蕾蕾的声音：“振汉哥，帮这么大忙怎么也不露个面呀？这可是要花好大精力的。复原下一个能不能等等呀？”他对着听筒道：“蕾蕾，你还不知道我吗，忙得像个陀螺，是我让马荃他们去求你的。谢谢了！听说你一个朋友帮了不少忙，我们要给他奖励！”

“人家不会要你的奖励，休息几天就行了。不过，头像马荃要带回去，我没让。我要你亲自来取。劳您支队长大驾过来看看我行吗？”

刘振汉连声说：“好好，我忙完手头的事，一定去看你！”

……

蕾蕾的画室里又繁忙起来：聚光灯打在工作台上，上面一个头像的半成品用木架支着，已经有了较为清晰的脸。蕾蕾一身工作服细心地观察着塑像的骨骼形态，往上拍着泥巴。颜名在一旁耐心地指点着。靠近窗口的桌上，马荃和小路聚精会神地操作着电脑，屏幕上的头像通过电脑扫描，渐成线条、成图像，最终成为一张漂亮姑娘的脸。

这时，门吱的一声被推开了。聂明宇轻轻走了进来。蕾蕾他们在全神贯注地工作着，谁也没有在意。聂明宇站在妹妹身后，看着她塑像，不由得赞叹说：“嗯，不错嘛！”

蕾蕾吓了一跳，连忙转过脸来说：“呀！是你，哥哥，吓死我了！”

聂明宇笑着问：“你塑的全是小姑娘啊？”

蕾蕾道：“我还没来得及告诉你，这是在帮助两个比我还悲惨的女孩。”

聂明宇心中一沉，脸色微微有些变化。他隐隐有一些不安的感觉，紧盯着骷髅缓缓说：“女孩子不应该和这种东西打交道。”

蕾蕾神情黯然地说：“也许我们是同病相怜吧……她们都还不到二十岁，但却被人用枪打死了！”

聂明宇终于验证了心中的预感，有些惊愕地问："你这是在干什么？"

"我要复原她们，查出杀害她们的凶手。"蕾蕾咬着嘴唇说。

聂明宇慢慢坐到了椅子上，一种恐惧顿时在心里弥漫开来。他自语般道："你该做些正事，不办展览了？"

"反正也不是一时半会儿的事。"蕾蕾看着面色突然间有些苍白的哥哥问，"哥，你怎么了？"

"没事，伤疤有些痛。"聂明宇指指颜名问，"他是谁？"

蕾蕾省悟过来，有些不好意思地说："忘记介绍了。他是颜名，我的好朋友，也是我的同学。他是咱们天都的名画家，而且对骨骼很有研究，对我帮助可大了！"

颜名并不看聂明宇，对蕾蕾道："我该回去了。"说着便往外走。蕾蕾起身送他："这两天别来了。我去找你。咱们休息休息……"

聂明宇看着他们亲亲热热的背影，眼里闪过一丝阴郁。

海关大楼矗立在灿灿的阳光里，像一位眺望大海的巨人。毛毛匆匆跳下出租车，快步走进玻璃大门。

她撞开缉私处处长办公室时，贺清明正伏在办公桌上，在一份文件上勾勾画画。小溪拿着文件夹站在办公桌前。贺清明吃惊地看着毛毛，见她满面不悦之色，便吩咐小溪先出去。

毛毛一步步走到他面前，用审视的目光瞪着他，一言不发。

"怎么了，毛毛？脸上像是零下二十摄氏度。"贺清明做出轻松的样子调侃。

"贺老师，您是缉私处长。我想问您一句，海关是否处理过一个三十六辆奔驰车走私出关的事？"毛毛开门见山。

贺清明怔住了，问："毛毛，你从哪里听说的？"他不敢正视毛毛锐利的眼睛，降低声音，"别胡说。"毛毛凝视着他："贺老师，您一直在教我要以诚做人、以诚做事。很多年了，我还记得这些，而且也为此付出了很多代价。如果您还把我当作值得信赖的学生，能告诉我实情吗？”

贺清明的鼻尖渗出了汗水。他站起身，犹豫不定的神情在脸上一览无余，慢慢踱到落地窗前，迷茫地看着窗外。

“我现在不是记者，不会报道出去。我是以……就算是爱着您的亲人身份吧，想听您说说心里话，您忍心让我失望吗？”

贺清明听着她恳切的话语，心中如刀绞般一阵剧痛，眼睛望着窗外说道：“毛毛，我变了，也许你能感觉到。我高兴的是你还没变。社会上、官场里的很多事，是我们在学校碰不上的。请你原谅，我此时此刻对你什么也不能说。但我可以告诉你，无论我做了什么，首先不是我的意愿，其次是我终究要偿还……”他喉头发紧，胸中有团火在炙灼着越缩越紧的心，没能把想说的话说完。

毛毛眼睛湿润了，说道：“好。贺老师，您还没让我彻底失望，虽然我很吃惊……”

贺清明依然是脸对着窗口，轻声道：“相信我，毛毛。我是在对……一个我深深爱着的女人说话。我不会再伤害她……你可以走了。”

毛毛哽咽出声：“前天我讲过，如果您需要我，我随时都会来到您身边。我等着您！”

贺清明听着她转身出门的声音，泪珠从眼里滚了出来。

4

刘振汉在美术学院小红楼长长的走廊里走着。突然前面的门开了。聂明宇和蕾蕾说笑着走出来。

“我走了，你注意点儿，别再捣鼓那些没用的东西。”

“哥，你今天好像有什么心事，满脸不高兴的样子。”

聂明宇刚想说什么，听到了脚步声。转身望去，看见刘振汉正大步走过来。蕾蕾喊了声:“振汉哥!”

刘振汉抬头见是聂明宇和蕾蕾，不觉愣了愣，三人僵僵地站着。最后还是聂明宇打破沉默:“振汉，我想起来了，蕾蕾是在给你做活吧?”

刘振汉有些尴尬地强作笑脸:“嗨，队里新来的民警不懂事，求到蕾蕾门下了。”

聂明宇在刘振汉的注视下，慢慢收回了本来就是勉强做出的笑容，刘振汉也是一样。聂明宇看着他道:“有空还是来家坐坐。老爷子总是和别人家的孩子玩电子游戏，想亮亮了。”

刘振汉心中一动，轻轻点点头说:“得空我让丽敏给二老织件毛衣。”

蕾蕾悄悄地溜走了。

刘振汉垂下头说:“明宇，我在查你。我知道你也在看着我。可我还必须得做下去……”

聂明宇一笑:“告诉我，你矛盾吗?”

刘振汉长叹一声:“你这是明知故问。”

聂明宇淡淡地说:“查吧。别忘了我说过的话。你还记得吗?”

刘振汉抬起脸说:“无论结果如何，你我都还是兄弟。对吧?”

聂明宇转身要走，刘振汉拉住他的肩膀，情真意切地说:“明宇，听我一句。为了你，为了两位老人，也为了蕾蕾和孟琳，自首吧!结果会好些!”说话时，他的身体擦着了聂明宇的腹部。聂明宇痛得弯下了腰，双手捂住伤口，眉头紧皱着道:“轻点……”

刘振汉连忙缩回手，把他扶起说:“明宇，对不起!”

聂明宇看看他，怆然一笑，没再说话。他手捂腹部，耸着肩慢慢远去。在长长的走廊里，他显得十分孤独。刘振汉默默注视着他的背影，心中涌起一股酸楚。

画室里，聚光灯打在工作台上。蕾蕾呆呆地坐在旁边。刘振汉走了进来，对正在收拾画像的马荃和小路道:“先进行电脑资料查询，有消息马上告诉我。”

马荃站直身子说："刘支队，这不容易。因为范围太大，可能会很慢。如果那一个能早点儿出来，两个一齐查效果会好些。"

蕾蕾突然大声嚷嚷起来："不管了！你们怎么不为别人考虑呀？这样是想把人累死！凭什么呀？不管了！"

刘振汉显然看出她情绪不对，便示意马荃和小路出去，低声道："东西待会儿我带回去，你们先走吧。"他看着两个小伙子出了门，这才转身走到蕾蕾面前："怎么了？生哥哥的气了？"

蕾蕾站起来，盯着他说："振汉哥，你给我说真话。我哥他……做什么坏事了？"

刘振汉把手中的公文包慢慢放在工作台上，为难地说："我……怎么说呢？对不起……"

蕾蕾眼圈红红的，哽咽说："振汉哥，谁都看得出来，你们之间有问题了。看在我们一起长大的分儿上，你能不能清楚地告诉我，他怎么了。杀人？放火……"

刘振汉十分为难地搓着手说："他都不能把真实的情况告诉你，我怎么说？"

"你们怎么都变得磨磨叽叽了？大老爷们儿有什么不能说出来？"嘴里这样说着，蕾蕾心里都已明白了八九分，她一把抓住刘振汉的胳膊，"那我问你：如果他有事，你能放过他吗？"

刘振汉沉默了，久久无语。他看着蕾蕾急切期待的目光，终于开口道："你应该求明宇，现在只有他自己才能救自己！"蕾蕾紧紧抓住他的胳膊摇晃着说："不行，你必须告诉我，他是不是真的干了坏事？"

刘振汉明白自己不能再对蕾蕾隐瞒了，于是，缓慢地但是坚定地点了点头，说道："他触犯了刑律，而且性质相当严重！"

蕾蕾的双手从刘振汉胳膊上跌落下来，吃惊地大睁着双眼，带着哭音问："如果……被你抓到……他会死吗？"

刘振汉轻轻叹了口气。

"可我爸妈只有他这一个儿子呀！他们还梦想着抱孙子

呢……”蕾蕾说着，泪水一下子涌了出来。

刘振汉掏出纸巾递给蕾蕾，她一把推开，狠声狠气地问道：“告诉我，你会抓他吗？”他把纸巾放到工作台上说：“我不抓他，也会有人抓他。你说，我抓和别人抓又能有什么区别？况且，我是刑警支队长。”

“不！你不要玩文字游戏！我问的是你会不会抓他！”蕾蕾脸涨得通红。

“会的！”刘振汉嘴里迸出两个字，转身走向门口。他突然又停住脚步，慢慢转过身来，一字一句道：“蕾蕾，不管到什么时候，你都是我的妹妹。如果你愿意。”

“你走！你——走！”蕾蕾哭喊着打碎了那尊快要完工的女孩塑像。刘振汉凄哀地看着她，然后看看碎在地上的雕像，无奈地转身消失在画室门外。

蕾蕾机械地转过身，呆呆地看着工作台上的一尊骷髅……

这是郊区的一个破废的工厂。夕阳的余光在空旷的车间里游荡，和弥漫的尘埃交织在一起，组合成灰蒙蒙的雾幔。

小钟被绑在锈迹斑斑的车床上，脸上爬满了恐惧，拼命地扭动着身子挣扎。聂明宇手托下巴静静地观看，张峰和阿三等人分站在他两旁。小芮在门口警惕地巡视着四周。

聂明宇摁下录音机的录音键，吩咐阿三道：“让他喊！”

阿三走上前去，把小钟嘴上的胶带撕开，小钟高声求饶着。聂明宇对张峰挥挥手说：“你们走吧！”张峰示意阿三等人离去。聂明宇沉声对他道：“你也走！”张峰愣了一下，只好也走了出去。

聂明宇面对小钟燃起一支烟，缓声道：“我不生你的气，真的。其实，我从你一开始和我夫人上床就知道你了。知道为什么不理你吗？你永远不会知道。本来你可以活得长久些，可惜呀！你为什么要带那些东西逃呢？女人不懂事，你也不懂事？”他边说边拿起一根铁棍，一步步走向惊悸到极点、不停挣扎的小钟。

“身边有一个很好的女人，有一个容忍的丈夫，事业上有起色，钱也在慢慢到来，不是很好吗？不，不想这样活着，偏不！”他举起铁棍，狠狠地砸下。在小钟绝望的哀鸣声中，他大叫：“我让你不！我让你不……”

车间外，张峰来回走着。阿三和小芮等人身子微微哆嗦，面容惨白，互相无语地看着。

5

市公安局食堂的小餐厅里，围坐着庞天岳、刘振汉和王明、李冬、龚静等人，餐桌上摆着一瓶天都大曲和几盘花生米、萝卜条之类的小菜，每人脸上都有了酒红，微带几分醉意。

刘振汉道：“今天局座请咱们，是有重要的事情商量，是对咱们的信任。由于这件事的情况还需要保密，所以，在案子没破之前，大家还要严守口风。”

“别跟正式场合开会作报告似的。”庞天岳往刘振汉等人的酒杯里添酒，“今天我自家掏钱，也算是老刑警尽尽心意。这个案子关系重大，牵扯人很多，你们刘支队长一人做不来，所以，他要我出面讲一下。”

“究竟牵扯了哪些人？”王明急切地问。

龚静脱口而出道：“说不定是什么大人物！”

庞天岳点点头：“这个小姑娘说得不错。你们调查这个案子也有很长时间了，想必不会没有感觉。”

王明等顿时严肃起来，凝神倾听。

庞天岳接着道：“种种迹象表明，这个案子的侦破将是十分艰难和复杂的。聂明宇就不说了，最严重的是上层有人也陷了进去，很有可能职务比我还高。具体是谁我就不说明了，你们在日后的侦查中会弄清楚的。”他顿了顿，扫视大家一眼，神情变得冷峻起来。“你们应该明白，这意味着什么。它已不单纯是刑事案件，而是和一种强大的势力较量，你们必须清醒地认识到这一点。”

王明睁大眼睛说：“舍得一身剐，敢把皇帝拉下马！管他是谁，只要触犯了法律，咱们就要跟他拼个刺刀见红！”

龚静也跃跃欲试：“对！我就不信，权大于法的现象就不能改变！”

刘振汉忙用手往下压了压，说道：“小声点儿，今天是咱们自己人的小会，明白吗？现在，我们之间的相互信任是最重要的。只有攥成一个拳头才有力量，才能把邪恶势力击碎。懂不懂！”

大家不约而同地点头。

庞天岳摆摆手，示意刘振汉不必给自己添酒，问：“你们人手够不够？”

刘振汉想了想道：“像王明这样的，再来两个就好了。不过，能像我们这样互相信任的不多。”

庞天岳道：“我看还就是你们几个吧。多辛苦些。现在要尽可能地增加保险系数。”他说着身子前倾，压低嗓门，“我仅以老刑警队长的身份告诫大家，记住，从今天开始，对聂明宇等人的侦查工作，一定要绝对保密，有关事项要直接向我报告。”

刘振汉举起杯道：“诸位，让我们以刑警的名誉、以法律的名誉，起誓！”

大家纷纷举杯，一饮而尽。

庞天岳舒心地笑了，提醒说：“你们千万不可冲动，干任何事都要考虑全局。眼下还没到你们赤膊上阵的时候。因为你们手里还没有掌握足以置他们于死地的有力证据。现在咱们只能默默地干，等到关键时刻再狠狠咬住猎物。”

刘振汉等心领神会，一齐站起，敬庞天岳酒。庞天岳爽快地将面前的酒一口喝干。

他们结束了聚餐，走出食堂。天上的月亮正圆，皎洁的月光柔柔地洒在他们藏青色的警服上。刘振汉推上自行车，正欲和王明等人去刑警支队办公室，庞天岳拉住了他，说道：“振汉，你和聂家的关系我最清楚。别看你刚才豪气冲天的样子，其实心里很苦。回家吧，和丽敏沟通沟通。如果这道坎儿真的还过不去，我不会勉强你。”

刘振汉默默地点点头。

庞天岳又对王明等说：“看你们的了，年轻人。我老了，冲不动了。但无论何时何地，我庞天岳都是你们的靠山。天塌下来，我替你们扛着。”

李冬小声嘟囔说：“如果天把山都压倒了呢？”龚静白了他一眼说：“就你说丧气话！我就不信，邪能压正！”刘振汉骑上自行车，缓缓地蹬着，渐渐隐没在月光之中。

孟琳呆呆地坐在公司里。她没有开灯。月光从窗口漫进来，浸润着灰色的地毯，平添了几分凄冷。

门铃突然响了。她没动。门铃坚持不懈地响。她明白外面的人肯定知道自己在屋里，不得不打开房灯，开了门，竟然是小芮走了进来。孟琳竭力掩饰着惊慌，淡淡地问：“你来干什么？有事？”

小芮道：“嫂子，聂董让我来接您。今天晚上他回家，想和您单独聚聚。”

孟琳的心一点点往下沉，点点头说：“我知道了。”

小芮并不告辞离开，平静地道：“下面有车，会一直等着您。”

孟琳的精神似乎就要崩溃了。她强撑着最后一丝底气，眼一瞪道：“那能请你在楼下等我吗？”

小芮讪讪地转身走了出去。孟琳看着他的背影消失在门口，谛听片刻下楼的脚步声，然后便如散了骨架般地瘫倒在老板椅里。

她的脑瓜在急速地转动，猜测着种种可能，越想越感到情况不妙。她吓坏了，手忙脚乱地摸起电话就拨小钟的手机号。几声长长的蜂鸣之后，对方打开了接听键。她声音急促地问：“嗯……你在哪里？”电话里无声无息，不一会儿便挂断了。她魂飞魄散，身子一阵发抖，颤着手指拨通刑警支队的电话，急切地说：“嗯，刑警支队吗？请找一下刘振汉。”话筒里传出龚静的声音：“刘支队啊？他下班回家了。您是哪位，要不要留话？”孟琳砰地挂了电话，蜷缩在椅子里。

电话铃紧跟着就响了，是小芮催促她下去。她心一横，拿起坤包，像赶赴刑场般颇悲壮地挺胸冲了出去。

孟琳走进家门时，聂明宇正十分安详地坐在沙发上看报纸，录音机里播放着一首低回轻松的曲子。他抬起脸，关切地问：“吃饭了吗？我给你做一点？”孟琳木然地摇摇头，把包放在茶几上。聂明宇微笑着看她，良久，孟琳垂下眼帘，不声不响地也在沙发上坐下。

聂明宇顺手换下录音机里的磁带，轻轻揿下放音键。几声沙沙的空带转过之后，传出孟琳和小钟的对话，孟琳心惊胆战地听着。对话之后，音量骤然提高，是小钟求救求饶的喊叫声，声音尖厉而又嘶哑，充满了对生的渴求和对死的恐惧。尤其是那最后绝望的长鸣，更让人毛骨悚然，房间里顿时显得阴森可怖起来。

孟琳浑身哆嗦着，慢慢地哭了。

聂明宇关了录音机，抽出磁带，递给她，她不接。聂明宇上前搂她的肩膀，她躲闪着。聂明宇轻声道：“别怕，我从来不打女人。”他挨着她坐下，“安静下来，以后好好过你的日子。我们的时间还长着呢。真的，人这一辈子有时候觉得太短，有时候又觉得太长了。你说是吗？”

孟琳不知是因为恐惧还是因为伤心，只是一个劲儿地哭，满面泪水。

聂明宇抚摸着她瑟瑟抖动的双肩说：“别害怕，我不会伤害你的，就像你也不会伤害我一样。”

“我已经伤害了你！”孟琳一下子从他怀里挣脱出来，努力抑制住抽泣，“聂明宇，你要干什么，你说好吗！我求求你了……这么多年，我真的受不了了！”

聂明宇做出诧异的样子，说道：“我没有要干什么呀？你应该放松些……”

孟琳躲到沙发背后，惊恐地说：“不……不，明宇，你要是当我还是你妻子，还有点情分的话，你就不要用软刀子！我要你说真话！你发怒吧，我对不起你，你要愿意就杀了我，别再这样折磨我了！”

聂明宇耸耸肩说：“你疯了！你是我夫人，我为什么要杀你？人犯点错误总是难免的，是不是？”

孟琳略略放下心来，似信非信地走到沙发前坐下，用纸巾擦去泪水说：“好，明宇。那我告诉你，我怀孕了。”

聂明宇猛地睁大了眼睛，定定地注视着她，目光里有惊讶，更多的是疑问。孟琳垂下了头。他终于开了口，问道：“真的？”孟琳抬起脸，重重地点了点头。他悄悄捂住脸喃喃着说：“太好了！太好了……”

孟琳有些出乎意料地发着怔。

聂明宇忽然跪下身子，抱住孟琳的腿说：“这下爸爸该满意了，太好了！孟琳，太好了！你不知道我卸掉了多大的包袱，这下终于完成了使命！”

孟琳有了一种恶心呕吐的感觉，神情麻木地看着窗外的洁白月光。

6

王丽敏这天晚上的情绪特别好。眨眼之间，她竟然就成了全天都市最大的民营企业龙腾集团的财务主管。她不由得想起了毛主席的一句诗——“天翻地覆慨而慷”。激动之余，她心中暗暗下定决心：一定全心全意为公司办事，不辜负明宇的信任和期待。

在卧室里转了几圈后，她忽然想起不能再像过去那样邋遢了。明天就要正儿八经地坐在富丽堂皇的财务室上班了，得收拾收拾自己。于是从包里掏出下午刚刚买来的化妆盒和时尚的内衣，走到了梳妆台前。她打开化妆盒，在几支口红中挑选着。迟疑不定中，她终于拿了一支颜色较为含蓄的，对着镜子在嘴唇上轻轻涂抹，一层淡淡的红色登时便产生了神奇的效果：靓丽、年轻、精神。她不禁有些羞涩起来。然后，她又开始修剪眉毛，动作显得生疏笨拙。脸部的工程进行得还算顺利，她接着便套丝袜、穿文胸、着紧身内衣。站在穿衣镜前，她触摸着自己的腹部，发现依然富有弹性。欣喜之中，她情不自禁地转过身，侧脸望去，背部的曲线依然流畅生动……

突然，门被推开了。王丽敏又吃一惊，忙用双手遮挡胸前。亮亮站在门口，好奇地看着妈妈问："妈妈，你干啥呢？"王丽敏面红耳赤，挥挥手说："亮亮，出去！"亮亮探头探脑，想看个究竟。王丽敏哄劝："妈妈明天要正式上班了，正在试衣服，亮亮先出去好吗？"亮亮磨蹭着不想走，嘴里咕哝着说："妈妈今天变漂亮了，我想看看。"王丽敏板起了面孔："快去，该睡觉了！"亮亮很不高兴地嘟着嘴进了自己的小房间。

刘振汉走进家门，换了拖鞋，径直进了卧室。此时王丽敏刚把衣服穿齐，果然是光彩照人，刘振汉傻傻地看着。

"又是这么晚才回来！"王丽敏翻了他一眼。

刘振汉终于回过神来，惊讶地问："你怎么了？不会是神经错乱吧？"

"你才是神经病呢！"王丽敏哼了哼鼻子，"你当我只能是做饭婆呀？"

刘振汉围着她转了一圈，边上下打量边由衷地说："很漂亮，真的很漂亮！如果是在大街上遇到，我还真的不敢正眼瞧你。"他说着倚在了床头。

王丽敏笑了，心里甜滋滋的。她走到刘振汉旁边坐下，道："振汉，有个事想和你商量商量……"

刘振汉正闭着眼睛琢磨事，很随意地"嗯"了一声。王丽敏接着说："我打算换个工作，想和你说好多天了。你太忙，成天火烧屁股似的。是做会计师。”刘振汉心不在焉地应付着，根本就没听进她的话。他突然猛地坐起来，直勾勾地看着对面的墙：“不好，出大事了！”

王丽敏大吃一惊，看着他问：“你怎么了？”

刘振汉不理睬她，嘴里自言自语：“原来是这样！”他目光发呆，口中念念有词，如同着了魔，翻身下床出门。

王丽敏弄不清他是怎么回事，坐在床边发愣。

月光下，毛毛徘徊在贺清明住处的门口。犹豫了一阵后，她终于下了决心，悄悄走到门前，凝神听着。

正在屋里抽着烟写着什么的贺清明好像听到外面有动静。他慌忙收拾起纸笔，站起身来，蹑手蹑脚走到门后，猛地拉开了门。两人愣愣地对视着。终于，他们拥抱在一起。毛毛哭了。贺清明镇静一下情绪，说道：“进来，我有事要和你说！”说着，他把门关上。

毛毛走进房里，在沙发上坐下，等着贺清明开口。贺清明在她对面坐好，这才小声说：“毛毛，我要跟你说的事非常重大，你暂时千万不要传扬出去。相信我，将来一定有大白于天下的一天，行吗？”

毛毛神情庄重地点点头。

“我正在写的这份材料，是天都市龙腾集团从海关走私大量高档车辆的事实和证据。还有……还有贿赂我及其他海关官员的情况。这个公司还为了自己的利益杀人越货……”

毛毛吃惊地睁大了眼睛，一眨不眨地注视着他。

贺清明接着道：“是真的。别看天都市表面上平静，实际上是外人无法了解的，黑暗埋在深处。我真是受够了。”

毛毛震惊之余有些不能理解，不由得问他道：“那您为什么不向上级报告或是索性告到中央？谁都有这个权利的。况且，您也被迫受过贿。”

贺清明悲伤地说道：“我已经想过，自首、坐牢甚至死刑，这些我都不会在乎，都能承受，总比在这里不死不活地被人控制着强。可是，你应该知道，我还有残疾的丹丹。她还小，以后生活的路还很长。一旦我豁出去了，她往后的日子怎么过，而且还将面临非常危险的境地。那帮家伙是什么事都干得出来的。”

“这样说的话，这里的人们连自身的安全都无法保障了？这不是无法无天了吗？”毛毛不由得提高了声音。

贺清明示意她小声点：“你会慢慢了解这里的险恶和残酷环境的，到那时你会更感到吃惊。所以，我在写的这份东西，想完成后交给你带回北京。”

“放心吧！贺老师，我一定做到。谢谢您对我的信任。”

“但你也要慎重考虑好，这肯定有很大的危险和不可想象的后果。”

毛毛深情地看着贺清明说：“其实，您的处境已经很危险了，早点儿解脱出来吧，贺老师！”

贺清明看着墙上丹丹的照片说：“所以，我要托你一件事。我知道你的同学有很多在国外。我虽然国外也有关系，但已经不方便了。希望你能通过可以疏通的途径，想办法把丹丹办到国外去念书。那时，你把这份材料一公开，我就什么都不怕了。”

毛毛抓住他的手说：“那您呢？难道就这样把自己断送掉？您完全可以自首立功后求得从轻处罚，重新开始生活！”

贺清明抽出自己的手来，苦笑说：“只要丹丹稳定了，我就无所谓了。我是罪人，违背了我贺清明一贯的做人准则，应该受到最严厉的惩罚。毛毛，你什么都不要再说了，我主意已定。等我材料一写完马上就给你，但你必须向我保证，在此之前，不能向任何人泄露。你能做到吗？”

毛毛偎在他的肩膀上默默流泪：“贺老师，我从前一直很尊敬您，现在更是。我真的希望这件事快点儿过去，我们重新开始生活。真的！”

窗外，夜色正浓……

第十四章

1

王明和李冬、龚静还有马荃、汤文军坐在办公室里讨论案子。龚静快言快语，首先发言。她认为如果真像庞局长说的那样，他们现在要做的还不止那两起案子。王明马上表示同意。李冬问他们是不是想起了什么新线索。王明笑笑说，还是让龚静把话讲完吧。龚静也不客气，又接着阐述说，你们想过没有：那些人胆大到冒充刑警，而且竟然直接用王明的名头，头天早上先把那两个女孩住的地方给抄了，第二天下午又把小白给抢走了，每次都是早到一步，他们会是什么人？王明沉默不语，若有所思。李冬催他赶快发表高见。

“也许……”王明欲言又止，一脸诡异的表情。龚静正要做结论，王明猛地举起手，制止她说话：“等等，大事！真要这样就出大事了！”他眼睛看着墙上的挂钟，像是入定了一般。墙上的钟咔嚓咔嚓地走着，越来越响，李冬和马荃、汤文军不知所以，眼睛紧紧盯着他，龚静皱眉思索着。王明一拍大腿，大叫一声：“真出大事情了！”

“还能有什么大事情？不就是这伙人和龙腾公司有关系吗？”龚静不以为然地道。

王明站起来道：“差矣！绝不仅仅是这些！”他很神秘的样子宣布，“咱们险些错过一条重大的线索！”

龚静看看马荃，马荃看看汤文军，汤文军又看看李冬。李冬只好瞄瞄王明，对龚静道：“今天要是不弄点花样出来，看来又是歇不了了！”

王明不理睬李冬的奚落，继续着自己的思路说：“两次扑空一是遇害女孩的住处，二是别墅小白的赌场。都是被一伙警察抢先一步，这说明什么？”汤文军接口道：“我们内部有奸细。”王明摇摇头说：“汤文军，你脑子里就是一锅汤，还是一锅浑汤。警校老师就是这么教你们推理的吗？有奸细，这种结论傻子也能作出来。你们再想想，想想再说。”

龚静不高兴了，因为她也是警校来的。于是，瞪了王明一眼道：“别故弄玄虚了，你就说吧！”

王明一脸严肃，高深莫测的样子道：“不是我不说，而是我不能说。因为……实在太可怕了！”他非常认真的神情让在场的几个人都有了一种毛骨悚然的感觉。

就在这时，门被人砰地撞开了。他们一惊，见是刘振汉站在门口，刘振汉扫了他们一眼，大步走进来。

“刘支队，我感觉到了，你会回来。”王明慢慢坐回了位子。

刘振汉笑道：“我都不知道自己要过来，你是半仙？”

王明夸口说：“在摸你脾气方面，我不是半仙，是整个神仙！”

“那王神仙，你知道我为什么要来？”刘振汉走过去在暖气片上烤着手。

“当然知道。”王明挤眉弄眼，“从明天开始，咱们两拨人要合了吧？”

刘振汉不置可否地晃晃头，问：“什么意思？”

“别装了，刘支队，你来就是说这件事的。”王明胸有成竹的样子说。

“小王八，你也有聪明的时候，抢我的功。”刘振汉笑了，“刚才我回到家躺在床上看我老婆化妆，脑子里一激灵，突然意识到咱们忽略了一件重要的事情！”他停住口，看着王明，“你小子接着说吧！”

王明清清嗓子道：“诸位，从我们前期侦查的情况看，我们是被人牵着鼻子走，完全处于被动局面。那两伙警察显然是同一犯罪集团，而海滩女孩被杀案和海边阿强被撞案，以及赌场小白被劫案，可以断定是同一犯罪主体实施。这所有的一切，都与龙腾走私案有着紧密的联系。也可以说，就是聂明宇他们所为。从而我们可以得出更为严重的结论：这一切仅仅只是露出冰山之一角！”

“王明说的不错！”刘振汉站起身来，“这两伙假警察其实是同一伙人，两起案子有着同样的背景。如果推测不错，我们将面对的是一个有着黑社会性质的犯罪集团。他们的犯罪行为不仅有预谋、有计划、有针对性，而且他们还具有各方面的势力。海关已被他们控制，官方有他们的代理人，当然，还有雄厚的经济实力。这不再是普通的刑事案件或是走私案件，我们将要投入到一场无法预知结局的大搏杀、大较量，你们做好充分的思想准备吧！”他顿了顿，“我刚才去了庞局长那里。他指示我们，目前最迫切的就是查出确凿的证据，然后剩下的事情他来办。我来就是要告诉你们，从明天开始两个专案组合并，集中力量，从已发生的刑事案入手，尽快查出证据！”

王明等人神情庄重地听着，都在心里暗暗使着劲。

深秋的檀山，层林尽染，小鸟在树杈间蹦跳啁啾。颜名和蕾蕾在泛黄的草地上漫步。阳光透过树叶的缝隙，斑斑点点地随风晃动着。

“蕾蕾，能告诉我五年前为什么不辞而别突然离开天都吗？”颜名盯着蕾蕾的眼睛问。

蕾蕾眺望着远方说：“告别最好的方式是悄悄地离开。本来我以为，这一生咱们也许再也无缘相见。”

“能否告诉我原因？”

“你真的想知道？”蕾蕾脸上涌出哀伤，望着哗哗摇动的树叶，“就像这树、这草，经过风雨，已经失去了春天的青翠，它们向往的只能是飘落、腐烂，在泥土里默默地消失！”

颜名从她的话音里似乎已经意识到了什么，马上道：“你看这树叶，它们经过风雨的吹打，霜露的浸染，不是愈加美艳、愈加富有内涵了吗？我更加喜爱它们了，因为它们不仅成熟丰富了，而且具有了献身的精神！”

蕾蕾凝视着他。

“人生就是这样，不经风雨，不遭坎坷是苍白的。只有在艰辛和磨难中一步步往前走，才能进入一个非凡的境界，也才是完整的人生！”

蕾蕾脸上飞出了红晕，嗫嚅着说：“你真的这样想？”

“你说呢！”颜名笑着反问，“你是不是把我看得很浅薄庸俗？”

蕾蕾一头扑进他的怀里说：“谢谢你，颜名！谢谢你又给了我信心和欢乐！”

颜名一把推开她。蕾蕾愣住了。颜名指指她背后。她转脸望去，只见在不远处，阿三正躲躲闪闪地偷偷拍照。她顿时恼了，要前去责问。颜名拉住了她，轻声道：“这个人，我想你也许认识。你很不简单哩，成戴安娜了。咱们还是学着王妃的样子开溜吧。”

蕾蕾很不好意思地笑了，挽着他的胳膊向山下走去。他们很快便到了盘山路上，这时正巧有一辆出租车开来。颜名拦住，然后对蕾蕾道：“你是公主，先走一步吧，我还想再转转。回去代问你的大款哥哥好。”

蕾蕾显然能听出他的讥嘲之意，忙解释说：“我知道你不喜欢他。好多人不喜欢他。其实，他就这样，了解了就知道他人挺好的。”

颜名没有接话，拉开车门，做了个“请上车”的手势。蕾蕾有些不情愿地钻进车里。颜名看着出租车开走，转身隐入了树林。

树丛中的阿三正在收拾摄影器材准备离开。颜名突然出现在他背后。阿三慌乱的样子道:“啊？我来拍拍照，这里挺漂亮！”

颜名笑笑说:“就我一个模特了，你还有兴趣吗？”

2

当一个人影从三十多层高的天都大酒店上飘飘扬扬往下飞坠时，街旁眼尖的行人不由得发出一阵惊呼。“砰”的一声巨响，那人重重地落在人行道上，鲜血四溅，面孔朝下，已成了肉饼。

人们惊呼着围了上去，有人反应敏捷，打开手机，拨通了110报警台。

很快，警车鸣着尖厉的警笛飞驰而来。刘振汉和王明等挤开人群，迅速进行现场勘查，照相机“咔咔”地响着。法医翻开死者，从他那血肉模糊的面相上仍可依稀辨认出，是白晓辉。结论很快便出来了:系生前坠楼而亡，死前喝了大量的烈性白酒。至于是他杀还是自杀，有待于进一步侦查。

死者周围已经被警戒线隔开。围观的人们热烈地议论着，话题大都是围绕着自寻短见展开。龚静和李冬等做着角度的测量，以确定坠楼时的大致房间。

这时，马荃和汤文军匆匆走了过来，在刘振汉和王明面前站住。马荃道:“调查过了。客房部经理证实，他是住三十二层的3206房间，一直都是一个人待着，服务员要去打扫房间，都被他回绝了。”汤文军补充:“3206房间里没发现任何可疑线索，只有茶几上放着一个空白酒瓶和一袋没吃完的花生米。”

“我们再去房间看看吧。”刘振汉对王明道。王明点点头，二人向天都酒店大门走去。刘振汉边走边问王明:“你相信这是自杀？”

“鬼才相信！”王明愤愤地回答说。

“杀人灭口只是一个方面，他们这是在杀鸡给猴看哩！”刘振汉淡淡的口气，“警告所有的知情者，也是警告你我！”

王明挥挥拳头说：“我知道，这是一场恶战！刘支队，我已经准备好了，放心吧！”

“我的意见是取消匿名信的调查工作，必须集中力量侦破海滩女尸案和檀山别墅赌场案，包括白晓辉的死。我们不能再分流人员了。”刘振汉说着推开酒店的大门，“我是在海边长大的，船在惊涛骇浪里行进，最重要的就是镇静和不迷失方向，当然，还有勇气和意志！”

王明摁亮电梯指示灯，说：“这我清楚。我们的对手不仅强大，而且还很聪明，很像是个经过战争的军人。”

“聂明宇当兵时最大的愿望就是当个连长，有独立指挥作战的权力，以施展他的军事才能。”电梯门开了，他们走进去。刘振汉话锋一转，说道：“王明，你要意识到将要发生的事情的严峻程度。小白从天都市楼层最高的宾馆上摔落在闹市区，已经向我们发出了信号。我不能担保每一个参加这场拼搏的人都能平安无虞，它的严酷用你死我活来形容，丝毫都不为过。”

王明看着闪烁向上的电梯指示灯说：“我反正是豁出去了。他们几个还年轻，可能的话，我们要尽量保护他们。”

“还有你，也一定要善于保护自己。”刘振汉神情郑重，“我现在是处于风口浪尖上，只能是无遮无拦地往上冲，目标最大。万一我失败了，担子就只能落在你身上了。你一定要学会等待，要保存好所有的材料和证据，相信组织相信法律。等将来机会来临时，把案子继续下去。”

王明看看他，道：“不至于严重到这种程度吧？”

刘振汉加重语气：“完全有可能！这种事随时都会发生！你别忘了，我不久前才领教过这个滋味。何况，这次又是已经危及他们自身的利益！”

电梯升到了三十二层，刘振汉和王明快步走出电梯间。

龙腾集团办公室王主任，带着王丽敏参观办公大楼。他颇有些自豪地向王丽敏介绍说，龙腾集团是一个包含了二十多种行业的民营企业。穿过一条又一条长长的走廊，他向她展示着一个她从未见识过的庞大高速运转的现代化产业集团。每个工作间里都是整洁明亮，一台台电脑在闪烁；每一个员工都在忙碌着，像觅食的蚂蚁……

最后，王主任带着王丽敏走进了财务室。这是一个十分宽敞的大屋子，里面大约有十几个玻璃隔间，每个隔间的办公桌上都摆放着最新型的联想电脑。会计们正端坐在电脑前，认真地工作着。

“诸位，请暂停一下！”王主任大声道。

所有的人都停了下来，看见是王主任，便纷纷站了起来。王主任介绍说：“这位是集团新任财务主管王丽敏女士。从今天开始，你们就要在一起工作了！”

王丽敏局促不安地朝大家点点头，财务室里顿时响起了热烈的掌声，所有的会计都微笑着向她致意。王丽敏脸红红的弯弯腰道：“我叫王丽敏，请大家多多关照！”

王主任摆摆手说：“不是他们关照您，是您要多多关照他们！”

“是啊是啊！王主管，有什么做不到的地方，您尽管批评！”会计们纷纷巴结地向王丽敏表示着。

王主任向里走，热情地说：“我陪您到办公的地方看看。”

他们走到大厅的尽头，有道门，门上有块金灿灿的标牌，上面是“财务主管”几个仿宋大字。王主任推开门说：“就是这里。我让人刚刚打扫了一下。您满意吗？”王丽敏走到他身前一看，顿时目瞪口呆。她眼前是一个单独的房间，房间的四壁是柔和的淡黄色，一面墙上挂着集团所属企业、工厂和驻外省市的分布图，另一面墙上是集团公司的财务分流表格图。窗台上，摆放着郁郁葱葱的热带植物盆景。墙角里摆着纯羊皮的白色转角会客沙发，旁边是银灰色钛金外壳的 JBL 音响设备。房子的正中央是一个阔大的老板桌，桌后是深黑色的高背皮转椅。在老板桌的旁边是奶油色的电脑台，台上是一台瓦蓝色的 IBM 电脑。这一切使得整个办公室显得大气而又不失时尚，豪华中又透出典雅。王丽敏的嘴张着，半天也没合拢。

“公司规定，您是享受副总经理级的待遇。”王主任郑重其事地说。

王丽敏走过去，摸了摸红得发紫的老板桌，激动里透出一丝不安，一时不知说什么才好。

王主任悄悄对她道：“我告诉您一个消息，可别透露出去。”

王丽敏眨巴眨巴眼睛，忙点点头。

“公司快要收购你们原来的棉纺厂了！”

“真的？”王丽敏吃了一惊。

“是真的。”王主任以肯定的语气道，“收购之后，您要是愿意，把厂长找过来当您的秘书怎么样？”他笑着调侃。

王丽敏连忙摆手：“别，别……”

“那小子想报复您丈夫，才让您下的岗。等我们把那个厂子收购过来，也让他下岗！”

“别！千万别……”王丽敏真着急了，“千万别这样！”

“您呀，心太好了！”王主任笑着提醒她，“财务上的事情，可不能心软！”

王丽敏忙表态说：“您放心，我绝不会的！”

“从现在开始您就可以工作了。张总让我转告您，替他和董事长管好钱匣子。拜托了。”王主任玩笑似的给她鞠了一躬，然后转身退了出去。

王丽敏忐忑不安地小心翼翼地坐在高背皮转椅上。一瞬间，她感到了一种强烈的自豪感和荣耀感。自己的存在价值终于被认可了，这里面自然还有聂明宇的信任和他真情的帮助。她决心在龙腾集团、在这个有着勃勃生机的经济实体中好好干一番事业。

她从手包中拿出早就准备好的小镜框，放在老板桌的一角。镜框里，他们一家三口在和和美美地笑着。尤其是刘振汉，嘴咧得露出了全部的牙齿，在乌黑的脸膛衬托下，白得耀眼。她多么希望此时他能在这里，和她共同分享幸福。突然之间，她又想到了他坚决反对的态度，心里不由得一沉。她决心晚上回家，必须和他说清这件事。

3

孟琳坐在临海的浪淘沙大酒店顶层旋转餐厅里，眺望着窗外。清澈明净的秋空下，艳艳阳光照耀着一望无际的大海。一只又一只海鸥在雪白的浪花上嬉闹着，浪花冲净了它们的羽毛，阳光镀亮了它们的翅膀。它们飞得如此潇洒，如此尽兴。孟琳无限神往的神情里透出无法自抑的羡慕，不由得喃喃自语："多么自由的精灵啊！"

"自由和限制总是相辅相成的。"聂明宇不知何时已站在了她身旁，"就像火车不能离开铁轨，轮船不能离开航道一样。没有了堤坝，河水就会泛滥；没有了监狱，人们便不会再有安全感。"

孟琳怔了怔，不置可否。

聂明宇在她对面坐下说："怎么今天有空？你约我见面很难得呀！"

孟琳犹豫了一会儿，说道："明宇，我想说的还是工程的事。"

聂明宇道："妈妈不是答应你了吗？这种事我是不好和爸爸说的。我知道，你想赚钱，想有自己独立的事业。这是好事，我也是一直支持你的。可是，对一个女人来说，好像还有更多该做的事。你说是吗？"

孟琳显然能听出他的弦外之音，所以并不回答他提出的问题。"其实，我们公司完全可以凭实力争取到这个工程，就是因为这层关系反倒要顾及。”

聂明宇沉吟片刻后道：“这么个小小工程又能赚到多少钱？先放一放吧。”

孟琳对他的漠然和敷衍早有心理准备，面无表情地说：“那我们说说那件事。我心里一直不舒服，想把孩子做了。你知道，这是不正常的……”

“你怀孕的时候想过他正常吗？”聂明宇打断她的话，脸拉了下来，“告诉你，正常得很。别的我不多说了，孩子不能做，你最好别做傻事。”

孟琳侧脸看窗外说：“我这不是跟你商量吗？”

“不，你是在威胁！”聂明宇沉声道。

孟琳沉默了，继续看海面上上下下翻飞的海鸥。

聂明宇此时心中却不禁七上八下起来，他真有些担心她会采取断然措施报复聂家。于是，婉转地说：“我教给你一个办法，你会得到想要的工程。”

孟琳转过脸来，笑了：“你也会得到想要的孩子。”

聂明宇耸耸肩道：“咱们毕竟是夫妻嘛！”

孟琳苦笑，睁大双眼盯着他，静待下文。

“你可以直接去找爸爸，不是在家里。”

“你还不了解你爸爸，他为官一贯清廉正派，出了名的。儿媳妇去市委找他要工程，你觉得他肯吗？”

“他当然不会答应，但人都是有弱点的。你直接告诉他，你怀孕了。”

“明宇，我知道，老头子朝思暮想地想要一个孙子。一旦他知道，我就没了做掉胎儿的可能，这正是你想实现的。”

“真是唯女子与……”聂明宇停住口，觉得说这些挺无聊，转向原来的话题，“如果你想得到这个你认为收益不小的工程，就去试试。我也仅仅只是建议。”

“你能肯定你父亲会为一个未来的孙子，不顾自己几十年的清廉名声吗？”

聂明宇笑了笑说：“他会的！”

刑警支队会议室里，刘振汉和王明等刑警支队的民警们围坐在会议桌四周，陆伯龄、庞天岳等领导坐在顶端的首席位置。

“刚才王明已经说了，他们这个小组近段时间的侦查没有任何线索。所以，他请求撤销对匿名信的调查。请领导指示。”刘振汉抬起头来，看了庞天岳一眼。

庞天岳道：“要撤销对匿名信一案的侦查事项，我已经汇报过了。请陆书记先说说吧。”

陆伯龄轻轻嗯了一声，便皱着眉头沉思起来，好长时间也没开口。

刘振汉忍不住了，说：“匿名信那个案子，我一直是亲自过问的，直到现在也没有什么突破。现在重大恶性案件不断发生，刑警支队人力严重不足。所以，我恳请领导批准，先暂停匿名信的调查。”

陆伯龄清了清嗓子，终于开口了：“我想，这样做也未尝不可。在人手紧张的情况下，我同意你们的做法。但是，我不同意不作结论就放手的计划。如果现在查不出什么问题，我建议你们就可以作结论了。这些天市委领导催着我要匿名信的结论，已经催了好多次了。”

刘振汉和王明互相看了看。王明坐直了身体，说道：“哎，陆书记，我一直是具体负责查这个案子。我总的感觉是在现有人力物力条件下，难以在较短时间内查实。但这不等于龙腾公司就没有问题，只是暂时放放而已，现在就作结论恐怕有些不大合适。”

陆伯龄心里很不愉快，但脸上没有任何表现。他笑眯眯地看着王明说：“我们要的是证据，而不是怀疑。”

王明软顶了一句：“上法庭的证据没有，够立案的证据可是不少！”

陆伯龄的不悦之色终于还是不由自主地露了出来，说道："有证据就查嘛，为什么要停呢？在这里，我要强调一下：大家一定要记住，我们的执法工作是严肃的，一个案子悬置一年两年不给结论的非正常现象，不能再发生了！"

庞天岳咳嗽一声，说道："陆书记说得对，我谈谈我的看法。"大家的目光一齐投向他。"现在，省公安厅对海滩女尸案非常重视，也是限令必须破案。龙腾走私案，市委也是限令尽快查清楚。我想了一个折中的办法，哪一个案子有把握在近期内侦破，咱们就先上哪一个。这样，对上面也好有个交代。你说呢，振汉？"

刘振汉自然明白庞天岳的用意，马上接口道："我觉得海滩女尸案比较容易一些，受害人头像已经复制出来。而匿名信的案子还没有具体线索。我建议还是先集中警力侦破女尸案吧。"陆伯龄盯着他问："那龙腾公司的案子什么时候才能有结论？"

"这……"刘振汉想了想，"如果可以的话，王明这两天先写出一份初步的调查报告报上去。我们集中精力破海滩女尸案，等破了这个案子后，马上就投入龙腾的案子，争取以最快的速度作出结论。"

陆伯龄狠了狠心，说道："好吧。我给你们二十天时间，必须拿出龙腾公司的结案报告！"

庞天岳一愣，惊讶地问："二十天？"

刑警们纷纷议论起来。

陆伯龄道："二十天已经很宽松了。"他说着，把脸转向王明，"你要尽快把报告给我，我看看再说。你在报告里最好把目前调查的进度、有关的具体情况都写得详细些，要有个初步的总结。我也好向上级汇报。"

刘振汉和王明都有些不满。王明勉强地点点头，低声说："好吧。"

4

散了会之后，刘振汉就早早地往家赶了。现在行动的方案大致已经确定，他想好好理一理自己的思路，确定一下侦破的步骤。

刘振汉打开家门，发现王丽敏正在等着他，穿着很是得体。他开玩笑说：“你解放的速度是不是快了点，不会连饭都不做了吧？”王丽敏笑着捶了他一拳说：“去你的！我准备晚上请你下馆子，亮亮还有几道作业题，做完了咱就走！”

“你请我下馆子？”刘振汉很是吃了一惊，他伸出手摸摸她的额，“你没发烧吧！”王丽敏打掉他的手，认真地说：“振汉，趁着现在还有点时间，我想跟你说个事。”

“两口子说话还这么正儿八经的。”刘振汉在沙发上坐下，“什么事说吧，我洗耳恭听。”王丽敏鼓了鼓勇气，说道：“我一直想和你说说我工作的事，你听不进去。看来，我真的不如你那些罪犯重要了！”

刘振汉打着哈哈：“说！说！这几天不是太忙吗？”

“那我就实话实说了。”王丽敏刚要讲，亮亮从小房间里溜出来了。她把儿子赶进去，反锁上门，接着道：“我已经到龙腾公司上班了，担任主管会计！”

像平地炸了一声雷，把刘振汉震得直发蒙。他眼睛瞪得鸡蛋似的，直愣愣看着王丽敏，半天气都没喘出来。王丽敏被他看得心里直发毛，嗫嚅着说：“我可是凭本事去的……”

“放屁！”刘振汉霍地站了起来，“不管你怎么去的，赶紧给我撤出来！”王丽敏也火了：“我也告诉你，我不！为了这个家，为了亮亮，我决不！”

刘振汉怒气冲冲地转着圈子，痛心疾首地说：“你怎么这么糊涂啊你！现在是调查聂明宇的关键时候！你上人家的圈套，会影响整个案件的进程的！你懂不懂？”

王丽敏针锋相对地说：“我什么都不懂，只懂明宇是咱自己家的兄弟，是个重感情重义气的人！他看不下我们母子这样生活下去！刘振汉，不要什么事都和你的工作掺和！我跟你十几年了，你为我们母子想过什么做过什么？别人家的孩子又是脑白金又是钙中钙，亮亮连鸡蛋都得省着吃，你忍心吗？我现在自己找了工作，你调查你的，我工作我的，怎么了？”

刘振汉黑脸变成了紫脸，脖子上的青筋直蹦，怒道：“说别的你也不懂，你明天必须给我回来，不然，我就去找明宇！”王丽敏双眉立起，嚷道：“你敢！”“我现在就去！”刘振汉说着就向门外冲。

王丽敏拦住，二人扭打着，刘振汉一把推倒她。亮亮在拼命捶打小房间的门，哭喊着。王丽敏也哭了：“好你个刘振汉，十几年了，终于露出本来面目了！你心是够狠的，难怪连明宇兄弟都不放过！现在连我也打了！正好，咱们离婚！”她说罢，转身跑出门去。

刘振汉打开小房间的门，亮亮奔了出来，用头撞他的腹部，哭喊着：“我要妈妈！我要妈妈……”

刘振汉呆呆地站着，周身感到彻骨的寒冷。

海滨游乐园里，甚是热闹。因为是周日，所以，游玩的人比平时多了几倍，熙熙攘攘，到处都是欢声笑语。

颜名和蕾蕾在过山车上紧张地大叫着。不一会儿，他们又爬上了海盗船，在角度颇大的摇摆中发出一阵阵欢快的笑声。

坐完了海盗船，他们在海边漫步。蕾蕾拉起他的手问：“怎么样？大画家，比你总待在蜗居里有意思吧？”

“未必。”颜名望着湛蓝的大海，“我现在头都大了，还是想回去安静一下。”

蕾蕾说：“那我带你去个安静的地方！”

他们来到了离海滨游乐园不远的天主教堂里。教徒们正在跟着神父做礼拜。两人找了一处安静的位置坐下。蕾蕾很快便进入了境界，闭上了眼睛。诵完《圣经》后，蕾蕾睁开了眼睛。颜名悄声道："原来你还是个圣徒。你刚才在祈祷什么？"蕾蕾看着他说："女孩子的心愿。"

颜名由衷地道："蕾蕾，我总觉得你是个不一般的女孩。尤其是这几年没见，你更是成熟了许多。但我总觉得你好像有什么心事，能告诉我到底是什么吗？"

"是家里的事……"蕾蕾欲言又止，沉默了好大一会儿才又接着说道，"具体说，是我两个哥哥之间的事，但我有信心帮助他们言归于好。"

"你有两个哥哥？"颜名不禁迷惑了。

"严格地说，另一个不是我的同胞哥哥，但他和亲哥哥一样。我们三个是从小在一起长大的。"蕾蕾解释道。

颜名似乎有了兴趣，说道："能和我说说你的亲哥哥吗？我们虽然只见过一面，但是，我觉得他是个很特别的人。"

蕾蕾一提到哥哥，便不自觉地有些眉飞色舞起来："当然了，他是一个非常聪明也非常有个性的人。无论什么时候，他总是为我抵挡风雨。所以，直到今天，我仍然很依赖他。他当兵时打过仗，也受了伤，是挂着勋章复员的。他今天做到这么大，得罪了不少人，可能和他的个性有关系。别人很难真正了解他。"

颜名若有所思地说："看来，除了你，外人很难了解这位本市的杰出青年企业家了？"

蕾蕾警觉起来，问："你什么意思？"

"也许是传言听得太多吧。"颜名扯了扯她，"咱们去外面转转如何？"

他们走出了教堂，在青青的草地上慢慢走着。蕾蕾调侃说："你真像是个潜卧隆中的诸葛孔明，三尺蜗室，便知天下之事！"

颜名笑了："蕾蕾，你知道我为什么很少出门吗？不光因为城市闹区的喧哗，我还有一种感觉：这个城市里有一股邪恶的味道。”

“说你是诸葛亮，你竟还真摆起了八卦阵，这可比危言耸听更让人害怕！”蕾蕾不以为然地揶揄说。

颜名严肃起来。“我说的可是真话！”他看着教堂栅栏外流动的车河人海，“你自己一定要多小心，这个城市会把人不知不觉地搅进去！”

蕾蕾挽住他的胳膊说：“你可别吓唬我，我这个人胆子小，你是知道的！”

颜名一把搂住她道：“没事，到时候我会告诉你。”

蕾蕾忍不住“咯咯”笑了起来，颜名无奈地长叹一声。

5

孟琳反复琢磨了聂明宇的建议后，觉得有些道理。知父莫若子，她决定去试试。

走进市委办公大楼，警卫拦住了她。她拿出证件，警卫检查着。这时黄盛正好出来，一眼看到了她，有些惊讶地道：“孟琳，你怎么来了？有事？”孟琳点点头：“我找老爷子。”黄盛给警卫打了招呼，便带着她上楼。

“是为工程的事找聂书记吧？”黄盛问。“你怎么知道？”孟琳诧异地看看他。“是明宇告诉我的，他让我帮你说说话。”黄盛据实回答。

孟琳心里一动，明白聂明宇的确是用了心，便稍稍有了些慰藉。黄盛接着又说道：“老太太也帮你做过工作。可你知道，聂书记这个人原则性很强。我刚才跟他提起这事时，他还批评了我。看起来，希望不大啊，你心里要有个数。”“我知道了。谢谢你，黄秘书。”孟琳思索着，边走边把要说的话在心里又过了一遍。

黄盛走到标有“副书记室”牌子的门前站住，对孟琳说：“你稍等片刻，我去说一声。”他推开门，走进里间。正在批阅文件的聂大海抬起了头。

“聂书记，您现在有时间吗？有人想见您！”黄盛躬身说。

聂大海又低下头继续批阅文件，问：“约好的吗？”黄盛摇摇头。

“你去谈谈，看看什么事。”

孟琳闯了进来说：“爸，我想还是得您亲自谈。”

聂大海一怔，抬起头来，见是儿媳来了，脸上马上有了笑容，说道：“孟琳！你怎么跑到这里来了？净捣鬼，有什么事不能回家说？”孟琳在沙发上轻轻坐下，说：“公事。”

聂大海愣住了，黄盛知趣地退出了办公室。

“爸爸，我实话实说了。您跟方主任说说，把市委招待所的工程项目给我吧。我们公司的实力，您可以调研，比任何竞标公司也不差。”孟琳一坐下来便直截了当地提出了请求。

聂大海过了好大一会儿才反应过来，有些不高兴了，摘下脸上的花镜说：“孟琳，你怎么……我怎么能跟老方打这种招呼？你应该明白，就算你能行，你是我儿媳，项目给了你，别人会戳我们家脊梁骨的。”

孟琳也嘟起了嘴：“爸爸，这么说，做聂家的人，就要比别人受更多的不公平对待了？您做了一辈子的官，临退休了，也该为自己家想想了。何况，我们又不是以权谋私，是凭实力公平竞争。招标会快开了，爸爸，再不打招呼就晚了。”

聂大海为孟琳的不谙世事感到很恼火，这是明摆着的事嘛：市委的建设项目给了常委副书记儿媳去做，老百姓的唾沫也能淹死你，这不是自毁清名吗？他板起了脸，对孟琳严肃地说道：“我当了一辈子的官，不错，是苦官。可是，谁叫我是党员，是公仆呢？我并不是说大道理，这人心是杆秤呀！孟琳，你这个忙，我不能帮！”他说着站起身来，很恳切的样子劝导她，“你和明宇在事业上干得都不错，这就可以了，做生意首先是做人，要堂堂正正，歪门邪道的事千万不能沾。再说，钱和利是没有止境的，生不带来死不带去，要适可而止。回去和明宇商量商量，别整天两个人都在外面跑，留一个人顾顾家。都老大不小的了，应该考虑后代的大问题了。”

孟琳站起身，面无表情地说：“爸爸，您的意思我明白了。”她转身出门，走了几步又停下，“还有一件事忘了告诉您，我怀孕了！”

聂大海稀疏的双眉猛地跳了两下，大声问：“什么？你说什么？”

“我怀孕了，但是医生说我坐胎不稳，随时可能流产，不能受刺激。不管怎么说，该是个好消息，您说是吗，爸爸？”

聂大海兴奋得直转圈，问道：“明宇知道吗？有没有检查是男孩还是女孩？”他猛地站住，“孟琳，下午我早点儿回家，来家里详细说说，别忘了叫上明宇。太好了，咱们要好好庆贺庆贺……对了，注意点儿，要听医生的话。”

“只要不受刺激，应该没什么问题。”孟琳说完，提着包匆匆离去。

她的最后一句话，聂大海终于听出了弦外之音。他呆呆地看着儿媳的背影，皱起了眉头。

刘振汉把亮亮送到学校，又接连拨了几个电话，都是令他失望的回答。王丽敏无影无踪。

他在刑警支队门前停下自行车，垂头丧气地走进了办公室。见支队长萎靡不振的样子走进来，王明凑上去问：“怎么了头？出事了？”

刘振汉一屁股跌坐在椅子上，说道：“丽敏被聂明宇请到龙腾当财务主管，我不让，她要和我闹离婚，跑了。我找遍她的同事好友家，都没有，也不知去哪儿了！”王明把毛巾往桌上一摔，骂道:“这个聂明宇，也太孙子了，他以为这样就能阻止你?”“说话注意点儿，别骂人!”刘振汉瞪了他一眼。

龚静赶紧道:“那直接到公司找她不就完了吗?”“不行!”李冬分析说，“看来，聂明宇是希望刘支队直接找过去，发生正面冲突。”

“嗯，有这个可能。”王明若有所思，“他就会为以后我们的调查，找个私人借口。”

“好了，还是继续干你们的活吧。我琢磨着，她闹闹自己就回来了。”刘振汉说完站起身，走向支队长室，“我想一个人静静，你们任何人都不准打扰我!”

午后的阳光依然灿烂，透过窗玻璃斜斜地照射进来。刘振汉窝在椅子里，昏昏沉沉地合上了眼睛。显而易见，明宇胆怯了，不然他不会如此明显地把丽敏招进他的公司。尽管不排除他想利用这一招孤立他瓦解他，但他仍把丽敏和他当作一家人是不容置疑的。否则，他完全可以利用权势或暴力置他于死地。

他曾不止一次地问自己，如果查实了明宇犯罪的证据，他能给他戴上手铐，把他送上审判台和刑场吗?如今，他不得不再次向自己提出一个更难回答的问题——他该如何面对聂叔、冯姨和蕾蕾，还有孟琳和丽敏。血浓于水，这种深深的情谊和难以化解的骨肉之亲真能轻易地割舍吗?

一颗硕大的泪珠慢慢从他的眼角溢出，在灿灿阳光的映照下，晶莹如玉……

第十五章

1

火车站月台上，毛毛拿着行李准备上车。贺清明默默地帮她拿着行李，丹丹在一旁恋恋不舍的样子看着。毛毛拥抱了丹丹，然后转向贺清明道："贺老师，回去吧。丹丹的事我回去就办，先把她的简历传过去。斯坦福大学一般是会资助这种残疾学生的，应该说问题不大，您放心吧。"

贺清明有些激动地说："我放心，放心。就是你也要多保重自己。"毛毛点了点头，忽然有些惊惶地望向他的背后。贺清明发现她的眼神不对，忙转过身去。只见远处张峰带着几个人正急急地走过来。

张峰很快便到了贺清明他们身边。贺清明呆呆地注视了他片刻，便用身子挡住毛毛和丹丹。张峰笑着问："真巧，贺处长！怎么？来送人？"

贺清明弄不清他的意图，于是惴惴不安地试探着反问："张峰，你来这里做什么？"

"你这么问就奇怪了，我来送人呀！"张峰晃了晃身子，"我的一个朋友今天也去北京。怎么，不能来了？"他对跟在身后的几个马仔摆摆头："你们先去，我和贺处长聊几句。"

趁着张峰吩咐手下的间隙，毛毛拥抱住贺清明，在他耳边悄声道："材料写完后寄过来，我等着！"说罢，跨上了火车。

贺清明转身推着丹丹向出口处走。张峰紧紧跟了上去，很随意的样子道："贺处长，美国密歇根州我们有分公司，斯坦福大学我们也有一些研究项目。您要是需要帮忙的时候说话。"贺清明惊愕地不由停住了脚步，转过脸去，愤怒地看着他。

"兄弟，人在江湖，自顾尚且不暇，别再给别人添麻烦了。其实，你我都一样，还是好自为之吧！"张峰说着，轻叹一声。

贺清明久久盯视着他，品味着这暗藏机锋的话语，心中不禁涌起一股深深的悲凉和无奈。

张峰对他意味深长地一笑，转身带领马仔走了，留下发呆的贺清明。

"爸爸，是不是张叔叔他们又要帮我？那就不用毛毛阿姨了！"丹丹抬起头，满脸天真地看着爸爸。

红旗轿车在小楼前缓缓停住，聂大海跨下车，快步走进家门。他边进屋边兴奋地大声喊："老太婆，快炖鸡汤，有好消息了！"他见无人应声，扫视了客厅一眼，发现空空荡荡，于是，推开了卧室的门。只见孟琳正和冯月梅一脸泪水地坐在那儿。他愣了愣："怎么了，你们？孟琳我怎么没看见你的车？明宇呢？"

"爸爸，现在我不敢开车了。"孟琳用纸巾擦去脸上的泪水，轻声说。聂大海忙不迭点头："对对，小心点儿好，你现在可是要格外注意保重身体，两条生命呢！"冯月梅瞥了他一眼，抱怨说："亏你还说得出口。你知不知道，女人这期间是不能生气的？本来孟琳坐胎就难，说不定什么时候不留神就出问题了，看你还乐不？"

"我怎么了？"聂大海不知所以地摸摸后脑勺，看着孟琳问，"是不是明宇又欺负你了？"

孟琳不置可否。冯月梅把话接了过去说："明宇怎么会欺负孟琳？他高兴还来不及呢！就是有些人，不顺着咱孟琳的心……"聂大海马上便明白了，他关上门走进了客厅，闷闷地斜倚在沙发上。冯月梅跟出来，在他旁边坐下，劝导着说："老头子，不就是一个工程吗？给谁做不是做？给了咱们孟琳，她一高兴给你生个大胖孙子多好！而且，她还答应等你退了休，给咱们一套房子呢！”

聂大海瞪了老伴一眼，板起了脸，沉声道：“冯月梅，你给我听清楚，我还没到想孙子想糊涂的地步！我们几十年过来，对别人可以义正词严，对关系到自己利益的事，就可以假公济私吗？这工程怎么可以成了换孙子的条件？可以吗……”

“你个死老头子，小点声行不行？”冯月梅抓住聂大海的膝盖，朝卧室看了看，然后回过脸来，用乞求的眼神看着他，“老头子，咱们能不能再商量商量……”

孟琳这时从卧室里走了出来，对聂大海道：“爸爸，我懂您的难处。我哭不是为别的，是说起二老盼了好久孙子，终于盼到了，高兴得。我会尽量保住这个孩子。爸爸，我真的不会再向您提工程的事了，您放心！”

聂大海满脸歉疚地说：“好孩子，谢谢你能体谅我。工程的事我的确不好过问。你能懂事我很高兴。如果你的公司有什么困难，我想明宇会支持帮助的。一码归一码，千万不可混为一谈。咱们该吃就吃，该补就补，在这方面绝不能亏待你，今天就让我这个做爸爸的先表现表现，服侍你……”

“改天吧，爸爸。”孟琳打断他的话，“今天公司还有事，我要过去看看。”她说完转身就走。

冯月梅不满地看着发愣的聂大海。

孟琳出了小楼，踉踉跄跄地走着。她停在街边，面对残阳的余光，捂住嘴，不由得哭出声来。

2

刘振汉推着自行车从刑警支队院里往外走。龚静带着亮亮从外面走了进来，问：“刘支队，干吗去？嫂子有消息吗？”

“听说住公司呢，这个人脾气倔。”刘振汉苦笑笑，看着儿子问：“亮亮，怎么这会儿就下课了？”亮亮侧着脸看旁边，不睬他。

龚静接过话说：“上午考试，他不愿意上学，我就……”

“那怎么行？”刘振汉皱起了眉头，“龚静，送回去。今天放学别接他，妈妈不去就让他自己回来。你赶紧协助王明调查女尸案，时间不多了。我这就去蕾蕾那里，再求她试试，看能不能把另一个受害人的头像复原出来。”

龚静答应一声，便欲往里走。亮亮却不动，虎视眈眈地盯着刘振汉说：“我要妈妈！”

刘振汉摸了摸儿子的头说：“你不要她，她也会要你的。过不了两天，她就会主动回家，放心上你的学吧！”

亮亮这才嘟着嘴，跟在龚静身后，颠儿颠儿地走进去。刘振汉跨上自行车，向美术学院方向赶去。

画室里，颜名倚在椅子上，看着蕾蕾在做雕塑。蕾蕾不时侧目看看他，脸上洋溢着笑。“说句外行话，真的比你以前那些作品有神韵了！”颜名由衷地夸奖。

“该谢谢你，这算是顿悟吧？”蕾蕾调皮地撇撇嘴角，“你这是夸我还是在夸自己？”

颜名也笑了，但他马上便收回了笑容，很郑重其事地道：“蕾蕾，有件事我必须告诉你。我可能要走，要很长时间，去边疆走走。写生是我早就定好的计划，再晚，气候就不允许了。”

蕾蕾很吃惊，她没有回身，停下手中的活儿问：“多长时间？”

“半年以上吧。”

“为……为什么那么长时间？”

颜名坐直身子，搂住她的肩道：“不管我在哪里，其实，我们都离得很近不是吗？我最担心的，倒是你……”

蕾蕾满眼的泪水，她转过身慢慢伏到颜名怀里问：“不去不行吗？”

颜名摇摇头，轻抚着她的秀发道：“蕾蕾，临别前，我不能不最后提醒你：留心你身边的人，哪怕是你最信任的人。可能愈是亲近的人，往往伤害也是最厉害的。你明白我的意思吗？”

蕾蕾闭上眼睛，说道：“我总觉得你是在说自己。”

“傻丫头，以后你会明白的。”颜名叹了口气，显得很无奈。他不得不改变话题，问：“你那个雕像给人家砸了，怎么办？”

蕾蕾从他怀里跃起，说道：“什么怎么办？本来就不关我们的事。再说，振汉哥现在变了，很冷血，我真的有点儿生他的气。他不该听信别人的挑拨，对我哥瞎猜疑！”

“此话差矣。公安局没破案之前，对任何人都是怀疑的。倘若你相信你的企业家哥哥，就不必这么敏感，最后定案是要靠证据的。”颜名对蕾蕾的态度颇不以为然，接着又耐心开导她，“你我都是公民，更何况，被害人也是你这样的女孩儿，起码的阶级感情还是应该有的吧？你有这个本事，就应该帮助她们申冤。退一万步说，你自己也清楚，从这个过程中你可以学到很多，同时又帮助了你那个哥哥，不是很好吗？”

“别这么正儿八经地说话好不好？你个老学究！”蕾蕾瞋了他一眼，“我没说不帮呀！不就是当时在气头上，把他冲走了吗？”

颜名抱住她，一阵热吻。蕾蕾顿觉天旋地转，软软地俯在他的胸口，颜名凝视着她水波微荡的大眼睛轻声说：“我知道你是个有正义感的女孩。什么是对，什么是错，还是清楚的。我相信，我走了之后，你有能力把另一个女孩的面貌复原出来。你肯定行。”

蕾蕾甜甜地笑了。这时有人敲门。她走过去打开门，原来是刘振汉神情尴尬地站在门口。他看着蕾蕾道：“蕾蕾，还生气吗？我来道个歉。”蕾蕾回头看颜名，颜名鼓励地向她使个眼色。

“振汉哥，别说什么道歉不道歉的，那天我也有些感情冲动。你要说实话，我会认真考虑的，没准能帮你。”蕾蕾迎着刘振汉的目光，诚恳地说。

刘振汉顿时激动了，说道：“到底还是我的妹妹！”他看了看颜名，似乎明白了什么，有些不好意思地挠挠头，“我没打扰你们吧？”

蕾蕾的脸腾地红了。颜名依然保持着常态，对刘振汉道：“刘支队长，我想单独跟你谈谈，可以吗？”

“当然可以，你可是帮了我们的大忙呢！”刘振汉很爽快地便答应了。

两人走出画室，在走廊的尽头停住脚步，倚靠在楼道栏杆上。刘振汉道：“谢谢你。你不说话，蕾蕾这孩子性子一犯，很难说服哩。”

颜名道：“这也是很巧合的事。如果不是你们办这个案子，我和她也许不会又走到了一起。头像复原的事，您别着急。如果顺利的话，最迟明天下午就差不多了。”

刘振汉很兴奋，问道：“真的？能这么快？”

颜名点点头说：“没事，她是小姑娘脾气，人还是很正的。这不，马上就干上了。到什么时候她都不会失去做人的准则。”

“这个我了解，我们是从小在一块长大的，她就像我的亲妹妹。”刘振汉点上根香烟，“蕾蕾和别的女孩儿不一样，你们能在一起，说明你也很特别。”

“我没什么特别。”颜名目光热切地看着他，“我倒是很佩服你这种看似普通的男人，却能在非常状态下保持清醒和理智，把情和义上升到一个高尚的境界！为我，也为所有的人树立了一个光灿灿的人生路标！”“非常状态？”刘振汉故作不解地沉吟着。

“你不必瞒我。从马荃和小路的闲谈中我已经略知一二。”颜名把目光投向楼下的冬青树丛，感慨万端地说道，“现在有血性的男人我见得不多了。也许我这么说有些偏激。但我觉得你是位难得的大丈夫。白居易有诗云：‘勿轻直折剑，犹胜曲全钩。’何为血性？就是面对邪恶的阳刚正直，就是关爱天下人的良知和情操。我很清楚，你为此付出了很多很多，心灵的蹂躏，感情的折磨，亲人的责难等。刘支队长，你不容易啊！”

刘振汉被眼前这位看似文弱书生的一席话深深感动了，眼睛不由得一阵发热。颜名收回目光，注视着他轻声道："我单独和你谈的意思，想必你也知道。有个人夹在你和聂明宇之间，我担心她会受到伤害。"

"我明白你说的是蕾蕾，她不仅是明宇的妹妹，也是我的妹妹！"

"因为我要远走了，不知道什么时候才能回来，蕾蕾她……"

刘振汉打断颜名的话，加重语气道："你放心，无论什么时候，我都会照顾她！"

"无论什么时候？"

"对！我向你保证！"

两个男人的手紧紧地握在了一起。

肖云柱在街道上一颠一颠地走着。他走到李记胖头鱼店前，抬头朝里面瞄了一眼，发现疤瘌李正在客人间张罗着。他对着门叫了一嗓子："嘿，生意不错嘛！"

疤瘌李赶忙走出来问："怎么了，哥，里面坐？"

肖云柱翻翻眼说："今天时辰到了，把那个地下室给我准备好！"

疤瘌李满面为难之色："哥，不行呀，现在全堆着货呢！"

"早他妈干吗去了？几天前就给你打了招呼！"肖云柱斜他一眼，"怎么，害怕？"

"不是，就是……"疤瘌李把肖云柱拉到僻静处，"咱做点别的生意不行吗？这太冒险……"

肖云柱真恼了："我说你怎么变成这个样子？告诉你，今天晚上必须给我准备好，别他妈找我翻脸，听见没有？"

两人正说着，只见那个人贩子村妇嗑着瓜子，从街头晃了过来。

疤瘌李像死了爹似的哭丧着脸说："好好，你是大爷，我现在就带你们这对狗男女去看看。”

他带着肖云柱和那村妇，穿过熙熙攘攘的店堂，顺着楼梯进了潮湿阴暗的地下室，一股霉味扑面而来，两只正在觅食的老鼠吱吱叫着从他们腿下窜出。他们越往里走越狭窄，好不容易才挤进了门。村妇叫道：“什么鬼地方？费这么大劲！”

肖云柱眼一横，斥道：“别他妈喊，这事就得小心点！记好了地方，拿到钱后，你自己来领！”

村妇不无担心地说：“兄弟，到时候没人，我不是傻了眼？哪有先付钱的道理？”

肖云柱指了指疤瘌李道：“没看见上面是他的店啊？能跑哪去？照片也给你了，还怕个鸟？告诉你，钱不拿来，我先抄了你的窝！”

村妇歪着脸想了想，觉得他说的有些道理，于是，笑了笑说：“老弟放心，不过，你得给我饿两天孩子。孩子饿两天就听话了，要不，我以后麻烦。”

“放屁！”疤瘌李不愿意了，他知道孩子在这儿多待一天，自己就多一分危险，“别他妈出人命，到时候还不都是我担着？”女人胸有成竹地道：“我干多少年这买卖了，没事……”肖云柱不耐烦了，手一伸说：“别废话了，你把钱拿来！”

3

聂明宇坐在董事长室里，饶有兴味地看着电视新闻，屏幕上显现出经济开发区某合资厂的全貌。突然，电话铃响了。他拿起听筒：“哦，张行长吗？您好！怎么样？您看市委对这个项目还是非常重视的……”张峰这时走了进来。聂明宇示意他先坐下，接着道：“对，市委和市政府在今后三年内肯定要给政策的，您放心。好的、好的……”

张峰待他放下听筒，这才欠了欠身道：“董事长，贺清明的事暂时可以放心。知识分子嘛，顾及很多，不会出什么大问题。倒是蕾蕾，又和那个疯子画家混在一起，是不是……”

聂明宇摆摆手说：“不，她的事我来管！”

张峰看着电视里正在播报的新闻问：“你又劳动老人家了？”

聂明宇拿起桌上的铅笔，有节奏地敲着说：“开发区的人托我给这个厂找一笔贷款，我请了几个银行行长。但他们对这个项目都有点儿拿不准，所以，我想让我父亲去参观一下这个厂。新闻报道一宣传，对银行会更有说服力些。”

正说着，电话又响了。聂明宇拿起听筒：“林行长，我就知道是您。怎么样，现在决心可以下了吧？好好，我就直接让他们找您去了，好的。”他撂下听筒，对张峰摇摇头：“这帮人，要说服他们也容易，领导的旨意就是他们的行动。你替我安排见黄盛吧，还得谢谢这条狗，得赏根骨头给他。”

张峰心领神会地笑了。

聂明宇压低嗓门：“刘振汉那边这几天要多留意，不能出任何问题！”

张峰重重地点点头。

“你去约一下黄盛吧，让他到绿波廊茶楼。”聂明宇站起身，吩咐道。

午休时的绿波廊茶楼，客人并不多。聂明宇春风满面地进去时，黄盛已经在靠窗的位置坐等多时了。聂明宇坐下后，直截了当地说：“谢谢黄秘书。你可是帮了我大忙了。”

黄盛笑笑道：“举手之劳。这种安排聂书记参观视察的事，我每天都要做。”

“无论怎样，我们的合作还是愉快的。”聂明宇端起茶杯，“来，咱们以茶代酒，我敬你一杯！”

黄盛端起茶杯，和他碰了碰，用玩笑的口吻道：“聂书记要是知道了内情，可能就不是只仅仅打你的屁股了！”

“用一句不太好听的俗话说，咱们是一根绳子上的蚂蚱！”聂明宇一语双关，然后往前倾了倾身子，“对了，黄秘书。我父亲最近烦心的事太多，还拜托你老兄多多关照。”

“放心，我一定尽力。”黄盛降低声音，“据可靠消息，陆伯龄书记已经催市公安局抓紧时间结案了。”

“是吗？”聂明宇关切地问，“公安局怎么说？”

“他们好像想拖一拖。陆书记很不高兴，回来跟我聊过几句，准备提议近期再开一个常委扩大会，讨论这个事。”

“哦？原来发展成这样，真让人遗憾！”聂明宇显出对此兴趣不大，岔开话题，“你今天开的还是桑塔纳？”说着，他拿起茶桌上的车钥匙，冲窗外摁响。

聂明宇办好同黄盛的交易后，很快就回到了公司。他立刻又找来了张峰，说安排他去办另外一件小事。张峰认为他说的是小白的事，于是告诉他，没有任何后遗症，很干净。

聂明宇不置可否，说道：“不，这几天我一直在考虑另一个疑问。”

张峰观察着他的表情，揣测一番后说：“你怀疑的事情，我想我猜到了。你放心，我已经派人在查。”

“哦，是吗？”聂明宇略略有些诧异，“你倒说说看，我在怀疑什么？”

“是谁泄露了赌场的秘密。”

聂明宇笑了：“你还行，嗅觉还算敏锐。”说着，他的脸霎时便阴沉下来，“这个人差一点儿坏了咱们的大事。”

“幸亏咱们上头有人，要不然真他妈一锅端了！”张峰说着仍是心有余悸的样子。

聂明宇站起来走到窗前，眺望着对面道：“最近我老是睡不太好，总有一种不祥的感觉。张峰，这个时候做事情一定要小心啊！你应该看得出来，目前天都市上上下下都在盯着咱们！”

“我明白。被别人盯着的滋味很不好受。我会下大力气，尽快扭转这种不正常的局面。”张峰信誓旦旦地说。

“老弟……”聂明宇从窗前转过身来，“该干什么，我想你应该明白。怎么干，我相信你也明白。因为你是个聪明人，但你的缺点是手太黑。办事有容乃大，无欲则刚，事情一过分，就会让人家抓把柄。这种教训咱们不是没有。”

听了聂明宇的话，张峰很是忐忑。他表示自己以后一定注意，然后道：“董事长，我一定把那个人找出来。小芮已经列了一张名单，是去过咱们赌场的全部人员。”他说完把一份资料递给聂明宇。

聂明宇浏览了一遍，掂了掂说：“哪天这份名单登上报纸，足以让天都市来个七级地震！”

张峰咬咬牙道：“刘振汉最好不要逼咱们太紧，否则……”

“赌场消息是从哪个渠道泄露出去的？公安局内部最早是谁得到的情报？这些都要查清楚。”聂明宇拉开抽屉，把资料放进去，“直觉告诉我，这个告密的人，是一个非常了解赌场秘密的人。他应该来过赌场，知道很多不应该知道的事情。”

张峰琢磨着他的话，仍不得要领，试探着道：“所有来过赌场的客人要按照名单一个个查。但是这个法子太笨，不是个最好的办法。你看……”

聂明宇从笔架上抽出一支铅笔，在便笺上写下一个名字说：“查查这个人。”

张峰看过后大吃一惊：“他……不会吧？”

“这种人，什么事情都做得出来！”

“好的，我立刻就去。”张峰说着转身就朝外走。

“等等。”聂明宇把笔放回笔架。张峰猛地停住脚步。聂明宇的脸上露出一丝阴冷，说道：“刘振汉的手很快，但是你要比他更快。明白吗？”

聂大海在办公室里转着腰身，不时用手揉一揉。他不得不悲哀地意识到，自己真的老了。

陆伯龄走了进来。聂大海忙招呼他坐下，问他是不是有什么急事。陆伯龄点点头，说道："聂书记，这个庞天岳不知道是对您有意见还是怎么回事。我让他把明宇的案子早点儿结束，他在那里阴阳怪气，也不表态。而且，我看刘振汉和他的那帮小刑警也情绪不对。"

聂大海在他对面坐下，不无担忧地说："也许他们真的查到了一些问题。明宇这个孩子呀，嗨，真叫人操心！不行的话，我让他从龙腾集团董事长的位置上退下来，不要这么招摇，树大招风啊！"

陆伯龄道："问题是他们也说不出什么具体事情。有个叫王明的刑警，还说什么可以上法庭的证据没有，但能立案的证据倒不少。您看，这不是胡闹吗？"

聂大海脸色难看起来，哼了一声道："这就是振汉手下的兵？"

"我看刘振汉是一点儿好作用都没有起，早知道这样，当初就不该……"陆伯龄欲言又止。

"哎，不能这么说。"聂大海显然认为他话说得有些过了，"让刘振汉回来不仅仅是明宇的案子需要他，他在咱们天都的公安队伍里面，业务和人品都是一流的，应该回刑警部门工作。至于明宇这个案子，他们两个人像兄弟一样，现如今人长大了，有了变化，但是振汉再较真儿，也不至于有意害明宇的。"

"嗨，聂书记，您不了解情况。现在他们推说案子太多，事情太忙，想把明宇的案子先放起来，也不作结论。这就等于是挂起来晾着，开玩笑嘛！"陆伯龄说着说着竟有些生气了。

"岂有此理！"聂大海火了，"有问题就查，没问题就给结论。老挂着，这可不是个正确的态度！"

"谁说不是？他们这个设想我还没有同意。您看是不是这两天再召开一次常委会，把这个事专门和庞天岳讲讲？"

"这个吗……"聂大海认真想了想，"对这件事，我应该回避。但是，我可以坦白地告诉你，公安局这种做法，我持保留态度。

人的生命是有限的。因为这件事，我已经受到了无法挽回的影响，现在也不敢再有任何奢望了。反正我也老了，不会再去计较。可不能再让孩子跟着受牵连啊！不要把我们当年受过的罪，受过的冤枉，再让孩子们受嘛！”

陆伯龄连连点头，说道：“我完全同意您的看法，这种事含糊不得。”

4

孟琳在家里蒙着头睡了一天一夜，越想越伤心，越想越丧气。本来这么忍着跟聂明宇同床异梦，就是指望聂家这个靠山能给她的事业起到一些作用，没想到老头子一点儿亲情都不讲，回绝得一点点余地都没有。虽然以前打着这块金字招牌，也招揽了一些业务，但那都是小打小闹，现在好不容易等来了个大工程，又只能眼看着机会擦肩而过。

她想着想着，便心一横：打胎，然后远走高飞，凭着自己的能力，不愁混不着饭吃，总比这么人不人鬼不鬼地活受罪强。

她决心一定，从床上爬起来，给王丽敏打了个电话，说有要紧的事找她，让她马上过来。

她刚梳洗好，王丽敏就心急火燎地赶来了，气喘吁吁地问她什么事。孟琳说怀疑自己长了肿瘤，想让她陪着去医院检查一下。王丽敏听了很吃惊，拿起电话就要找聂明宇。孟琳拦住她，说现在没检查出结果，不想让他知道，以免他担心。王丽敏想想觉得她说的也有道理，便放下了电话。但她马上又有些为难地对孟琳说她只请了一个小时的假，超过这个时间得董事长亲自批才行。孟琳让她放心，说她会给明宇解释。王丽敏想想觉得看病是件大事，便催她赶快去医院。

她们到了市第一人民医院后，挂了号，便在走廊的长椅上等候。不大一会儿，就听到了叫号声。孟琳在王丽敏的陪伴下低着头走进手术室。王丽敏见进了手术室，有些诧异。悄悄问医生，肿瘤还没确诊，怎么就动起了手术。医生瞪她一眼，说什么瘤，真是莫名其妙，她怀孕了，要流产。王丽敏惊得嘴半天合不上，头“嗡”的一下就大了，怔怔地看着孟琳。医生正用严厉的口气问她想好没有，孟琳咬着嘴唇点点头。

王丽敏回过神来，把已经上了手术台，在紧张喘息的孟琳用力拉了下来，转身就往门外拖。她在走廊里训孟琳道：“你好糊涂，怎么敢擅作主张！真做掉了，明宇不杀了你才怪呢！”孟琳流着泪说：“杀就杀，反正我不能要这个孩子！”王丽敏意识到他们夫妻可能也像她和刘振汉一样闹了别扭，就更不能让她乱来了。劝孟琳说，有什么事慢慢商量，如果真一意孤行，明宇绝不会饶过她。

王丽敏的话提醒了孟琳，倘若自己真这么做了，聂明宇肯定不会善罢甘休。心狠手辣的他只要打算惩治她，就是逃到天涯海角也出不了他的掌心，况且她掌握了他那么多秘密，岂能放过她。想想后果，孟琳不觉脊梁凉飕飕的，原来下定的决心顿时消失得无影无踪。王丽敏见她犹豫，便搂着她的腰说：“咱们先回去，明宇如果有什么不对，我批评他，夫妻间还能有什么事不好解决。”孟琳默默地同意了，随王丽敏走出医院。

在回去的路上，孟琳轻声恳求王丽敏：“嫂子，你可千万不能把这事告诉明宇啊！”

“我不会像你这么傻！但你们最好沟通沟通，这以后的日子还长着呢！”王丽敏说这话时，不由自主便想到了刘振汉。

把孟琳送回家后，王丽敏就匆匆赶到了公司。进了办公室，她就拿起电话拨通了刑警支队，让对方喊刘振汉接电话。电话里传出龚静的声音：“嫂子吧？我是龚静。您在哪里？刘支队现在不在队里，他找您都找疯了。”

王丽敏心里酸酸的，嘴里却说：“哼，让他找去吧。小龚，你知不知道亮亮怎么样了？”龚静答道：“上学去了。他每天来这里吃饭，挺好的。您还是快回家吧。嫂子，别给刘支队上眼药了，他也不容易……”

王丽敏挂上电话，不禁长长叹了口气，坐在办公桌后闷闷地发呆。

这时，一位会计走了进来。她把一沓材料放在王丽敏面前，说：“王主管，这是龙腾下属天润建材公司本月的财务报表。请您审核一下，签个字。”王丽敏粗粗看了看，忍不住带着惊讶的语气道：“这么大数额呀！”会计笑了，说：“这是精简机构后，他们几年来最小的开支。原来以为您会高兴呢！”“不行，我得找张总问问去！”王丽敏说着站起了身子。

市委常委会议室里，常委扩大会正在紧张却又沉闷的气氛中进行着。因为会议的议题是龙腾集团的案子，聂大海回避没有参加。陆伯龄主持会议。他清了清嗓子道：“各位，关于龙腾公司走私案的匿名信也查了快一个月了，至今没有任何结果。因为这件事是政法委牵的头，公安局具体承办的，所以，想请在座的诸位谈谈意见，看下一步怎么进行，什么时候作个结论。”他把脸转向庞天岳，“老庞你先说说。”

庞天岳咳嗽一声，慢慢从口袋里掏出一个小药瓶，倒出几片药丸。陆伯龄笑了笑说：“老庞，一让你说话，你就犯病……”

“领导不让吃药，咱就不吃。”庞天岳又把药丸放进瓶里，丢到口袋里。

陆伯龄站起来，提着水瓶走到他身旁，给他的杯里续上水说：“别装模作样的，该吃的药要吃，但是该说的话，该表的态也一定要讲出来。不然，大家又要叫你老狐狸了！”

一位常委接着说：“老庞，这不是要作出表决的会议，主要是大家提提建设性的意见。你是主抓这项调查工作的，你不表态，让我们说什么？”

"案子调查的情况，领导们也都很清楚。我还是想先听听大家的意见。"庞天岳很诚恳的样子说。

另一位常委问道："我听说你们要先停下这个案子查别的刑事案，是为什么？"

"快到年底了，这些个犯罪分子好像也约好了似的，都出来了，实在是忙不过来。所以，必须加大侦破和打击力度，遏制住这种势头。我们想暂缓调查走私的事，先把最近几起重大的刑事案解决一下。这破案率全靠年前冲一下，还请诸位领导谅解呀！"庞天岳说着，向各个常委拱了拱手。

"暂时不查，那什么时候查？结论是要作的。你不作结论，聂书记很多工作就受影响。咱们总不能让这么一位德高望重的老同志带着心理负担工作吧？"一位常委发表意见。

"老庞呀，你们还是要抓紧。不然，我们给省委的报告可不好写呀。"一位年龄稍大些的常委慢条斯理地说着，"大家都知道钱书记去中央党校学习前，已经提出不再兼任市长职务，省委组织部已经考虑将聂大海同志放到市长的位置上，而且也考察通过了。这个时候，咱们拖着不作结论，我认为是不妥的。聂大海同志本人也会有想法。"

庞天岳连忙不住地点头说："我知道！我知道！"

那位老常委又接着道："庞局长，其实，只要你表个态，这封匿名信所反映的问题是真是假，然后我们批个报告也就结了。"

陆伯龄审时度势，认为自己应该讲几句了，于是道："是呀，聂大海同志为天都市的改革发展可以说是殚精竭虑。在这种时候，被人写了匿名信，我个人认为不正常，很可能有文章。但组织上让查清楚，咱们只能服从。现在你们查也查了，并没有查出什么来，完全可以作出纯属子虚乌有的结论！"

庞天岳深切地感受到了巨大的压力，心肺被挤压得隐隐发痛，连呼吸都感到异常的困难。他很清楚，让他来开这个会，就是要逼迫他尽快给聂明宇作个无辜的结论。而一旦结论作出，将来再想翻过来，无异于痴人说梦。他作为一名老公安，很清楚刘振汉全力调查海滩女尸案和檀山别墅赌场案的实际用意。他明白，无论如何，自己都必须顶住，为刘振汉的侦查提供宝贵的时间。他抬起头来，不动声色地看了看与会的常委们，决定采取以静制动的策略。

那位年长的常委见庞天岳老是沉默着不讲话，有些不高兴了，皱着眉头道："老庞，刚才伯龄同志已经说了那么多，你倒是表个态，同意不同意由公安局先出个结论，确认匿名信是无中生有的？"

庞天岳抿了口茶，见周围的眼睛都直勾勾地看着他，意识到不说几句是不行了。于是，以平静的语调道："是这样的。我个人的确也认为这封匿名信十有八九反映的情况不可信，甚至有可能是别有用心。但我个人的看法毕竟不能代表调查的结论，对不对？"他顿了顿，看看那位年长的常委，发现自己一语双关的话起到了一些作用，接着发言，"由我们公安局出个结论性的东西是可以的，也是必需的。不过，现在关于匿名信调查结论的报告，刑警支队还没送到我这里，只有他们送来了，局党委才能根据他们的报告起草一个东西。我也是巧妇难为无米之炊呀！"

陆伯龄脸上的皱纹明显拥挤到了一起，目光里透着恼火，道："但是，这件事就这样无限期拖下去吗？你们的工作效率是不是太低了？如果真的存在这些问题，那就不能不考虑采取措施！"

威胁是很明显的。庞天岳以软克硬，做出很担忧的样子道："明白，明白。我回去就让刑警支队尽快上这个案子，把调查结束后的结案报告送上来。接到后我立刻给市委汇报。"

陆伯龄看了看大家说："那么，老庞，你今天当着各位领导的面，给个期限吧！"

"这……"庞天岳苦笑一声，"要不，一个月之内行不行？"

陆伯龄摇摇头说："肯定不行，时间拖得太长了。"其他几个常委也摇头。庞天岳咬咬牙道："二十五天？"陆伯龄还是摇头。

“那就按你上次讲的，二十天！”庞天岳说得很艰涩，“各位实在要体谅一下，刑警支队还有很多大案要案，省公安厅也是天天催办呀！”

陆伯龄阴阴地一笑：“我们又没让刑警支队停下办案来专门弄报告。行了，老庞，再争下去就不严肃了。我们也不再难为你。这样，十天时间。我给你十天时间，必须把报告递上来。”

“足够了，老庞！”周围的人附和着。

庞天岳看了看周围，知道已无回天之力，便捂着一阵阵发痛的胸口说：“好吧，十天……”

5

张峰坐在总经理室里，匆匆地在一份份报表上签上自己的名字。小芮敲门走了进来。张峰抬头看看他，手中的笔并未停下，问：“什么事？”

小芮嗫嚅着说：“要不要给小白家送点钱？”

张峰摇头道：“不行！千万不能这么做，这样，反而会引起麻烦，以后想别的办法吧！”

小芮想了想，只得作罢。他走近一步低声说：“张总，肖云柱今天就要动手了。”

“什么时候？”

“我估计是今天傍晚。”

张峰搁下签字笔，沉吟片刻后道：“这件事我还没跟董事长商量。先暂时别动，我要和他最后凿实一下。”

小芮急了：“哥，今天不干就晚了！把孩子一弄走，刘振汉肯定心就乱了，他哪里还顾得上咱们？”

“话是这样，但是聂董和刘振汉的关系……”张峰迟疑着说。

小芮嘟起了嘴：“哥，可是你跟我说的，干大事最重要的是果断。董事长会理解我们的。”

张峰站起来：“我这就去找董事长，你先去准备，随时等我的电话！”说着，他大步走出了办公室。

聂明宇正在办公桌后闭目养神，琢磨着对付刘振汉的办法。想来想去，也没能思考出什么高招来。张峰这时匆匆闯了进来，把他吓了一跳，直起腰问：“还有事？”

“董事长，有件事……嗯……想跟你商量商量。”张峰吞吐了半天，终于横下心来，急促地道，“这件事很重要，现在必须要你一句话了！”

“现在这里很清净，你说吧！”聂明宇略略有些诧异地盯着他。

“抓刘振汉孩子的人现在已经开始行动了！”

“什么？”聂明宇惊得站了起来，“怎么回事？”

“刘振汉现在咄咄逼人，非想把我们置于死地。我准备派人把他的儿子卖到山西、陕西一带，让他无心恋战！”张峰睁大眼睛看着他，“请你批准我的计划！当然做掉更安全，我是怕你……”

聂明宇浑身一震，霍地一步跨到张峰面前，逼问：“你……这么大的事情为什么早不跟我商量？”

张峰低声道：“我想……这是为公司好。”

聂明宇不由默然了，他不能不清楚地认识到张峰这么做是非常有道理的。如此一来，便能在精神和心理上给刘振汉以致命打击。他紧张地思索着。就在这时，突然传来了敲门声。他连忙回到座位上坐下，示意张峰开门。

张峰打开门，王丽敏拿着一份报表走进来。她身着得体的职业套装，显得端庄高雅，气度不凡。聂明宇和张峰不由得交换了一个会意的眼神。

“董事长，张总。”王丽敏朴实地笑了笑，面对张峰道，“他们跟我说您来这里了。我让会计部把上个月天润公司的资金收支情况汇总了一下，想请您看看。”

“这么快？”张峰有些吃惊。

“我们加了点班。这账面上有点乱，尤其是支出情况，数额很大。我有些拿不准，所以，还要您来把关。”

张峰接过报表，点点头道：“好，我看看。”

王丽敏向聂明宇打个招呼，便转身走了出去。

“我们的王主管工作还挺认真的。”张峰不无揶揄地说。

聂明宇没理会他，接着刚才的话题道：“亮亮不仅是刘振汉的孩子，也是丽敏的孩子，我也是一直把他当作我的儿子看待的。你懂吗？”他背着手走到窗前长叹一声，“唉……张峰，我知道你是对的，但是……”

“不行的话，我们就把孩子藏起来。”

聂明宇摇摇头。“不行，危险太大！”他转过脸来问，“你让谁去办的？”

张峰回答说：“就是那个肖云柱。他出狱之后一直生活没有着落，我派人给了他一些钱。这个人会下狠手的，因为他恨死了刘振汉。”

聂明宇皱起了双眉问：“肖云柱？”张峰赶忙说：“不会留很久的……”聂明宇若有所思地说：“但愿吧。不过，也许会很久。”张峰接口道：“是的。如果和刘振汉的较量不能很快结束的话，这个人会很有用。”

“那就按你的意思去办吧。不过，依我之见，还是送出去，越远越好。但有一点我必须向你说明，事情过去后，要完好无损地把亮亮还给刘振汉。明白吗？”

张峰点点头，欲往外走。聂明宇又喊住他道：“你替我约一个人，方式要特别一点。我想，你应该知道是谁吧？”他说着看了看旁边的一尊雕塑。

“我如果猜的不错，应该是那位画家！”张峰边说边大步出了董事长室。

亮亮和一群男孩子在学校的操场里玩皮球。他们喊叫着，奋力地奔跑着。亮亮满头大汗地在盘带，几个男孩拼命抢球。

肖云柱在栏杆外面冷冷地看着。当孩子们玩累了结束踢球去捡拾地上的衣服时，他悄悄地走出了校门。

不大会儿，亮亮便背着书包，踢着皮球，出现在学校门口。

同学们渐渐地都离开了，只剩下亮亮坐在门旁等待。肖云柱走了上去，在旁边坐下，笑着问："亮亮，怎么妈妈还没来呀？"亮亮瞥了他一眼，没吱声。肖云柱凑到他耳边："到我那玩电子游戏机怎么样？我租了一套'星球大战'，明天就要还人家，机会难得啊！"

亮亮心动了，犹豫着说："妈妈要是找我怎么办？没准爸爸和龚静阿姨还来呢……"

"待会儿我送你回去就是了，不就是你爸爸那里吗？"肖云柱漫不经心地说。

亮亮终于没能抵挡住电子游戏的诱惑，站起来说："好吧，咱们走，就玩一个小时。"

肖云柱牵着亮亮的手，走了一条街，又走了一条街。亮亮迷迷瞪瞪地问："叔叔，你不是说游戏机房就在学校旁边吗？怎么走这么远了还没到？"

"前面就到了，最多再走三分钟。"肖云柱往旁边的胡同指了指。

他们拐进了胡同，里面静悄悄的。亮亮眨眨眼睛问："叔叔，你怎么把游戏室开在这儿，连个人影也没有。"

肖云柱摸摸他的头道："这你就不懂了，现在游戏室都在这种地方。"

说着话，他们很快便来到了李记胖头鱼饭馆的后门。疤瘌李从门后露出脸，对肖云柱一摆头。肖云柱领着亮亮就往里走。亮亮进去后看到了外面饭店的厅堂，边往后走边说："这不是饭馆吗？你骗我！"

肖云柱紧紧抓住亮亮说："你别闹，饭馆后面开的就是游戏房，快进去！”

亮亮知道上当了，大声喊：“你要干吗？救命呀！救命呀！”

肖云柱忙用手捂住亮亮的口鼻。亮亮发不出声音了，但胳膊腿仍在乱踢腾着。疤瘌李慌忙地帮着肖云柱把亮亮抱了进去。

6

已是黄昏，仿古罗马斗兽场披着晚霞显得异常寂静。颜名缓步走来。空空的斗兽场上，只有一个孤独的身影。当他走到近前时，聂明宇站了起来，黑色的风衣在风的撩拨下，微微摆动。

“你来了？”

颜名看着远处说：“我知道会是你，为蕾蕾的事？”

聂明宇笑了笑：“和聪明人打交道的确容易多了。你知道我要说什么？”

“要我不再纠缠她。因为你不想让她在天都完成婚姻大事，或者说这对你非常重要。”

“不错，因为我不想伤害你。伤害了你，也就是伤害了她。”

颜名收回目光，冷冷地看聂明宇一眼说：“听了你的话，尤其是在认识你之后，很多人会低头走开。你认为我会吗？”

聂明宇迎着他的目光，脸上没有丝毫表情，淡淡地道：“关于你对我的印象如何，我没有丝毫兴趣。我见过很多有力量有智慧的男人，我欣赏他们的勇气，但更欣赏他们的聪明。我可以毫不隐瞒地告诉你：我们把蕾蕾送出去学习四年，不只是为了她今后事业辉煌，更重要的是这个地方和这里的人都不适合她。你们以前的浪漫故事，我多少听说一些。有时候回忆比向往更美好，幻想比现实更绚丽。所以，请你谅解，她应该有新的生活。”

颜名意味深长地说：“是啊！这里伤害她的人太多了！希望你也明白，她以后的日子，还是要靠她自己。我就要远行了，不是因为你的这番话，所以请你放心。”

“也许你的美展或是创作，我能略尽绵薄之力。”聂明宇见他没有任何反应，马上又说，“当然，像你这样自信的人，是不需要我的帮助的。”颜名好像并没听清楚他在讲什么，环顾左右道：“这里很好，是个男人约会的地方。为了感谢你如此费心，我最后奉送一句：善待别人，善待妹妹，更要善待自己！”他说完，转身就走。

聂明宇呆呆地看着他的背影，最后几句话强烈地撞击着他的耳膜。

颜名突然又回过身说：“哦，对了。我终归还是要回来的，希望咱们还能在这儿自由地交谈。再见！”

空空的斗兽场里又恢复了宁静。一阵大风吹来，旋起几片碎纸，晃晃荡荡在半空中飞舞，聂明宇黑色风衣的下摆在风中抖动着。

孟琳斜倚在床头，百无聊赖地看着电视机里播放的俗不可耐的综艺节目。突然，她听到了钥匙开门的声音，连忙拿起遥控器关掉电视，将头埋进枕头里装睡。

聂明宇带着一个医生模样的人走进来，看了看假寐的孟琳，对医生道：“麻烦你好好检查一下，我在客厅里等着。”

孟琳睁开眼睛，慵懒的样子伸伸胳膊，说：“不用了。明宇，我很好，现在想睡会儿。”

聂明宇很郑重地道：“要检查，从现在起每天都要例行检查。你一定要重视起来。”他说罢，哼着轻松的小调走进了客厅，在沙发上坐下。

过了一会儿，医生便走了出来，道：“一切都好，胎位正常，只是身体有些虚弱，要保证营养。”

聂明宇点头表示知道了。他送走医生，然后便又进了卧室。孟琳在慢慢整理睡衣，低头不语。他走上前去，轻轻搂住她。

孟琳如触电般浑身一阵微颤，道："明宇，要不我们去外面生活一段日子吧，公司先交给别人。几个月也好。欧洲、美国，随便什么地方。只要离开这里，对我们两个都有益处。"

聂明宇不置可否，想了想说："有时候，我也觉得对你很不公平。先忍忍吧，等事情过去了，我们再来改善它，好吗？"

孟琳无奈地闭上了眼睛。

暮色渐浓。城市的灯光一盏盏亮了。

刑警支队办公室里，王明忍不住仰面大喊："十天！这是逼着我们投降啊！"

龚静笑着说："我们王明也有保险丝断的时候！"

刘振汉道："面对现实吧。从现在开始，要抓住分分秒秒，一天都不能耽误，一定要在期限内，把案子给破了！"

李冬接上话茬儿说："这案子其实也不难破，关键是要确定死者的身份。身份一定，外围的线索呼呼啦啦就都出来了。案子也就等于破了一半。"

"呼呼啦啦？你当是吃面条呀！"龚静瞥了他一眼，"如果蕾蕾能把另外一个女孩的面貌复原出来，两个往一块一放，就好寻找了。现在呢？就麻烦了。"

"刘支队，不行的话，还得你再想想办法。她不是你妹妹吗？能不能再求求她？"王明道。"她也是聂明宇的妹妹。如果她知道这案子和聂明宇有关系，打死她也不会帮咱。"龚静提醒说。

刘振汉看看表道："不见得。你们不了解她。现在是不是六点三十三分？"龚静点点头。王明忍不住问："刘支队，你是不是又留了一手？"刘振汉想了想，说："现在该差不多了。"他说着往外就走，临出门时又叮嘱大家，"今天晚上都别回去，等在这里！"

王明等人诧异地互相看看，猜测着。龚静问王明："哎，你对他了解你说，叫咱们这么等着，一般会有什么事？"李冬接过话说："一般是获取到重大线索或是证据了。"王明琢磨片刻后，仍是满脸迷惘地说:“老这么跟我玩迷魂阵。咱们等等看,他能弄出什么新花样来!”

几个人聊了一会儿后,便失去了探究的兴趣,或趴在桌上,或歪在椅子上,昏昏欲睡。突然,电话铃急促地响起来。王明一把抓起问:“什么?头像出来了?好好,马上去。在哪里?”几个人都被王明的叫声惊醒了,迷迷糊糊地听着。王明放下电话,神情激动地戴帽子说:“快走,有好消息了!他果真弄出了头像,这家伙!”

他们驱车赶到美院小红楼,急不可耐地推开画室的门。只见蕾蕾穿着蓝色大褂工作服,长发束在脑后,浑身油迹斑斑,双手全是泥,疲惫至极地闭着眼睛仰靠在椅子上。刘振汉示意大家小声。蕾蕾已勉强睁开了双眼。众人一齐向她致意。她笑了。

宽敞的工作室里,零零散散地摆着几个没有完全做好的雕塑作品。中央的工作台上,似乎摆着的是一座雕像,上面蒙着一块白布。旁边的地板上,散乱地丢了一地的打印纸。王明捡起一张,他惊异地看到,上面是一张骷髅的打印图,用网格线描的,并标上了坐标。他轻轻掀开白布,只见一尊栩栩如生的女孩头像,呈现在众人眼前。她那生动而年轻的脸上,仿佛泛起了朝气勃勃的红晕,似乎要对面前的刑警们诉说自己惨烈的遭遇。

“这就是那个被害女孩的头部复原雕像。”蕾蕾揉揉通红的眼睛,轻声道。

龚静不由得惊叹:“你真行!”

蕾蕾淡淡地说:“我只是在完成自己的一个作品而已。”她说着,情不自禁地伸出手,触摸了一下塑像的脸颊,然后看看放在角落里的两个石膏骷髅,“希望这是你们最后一次找我!”

刘振汉马上分派任务,说道:“龚静、汤文军,你们跟着王明,现在就去把房东找来,还有杂货店的老板!马荃、李冬,咱们把塑像搬到技侦科去,小路已经等在那儿了!”

王明带着龚静等人跑了出去,刘振汉走到蕾蕾面前说:“蕾蕾，你先休息吧。还是刚才我跟你说的那句话：哥哥我永远都不会做昧良心的事！”

蕾蕾没有说话，心情复杂地看着刘振汉等走出画室。

公安局技侦科里灯火通明。两个头像被安置在一个暗室内，前面挡着黑丝绒的屏风。先走进来的是杂货店的胖老太。小路道：“大妈，请您仔细辨认一下，看看是否认识这两个人？”

刘振汉和王明等人紧张地观察着胖老太的表情。她点点头说：“我记性不好，要是看不出来，你们多担待。”小路慢慢将屏幕撤去，两个头像出现在她面前。她认真看了看，大叫道：“不错，就是楼上的那两个女孩！”刘振汉和王明不由得松了口气。

紧接着，房东被请了进来。他一看到头像马上就说：“是那两个鬼丫头！她们的长相我啥时也不会忘了！”

刑警们都激动地跳了起来，龚静猛地抱住王明亲了一口。汤文军和马荃不满意了，指指自己的脸说：“还有我们呢！”龚静捶了他们几拳。

刘振汉吩咐小路立刻印制出照片，分发到全市各派出所，并通过媒体公布。凡有提供线索经核实有价值的，一律给予奖励。工作安排好之后，刘振汉等才感到了饥肠辘辘。李冬早已准备好了热腾腾的饭菜。龚静拿起筷子，习惯性地喊亮亮。大家顿时愣住了。他们只顾着忙，竟然把孩子忘到了九霄云外。刘振汉转身向门外冲去。

第十六章

1

新的一天又开始了。

在李记胖头鱼饭馆黑暗的小地下室里，亮亮被捆绑着，满脸泪痕地挣扎着。

肖云柱喝着啤酒，冷冷地看着他道：“小混蛋，好好睡会儿不行啊？饿这么长时间，还有劲闹？真像他妈刘振汉！哼，他害得我这么惨，连后半辈子都搭里面去了，我就拿他当礼物，也还他一个后半辈子！闹吧，小子！”

疤瘌李这时走了下来，看着亮亮说：“哥，要不给他口吃的。小孩子嘛，能怎么样？别饿出事来。”

“你少给我多嘴！”肖云柱白了他一眼，“那个土娘儿们还没来？她会不会骗咱们？”

疤瘌李摇摇头说：“不会的。我们认识挺长时间了。她这会儿可能正准备船呢！”

肖云柱晃晃悠悠站起来，道：“我他妈先走了，刘振汉的这个小兔崽子你可给我看好了。土娘儿们那一半钱送过来时告我一声。”

疤瘌李看着他摇摇摆摆往上爬，啐了他一口。然后转脸看看亮亮，嘴里念叨：“这个混蛋，弄到刘振汉头上去了，不是害我嘛！”

刘振汉无精打采地走进了办公室，王明等人呼啦围了上去，看到支队长那个样子，不用问也知道没找着亮亮。龚静眼泪一下子就滚了出来，带着哭音说：“都赖我！都赖我！我找他去……”

王明瞪她一眼说：“犯什么糊涂！已经这么长时间了，你哪儿找去？先冷静冷静，作个寻找的方案。”

龚静嘟囔着说：“等作出方案就更迟了！”说着，就往外走。“回来！”刘振汉喊住她，“大家现在有更重要的事，应该明白时间紧迫。谁也不能丢下手中的活儿，一分钟也不成！”

王明道：“行了，刘支队，工作的事重要，这孩子的事也不小。还是把我分出来找亮亮吧！”龚静抢着说：“应该我去，是我弄丢的人！”

刘振汉板起了脸，说：“我再重复一遍：谁也不许离开岗位！亮亮已经十岁了，不会就这么轻易丢了。没准丽敏把他接走了，我去看看。你们该干什么继续干什么！”

刘振汉出门之后，大家安慰着哭泣的龚静。王明叹了口气说：“刘支队这回不去龙腾也得去了。等着吧，但愿有好消息！”

刘振汉走进龙腾大楼，上楼之后，推开了财务主管办公室的铝合金门。王丽敏正伏案审核报表，抬头见是他，吃了一惊，慢条斯理的样子说：“你不是不来这里吗？告诉你，我是不会回去的。”

刘振汉望着她拿姿作态的样子，顿时又升起了无名火。他勉强克制住，冷冷地说：“王主管，你进入角色挺快。我来这儿不是看你演戏的。只是想问问你，你昨天接过亮亮吗？”王丽敏顾不得矜持了，霍地站了起来，颤着声问：“没有。不是你一直接的吗？他怎么了？”“我去学校问过了，有人看到他被一个男人带走了，你不知道？”刘振汉心中一沉。

王丽敏手中的笔啪地掉在了地上，怔怔地发呆……

此时的聂明宇正在董事长室里看《天都日报》，上面印着两个女孩的照片。张峰没敲门就闯了进来，有些慌张地说："董事长，刘振汉冲进大楼来了，警卫拦不住。现在他进了财务部，怕是要闹事。你是不是避避？"

"蠢话！我从不避人。"聂明宇站起身来，"刘振汉是什么人我知道。他想必不是到这里来闹事，也绝不会来闹事。他们夫妻间的事，让他们自己去解决，如果找到你，要热情接待。"他说着把报纸扔到桌上，"倒是这件事很让人费心！"

张峰扫了一眼说："我知道了。事情做得很干净，他们查不出什么的。"

"你就这么有把握？"聂明宇盯着他，"你能保证她们到酒店之前没见过别人？你能断定她们没存副本？"

张峰愣了一下，忙说："这个……我会密切注意他们侦查动向的。"

聂明宇背着手慢慢踱着步说："还有撞死阿强那件事，也不能高枕无忧。"他猛地停住脚步，逼视着张峰，"赵志刚的事还没了断吧？这是要误大事的！"

张峰额上沁出汗水，垂手躬身道："我明白了！"说完，转身快步走了出去。

财务室这时传出了王丽敏的哭叫，员工们交头接耳询问着，从玻璃隔板向里面窥视。只见王丽敏抓住刘振汉道："你整天忙什么呢？接个孩子就耽误你的工作了？你还我儿子，你个脸黑心黑的家伙！"她猛地搡开他，"不行，我得找他去！我得找他去……"她慌乱地穿外套，就朝门外冲。刘振汉拦住她说："你去哪里找？我会想办法……"王丽敏不等他讲完，反身就是一巴掌，嚷道："想什么办法？刘振汉，不找回亮亮，我就死给你看！"她边嚷边冲出门，从人群里挤出去，刘振汉跟在她的身后。

王丽敏疯了一般冲出大楼，刘振汉追到她前面挡住说："丽敏，我保证找回咱们的亮亮，你相信我，先别这么冲动！"

王丽敏哭了，伏在刘振汉怀里瘫软下来。刘振汉搂住她，轻轻拍着她的背，不由自主地抬头向楼上看去，只见聂明宇正从窗口往下看着他们。刘振汉没做任何表示，聂明宇也没做任何表示。刘振汉搀扶着妻子向大门外一步步走去。

聂明宇默默地看着远去的刘振汉，腹部的伤口突然如针扎般一阵剧痛。他心中非常清楚，一切都无法挽回了……

2

天都酒店前台，孙大力在给各个房间分发新到的《天都日报》。分着分着，他被报纸右下角广告栏里的两个女孩的照片吸引住了。细细一瞧，他不觉大吃一惊：嘿，这不是周玲玲和王芳吗？挺有能耐的，上报纸了！大力来了兴致，展开报纸认真看内容。这一看不打紧，他的惊奇变成了惊慌，原来这是公安局登的启事，她俩竟然失踪了。他顾不得分报纸了，摸起电话就按报纸上的电话号码拨打起来。

不大会儿，王明和龚静便匆匆推开了天都酒店的玻璃大门，穿过大堂，来到前台孙大力面前。他们出示了证件，开始询问。孙大力很紧张地说道："她俩一个叫周玲玲，一个叫王芳，以前常到酒店来，所以我们很熟悉。"

龚静在旁边飞快地记录着。

"后来有一天，王芳给我一包东西让我帮她寄出去。自那之后，我就再也没见着她们。"王明忙问："那是一包什么东西？"

"硬硬的，好像是……"孙大力竭力回忆着说，"好像是一个本子，也可能是书什么的，反正挺厚的。"

"你能记起收信人的地址和姓名吗？"

"记不起来了，是今年四五月份的事了，当时我也没细看。"王明有些懊丧地挠挠头道："这就难查了！"

"你再仔细想想，到底是四月份，还是五月份？最好能说个大致日期。”龚静接着问他。

孙大力皱着眉头想了一会儿，说道：“应该是四月底的样子，因为那时我家装修房子，下了班后见她们没下楼，就没再等。回家的时候顺便丢进了邮筒。”

“完了！”王明哀叹一声，“邮局也不会保留单据！”他们向孙大力道了谢，走出酒店。

龚静在路上提醒王明说：“时间好像能吻合上，发现她们的尸体是在五月初。”

“可是，咱们的时间无法对上呀！”王明打了一下方向盘，“只还有九天时间，没办法把天都酒店查个遍。况且又过去了半年多。”

龚静不吱声了。

他们回到刑警支队，刚跨进门，马荃和汤文军就迎了上来。马荃有些激动地说：“刚刚有一个电话打来，说是认识这两个女孩。打电话的是一个女的，听声音年龄不大，是四川口音。她说她和两个女孩是老乡，然后就不吭声了。我问她是不是有线索要提供，她说要再考虑考虑，就挂了电话。”

龚静急忙问：“是从哪儿打来的？”

“我查过了，是大剧院旁边的公用电话。”汤文军回答说。

“又是狗叼猪尿泡，空欢喜！”王明在椅子上坐下，“你们把电话记录拿来我看看。”

马荃把电话记录簿递给他。

这时，刘振汉扶着王丽敏进了门。龚静忙迎上去，把王丽敏扶到椅子上坐下，劝慰说：“嫂子，别着急。这事是我的过失，我会尽快找到线索，把亮亮找回来。”

王丽敏抬头看看她，哽咽着说：“妹子，这事跟你没关系，我怪不着你。要怪只能怪振汉，怪我。准是那小子，他来过我们家，是振汉当年得罪的人啊！”

王明恍然大悟，问：“是不是您说的那个姓肖的？”

刘振汉点点头道：“我也琢磨着是这小子。”

“这就容易了。我到派出所查查刑满释放人员的名单登记，就知道他的住处了。你们等我，别急，嫂子。”王明说着就朝外走。

龚静跟在他后面说：“我也去吧？”王明阻止住她说：“你是女孩儿，陪陪嫂子，我去看看，一会儿就回来。”刘振汉感动地看着王明，道：“辛苦你了，王明，有什么情况尽快来个电话。”

王明点点头，快步走了出去。

刘振汉回过头来，焦急地问龚静：“怎么样？你们这里……”

龚静回答说：“天都酒店的大堂领班孙大力，反映说他认识这两个女孩，名字也吻合。他说他曾给王芳寄过东西，时间也正好跟她们死亡的日期相符合。其他没什么有价值的线索。不过，证实了你的判断，周玲玲和王芳的确在天都酒店从事‘三陪’活动，而且很有名气。还有就是，刚才马荃接到了一个自称是她们老乡的电话，说有关于她们的情况，但要考虑考虑再决定讲不讲。情况就是这些。”

“还是有收获的。”刘振汉沉思着，“我们下一步要采取更主动的侦查措施，扩大战果。”

疤瘌李拿着两个馒头，走进地下室，把昏睡的亮亮晃醒，递给他馒头说：“吃吧，孩子，谁叫你爸得罪他了呢！”

亮亮瞪着他，边狼吞虎咽边骂：“大坏蛋，你放了我没事！要不，我爸爸逮到你，非枪毙了你不可！听到没有？你知道我爸爸是谁吗？”

疤瘌李怔了怔，连忙说：“知道，你说得对。”

亮亮说：“那还不赶紧放我？”

疤瘌李一笑：“小老弟，两头我都得罪不起呀！”他看着亮亮把馒头吃完，便用胶布贴上他的嘴，亮亮拼命地挣扎。他把亮亮提溜起来，摸摸他的头：“走吧，我送你上路。等上了船，给你找个好人家，离这里远远的，咱们就没事了。”

疤瘌李开着车，把亮亮带到海边，肖云柱和那个村妇已经等在那儿了。村妇从疤瘌李手中接过亮亮，往泊在海边的小木船里一塞，然后点钱给肖云柱。

船开走了，疤瘌李怅然的样子看着远去的船，又看了看肖云柱问："这事就这么完了？他们把孩子卖山里保险不？"

肖云柱蘸着唾沫点钱，说道："保他妈屁险！兄弟，我这段日子先溜出去几天，看看风头再说，咱们以后再联系吧！"

疤瘌李看着大海，心神不定地发着呆。

肖云柱扯了扯他的衣服道："发什么傻，走，送我回家拿几件衣服。"

桑塔纳在老城区巷子口停下，肖云柱拍拍疤瘌李的肩，说了声"后会有期"，便颠颠地进了巷子。还没走到自家院子门口，他就觉得有些不对劲，隐隐约约察觉出有动静，身子赶忙往院墙上一贴，支起耳朵凝神倾听着。

王明和几位民警此时正搜寻着走到肖家门口，他对身边一位年龄稍大的民警说："王所长，就是这儿？"

王所长点点头说："让我们片警叫门，就说是查户口。"一位年轻民警上前敲门。不一会儿，肖大爷便颤巍巍地打开了门，听说是查户口的，就告诉片警，儿子已经一个多星期没回家了。王明忍耐不住，他不顾王所长的阻拦，径直闯入屋内。肖大爷明白了是怎么回事，高一声低一声地骂起儿子来。王明搜查了整个屋子，没有发现肖云柱的踪影。他看到了桌子上小云和肖云柱的照片，拿起来仔细看着。

院墙外的肖云柱，撒腿跑出了巷子。

3

王丽敏在刑警支队值班室的单人床上似睡非睡地窝了一夜，清晨一睁开眼，泪水不觉又流了出来。

这时，庞天岳大步走进了支队办公室，对刘振汉等道：“今天一过就只剩七天了！有没有什么进展？”

王明咬了咬嘴唇说：“时间这么紧，偏偏这会儿又出了亮亮的事，真是给聂明宇帮忙！”

“亮亮的事？什么事？”庞天岳不由得瞪大了眼睛。

刘振汉忙向王明使个眼色，说道：“没什么事。”然后转向李冬，“你给局长汇报一下电话提供线索的情况。”

李冬举了举手中的一沓子电话记录说：“总比前几天好多了，还算有进展。”

王明不耐烦地摆摆手说：“那都没有用，说不出个新鲜玩意儿！”

庞天岳瞥了他一眼，说：“有用的东西就是这样在不经意中发现的，要学会分析和利用。”他敲了敲头，“要多动动这个！”

王明想了想，转脸看着龚静问：“她们那天进了天都酒店，难道就没有人能回忆起进了哪个房间？”

龚静摇摇头道：“确实没人注意，来往的人太多，住客又有相当数量是用假名登记的……”

“以后得好好管管他们，现在居然敢不用身份证就让人住进去！”王明愤愤地说。刘振汉这时抬起了头，问龚静：“下午那个女孩打电话没有？”龚静摇摇头。刘振汉若有所思地皱起双眉说：“她们是老乡，又说要考虑考虑再说，事情想必不会小了。我们能否作个这样的假设：周玲玲、王芳去天都酒店是要做一笔交易，而且是笔大交易。从胖老太提供的电话内容中能够说明这一点。这两个女孩为防万一留了后手，也就是交给大堂领班代邮的那封信。她们是外省人，东西只能寄给最信得过的老乡。而这个人便很有可能是打来电话的那个女孩。”他顿了顿，又说，“必须集中全力查找打电话的女孩，我想她还不会离开天都！龚静、李冬，你们俩二十四小时不准离开电话机，那个女孩有可能还会打电话来！”

李冬和龚静霍地站起，立正道：“是！明白了！”

刘振汉抓起帽子，对王明道：“走，我们去天都酒店！”

庞天岳走到刘振汉面前，沉声道：“等等，告诉我，亮亮出什么事了？”

刘振汉嗫嚅着说：“没……没什么……”

“亮亮被人拐走了！”龚静脱口而出，然后看了看王明。王明站起来对刘振汉道：“刘支队，这事也得赶紧解决呀！要不，分出两个人吧？”

庞天岳面色沉重起来，他心中很明白，是谁在这种时候做了手脚。他注视着刘振汉。

李冬道：“要不，就让龚静去查查吧，我一个人守电话就行了。”

“这家伙的案底材料我看过了。”王明说着展示出肖云柱的照片和资料，“原菜刀队队长，在监狱中曾打伤四个同号囚犯，曾用石块砸折自己的前臂，以换取保外就医，是个穷凶极恶的家伙。龚静一个女孩儿去查有危险，还是我来吧！”

隔壁值班室的王丽敏正耳朵贴着墙，紧张地听着。

刘振汉火了，突然提高音调：“别废话了！是私人的事重要，还是龙腾的案子重要？天都市两百万老百姓都眼睁睁看着咱们呢！如果亮亮不是我儿子，你们会这样争吗？”

大家都沉默了，庞天岳显得很痛苦也很无奈。这时，王丽敏突然走进来，恶狠狠地盯着刘振汉，然后看看四周的人，猛地转身走了。庞天岳示意龚静跟上去，然后在办公室里一圈又一圈地默默踱着步。

王丽敏来到了喧闹的街头，边走边哭。龚静犹豫地跟着，不知该不该上去劝慰她。王丽敏精神恍惚脚步踉跄，有汽车在她前面鸣笛，她慌忙穿过马路。这时一辆红色奔驰车开过来，在她身旁停下。孟琳下车，上前扶住摇摆着似要摔倒的王丽敏，惊愕地问：“嫂子，你怎么在这儿？到底出了什么事？”

龚静远远地看着，见孟琳在照顾她，便反身回了办公室。

孟琳把王丽敏扶进车里，用纸巾擦着她脸上的泪。王丽敏拿过纸巾，边擦边哭着说："妹子，你哥他把亮亮给弄丢了。两天了。被一个刚从大狱里放出来的流氓拐走了……"

"什么？"孟琳吃了一惊，"那还不赶紧找？"

"这个没良心的，他说有案子要破，不管自家孩子呢……"

"这……"孟琳想了想说，"要不，去求求明宇。他一定有办法。"

王丽敏抽泣着道："看来，也只有求他了。我一个女人，孤孤单单的，到哪儿找去呀！"

"别急，我这就给他打电话。"孟琳取出手机拨打，"明宇吗？你在哪儿？打篮球？丽敏的孩子丢了。对，是亮亮。让一个劳改释放犯拐走了。这可是大事，你有办法吗？"

聂明宇的声音传出："哦，知道了，给我那个人的资料，我想想办法。"

孟琳合上手机道："行了。他说想办法。他应该有的是办法。你放心，嫂子，亮亮没找回来之前，我会一直陪着你！"

王丽敏止住哭，感动地看着她说："谢谢明宇了，也谢谢你。现在我有点主心骨了……"

龙腾大楼的室内篮球场里，聂明宇独自在运球、投篮，满身大汗。他不厌其烦地反复做着那几个动作，津津有味地玩着。

张峰走进来，看着他，目光里有些许的不安。聂明宇没有停止运球，问："有事？"

张峰话中有话地道："董事长，您悠着点儿。有些事，别看得那么重。"

聂明宇投篮，球击在铁圈上高高弹起，说道："你指刘振汉？张峰，你多虑了。其实，从我在海上第一次做那笔电视机生意时，我就隐隐约约感觉到了，我们迟早会走到这一步，谁也回避不了。”

张峰朝他跟前迈出一大步，接住要滚到场外的球，掷回给他，说：“既然如此，您该为以后想想才是，事情已经这样。”

聂明宇放下手中的球擦擦汗。“你以为我伤心？”他轻声笑了起来，“在这个世界上，恐怕没有什么能让我伤心了！”他擦拭腹部伤口，痛得咧了咧嘴。

张峰拿起地上的矿泉水，递给聂明宇说：“您这段时间太紧张了。我想您该放松一下，比如到国外度度假、散散心什么的。也许等您回来，天都市一切都恢复了正常。”

聂明宇灌了一气矿泉水，突然停住，盯着他说：“这话我听过，好像是我夫人说的。但是，你们的意思也许不一样。”

张峰忙解释说：“董事长，您误会了。我没有别的意思。在天都，在龙腾，一切还是离不开您的。我只是担心……”

“记住，张峰，我没有任何事情需要你担心。现在我倒是有件事一直担心着。你应该知道是什么。这是我最后一次提醒你，优柔寡断似乎不是你的性格。”聂明宇在中场把球砸向篮圈。

张峰低下头闷声道：“我晚上就解决此事！”

4

时已黄昏，下班时间又快要到了。马荃急匆匆闯进支队长室，大声叫：“刘支队，那个女孩又打电话来了……”

刘振汉霍地站起，一阵风般卷向值班室。王明等已经围在电话旁边了。龚静正对着话筒说：“这样吧，如果您觉得到我们这里来谈不方便的话，我们可以派人到您那去面谈。您看怎么样？”

李冬紧张地搜索对方电话位置，很快在纸上写下电话号码，并在一旁注明金桥区。

刘振汉对王明、马荃、汤文军一挥手，三人蹿了出去。

电话扬声器里传出女孩的声音：“我想离开这个城市……我怕……我真的很害怕。”

龚静安慰道：“你不用害怕，请你相信公安机关。我们可以保证你的安全。相信我，你对我们说的每句话我们都会为你保密。”

女孩略略沉默了片刻，说：“不用了。我就想在离开天都前弄清我的两个朋友出什么事了。我很想帮助她们，如果在电话里能行，就不必见面了。”

龚静耐心地和女孩周旋着。在另一边，李冬转身对刘振汉道：“查到了，金桥区前进路第三巷火车站旁。”

刘振汉点点头，拿起了对讲机：“03！ 03！我是02。具体方位是前进路三巷火车站旁的公用电话，务必用最快速度赶到！”

电话里这时也传出女孩的声音：“对不起，我要走了。我已经买好了火车票，马上要开车了。您要是不告诉我，就挂了……”

刘振汉急了，抢过龚静手中的话筒，大声说：“喂，我是刑警支队长刘振汉，你在听我的电话吗？”对方沉默着。他接着刚才的话：“我想，你一定是这两位姑娘的好朋友。一定知道她们是谁，知道她们的家在哪里。你和她们的年龄差不多大吧？难道就这么忍心不管不顾她们一走了之？”

女孩颤抖着嗓音问：“你告诉我，玲玲和芳芳她们怎么了？她们是不是死了？”

刘振汉一愣，说：“她们……”

女孩哭了：“她们是不是死了？你别骗我。求求你告诉我实话……”

刘振汉拿着电话一时不知该如何回答。

另一边龚静手中的对讲机里响起王明焦灼的声音：“02……02，车被堵住了，我们现在就下车跑过去！”

龚静连忙道：“明白。你抓紧。王明，王明……”

从对讲机里听得出王明气喘吁吁：“我快到了，再拖一下！”

龚静拿着对讲机，看了看刘振汉的背影，他仍然在对那个女孩做着说服工作。

“你不说话，我知道，我知道了……”女孩在电话里泣不成声。

“她们一定是死了！”

刘振汉想了想，觉得没有必要再瞒着，于是缓声道：“你猜对了，她们的确已经死了。”

女孩沉默了，久久没有说话。

刘振汉连忙接着说：“你听我说，小妹妹，如果你一定要走，我不能阻拦你。但是我只想告诉你，你的那两位朋友，是被坏人害死的。”

女孩终于又开口了，喃喃着：“我知道……我知道……”

所有的刑警都站到了刘振汉的周围，屏声静气地关注着那位女孩的反应。录音磁盘在慢慢地旋转着。刘振汉对着话筒轻声道：“她们的父母一定在家中焦急地等待着她们的消息。她们的亲人一定希望我们能把坏人抓住，为她们报仇。你想帮助她们吗？”

女孩的声音已经很低很低：“我不相信你，也不相信你们能为她们报仇。这个地方太可怕，我恨这里，我要忘记这个地方……”

刘振汉握话筒的手不觉紧了紧，在作最后的努力：“如果你不相信我们，就不会打这个电话了。你能忘记你的两个姐妹吗？你能忍心把她们就这么留在冰冷的医院，留在没有一个亲人的地方吗？她们能瞑目吗？你能把这个秘密埋藏一辈子吗？”

女孩的声音在颤抖：“你别说了……求求你别说了……”

龚静好大一会儿没接到王明的讯息，急了，对着对讲机喊：“王队，你们怎么还没有到，这边快不行了，你们到哪里了？”

对讲机里响起一阵噪声，然后传出王明的声音：“我们已经到了火车站，正在逐一找电话亭呢，没有发现目标！”

龚静抹了把额上的汗：“刘支队在拖她，现在她的情绪非常不稳定，随时有挂机的可能……”

王明一声大喊：“看见她了！跑不了了！”

女孩这时正在电话里说着："对不起，我要上车了。看来我帮不上你们。我再也不想知道任何事情了……"接着，是王明的声音，"小妹妹，别怕，我们是公安局的……"电话被卡断了。

刘振汉等长长地吁了口气。不大一会儿，王明便打来了电话，说人已经找到了，经核实无误。刘振汉吩咐他，把人立刻带到局招待所，做好保护措施。

黑色的奥迪车在漆黑的夜色里疾驰，不大会儿便停在了琥珀住宅小区的一幢小楼前。张峰跳下车，摁了摁门铃。小芮也从驾驶室走下车，把手插在风衣口袋里，警惕地巡视四周。

门开了。赵志刚走出来，见是张峰，忙躬身道："哥，我就知道是你，也就只有你来看我了！"

张峰慢慢走进屋。赵志刚热情地招呼小芮："小芮，进来吧！"小芮勉强地笑了笑，说："大哥，我不进去了，在门口望望风。"他的手依然插在兜里，看着赵志刚转身进屋。

赵志刚让座。张峰点点头，但并未坐下，扫了四周一眼，问道："怎么样？过得还好吧？"

"谢谢您的关心，把我全家都接来了。可还是觉得没意思，没事干太无聊。您跟老板说说，让我出去干吧。哪怕是先到赌场当当保卫，也比老这么闲着强。"赵志刚恳求道。

张峰不置可否，手插进兜里。

赵志刚从柜子里拿出瓶白酒，说道："今天晚点儿走，咱哥儿俩好好喝几杯，聊聊天。我真是快要憋疯了。"

张峰点点头说："志刚，你跟了我三年，我张峰对不起你呀！"赵志刚面露惊诧之色，说道："张总，你怎么……"

张峰手中的枪已对准了他的胸口，苦笑道："兄弟，上路吧！如果你早去广州，也许不会有这样的事！"话音未落，枪口便闪了两下，发出两声脆响。

赵志刚看着自己胸前慢慢流出的血，颓然倒下，手中的酒瓶滚出去好远。他的儿子正从里屋出来，吃惊地看着张峰。然后跑上去摇晃父亲喊：“爸爸，爸爸……你干啥呢？”赵志刚的身体被翻了过来。他的眼睛大睁着，嘴角流出了鲜血。

张峰快步上楼。二层卧室里，赵妻正在喊：“小王八蛋，又把什么打碎了？看我不打你屁股！”张峰推开门，赵妻怔了怔，说：“张总，你看家里很乱……”说着，她眼里便露出惊恐之色，因为乌黑的枪口正对着她晃动。

张峰慢悠悠地说道：“没关系，明天就不乱了！”枪随话响，子弹击穿了赵妻的身体。她像麻袋般重重地栽倒在床上。

楼下，传来孩子的尖声哭叫。

小芮唰地掏出枪，焦急地守候在外面。门开了，张峰脚步平稳，若无其事地走了出来。

“张总，搞定了？”小芮有些紧张地问。

张峰继续往前走，冷冷地说：“还有一个，归你了！”

小芮一愣，马上便明白了。他推门走进去，随着一声枪响，孩子的哭声戛然而止。

张峰倚在奥迪车旁，对小跑着过来的小芮吩咐说：“马上通知阿三，让他们过来清理，全都运到海上丢掉！”

5

市公安局招待所里很安静，庞天岳和刘振汉沿走廊往里走。庞天岳敲了敲门，王明开门迎出来，说：“局长，在里面呢，已经安顿好了。”刘振汉拍拍他的肩，说：“辛苦了！”

王明领着他们进屋，那个女孩正坐在沙发上，行李箱子放在沙发旁。她看到庞天岳等人进来，连忙站起身子。王明向她介绍了庞天岳和刘振汉的身份，她显得有些紧张。王明接着告诉庞天岳，她叫李小艳。

庞天岳示意李小艳坐下，她畏畏缩缩地挨着沙发边坐，不敢抬头。庞天岳道："这个地方很安全。你休息一个晚上，明天一早，就给你买车票，送你回家。你看这样行不行？"

李小艳低着头没吱声，但从表情上可以看出，她安定多了。

龚静拿出微型录音机，李冬展开了纸笔。

庞天岳朝王明看了一眼。王明清清嗓子，温和地说："小李，要不，你先把情况说一说？"

李小艳在紧张思索着，牙齿咬着下嘴唇。刘振汉仔细打量着她。她身着黑色的皮裙，黑色的防寒紧身袜，高筒黑皮靴，上身外衣是半长的黑色皮风衣，里面是白色的羊绒高领毛衣，头发染成了火红色。他还发现，这个女孩的手臂上也有被烫的烟头疤，指头上也刺着青。

庞天岳见她没开口，沉吟了一下说："小李，我是天都市公安局的局长，可以向你说句负责任的话：不论你从前做过什么，只要以后不再做，我们绝不会追究。就是连咱们的这次见面和谈话，都不会让任何外人知道，请你相信我。"

李小艳慢慢抬起了头，问道："真的吗？你们真不会追究我吗？"

刘振汉很郑重地道："如果今天你能把情况说明白，我们明天就送你走。你说好不好？"王明又补上一句："你放心，我们会帮助你保护你的！""你看，为什么我们在招待所而不是在办公室和你谈话？就是不想让任何别的人知道！"刘振汉循循善诱地进一步提示她。

李小艳迟疑了片刻，终于点了点头。刘振汉看龚静，示意她开始。她从公文包里抽出两张照片放在茶几上，问："你的朋友是这两个女孩吗？"李小艳抬起眼睛看了一眼，眼圈立刻红了，边轻声说是边慢慢打开自己的手包，从里面拿出一张照片递给庞天岳。他一看，一丝惊喜霎时便流露出来，把照片递给刘振汉。

刘振汉仔细看去，照片上正是两个受害人和李小艳的合影。

他问道："你能简单地介绍一下吗？"

李小艳揉了揉眼睛："这个叫周玲玲，这个叫王芳，我们是老乡，家在一个地方……"

疤癞李在迪厅包厢里为了一个"三陪女"，在和另几个混混斗着狠。终因势单力薄，加上白酒喝得太多，渐渐不支。他一见情势不妙，赶紧脚底板抹油，企图溜之大吉。那几个混混胜券在握，岂肯放过他，追到门外揪打他。几个人叫骂着，拳脚交加。疤癞李抱头遮挡。这时正巧有巡警的车经过，见状飞步下车，把他们全都铐起来带走了。

派出所里，疤癞李满脸是伤地坐在长条凳上，酒早已醒了大半。警察举起一袋药丸，问："这是从你身上搜出来的吧？"疤癞李无奈地点点头。"这是什么？"警察问。"消炎的药，这两天不舒服。"疤癞李低着头说。

警察拿起化验报告，抖了抖道："这是摇头丸吧，你看看化验报告。"他的口气突然严厉起来，"你现在已经不仅仅是打架斗殴那么简单了！明天我们会以买卖毒品罪送你到分局候审！你进来过，心里应该清楚后果的严重吧？"

疤癞李脸色蜡黄，汗直往外冒，忙说："我把同伙全交代了。"警察拿纸笔，准备记录。他又道："能不能再给我个立功减刑的机会？我告诉你们一件大事，刑警支队长刘振汉的儿子被人绑了，我知道这件事。你们要是答应从轻处罚我，我就说……"

第十七章

1

正在市公安局招待所参加对四川女孩李小艳询问的王明突然接到派出所民警的电话。当他听说有了亮亮下落的线索时，心里一阵激动，忙举着手机走出了房间。派出所民警在电话里向他详细叙述了疤瘌李交代的情况。他压低声音道：“太好了，你们先把这小子关起来，我来处理这事。刘支队很忙，就不用告诉他了，我马上过去。”他接完电话，进屋伏在刘振汉耳边轻声说：“我有点儿急事，要出去，最迟明天回来。”刘振汉有些不满地瞥了他一眼，问他是不是很重要。他点了点头，没等刘振汉表态，就急不可待地拔腿蹿了出去。

王明赶到派出所，把所有情况核实清楚之后，便给王丽敏打电话。王丽敏一听亮亮有消息了，在电话里大叫起来：“亮亮在哪儿？我也去！我一定要去……”

王明本来是打个电话为让她放心，最后终究挡不住她的恳求，答应了她。

市公安局招待所客房内，李小艳操着一口浓重的四川乡音说她和周玲玲、王芳都是四川绵阳人，一起到天都来打工的。

“你们一般在哪些地方……”刘振汉在寻找更合适的词句，“工作的时间更多？”

“天都酒店多一些。她们俩年轻，相貌好，耍得开。所以，很快就有了名气。”

“周玲玲和王芳在失踪前，有没有告诉过你一些……怎么说呢？一些不同寻常的事情吧！”

“有，有。”李小艳连忙点头，“前些日子，周玲玲突然告诉我说，她碰到了一个非常非常有钱的老公。”

“老公？周玲玲结婚了？”龚静迷惑了，不由得皱起眉头。

李小艳脸红了红，难为情地说：“不是，我们姐妹管那些常交往的男客人叫老公。”

龚静一听，这才明白过来，脸不禁也红了。

刘振汉接着问：“周玲玲说他的名字了没有？”

“名字么……”李小艳想了一会儿，慢慢摇头说，“没有。只是说那个人有权有势，在天都算个大人物。”

“周玲玲不会不向你介绍这个所谓的老公的一些事情吧？”龚静忍不住插嘴问道。

李小艳微微收了收下巴，说：“她经常提，一会儿说给她买链子了，一会儿说给她买衣服了。其实，那个男人也和王芳睡觉，也给王芳钱，王芳就没当真。可就她周玲玲当真。她骨子里傻憨傻憨的。虽说王芳鬼机灵，结果还就是她闯了大祸！”她抬眼看了看刘振汉。刘振汉用鼓励的目光注视着她。她接着说：“那天我正在住处的床上躺着，突然听到很重的砸门声。我问是谁，王芳在外面嚷着要我快开门。我跳下床，给王芳和周玲玲开了门，问她们出了什么事。王芳很紧张地对我说，那个男人要治她，还说要杀她。问了半天，我才弄清楚，原来是为了一个黑皮本子的事。”

“你说详细些。”刘振汉不由得睁大了眼睛。

“王芳偷了那个男人的包包，里面有四万块钱，她和周玲玲分了。但是第二天，那个男人便找到了她们，并没提钱的事，只要包里的黑皮本本，还说如果她们不把包里的黑本子还给他的话，就把她们扔海里去喂鱼。她们吓坏了，就跑到我这儿来躲。我知道弄不好真会出大事，就让王芳把本子还给人家，可她就是不听。我不想再掺和这事，就找了给我们拉客人的大哥青皮来想办法。”李小艳说到这儿，舔了舔干裂的嘴唇。

刘振汉把水杯递过去问：“你说的这个黑皮本子，到底是什么东西？”

李小艳喝了一口水，说道：“那可是个很不一般的本子，不然，他咋会四万块钱都不要了，非要把它追讨回去。周玲玲想把本子还给他，就是王芳不干。她非要看看那个本子，结果一看，大祸来了。那天王芳从手包里翻出那个神秘的本子，打开来看。那个本子中什么也看不出来，只是像一个通讯录，有密密麻麻的人名，人名的后面都有数字。王芳一个人名一个人名地念，边念边说‘这都是些啥人呀，莫不是打麻将输钱的账单’。周玲玲在旁边大喊等等，说这些名字咋那么熟悉。她边喊边往墙上瞄，那上面是我糊上去的报纸，报纸头版头条正好有王芳念过的名字。我们凑过去仔细一瞧，妈呀，有好几个人名都在报纸上，还是常委、副市长什么的。我们当时就吓呆了。王芳跳起来直叫说发财了。”

一直坐在旁边凝神倾听的庞天岳脸色严峻起来，刘振汉沉声问道：“后来呢？”

“青皮大哥让王芳把本子还给那个男人，她当时也满口答应了，却偷偷复印了个副本。后来，青皮代还的就是原件。”

“青皮这个人呢？”

“我们这行，人老换，后来就再没见过他。”

“那周玲玲和王芳是怎么跟那个男人取得联系的？”

“她们给他打了电话，问他要一百万。”

“一百万？”庞天岳和刘振汉等都不由怔了怔。

“是的。那个男人竟然答应给她了。我对王芳说，他怎么可能给你，肯定是在骗你。她说，骗我，没那么容易，他开始还凶，后来我说你再凶我就交给公安局，他立刻不说话了。我问她，那个男人最后怎么讲。她告诉我说考虑考虑，明天给答复。”李小艳顿了顿，接着说，“这就是我最后一次见到她们。两天后，她们给我打电话，说那个人答应给一百万了，她们要去把本子还给他。我劝她们别惹事了，钱不是这么好赚的，可她们不听我的，最终还是去了。这一去，就再没了消息。”她说着，低下了头，很伤心的样子。

刘振汉和庞天岳对视了一眼，他们都已明白了，黑皮本子牵出了冰山一角，必须紧紧抓住它，揭开厚厚的黑幕。

“那个黑皮本交给青皮送回去了，副本呢？”刘振汉问道。

李小艳犹豫了一下，嗫嚅着说：“她们带走的，肯定已经还给那个男人了。”

“周玲玲和王芳难道一次都没有提到过那个男人的名字？”刘振汉紧盯着李小艳。他能观察出她的眼神里透着畏惧和顾虑，于是接着道：“李小艳，你放心，你把情况都和我们说清楚，安全才更能有保障。我可以向你保证，你说的事情，只有我们几个知道。”

李小艳头深深地埋在双膝之间，看得出，她内心很矛盾。

庞天岳开口了：“你把情况说清楚，我会秘密把你送回家乡，绝不会让任何人知道你的身份。我这个局长说话，你总该相信吧？”

李小艳抬起了头，害怕地说：“那个男人在天都市黑白两道都耍得开。我怕……他会来找我，我不想丢掉性命……”她说到这儿一咬牙，“我不能看着两个姐妹就这么白白死掉！我告诉你们吧，他……他叫张峰！”

2

晨光映亮了房间，室内的景物清晰起来。贺丹丹摇着轮椅，推开爸爸卧室的门，把早点放在床头柜上。贺清明从昏睡中醒来，睁开眼睛。丹丹轻声说:“爸爸，我上学去了。”贺清明坐起身子，倚在床头，点了点头。丹丹摇着轮椅出了卧室。

贺清明呆呆地盯着天花板，回想着刚刚在噩梦中的惊恐，张峰和聂明宇的身影又不觉出现在他面前。多少天了，他一直在这无法摆脱的梦境中挣扎，忍受着无休无止的折磨，真是痛不欲生啊!

突然，电话铃响了。他浑身一抖，伸出手去，却迟迟不敢摸听筒。铃声坚持不懈地响着，他心一横，抓起了听筒。里面传出毛毛的声音，他这才吁了口气。毛毛在电话里告诉他，她昨天和一位在最高检察院工作的同学聊了一夜，现在没顾得合眼，就忙着向他通报一声。他听了一阵紧张，握紧了手中的听筒，声音急促地道:“毛毛，你可先别乱说!”

毛毛沉默了片刻，缓声说:“贺老师，瞧把您吓的。您胆子可得大起来。我的同学说，像您这种情况，只要材料属实，就是近年来很严重的腐败大案。这种性质的案子，连中纪委、高检都会派调查组去天都。所以，您要勇敢点，早些把材料全都寄来。小小一个天都的黑洞，抵挡不住这么强大的正义力量的。贺老师，您在听吗?”

贺清明手握听筒，悄然流泪，激动地道:“我在听，毛毛。谢谢你，谢谢你的鼓励。我马上就尽快把材料弄好，我会勇敢起来的。”

毛毛轻声笑了，音调微颤着说:“这才像我的老师。但是，您千万要注意，尽可能地保护好自己。取证工作很重要，一般是由当地公安部门完成，但愿他们能帮助您。”

贺清明若有所思，嘴里缓缓吐出:“他们?”

王明开着警车，驶进雾气缭绕的山村。他和王丽敏走下车，拦住村民询问齐晓红的住处。村民看看他们，摇头走开了。王丽敏说这地方人都怎么了，为什么这么不近人情。王明叹口气说，这种穷乡僻壤，一旦买来人口，就当成自己家人了，咱们要小心点。王丽敏连忙点了点头。

他们拿着亮亮的照片边询问边往村里走，没有一个人告诉他们齐晓红的家。就在他们茫然四顾无可奈何之时，终于有一个好心的大嫂，悄悄指了指不远处的一幢住宅，然后便逃也似的躲开了。王明和王丽敏几步就走到了门前。王明举手敲门，一位老大爷走了出来，问找谁。王明问他这儿是不是齐晓红的家。齐父说，她早就出去打工了，两三年没回家了，找她有什么事。王丽敏急不可待地说齐晓红是人口贩子，拐了自己的儿子。说着说着，趁齐父没注意，几步便冲进了里屋，齐父忙追上去阻拦。

这时村民们也围了上来，王明有些紧张。王丽敏在屋里大声喊，告诉王明有后门。王明推开围着的人群，就往屋里跑，和王丽敏一起从后门追出去。齐父示意村民们跟上，他可着喉咙叫："这两个城里人要抢人呀，欺负我们乡里人，大家伙干不干？"村民们齐声回答："不干！"

王明和王丽敏追上了齐家后面的山坡，远远看到齐晓红正拖着亮亮奔跑，亮亮挣扎着向后看。王丽敏撕心裂肺地喊着儿子，王明挥着枪命令齐晓红停下。齐晓红看着身后黑亮的枪口，不敢再跑了，停住脚步。王丽敏和王明逼上前去。齐晓红突然拿出一根绳子套在亮亮脖颈上，声言如果他们再往前走，就勒死亮亮。王丽敏顿时傻了。王明枪口朝天，大声道："别，你别冲动！这本来不是什么大事，孩子没事就好，你要是弄出人命来，那非吃枪子不可！"

村民这时也赶了上来，他们手持铁锹木棍，在齐父的带领下，围住王明和王丽敏吆喝着，甚至有人已经叫骂着动手推搡王明。王明看形势不对，朝天开了两枪。村民们都愣住了。王明举起警官证，大声说："你们别闹，我是警官。这个孩子是她的儿子，是被齐晓红拐来这里，我们现在要接孩子回去，请大家理解！"

齐父马上接口道："警官怎么了？警官就可以乱抓人啊？告诉

你，这不是你们城里，何况，你是不是真警官谁知道呀！你说这孩子是她的儿子，我还说是我的呢！”

村民们齐声应和：“就是。告诉你，今天你开了枪，就把我们一个个都打死，不然你就出不了这个村！”

王明有些傻眼了，举枪的手微微发抖。

王丽敏的眼泪唰就涌了出来，她深深地弯下腰，哽咽道：“各位叔叔大爷，亮亮他是我的儿子，是从我身上掉下来的骨肉，一把屎一把尿养成这么大。你们都有孩子吧？您这位大婶当娘了吧？您的孩子要是没有了，几天几夜找不到人，您能睡得着吗？能吃得下吗？还能活得下去吗？谁都是爹娘生的，求你们把亮亮还给我吧！你们要钱是吗？”她说着掏出一大把钞票，“我可以给你们，如果不够，我卖血也还给你们……行吗？”

村民们都沉默了，有人喊：“别让人把咱村子看扁了，为几个钱干吗呀？”众人七嘴八舌议论开了。在议论声中，齐晓红放松了亮亮。亮亮撕开嘴上的胶布跑了过来，嘴里哭喊着妈妈。王丽敏泪流满面，紧紧拥抱住失而复得的儿子。

王明放下手里的枪，终于松了口气。

3

天都火车站月台上，旅客熙熙攘攘等待着进站的列车。龚静一身便衣带着李小艳走出候车大厅，后面紧紧跟随着马荃和汤文军。李小艳从公安局招待所出来后，就一直垂首不语，显得心事重重。龚静从口袋里掏出车票，递给她。她接过后，神思恍惚地随手塞进了兜里。

“小艳，火车马上就要进站了，五分钟后，你就可以踏上回家的路了。”龚静顿了顿，注视着她，“可是，你的两个姐妹还躺在黑暗中，不知什么时候她们的沉冤才能昭雪。也不知到哪一天，凶手才能抓捕归案。我总觉得你还有话要说，是不是？”

李小艳眼眶潮湿，咬着嘴唇思索着，最终还是摇了摇头。远处响起了火车的轰鸣声，汽笛隐隐传来。她张了张嘴，又紧紧闭上了。龚静紧盯着她的眼睛问：“小艳，这是最后的时刻了，你真的没有话要说了吗？”她仍然沉默，广播中开始招呼旅客上车。她强忍着泪水提起自己简单的行李，跨上车踏板。龚静失望地目送着她的背影消失在车门里。

列车启动了，站台上响起乐曲。李小艳放下车窗，伸出头来，突然泪流满面。龚静向她挥着手。李小艳探出了身子，手里举着一个包裹冲龚静大声喊：“姐姐！姐姐！”龚静飞奔上去。一个牛皮纸袋抛了下来，龚静捡起地上的纸袋，只见封皮上写着一行行歪歪扭扭的字：姐姐，这里面的东西，是王芳寄给我的，您看了就会明白一切。从你们身上，我感到这个世界上还是好人多。而我不是一个勇敢的人，甚至不是一个好人。但是请您相信我，回去后，我会学着去做一个好人，做一个像你们一样的好人……

蕾蕾筹备的画展很不顺利，资金是最大的问题。她谈了几家，场租费最便宜的也要一天一万多。这还不算宣传费、布展费等开支。万般无奈之下，她动了办露天展览的念头，可令她始料不及的是露天更狠，文化广场一天的场租费是三万多。这天，万事俱备只欠东风的她，不得不再出去试试运气，看能不能找到一处合适的场所。

她在街上漫无目的地走着。突然，街对面有个似曾相识的身影引起了她的注意。凝目望去，她不由得大惊失色。那人正是她苦苦寻找的仇人——肖云柱。她顿时血脉偾张，快步穿过街去。

肖云柱鬼头鬼脑地走着，像只受惊的兔子般不时回头看看。蕾蕾跟在后面，躲闪着。肖云柱拐进了一个偏僻的街道，走入一户院子里，一个正出门的老太太跟他打了声招呼。蕾蕾意识到这可能就是他的家，默默看着他走进一幢平房里，然后转身跑到大街上，叫住了一辆出租车，驶往哥哥的公司。

蕾蕾赶到龙腾公司大楼，乘电梯直奔董事长室，小芮发现后，拦住了她。她对他怒目而视，小芮眼皮耷拉着说董事长不在。她说，你在就行了，开门。小芮知道她的厉害，不敢违抗，只得打开了董事长室。

蕾蕾走进去，径直来到老板桌后，打开抽屉，拿出那把大手枪。她看了看弹夹，里面压满金黄金黄的子弹，然后很麻利地塞进手提袋里。

蕾蕾在街头走着，心里不停地喊："打死他！打死他！"她急匆匆地走着，脸涨得通红，双手用力揉搓揣在怀里的手提袋，那里面是个硬邦邦的铁家伙。她拐过街角，躲在报摊前看着院门口的肖云柱。肖云柱正在那儿修自行车，两手油污，满头大汗。蕾蕾愤怒地看着他，咬咬牙，径直走过去。

她越走越近，伸进提兜里的手发着抖。肖云柱回头看了看她，显然已经不认识了，又低下头，修他的自行车。蕾蕾慢慢往外拔枪。当她走到肖云柱背后时，一个老太太端着杯水走出来，递给肖云柱，说："谢谢你了，看把你累的，快喝点水歇口气。"肖云柱把水杯放在地上，说："街里街坊的，应该的。"蕾蕾没敢停步，快速走过去，在街角停下，往这边观察着。

聂明宇快步走进董事长室，突然发觉自己的办公室有些不对劲。他几步跨到办公桌后，拉开抽屉，赫然看到枪不见了。于是摁下传唤器，大声道："马上让小芮过来！"

很快，小芮慌慌张张跑进来。他见聂明宇阴沉着脸，连忙说："聂董，没办法，蕾蕾来过，只有她我没法子拦。"

"我不怪你。"聂明宇缓缓抬起脸，直视着小芮，"现在只要你做一件事：动用所有的人，哪怕找遍天都市每一个角落，也要把蕾蕾找出来！"

小芮唯唯诺诺，躬身欲退。

聂明宇补充说："要快！你马上让张峰来见我！"

张峰走进董事长室时，聂明宇正仰靠在高背皮转椅上凝眉沉思。他忧心忡忡地道："董事长，小芮刚才跟我讲了。蕾蕾不会出什么事吧？"

聂明宇挺直身子问："那个姓肖的人在哪儿？"

"这小子最近频繁换地儿，找他的话要费些时间，我尽快……"

"不是尽快！"聂明宇烦躁地打断他，"而是立刻找到他！明白吗？"

张峰点点头，转身匆匆走了出去。

4

刑警支队办公室里，刘振汉和李冬在换便装。刘振汉双眉拧成了结，满面愁容，不时地叹口气。虽然李小艳提供了黑皮本的重大线索，并讲出了张峰，但这并不能算得上证据，根本就动不了龙腾公司。现在时间又是这样紧迫，要在短期内破案，真是难之又难。李冬似乎看出了支队长的心思，凑上来道："还只剩六天了，能不能想办法拖拖？"刘振汉把警服挂在衣架上说："我刚打电话请示完庞局，他让我们只管加紧侦破，限期的事他再顶顶。"

"老头子也不容易，我看他撑不了多久。"李冬有些沮丧地把衣服随手搭在椅背上。

这时，门外传来一阵急促的脚步声，龚静尖厉的声音老远就飘了进来："刘支队！刘支队……"他们二人抬起头，只见她手里举着纸袋，后面跟着马荃和汤文军，飞步跑进来。"这是李小艳留下的，肯定是很有价值的东西！"龚静气喘吁吁地道。

"打开它！"刘振汉略略有些激动地说。

龚静掏出白手套戴上，然后从办公桌抽屉里拿出一把裁纸刀，沿着纸袋边缘切开，一本 B5 复印纸装订的本子滑落出来。龚静慢慢翻开一页，刚刚看了个开头，就大惊失色地"啊"了一声。

刘振汉忙凑上去细看，原来这正是那个黑皮本的复印件，上面的一行行手迹写着一串串名单，名单的后面，都写着一些含义模糊的数字：

陆伯龄：40，11，60，21……总532。

杨振义：15，25，30，9……总251。

李乾宽：6，11，22，30……总160。

刘建义：52，4，6，34……总465。

……

龚静吃惊地瞪大了眼睛："天哪，全都是……"

"都是现任省级、市级领导！"刘振汉脸黑得吓人，"周玲玲和王芳就是因为这份名单而被人杀害的！"他的话如同重锤一般砸在几位刑警的心上，顿使他们有了一种不寒而栗的感觉。

刘振汉此时才真真切切地意识到，他一生中最为严峻的时刻来临了。他已经触及并牢牢抓住了一张黑网——一张长期以来悬罩在天都社会的深网，控制着社会和经济命脉的黑网。而且它现在仍在诱惑和腐蚀着一些人的良知，慢慢形成一个无处不在的巨大势力。此时此刻，他才恍然明白和真正体会到了庞天岳的良苦用心，并且清楚了他为什么警告自己如果案件有了闪失，自己便会因此而失去所有的东西，甚至生命。

由此看来，他和聂明宇的较量已远远超过了亲情、友情等个人恩怨。只要是一个有良知的人，都绝不会对此置之不理。心心相印的生死战友、换命的兄弟沦落到如此地步，仍让他不敢相信。由此他便不觉想到了聂叔，想到了蕾蕾，心一阵紧似一阵地疼痛起来。这份重要的物证上的名单，预示了他前面的路将变得异常艰险。

他慢慢抬起头来，扫了几位手下一眼，沉声说："这是个通天的大案，你们也都看到了。其他的话我不想多说，只想问你们一句，能够舍弃一切吗？"龚静刚要表态，他挥手打断。"我要你们说实话，最好先考虑考虑。我不能骗你们，这是一个也许会使我们丢掉爱情、家庭、前途甚至性命的案子。还有一个更重要的问题，那就是能否坚持到最后，这可不是仅仅靠勇敢就能完成的。”

龚静站了起来，满脸庄严地道：“刘支队，我是一个实习刑警，这是我真正跨入刑警行列的第一步，碰上这个难得的锻炼机会，我很幸运！”

李冬慢悠悠地说：“我记得上回庞头请我们吃饭您对我说的话，再多说就贫了！”

马荃和汤文军也连声道：“就是！就是！”

刘振汉很是欣慰，应该说，他对自己的手下还是信任的。这时，他便不觉想到了王明，对着龚静道：“王明这小子跑到哪里去了？无组织无纪律的。这样吧，你明天去天都酒店，继续追查周玲玲、王芳失踪的情况，尽量想办法找到案发当天客房出入客人的线索。”

龚静点了点头，说：“明白了。”

李冬请示他，问自己明天是否还留守。刘振汉轻轻嗯了一声，似乎又在想别的什么事情。李冬问他明天干什么。刘振汉回过神来，道：“我要先去见见两个人，一个是庞局，没有他的支持，咱们是不可能打赢的。还有一个是我的老婆……”

正说着，王明一头闯了进来，只见他灰头土脸，裤腿、脚上沾满了泥巴，端起龚静的茶杯就咕嘟咕嘟往嘴里灌。

刘振汉劈手夺下他手中的杯，掼在桌上训斥道：“你干什么去了，一整天不请假？任务这么紧，怎么不在年轻同志面前起个带头作用？不像话！”

王明直起腰来，笑嘻嘻道：“刘支队，别急，我给你带礼物来了！”说罢对着门外一招手。大家转头看去，只见王丽敏领着亮亮站在门前。

“爸爸！”亮亮飞扑进刘振汉怀里。刘振汉激动地把儿子一把抱起，不停地亲着，努力隐藏着眼里的泪水。王丽敏怨尤的目光里含着些许的感动，看着欣喜若狂的丈夫。

龚静和马荃等围着王明问这问那，王明鼻孔朝天，唾沫四溅地吹嘘着，把几个年轻刑警唬得一愣一愣的。

肖云柱背着行李卷跟老太太告别，然后走出院门，拦住一辆出租车。

远处的蕾蕾也连忙招出租车，上去后吩咐司机说："师傅，跟上前面那辆车！"

两辆出租车一前一后，相继驶出巷子口。

肖云柱乘坐的出租车驶进了一条狭窄的胡同，在拐了几个弯后，停在一幢破旧的小楼前。他走下车，把行李卷扛在肩膀上，一步三晃地进了楼门。

蕾蕾躲在不远处，凝神注视着。这时，她的手机又响了。她打开看来电显示，还是哥哥的手机号码，于是任它响去，不接。

在肖云柱离开的巷子口，聂明宇失望地关上了手机。张峰将车缓缓停住，对聂明宇说就是这儿。然后跳下车，问门口的老太太："大娘，这里是不是住着个光头长得很难看的小伙子，他姓肖。"老太太白了他一眼，"我看你才长得难看呢！他人可好了……"张峰忙不迭地点头说："对、对，他是个好人。请问他在家吗？"老太太不耐烦地："今天他搬走了，你找他干什么？"张峰回答说是他的亲戚，家里出了事，所以，要赶快找到他。老太太警觉地审视了张峰一会儿，问他家里出了什么事。张峰忍住气，强作笑脸说："他是和家里闹气跑出来的，现在他妈妈急得心脏病犯了，住进了急诊室，想见他一面。"老太太顿时慌了神："哎哟！这孩子原来是闹气出来的，这可是大事呀！我真的不知道他去哪儿了。不过，有一回听他打电话，说去海湾区一个什么锣鼓巷，那儿有他一个朋友。"

坐在奔驰车里的聂明宇听得清楚，笑了笑发动着车子。

锣鼓巷里，肖云柱从破旧的小楼里走了出来，行李卷已不见了。他朝左右看了看，然后顺着巷子往前走，蕾蕾连忙紧紧跟上。

肖云柱似乎发觉身后有些异常，走着走着猛地回头。蕾蕾躲闪不及，也就心一横，往他近前走去，边走边伸手从手袋里往外掏枪。肖云柱看着她，有些费解，不禁乐了。雷雷突然举起枪，瞄准了他。肖云柱大骇，心想：完了，原来是个女雷子！就在这时，一辆奥迪车在胡同口停住，张峰和小芮从车上走下来。蕾蕾怔了怔，仍把枪口抬起，对准了肖云柱的脸。凌志轿车从另一胡同口悄无声息滑到了蕾蕾身后，聂明宇从车上快步走出，一把夺下蕾蕾手里的枪，训斥道："记住，你永远也不能碰这东西！"说着把枪收起。蕾蕾惊讶地看着他，良久，她哭了："哥，你怎么？他是……"聂明宇皱着眉头说："我知道，我会处理。小芮，送蕾蕾回去。"蕾蕾拼命摇着头，她自语般喃喃："不，不……你不会的，哥哥……"她突然嘶声吼叫，"杀了他！这个王八蛋……杀了他！"

小芮架着她上车，聂明宇转身对肖云柱厉声道："你该死！知道吗？"

肖云柱面对枪口眨眨眼说："我知道了，她是好久以前被我……"

"住嘴！"聂明宇猛地抽出枪，对准他，"她是我妹妹，是我最亲的人。你该知道自己今天的下场！"

肖云柱点点头，然后笑了："好好，我什么都准备好了，就是没想到栽在一个小姑娘手里，这是报应！"

聂明宇逼视着他，却唰地收回了枪，沉声道："但是我不要你死，知道为什么吗？"

肖云柱垂下头，默默思索了片刻后，抬起脸看着聂明宇说："因为刘振汉是我的仇人，我恨他！"

聂明宇微微一笑，上车走了。

张峰走到肖云柱身旁，拍拍他的肩说："我们准备邀请你到我们公司来工作，怎么样？"肖云柱登时傻了，不由得张大嘴巴啊了一声。

5

王明和龚静身着便衣走进天都酒店旋转玻璃大门，直奔总经理室。早已等候的黄总经理见他们进来，忙迎上前去，递上一份名单，道："真是太巧了，客房部经理十二月份换的人，新任经理很负责任，把前任经理一年来的账目拿回家核对，所以，保留了几个月的客房记录。"

二人道着谢，紧张地查对起来。龚静看着看着抬起头来说："王明，你看，十二月整三十一天，就有六个只包半天房或几个小时的。"

"我这儿也有四个，全是男女两人。"王明咂咂嘴，不无感慨地道，"现在的年轻人啊！"

"你快来看！"龚静突然提高声调，"这里有个叫马月的男人，是一个人包的钟点房！"

王明忙凑过来："他是几号房？"

"是 1230。"

两个人一对视，飞快地转身出门。

他们来到 1230 房，服务员打开门。他们进去后，便仔细搜寻起来。王明查卧室，龚静查卫生间和阳台等处。结果是一无所获。二人有些失望地坐在客厅沙发上，龚静无意地用脚踢蹬着地毯。

"别动！"王明突然一声大叫，吓了龚静一跳。他马上趴下，仔细看着地毯连接处，然后一点点掀开，只见地毯下是密密麻麻的陈旧血斑，龚静兴奋地跳了起来。

刘振汉走进局长室，把一个大纸袋放在庞天岳面前的办公桌上，神色冷峻地说："庞局，您看看这个吧。看了后，你还敢说查到任何程度都支持我们吗？"

庞天岳有些诧异地看了他一眼，然后戴上老花镜浏览了两页，立刻变了脸，问道：“在哪儿搞到的？”

“海滨女尸案中查出来的证据。”刘振汉在办公桌前坐下，“那两名受害者，就是因为这个本子被杀害的。”

庞天岳脸色沉重起来。“没有想到！没有想到！”他边说边快速地翻阅着，在翻看名单的过程中不断发出短促的惊呼。刘振汉审视着庞天岳的表情，竭力想看出老领导心中的真实想法。庞天岳开始用铅笔清点本子上的名字。

“不用点了，涉及省级领导四人，市级领导十六人，其他处级科级十五人，一共是三十五人，涉及金额共计六千万人民币。”刘振汉很精确地报出数字。

庞天岳慢慢合上本子问：“物证可靠吗？”

“非常可靠。”刘振汉回答道。

“人证呢？”庞天岳又问。

“我已经把她保护起来了。除了我，谁也不会知道那个人的下落。”

庞天岳点点头说：“这个本子的主人查明了吗？”

“聂明宇的副手，龙腾集团的总经理张峰。”

“张峰？”庞天岳若有所思，“应该是他出头。”

“直觉告诉我，张峰不过是个幕前人物，而真正操纵一切的幕后黑手……”刘振汉顿了顿，很艰难的样子继续道，“应该是聂明宇。”

庞天岳沉吟着道：“振汉，这份证据十分重要，对我们的侦破工作也很关键。但是在法律上它无法证明一个人是否犯罪，你明白吗？”

“我明白。”

“我相信你的推论，这其实也是我的判断，但毕竟数字后面没有任何金钱的标志。这可能是一次麻将牌后的账簿，也可能是一次扑克游戏后的分数表。我的意思是说，这个本子可能证明一切，也可能什么也证明不了。”

“这些我都懂。但是，没有人会为一个区区几百元的无关紧要的麻将账单去杀人。而且，如何将这三十五名干部组织起来打牌，这也需要一些想象力。唯一正确的解释，这是一个记载了权钱交易的账单。”

庞天岳用铅笔轻轻敲击办公桌说：“但是，你要证明它。”

“我会证明它的，这请您放心！”刘振汉言辞凿凿地表态。

庞天岳仰靠在椅背上，问：“说吧，需要我做什么？”

“我来的唯一目的就是了解您的态度。”刘振汉紧盯着庞天岳，“因为您的态度对我十分重要。”

“谢谢你对我的信任。”庞天岳很感动的样子道。

“我可以告诉您，当我打开这个小本子的时候，内心是很紧张的。我害怕，我真的害怕从这个本子上看到您的名字，但最终您的名字没有出现。我感到十分欣慰。”

庞天岳摘下眼镜，缓声说道：“我无法用准确的语言表达现在的感受。这些同志我都认识，有一些人共事了十几年二十几年。我了解他们胜于了解我自己，所以，当我翻开这个本子时，某些我早已淤积在胸的疑问突然之间便豁然开朗了。真是触目惊心呀！振汉，我的看法是最好先不要触动他们，以免打草惊蛇，把战线拉得过长。否则，我们就有可能陷入被动，因为我们无法和他们这样一个有着巨大势力和权力范围的整体来斗。当他们警觉起来并想隐瞒某种真相的时候，能量是可想而知的，他们绝对能够将你刘振汉和我庞天岳彻底掀翻在地，并把咱们打进冷宫甚至地狱。因此，你一定要记住，现在是调查海滩女尸案，而不是调查腐败，认准这点，悄悄网住它，然后将元凶一举擒住。只有这样，才能抓住关键，最终取得胜利。振汉呀，这个大案就全靠你和你的刑警队员了，我希望你们能挺得住。”

“庞局，有您这些话，我心里就踏实了。”刘振汉站起身来，“我不会让您失望。”说罢，便欲往外走。

“嗨，怎么说走就走。你干什么去？”庞天岳也不由自主地站起来。

刘振汉笑了笑说：“要打仗了，再回家看看，丽敏和亮亮刚回来。这一动，就又不知道要多少天才能回家了，何况，万一牺牲了呢？”

庞天岳闻之动容，默默目送着他走出门去。

刘振汉在宿舍楼拐角处远远地看见王丽敏手牵着亮亮正从楼门里走出，他想叫住他们，但又忍住了，静静地欣赏着母子俩相拥相亲的样子，直到他们走远了，他才心里甜甜地快步走进楼门。他打开房门走进家，左右看看，顺手拿着冷东西吃。他走到冰箱前，却看见冰箱上面有一张字条，上写：如果回来了，别忘了吃点东西，冰箱里有菜，在微波炉里热一下。床上有冯姨给你织的毛衣，天冷了，别忘了穿上。下面的落款是“丽敏”二字。他走进卧室，果然发现床上放着一件厚厚的毛衣，他拿起毛衣，心如潮涌，眼窝子渐渐湿润了。他觉得，应该去见见聂叔了……

第十八章

1

刘振汉一手握着方向盘，一手拿着手机通话。还好，聂大海没有外出活动，正在办公室里处理公务。刘振汉说了句“我马上就到”便合上了手机。

他考虑再三，觉得应该找聂大海认真谈谈了。在他的心目中，聂大海一直都是一位值得尊敬的长者。坎坷的经历和在仕途上的挣扎使他在洞悉世事的同时，也养成了悲天悯人的情怀。他常挂在嘴边的一句话就是：与人为善，以正为立身之本。这也是他特别喜欢赏识刘振汉的原因。在对待聂明宇这件事情上，他应该明白怎样做才是真正地维护聂家的声誉，他不应该也不会去袒护纵容儿子的恶行。在这一点上，刘振汉还是颇有信心的。上次的谈话太简单也太笼统，如果把聂明宇的所作所为和任由他这么发展下去的严重后果详细说透，聂大海会理解他的这种举动的，即便不支持他，也不会怨恨他，以致把他摆在敌对的立场上。

刘振汉就这么边想边把车开进了市委大院，停在办公楼旁边的停车坪上。

他按照聂大海电话里指定的方位乘电梯上到八楼，在黄盛的引领下走进了常务副书记办公室。他还是第一次到聂大海的办公室来，于是环顾四周打量着：这是一个长方形的大房间，墙上镶着橘黄色的墙板，地上铺着烟灰色的纯羊毛地毯，两边靠墙的书柜里摆着厚厚的政治和时事书籍，一张宽大的写字台摆在落地窗的前方，写字台的前边摆着两张装了垫子的椅子，周围还放着镶皮的扶手椅和一张古色古香的红木皮质长沙发。

聂大海坐在写字台后的皮转椅上，托着下巴，笑眯眯地看着刘振汉，问道："振汉，你在找什么？我这儿可没有逃犯呀！"

刘振汉走到写字台前说："聂叔，您这办公室够气派的，我都不知道是站着合适还是坐着合适了。"

聂大海哈哈大笑："你这小子，什么时候也学会油腔滑调了？随便坐吧！"

刘振汉在装有垫子的椅子上坐下。

"找我什么事？说吧。"聂大海往前倾了倾身子。

刘振汉看看聂大海，犹豫着说："我来是为明宇的事，想跟您老好好谈谈。"

"这件事我不会过问，我在市委常委会上表了态，坚决回避，你放心。"聂大海郑重其事地说。

刘振汉从聂大海的神态中能看出他对聂明宇是充满信任的，并不认为儿子会干出什么违法的事来。果然，他接着又道："还有，明宇和你毕竟是一起长大的兄弟，如果短时间内没有查出什么问题，就尽快给个结论，我也好放心。你振汉可要清醒，有很多人等着看你们兄弟俩的笑话，你们自己可别因此有隔阂呀！"

"这……"刘振汉心里直翻苦水，可又不得不勉强地说，"好的。"

聂大海很欣慰地隔着办公桌拍拍刘振汉的手背说："你这么说，我就不担什么心了，你们日后的路还很长，要争取在事业上有一番成就，该掀过去的一页就尽快掀过去……"

"聂叔，如果明宇真的触犯了法律，我该怎么办？"刘振汉终于忍不住了，突然问道。

聂大海愣了愣，不由得坐直了身子问："怎么，你的意思是查到了他什么……"

刘振汉想了想，明白现在还不宜完全捅破，于是，婉转地说："现在还无法证明明宇是清白的，从获取的一些线索看，对他似乎并不有利，所以，我不能不做最坏的打算。"

聂大海拂去惊疑不定的神情笑了笑道："如果他真触犯了刑律，那当然要依法办事。其实，你对明宇应该比我还要了解，这种'万一'好像不可能发生在他身上。你说是吗？"

刘振汉哑口无言了，他在一位根本就不怀疑儿子的长辈面前还能说什么呢？

这时，聂大海又往他面前倾了倾身子，有些激动地压低着嗓门说："忘了告诉你，振汉，孟琳怀孕了，我要有孙子了！"

刘振汉心一沉，不由得睁大了惊愕的眼睛。他张了张嘴，正要表示点什么，手机突然响了，里面传出王明兴奋的声音："刘支队，我已经发现了杀害两个女孩的第一现场！"

刘振汉在天都酒店门口跳下警车，只见门旁汤文军和马荃已经在等他了。他很快便走进了1230房间，在王明、龚静的指点下，认真仔细地勘查着。技侦人员正将一张胶条摁在地毯上，然后拉起来，于是上面便粘了大量的毛发和各种杂质。刘振汉直起腰，问王明是怎么发现的。王明没有回答，扯了扯他，走进对面的客房。

一位身穿酒店制服的年轻人迎了上来。王明介绍："这位就是酒店新任客房部经理王滔，他可是帮大忙了。"刘振汉伸手和王滔握了一下，说："你好，我是刘振汉。"

王滔有些拘谨，嘴里说着："刘支队长我早就如雷贯耳了。"

刘振汉拉着王滔在沙发上坐下。王明回身把门关上，道："我到这里来先查了一下客房登记。按照咱们估算的周玲玲和王芳的死亡时间，排查了那两天天都酒店的客房记录，发现有些客房记录被更改了。"

刘振汉双眉一耸，问："是吗？""十二日到十四日的电脑客房记录被人为地删除了。”王明说着，目光投向王滔。王滔紧张地接上话：“也就是前两天，是销售部的人改的，他们负责数据库。”“还好，幸亏王滔的回忆，帮助我们弄清了事情的真相。”王明补充道。

刘振汉略略松了口气，眼睛紧盯着王滔。

王滔道：“其实，那个用假名登记的人我们都认识。因为天都酒店的最大股东是龙腾集团。我们当时还奇怪，他怎么住进来了？后来王明队长来问两个女孩的事，我便回忆起了当天的情景。女孩是下午三点四十分进入房间的，但到了下班时间，她们也没有出来。我询问过值班员，据他回忆，后来有个男人走出门，在走廊里站了片刻，拖出一个大箱子。他就是赵志刚，龙腾公司的保安队长。”

刘振汉一惊，忙问：“什么？龙腾公司的保安队长？”

王滔点点头：“当时他订房间的时候，我正好在值班。他是上午订房，晚上就退的房，很奇怪。因为龙腾集团总在我们这里订房招待客户，一般都要订几天，所以，我们都很熟悉，当时似乎还打了招呼。”

刘振汉问：“这么说，你很熟悉他？”王滔答道：“他们都是总公司上层人物，搭不上话的，但知道他。他以前总来这里订房，所以，大家都认识。”

刘振汉自语般念叨：“赵志刚，赵志刚……”“赵志刚练过武术，身手敏捷，和张峰是过命的交情。”王明说着拿出一份资料。

2

经过一番激烈的思想斗争，贺清明最终选择了弃暗投明。他心中很清楚，只有这么做才能使自己的灵魂脱离苦海，才能对得起丹丹和一直关心、信任他的毛毛。

黄昏时分，贺清明夹着包慢慢走进海关大厦。

“贺处长，都下班了，您这么晚还加班？”值班保卫笑着向他打招呼。

贺清明木然地点点头说：“在家里工作不方便。”

远处，阿三正探头探脑地窥视着。

贺清明走进办公室，把门关死，然后闷闷地坐在电脑前，随着手指敲击键盘，屏幕上显现：关于天都海关几位领导人受贿纵容走私的情况汇报。

他点了根烟，凝视着电脑，大口大口地吸着，然后把烟头狠狠摁在烟灰缸里，接着便疯狂地在键盘上敲打起来。

窗外泛起了鱼肚白，贺清明终于打完了最后一个字。他长长地伸了一个懒腰，随手摁下打印键，电脑旁的打印机开始一页页吐纸……

龚静急匆匆地走进刑警支队办公室，对正在整理卷宗的王明道：“王队，檀山别墅区派出所的李所长打电话，说他们有人在别墅区看到过赵志刚。”

王明噌地站了起来，大声说：“太好了！走，去看看！”

王明开着桑塔纳警车在别墅区内兜着圈子。李所长和龚静坐在后面，副驾驶位置上是居委会的刘主任。

龚静问刘主任：“您能肯定是在这一片吗？”

刘主任答道：“应该是在这片。当时搞人口普查，要求户户上门，不漏人。但是别墅区你们也知道，户主往往不是经常过来，所以，我们要求小区保安，如果户主回来，就随时通知居委会，这样，我们就可以及时上门。”

王明侧过脸：“你看到照片上的男人是什么时候？”

“十天前。当时保安说 8 栋 3 号的户主回来了，我就去上门登记户口。到了楼上摁门铃，半天也没人回应。我有些疑惑，就问保安，户主是不是真的回来了。保安说他不久前才看到有人住进去了，怎么会没有人呢？我抬头看阳台上挂着刚洗完晾晒的衣服，那衣服还在滴水呢。我就估摸着可能住户出去了。”说到这儿，刘主任停住了，她指着右前方的一幢楼房大声道，“就是那幢楼！”

王明放慢了车速，缓缓开过去，继续问刘主任：“你后来见到赵志刚是什么时候？你怎么能确认你见到的那个人就是照片上的人？”

“那个人长相太凶了，像个黑铁塔，谁看见了都会记住的。”刘主任撩撩头发，放慢了语速，“这么说吧。第一次我没有找到这家人，可这次人口普查要求得非常细致，必须户户不漏人，所以，我就又去了一次。这次留了个心眼，是黄昏时分悄悄去的，印象非常深，肯定不会错。后来，他说他户口不在这里，而且在户口所在地已经登记了，我就没有深问。”

王明看了看车窗外一片沉寂的别墅楼，紧张思索了片刻，然后对李所长道：“麻烦你帮我盯一下这个点儿，晚上我们再采取行动，这样，可能会更稳妥些。”

李所长点点头说：“好的，你放心，我会分分秒秒都盯着这儿！”

王明和龚静火速赶回队里，向刘振汉作了详细汇报。刘振汉很兴奋，因为只要抓住赵志刚，案子就能迎刃而解。他让王明认真做个行动方案，在夜深人静时动手。正说着，王丽敏领着亮亮来了。他急忙站起迎出门去，问王丽敏是不是有什么急事，自己正忙着呢。王丽敏瞋了他一眼，说你从来都是忙着的，如果今天不是个特殊的日子，她不会来找。刘振汉挠着头想了半天也没想出什么特殊，只好求助地看儿子。亮亮告诉他说，今天是爸爸妈妈结婚十周年。刘振汉恍然记起，垂下头良久无言，最后不得不很歉疚的样子对王丽敏说，龙腾出了人命案子，他实在没时间，要不，等明天再补回来。王丽敏听了一惊，忙问龙腾出了什么人命案，是不是和明宇有关。刘振汉拥着她往外走，不无搪塞地说，以后会告诉她。

王丽敏带着亮亮出了刑警支队，就直奔孟琳的公司。孟琳看她慌慌张张的神情，便抚摸着亮亮的头问她："怎么了，丽敏？"

"出大事了！"王丽敏紧张的声音里透着焦急，"说不清楚我又不能直接和明宇说，只好让你代劳了。再不想想办法，明宇怕要出事了！"

孟琳被她含糊其词的话吓得一惊一乍的，颤着声问："到底出了什么事？你慢慢说。"

王丽敏稍稍平定了一下情绪，道："我也不是太清楚，反正听振汉说，正调查龙腾公司的杀人案，好像挺严重的。我是怕他们哥儿俩闹起来，所以，赶紧过来让你想个办法。"

孟琳不由得瞪大了眼睛。她心里很明白，刘振汉一旦说出这样的话，那就说明聂明宇的所作所为已被公安执法部门掌握，前景凶多吉少。同时依刘振汉疾恶如仇的个性，他已不可能停手。目前唯一可行的办法，看来只有求助老爷子了。

3

龙腾大厦地下室里，肖云柱仰面睡在折叠床上，盯着天花板上垂吊下来的蜘蛛网发呆。

小芮端着餐盘走进来，上面是红烧鸡腿和一碗米饭，外带一瓶青岛啤酒。他走到床前对肖云柱调侃道："吃吧，不过，我认为你还是少吃点好，别再胖了！"

肖云柱翻身坐起，两眼直勾勾盯着他，突然踹翻餐盘，低吼："你们这么好吃好喝天天伺候着要干吗呀？这是要我卖命，还是要我临刑，说个清楚好吗？天天没个动静，别他妈把老子惹急了，一把火烧了这鬼地方！"

小芮擦擦手，笑了："要绝食？随便你。如果是我，就天天好好吃着，好好睡着，什么也不想。"他说着，捡起滚到墙边的啤酒，打开，自己灌了一口，"反正早晚有告诉你的一天。我能说的就是，公司方面准备派你个重要用场。”

肖云柱扬着的脸慢慢垂下，当小芮竖起瓶口往嘴里继续灌酒时，他突然站起，抓住了小芮的领口。小芮神态自若，把嘴中的酒咽下，手中不知何时已换成了一支乌黑铿亮的手枪，冷冰冰地抵住了肖云柱的腹部。肖云柱蔫了，只好又乖乖地坐回床上。

小芮放下手中的枪，说：“就是，听话，这里可不是你胡闹的地方。不过，我可以告诉你句实话，兄弟，快了。”他说着走出门去，在门口转过身来，“好好养着自己，缺什么说话。”边说边从门旁拉出个妖艳女人，“这是兄弟为你准备的。红烧的不吃，就品尝一下活的吧。我想得可是周到呢！”

聂家餐厅里，聂大海、冯月梅和蕾蕾围坐在餐桌旁，边吃午饭边谈论着蕾蕾画展的事。

孟琳突然风风火火闯了进来。聂大海抬眼看了儿媳一眼，道：“孟琳呀，你难得回来吃饭，快坐下。”

孟琳拉过椅子坐下，声音急促地说：“爸爸，咱们家出了件大事，我考虑再三，不能不跟您说一下。直说吧，您该为明宇操操心了。爸爸，您再不操心可能就晚了……”

聂大海大为惊诧，举起的筷子僵在了半空，问道：“你说什么？”

“今天丽敏找了我，她不好直说，只是从侧面告诉我，现在振汉已经……他已经找到了龙腾集团违法的很多证据，都是可以判明宇的证据。”孟琳盯着聂大海，“爸，您还不着急吗？”

聂大海缓缓放下筷子说：“昨天老陆还告诉我，刑警支队拖着明宇的案子不办，说是年底非常忙……”

蕾蕾忍不住插话了：“这是振汉哥的缓兵之计，他们实际上一天也没有停止调查哥哥的事情。我可以告诉您，爸爸，他们已经掌握了龙腾集团确凿的犯罪证据！”

大家惊奇地看着蕾蕾。他们当然不会知道，蕾蕾曾和那些办案刑警朝夕相处了十几个日夜。

聂大海脸色凝重起来，他自语般轻声道:“难怪振汉去办公室找我。这么说……明宇真干坏事了……都是些什么事情?”

孟琳撇撇嘴说:“很多，他到现在还没有出事情已经是万幸了。”

聂大海怒了，他一拍餐桌，问道:“聂明宇呢?这个饭不吃了，把他给我叫回来。我要好好问问他，要是真干了缺德的事情，我就亲手把他送进监狱!”

冯月梅不干了，她把筷子一摔，怒道:“你不能这样!我就这么一个儿子，你要是敢动他，我就先死在你面前!”

“啊呀!你就别掺和了，有你什么事情?”聂大海气得呼呼直喘粗气。

冯月梅哭诉道:“怎么没我的事情?那时候你被人打成黑帮关进牛棚，我被红卫兵打折腿躺在屋子里，都是明宇出去捡些烂菜叶给我吃，你管过我们母子吗?我不管什么法不法的，你要是对明宇不好，我也就不管法了……”

聂大海垂下头不说话了，眉间拧成了疙瘩。

“爸爸，哥哥的事可是不小啊!这触犯法律的事……”

冯月梅瞪女儿一眼，打断她的话说:“蕾蕾，你怎么能这么说话?你了解什么?你哥哥这些年不容易，树大招风，是有人别有用心!好歹明宇也是你哥哥，当年是谁一直照顾你的?”

蕾蕾被妈妈抢白得有些发急:“妈妈，我当然知道。而且我也了解哥哥。我现在就是要告诉爸爸，如果他再不帮助哥哥，振汉哥肯定会把他抓起来。”

聂大海有些不耐烦了，说道:“嗨，事情还没有搞清楚，闹有什么用?我当然要管他!”他顿了片刻，不由得长叹一口气，“俗话说，王子犯法与庶民同罪，真要是触犯了刑律，这就不是简单的问题了。话说回来，关进去几年好好改造一下，也不是没有前途的。我不是就坐了好几年牢吗?现在不也当了副书记?”

孟琳这会儿一直没有说话，她听了聂大海的话，赶紧抬起头道："爸爸，您千万不能这么想，我们现在要做的是想办法救他。不然，就绝不是几年的问题了。"

"什么？"聂大海转向孟琳，"你和明宇天天在一起，你对爸爸说句实话，明宇他到底干了什么？杀人了？放火了？还是干了什么其他大逆不道的事情？"

孟琳有些犹豫，不知该怎么说，聂大海、冯月梅和蕾蕾都眼巴眼望地看着她。

孟琳咬了咬嘴唇，一字一句地说："杀人！有证据表明他怂恿甚至是指使手下杀人！""啊？"聂大海吃惊地瞪大了眼睛，他的脸慢慢涨红，口中喃喃地说，"我要让他去自首，我一定要让他去自首。这是个大是大非的事情，绝不能含糊……"

孟琳的泪水唰地流了下来。她站起身走到聂大海面前，满脸恳求之色道："爸爸，不能啊！您……您也许还有别的办法。"

聂大海此时已是满脸铁青，有些茫然地摇摇头。

"爸爸，这个家里，最最恨明宇的应该是我。结婚这么多年，他从来没有把我当作过女人。我恨他，我恨他啊！"孟琳话一出口，所有的人都惊呆了，她不禁哭出了声音，"但是，爸爸，您不能把他送进监狱。您有现在的位子，还有一些权力，应该能救下亲生儿子一命。我们再劝劝明宇，相信他不会再继续了，以后会好好过日子。爸，人一死什么也剩不下，只有自己的骨肉能延续生命，等您离开位置了，人们马上就会把您忘掉，您如果失去明宇和这个家，值得吗？您不是一直想有个孙子吗？就为这，您也不能……"她说到这儿便泣不成声了。

聂大海脸皱成了核桃，有气无力地说："你有些言过其实了吧？不会这么严重……"孟琳抬起泪眼，凝视着聂大海："爸爸，我是学法律的。我知道，明宇干过的事，被枪毙十次都够了！"

屋子里死一般寂静。聂大海搭在餐桌上的手剧烈抖动，蕾蕾像被雷击了一般直发怔，冯月梅手中的调羹落在地上……

4

贺清明在办公室里来回走，忽快忽慢，可以看出他内心十分地矛盾和焦躁。他在办公桌前猛地停住，眼前是一沓打印好的材料。他定了定神，终于伸手拿起了电话，拨通了毛毛的手机，说道：“毛毛吗？材料我已经赶出来了，准备马上交给公安局。”

“您终于下决心了？贺老师，您也可以把材料寄给我一份，我在北京替您送一下，中纪委和公安部的领导我都认识一些。”

“我想，还是先给市公安局刑警支队吧，听说他们正在调查龙腾公司，这份材料正是他们想要的。北京那边我认真想了想，还是先不惊动为好，因为情况很复杂。”

“我也是基于这方面的考虑，才建议您把材料寄过来。天都市很多人都卷入了走私案，如果公安和他们沆瀣一气怎么办？”

“我见过他们刑警支队长刘振汉，感觉这个人很正，是真想办案的，否则他们不会半夜闯到码头来摸底。我还是先和他联系上吧。”

“贺老师，您自己要小心。我争取最近去一趟天都，等着我！”

贺清明挂上电话，在抽屉中翻看，找出刘振汉的电话号码，接着摁号。他刚刚说出“刑警支队吗”便发觉送音器里有强电流的“刺刺”声，心里咯噔一下，立刻便想到了窃听，额上不觉沁出汗来，委顿在椅子上，重重地挂上了电话。

孟琳犹豫再三，终于还是决定去见聂明宇。她心中很清楚，聂明宇的前途就是她的前途。还有腹中的胎儿，也将依靠聂家的庇荫，她没有别的选择。

孟琳沿着龙腾大厦的走廊慢慢走，许多认识她的员工都十分恭敬地跟她打着招呼。她一言不发，只是默默地往前走。来到董事长室门前，秘书迎了上来，说道："孟总，董事长正在工作，他不允许任何人进去。"

孟琳神情有些古怪地打量着秘书，说："我现在必须见他！"秘书为难地说："这……"孟琳瞪着秘书道："去，告诉聂明宇，说他的老婆现在就要见他！"她把"老婆"两个字咬得很重。

秘书转身进屋，不大一会儿便又走了出来，做了个"请进"的手势。

孟琳走进董事长室，聂明宇从老板桌后抬起头来，问："你怎么来了？有事？"

孟琳没有回答，在沙发上轻轻坐下。聂明宇从她脸上似乎察觉出了异样，于是站起来，走到沙发前，问道："要杯咖啡吗？"孟琳看了看他，摇摇头。"怎么了，孟琳？你好像哭过？"聂明宇在她旁边坐下。

孟琳的眼睛还能看出一点红肿，她偏过脸去躲闪着聂明宇的注视，说道："明宇，我今天来是想告诉你，我求爸爸了。"聂明宇眉头微皱："又是你那个什么楼的事情吧？"

"不是，这次我是为你的事情去求他的。"

聂明宇怔了怔，问："为我？"

"是的，为你。"

聂明宇目光渐渐变得阴沉，不快地问："你为我的什么事去求爸爸？"

"今天我和蕾蕾在饭桌上跟爸爸说了振汉正在追查你的事情，但他不想出面替你说情。"

聂明宇略略有些释然，不禁笑了笑："你这是多此一举。让他做这种事情不是要他的命吗？"

"后来，我把你的事都告诉他了。"

聂明宇吃了一惊，不觉提高了声音，隐隐透着一种严厉："什么？你！你告诉他什么了？"

孟琳惨然一笑："所有我知道的，我全告诉他了。你知道吗？

丽敏找了我，刘振汉已经查出了龙腾公司杀人的事情，在这种时候，你必须得到老头子的支持才能渡过难关。我求他救救你，为我保留一个丈夫，为妈妈保留一个儿子！”说着，她的泪水缓缓从眼窝里流了出来，“明宇，我们这个时候别再互相隐瞒了好吗？我是你老婆，你要相信我，这个坎儿我们只有互相信任才能一起迈过去。”

聂明宇目光深沉地端详着她，轻轻拍了拍她的肩膀道：“你这样做，说实在的，对我来说有些突然。怎么？怕这棵大树倒了？”

孟琳一阵颤抖，霍地站了起来，咬着牙大声道：“聂明宇，你是个混蛋！你不知道现在说这种话很伤人吗？”说罢转身欲走。

聂明宇连忙站起，搂住了她。肢体动作比语言解释似乎更有力度，孟琳软软地偎依在他的怀中，眼里含着泪。他轻声说：“回家等我，今天我回去。”

5

由兽变为人，要经过几万年甚至几十万年的进化过程才能完成。而由人变为兽，一夜甚至几个小时就可以完成。难道这是真实的吗？刘振汉斜倚在沙发上，一杯又一杯地灌酒，头脑中反复思索着这句不知从哪本书上看来的名言，不停地质问着自己。对面墙上挂着他和聂明宇的合影，二人相拥相抱，真情洋溢。他瞪着发红的眼睛凝视着，心一阵阵绞痛。他又吞下了一杯酒，一股辛辣和苦涩从嘴里直流到心里，墙上的照片在他眼前晃动起来。

从部队复员后，他和聂明宇双双回到了故里。在返回家乡的火车上，他显得忧心忡忡。聂明宇了解他的心思，他的户口在农村，等待他的出路只有一个，就是回到穷困的渔村苦度时日。聂明宇安慰他说，你不要为前途犯愁，我父亲现在担任县工办主任，我一定求他帮助你安排个工作。

回到家乡后，他们便各奔东西了。一个多月后，他正在家里补渔网，聂明宇骑着自行车来了，把一张招工表递到他手里，他欣喜若狂，搂着聂明宇又蹦又跳。聂明宇真的帮他跳出了“农门”。在县农机厂上了两个月班后，他萌发了参加高考的念头，而那一年是允许社会青年参加高考的最后一年。聂明宇全力以赴支持他，知道他家在农村，根本就没有经济来源，便塞给他钱，塞给他粮票，为他购买复习资料。当他接到省警官学校的录取通知书时，聂明宇比他还要激动。

那天晚上，两个人流了一夜的泪，互诉离别之情。他上学后，家在渔村的老母亲主要是靠聂明宇照料。他假期回家时，母亲一次次叮嘱他：明宇是咱刘家的恩人，你这辈子都不能做对不起聂家的事……

母亲的话在刘振汉耳边轰鸣着，他的眼睛慢慢潮湿了，墙上的照片渐渐模糊起来。这时，王丽敏忐忑不安地走了过来，她被他绝望狰狞的表情吓住了，张了张嘴，终究没有敢问。

刘振汉啪地摔下酒杯，猛地从沙发上跳了起来，直往门外冲。王丽敏一把抓住他，颤着声问：“你……你要去干什么？”

刘振汉没搭理她，狠狠甩脱她的拉扯，大步出门。王丽敏顾不得跟儿子打招呼，跟着走了出去。

刘振汉来到聂明宇的住处，咚咚地砸门，嘴里喊着：“聂明宇！聂明宇！”

孟琳正在屋里下厨，听到喊声连忙出了厨房。聂明宇正欲上前开门，她拉住他，向他使了个眼色，嘴里说着：“是振汉吧？这就来！这就来！”

她打开门，只见刘振汉黑着脸站在门口。于是略有些怯意地说：“振汉，进来吧，进来坐。”

刘振汉越过孟琳的头看着屋里的聂明宇道：“聂明宇，没办法，我们得谈谈！”

聂明宇淡淡地说：“早该如此。你说吧，是我出去，还是你进来？”他神态平静地点上一根烟，悠悠抽了一口，将口中的香烟缓缓吐出。

这时，一辆出租车停在了楼下。王丽敏匆匆从车中钻出来，看了一眼楼门前的警车，急急慌慌就往楼上跑。

楼上，孟琳走出门，拉着刘振汉的胳膊就往屋里扯，说道：“快进来，尝尝我炒的辣子鸡！”说着便把他拖了进去。

聂明宇对刘振汉笑笑，然后把孟琳往卧室里推，道：“我和振汉单独谈谈，你先回避一下。”

孟琳有些不放心地轻声叮嘱：“明宇，你可千万别冲动……”

“你看我冲动过吗？”聂明宇颇不以为然。

孟琳不安地走进卧室。聂明宇把门从外面锁死，缓缓转过身来，他显然已经做好了思想准备。刘振汉冷冷地盯着他。

“振汉，嗯……”聂明宇脸上堆出笑容，“好久不见了。”他说着径自在沙发上坐下，却故意不招呼刘振汉坐。

刘振汉似乎并没有心思去计较这些，他直截了当地问道：“明宇，我问你，你们公司的保安队队长去哪里了？”

聂明宇略愣了愣，但旋即便恢复了镇静，有些茫然的样子随口反问：“哪个保安队队长？”

刘振汉一字一顿：“赵—志—刚！”

聂明宇扭了扭脖子说：“赵志刚？印象不深了。这种事情问人事部的王经理比较好。”

刘振汉问：“王经理呢？”

聂明宇跷起了腿，晃悠着说：“振汉，咱这是怎么了？现在是休息时间。如果这时候我连别人下班之后去干什么都知道，那我不成了神仙了？”

刘振汉慢慢走到聂明宇对面的沙发上坐下，也掏出根烟来点上，道：“现在是通信发达的年代，能否麻烦你这位董事长帮我联系一下这个王经理，我要和他谈谈。”

聂明宇笑了，问：“振汉，你来就是为了一个赵志刚吗？倘若真是如此，问题应该不复杂。”

刘振汉斜眼盯着他，屋子里的气氛沉闷中隐含着紧张。

聂明宇脸上挂着淡淡的笑容，一副从容不迫的样子。

刘振汉被他的神态弄得心火陡地上升，猛地提高音调道：“我来是要弄清楚这么多年我到底是和什么人打交道？是和一个善良正直的人还是和一个凶残嗜血的魔鬼称兄道弟？”

“振汉，你言重了。”聂明宇双手抱着后脖颈，向后仰靠在沙发上。

刘振汉深深吸了一口烟，竭力克制心底的恼怒，往聂明宇面前倾着身子，言辞恳切地道：“明宇，你如果现在把你的所作所为向我讲明白，或许还有一些挽回的余地。”

“什么余地？”聂明宇挺了挺身子，“死刑改死缓？还是无期改有期？”他说着，脸上涌出深深的无奈，“振汉，咱们是兄弟，十几年都一起过来了，我劝你一句：我的事你就别再管了，你管不了。”他也倾过了身子，凝视着刘振汉，“真的。你看到了，我聂明宇这么大的产业，说白了，它不是我一个人的。我每天挣二十块，其中十六块是别人的。你难道真的不理解吗？我聂明宇只是一个网上的结，他们把我推到这儿，所以，我身不由己，骑上虎背你该懂吧？这里面深了去了。振汉，以前的那个聂明宇其实在丛林里就已经随着那一枪死掉了，用一个时髦的作家的话说，你千万别把我当人。你是刑警支队长，你有你的职责，该怎么查就怎么查吧，我不会为难你，可你也别为难我。”

刘振汉被聂明宇的一番表白强烈地震动着，呆呆地瞪着他，不由自主地沉声道：“你应该明白等待你的是何种结局！”

“这我已经考虑过了，只能命碰命了。”聂明宇用轻描淡写的语气说，“究竟会是什么结局，你我现在下断语都还为时过早。”他看着刘振汉眼里渐渐迸现的火花，连忙补充，“请你不要误解，我绝没有威胁你或是贬低你的执法形象的意思。我可以明白地告诉你，即使我让你查清楚，别人也不会答应的。”

刘振汉血脉偾张，对眼前的生死兄弟彻底绝望了，眯着眼睛，冷冷地扫视着他："你是在跟刘振汉说话，还是和刑警支队长说话？"

聂明宇耸耸肩，戏谑地问："有区别吗？"

刘振汉道："如果是和刑警支队长讲这种话，我会把它拿到法庭上去！"

聂明宇脸绷紧了，他伸出双手道："刘振汉，你是有能耐。有种，你现在就把我铐走吧。我早就活腻了，谢谢你成全我。"

刘振汉逼视着聂明宇："别以为没有人能治得了你。人作孽，天谴之。我为有你这样冥顽不化自甘堕落的兄弟感到耻辱。"

"你把我当兄弟了吗？"聂明宇已控制不住自己的情绪，脸上的肌肉一阵抽搐，提高音调道，"正因为你没有把我当兄弟，才会有现在这样的结果！"

刘振汉身上也微微抖了起来，他霍地站起说："你让我感到失望，聂明宇！"

聂明宇毫不退缩地说："我早就有同样的感觉了！"

刘振汉激动地在沙发前来回快步走，怒道："聂明宇，你迟早会毁了聂家，毁了聂叔，毁了你身边所有的人！你难道忍心看着爱你帮你的亲人，都成为你的殉葬品吗？"

聂明宇禁不住嘿嘿冷笑出声，道："我现在只看到你刘振汉在千方百计地要毁掉我，毁掉聂家，毁掉所有关心你的人！这难道不正是你希望的吗？"

王丽敏站在半敞着的门旁，心惊胆战地听着屋子里传出的谈话。

刘振汉在聂明宇面前站住，两眼喷火地久久盯着他，双唇颤抖，说不出话来。

聂明宇手朝门口一伸，说："刑警支队长先生，请走吧，我不想再和你做这些无谓的争吵了。"

刘振汉目光渐渐变得痛楚："聂明宇，你现在如果不和我讲清楚，我真的没有办法再救你了，你的下场只能是接受法律最严厉的制裁。”

聂明宇扭过脸去，说道：“是吗？我倒要看看，你怎么把我送进监狱。刘振汉你记住，你绝不会看见我聂明宇蹲在那种冰冷潮湿的地方捧着窝头等待死亡……你绝不会！”

“那好，咱们走着瞧吧！”刘振汉说罢，转身就往门外走。

聂明宇站起，跟在他身后，以调侃的腔调道：“我一直忘记告诉你一件事情了，丽敏现在是我们公司的财务主管。她干得非常出色。”

刘振汉再也忍无可忍了，他陡地回身一拳，击在聂明宇的面门上。聂明宇踉跄着倒退两步，重重地摔倒在沙发上。

刘振汉不觉怔住了，呆呆地看着自己的拳头。

“你，你竟然……”聂明宇嘴角流出了鲜血，他用手背擦了一下，噌地站起来扑向刘振汉。

孟琳被外屋的响动吓得魂飞魄散，她疯狂地砸着卧室的门，声嘶力竭地大喊：“明宇！明宇！你让我出去！你们不要胡来，我求求你们，求求你们不要打了……”

刘振汉和聂明宇根本就不睬孟琳的喊叫，二人像咬红眼的疯狗，你一拳我一脚厮打在一处。聂明宇捡起沙发靠垫砸刘振汉，刘振汉用胳膊挡开。这时，王丽敏从门外跳了进来。沙发靠垫恰好击中门楣上的镜框，上面是刘、聂二人的合影。镜框砸落在王丽敏的头上，滑进她的怀里，她紧紧抱住。聂明宇仍在疯了般投掷其他物品，刘振汉躲闪着。

“住手！”王丽敏一声尖厉的号叫，她满脸是泪，额上的伤口流着血，“你们……这是干什么呀？”

聂明宇和刘振汉都住了手，呆呆地站在那里。过了好大一会儿，聂明宇才先回过神来，忙走过去，递给王丽敏面巾，说道：“对不起嫂子……我们玩玩的。小时候我们老这样。”

刘振汉强抑制住内心的愤怒，冷冷地盯着妻子，讽刺道：“丽敏，你怎么来这里了？你是给你的老板护驾来了吗？”

王丽敏用纸巾捂着额头，吞吐着说：“振汉，我……”

“王丽敏，你告诉我，你到底想干什么？”刘振汉铁青着脸，声音因为极度恼怒而变得沙哑，“你竟然成了他的财务主管？你怎么能给这种人工作？”

王丽敏突然强硬起来，怒道：“我为什么不能给明宇工作？我以前并不是没给你说过，我有服务社会取得酬劳的权利！”

聂明宇说：“振汉，当着丽敏和孟琳，我们都冷静一点。要不，找个安静地方，只有咱俩好好谈谈行吗？”

刘振汉气愤地一转头，一语双关道：“你如果一意孤行，会有这天的！”

聂明宇明白他的意思，却依然和颜悦色地对王丽敏道：“嫂子，放心吧，我们之间不会出什么大事，振汉也是为我好。”

刘振汉自然也清楚对方卖乖的用心，心中的火气又腾地蹿了上来，怒道：“聂明宇，到现在你还跟我来这套！为什么你就不能实实在在地和我说清楚，总是利用别人，特别是这些糊涂女人，你光彩吗？”

王丽敏这下子受不住了，指着刘振汉说：“好，好，刘振汉，你真……”她说不下去了，掩面跑出门去。

刘振汉狠狠瞪了聂明宇一眼，大步追向门外。他一追出楼门，便对着灯影里的王丽敏吼起来：“丽敏，你知不知道我正在调查他？你这么做会给我的工作带来多大的影响？”

王丽敏匆匆地顺着路边走，边走边道：“我怎么没有跟你商量？孟琳让我去市委医务室，你不让去，说是影响不好。现在我去明宇公司当会计，是靠自己的劳动吃饭，你也要把着。我不知道怎么样才能合你的意。刘振汉你太自私了，你只顾自己……”

刘振汉跟在她身后，呼呼喘着粗气说：“你站住！丽敏，我问你，你在我正办龙腾案子的时候去那里工作是什么意思？你说，你这是不是上我的眼药？”

王丽敏放慢了脚步，说："你今天要查东，我就不能去东面，明天你又要查西，我就不能去西面。可是，你为我想过没有？我才三十多岁呀，我不想就这样扫一辈子地，当一辈子家庭妇女！"她说着停住了脚步，倚靠在路边的一棵树上，直抹眼泪。

刘振汉赶到了她身边，说："不管怎么说，我都不能允许你再去聂明宇的公司。往小了说，那是个杀人越货的黑店；往大了说，就是个黑社会。你就这样甘心往污水坑里跳？"

"你少危言耸听！"王丽敏甩开他的拉扯，"明宇我了解，他不是那样的人。你这是典型的职业病，咋不连我也怀疑上？好呀，我可以不去聂明宇的公司，那好，你来养活这个家！"

刘振汉脸涨得通红，说不出话来。

王丽敏扭身又走，说："刘振汉，你太自私了。如果你心里只装着你一个人，那你就自己过吧。他黑店也好，黑社会也罢，反正没伤害过我。"她的声音在夜风里越来越远。

刘振汉恼怒至极，一拳砸在树干上，手背上渗出殷红的血来……聂明宇一直站在窗口看着。他慢慢拉上了窗帘。他走到沙发前，拿起茶几上的镜框，发现那张旧照片已经沾上了血迹。他轻轻擦拭，鼻孔里一阵发酸。他狠狠眨了眨眼，抬头环顾，只见家里已是一片狼藉。

孟琳扑出来抱住他放声大哭："明宇，振汉怎么变成这样了！你们怎么变成这样了？太快了……"

聂明宇咬着牙道："没事，只不过刘振汉已经不再是我的兄弟了！也许你是对的，这件事是该让爸爸知道的时候了……"

第十九章

1

正对着和平中学的胡同口，停着黑色奥迪车。张峰和小芮坐在车里，边抽烟边紧盯着学校大门。

小芮说：“哥，你说，咱们打打杀杀的都没事，跟个孩子过不去有意思吗？上回是亮亮，这回又是丹丹，我觉得特没劲。”

张峰叹了口气道：“公司的利益高于一切，你不该说这些。”

小芮把烟头丢到车窗外：“我们该直接找她爸爸，那才是对手。”

张峰摇摇头：“为了达到目的，手段没有高尚卑鄙之分。别废话了，就说到这里吧。”

他们正说着，在路边溜达的几个小伙子向车这边使了个眼色。张峰从座位上挺起身子，压低嗓门道：“准备行动！”

丹丹的轮椅滑出学校大门，几个小流氓迎上去拦截，嘴里说着些下流的粗话。丹丹惊恐万分，高声呼救。张峰将车开出，在轮椅旁停住。他和小芮跳下车，把流氓们赶走。丹丹哭了。张峰安慰着，把她带上车。小芮把轮椅搬放在后备厢里。

红旗轿车缓缓停在海边，黄盛把车门打开，聂大海从车里走出。一夜之间，他苍老了许多，眼球上红红的血丝表露出他没有睡好。每当有心事或是有难以排遣的愁绪时，他都要来到海边，面对宽广无垠的浩瀚大海，借以廓清胸中的烦闷。

他沿着海滩慢慢地走，涌动的水花在他脚下四溅开来，刘振汉的话又在他耳边响起：聂叔，不能再让明宇越滑越深了，再这样下去，他自己断送了不说，您和聂家的声誉也会受到影响……顽症需用猛药，要让他明白，法律面前没有特殊的公民，谁视法律为儿戏，谁就要受到法律的惩处……聂叔，您心里应该比我清楚，不对他采取严厉的措施，是触及不了他的灵魂的，庇护所起的效果是纵容，而纵容的结果就是使他陷得更深，他会有一种权势大于法律的错觉，于是就会更加有恃无恐，肆无忌惮……

他不能不承认，刘振汉的话是对的。可是，冷酷的现实就摆在那里：副书记的儿子成了囚犯，“子不教，父之过”。这会产生什么样的影响？自己在天都奋斗了几十年，怎么有脸去面对那些老同事老部下？这些姑且不论，就说明宇吧，他苦心经营的龙腾集团，不仅创造了巨大的经济效益，而且也为他这个当副书记的老子脸上贴了不少金。况且，在自己蹲牛棚时，他们兄妹俩受了那么多苦，现在自己在台上却要把他送进大牢，这感情上如何受得了？还有就是日思夜想企盼有个孙子，如今终于就要实现了，这个时候自己又怎么能痛下决心去惩治儿子呢？

聂大海在海边漫无目的地走着，双眉紧锁，望向海天深处的目光显得空洞而茫然。他不停地在心中祈求：但愿儿子所犯的事没有孟琳说的那么严重，刘振汉在昨天深夜所陈述的耸人听闻的事情只是他的怀疑和臆测。

这时，黑色凌志车从远方驶来，在红旗车后停下。聂明宇走了出来，他向黄盛点点头，然后快步走向海滩。

父子二人慢慢走近。聂明宇喊了声“爸爸”，聂大海凝视着他，嘴角紧绷着没有说话，黄盛在远处向这边眺望着。

聂明宇走到父亲身边，替父亲把风衣的领子竖起来，轻声道：“爸爸，这里风大。您也是，有家不回，非要约我到这儿见面，有什么大不了的事？”

聂大海道："这里空气好，也免得人搅和。"他眯起眼睛看着海面上盘旋的海鸥，"这几年，你忙，我也忙，总也聚不到一起好好聊聊。"

聂明宇笑了笑："爸，等您退了就到我的公司来当顾问吧，咱们就可以天天在一起了。"

聂大海却轻松不起来，说道："明宇呀，我今天只问你一句话，你要给我实话实说。"他在儿子点头之后，接着说，"明宇，我虽然没有夸过你，但从小到大，你一直是我的骄傲。告诉爸爸，你，或者你的公司，做没做过违犯法律的事情？"

聂明宇坦然地迎着父亲的逼视。他心里很清楚，要想在具有敏锐观察力和丰富政治经验的父亲面前蒙混是异常困难的，但他仍必须试探。于是做出有些愕然的样子问："爸，您怎么了？干吗突然问起这样的问题？"

"明宇，我和你妈都年纪大了，你是我们唯一的儿子，我一直在为你担心。不论出了什么事，你都要给我照实说，明白吗？"

聂明宇用很平静的语调道："爸，告诉妈妈，别为我担心，我不会有任何问题的。"

他的沉稳镇定终于起了作用，聂大海沉重的心情略略有所缓松，不觉对儿子有了些信心，道："很多人对我说了很多关于你的事情，但我不相信。我想听你亲口告诉我，你做没做过违法的事？"

聂明宇的目光从聂大海脸上移开，面向大海："爸爸，什么是违法的事？"

聂大海一愣。

"法律从来都是保护弱者的，但是法律没有保护过我。所以，我总是告诉自己，一定要成为一个强者。现在我做到了。我已经是一个不需要法律来保护自己的强者。"

聂大海眉头又皱了起来，说："这么说，你干过违法的事了？"

"爸，您别问了。"聂明宇对此不置可否，"因为我不想连累您。您是党的高级干部，知道太多对您的前程不好。"他显出真诚的表情，“爸，我聂明宇一人做事一人当。如果有一天扛不住了，我会自裁，绝不会给咱们聂家、给您添麻烦。”

聂大海目光渐渐变得暗淡，面前的儿子也渐渐变得陌生起来。他像不认识似的打量着聂明宇，痛楚里透着哀伤地说：“你……你怎么能……”

“对不起，爸爸。”聂明宇不无歉疚地说。

聂大海不由得一阵眩晕，身体晃了两晃。聂明宇急忙上前扶住他。黄盛在远处看到了，也匆匆朝这边跑来。

聂大海倒在儿子的臂弯里，身体剧烈地抖动着。黄盛忙掏出药瓶给他，他吞下两片药，这才渐渐缓和下来。眼泪从他的眼角流了出来，他看了看儿子，长叹一声说：“作孽呀！作孽……”

聂明宇不知该如何劝慰父亲，紧紧握着他的手道：“爸，我错了，我让您失望了。”

聂大海轻轻摇头：“你没错，是我错了。黄秘书，送我回去，送我回去……”说着，他挣脱聂明宇的手，在黄盛的搀扶下，蹒跚着走向红旗轿车。

聂明宇看着爸爸佝偻的背影，眼泪慢慢渗出，模糊了自己的视线……

2

贺清明下班后便匆匆往家赶。自从他发现电话被人窃听，心中就无时无刻不在惦念着女儿。他很清楚，对方是什么事都干得出来的。

他刚到街头，便发现自己住处的门口停着几辆车，几个邻居正面带紧张地议论着什么。他不由得加快了脚步。邻居见他来了，连忙迎上去道：“快回去吧，你们家丹丹出事了！”贺清明的头嗡地大了，疯了似的冲进楼门。他一头闯进家里，丹丹脸色苍白余悸未消地对他道："爸爸，吓死我了！"

贺清明上前抱住她，急促地问："怎么了丹丹？快说，到底出了什么事？"

张峰和小芮从里屋转了出来，贺清明不由得吃了一惊。

张峰凑到他近前道："小事。她放学时被几个小痞子劫了，正好我路过，轰走那帮人，给你完好无损地送回来了。"

小芮也斜了他一眼，拖长音调道："以后得让她小心点，现在社会太乱，要真是把丹丹截到哪里，咱可就抓瞎了，那麻烦可就大了。"

贺清明当然清楚这是他们在故意做戏，心中火烧火燎，他把丹丹推进里屋，反手关上门，然后凝视着张峰，咬着牙一字一顿道："无耻！你跟我出去说！"

小芮很娴熟地玩着一把刀子，一步步靠近贺清明，眼里隐含着冷冷的笑。

贺清明脊梁上凉飕飕的，他胆怯了。

张峰拍拍他的肩膀，不无警告地道："每时每刻都会有人保护你和你的女儿，可别恩将仇报啊！"说罢，和小芮扬长而去。

夜色渐浓，天空不知何时飘起了淅淅沥沥的小雨，略带寒意的风悄悄地吹着，轻轻抚摸沉寂的城市。王明和龚静打扮成户籍警的样子，胳肢窝里夹着户籍簿，走到赵志刚藏身的别墅门口，摁了几下门铃。无人回应。龚静仰头看看阳台，发现上面晾的衣服在斜雨中微微飘动，显然，这幢楼房里似乎已无人居住。

龚静问王明："进去吗？"

王明点点头。

龚静掏出万能钥匙插进锁孔，轻轻一拧，门应声而开。两人悄悄溜了进去。

王明打开对讲机，低声道："刘支队，我们已经进来了，暂时没有情况。"

对讲机里传出刘振汉的声音："明白了。要注意安全。"

王明和龚静开始逐个屋子搜索。每间房子都很大，而面积更大的客厅中只是简简单单地放了两张沙发，没有任何家具。他们开始往楼上走。龚静好像发现了什么，一把拉住王明，指了指沙发。

王明随着龚静走到沙发前。原来沙发背上有一个小黑洞。龚静把手指探进去，抠出了一枚子弹头。王明一愣，开始仔细观察沙发，很快便在布纹沙发面料上看到了凝固的血渍。他忙对着对讲机道："客厅发现'五四'手枪子弹头一枚，弹孔是在沙发上，弹孔附近有血迹。"

"现在有没有人起居的迹象？"刘振汉问。

王明回答："没有。屋子里全是灰，好像有一段时间没人进来过了。"

"继续搜查，一定要认真仔细。"刘振汉吩咐。

王明、龚静走上楼，推开主卧室的门。经过一番搜查，王明在柜橱上又发现了一个孔眼，龚静看了看说好像是枪眼，她边说边掏出工具刀往里面一挖，挖出一个弹头。她把弹头放入塑料袋交给王明，王明对着对讲机说："刘支队，二楼发现'五四'式手枪弹头一个。"

刘振汉道："赵志刚肯定已经被他们灭口了。行了，封锁整个别墅，立刻调技侦人员进行现场勘查。"

刘振汉很快便带着技侦人员赶到了别墅区，安排好勘查事项后，他和汤文军、马荃来到了别墅区派出所。李所长已经和一个戴着眼镜的中年男子等在那儿了。李所长向刘振汉介绍说，那男子是小区的保安经理。

保安经理有些紧张，躬身问刘振汉："刘支队长，出什么事情了？"

刘振汉看看他："这个问题我应该问你。你是负责这里安全的吧？"

经理推了推眼镜："我们这里可是非常高档的公寓别墅区，对住户安全是有保障的。”

刘振汉坐下来：“说说你是怎么保障住户安全的？”

经理掰着手指头：“第一，我们日夜都有专人在小区巡逻，每班两人，一班两个小时，二十四小时不断；第二，非小区内的车辆我们不允许进入；第三，我们住户每家都有报警系统，如果有抢劫或其他侵扰事件发生，住户只要一摁报警器，我们保安就会立刻封闭整个小区，同时通知110和派出所。另外，我们还有闭路监控系统，正对出入的大门，所以，进出小区的人员和车辆都有记录……”

刘振汉打断他的话：“哦，是吗？你们的录像保留多长时间？”

“一个月。我们大约有一百盘录像带，循环使用。这样，基本上可以保证一个月的时间。”

“带子现在在哪里？”

“在监控室。”

刘振汉转过身：“汤文军，你和马荃现在就去把这批带子仔细看看，争取获取些线索。”

汤文军起身和马荃一块儿走了。

刘振汉又问经理：“如果住户家里出了事，而你们的报警系统没有提示，这说明了什么？”

经理想了想道：“这……除非作案的人是住户的熟人，才有可能出现这种情况。”

“熟人？”刘振汉若有所思。

3

王明回到办公室后，发现李冬给他留了个字条，上写：海关一位姓贺的约你去月光酒吧，并请你务必给他回个电话。他心中一跳，顿时激动起来，忙拿起电话，拨打贺清明的号码，长长的蜂鸣之后，无人接听。他看了看表，急忙把警服脱在椅子上，从自己的柜子里拿出一身便服，又取出一条漂亮的围巾，在镜子前装扮起来。

龚静从门外一步跨进，看着他有些惊讶地问："你这是要干什么？相亲？"王明在镜子前仔细地梳了梳头发，道："跟我去酒吧，快整理整理。"龚静立刻往歪了想，小脸绯红，扭捏着问："干吗穿这么整齐？"王明瞥了她一眼："这是保护色，你还不赶紧换衣服？"

龚静嘟着嘴站起来，但显然在竭力抑制着心中的激动。

他们打车很快便赶到了月光酒吧。龚静看着颇有些浪漫情调的氛围，很是有些好奇。她问王明："你老来这种地方吗？"王明撇撇嘴道："如果有钱的话。"龚静笑了。王明穿了一身便服，便显出几分英俊潇洒来。她瞟了瞟他说："我觉得你穿便装也挺精神的。"

王明心里美滋滋的，嘴上却道："今天带你来是工作，别想些不相干的。"龚静一愣："工作？什么工作？"

王明没再解释，低着头往里走。这时，在酒吧角落里，一个人正朝王明招手。王明拉着龚静走了过去，对贺清明介绍说："也是刑警，叫龚静，我的同事。"

龚静眼尖，盯着贺清明道："您是海关缉私处……"

"嘘！"王明瞪了她一眼。龚静明白过来，不由得吐了吐舌头。

贺清明略有些紧张地招呼他们说："二位请坐吧。"两人坐下。王明道："您有什么话就直说吧，我们会保护您的安全。"

贺清明忙道："不！不！我不是怕自己的安全有什么问题，而是担心你们有没有决心。因为我要和你们谈的事，可能会牵扯很多的人。"

王明立刻来了精神，很郑重其事的样子道："这一点，请您绝对放心，如果没有决心，我们就不会来赴您的约了……"说着，他发现贺清明无意间扫了一眼门口，脸上的肌肉顿时僵硬起来。

他顺着贺清明的目光看去，发现张峰正带着小芮从门口走进来，而且是径直朝这边走。

贺清明忙抬起胳膊端着酒，试图遮掩自己，说道："来，为我们三个人相遇干杯！"他喝过酒后，发现张峰仍朝这边走来，心不由得一沉，放下酒杯，"我去一下洗手间，你们慢用。"

他刚欲转身，突然肩膀上被人拍了一下："兄弟，没想到你也会来酒吧消遣，真让人惊讶！"他抬起头来，见正是张峰，颇有些尴尬地寒暄："张总，你们也来了，一块儿喝一杯？"

张峰也不客气，在桌旁稳稳地坐下，对着王明咧咧嘴："王队长，没想到你们也会有泡酒吧的习惯，今天真是开了眼界！"他说着递过烟去。王明接过烟，笑着用下巴点点龚静："我今天是来会这位漂亮女孩的。"张峰也笑了："这位好像是你们刑警队的实习生龚小姐吧？"说着，掏出一张名片递给龚静，龚静只好勉强地接过去。

王明冷冷地看了张峰一眼，不无揶揄地说："你对我们刑警支队倒挺熟悉的呀？"

张峰抖了抖烟灰，说："说不熟悉吧，了解一些；说熟悉吧，也就仅限于面熟。你看，我从来就请不动你们喝酒，还是贺处长面子大哟！"

贺清明极不自然地笑了笑，张峰把烟叼在嘴上，扫了他一眼说："贺兄真是难得有此雅兴，酒吧约会刑警，挺有些传奇色彩！哈哈！"

贺清明脸上红一阵白一阵，不知该如何回答。

王明道："今天是我请贺处长出来坐坐。我妹妹今年要考大学，贺处长原来在大学工作，想请他帮帮忙。"

"是吗？"张峰似乎对这个问题没有多大兴趣，把烟摁灭在烟缸里，"不瞒你们说，我一直想和刑警结交，遗憾的是总没有机缘。今天可是个绝好的机会，这桌酒算我的，咱们一醉方休！"

贺清明此时只有苦笑的份儿了。

宽敞的展览大厅里，人们来往穿梭，工人们正把一件件蒙着毡布的雕像往里搬运。

蕾蕾站在旁边默默地看，她有些心不在焉的样子，似乎对雕像并不关注，而是在想着别的什么事情。

孟琳却十分地投入，她不停地大声指挥着喊："哎，轻点儿，怎么回事？能这么搁吗？放在那边……"她一回头，发现蕾蕾正在走神，忙问她怎么了。

蕾蕾抬头看着孟琳说："嫂子，我想找振汉哥谈谈。"孟琳怔了怔，问道："你觉得……有用吗？"蕾蕾幽幽地吐出一口气来，说道："我试试，振汉哥一直都很疼我，不会不睬我的话。"

孟琳也幽幽地叹了口气："但愿他能听你的。那天，他的样子好吓人。蕾蕾，我现在觉得只有爸爸才能帮助明宇，也只有爸爸说话，振汉才有可能听。"

蕾蕾忙问："真的？"

孟琳点点头说："毕竟爸爸这么多年一直关照着振汉，他总该念一些情面的。"

蕾蕾沉思着说："昨天爸爸被气病了，住进了医院。所以，要是等爸爸做工作，我怕一切都晚了。我必须去找振汉哥，和他彻底谈一谈。"

4

张峰匆匆走进董事长室。聂明宇正双手支着下巴，坐在老板桌后沉思。张峰在他面前站定，压低嗓门道："董事长，昨天晚上贺清明差一点儿就和刑警队的人接上了头！"

聂明宇双眉一紧，问："哦，是吗？"

"幸亏我一直派了人跟踪他，所以，他们见面时，我突然出现在他们面前，着实把贺清明吓了一跳。”

聂明宇站起来，在写字台后踱着：“看来，这个姓贺的有二心呀！”

“要不……把他干掉！”张峰做了个劈杀的动作。

“不行。”聂明宇摇了摇头，“贺清明是公职人员，而且这段时间很多人知道你和他来往密切，现在动他会惹麻烦。”

张峰忧心忡忡地说：“我看他随时都有可能反水，咱们得当机立断呀！”

聂明宇思索着，停住脚步，道：“看来，最有效果的办法就是在他女儿身上动脑筋了。”

张峰想了想说：“我也是这么认为的。”

“我今天就去见见这个小姑娘！”聂明宇一拳砸在桌子上，“只要抓住她，贺清明就会投鼠忌器！”

“好，我马上就去安排。”张峰说罢，转身欲出。

“等等。”聂明宇喊住他，“我告诉你一件事。”

张峰回过身来，有些惊疑不定地看着他。

“昨天我见老爷子了，我跟他说了实话。”

张峰瞪大了眼睛问：“董事长，您说什么？”

“老爷子听到了一点儿风声，他是专门问我的。”

张峰额上冒出了汗，结结巴巴道：“董……董事长，您……怎么能……”

聂明宇笑了笑，用手指点着他说：“看把你吓的，至于吗？我觉得瞒他已没有什么必要，他是我亲爹，应该把事情给他讲清楚。”

张峰脸色煞白，不住地抹头上的汗。

聂明宇接着道：“老爷子那边有黄盛做工作，他到现在还没有给我电话，说明还没出大问题。”

张峰惊魂甫定，说道：“这步棋可是太险了，万一老爷子六亲不认，咱们就会彻底完蛋。我看，还是立刻给您订出国的机票吧，提防……”

“张峰啊张峰，你也太不自信了！”聂明宇颇不以为然，“你要知道，这步棋迟早要走。刘振汉虽然是我的兄弟，但他骨子里的那股所谓的正气我是最了解的，指望他立地成佛根本不可能，他不达目的绝不会罢休。你要清楚，他手里掌握着法律，咱们是无法和他抗衡的。等他真把所有的事情都掀翻之后，就晚了，也就无法收场了。咱们只能利用一切可以利用的力量，捆住他的手脚。既然迟早是要动老头子的力量，还不如早点儿摊牌，来制服我这位兄弟。”

张峰点了点头说：“不过，不知道老爷子会不会向咱们伸出援手？”

聂明宇轻声道：“这就要看黄秘书的功力了。”

在市人民医院高干特护病房里，聂大海一身条纹病号服，靠在沙发上。

黄盛拿着一块冒着热气的手巾要给他敷上。聂大海一把抓过来，狠狠摔在地上，嘴里不停地大声骂着“孽子”。黄盛忙把门关上，劝慰道：“聂书记，您别再生气了，伤了身体可不好。”

“给陆伯龄打电话！给庞天岳打电话！把他们叫来，我要亲自把这个混账东西送监狱里去！”聂大海直捶沙发扶手。

黄盛站着没动。

“你为什么还不去打电话？快去呀！”聂大海试图站起来，突然一阵眩晕，又倒在沙发上。

黄盛连忙躬身道：“您真的不能再生气了，这样下去，身体会出大问题的。”

聂大海嘴唇颤抖着狠声道：“我真没想到，我聂大海清白一身，被这个孽子给毁了。给我电话，给我电话，我来给陆伯龄打！”

黄盛只好走到病床床头柜前，把手伸向电话机。他犹豫了片刻，终于回过身道：“聂书记，有一些话，我不知道该不该讲。”

聂大海缓缓抬起头，看着黄盛说："黄秘书，我知道你是为我好。但是，这次你不要劝我，我一定要把这个孽子亲手送进去不可。我们聂家绝不能容留这样的混蛋……"

黄盛在聂大海面前的椅子上坐下说："我不是要劝您，聂书记，我是想把一些情况向您说说。"

"你可以讲，但我现在可听不进去呀！"聂大海没好气地仰了仰身子。

黄盛把椅子往前拉了拉，靠近聂大海道："明宇究竟对您说了些什么？"

聂大海愤愤地道："还能说什么？走私贩私、开设赌场，还不够呀？"

黄盛微微摇摇头说："我说句公道话，其实，这些事情并不能全怪明宇。"

"你说什么？"聂大海不由得震惊了。

"您想想，现在省委正准备提名您到市长的位置上，而且您肯定也听说了，明年就有可能到书记的岗位上。我想，可不是所有的人都希望您高升的。这时候明宇一出事情，就会有人利用这件事大做文章，也许这些事就是他们在做文章。到时候暴露出去，省委领导会怎么看？罪责还不是都推到您头上了。"

聂大海长叹一声，说："子不教，父之过，这本来我就有责任，上级如果追究我，我也只有认了。"

"我要说一句公平的话，明宇这些年给天都市作了多少贡献？每年他向市财政交了多少钱？他的公司养活了天都多少人？最近几家国营企业破产，又是明宇接纳了下来。聂书记，您不要觉得明宇这么做是为了挣钱，他其实这样全是为了您呀！"

聂大海怔住，诧异地问："为了我？"

"明宇每接一个破产企业，就等于为政府解除了后顾之忧，就等于为天都市增添了一份安定。您是主持工作的常务书记，这几年天都市经济增长在全省都是排第一的。我可以毫不夸张地说，这里面龙腾的贡献是最大的。您说，明宇还不是为了您吗？”

聂大海想了想，觉得黄盛的话并不是全无道理，脸上的恼怒之色稍稍有所缓解，说道：“明宇这两年把企业经营得不错，大家是有目共睹的。可他为什么还要去搞什么赌场，搞什么走私？嗨！”

“走私这种事情要看钱放进了谁的腰包，如果放进了公家的腰包，我看就无可厚非。”

聂大海没想到他会是这种见解，问：“你什么意思？”

“您可以想想，如果真的是走私贩私，中饱私囊，那人家海关还能查不出来吗？如果海关都没有说是走私，咱们凭什么说明宇走私了？至于赌场，不瞒您说，哪个城市的经济开发区没有赌场？为什么？因为招商引资的需要。我们对内要控制得紧，但对外有时候就必须放宽一些。”

聂大海对黄盛这种牵强附会摆不到桌面上的辩护显然大不以为然，说道：“走私就是走私，赌博就是赌博，你不要为他辩解。”

“聂书记，我不是为明宇辩解，而是觉得明宇这件事原本可以内部解决的，但是现在有的人偏偏非要搞大，非要无限上纲上线。我担心最后会毁了组织对您的信任。”

黄盛的话捅到了聂大海最敏感的部位，他脸上不由得抽搐了两下，默默沉思着。

黄盛当然懂得趁热打铁的道理，他明白现在最迫切的就是减轻老头子的心理负担，尽量给他一些有分量、有力度，向儿子伸出援手的理由，于是赶紧说道：“如果您觉得明宇在龙腾集团老总的位置上不合适，可以把他拿下来嘛。如果有人说他走私，可以取消他们的外贸特许。至于赌博，刑警支队不是已经去查过了吗？也没查出什么来。明宇是个聪明人，他自己会把事情做好的。再说，我一直听人讲，明宇身边那个总经理张峰，不是那么正派，经常打着明宇的旗号去做坏事情。”

聂大海浑身一震：“啊？是吗？”

“您没有听说呀？很多事情明宇并不知道，都是张峰自己一手办的。其实，这倒也没什么，大不了，让明宇把他开掉，或者让刘振汉把他抓起来就罢了。我倒是觉得现在当务之急是，不能让有些人利用这些事兴风作浪。实际上，他们是醉翁之意不在酒，目标是您，您可要三思啊！”

“真会有人利用这件事情？”聂大海显然心有所动了。

黄盛言之凿凿地说：“当然会有！”

“你说的这个人是谁？”聂大海紧紧盯着他。

“庞天岳！”

聂大海皱起了眉头，疑疑惑惑地自语：“庞天岳？”

黄盛重重地点头说：“当年陆伯龄和庞天岳都有机会提拔为政法委书记，但是您投了陆伯龄一票。我想，庞天岳现在肯定是利用这件事报复您。”

聂大海的身体开始在沙发上不安地挪动，脸色渐渐阴沉起来……

5

刘振汉和王明在支队长室里向前来询问案件侦破情况的庞天岳汇报。

庞天岳听了他们的介绍之后，欠了欠身子道：“现在，找到赵志刚是侦破案件的关键。在没有抓住赵志刚之前就对张峰动手显然不妥。”刘振汉表示同意：“是这个理，还是要找到赵志刚，他应该是全案至关重要的突破口。活要见人，死要见尸。”庞天岳脸转向王明，问道：“贺清明那边是什么情况？”王明道：“昨天晚上，我在月光酒吧见了他。”庞天岳不由得哦了一声。

王明继续道：“他约我到月光酒吧见面，说有重要东西交给我。我们刚刚坐下几分钟，正要进入正题，张峰竟然出现了。我能看出贺清明当时就慌了神。张峰似乎早有准备，根本没有商量就和我们坐到了一起。”

刘振汉接上话：“可以肯定，贺清明已经产生了动摇，他极有可能是想向我们提供龙腾集团走私的材料。这对我们的破案进程太重要了。当然，他们也意识到了这一点，所以，对贺清明盯得很紧。我现在最担心的就是他别出了什么意外。”王明立马说：“我现在立刻去海关，把贺清明保护起来。”

“那倒不必。从目前的情况分析，张峰还不敢干什么。”庞天岳深思熟虑地道，“张峰的爪牙密布天都市，如果他们连你和贺清明的约会都能预先知道，那你现在的举动和贺清明的行踪肯定已被监视。不过，现在的有利条件是海滩女尸案、别墅区赌场案以及前面的走私案，都指向了龙腾集团，不管是哪一个案子的线索能有进展，都会对侦破工作的全局产生积极的意义。”

刘振汉道：“我想，咱们还是抓紧时间把赵志刚的下落找出来，这是突破全案的关键。”庞天岳提醒说：“请你们注意，现在只剩下七天时间了。”

正说着，传来敲门声，一位刑警进来对刘振汉说有人找他。他站起身，蕾蕾已紧跟着就走了进来，朝庞天岳笑了笑。

“蕾蕾呀！”庞天岳笑眯眯地说，“真是成了大美女了！”

刘振汉忙向蕾蕾使了个眼色，说：“蕾蕾，走，咱们到外面办公室去谈。”蕾蕾跟着刘振汉走到外间，他给她倒开水。

蕾蕾道：“振汉哥，别忙了。”她神情有些低落。“你正在开会？”“啊……讨论个案子……”刘振汉有点语塞。“是不是我哥的案子？”蕾蕾冷冷地看着他。刘振汉有些尴尬地笑了笑，说：“工作上的事情，我不方便说。”蕾蕾单刀直入说：“振汉哥，你必须告诉我，你想把明宇哥怎么样？”

刘振汉把茶杯放在她面前，说道：“蕾蕾，你不应该问我这个问题。”蕾蕾以央求的口吻道：“振汉哥，如果还有回旋的余地，我求你放过他吧！”

刘振汉没想到蕾蕾会如此直截了当，一时不知该如何回答她。他默默地思索着。蕾蕾眼巴巴地看着他，目光里满含着恳求和期待。他终于很艰难地摇了摇头，用干涩的语调道："蕾蕾，请你原谅，我不能放过他。唯一的回旋余地就是我不干公安了，回村里打鱼去。"

蕾蕾嗫嚅着说："振汉哥，我不是这个意思。"

"蕾蕾，你是个聪明姑娘，应该看得出明宇都做过些什么事。"刘振汉注视着她，"你应该了解我，对明宇的事我天天吃不好睡不安，心里像刀割。"他的目光渐渐显得痛楚和凄哀，"不瞒你说，有几次我都想跳进海里，如果这样能得到解脱的话，可这样又不能代替明宇洗刷掉罪责。你说，我又能怎么办？"

蕾蕾的心里不由得一阵颤抖，轻声道："哥哥做的事我并不知道，可就我对他的了解而论，还不至于坏到不可救药无法无天的程度。"

刘振汉站起身走到窗前，望着外面说："走私、设赌场、贿赂拉拢干部下水，甚至……"他欲言又止。蕾蕾抬起头，紧张地问："甚至什么？""杀人灭口！"刘振汉狠狠地把烟头摁灭在窗台上，"你说这算不算无法无天？还能有什么药可救？"

"什么？"蕾蕾脸色煞白，"杀人灭口？""是的，一点儿都不夸张，就是杀人灭口。"刘振汉凝视着窗外在风中摇曳的树枝，"最近发生的至少两起杀人案件后面有明宇的影子！"

蕾蕾沉默了，惊悸不安的心慢慢收缩着，身上的每一个汗毛孔都在往外冒着凉气。

刘振汉转过身来，说："蕾蕾，明宇犯下如此大逆不道的罪行，你说我该不该把他绳之以法？否则对那些受害者是不是太不公平？"

蕾蕾猛地抬起脸，泪水哗地溢出，哽咽说："不，你不能抓他！越是这样，你越不能抓他呀！"

刘振汉怔住，呆呆地看着她。

"振汉哥，我现在心乱如麻，不知道怎么对你说。"蕾蕾的表情异常痛苦，“你、我，还有明宇哥，咱们一起生活了将近二十年。振汉哥，人的一生中有几个二十年呀……在过去的日子里，无论多苦多难，就是你们在战场上迎着炮火子弹，只要有你和明宇哥在一起，我就拥有了信心。你和他在我心目中的位置，是任何人都无法取代的。可是他这件事，就像一把刀子插到了我的心窝里。振汉哥，他是我的亲哥哥呀！在父亲被打成黑帮的三年多里，我俩相依为命，捡过破烂，偷过吃的。那时我只有几岁，每天晚上都是他搂着我、护着我，我只有躺在他的怀里才能睡得着，只有他才能给我安全感……”说到这儿，她泣不成声。

刘振汉满脸哀伤地倾听着她的诉说。

“后来，我俩流落到海边，是你的母亲把我们收留了，从那时起我又多了一个哥哥，一个照顾我呵护我的好哥哥……”

刘振汉眼里闪烁着亮亮的泪光，他擦了擦眼睛。

“昨天晚上，爸爸被送进了医院。今天早晨我去看他，他躺在那里一动不动，虽然强撑着做出若无其事的样子，但我发现他一下子老多了。”蕾蕾一把抓住他的衣袖，“振汉哥，明宇哥无论如何不能进去！你其实应该很清楚，他一旦进去，就不可能活着走出监狱了。何况，他的脾气你也是知道的。就算他不是死刑，他会甘心待在监狱里吗？他一定会放弃生命的！振汉哥，爸爸在天都清清白白几十年，他和妈妈只有这一个儿子……”

“别说了，蕾蕾，你别再说了！”刘振汉紧紧握住蕾蕾的手，身子一阵战栗。

“你让我把话说完，我什么都不再对你隐瞒。”蕾蕾伏在刘振汉胸前，“哥哥一旦被判了重刑，他本人的前途就此完结不说，聂家几十年才树起来的威望也会顷刻之间土崩瓦解。不瞒你说，我爸向我透露，省委已经对他进行了考察，准备提名他为市长。如果哥哥出事，肯定会影响到他。子不教，父之过。他无法向组织解释。在这件事上，爸爸一直不想对你施加任何压力，他说你是刑警支队长，不能秉公办案，你就不配当这个警察。我也是这么考虑的。我和爸爸在这种夹缝中，左也不是右也不是。振汉哥，你能理解我和爸爸的难处吗？你说我和爸爸到底该怎么办啊？”

刘振汉脸上的肌肉在剧烈地抽搐，胸中骤起狂风暴雨，蕾蕾把心中的块垒毫无保留地呈现在他的面前，除却他们的手足深情不说，仅就她和聂叔对声誉的顾虑以及对聂叔提升的担忧也不能不让他心乱如麻。聂叔已经五十多岁，这是他在仕途上的最后一次机会了，况且，这位快要走到人生奋斗终点的老人又曾经那样竭尽全力地帮助过他，使他的人生之途发生了根本性的转折，他怎么能够抛开这些不管，把聂明宇送上法律的审判台呢？

望着面前低声抽泣、胜过亲妹妹的蕾蕾，他坚定不移的信念和决心不禁产生了动摇：如果抓聂明宇，聂家势必会和他恩断义绝，他终生都会背上心灵的十字架，承受无休止的良心上的折磨。如果不抓聂明宇，他无法面对那些对他投以信任和期待的受害者，他更无法面对代表着正义和法律的警徽。只要他一天穿着这身警服，就不得不忍受道义上的谴责和灵魂上的拷问，自己也就无疑成了罪恶的帮凶和受人鄙夷的法律的蛀虫。他切切实实地体会到了不寒而栗的滋味。

蕾蕾仰起脸来，望着缄默不语面露忧郁的刘振汉，知道他此时正陷在矛盾的旋涡之中无法自拔，于是轻声道：“振汉哥，你也不要太为难。不论你作出何种决定，我都不会怪你。如果你觉得还有余地，咱就尽量往好的方面努力。”

“太晚了！”刘振汉颓然跌坐在椅子上，浑身的血如抽干了一般……

6

龙腾大厦地下室里，肖云柱像困兽一样被囚禁着。他心烦意乱，猜不透对方究竟会如何处理他，在屋子里团团转。

门咣当一声开了，王经理走进来，后面跟着几个凶神恶煞般的保安。

肖云柱扯着喉咙嚷:“求你们了，给个痛快的。要杀就杀，要剐就剐，别他妈让老子受洋罪!”

“我是给你送衣服来的。”王经理说罢退后，一名保安提了一袋子衣服走到肖云柱面前。他接着道:“张总说了，让你换上衣服，去见见董事长。抓紧时间吧。”

肖云柱彻底糊涂了，看看保安手中的制服，喃喃道:“什……什么意思?”

“叫你干吗就干吗，咋这么啰唆?”王经理板起了脸。

肖云柱在迷惑之中只好乖乖换上了保安制服，然后跟着王经理走出地下室。

当王经理带着肖云柱走进董事长室时，聂明宇正站在窗前，脸色凝重地思索着什么。王经理在他背后躬身道:“董事长，新招聘的保安队长来报到了。”

聂明宇缓缓地转过身来，冷冷地看着肖云柱。肖云柱被聂明宇的气势震住了，心里直发毛，嗫嚅着说:“聂……董事长……您好!”

“原本我是可以杀了你的。”聂明宇走到肖云柱身边，上下打量着这个粗壮但长相猥琐的汉子，“但是，我宽恕你了。我希望你能为龙腾干点事情，公司不会亏待你的。”

肖云柱没料到聂明宇会说出这样的话来，唯唯诺诺地不敢正视他。

“十年前的事情，我不会再提了。但是，我希望你能用加倍的努力补偿十恶不赦的罪过。”

肖云柱对聂明宇的宽宏大量感激涕零，连声说:“您放心！您放心！我豁出去……”

“用不着你豁出去。”聂明宇转向张峰，“肖队长的薪水定了没有?”

张峰答道："没有，按标准应该是月薪两千元。"

"公司正值用人之际，肖队长一身武艺，是公司能派上用场的有用之才。这样吧，月薪八千元。"

肖云柱不敢相信自己的耳朵，嘴都要咧歪了，激动得满脸通红，说道："谢谢聂老板，您有什么事尽管吩咐，我肖云柱万死不辞！"

"行了！"聂明宇瞥了一眼站在旁边的王经理，"王经理，你带肖队长去看看他的兵，我和张总谈点事。"

肖云柱千恩万谢，然后跟着王经理乐颠颠地走出门去。

聂明宇看着肖云柱的背影，直到他消失在门外，这才转过身来，从牙缝里挤出一句话："王八蛋，我迟早要活剐了他！"

"兔死狗烹，结果了刘振汉，也就轮到他了。"张峰阴森森地说。

聂明宇点点头说："我也是这么想的。肖云柱是我的仇人，但他的仇人是刘振汉，这样的人将来肯定有用。"

二人说着，不由得相视一笑。

王经理带着肖云柱来到地下车库，他指了指远处的一群保安道："这些人以后就都归你管了，给我长长脸，别乱说乱动。"

肖云柱忙说："您放心，我在大狱待了快十年，跟什么人说什么话，咱门儿清！"

二人说话间，来到了队伍前。副队长稍息立正地喊着口令。王经理清了清嗓子，开始训话："今天我来，是给大家介绍一位新任队长肖云柱同志。大家欢迎他讲话。"

队伍里响起了掌声，肖云柱直发蒙，他从来没在这么多人面前发表过"指示"。他很困难地咽了口唾沫，声调打着抖道："兄弟们，我就是肖云柱，肖云柱就是我，我肖云柱……"队伍里有人哧哧地笑，他一急，脱口而出，"我刚从大狱里出来，犯的是强奸罪……"王经理皱了皱眉头。肖云柱一看他的神情，顿时有点慌。他左右看了看，正好看见不远处有块砖，走上去把砖捡了起来。“兄弟们，我嘴笨。我就说一句，我是死心塌地跟着公司干，跟着聂董、张总干，兄弟们不管服不服我肖云柱，都没关系。只要大家都跟着聂老板，那咱们就是弟兄。如果咱这里面有出卖公司吃里爬外的，我肖云柱绝不客气，你们看好了——”他抡起砖头朝头上一拍，砖头碎了。保安们面面相觑，没人敢偷笑了。

海关机关食堂里，贺清明坐在餐桌前，盯着面前的一份饭发呆。很显然，自己的所有举动都已被张峰控制，稍有不慎，就会招致不堪设想的后果。自己的生死虽然无所谓，但女儿的安危却不能不考虑。看目前的情形，只能暂缓与公安接触了，等待时机才是稳妥之计……

突然有人拍他的肩膀，他一惊，转过脸去，是刘建义。

刘建义放下手中的餐盘，在他身旁坐下，很关心地问：“贺处长，最近看过女儿没有？”贺清明摇摇头说：“太忙了，有几天没去了，好在她现在有老师同学照顾。”

“这你就不像话了，我可要批评你，再忙，女儿也是要关心的嘛。”刘建义接着随口说出一句让贺清明震惊不已的话来，“你做爸爸的，不去看丹丹，可人家龙腾的聂董还总是提起她。刚才我们通电话时，他还说今天要去和平中学看看她呢！”

贺清明大惊失色，问：“你说什么？他们要去看丹丹？”

刘建义点点头：“对，现在可能已经去了吧。”

贺清明连忙端起饭盒，匆匆走出食堂。

他紧赶慢赶，来到和平中学，快步在教学楼的走廊里寻找，两侧传来读书声。他走到丹丹的教室前推开门，只见里面空空荡荡，所有的学生都不在，有两三个女学生这时走过来。他拦住焦急地询问她们，女生给他指点着说这个班在上体育课。

他小跑着来到操场，操场被一圈绿色铁丝网围住。他探着身子往里看，在人群里没有发现丹丹的身影。他心一沉，走向体育老师，询问女儿在哪儿。体育老师指了指旁边的篮球馆。他边往篮球馆跑，脑海中边闪现着阿强被车撞死的惨状。

他猛地推开篮球馆的门，里面传来女孩咯咯的笑声和打篮球的声音。他慢慢走到球场边，看到了令人吃惊的一幕：聂明宇一身西服，在球场上奔跑运球投篮，动作笨拙滑稽。张峰推着丹丹，在聂明宇的身后追。聂明宇一个闪失，球丢了。张峰捡起球，传给丹丹。

丹丹把球抱在怀里呵呵地笑着，然后张峰推着她到篮下。她一投，球中了，球场上响起三人的欢呼声。

贺清明慢慢地在空旷的观众席上坐下。丹丹突然看见了他，张着手甜甜地喊："爸爸，爸爸……"他只好又站起来，走下场地。

聂明宇抹了把汗，和张峰一起走向他，道："贺处长，没经您的允许就来看你漂亮的女儿，原谅原谅……"

贺清明没有搭理他，径直走到女儿身边问："累吗？"

丹丹笑着说不累，连声说好玩。

聂明宇感慨着道："看着您的女儿，我就想到了小时候的妹妹，这心里便平添了许多的温馨啊！"

贺清明心中一动，不由得把脸转向了他，低垂着眼帘说："真想不到，你会来看我女儿。"

"如果我年轻二十岁，没准会爱上丹丹呢，多俊美的姑娘啊！我和张峰商量了，准备出一笔钱送丹丹出国治病。"

贺清明听了聂明宇颇为诚恳的话，愣了愣。

聂明宇接着话中有话地说道："人死了不能复生。但是，活着的人要尽情享受生活，对不对？贺处长，我聂明宇的钱生不带来，死不带去，能多帮助几个丹丹这样的孩子，是我的荣幸。"

丹丹感激地抬头看着聂明宇说："叔叔，谢谢您！"

聂明宇轻轻抚摸了一下丹丹的头，说道："不用谢，我和你爸爸是好兄弟，是同生共死的好兄弟。"说着他把脸转向贺清明，"对吗，贺处长？"

贺清明看看女儿，又看看张峰，最终目光落到聂明宇脸上，很勉强地点了点头。

聂明宇把篮球交给他，说："既然您来了，我们就不凑热闹了。"

贺清明有些机械地接过了球。

聂明宇和张峰走出篮球馆，钻进门旁的车内。他对张峰道："尽快把贺丹丹送出去治疗，就去欧洲吧。你抓紧时间办这件事，不行的话，我让孟琳陪她去。"

张峰心领神会的样子道："明白。女儿在咱们手中，就不怕他反水！"

聂明宇不以为然，笑笑说："就算没有这种交易，能让丹丹站起来，花点儿钱也是值得的。"

正在发动车子的张峰，不禁诧异地看了看他。

聂明宇有些神思恍惚地说："看见丹丹，我好像又回到了从前和蕾蕾一起玩耍的日子……"

突然，他的手机响了。他看了看来电显示，忙打开接听："爸，是您啊？有事吗？"

聂大海的声音低沉干涩："我和你妈商量了，过两天是我的生日，准备让振汉一家过来吃顿饭，你看好不好？"

聂明宇马上明白了父亲的用意，略略有些激动地说："爸爸……谢谢您！"

聂大海的声音没有任何感情色彩，问："你看是你去请振汉，还是我去请？"

"我去吧。爸，您身体不好，还是我去吧。"

"也好，就这样。"聂大海重重地放下了电话。

张峰注视着聂明宇，他放下手机，道："老头子说他过生日时，要请刘振汉吃饭。"

张峰满脸惊喜："这可是天大的好消息，说明老爷子……"

聂明宇把手指放在嘴边嘘了一声，两人心知肚明地一笑。

7

刘振汉蜷缩在办公桌后的椅子上，头昏昏沉沉，怎么也打不起精神来。

王明进来向他汇报下一步的打算，他一句也没听进去。王明讲着讲着似乎察觉出他今天有些异常。这时正好他腰间的传呼机响了，他摘下看了看号码，便悄悄夹起卷宗退了出去。

办公桌上的电话铃响了起来，他好像根本没有听到一样，呆呆地注视着电话机，就是不伸手去接。可电话机似乎在故意跟他作对，仍坚持不懈地响着。他一把抓起话筒，有些不耐烦地大声问："哪里？"

"是我。"话筒里传出马荃的声音，"刘支队，有重要情况，我马上就赶去你办公室！"

刘振汉放下话筒，太阳穴一蹦一蹦地痛，又陷入刚才的思绪之中：秉公执法不徇私情说出来容易，一旦付诸行动真是太难太难了。他现在有了太深切的体会，他无法不顾及与聂家血肉相连的关系。聂明宇的所作所为说明他已经无可救药地堕落了，他对这个以前的生死兄弟步入歧途百思不得其解，究竟是权力还是社会环境抑或是贪欲使得这个本来善良、无私、正直的兄弟变得如此阴险而又恬不知耻呢？此时他没有时间去探究这个问题，摆在他面前的当务之急是如何处理这件事。

正想着，马荃和汤文军匆匆推门进来。他皱起了眉头问："慌慌张张的，到底出什么事情了？"

马荃有些兴奋难抑的样子道："我们查出了非常有价值的线索！"刘振汉抬起眼看了看他。马荃把手中的材料放在他面前，说："这套住宅的户主是一名叫杨丽丽的女士。你猜猜她是谁？"

"啰唆！"刘振汉有些不耐烦，"别给我打哑谜，说！""杨丽丽是张峰的情妇！”

刘振汉一激灵，不由得集中起了精神，注视着马荃。

马荃继续道：“这套别墅买下来之后，据小区物业管理部门说，一直没人来住过，直到最近才搬来一家子，说是房主的朋友。”

汤文军补充说：“另外，从监视录像中发现，张峰的黑色新款奥迪自从别墅住人后，便频繁出入小区。”

“不错。”马荃指点着材料上的记录给刘振汉看，“从这些日期上可以推断出赵志刚杀人后，被送到这里藏了起来，随后又接来他的家属。”

刘振汉看着记录问：“张峰的车最后一次出现在小区是什么时候？”

“六天之前。”马荃答道，“在杨丽丽的别墅里发现的枪孔、弹痕及弹头等证据完全可以指控她有杀人嫌疑。我建议立刻密捕杨丽丽，然后来个顺藤摸瓜，搞定张峰。”

刘振汉沉思了一会儿，说道：“此事不可操之过急，目前最大的障碍是赵志刚无影无踪。如果他们矢口否认，我们就会陷入被动，导致前功尽弃的结果。”

马荃和汤文军认为刘振汉讲得有道理，这些人都是经过阵仗的，尤其是张峰，更是狡猾阴险。他要不承认，你还真没有办法。看来，当务之急是找到赵志刚。

“刘支队！刘支队！”门外突然传来了王明的大呼小叫。话随人到，王明一阵风似的卷了进来。他呼呼喘着粗气道：“赵志刚找到了！”

马荃和汤文军蹦了起来：“在哪儿？”

刘振汉也霍地从办公桌后站了起来。

王明略略喘了口气：“渔民毛小瑞从海里打捞出两具捆绑在一块的尸体，男性已确定是赵志刚，女性估计是他爱人。”

刘振汉大步朝外走，吩咐说：“马上通知法医和技侦人员，走，去看看……”

王丽敏走进董事长室，问写字台后的聂明宇：“董事长，你找我？”聂明宇站起身，说道：“丽敏，你的伤怎么样了？你应该在家休息。”王丽敏摇摇头说：“不行，财务上的事很多，再说又到年底了，我还是忙完了这段再休息吧。”

聂明宇关切地说：“振汉怎么样？他……没再跟你吵吧？”王丽敏眼圈红了，说道：“我们已经两天没说话了。明宇，你别记恨他，他这个臭脾气你是知道的。”聂明宇笑了笑说：“我怎么会记恨他呢？就是他一枪打死我，我也不会说他半个不字。”

王丽敏不禁幽幽地叹了口气。

聂明宇接着道：“后天是老爷子的生日，他打电话说让你们一家都过去热闹热闹。他还说很想亮亮，再三叮嘱要带亮亮过去。如果振汉忙……”他欲言又止。

“他忙啥？”王丽敏摆摆手，“别看他粗，聂叔、冯姨每年的生日他记得清楚着呢。看他去不去……”

聂明宇忙接上话：“老爷子让我请振汉，不过，我不敢跟他说，怕他又有什么别的想法，你代我给他捎个话吧。”

王丽敏道：“放心，再有什么言差语错的，也是一家人。振汉不会不去的，他也不敢不去！”

聂明宇脸上的神情轻松了许多，心里却依然是沉甸甸的。因为他太了解自己的这位兄弟了。生日宴会到底会是个什么结果，他无法预料。

第二十章

1

赵志刚的尸检报告很快便出来了：致命伤在胸口处，两粒子弹直接击中心脏；死亡时间在七天以上十天之内，尸体有冷冻的痕迹，似乎在死后先被藏匿在冷库一类的地方，随后抛入海中；由于在海水中浸泡时间比较短，尸体被塑料布层层包裹，所以尸体脸部没有被海水腐蚀。

女性尸体确是赵的妻子，尸检情况与赵大体相同。

刘振汉组织人力在发现尸体的海域进行打捞，又寻找到了赵仅五岁的儿子。他愤怒了。很显然，这是聂明宇、张峰一伙干的。其丧心病狂的举动使他的动摇和顾虑顷刻间无影无踪，内心充满了对他们的鄙夷、厌恶和仇视，决心将案子一查到底。

勘查完现场之后，刘振汉便匆匆去找庞天岳。

市公安局局长室里，庞天岳正在踱着步。蕾蕾找过刘振汉后，庞天岳发现他有了微妙的变化，案子的侦破节奏明显慢了。这令他忧心忡忡起来：刘振汉的态度对此案起着至关重要的作用，可以说是事关成败。他思忖着，是否该找自己的爱将谈谈？

这时，郭政委走了进来，道："老庞，刚才陆书记又来电话催问情况了……"

"催也没用。"庞天岳在办公桌后坐下，向郭做了个"请坐"的手势，"刘振汉他们每天都睡不到两个小时。"

郭万清坐在沙发上说："其实，我觉得还不如就给市委一个报告算了，咱们心里干干净净地去查自己的案子。"

庞天岳耷拉着眼皮，不置可否。

郭万清接着说："你看现在年底了，工作这么忙，考核审计年终点评都上来了。这时候不和市领导把关系处理好，麻烦呀，老庞。"

庞天岳仍是一言不发，眉宇间堆积着阴郁。

郭万清还要说什么，刘振汉推门走了进来。庞天岳不由得挺直了身子，以审视的目光盯着他。刘振汉对郭万清点点头，径直走到办公桌前说："庞局，我要求立刻研究批捕张峰的事情。"

庞天岳眼里闪出了灼灼亮光。

"啊？真的查出龙腾公司走私的证据了？"郭万清不由得站了起来。刘振汉道："不是，是海滩女尸案。这个案子也和龙腾有牵连。""怎么，找到赵志刚了？"庞天岳不动声色地问。

刘振汉点点头说："今天渔民在海上进行捕鱼作业时，打捞上来两具尸体，其中一具就是赵志刚。他被人用枪击中心脏身亡，其他两具尸体是随赵一起失踪的亲人。他们身上的枪伤和残存的弹头与别墅里的枪型和弹头是一致的。由此可以看出，现在对方要抢在咱们前面杀人灭口。为了避免此类悲剧再次发生，我希望能尽快采取措施，拘捕张峰。"

"好吧，我马上通知有关人员，立即召开紧急会议，商讨决定下一步行动方案！"庞天岳拿起了电话。

蕾蕾坐着出租车赶到龙腾大厦，在大门前跳下，匆匆往里走。门口的保安拦住了她，问："请问您找谁？""聂明宇！"蕾蕾没好气地说。

"你和董事长有预约吗？"保安问。

"我是他妹妹！"蕾蕾有些恼了。

保安狐疑地看看她，说道："对不起，我不认识你。如果你没有和聂董预约，我不能放你进去。”

蕾蕾愤怒了，跳着脚训斥：“你现在就给聂明宇打电话，问问他让不让我进？”

保安仍是一副忠于职守的样子，很坚决地说：“不行，上级没给我们这个权力，我们不敢随便给董事长挂电话。”

蕾蕾不再睬他，硬往里闯。保安张开双臂，挡在门前，双方僵持着。

肖云柱和几个保安在队长室里正海吹神聊，一个保安突然冲进来，在肖云柱面前啪的一个立正：“报告队长，门口有人闹事！”

正愁着上任以来一直没有机会表现的肖云柱，立马来了精神，提起警棍道：“妈的，今天刚刚说了要加强保卫，就他妈有人来以身试法。奶奶的，去看看！”

队长室里的保安都兴奋地跟了出去。

王丽敏正巧从外面走进大门，一抬头看见蕾蕾在和保安推推搡搡，不由得惊讶地叫了一声。“嫂子！”蕾蕾也看到了她。

“是来看董事长的吧？走，我带你去。”王丽敏拉着蕾蕾的手就往里走。

“我不上去，让聂明宇下来接我！”蕾蕾赌气地往后挣，“他不接我，我就不进去了！”

保安向王丽敏解释说：“王主管，今天接到通知，大厦要加强保卫，没有证件和事先预约的一律不准进入。”

王丽敏瞪他一眼说：“这位是董事长的妹妹，你要是再拦下去，小心饭碗！”

保安傻了，不敢再说什么。

王丽敏挽着蕾蕾的手往里走，蕾蕾嘟嘟囔囔地不愿进去。王丽敏笑着拉她，说别耍小孩子脾气了，快走吧。

二人走进大厅，正遇到一群保安往外走，为首一人黑粗高大。蕾蕾顿时有一种异常的感觉，不禁多看了他几眼，发现此人正是肖云柱。肖云柱也认出了蕾蕾，两个人呆呆地对视着。

蕾蕾的脸慢慢涨红了，问道：“你……你怎么在这里？”

肖云柱头一低，给蕾蕾让路。

蕾蕾上前甩手一个耳光，只听一声脆响，肖云柱脸上结结实实地挨了一下。他一动不动，蕾蕾又接连打了肖几个耳光，他硬撑着不动，周围人都呆呆地看着。王丽敏忙过来拉蕾蕾，蕾蕾踉踉跄跄地被扯到了电梯旁，但目光一直死死盯着低头站立不动的肖云柱

电梯门开了，王丽敏推着蕾蕾上了电梯。

肖云柱慢慢抬起头，在电梯门关上的一瞬间，他发现蕾蕾的眼睛依然死死盯着他，那目光像毒蛇的芯子，他不寒而栗。

电梯门关上了，周围几个保安悄悄聚拢来。执勤保安抱歉地说：“老大，怪我有眼无珠，让您受连累了……”

肖云柱苦笑笑道：“没什么，小姑娘打两下，全当松松皮。该干什么干什么去吧。”

2

当聂大海决定帮助儿子解脱出来时，心里是异常沉重的。他很清楚与法律为敌对他意味着什么，弄不好结局是十分可怕的，但他没有别的选择。直到这时，他才对一直痛恨的那些徇情枉法、袒护包庇亲属的所谓腐败分子有了些许的理解。在骨肉亲情面前，任何东西都是不堪一击的。当你没有身临其境，亲身经历这种事时，能够慷慨陈词，说出一大堆豪言壮语。如果真的遇到了这样的事，谁都不敢保证他就能公正无私，毫不犹豫地作出大义灭亲的选择，毕竟血浓于水啊！

苦思冥想，忍受着心灵煎熬的他突然被敲门声惊醒。他从办公桌后坐直身子，定了定神，重又恢复了威严的姿态，对着门外沉声道：“请进。”

陆伯龄快步走进办公室，说道："聂书记，出事了！"

聂大海站起身说："怎么了老陆，急成这样。慢慢说嘛！"

"嗨，不急不行呀！"陆伯龄擦擦额上沁出的汗水，"刚才公安局老郭给我打了电话，说是庞天岳和刘振汉准备要对龙腾集团动手了。"

聂大海吃了一惊，音调不由得急促起来问："什么意思？他们要抓人？"

"对。郭政委说，他们马上就开会研究这事，估计今天就有可能上报检察院批捕张峰。"

"是什么罪名？"聂大海紧盯着他问。

"什么罪名老郭没讲。"陆伯龄顿了顿说，"但是聂书记，这可是个信号呀！今天离公安局报结果的限期还有三天。突然要抓龙腾的总经理，是不是他们已经确认龙腾有问题了？"

聂大海缓缓坐回椅子上，随口说："如果他们……确认有问题，只好有问题了。按说，我是应该回避的。"

陆伯龄没料到他是这个态度，于是急走两步靠到办公桌前，说道："聂书记，我是不忍心看着有些人用明宇这件事兴风作浪，破坏咱们天都改革开放的大好局面。"

聂大海长叹一声："唉，有些同志讲，龙腾集团这两年为天都的经济建设作出了很多贡献，每年的利税一分不差，年年是全市乃至全省的先进企业，更不用说他们捐资助学的公益之举了。都说我经济抓得好，我也沾了儿子的光呀！我曾劝过明宇，不要风头太劲，什么事情都敢干。他不听，这下被人抓住把柄了，我能有什么办法？我是一个党的干部，我不能干涉政法机关依法办事。事已至此，也没有办法挽回了。"

陆伯龄静静地听着，但能看出来他正拼命想着对策，聂大海无动于衷地观察着他。

陆伯龄终于说话了："聂书记，现在钱书记在党校学习，市里的工作是您主抓。鉴于龙腾集团公司在全市甚至全省的影响很大，我觉得抓张峰要慎重。咱们是不是应该把庞天岳找来，问问情况？”

聂大海试探的目的已经达到，可以断定，陆伯龄是全力维护龙腾公司的。也许他是出于对自己的忠心，毕竟有提拔之恩；也许他和明宇有利益关系，是同舟共济。此时，他已无暇也没有心思再去探究个中缘由了，只要他和自己的立场相同就足够了。

想到这里，他扫了陆伯龄一眼，故作沉吟状：“这个嘛……让我想想……”

蕾蕾气呼呼地撞开董事长室，尖着嗓子叫：“哥哥——”王丽敏跟在她身后，很无奈的表情。

聂明宇满脸带笑地站起来，故作诧异的样子问：“怎么了？我让财务部门给你准备支票呢。展览会开始时，别忘了给我一张票哦！”

蕾蕾冲到聂明宇面前，还没说话，已经委屈得泪水在眼里直打转：“哥，你……你怎么用那个畜生？”聂明宇有些尴尬，但很快就将不自然掩饰过去，微微一笑道：“其实，哥哥这么做正是为了你！”“你胡说！你要是为了我，就把他喊来，让我一刀劈死！”她冲到墙前，把挂着的宝剑抽了出来。

聂明宇连忙走上去，把剑夺下，在她耳边轻声说：“蕾蕾，哥哥用人格向你保证，一定亲手替你杀了那条狗！”“真的？”蕾蕾狐疑地注视着他。聂明宇把剑插进鞘里，回过身来问：“我什么事情骗过你吗？”蕾蕾眨了眨眼说：“你的意思是先稳住他？”

“我的妹妹就是不一样，不仅漂亮，而且聪慧。这么做，比拿根绳子拴住他还保险。”聂明宇说着冲王丽敏一笑，“你看，让嫂子看笑话了……”王丽敏也笑了笑：“董事长，晚上我带亮亮去给聂叔祝寿。”

“振汉呢？”聂明宇很关切地问，“我们几十年的交情，不会因为这一次吵架就散了吧？”他语调变得诚恳，“你能不能替我转告振汉，我们全家都希望他能来。”

“振汉其实也很珍惜你们之间的情谊。我会告诉他的。我先走了，你们兄妹好好说会儿话吧，可别再吵架了！”王丽敏说完，转身走了出去。

聂明宇搂着妹妹的肩膀，把她摁坐在沙发上，问：“你是为我而来的，对吗？”

蕾蕾点点头道：“我见过振汉哥了，没能劝动他。”

聂明宇轻轻拍了拍她的脸颊说：“你呀，瞎忙活。如果你能说服他，那他就不叫刘振汉了。”

蕾蕾垂下头，不由得叹了口气。

聂明宇用伤感的语调说：“蕾蕾，无论我是贫贱也好高贵也罢，你都会在别人棍棒相逼时为我挡住致命的一击。作为哥哥，我为此感到欣慰。”

蕾蕾眼圈红了。

聂明宇霍地站起继续说：“但是他刘振汉不会！兄弟？哼，我算是看透了。他刘振汉这次不把我弄死，不把咱们聂家彻底整垮是不会罢手的。我怎么他了？丽敏下岗，只能去给人扫地。他想过为自己的老婆干点儿什么吗？他理解过丽敏也希望有一份体面的职业、有一份过得去的收入、出门能有件像样的衣服吗？他没有！他从来没有想过！穿了身破老虎皮，就不知自己几斤几两了！他成天忙什么？就忙着把我聂明宇推到死路上！但是我收留了丽敏，我给她开一万块钱的月薪，说句不好听的话，是我在养活他刘振汉一家！可他还这样对待我！”他越说越气，“这就叫兄弟吗？这就叫友情吗？当年在战场上，还不如我俩都被枪打死算了！”

蕾蕾无言以对，只能默默坐着。从感情上，她偏向于哥哥；而从理智上，她又不能不向刘振汉倾斜。此时，她心中只有一个想法，如果哥哥不做生意，该有多好呀……

王丽敏回到自己的办公室，坐在办公桌后，看着摆在桌角的全家福。呆呆地看了一会儿，她终于拿起了电话，可刚拨出两个号，又气咻咻地卡下了。电话铃恰在这时响了起来，她拿起话筒，里面传出刘振汉的声音。她一阵惊喜。

“丽敏，今天是聂叔的生日，你……能不能替我过去看看他？”

“你真的还记得聂叔的生日？”

“我怎么会忘呢？但是我……不方便过去，你替我去看看他老人家吧。”

“振汉，不管你现在在做什么，都应当去看看聂叔。他待咱们像亲生儿女，我会带亮亮去的，但你自己去不去，你决定！”王丽敏说罢，重重地挂断了电话。

3

聂家洋溢着喜庆的气氛。聂大海和冯月梅坐在客厅的沙发上看电视。聂明宇挽着袖子从厨房里端出一盘菜，冯月梅要站起来，聂明宇笑着阻止：“妈，今天您什么都不用操心，看我的手艺。”

孟琳跟着也从厨房里往外走，腰里系着围裙，问：“看谁的手艺呀？”

聂明宇忙说：“看你的，看你的！”

冯月梅看着小两口和和美美的样子，不禁感慨万分，说道：“嗨，你俩要是早这样，我们孙子也都抱上了。”

孟琳幽怨地看看聂明宇。聂明宇突然间一阵恶心，他没有表露出丝毫不悦，故作亲热的样子吻了吻她：“还不晚对不对？”

孟琳脸红了，嗔怪地看了他一眼说：“讨厌！”

这时，王丽敏带着亮亮走了进来，聂大海和冯月梅露出欣喜的神情，打着招呼。亮亮一下扑到聂大海怀里，嚷道：“爷爷，爷爷，生日快乐！”聂大海抱起他，响亮地亲了一口。

孟琳走过来问王丽敏：“振汉呢？”大家都不由自主地盯着她。

王丽敏道："聂叔的生日他倒没忘记，今天还提醒我来看看。但他自己来不来，那就要看他的心是不是被狗吃了。"

聂明宇很轻松的样子说："兄弟打架，隔夜就忘。一会儿你给他打个电话，让他过来。就算我不好，我饭桌上给他赔罪。"王丽敏道："不用，不用，他要是想着聂叔，他会来的。"

蕾蕾端着菜盘子走了出来，说："那怎么行？我给他打电话。"

聂大海脸一沉，拦住了她，道："蕾蕾，你瞎凑什么热闹？这种事情哪里有剃头挑子一头热的？亮亮、丽敏来看我，我就很高兴了。"

大家面面相觑，一时不知讲什么才好。

冯月梅不高兴地站起来说："好了，好了，快准备吧，一会儿菜要凉了。"

此时的刘振汉正推着自行车慢慢走着，车把上挂着个硕大的蛋糕，悠悠晃动着。他远远看着聂家的方向，脚步滞重地往前走。不一会儿，他便隐约看到了那栋熟悉的小红楼了。他不由得停住了脚步，犹豫着。他转过身，朝相反的方向走，但走了几步，终于还是回过头来，朝聂家快步走去。

聂家客厅中央摆着餐桌，桌上摆满了各色菜肴。大家围着桌子坐着，气氛有些沉闷。聂大海看了看门口，终于慢慢端起了杯子说："好了，咱们不等了。"

大家纷纷拿起了杯子。

"谢谢大家今天给我这个糟老头面子。"聂大海神情黯然，声音低沉。蕾蕾试图活跃气氛："爸爸，您怎么了？大喜的日子，您跟作报告似的，要不要我做记录？"

聂大海苦笑了笑："唉，到了我这岁数，过一年少一年了。也就是找个借口，大家聚聚。"

他这么一说，所有的人都不出声了。

聂明宇咳嗽一声："爸，今天咱们一家人难得团聚。我建议，为爸爸长命百岁干杯！"

聂大海勉强又拿起了杯子。

正在这时，门铃响了。所有人的目光都投向了门口。蕾蕾一跃而起，跑过去打开门。只见刘振汉手里提着蛋糕，有些尴尬地站在门前。他不好意思地说："我有点儿事，来晚了，请原谅。我是来给聂叔送个蛋糕。"

"你快给我进来吧！"蕾蕾一把把他拖了进来。

聂大海顿时有了精气神，眼里又有了耀耀光彩，大声说："我就知道，振汉不会让我过生日的时候吃不上蛋糕！"

聂明宇走过去，两人默默对视着。最终，还是聂明宇先捶了刘振汉一下说："有福之人不用忙！振汉就是有福，来了也不用干活，饭菜都好了！"

大家于是都笑，客厅里的气氛霎时活跃起来。

冯月梅把刘振汉拉到自己身边坐下，感叹地说："振汉呀，你可瘦了。不要太劳累。丽敏常在我面前提起，说你干起工作来命都不要。这可不行啊！你聂叔以前跟你一个样子，干起工作来啥都不顾了，现在落下一身的病不说，还得罪了很多人。跟他一起出来的几个，有的都到北京、省里去了，他还是在市里。别的啥都是假的，只有骨肉亲情才是最真的。"

聂大海敲了敲桌子说："你说什么呢？啰唆！"

聂明宇端起杯子说："现在人齐了。为咱们全家人的团聚，为爸爸的健康长寿，干杯！"

"干杯！干杯！"亮亮叫得最欢。

刘振汉将杯中的酒一饮而尽，然后抹抹嘴，躬身道："聂叔、冯姨，我一直把二老当作我的父母一样看待，你们对我的关心帮助，我这辈子都报答不尽。虽然这次来是给聂叔祝寿，但有些话我想还是说开的好。因为今天全家人都在，我经手的案子也已经基本查清，我不想再隐瞒什么。关于明宇……"

"振汉！"王丽敏忙大声喝止，然后降低声音，"今天什么事都不谈，过生日就是过生日，不要掺和别的事情。"

刘振汉瞪着她，脸露不悦。

蕾蕾忙接上话："振汉哥，嫂子说得对，今天不谈工作的事，就是给爸爸过生日。"她脸转向聂大海，"爸，您说呢？"

聂大海点点头说："这段时间，振汉很辛苦，今天就轻松轻松吧，其他的烦心事情就不要谈了。"

刘振汉有些出乎意料，惊疑不安地看着大家。

聂明宇也开口了："振汉，说句题外话，你该抽个时间到乡下去看看大妈。上次我去，老人家直念叨你。等两天你把事办完后，咱俩一块去。本来，我今天也想把她接来的，就怕掺和其他不相干的事，给老人添心事，所以就没去接。"

刘振汉盯着他问："你去看我母亲了？"

聂明宇点点头说："对，大妈要我骂你呢，说你总也不回去看她。"

刘振汉心有所动，慢慢垂下了眼睛。

"上蛋糕！上蛋糕！"蕾蕾边喊边把蛋糕放在餐桌中间。

王丽敏手里拿着一把细细的蜡烛，喊亮亮："快过来，给爷爷点长寿灯。"

亮亮雀跃着跑到王丽敏身边，接过打火机，点插在蛋糕上的蜡烛。

王丽敏道："聂叔，这是五十六根蜡烛，真是日月如梭呀！"

聂大海感慨道："是啊，老了。"

刘振汉道："聂叔，您今天是寿星，说几句吧。"

"好吧。"聂大海清了清嗓子，"今天咱们一家人很难得都聚到一块了。我是快要落山的夕阳，只希望在我的有生之年，咱们每年都能这样一个不落地聚在一起。我是船到码头车到站了，唯一的希望就是团团圆圆，欢欢乐乐。我这辈子，什么苦都吃了，什么罪也都受了，值得欣慰的就是把你们都培养出来了。我对你们的期望只有一个，那就是互相关心，携手同进，同甘苦共患难，争取做出一番事业。你们兄妹几个一定要与人为善，重情义、薄功利。我最赏识振汉的也就是这一点，他为人一身正气，是个响当当的血性汉子，你们要向他多学着点。就说这几句话，但愿你们不会让我失望。”

刘振汉自然能听出聂大海的弦外之音，很清楚他的良苦用心。他呆呆地注视着蛋糕上跳动的火苗，心里一阵阵发痛。

聂大海盯着他，问：“振汉，你做大哥的，会替我照顾这几个弟妹的，对吗？你不会让我失望的，对吗？”

刘振汉仓促地收回目光，茫然地嗯了一声。

蕾蕾嗔怪道：“爸爸，看你啰里吧唆的，说这么多。快许个愿吧，蜡烛要烧完了。”

聂大海一手拿起一支筷子，然后并到一块，道：“我的愿望就是，振汉、明宇，你们兄弟要像这两支筷子一样，相互协助永不分离。”他说着站起来，端起酒杯，“为你们生死相依，患难与共，我敬你们一杯！”

众人纷纷起立。刘振汉也机械地站起来。聂大海带头一饮而尽，所有的人都纷纷喝干了杯中的酒。亮亮看看聂明宇，又看看爸爸，大声喊：“爸爸没喝！叔叔也没喝！”

每一双眼睛都注视着他们二人，刘振汉和聂明宇举着酒杯默默对视着。

聂明宇苦笑：“你知道我从不喝酒的，今天我喝！”说完一饮而尽。

刘振汉突然把酒杯一放说：“聂叔，这杯酒我不能喝！”

王丽敏惊呆了，蕾蕾惊呆了，孟琳也惊呆了。冯月梅脸上挂满寒霜，聂大海脸上微微变色问：“你为什么不能喝？”

刘振汉脖子一梗说：“今天是您的生日，既然大家不让我说，我就不说了。但是，这杯酒我不能喝。为什么，明宇心中最清楚！”

聂明宇笑了：“振汉有个优点，就是坦诚直率，血气方刚！难得！难得！”

刘振汉看着聂大海和冯月梅道："聂叔、冯姨，本来我不打算再说什么。既然明宇这么抬举我，我不得不说两句。我刘振汉的一切都是聂家给的，我这辈子也绝不会做对不起聂家的任何事情。可如果有人做了对不起聂家的事，做了对不起老百姓的事，我就一定要管，一定要问。聂叔，您经常教育我，做人要正，待人要真，为人要诚，要上对得起天地父母，下对得起良心子孙。我刘振汉可以向天发誓，决不会辜负您的期望。可是聂明宇，你敢吗？"

聂明宇轻轻摇摇头说："我从不发誓，这有什么意义？我也从不喊口号，我讨厌政治！"

聂大海面色苍白，嘴唇发青，他颤巍巍站起身道："我看，今天这桌饭，可以散了。"说罢，他转身便走。

大家呆呆地看着他蹒跚离去，蕾蕾开始独自一杯一杯地喝酒。聂明宇发现了，当他上去夺酒瓶时，蕾蕾已经将一瓶白酒喝了半瓶。刘振汉也吃了一惊。

"蕾蕾，你干什么？"聂明宇费了好大的劲儿才夺下酒瓶。

蕾蕾两眼通红地看着哥哥，哽咽着说："我……我就想醉……醉了好……死了更好！"她说着猛地推开聂明宇，冲出门去。

聂明宇和刘振汉边喊着蕾蕾边同时追了出去。

蕾蕾疯狂地跑着，刘振汉、聂明宇在前，孟琳和王丽敏在后，一起拼命地追。

蕾蕾跑到了海边，哭着往海里扑去，海水涌上来打倒了她。刘振汉和聂明宇冲进水里，一人扯住了她一条胳膊，往岸上拖。她发疯般挣扎，哭叫："你们让我死！让我死！我不想活了……"

聂明宇也流泪了，大声道："要死一齐死，我也死好不好？"

刘振汉一把拉住两人，吼道："你们干什么？你们到底要干什么？"

蕾蕾捶打着刘振汉喊："振汉哥，你……你放过明宇哥吧！我求求你、求求你了！"

刘振汉怔怔地听着。

聂明宇噙着泪哈哈大笑："蕾蕾，你别求他，你千万别求他！"

三个人站在齐腰深的海水中撕扯着。

王丽敏和孟琳站在海滩上，心惊胆战地看着，默默地流着眼泪……

4

次日清晨，刘振汉昏昏沉沉刚到办公室，就被庞天岳电话召到了局长室。庞天岳告诉他说，局党委已经研究作出了决定：同意报捕张峰。

刘振汉想了想说："是该动手了，不然，真像王明说的那样，证人都要被他们一个一个杀干净了。"

庞天岳踌躇着道："我现在在考虑，是不是要向陆伯龄汇报一下。"

刘振汉有些不解地问："为什么还要向他汇报？"

"你不汇报，现在他们已经知道了，这样有可能会造成被动。我现在最担心的就是聂大海，如果他站不稳立场，下面的工作就很难进行了。"庞天岳不无担忧地说。

刘振汉道："昨天我刚刚见过聂叔。他很想让我退出案侦工作，但毕竟没说出来。所以，我想他还是有分寸的。这是大是大非的事情，以我对聂叔的了解，他应该不会的。"

庞天岳正色道："振汉，随着环境和地位的变化，人也并不是一成不变的。我这样讲，没有丝毫诋毁聂大海的意思，跟他更没有什么个人恩怨。从他在一些案件上私下向我打招呼以及给你讲情让我提拔你等事上看，就不能说他一贯都是公正无私的。人心是个复杂诡谲变化万端的世界，在没危及自己的要害时都是好的，一旦触及自己的利益时，人往往能做出绝对出人意料的反应和举动。你一定要有个心理准备。”

刘振汉琢磨着他的话，轻轻摇着头，显然觉得他过于敏感了。

庞天岳见他不以为然的样子，心中暗道：“让以后严酷的事实教育你吧。”他站起来拿下电话听筒，快速地摁了几个号码：“陆书记吗？我是庞天岳，有个事情向你汇报一下。龙腾公司张峰的犯罪事实我们已经查清，现在准备报捕，不知您是何意见。嗯、嗯、好的，我们马上实施。”他放下听筒，脸上略略有些诧异，“振汉，他同意了！”

刘振汉一愣，惊讶地问：“什么？你说陆伯龄同意了？”

庞天岳点点头：“是有些奇怪……但也很好理解。舍卒保车，这步棋谁都会下。不过，振汉我可要提醒你，一旦下手抓张峰，这就意味着咱们必须一往无前，拎着脑袋拼到最后了！”

刘振汉愣了愣，觉得今天局长有些太谨小慎微了，随口道：“我早就下了决心了。”

“光有决心是不够的。”庞天岳面露凝重之色，“你还必须把困难和阻力考虑得更充分、更全面一些。尤其是你那个聂叔叔，咱们的常务副书记，他的反应对咱们十分重要。你应当清楚，现在咱们每动一步，都有一批人在胆战心惊地关注着，如果他们纠集起来，力量是很可怕的。要记住，聂明宇都不是我们的最终目标，我们是要把一撮腐败分子一网打尽。要实现这个目标就必须让聂大海明白事情的真相，争取他的支持。但我觉得这项工作难度太大了，毕竟聂明宇是死罪呀！”

“是的，那天蕾蕾来，已经从侧面提醒了我这一点。”刘振汉点了一支烟，狠狠吸了一大口，“可从我接手案子以来，周玲玲、王芳、阿强、赵志刚一家……已经有八条人命了。我刘振汉不能再考虑别的什么了，我必须为天都市除掉这个正在扩大的黑洞，我也会尽力让聂叔明白这一切的。”

庞天岳拍了拍刘振汉的肩说：“你这么说，我也就放心了。聂大海那里你一定要跟他谈清楚，有时候，光靠法律是不行的。”

“我想聂叔还不至于糊涂到美丑不分，善恶不辨吧？”刘振汉很有信心的样子，“也许他出于父子之情不忍心把明宇送上断头台，但是最起码的法律观念他还是应该有的。我会在适当的时候去见他，向他说明一切。”

“但愿如此。”庞天岳边说边在报告上批下“立即报请检察院批捕张峰”。

龙腾大厦总经理室里，张峰仰靠在宽大的皮椅上假寐，聂明宇推门冲了进来。张峰吃了一惊，忙站起来问：“董事长，怎么了？”

“快收拾一下，准备走，公安局要抓你了！”聂明宇急促地吩咐。

张峰紧张惊骇得浑身一抖问：“什么？他们拿到了什么证据？”

“这个现在还不清楚。”聂明宇顿了顿说，“你必须马上离开天都，无论如何不能落在他们手里，我会宣布你出去考察了。咱们单线联系，等我安排好了，就送你出国！”

张峰额头冒出了汗珠，说道：“董事长，我没有什么牵挂的，如果需要的话，我可以与刘振汉同归于尽！”聂明宇不以为然地拍了拍他的肩说：“胡说！如果我聂明宇连自己的兄弟都救不了，也就别混了！”

张峰感激涕零，唏嘘着说：“明宇兄，张峰这条命是你给的，你放心，张峰不会做任何对不起公司的事情。”

“别废话了，快准备走！”聂明宇焦急地看看门外，催促道。

张峰匆匆走到保险箱前，拿出了黑皮本，郑重其事地道：“这个东西，就交给你了，关键的时候，它就是你的护身符，你可千万要保管好了！”

聂明宇紧紧握住他的双手，眼睛不觉湿润起来……

5

“聂书记，市公安局报捕张峰了。我考虑再三，还是同意了。你看……”陆伯龄刚在聂大海对面坐下，就迫不及待地汇报起来。

聂大海努了努嘴说：“你做得对，案子必须有个了结。如果不了结在张峰身上，就会了结在明宇身上。”

陆伯龄松了口气。

聂大海接着道：“张峰一旦被捕，他们市公安局就应该没有理由不结案了吧？”

陆伯龄点点头说：“当然，我看他们还有什么理由不结案。可是……”他欲言又止。

“可是什么？说嘛，在我面前还用得着吞吞吐吐的？”聂大海盯着他道。

“我最担心的还是刘振汉，因为他对案情最了解，而且他那个撞倒南墙都不回头的脾气着实让人头疼。”

聂大海用铅笔轻轻叩击办公桌，沉思了一会儿道：“结案后，我想应该调振汉去党校学习一段时间。市委下一步准备把有基础的好苗子充实进领导班子，不是给你们政法口两个名额吗？振汉是个人才，要好好培养。”

陆伯龄旋即便明白了他的意图，站起身道：“好！好！我这就去安排！”

龙腾大厦总经理室里，张峰轻轻地把锁扣搭上，然后快步走到窗前，向楼下张望。只见停车场上有几个公司的职员在进出。突然，他发觉一辆民用牌照吉普车内钻出三四个男人，他们凑在一起彼此商量了一下，便分散开了，其中两个人朝大楼走来。“糟糕！”他狠狠地骂了一句，疾步走到保险柜前，打开门，从里面拿出几摞百元大钞，又从最里层抽出一支“五四”式手枪，放进皮包中。这时，电话铃声急促地响了起来。他一把抓起：“喂？”

聂明宇问：“你看到了吗？楼下来了几个雷子。”张峰答：“我看到了，董事长。”

“我让肖云柱带人去搞定他们，你赶紧走！”

“是！”张峰放下电话，又突然听到有人敲门。他猛地扣上密码箱，声音发飘地问：“哪位？”门外传来小芮的声音：“张总，是我。”张峰走到门口，悄悄拉开一条缝，发现小芮拿着一套清洁工制服站在门前。于是紧张地问道：“你有什么事？”

小芮挤进门，说道：“是董事长让我过来的，你快换上这套衣服。”他不由分说，把张峰的外衣脱下来，给他套上清洁工制服，把一副黑框变色镜戴到他鼻梁上。

顷刻间，张峰便成了清洁工人。小芮满意地点点头说：“我开车送您走，箱子交给我。”张峰悲凉的目光透过眼镜片看着小芮说：“小芮，咱们后会有期了！”

小芮快哭了：“哥，我决不会让他们把你抓走！”他说罢，先拉开门，左右看了看。然后把张峰推到走廊上，自己一手提着箱子，一手紧握手枪，枪上遮着一件风衣，径直朝安全通道走去。

张峰拿着扫帚，躬身慢慢地边扫边往安全门挪动。在他拐入安全通道的一瞬间，王明和李冬出现在走廊里。王明左右看着走廊边办公室门上的牌号，渐渐接近了总经理室。

张峰急步走进安全门，迎面碰上了汤文军。

“对不起。”汤文军拦住了他。张峰心一沉，暗道：糟了！“请问这是几层？”汤文军显然把他当成了清洁工。

张峰松了口气，故意哑着嗓子道：“咳……咳，是十层。”

“谢谢！”汤文军快步向上冲去。

张峰挥动扫把，慢慢往下扫去。到了三层之后，他抬头往上瞧了瞧，见没有异常情况，于是沿着台阶疾速往下狂奔……

6

刘振汉快步走进局长室。庞天岳从办公桌后抬起头来："怎么样？抓捕顺利吗？"

刘振汉长长吐出一口气："跑了！"

"他要不跑就奇怪了。"庞天岳并不着急，"人都撤回来了？"

"没有，现在已经开始实施第二套方案，动员了全市的警力在各个路口设卡堵截。"

"这没有用，不会有什么收获。"庞天岳慢吞吞地说。

"庞局，我有一种感觉，不知该不该说。"

庞天岳盯着天花板，不置可否。

"我觉得你好像……并不想真的抓住张峰。"刘振汉边说边察言观色。

庞天岳冷眼看了看刘振汉说："你这个家伙，该不是又要怀疑我了吧？我不是不想抓，而是早就料到会是这个结果。"他往上指了指，"只要有这些人存在，张峰就很难抓住。虽然天都不比北京上海，但如果想藏个把人让咱们找不到摸不着，还是很容易的。"

刘振汉有些沮丧地歪坐到沙发上说："那你说该怎么办？"

庞天岳说："撒出去的抓捕小组一个都不要撤回来，而且要在全市各个地方大张旗鼓地设点盘查，继续保持这种威慑和压力。剩下的事情，你就不用管了。我要打几个电话，如果这些电话能起作用的话，我相信，今天晚上，我就可以见到那位张峰先生了。"

刘振汉吃惊地挺直了身子，问道："这么神？您是在讲传奇故事吧？"

庞天岳胸有成竹地说："信不信由你。记住，你们抓捕张峰的声势越大，我成功的可能性就越大。你去布置吧。"

刘振汉缓缓站起身，疑疑惑惑地走出门去。

聂大海总觉得心神不定，脑海里不停地盘旋着抓捕张峰之后会如何发展的问题。所以，下班之后，就急着往家赶。

他和黄盛坐在车里，在通过一个路口时，突然发现前面被全副武装的警察封锁了，车辆排着队，逐一接受检察。他忧心忡忡地看着车外，问："这是干什么？"

黄盛缓缓打着方向盘说："不太清楚，是不是又有什么突发事件？"

聂大海摇下车窗说："不会。有突发事件，陆伯龄怎么没向市委通报？"

说话间，红旗轿车已到了关卡。戴着钢盔，拿着微冲的防暴警察走过来，用手电朝车内晃，接着敬礼说："对不起，请出示证件。"

黄盛探出头，不耐烦地说："这是聂书记的车！"

聂大海反感地皱了皱眉头说："人家要看证件，你就给他看证件，说什么书记不书记干什么！"

警察听到他们的对话，往车后排仔细看了一眼，然后又看了看车牌，问道："您是聂书记？"

聂大海打开车门下了车，掏出工作证给警察，说："这么冷还执行任务，辛苦了！"

警察看了看证件，忙啪地立正敬礼："对不起，首长，请过去吧！"

聂大海拍了拍他的肩膀说："什么对不起？既然是公务，那就任何车都要查，不能搞特殊，我们更要带好头。"

警察感慨地说："聂书记，早就听说您廉洁奉公，今天见了，果然是名不虚传。谢谢您！"

黄盛故作漫不经心地问："出什么事了？"

警察答道："我们是在抓捕一个在逃嫌疑人。"

“谁？”

警察犹豫了一下，见聂大海是期待的神情，于是道：“案子的详情我们也不太清楚，局长让我们设卡抓龙腾集团的总经理张峰。”

聂大海一愣问：“张峰？”

警察点点头：“是的。好像白天第一次抓捕，有人通风报信，让他给跑了。”

聂大海表情严肃起来：“知道了。”他对黄盛摆摆手，“咱们走吧。”

警察再次给他敬礼。

从后车窗看去，灯火通明的关卡越来越远。聂大海似乎猜测到了什么，他绷着脸问道：“黄盛，抓张峰的事你告诉明宇了？”

黄盛扶方向盘的手一哆嗦，吓得说不出话来。

聂大海厉声喝道：“黄盛！”

“我……我……只是让他有个心理准备。”黄盛头上汗水直冒，说话结结巴巴，“您……您知道明宇的脾气……我怕警察突然去抓捕，他接受不了，闹起来……”

聂大海大怒：“黄盛，你和明宇到底是什么关系？你怎么什么事情都对他说？”

黄盛紧张地搜寻着应对之词，支支吾吾地说：“我……我看明宇不错，所以，想帮帮他。”

聂大海猛拍座位怒道：“你到底是帮他还是害他？这是害他呀！快，把聂明宇给我叫回来，让他马上回家见我！”

黄盛诺诺连声说“是”。聂大海平定了片刻，又指示黄盛：“给我挂通陆伯龄的电话。”

黄盛忙掏出手机拨号。

此时的陆伯龄也正在车上。他举着手机，不停地“嗯”着。讲完话，他刚合上，手机又响了，他很烦躁地看了看号码，忙举到了耳边：“喂，是老庞吧？人抓到了没有？”

庞天岳说："人跑了。我打你的手机，一直占线。"

"什么？没抓到？"

"是啊！抓到了还会惊动您？"

"抓不到人你给我打电话什么意思？让我去给你抓人？"

"不是，不是，我只是想告诉您，如果抓不到张峰，我想传讯聂明宇。"

"什么？这事你可不能擅作主张，要经过市委同意。因为聂明宇是龙腾的董事长，这关系到全市的经济环境问题。"

"儿子跑了，只能找他爹。再说，这也是对聂明宇进行保护性隔离。现在从案子进展情况看，张峰可能瞒着聂明宇干了很多坏事，而和案件有关的人不断地被杀害灭口。如果抓不到张峰，很难说他不会对聂明宇下手。当然，也不能排除聂明宇本来就了解所有的事情。从哪方面讲，对他采取措施都是必需的。"

"不行！这件事必须等我向市委汇报后再定！"

"可是，如果张峰抓不到，那我也没有办法。"

陆伯龄对着手机还要再说什么，电话断了。他忙给庞天岳打回去，手机中传出："不在服务区、不在服务区……"他气愤地合上手机，吩咐司机："快，去聂书记家！"

地下室里阴暗潮湿，墙角里只摆着一张折叠床，房顶悬挂着一个小灯泡，散发出昏黄的光。小芮闷闷地坐在床上，大口抽烟。张峰则像囚笼中的狮子，在焦躁不安地来回走动。

小芮把烟头摁灭说："张总，待在这里可不是回事，董事长为什么不让您远走高飞！""老虎鼻子下面往往是最安全的地方，也许他是这样考虑的吧。"张峰自嘲地说。

"要不，我出去联系一条船，把您送出去算了。"小芮站起身，"或者我把丽丽给您接来，让她照顾您。"

"算了，她现在也已经是自身难保了。"张峰细心地弯腰把小芮扔弃在地上的烟头捡起来，"还是等等吧，看董事长有什么安排。”他突然发现墙根隐隐约约有几个字，于是，慢慢走过去，蹲下来看。

小芮凑上去问：“您在看什么，张总？”

张峰缓缓起身说：“命！我张峰走到这一步，都是命啊！”

小芮仔细瞧去，只见墙根上刻着一行血字：白晓辉死于此。他叹了口气，喃喃自语：“小白，小白呀！”

突然楼梯上传来脚步声，小芮噌地掏出手枪，二人迅速闪身躲到门后。

第二十一章

1

有人敲门。张峰和小芮都紧张得屏声静气，枪口对准了门。

“小芮，是我。”是聂明宇的声音。

小芮忙把门打开。聂明宇走了进来，后面跟着肖云柱，手里大包小包提了许多食物。聂明宇走到张峰面前，二人紧紧拥抱了一下。张峰的眼圈红了，说：“董事长，你不应该过来。”

聂明宇也有些伤感，说道：“没想到，轰轰烈烈一场，最终毁在刘振汉手里。”

张峰说：“董事长，我张峰是完了，可您还在。您把什么事都推到我头上就完了，我能担得起！”

聂明宇摇摇头说：“有我在，咱们兄弟都不会完。你耐心在这里待几天，等风头过去，我找条船把你送出去。”

张峰很感动的样子，眼里重又闪出希望的亮光。

聂大海头靠在沙发上，蕾蕾坐在一旁担心地看着他，冯月梅把一杯热茶放在沙发前的茶几上。

“那个浑小子回来了没有？”聂大海抬了抬身子问。

站在沙发旁的黄盛看了看表说：“我给他打电话时，他说立刻回来。”

聂大海头往后一仰，再次闭上了眼睛。

这时，门外突然传来汽车喇叭声。冯月梅边往外走边说：“是明宇回来了。”她打开门，进来的是陆伯龄。

冯月梅怔了怔，说：“陆书记？”

聂大海坐直了身子，陆伯龄走过来看了看周围的人。聂大海马上便明白了他的意思，道：“蕾蕾，你陪黄秘书坐一会儿，我和陆书记去书房谈点事儿。”

陆伯龄跟着聂大海走进书房，便急不可待地说道：“聂书记，明宇糊涂呀！”聂大海一愣，忙问：“怎么了？”

“唉！”陆伯龄拍着大腿，“我同意庞天岳抓张峰，是有道理的。我以为明宇应该明白，可他偏偏就不明白，把张峰给放跑了。”“你也把抓张峰的消息透露给明宇了？”聂大海盯着陆伯龄问。

“明宇是我看着长大的，抓他的副手，我当然要跟他打个招呼，可这并不等于让他把人放走呀！”陆伯龄苦不堪言的样子。

“伯龄，这就是你的不对了。这种事情怎么能告诉他呢？”聂大海神情严肃，“这个孩子，全凭意气用事，脑子一热什么都不顾了。”

“现在，庞天岳这个老狐狸分明就是找我要人，想看这……”陆伯龄气急败坏，“他说要是抓不到张峰，就要动明宇了！”

“啊？”聂大海震惊不已，“他要抓明宇，凭什么？”

“他说张峰已经杀了不少证人，怕明宇有危险，所以……要隔离起来。”

“保护？保护！完全是借口吗！”聂大海愤怒了，不由得吼了起来，声音一直传到了客厅里。

这时，聂明宇正好走进来，听到父亲的声音不由得怔了怔。蕾蕾站起来，忙悄声对他说：“哥，你怎么现在才来？爸爸一直在等你呢！”

聂明宇看看书房，慢慢走过去。黄盛追上他，在他耳边低声道：“书记对张峰跑了很恼火，你注意一点。”聂明宇点点头，走到书房门前敲了敲门。

“请进。”聂大海降低了声音。

聂明宇推门进入，说道：“爸，我听说您找我有急事。”然后向陆伯龄打了声招呼。

“把门关上！”聂大海抑制住恼怒，“张峰是不是你放走的？”

聂明宇关上门，看看陆伯龄。陆伯龄连忙道：“你们谈，我先走了，还要处理一些事情。”他说着面向聂大海，“聂书记，您别太激动，亡羊补牢，现在还来得及。”然后，匆匆走出。

聂明宇在沙发椅上稳稳地坐下说：“为什么要抓张峰？他是我的总经理，抓他就是跟我过不去，我当然不能让他们得逞。”

聂大海勃然大怒：“你……你简直就是不可救药！混账透顶！”说着，抬手把笔筒狠狠掷在地上。

冯月梅等在客厅里心惊胆战地听着，蕾蕾走到母亲身边，说：“妈妈，您进去劝劝吧。”

冯月梅提着水瓶进了书房，给聂大海和聂明宇每人倒了杯水，偷偷地看着。

聂明宇习惯地揉了揉腹部说：“爸，您也别生气了。一人做事一人当，大不了……我去刘振汉那儿自首就完了！”

聂大海痛心疾首地指着儿子说：“明宇呀，明宇，我一直以为你是个聪明人，现在看来我想错了，你糊涂呀！”

聂明宇不服气地看着窗外。

“张峰是什么人？他不仅仅是走私贩私、设立赌场，现在还身负血案。你难道不知道？据庞天岳说，他手上有好几条人命啊！如果抓不到张锋，你聂明宇就脱不了干系，就很可能要替他去坐牢，龙腾公司就要彻底垮掉，这点简单的道理难道你还不懂吗？我们聂家一世的清白就要被你断送掉，这些你不清楚？”

聂明宇显然心有所动，面部表情变得冷峻起来。他不能不承认，父亲的话是有道理的，现在能够解脱出来的唯一办法，就是由张峰把所有的事都扛下来。但这样把张峰当作挡箭牌，充任牺牲品，他心中又的确不忍。毕竟张峰对他忠心耿耿，为他的事业效尽了犬马之劳。可以毫不夸张地说，龙腾至少有百分之五十的资产是张峰用血汗和生命换来的。他的大脑在急剧地转动，苦苦思索着到底该怎么办……

这时冯月梅坐到了他身边，抚摸着儿子的手说："明宇，我知道你心肠好，想帮助张峰。但是，这时候你要帮他，可就害了所有的人呀！张峰来过咱们家，我看这个人还是懂道理的，他应该知道哪轻哪重。如果他真的为你好，为龙腾公司好，就应该自首，把所有的事承担起来！"

聂明宇眼睑低垂，沉默不语。

聂大海接着说："明宇呀，你看你妹妹，她是一个从来不过问家里事情的人，为了你的事情，现在到处跑，找了振汉，找丽敏，找过你后又找我。你再看看你妈妈，这些天成夜成夜睡不着，憔悴成什么样了？"

冯月梅流出了眼泪，哀叹说："明宇啊，咱们是革命家庭，咱们家的人可不能进公安局呀！"

"咱们家的人也进过监狱，你爷爷进过日本人的监狱，你大伯进过国民党的监狱，但他们都是因为坚持自己的理想和信念而进的监狱。你为什么？因为走私！因为设地下赌场！为这种祸国殃民的行为而进监狱！"聂大海说罢长吁短叹起来。

聂明宇狠了狠心，终于开口了："张峰跟了我十年，我的确对他太放心了，所以，他做的事我没管过他。现在，唉……爸爸，您要知道，他一旦进去，可能会被杀头的，我实在不忍心……"

聂大海拍着桌子吼道："都什么时候了你还在为一个罪犯开脱！你现在还没洗清同谋的罪名，又故意放走了他！这……这……"他一口气没提上来，重重地跌在椅子上。

"老聂！老聂！"冯月梅慌了，扑过去抱住聂大海。

聂明宇急忙走过去，把水杯递到父亲嘴边说："爸，您别急，别急……"

“明宇，你就看在我们这把老骨头的分儿上，听爸爸一次话吧！他是为你好呀！如果家里人的话你都不听可就没救了……你就把那个张峰交出来吧，我求求你了……”冯月梅目光哀哀地看着儿子。

聂明宇轻声道：“妈，您放心，我会安排好的。”

听到动静的蕾蕾跑了进来，用毛巾给爸爸擦拭着额头。聂大海终于清醒过来，长长地吁出一口气。

聂明宇站起身说：“爸，我出去一趟，立刻就回来。”

聂大海猛地站起说：“你给我站住！你想干什么？给张峰通风报信去吗？你今天要是出去，就从我身上踩过去吧！”他激动得不能自已，又倒了下来。

蕾蕾急得眼泪都快掉下来了，说：“哥哥，你要害死爸爸吗？”

聂明宇站住解释说：“不，我不是……”

“你今天不说出张峰的下落，就休想离开这个家！老冯，你把门给我锁上、锁上！”聂大海鼻孔里呼哧呼哧直往外喷粗气。

冯月梅不由自主地用身体挡住了门，冯蕾蕾眼巴巴地看着聂明宇。

聂明宇无奈地叹了口气：“好吧，我给陆书记打电话，最好是在外面……”

2

贺清明正独自一人坐在沙发上吃方便面，门铃叮咚叮咚响了两声。他走到门后，透过猫眼往外看，发现是毛毛站在门口。他连忙打开门，把毛毛一把扯进来，然后把门紧紧关上，吃惊地问：“你怎么来了？”

“我想你！”毛毛紧紧搂住他的脖子，“我怕你出事情……”贺清明抱住她，轻声道：“我不会出事的，你不用担心。”

毛毛仰起脸来："清明，你知道吗？我刚下飞机，一个记者就给我打电话，说龙腾公司出事情了。在从机场来的路上，出租车司机告诉我说现在全城都传得沸沸扬扬，龙腾老总被公安局通缉，还没抓住。"

贺清明显然还不知道，脸上露出震惊的表情，眼睛睁得大大的，问："什么？是什么原因？"

"还能因为什么？公安局查龙腾集团的走私已经很长时间了，肯定是因为这！"毛毛以不容置疑的语气道。

贺清明拿掉毛毛的胳膊，二人在沙发上坐下。他的眼睛定定地呆望着地毯，那下面便藏着他写的材料。

毛毛察觉到了他的异样，问道："你怎么了？"

贺清明没有反应，默默地沉思着。

"你应该尽快把材料交上去，否则，会很被动的。"毛毛似乎已经猜测到他在想什么。贺清明忙站起来："我给你拿饮料。"毛毛也站起身挡住他，说："大冷天的，喝什么饮料？"她盯住他的眼睛，"清明，你不能再犹豫了，要尽快作出决断！"

"咱们先不谈这个好吗？"贺清明把她摁坐下，凝视着她道，"毛毛，如果……如果我有什么意外，你能答应我一件事情吗？"

毛毛用手挡住贺清明的嘴，说："别这么说，你不会有意外的，只要你拿出勇气来。"贺清明掀开她的手："毛毛，我是认真的，如果我出了什么意外，请你帮我照顾丹丹行吗？"

毛毛这时才意识到贺清明在回避那个敏感的话题，肯定有了什么难言之隐，于是用恳求的语气道："清明，到底发生了什么事？求求你告诉我，也许我能帮上你。"

贺清明颓然地坐在沙发上，用手捂住脸，自语般喃喃："我对这个世界真是太生疏了太无奈了，也感到了深深的厌恶……"

毛毛的心一阵紧缩，呆呆地看着他……

启明星高挂在天空，微露的曙光镀亮了一波一波涌动的海浪。

海面上有一条渔船，随着浪波摇晃着。

张峰和小芮慢慢爬上礁石，小芮朝着渔船打了四下手电，渔船马上也回了四下手电。

“是这条船，走！”小芮从礁石上跳下。

渔船上放下了一只筏子，缓缓朝海滩上划过来。小芮抽出手枪，欲往海边跑。张峰拉住他，让他赶快回去。小芮摇摇头说：“大哥，我去，保险一点。”

筏子划到了岸边，一个汉子站起身，拍了三下巴掌，已到水边的小芮回了两下巴掌。

“今天要下雨。”筏子上的人说。

“明天是晴天。”小芮也回应道。

“那就赶紧走吧，碰上海盗就坏了。”筏子上的人催道。

小芮见暗号对上了，便转过身，朝礁石处挥了挥手。

张峰飞步跑过来，和小芮拥抱一下，说道：“兄弟，后会有期！”

小芮从怀里拿出一块玉佩说：“这是丽丽让我交给你的，戴上它可以避邪祛灾。”然后又掏出厚厚一沓美元，“这是兄弟们的一点儿心意，你带上！”

张峰一手拿钱、一手捧玉，说道：“我张峰有女人疼，有兄弟帮，算没白混这辈子，谢了！”他又狠狠捶了小芮一拳，“记住我的话，办个护照，联系个学校，赶紧出国读书吧，别像你哥这样，落得这种下场！”

小芮喉头发紧，哆嗦着声音说：“哥，我记住了。快走吧，祝你一路平安！”

张峰拍了拍他的肩膀，猛地扭转身，朝筏子上爬去。

“不许动！”筏子上一声大吼。

张峰一愣，发现面前是两支乌黑的手枪，枪口正对着他的头部。接着从筏子里跃出四五个黑衣人摁住了他。他气得怒目圆睁拼命挣扎，高声大骂：“小芮，你个王八蛋！你忘恩负义！”

“哥……不是我！”瞬间的变故让小芮惊慌失措。

铐上张峰之后，黑衣人朝小芮扑来。同时海滩上亮起了无数灯光，照耀如同白昼。

小芮转身就跑，并顺势掏出了手枪。一个黑衣人朝小芮扑来，他回身就是一枪，正中黑衣人肩部。于是，所有的枪口全都对准了他。密集的枪声之后，小芮身中数弹倒在沙滩上，血汩汩地染红了一大片沙粒。

张峰挣扎着，他的头被几只脚死死踩住。透过腿与腿之间的缝隙，他的一只眼睛可以看见远处直挺挺躺在沙滩上的小芮。眼泪从他沾满沙粒的睫毛里一颗颗滚了出来，他肝胆俱裂，喃喃有声：“小芮……我的好兄弟……我应该早点儿让你出去……你不该死啊！”

3

陆伯龄和庞天岳、郭万清走进刑警支队办公室。刑警们都连忙站了起来，纷纷向领导打着招呼。

陆伯龄清了清嗓子，说道：“大家辛苦了！这段日子的紧张工作，今天终于得到了回报。我们抓到了首犯张峰，击毙了他得力的干将芮东兴，从根子上彻底摧毁了以张峰为首的黑社会性质犯罪团伙。我代表市委、政法委向大家表示祝贺！”

刑警们鼓掌。

庞天岳笑着问刘振汉：“准备什么时候审讯？”

“马上就开始。”刘振汉抹抹嘴，把没吃完的方便面碗放在桌子上，“您就等着好消息吧！”

“别太乐观，张峰这根骨头可不是好啃的，你要做好打持久战的准备。”庞天岳提醒道。

王明挺了挺胸脯，很自信地说：“他就是钢嘴铜牙，我们也能撬开他。局座您放心，不出三天，他张峰肯定给咱们来个竹筒倒豆子，一粒不剩！”

陆伯龄听着不舒服，说道：“王明，可要注意纪律，不能动粗。这是个大案子，方方面面都要注意影响。而且，张峰是个人精，别让他利用这点钻咱们的空子。”

刘振汉别有意味地说：“陆书记放心，我盯着呢，决不会让任何人碰张峰一指头，反正我们并不完全指望口供。他讲，我们能查；不讲，也能查下去。因为我们已经掌握了大量的证据，不怕他不低头。”

陆伯龄心里很不是滋味，但脸上声色不露，说道：“好，好……我最后强调一点，你们要争取时间，尽量在年底前把案子结了。怎么样？”

“这就要看张峰背后牵涉多少人了。我们现在考虑最多的就是拔出萝卜带出泥。这样的话，时间可能就要长一些。”刘振汉也是不动声色地敲了他一下。

陆伯龄忙用咳嗽掩饰着自己的慌乱。

黄盛匆匆忙忙走进聂大海的办公室，在办公桌前站住，躬身对聂大海道：“聂书记，张峰抓住了。”

聂大海长长吁了一口气，露出轻松的笑容：“是吗？这样，不就一切都结了吗？”

黄盛也笑：“就是，就是。据我所知，前一段时间天都的不少血案都和这个张峰有直接的关系。他这几年坏事真是没少做，明宇是被蒙在了鼓里。我看张峰抓住了，龙腾公司的走私案差不多就可以告一段落了。抓紧审，抓紧判，对社会也算有个交代。”

聂大海摇摇头：“这个话不要咱们说，要按照法律程序办。只有庞天岳说了才算数。他们审完了，然后把案卷移送到检察院，我才能真正松口气。”

黄盛频频点头说：“是呀！是呀！陆书记早晨就已经去公安

局了……”

“危难见真情呀！”聂大海感慨万端，“这次多亏了老陆做工作，不然的话，明宇还不知会怎么样呢。等案子结了，我就亲自让明宇从那个位子上解脱出来，干点别的事。做什么生意？唉，中央不让干部子女经商还是对的。”

黄盛默默地听着，没有吱声。

“你抽个时间去见见明宇，看看他那边情况如何，千万让他别再插手张峰的事。”聂大海叮嘱道。

“明白了，我这就去找他。”黄盛说罢，转身走了出去。

黄盛驱车赶往海滨。他下车后，便远远看到聂明宇正站在一片金黄色的沙滩上，遥望着灰蒙蒙的大海。他快步走了过去。

聂明宇静静地伫立在海边，脚下的沙粒残留着暗红色的片片血迹。他蹲下身来，抓起一把沙子，带着血迹的沙粒慢慢从他的指缝里滑落。他喃喃自语：“小芮，我对不起你……”

黄盛走到他身旁，二人默默对视了片刻，聂明宇转身把手中的沙子撒向大海。

黄盛低声道：“张峰关在市第一看守所，目前情绪还算稳定，但以后会怎么样，就难说了。”

聂明宇说：“我相信他不会乱说，我了解他。”

黄盛不无忧虑地说：“这个时候最忌轻信，你必须做好最坏的打算。”

“如果他真的招了，我也没有办法。我想，他现在肯定恨死我了。”聂明宇不由得深深地垂下了头。

“必须让他知道，他还没有被抛弃，这样他就不会乱咬。”

“那个看守所所长是谁？”

“曹大良。”

聂明宇口中反复念叨：“曹大良，曹大良……”

4

预审室里，刘振汉和王明坐在审讯台后，记录员是龚静和李冬。

委顿不堪的张峰在看守民警的押送下慢慢走了进来。看守员把他的两只脚往椅子腿上一铐。他扑通坐在了椅子上，眼睛一翻看着天花板，一副满不在乎的傲慢神态。

王明火了，怒斥道："你当是你家呀？让你坐了吗？站起来！"

张峰哼了一声说："你不还是得让我坐下，所以，我就先坐了，省得你废话！"

王明瞪着他说："嗨，张峰，你看看这是什么地方？你老老实实可能还有活头，如果敢跟法律较劲，你的生命就要进入倒计时了！"张峰轻蔑地扫了他一眼说："少跟我唱高调。你还不如在海滩上就把我打死算了。去打听打听，我张峰是怕死的人吗？有本事你给我一枪得了！"

王明被彻底激怒了，他尤其不能容忍他在龚静等实习刑警面前羞辱他。他噌地站起来说："你以为我不敢？"

刘振汉悄悄拉住他，硬是把他拽回椅子上，然后倒了一杯水，放在张峰面前说："喝水吧。"张峰眼望着别处，并不搭理。刘振汉回到桌子后面，点了一根烟。

"抽支烟倒还可以。"张峰吸了吸鼻子。

刘振汉把点着的烟递给他，张峰急不可耐地狠狠嘬了一口，一支烟竟下去了半截。

这时，陆伯龄和郭万清在曹大良的陪同下进了审讯室旁边的监控室，注视着审讯的场面。

张峰向刘振汉提出自己的脚和腿都痛，能否打开铐子。刘振汉答应了，并让看守员给他搬来一只凳子，放在他面前。张峰现在是双腿都跷在了凳子上，一晃一晃的，显得十分惬意。他轻轻吐出一口烟道：“刘振汉，你是真正的汉子，我张峰到了阴曹地府也会记住你的仗义。天都市只有两个人，我觉得能和我张峰一比，其中一个就是你。”

刘振汉笑道：“那另一个是谁？如果我没猜错的话，是聂明宇，对吗？”

张峰不置可否，没有接他的话茬儿。

刘振汉又道：“能谈谈你对你们董事长的印象吗？我这位兄弟好像待你……嗯，怎么说呢？”他故意卖了个关子，两眼紧盯着他。

张峰的脸色果然沉了下来，但旋即就恢复了原状，岔开话题道：“刘支队长，咱们都是明白人，就别来弯弯绕了。你为什么抓我，我心里明镜似的。我能不能活着出去，心里也很清楚。你给我个痛快，我就给你个痛快，怎么样？”

刘振汉用玩味的目光看着他问：“此话怎讲？”

“我给你个痛快的，就是说你也别问了。什么杀那两个‘鸡’，什么撞死阿强，什么走私车，还有什么赌场之类的破事，都是我牵头干的，我都认了。怎么样？算我送你一份厚礼。我估计你把这些报上去，弄个二等功，肩膀上再加颗星应该没问题。”

刘振汉笑了笑说：“嗯，是很痛快，那你让我怎么个痛快法呢？”

“没别的，你赶紧让法院给我判了得了，省得我在这号房里受洋罪，跟他妈一帮渣滓关在一起。我受不了这罪。”

李冬忍不住了，怒斥：“你以为你不是渣滓？你是最大的人渣！”

刘振汉皱着眉头看了看他，李冬头一低，不敢插话了。

“张峰，什么时候起诉判决，还真是由不得我，这个忙我可帮不了。”

“别蒙我了，你定不了谁能定？”

“其实，这些事情都是由你来定。”

“我定？开玩笑！我小命攥在你们手里，说给一个窝头肯定不给一对，怎么我能定呢？”

“你就别装糊涂了。张峰，我可以明确告诉你，你要是不给我讲想听的，那咱们就得这样耗下去，你就得天天在那号房里继续和一帮渣滓混下去。”

“你想听什么？提示提示，看我知不知道。”

“很简单，你的后台老板或是说幕后指使你的人。”

“我还用别人指使？我就是老大！我还要找后台？笑话！”

“张峰，别癞蛤蟆垫桌腿——硬撑好汉了。我问你，没有老板的签字你能拿出几千万去贿赂那些贪官？”

刘振汉轻飘飘地说着，一下子便击中了张峰的要害。他浑身激灵，睁圆了眼睛，头往前伸着问：“贿赂……什么贿赂？”

“别演戏了，这是审讯室不是舞台。我可以再向深里给你提示，你杀那两个女孩，不就是因为她们拿了你那个记录着龙腾集团贿赂市里及省里一些贪官的账本吗？你以为把东西抢走杀死她们，就可以毁灭所有的证据？你以为兔死狗烹枪杀了赵志刚一家，然后抛尸海上就可以让事实随波逝去？你错了！我们都知道，什么都清清楚楚！”

张峰的脸色已经由黄变青，又由青变白，额上的汗水一股股往外冒，不由得惊慌失措起来，猛地收回凳子上的脚，说道：“不！不可能……”

监控室里，一排四个电视显示着审讯室的情景。陆伯龄的脸像晒干的渔网，手情不自禁地在颤抖，他摸出根烟，但点着的是烟嘴，一股焦煳味儿在监控室里弥漫……

电视画面上，刘振汉依然是沉稳平静的神态，语调不紧不慢地说：“张峰，你这么扛下去有什么意思？替死鬼和代罪羔羊可不应是堂堂的男子汉所为。你自以为万无一失的那个黑皮本都已经在我手里了，你想想你还有什么朋友？还有什么兄弟？”

张峰如遭电击，身体一阵阵哆嗦，两眼直勾勾地看着刘振汉，脑海里反复晃动着出逃前把黑皮本交给聂明宇的情景。他突然拼命摇头，嘴里喃喃自语："不，不可能……"

刘振汉双臂撑桌，目光如炬地说："好，我给你念一段：某某某 243 万……"

陆伯龄面如死灰，他霍地站起，故意大声道："老郭，刘振汉他们干得不错，咱们可以放心走了！"

郭万清不无赞赏的语气道："振汉审犯人是一绝，再难的硬刺，在他面前也抵挡不了三个回合。"

陆伯龄面无表情地匆匆走出监控室。

审讯室里，交锋已经进入白热化状态。刘振汉又念了两个人名和受贿数字，观察着张峰的反应。

张峰目光呆滞，嘴角抽搐着。他被抓住之后不断琢磨的疑问终于有了答案，是聂明宇安排的船；是他突然改变窝藏几日再走的原定计划，让他马上就逃出去；是他确定的具体时间拟定的联络暗号。显而易见，他出卖了他，至少也是抛弃了他，或者是说把他当成了挡箭牌。可让他百思不得其解的是，他为什么要把黑皮本送给公安部门，这不是自套线索吗？他所了解的聂明宇绝不会出此下策。

症结到底出自哪里？聂明宇目前究竟是什么想法和状况？无论如何，自己还不能缴械投降。可是，刘振汉已经掌握了这么多东西，聂明宇又出尔反尔，把自己送入虎口，为他牺牲，值得吗？

张峰彻彻底底陷入了无法自拔的矛盾之中，像泥巴一样瘫在椅子里，口吐白沫，呻吟着说："我不舒服，真的不舒服，让我休息一下可以吗？让我休息一下……"

刘振汉向王明和李冬挥挥手，两人上前把张峰架出了预审室。

曹大良送走陆伯龄和郭万清，正往回走，远远看见王明、李冬架着张峰回号房，刘振汉跟在后面。他便快步走了过去，问怎么回事。

刘振汉说:“老曹，张峰说自己不舒服，你这儿有医务室吗?”

曹大良回答说:“我们这儿分来的医生都待不长，来一个走一个，唯一留下来的方医生去省城办事还没回来。实在不行，就送市医院吧。”

刘振汉点点头道:“看来，也只有这样了。”

5

仿罗马斗兽场里，空空荡荡，阒无声息。

聂明宇匆匆朝陆伯龄走来，说道:“陆书记，让您久等了。”陆伯龄转过身，面露狰狞地问:“有件事你知道吗?”聂明宇略略有些吃惊:“什么事情?”陆伯龄咬牙切齿地问:“你们手里是不是有一个小本子，记录着贿赂官员的姓名和数目?你为什么要这样，是何居心?”聂明宇不由怔住，支吾着说:“您……您怎么……”

陆伯龄想了想，挥挥手道:“算了，现在已经没有工夫跟你计较了，也没有时间去追究事情的原因了。我告诉你，现在这个本子已经落入了刘振汉手里!”

聂明宇骇然变色，叫道:“不可能!这个本子是张峰的。他走之前已经交给了我，现在就在我手上!”

陆伯龄怅然叹气:“肯定是哪个环节出纰漏了。现在，刘振汉已经全面掌握了原本只应该你我知道的秘密。我今天看了刘振汉审问张峰，他可能扛不住了。”

“什么?”聂明宇嘴巴大张着。

“你现在只有一条路可以走了。”陆伯龄脸上露出残忍的神色，“你必须作出抉择!”

聂明宇凝思片刻，冷冷一笑道:“我想我已经作出了抉择!”

陆伯龄开始往斗兽场大门走，边走边说:“告诉你一个消息，张峰今天下午去市医院就诊。”

“明白了。”聂明宇若有所思，“我会先稳住他，然后再做打算……”

陆伯龄同聂明宇见面之后，又匆匆来到了聂大海的办公室。因为他实在是放心不下，觉得有必要借助老头子的力量向刘振汉施以影响，不能任由这个一竿子捅到底的刑警支队长胡来，否则，后果将不堪设想。

聂大海正在批阅文件。连日来，他一直处于焦虑不安之中，根本集中不起精力办公，积压了大量等待他核签的公文。现在张峰被抓，已经扛下了所有的罪过，儿子终于得到了解脱，他那颗悬着的心才稍稍复归了原位。

陆伯龄进来时，聂大海埋在材料堆里，竟然没有发觉。陆伯龄只好喊了声：“聂书记，在忙啊？”

聂大海抬起头，见是他，忙站了起来，从办公桌后走出，和他在沙发上相对而坐。

陆伯龄开门见山地说：“聂书记，今天上午刘振汉审问张峰，我去听了听，觉得……咱们的一些工作方式是不是存在一些问题？”

聂大海心情很好地说：“这种具体的工作，咱们就不要管那么多了。现在张峰一抓，我的心病也就去了大半。刚才省里的领导还打电话问起这个案子，我已经作了汇报，是龙腾公司的总经理作案，明宇的责任是用人不当。省里的领导说如果案子是这种结论，他们也就放心了。”

“案子要是这样了结当然好。”陆伯龄颇不以为然地说，“可是……”他故意拖长声音，以引起聂大海的关注，然后又戛然而止。

聂大海果然有些紧张，忙不迭地问：“可是什么？说嘛！”

“在审讯中，张峰已经承认了自己是几个案件的主谋，我当时在监控室就给你打了电话。但刘振汉就是不甘心，总是暗示张峰，诱他供出背后的主谋。我搞政法这么多年了，这样审讯好像不符合一些规定吧？”

聂大海皱起了眉头说：“主谋？张峰不就是主谋了吗？这个刘振汉，他还想搞出什么名堂？”

“刘振汉我总觉得是个粗人，除了干工作，不会想这么多。我怀疑，他是不是受了谁的指使，想把案件往歪里引？您看，现在张峰已经招供了，案情也水落石出，完全可以大白于天下了嘛！对上级领导，对天都市老百姓都有了个很好的交代。在这种情况下，就应该把案卷往检察院交，早判早好。可公安局这样无事生非，唯恐天下不乱，是不是里面有什么不可告人的目的？”陆伯龄又加了一把火。

聂大海的脸渐渐涨红了，怒道：“这些人是不是不把案子搞到明宇头上就不死心？好，我来问问庞天岳，让他去把聂明宇也抓起来！看他敢不敢？”他说着便怒气冲冲地去抓电话。

陆伯龄忙按住聂大海的手，劝道：“聂书记，您消消气，这可不行。我觉得现在关键是张峰，只要他不乱咬，我看什么事情都好解决。”

聂大海平定了一下情绪，说道：“这个张峰，我见过几次，他话不多，但不知道人品怎么样。如果他把什么责任都往明宇身上推，这个案子就复杂了。”

陆伯龄身子往前倾了倾说：“只要您同意，我去和郭政委谈谈，让他出面跟看守所的人交代一下，把张峰控制起来，或者换一个单人号房，您看……”

聂大海警觉起来说：“这样做，不太好吧？会不会有人说闲话？”

“聂书记！”陆伯龄很激动的样子站了起来，声音急促，“刑警队审人您不知道！花样儿可多了！就是意志再坚强的人也很难顶得住！咱们必须把张峰控制起来，让他管好自己的嘴巴。否则，还不定弄出什么事情呢！真到了张峰把全部罪行推到明宇身上时，就不好补救了！”

聂大海是个饱经世事沧桑、历经官场磨炼政治经验丰富之人，自然明白一旦他松口，便任何情况都可能发生。所以，没有立即答复他，站起身走到窗前，沉声道：“看来，我必须和刘振汉认真谈一次了，最终如何办，你等我的电话……”

6

市医院急诊室里，张峰脸色苍白，额上渗出豆大的汗珠。由于急火攻心，他的胸口一阵阵剧痛。他躺在床上，戴着口罩的医生用听诊器在他的胸部探听着。马荃站在一旁，警惕地监视着。

医生卷起张峰的袖子开始给他量血压。突然有人敲门，马荃去开门，是汤文军奉命前来协助他。马荃小声说：“还没完，你在门口守着吧。”

趁着两位刑警说话的工夫，医生突然把一个纸卷塞入张峰的手心。张峰一愣，随即死死地把手攥了起来。

诊治完之后，马荃和汤文军会同看守员把张峰送回了号房。

张峰待铁门关上之后，蜷缩在号房的一角。他背对着同号嫌犯，面朝里躺着，慢慢展开手心里的纸卷，只见上面写着“假装挨打受伤”。

他把字条放进嘴里咀嚼着，脸上的神情安详了许多。他咽下纸浆，开始持续不断地呻吟起来：“哎哟，哎哟……”号友们都围了上来，一个年龄稍长的人问他：“你怎么了！”张峰苦着脸道：“他们给我上了刑……哎哟，痛死我了……”

嫌犯们面面相觑，没人敢吭声了……

夕阳的余晖映照着烟波浩渺的大海。聂大海形孤影单地漫步在沙滩上。海浪披着金灿灿的光斑，一波波从遥远的天际涌来、退去，又涌来。他眺望着大海深处雾蒙蒙的天空，双眉紧锁，灰白的头发在海风的吹拂下瑟瑟颤动。

刘振汉从远处走来，在聂大海身后站住，低声喊道："聂叔……"

聂大海伫立不动，自语般的声音里透着苍凉："只有面对大海，才能感受到生命的短暂，也才能领悟到爱的内涵和悲天悯人的情怀……你说对吗，振汉？"

刘振汉摘下警帽，托在手里。他茫然地望着海面，沉默不语。

"振汉，你和明宇在我心目中一样，都是我的儿子，都是我的骄傲。我最大的希望，就是我的生命能够在你们身上延续，就像这世世不息连绵不绝的海浪。"

"聂叔，我……"刘振汉此时不知自己该说什么。

聂大海缓缓转过身来，注视着他说："我从来没有阻止过你去调查明宇，你知道是为什么吗？因为你们是生死兄弟，都是我的儿子。我现在问你一句，你有明宇的犯罪证据吗？"

刘振汉怔了怔，只得据实回答："还……没有……"

"张峰已经归案，就够了。"聂大海向他面前跨近一步，"案子到此为止，这是我对你的要求，也是请求！"

"可是……"

聂大海打断说："不要再说可是，就算是我求你！"

刘振汉慌了，心底涌起一股股苦涩。他感到眼前的海浪，像一排排大山，迎面压来。惶恐、绝望、悲伤死死地缠绕着他，他感到了一阵窒息，浑身的血像骤然之间被抽干了一般，摇摇欲坠。他拼命地挣扎着，用乞求的目光看着聂大海，说道："聂叔，我……不能这样做呀！从我踏入警营的第一天起，就把您对我的教诲铭刻在心中——要秉公执法，除暴安良。这十几年来，我都是按照您的要求去做的……可是现在……"

"现在怎么了？"聂大海逼视着刘振汉，"你是不是也要把我当作包庇犯抓起来？还有你冯姨和两个妹妹——蕾蕾和孟琳。丽敏也不愿意看着明宇进监狱，难道你想把她们都抓起来关进监狱？”

“聂叔！”刘振汉扑通一声跪在他面前，“您老可不能糊涂啊！监狱对任何违法犯罪的人都是敞开大门的，如果我们纵容明宇，为他开脱，那么最应该进监狱的是我！明宇是我的生死兄弟，我忍心让他接受法律的审判吗？但是，他现在的确是变坏了，而且无可救药，从他公司流出来贿赂各级干部的钱已达数千万，从案发到现在已经有近十个人死在他的手下了！我能放过他，可是法律能放过我吗？难道您非要咱们全家所有的人都成为他的陪葬品吗？什么是正，什么是邪，您可不能不分清楚啊！”

聂大海呆呆地看着悲怆欲绝的刘振汉，身体不由晃了晃，头一阵眩晕。他定了定神，沉思片刻后道：“你先起来，这些话是有些道理，咱们慢慢商量商量。”

刘振汉很艰难地爬了起来，满怀希望地看着他。

“你刚才说的我都知道，可这都是张峰一手操纵的。”

“现在还不能确定全部是张峰干的，从他在审讯中的状态看，这背后肯定有个很大很深的黑洞。”刘振汉面露凝重之色，“聂叔，不瞒您说，这是个通天的大案，可能到时候谁都挡不住的！”

聂大海叹了口气，说道：“既然这样，就查吧。但是，我有一个小小的要求，你必须答应。”

“您说，只要您不让我违背法律。”

“你可以做到，而且也绝不会违背法律。”

刘振汉诧异地看着聂大海。

“现在张峰已经逮捕，我希望你主动提出回避，因为你有充足的理由，你和聂家的特殊关系，是尽人皆知的。然后让别人去办这个案子。”

刘振汉目瞪口呆，他没想到聂大海会作出这样的决定。聂大海接着说：“明宇如果犯罪了，就让法律审判他吧。但送他上刑场的不应该是我的另一个儿子，这让我和你冯姨在感情上都接受不了。如果有人想利用这个案子做文章，我也就可以痛下狠手了，不会再为你所累。让别人去查吧，振汉，这对你也是个解脱。话，我只能说到这个份儿上了，你必须作出选择。”

刘振汉结巴了：“这……这……”

聂大海脸沉了下来说：“我已经安排你去党校学习了。我希望下次见到你的时候，你仍然是我的儿子，而不是我的敌人！”他说罢大步走向海堤。

暮色渐浓，海浪声如泣如诉，在寂静空旷的海天之间飘荡回旋。

刘振汉呆呆地看着聂大海的背影渐渐远去，眼前一片迷蒙……

第二十二章

1

刘振汉默默地坐在办公室里抽烟，脑门皱成了疙瘩。聂大海的话不停地在他耳边轰鸣。是退还是进？这个让他无法回避的问题，异常冷峻地摆在了他面前。聂大海最后的一句话，无异于向他发出了最后的通牒，何去何从，他必须作出选择。

从感情上讲，他也的确不想亲手把聂明宇送上审判台，从与聂家关系特殊提出回避确是个最理想的脱身之法，别人说不出什么，自己也不必为此背上忘恩负义的十字架。然而，从理智上他又不愿当逃兵，如果这样做了，自己不可能还有脸继续穿警服，人模狗样地去办案。最主要的是违背了自己的人生信念，那样活着，还不如一头钻进海里，永世都别浮出水面。

刘振汉长吁短叹，愁肠百结，无法下最后的决心。王明走了出来，对他说:“走吧，刘支队，审张峰的时间到了。”刘振汉站起身说:“王明，跟你说个事情。你说，这人到底该怎么活着？”

“哟，你病了？”王明诧异地看着他，伸手去摸他的额头。刘振汉打掉他的手问:“我没病，你说这个案子我继续干下去合适吗？”王明眼睛睁得像灯泡反问:“你……到底怎么了？”刘振汉迟疑地问:“我跟聂家是这种关系，是不是应该提出回避？”

王明终于明白了他的意思，十分缓慢地点着头说:“刘支队，我懂了。你是想逃避，对吗？”“不……不是……”刘振汉吞吞吐吐。

“刘支队，你走吧，没关系，我王明会干下去！我光棍一条，无牵无挂。俗话说得好，软的怕硬的，硬的怕横的，横的怕不要命的，不要命的呢，怕光棍一条的！我会抓住聂明宇不放，绝不能让天都市的老百姓看着警察说闲话！我去看守所了，再见！”王明斩钉截铁地说完，转身就走。“等等！”刘振汉大吼一声。

王明在门口停住，刘振汉走过去拍了拍他的肩膀，欲言又止，然后神情凝重地说：“走，去看守所……”

看守所预审室里，张峰耷拉着脑袋，坐在椅子上昏昏欲睡，李冬焦急地看着门外。刘振汉和王明快步走了进来，在审讯台后坐定。

张峰撑开眼皮，瞥了他们一眼，头依然垂着。刘振汉问：“张峰，考虑得差不多了吧？”张峰扭了扭软软的脖颈说：“我不行了……”王明一拍桌子怒道：“别装熊样，医生说你根本就没病，只是精神过度紧张！”张峰翻了翻白眼说：“我需要休息。”刘振汉说：“先给我讲讲那个黑皮本是怎么回事？讲完了就让你休息。”“黑皮本？什么黑皮本，我不知道。”张峰慢吞吞地说。

时钟在墙上走着圈，发出清脆而有节奏的咔咔声。

审讯已很难再进行下去。刘振汉和王明交换了一下眼神，决定结束，待研究了新的审讯方案后，再与他交锋。

陆伯龄坐在自己的办公室里，手举电话筒：“聂书记，我明白了……好，太好了！”他放下话筒，神情颇为兴奋。

郭万清从门外走了进来：“陆书记，您找我？”陆伯龄连忙起身，走到郭万清身边很亲热地让座。郭万清坐下后道：“听说您要升任常务副市长了，是吗？”陆伯龄矜持地摸摸脑门说：“有可能吧。”“我可是您的老部下了，以后还望老领导多多关照。”郭万清套着近乎。

“嗯！”陆伯龄晃晃脑袋，“老郭，你干政委几年了？”

“四年多了。”

“那是该动动了。”陆伯龄故作贴心的样子压低嗓门，“你有什么打算？是到市里来还是想继续在公安干？”

“我学的是公安专业，又在公安机关干了这么多年，当然还想干老本行。”

“明年老庞一退，这个局长的位置总应该是你老郭的。你知道，局长一当，离常委可就不远了。”

郭万清激动地说：“真的吗，陆书记？”陆伯龄拍拍腿说：“你看，我陆伯龄向来都是言必信，行必果的嘛！”郭万清连忙点头：“对对，陆书记的脾气我知道，干任何事都是说到做到！”

“咱们都是聂书记一手提拔起来的，要互相帮助嘛。这个案子一结，聂书记肯定要当市长，只要有他在，咱们就会大有作为的，你说是不是？”

“是呀！好在明宇这个案子已经快要结了，要不然，咱们也真是应该替聂书记想想办法。我看他这段时间可是苍老了不少呢！”

“你有这个想法就对了，咱们都是跟着他干出来的，要知恩图报嘛！”

“我也想替他做点什么，但你知道的，他是个正派人，不需要这些呀！”

陆伯龄引导着郭万清渐渐靠向主题。

“聂书记不讲，咱们才更要主动替他分忧。现在张峰被抓了，今天你也听到了，他承认了自己所犯的罪行，下一步应该移送检察院。可刘振汉还是要逼问什么幕后主谋，这是什么意思？”

“我琢磨着也是振汉他们故弄玄虚，所以，没往心里去。也是呀，振汉按说是聂书记的干儿子，怎么还在这件事上钻牛角尖？真是让人无法理解！”

“这有什么难理解的，刘振汉是被人当枪使了。简而言之吧，这是有政治阴谋的，有人想找聂书记的碴儿，咱们可必须站稳立场！”

“那……我们应该怎么办？”

“你说过要帮助聂书记，现在就是个大好的机会。我想，咱们必须设法给张峰通通气，让他别在里面胡说八道。这个事你能安排吗？”

“这个……应该没什么问题，关键是谁去？”

“明宇公司有个保安队长，可以让他去。”

“行，我跟老曹说一声，随便弄件事情，以投案自首的名义，把他送进张峰那个号房，您看怎么样？”

“那就看你的了，你是经验丰富的老公安了嘛！”

两人拊掌大笑。

2

清晨。红红的阳光透过铁窗的栅栏，一道道印在号房里的水泥地上。张峰软塌塌地靠坐在大通铺的角落发呆，几个同号人犯在摔纸牌。

这时，伙房送早饭的当当直敲风窗，高声喊：“开饭了，快过来接饭！”

几个人犯扔下纸牌跑到窗前接饭，张峰跟在后边，别人接完之后，他才伸出手。送饭的师傅瞪他一眼说：“新来的吧？吃饭小心点，别硌断了狗牙！”

张峰没敢回嘴，忍气吞声接过饭碗，缩在墙角用筷子急急地往嘴里扒饭。吃着吃着，他突然停住，端着碗发起呆来，原来饭里有个纸团。他紧张地看看周围正吃饭的号友，忙把纸团展开，上面写着“刑讯逼供受伤大闹”。

张峰把纸团连同米饭一起吞进肚子，然后把饭碗一扔，抱着头往地上一蹲，大声号叫开了：“哎哟！哎哟……我的头，痛死我了！”同号人犯围过来问：“张峰，你怎么了？”

他身子一歪，躺在地上打起了滚，叫道：“头痛！头痛……我不行了！哎哟哟……”

号友开始拍打铁门，大声叫：“政府！政府，这儿出事了！”

看守员跑过来，打开门问：“咋回事？号什么号？”一个人犯指着满地打滚的张峰说：“他头痛，不行了！”看守员命令两名壮实的人犯：“把他架起来，送医务室！”

两名人犯架起张峰，跟着看守员拥出号房。

医务室里，张峰在床上打着滚叫，曹大良和方医生站在床前。方医生问：“以前有过这种症状吗？”曹大良说：“昨天就开始叫了，送市医院做了治疗。”方医生又问：“查出什么没有？”曹大良摇摇头说：“好像没有。”

张峰边呻吟边偷偷瞧着他们，接着又一声高过一声地大叫起来。

方医生伸手在他头上摸了摸，拨开他的头发看了看，没有发现异常，于是对曹大良道：“我也说不好这是怎么回事，表面上看不出什么来。先吃几片止痛片，看看情况再说吧。”

吃了止痛药后，张峰不好再喊痛了，于是被送回了号房。曹大良特意把他安排睡在靠门口的地方。

深夜时分，号房里的嫌疑人犯都已经沉沉入睡了，张峰也迷迷糊糊正要进入梦乡。突然，门咣当一声打开了。看守员喊道：“都动动，往里动动，来新人了！”

张峰睁开眼睛，心中陡然一惊，是肖云柱晃着走了进来！他强压住狂喜，慢慢坐起。其他人都站了起来，纷纷向肖云柱打着招呼：“这不是黑哥吗？怎么又回来了？”

肖云柱笑了笑说：“回来看看。”他走到张峰身边坐下，早已经有人把位置让了出来。看得出，他在看守所里还是很有地位的。

张峰低声问：“董事长让你来的？”肖云柱点点头说：“还不是为了救你！”

“谢谢黑弟！”

“聂董让你写份东西。”

“写什么？”

肖云柱在张峰耳边嘀咕了几句，张峰面露激动：“行，我今天晚上就干！”

突然门口传来值班看守的呵斥：“不许说话，躺下！躺下！”

张峰和肖云柱连忙歪倒在铺上。

号房外，望塔上的碘钨灯发出炽白的光，哨兵的枪刺一闪一闪，远处响起轰隆隆的雷声。

号房里，张峰用被子盖着头，偷偷地奋笔疾书。肖云柱在旁边冷冷地看着。

张峰终于写完了，他长长吁出一口气，看了看肖云柱。肖云柱忙假装已睡着，紧紧闭上了眼睛。张峰把纸揣进怀里，倒头便睡。他的确累极了，很快就打起了呼噜。

此时，外面电闪雷鸣，大雨滂沱，风声呼啸。张峰被一阵窒息憋醒了。他睁开眼一瞧，顿时蒙了，自己嘴里不知何时被塞进了一团脏布，手和脚被布条捆得结结实实。旁边的肖云柱正对着他笑。他马上便明白了，不由得魂飞魄散，拼命扭动着身子，看着肖云柱的目光里有迷惘、有愤怒也有乞求，而更多的则是后悔。肖云柱倏地敛起笑容站起来，眼睛里露出凶光，抬起脚朝着他的腹部猛踩。

哗哗的雨声风声和不时隆隆滚过的雷鸣盖住了殴打声，被捆住手脚嘴里塞满破布的张峰连挣扎的能力都失去了。不一会儿，他嘴角流出鲜血，身体痉挛了几下，就再也不动弹了。

肖云柱用手试了试张峰的鼻息，呼出一口气。他从张峰贴身衬衣口袋里抽出一团纸，展开看了看，然后重又塞进他怀里。肖云柱放心地掏出张峰嘴里的布，解开他手腕脚腕上的布条，用火点着，扔进门旁的便桶里……

晨光微露，风停雨歇。刑警支队办公室里，熬了一个通宵，和王明一起研究审讯方案的刘振汉仍在推敲着、斟酌着。王明躺在旁边的沙发上，已是鼾声如雷。

李冬突然大步冲了进来，边甩着脸上的汗水边呼呼喘着粗气对刘振汉说：“张峰死了！”刘振汉大吃一惊，霍地站了起来问：“什么，张峰死了？”李冬肯定地点点头。

“消息可靠吗？”

“绝对可靠！”李冬用不容置疑的口吻说道，“看守所的副指导员宋伟就住在我对门，刚才出门时亲口告诉我的。”

“昨天提审他时，不还是好好的吗？只是说有点不舒服，怎么说死就死了？”刘振汉震惊之余大感蹊跷。

“听小宋说，他也是刚接到看守所值班人员的电话。张峰死在号房里，浑身是伤，口鼻流血，是被重殴而亡。”

“死在号房里，重殴而亡？”刘振汉双眉紧皱，喃喃自语。

突然而来的变故把刘振汉击蒙了。他竭力控制着躁乱的思维，认真梳理着：从昨天的提审看，张峰好像就有些反常，他会不会与外边有了联络？聂明宇肯定不会坐以待毙，不可能没有举动，张峰的猝死会不会跟他有关系？会不会是他杀人灭口？可如果是这样，又显得太离奇太玄乎了。看守所戒备森严，一般人根本进不去，即便提审也都有套严格的程序，要进入号房那就更不可能了。

张峰的死像团迷雾，罩住了刘振汉，他百思不得其解。张峰对整个案件起着至关重要的作用，绝不能有丝毫的疏忽大意，必须把来龙去脉查个清楚。

他抓起公文包对李冬和刚从沙发上起来睡眼蒙眬的王明说：“走，去看守所看看！”

他们迅速到了看守所，进了停尸的医务室。

唰！白布撩开，张峰的尸体摆放在一张木板床上。从他的表情上能够看得出，他死时肯定很痛苦。刘振汉、王明、李冬和曹大良、宋伟等围在木板床旁。

方医生说：“我初步检查的结果是，死亡时间应该在昨天半夜时分，四肢躯干软组织严重挫伤，头部脑后有瘀血，显然是外力所致。”

刘振汉问：“你的意思是被殴打而亡？”

“对，基本上可以认定。你们看——”方医生掀起布单，张峰赤裸的身上伤痕累累。

宋伟说：“我们从他的衣兜里搜出一份材料，是他的笔迹。”

曹大良瞪了宋伟一眼。

刘振汉急切地伸出手说：“材料，什么材料？快给我看看……”

宋伟看看曹大良，没敢表态。

曹大良神情有些神秘地说：“对不起，刘支队，我们不能给你材料看。”刘振汉有些奇怪，问：“为什么？”曹大良答道：“这份材料跟你有关系，我已经报上级领导部门了。所以……”刘振汉吃惊地看着他，问：“跟我有关？”曹大良垂下眼睑说：“反正你早晚都会知道的，何必着急！”刘振汉说：“那请你把张峰同号的嫌疑人名单交给我看看。”

曹大良没吭声，几个看守所的民警也忙低下了头。

宋伟叹了口气道：“对不起，刘支队，从现在起，上面要求我们严禁你们刑警支队的人接触人犯。”

“什么？”王明火了，“你们……你们想干什么？”

曹大良抬起眼皮看看王明，慢吞吞地说道：“我在这里工作了二十多年，还从来没有出现过这样的情况，我倒要问问你们想干什么？”

3

庞天岳走进聂大海的办公室，笑着说：“聂书记，您忙啊？不好意思，打扰了！”

“既然知道那就别打扰。”聂大海带着调侃的口气，“有什么大事吩咐非要见了我的面才讲？”

庞天岳也不客气，一屁股坐在沙发上说：“我看书记心情不错啊！”

“有啥好心情？”聂大海瞪他一眼说，“你赶紧把案子结了，我心情就真的好了！”他好像突然想起什么，“对了，你不找我我还要找你呢！市委有三个名额上党校学习，这是为市里选择第二梯队做准备。你们调查我聂大海有功，我给你们留了一个名额，你看看报谁吧。”

庞天岳一愣，马上明白了他话中的含义，于是，开玩笑说：“老书记，我可从来没查过您。大家现在都忙，您看，我能不能去学习一下？”聂大海摆摆手说：“算了吧，你个老狐狸，简单的事情都被你搞复杂。我看，就让刘振汉去吧。”“这……”庞天岳一惊，他深知釜底抽薪的典故，便打着哈哈，“好，好，我告诉他，让他自己决定。”

“我告诉你，到时候你可不能不放他走。振汉还是很有培养前途的，是棵好苗子。”

“行，老首长，一切照办。不过，我今天来是要和您谈另外一件事情的，跟案子有关。”庞天岳掏出笔记本，神情也严肃起来，“您可要做好心理准备啊！”

聂大海冷冷地扫了他一眼说：“你不会是说我儿子是罪魁祸首吧？你放心，只要你查出证据，我聂大海会亲自给聂明宇戴上手铐！”

办公室的空气顿时有些僵。

庞天岳干笑两声，说：“我的老首长，您误会了。我要向您汇报的是张峰案件里查出了一个奇怪的黑皮本子……”聂大海怔了怔问：“什么黑皮本子？”庞天岳一字一顿道：“这个本子上记录了大量官员的名字……”

就在这时，突然传来剧烈的敲门声，打断了庞天岳的话。

“请进！”聂大海对来者的粗鲁举动有些生气，声音又硬又冷。

陆伯龄闯了进来，做好训斥准备的聂大海只好把火气压了回去。陆伯龄瞥了一眼庞天岳说："老庞，你怎么在这里？到处找不到你！"庞天岳眯起眼睛说："我向领导汇报请示工作不行吗？"陆伯龄瞪着他道："你是怎么管手下的？张峰这么重要的一个人，你们居然审讯两次就把人给拷打死了！"

"啊？"庞天岳大吃一惊，"这怎么可能？"

"不可能，不可能，你自己看看！"陆伯龄怒冲冲地把一张纸丢给了他，另一份放到了聂大海面前，"聂书记，您也看看，这是从张峰身上发现的控诉书，他说刘振汉对他进行了惨无人道的拷打！"

庞天岳浏览着控诉书，额上不觉沁出了汗珠。

聂大海的眉头也渐渐皱紧……

看守所办公室里，曹大良正心神不定地向闻讯赶来的郭万清汇报张峰被打死的情况。郭万清眉头紧蹙，问道："能认定是被打死的吗？"曹大良十分肯定地回答："是的，这个绝不会错。我们医务室已做了初步检查，张峰的脾和肺都已破裂，显然是被强力击打所致。"

郭万清似乎预感到了什么，心不由得蹦到了喉咙口。陆伯龄找他谈，只是让他想想办法把肖云柱关到张峰号房里，提醒他审讯时别乱说，怎么把人给弄死了？这会不会是他早就设计好的？想到这儿，他不由得紧张了，又问曹大良："同号房的人犯你们查了没有？"

"查了。不仅查了，而且查得很细。但没有任何结果。他们都说早上起来后发现张峰直挺挺躺着，早就没气了。"

郭万清暗自松了口气："他们的话你能相信？"

"都是单个隔开审查的。如果他真是被同号人犯打死的，不会没人检举。他们个个都巴不得立功呢！"

郭万清此时已可以断定这是陆伯龄和聂明宇做了手脚。他脸色苍白，心里感到莫名地窝火：自己一生谨慎，最终因为当官心切还是被人拉进了一个无法自拔的陷阱。

这时，陆伯龄一脸寒霜地走了进来。

郭万清虽然恨他恨得牙痒痒，但还是站起身来，主动打着招呼："陆书记，我正在了解情况。"陆伯龄盯着曹大良训道："曹大良，你这所长是怎么当的？这么重要的嫌犯死在看守所里！"

曹大良愁眉苦脸说："我……我……"

陆伯龄重重地坐下，身子往后一仰说："曹所长，如果找不到凶手，那你的责任可就大了去了！"曹大良顿时紧张起来，目不转睛地看着他，颤着声问："上级会……会怎么处理我？处分撤职还是……"

陆伯龄身子往前一倾，两臂支在办公桌上抱着拳，神情严肃地说："处分？太天真了！一个人犯平白无故死在号房里，这是要负刑事责任的！"

"啊——"曹大良骤然睁大双眼，充满惊骇恐惧，"陆书记，这件事我并不知道呀！"他把求助的目光投向郭万清："政委，您是了解我的。我一直兢兢业业、认认真真，您知道的呀……"郭万清偷偷看了看陆伯龄的脸色，连忙道："这不在我的职权范围，我怎么帮你？"

曹大良真的害怕了，额上冷汗直冒，满脸绝望之色。

陆伯龄像是忽然想起了什么，问："你们不是汇报说张峰身上有份控告材料吗？"曹大良连连点头："是！是！控告刘振汉对他刑讯逼供，可我们都觉得，这不太可能……""这个世界上就没有不可能的事！"陆伯龄循循善诱，"找到张峰死亡原因，你的责任自然就小了。"

曹大良愣了一下，马上有所省悟，双眼顿时一亮："陆书记，刘振汉他们审了两次，每次张峰都是瘸着走出预审室的，很多看守民警都看见了。不是他们打的，还能有谁？"

陆伯龄做出若有所思的样子说道："这么说，张峰的死真是办案人员干的？”

曹大良言之凿凿地说：“陆书记，不会错，肯定是他们干的！”

陆伯龄郑重其事地说：“曹大良我可告诉你，他们在看守所提审，发生什么事情，只有你最清楚。如果你不想背黑锅的话，就得出来证实这件事。你不要背包袱，我们这些做领导的会主持公道，谁办了对不起法律对不起人民的事，我们就一定会惩治谁！”

曹大良抬起头，一副豁出去的样子说：“陆书记，您放心，我可以对我的话负责，到哪儿我都可以作证！”

4

刑警支队办公室里气氛紧张，所有的人都心慌慌的。

王明闷声闷气地说：“昨天张峰举动就十分反常，他的死会不会跟聂明宇有关系？”马荃接上话：“他肯定不会闲着，不可能没有举动！”李冬忧心忡忡地说：“明摆着是杀人灭口。不过，把手都伸到牢里去了，这道也太深了。”

刘振汉一口接一口地抽烟，头埋进烟雾里，一言不发。他现在心里最不安的就是张峰身上的那份材料。他究竟会写些什么呢？曹大良为什么不愿交给他看？而且上面指示刑警支队的人不能接触嫌犯，是为什么？这个所谓的“上级”又会是谁？

马荃见他老是闷着，便凑上来说：“刘支队，我觉得张峰之死有很深的背景，绝不是聂明宇一人能做到的。咱们要掌握主动，就得先拿到第一手材料，剥茧抽丝，把这些疑点逐个弄清楚，这样，坏事说不定能变成好事，对咱们的侦破反而能起到促进作用。”

刘振汉见他所说的正和自己所想的合拍，不由得对这个爱琢磨的小伙子颇为赏识起来，拍了拍他的肩说：“我们后继有人了，你分析得很好！”他站起身来，“王明和龚静再去一次看守所。我和马荃出市医院。李冬，你带汤文军密切注视聂明宇的动向，从现在开始，他一天二十四小时的行踪都必须记录在案。分头行动吧。”大家纷纷拿起帽子，走出办公室。

刘振汉和马荃刚到市医院门口，包里的手机响了。他掏出来接听，是庞天岳，要他火速去他的办公室。他只好交代马荃，重点查给张峰看病的医生。然后匆匆往局里赶去。

局长室里，庞天岳在办公桌前来回踱步，神态焦虑不安。办公桌上摆放着一份标有加急字样的传真件。

刘振汉气喘吁吁冲进来。庞天岳急步迎上，问：“说实话，振汉，你打没打张峰？”刘振汉满脸惊愕地反问：“庞局，你这是啥意思？”庞天岳追问：“你们真的没在审讯中采取极端手段？”

刘振汉满面通红，嘴唇发抖说：“庞局，我跟你干了这么多年，你还不了解我？从我手下过了多少犯人？我啥时候动过他们一指头？”

庞天岳凝重的神情有所缓和：“我也不相信你会干出这样的事，但是……现在看守所汇报，说从张峰身上搜出一份控诉信，控诉你在审讯中对他刑讯逼供，使用了许多骇人听闻的手段。现在省厅都知道这件事了，市委领导也十分关注这件事。”

刘振汉跳起了脚，骂道：“妈的，这不是诬陷人吗？”

庞天岳沉声道：“我最担心的就是过早触动那伙腐败分子。告诉你，你们审张峰时，陆伯龄去听了。”“啊？”刘振汉大惊。庞天岳问：“你是不是说到黑皮本的事情了？”刘振汉点点头：“是。”

“你不应该这么早就抛出底牌，那伙人已经行动起来了！”庞天岳脸色异常严肃，“张峰之死是他们走出的第一步棋，第二步棋比这还要严重，步步都是死棋啊！”

刘振汉脸色铁青地问：“这第二步棋是什么？”

“市政法委刚才通知我，暂停你对此案的侦审工作，待问题查清后再作决定。”

刘振汉额上的青筋直跳，嚷道：“让我停职接受审查？”

庞天岳叹了口气："不知道消息为什么传得这么快，省厅已经打电话过问此事，由此也可以看出，这是他们的阴谋。我刚从聂大海那里回来。我给他分析了这里面的蹊跷。他对你还不错，他的意思是让你去党校学习，这个案子交给别人。"

刘振汉鼻孔里发出一声低沉粗重的"哼"声："不去！我决不走！就算停职我也要待在天都，我倒要看看他们能把我怎么样？"

庞天岳露出欣慰之色："我现在正在拖着他们。我已明确告诉他们，犯罪嫌疑人张峰被杀是此案的一部分，这件事的发生恰恰说明案件的侦破要加紧进行。在张峰的死亡原因没有查明之前，仅凭一封举报信，在没有任何证据的情况下就中止案件主办人的工作是不合适的。"

刘振汉感动地望着他，紧绷的嘴唇抖了抖。

"振汉啊！案件的侦破已到了关键时刻，围绕着案子所发生的这一切，都说明真正的较量开始了！"庞天岳语调沉重起来，"你明白我的意思吗？张峰在这时候被杀绝不是偶然的！他们已经向我们发出了强烈的信号，也可以说是挑战或是说应战！而这些才仅仅是拉开序幕……"

刘振汉咬牙道："是的，我已经感受到了。"

"我以前就十分明确地告诉过你，如果你决心把案子办下去，就要有应付一切突发变故的思想准备和牺牲一切的心理准备，亲情、爱情、友情乃至自己的所有。你现在已经看到了，我所提醒你的这些话绝非危言耸听。咱们做警察的从来不怕对手——即便是罪犯十分残忍凶恶、狡猾阴险，可对手一旦被权力权势包装起来，被亲情、友情等私情掩护起来，那它的强大就可以摧毁一切。尤其是在目前咱们的法制还没有健全的情况下，咱们执法者就不得不为此付出沉重的代价。"

刘振汉默默听着庞天岳的话，粗黑长眉下的瞳孔里跳动着两团火苗，大口大口地抽着烟。庞天岳拍了拍他的肩说："你抓紧干吧。我想，留给你的时间不多了……"刘振汉把烟摁在烟灰缸里，霍地站起说："明白了！"

庞天岳也站起身来说："我会尽力保住自己局长的位子，用这顶乌纱来尽力保护你。如果有一天我保护不了自己了，就请你自己珍重吧！"

刘振汉和庞天岳紧紧握手，炽热的目光在无言地交流着……

王丽敏手捧着文件夹走向董事长室，里面传出手风琴声。她站在门口静静地听着。

聂明宇心绪不宁，他的手指在键盘上跳动着，将一首曲子随意演绎，手风琴在他手中发出诡异的曲调，最后轰然一声共鸣。他满头大汗，双臂软软地垂下，终止了自己的疯狂发泄。

王丽敏这才敲门走进说："董事长。"聂明宇慢慢回过头来问："丽敏，有事吗？"王丽敏把材料递上去说："这是全年度的财务报表，请你过目。"

聂明宇很随意地扫了一眼材料，往桌上一放，看着王丽敏道："丽敏，今天老爷子给我打了电话，说给振汉要了个名额，去省里上党校。这是给市里第二梯队做准备，恭喜呀！"王丽敏笑了："唉，振汉呀？我看他是阿斗，扶不上去的，他就只能干刑警！"

聂明宇往前倾了倾身子，诚恳地说："我希望你能说服他去。现在张峰死了，案子也可以结了，大家都想平静下来。你说是不是？"王丽敏很干脆地答应："行，我劝劝他。"聂明宇有点伤感："看看因为这个案子弄得，真是两败俱伤。我和振汉现在快成路人了。张总和小芮都被振汉打死了……"

王丽敏吃惊不小，忙问："什么？是他打死了张总和小芮？"聂明宇很悲伤地擦擦眼睛说："这件事无论如何不能继续下去了，你劝劝振汉，让他撒手吧，太多的人为这个案子付出太大的代价了。"

王丽敏默默地点点头。

5

当汤文军告诉刘振汉，肖云柱关进了看守所已经放出来时，刘振汉噌地站了起来问：“消息可靠吗？”

“绝对可靠，聂明宇亲自到看守所大门前接的他。我记下了车号，还拍了照片。”汤文军说着，把一摞照片放到了刘振汉面前。

王明思索着说：“我知道是咋回事了。一定是聂明宇把肖云柱送进去，杀人灭口。”

汤文军撇撇嘴说：“如果聂明宇能把看守所的人都买通，这道也太深了！”

马荃问刘振汉，局长找他是不是为张峰的事。刘振汉说算你猜对了，庞局长已经知道张峰兜里的材料是控告对他刑讯逼供。王明讲他也去找了郭政委。刘振汉问他郭政委怎么说。王明说政委指示暂时不要进行调查了，等他了解情况后，和庞局长通过气后再定。龚静很气愤，发了几句牢骚。

刘振汉看了看表，站起来道：“算了，先不谈这些。今天中午，我请大家吃饺子。”

几个年轻刑警没有了往日的热烈响应，相互看看没动。

刘振汉火了：“怎么了？我还没死！走，吃饭去！”

他们到了刑警支队对面的饺子馆，围了一桌子。饺子很快便端上来。

“吃！吃！”刘振汉用筷子指点着，然后掰了一瓣大蒜，“其实，张峰的死，对案件的进展影响不是很大。”

王明表示赞同，也认为基本事实已经搞清。

“不错。”刘振汉胸有成竹的样子，“实际上，预审工作已基本完成，聂明宇的犯罪事实已经成立。我们现在可以马上将案卷报送检察院，提请逮捕聂明宇，一旦检察院批捕，就立即动手。这样，我们就可以掌握住主动权。”

马荃说他已将卷宗全部整理完毕，随时都可以移送检察院。

刘振汉狠狠咬了一口大蒜，说：“吃完饭，咱们就行动。我负责找局长签字，王明和李冬去检察院。谁也别想拦住咱们！”

“行！”王明将一个饺子囫囵咽下，“跟他们死磕，我就不信扳不倒这帮贪官！”

聂大海、冯月梅和蕾蕾在家吃午饭，谈着谈着便谈到了刘振汉。蕾蕾道：“爸爸，您怎么不想想，振汉哥怎么会把人打死？他现在正要从张峰身上找线索呢，这不明摆着是有人要陷害他吗！”

“小孩子，别瞎猜疑。”聂大海露出不悦之色，“这个事客观上对你哥哥的处境还是有好处的。反正张峰也死了，他本身犯的就是死罪，这样，案子就可以了结了。我准备送振汉到省里学习两年，也可以避避风头，大家就可以相安无事了。”

冯月梅说：“咱们对振汉要关心一点，他不是个坏孩子，就是犟，像他这样的正派人提拔起来对国家有好处。”

正说着话，陆伯龄匆匆赶来了。他把聂大海拉到书房里。不一会儿，里面便传出了聂大海的咆哮声。冯月梅和蕾蕾赶紧进了书房。

“反了他刘振汉了！”聂大海砰砰地拍着书桌，脸成了猪肝色，“张峰已经招供了，人也死了，他还盯着明宇干什么？竟然报到了检察院，到底居心何在？”他越说越气，把茶杯扫落在地。

冯月梅忙过来擦桌子，聂大海一把把她推开说：“你去吧，我和陆书记谈事！”

冯月梅不愿意走，嘟着嘴坐在一旁。

“聂书记，检察院那边，您不用担心。田检察长是个有经验的干部，他不会轻易下逮捕令的。现在关键是刘振汉，我真想不通，大家都说他就像您的亲生儿子，怎么整起您来比谁都狠？”

“这个刘振汉！”聂大海气得嘴唇剧烈抖动。

“我们可待他不薄呀！没良心的！”冯月梅也气得身子直抖。蕾蕾拉了拉她说：“妈妈，您少说两句吧。”

“让他刘振汉抓人！让他抓！我看看他最后怎么收场？我看看他究竟想把聂家怎么样？我聂大海就算养了条狼！”聂大海心酸地颓然伏在书桌上。

“不行！谁敢碰明宇，我就跟他拼了！我要找刘振汉去，这个没有心肝的白眼狼，他到底还有没有人性？”冯月梅跺着脚说，“明宇拿他当兄弟，有个苹果都恨不得分他一半，还把丽敏招到公司，掌管着钱箱子……他什么都不认，还要抓明宇，他还是人吗？”冯月梅声泪俱下，泣不成声。“哎呀，你在这里捣什么乱？蕾蕾，把你妈扶房间去休息！快走！”聂大海烦躁地挥挥手。

蕾蕾拖着冯月梅走出了书房，外面传来她哀哀的哭声。

聂大海黯然神伤，用手捂住了眼睛。

陆伯龄站起来说：“聂书记，这么多年您一直信任我关心我，我今天说一句负责任的话，有我陆伯龄在，就绝不会让刘振汉那些人的阴谋得逞！”

聂大海缓缓抬起头，问道：“你……准备怎么办？”

“政法委准备成立个调查组，立即着手调查刘振汉刑讯逼供致死人命一事！”

聂大海一拳砸在桌子上说：“好，我同意！为公正起见，这个调查组，你和公安局的郭政委共同挂帅，把这个事查清查透。违纪的按党纪处理，违法的绳之以法，决不能姑息！”他的脸上露出了少有的冷酷神情。

陆伯龄精神振奋，转身大步离开了聂家。

聂大海待陆伯龄走出之后，也来到了客厅，吩咐蕾蕾把聂明宇马上找回来。蕾蕾看了看父亲阴沉的面孔，不敢多问，忐忑不安地出了家门。

聂大海仰靠在沙发上，油亮的脑门上纹沟弯成了弧形，稀疏的灰白长发从头顶向周边延伸，垂吊在前额、耳边和脖颈上。他双眼微闭，干裂发青的嘴唇不停地嚅动。

他心里正涌动着急风暴雨，如果不出大的意外，刘振汉的结局将是很惨的。他非常了解权力在当今社会的巨大能量，只要他决定出手，别说他小小的刘振汉，就是庞天岳，也随时可以置他于死地。想到这里，他便不由得一阵阵悲哀起来。怎么也没想到，振汉会成为自己的对手。

从内心深处，他极看重这个如同己出的年轻人，他不仅有能力，而且为人耿直，一身正气。他曾不止一次地说过，振汉日后必成大器，让明宇学着点。可是，现在他却要把手中的权力用来惩治自己最喜欢最赏识的人，这个人还是他不惜一切扶持关心和帮助过的人。这怎么能不让他感到伤心悲哀呢？他时而对刘振汉的无情无义冥顽不化恼怒，时而又觉得他并没做错什么。

其实，他心里非常清楚明宇已经陷得很深，张峰只不过是个挡箭牌。可他无法不偏袒亲生儿子，因为那是死罪啊！每每想到这些，他便五内俱焚。如果法律没有刘振汉这样的执行者，都被私情所左右，那这个社会将会沦为什么样子？这些平时深恶痛绝奋力讨伐的东西为什么落到自己身上时，就不能正视、不能站在正确的立场上了呢？直到这时，他才不得不承认，骨肉亲情和权力以及声誉在每个人面前永远都是最重要的……

这时，冯月梅悄悄把一杯茶放到了他面前，没敢惊动他，不声不响地在他旁边坐下。急促的脚步声从门外传来，随着一声门响，聂明宇和蕾蕾一前一后走进了客厅。

聂大海从沙发上坐直了身子，睁开微微浮肿的眼皮，目光阴冷地示意兄妹二人坐下。聂明宇显然已从陆伯龄那里得知了父亲的态度和决定，不露声色地坐在了父亲对面。

聂大海脸罩寒霜，清了清嗓子沉声道：“今天也算是个家庭会议吧。我宣布，从现在开始，断绝同刘振汉的一切关系！他已经把刀架到了明宇的脖子上，我绝不能任由他宰割，他刘振汉也不要怪我无情！”

蕾蕾紧张地抬起脸问:“爸爸，您准备怎样对付振汉哥?”聂大海不耐烦地摆摆手说:“你就不要问那么多了!以其人之道，还治其人之身，这是最普通的常规!”蕾蕾的声音已经发抖:“爸，这样是不是太残酷了点?能不能……能不能再想想其他的办法?”聂大海眼中射出冷森森的光:“不是我残酷，是他刘振汉绝情!”蕾蕾求助似的看看聂明宇:“哥哥，你……”

聂明宇脸上没有丝毫表情，沉默着，仿佛这件事情与他无关。

聂大海不无沉痛地说:“蕾蕾，多少年了，咱们和振汉一家从来没分过彼此。我难道忍心这样吗?你哥哥是有做得不对的地方。但现在，一方面张峰已经招供了，绝大部分案子都是他一手策划的，应该能画上圆满的句号，可他偏不这样。其次，市里又给了他去党校学习的机会，于情于理，他刘振汉都应该顺水推舟。他也不愿意，非要弄它个鱼死网破。在一个小时前，他还跑到检察院要求逮捕明宇，真是如狼似虎，非要灭了聂家不可。你说，我们能容忍他这样胡作非为吗?”

聂明宇冷冷地开了腔:“他要不这么做，他就不是刘振汉了。”

蕾蕾诧异地看着自己的哥哥。慢慢地，泪水从她苍白如纸的面颊上汩汩流下……

6

政法委会议室里气氛凝重，会议桌旁端坐着政法口各部门负责人。看情形，会议已接近了尾声。

陆伯龄环顾了一下与会者，说道:“根据市委领导的指示，专案调查组组长就由我来担任，郭万清政委任副组长，大家看还有什么好的建议。”

庞天岳缩在一角，默默地听着，眉头越皱越紧。他似乎嗅到了一股浓烈的火药味，紧张地思索着对策。

陆伯龄接着说："鉴于刘振汉同志有殴打犯罪嫌疑人致死的嫌疑，所以，我现在宣布，暂停他的刑警支队长职务，等候调查。"

庞天岳眯着眼睛观察政法委员们，发觉他们都像局外人似的气定神安，缄默不语。那种在官场上磨炼出来的真功夫，在此时有了最充分的体现。他明白自己是很难挽回这种局面了，但他还是想尽力搏一下，于是，举了举手。陆伯龄盯着他问："老庞，你有什么要说的？"

庞天岳挺了挺身子，声音沙哑地说："陆书记，刘振汉打死犯罪嫌疑人并没有人目睹，在这种情况下就将他停职不太合适吧？"

陆伯龄眨了眨眼说："是否有人看见现在不好下断语，所以，我们才要调查。至于停职，这也是调查工作的需要，假如再有什么问题出现，咱们谁都承担不起，也无法向市委交代。所以，为保险起见，刘振汉必须停职！"他的语气没有任何商量的余地。

庞天岳无奈地耸耸肩，申明保留意见。他同时看了一眼旁边的郭万清，郭万清却装着没看见他求助的眼神。

李冬遵照刘振汉的指示，悄悄去找了既是邻居也是哥们儿的宋伟。经过一番苦口婆心的哀求和"你还配不配当警察"的臭骂，宋伟才偷偷地告诉他，肖云柱的确是在张峰死前关进看守所的，而且就关在张峰的号房里，罪名是打架斗殴。他反复叮嘱李冬，千万不能卖了他，因为所里开了会，曹大良在会上宣布张峰是被刑讯逼供打死的，上级已经命令不准和任何刑警接触……

刘振汉此时已铁定无疑地明白了这是个巨大的阴谋。他不得不"佩服"聂明宇手腕的高明，这样既灭了口，又嫁了祸，果然是一箭双雕。他站起身，在窗前抽着闷烟。李冬忧心忡忡地看着他。

这时，王明走进了办公室，一副垂头丧气的样子。刘振汉意识到又有什么不妙的事情发生了，问道："你怎么回事，像霜打的茄子？"王明苦着脸说："检察院退卷了，不批准我们逮捕聂明宇！"

刘振汉似乎已在意料之中，并没显出惊讶，他缓缓地坐在椅子上问："他们是什么理由？""只有一个理由，张峰死亡原因没有查清！"王明把鼓鼓的公文包狠狠摔在办公桌上。

李冬愤愤地说："其实，按照法律程序来说，张峰的死跟批捕聂明宇乃至起诉和判决并没有冲突和必然的联系，对聂明宇的犯罪构成也没有任何影响呀！"王明抬起头："说其他的，现在已经没有意义，检察院不会理睬你的申述。刘支队，你说下一步怎么办吧？"

刘振汉狠狠地抽着烟，拧着双眉苦苦思索着……

门被缓缓推开了，庞天岳和郭万清出现在门口，刘振汉等忙站了起来。

庞天岳看了一眼郭万清问："你说还是我说？"郭万清笑了笑说："振汉，去你办公室吧。我们有事要跟你谈。"

刘振汉从庞天岳的脸上似已读懂了什么，心一点点下沉。他默默地拿起办公桌上的警帽，带着两位领导走出大办公室。

李冬对王明说："我感觉刘支队又要像上回一样了！"

走进支队长室后，郭万清直截了当地说："振汉，希望你能正确对待，心里不要有抵触情绪。"他说着递给刘振汉香烟，打着火给他点上，"市里决定成立调查组，调查你在审讯张峰过程中的一些情况，以弄清他死亡的事实真相。"

刘振汉抽了一大口烟说："我服从组织调查，只要允许我继续办案就行。"郭万清有些语塞："这个……恐怕不行了。"刘振汉霍地站了起来质问："你们查你们的，我干我的，这妨碍你们了吗？"郭万清脸红了红说："振汉，你别冲动。是这样的，你……你已经被停职了……"

刘振汉转脸看庞天岳，目光里充溢着痛楚和疑问："庞局长，这是怎么回事？"庞天岳叹了口气："对不起，振汉。我投了反对票，老郭投了弃权票，其他人都是赞成。我们无能为力……"

刘振汉颓然跌坐在椅子上，喃喃道："欲加之罪，何患无辞，我明白了！"

庞天岳鼻子发酸，无言以对……

第二十三章

1

现代城市的夜似乎比白天还要喧闹，灯海人潮车流、赤橙黄绿青蓝紫，让人目不暇接。

凌志轿车在宽阔的街道上缓缓行驶。聂明宇手扶方向盘，露出多少天来从未有过的轻松神情。他回头看看坐在后面的蕾蕾和孟琳，很是潇洒地说："二位小姐，去哪里吃饭？我请客！"

蕾蕾神情呆滞，眼望着窗外，似乎没有听见哥哥的话。

孟琳说："这个时候，你还有心情上饭店？"

"这个时候是一天中最好的时刻，良辰美景配佳人，我心情好得很呢！"

蕾蕾忍不住了："今天振汉哥被停职，你不用再担惊受怕，自然心情好了。"她的话音里不无揶揄。

聂明宇哈哈大笑："当然，当然！还是蕾蕾最理解我！咱们去吃海鲜如何？"

"我吃不下！"蕾蕾眼圈红了，"哥，你不能这样对待振汉哥，这太不公平！"

聂明宇突然提高了车速，说话的声音也骤然急促起来："你以为我很快活？我的心比你们谁都疼！刘振汉是我兄弟，张峰、小芮还有那些家破人亡的龙腾员工，他们就不是吗？他们都死在刘振汉手上！"他痛心疾首，不停地拍打着方向盘。

蕾蕾并不为之所动，话也尖刻起来："振汉哥是在做正直人应该做的事情，而你们呢？"

"我怎么了？我是在做邪恶的事情，是吗？"聂明宇被激怒了。

"明宇！"孟琳伸手拍拍聂明宇的肩膀，然后握住蕾蕾的手，"蕾蕾，你哥哥并不想害振汉，他们毕竟是生死兄弟。现在咱们应该尽量把这件事平息下来，再闹下去，绝对是个双败的结局。"

蕾蕾轻轻抽出手，目光又投向窗外，怅然道："早知道这样，我就不回来了……"

孟琳笑着说："既然回来了，也是老天爷派来的天使，你一定要替你哥哥解难呀！"

蕾蕾此时已满眼是泪，低声但却十分决绝地说道："我不能让振汉哥伤害你，但也不能让你伤害振汉哥。不然，我就死在你俩面前！"

聂明宇不由得打了个寒噤，心猛地一沉。

"你马上送我去振汉哥家，我要找丽敏姐谈谈！"蕾蕾以不容商量的口吻吩咐哥哥。

郭万清在家中像囚笼里的困兽，东奔西窜，见到东西就扔。妻子跟在他的屁股后面捡拾，可着喉咙叫："我说老东西，你干什么呢？发什么邪火？"

郭万清一屁股斜躺在沙发上，手抚脑门，哀叹道："完了！彻底完了！陷进去了……这个陆伯龄太损了，不是设套害我吗？我可该怎么办啊……"

郭夫人惊讶地问："到底怎么了？"

"唉！一句话讲不清楚呀！张峰你知道吧？那个龙腾公司的总经理在号房被人打死了。就在他死的前一天，这个陆伯龄让我放进一个人。你说，这不是太明显了吗？他陆伯龄和聂明宇穿连裆裤，把我给害了！"

郭夫人张大了嘴，不由得"啊"了一声。

“现在非要追查刘振汉，这不是逼我当混蛋吗？”郭万清痛不欲生，“我这不成了秦桧了吗？是陷害忠良呀！他陆伯龄的手也太黑了……”

郭夫人急了，围着沙发直转圈子，说道：“那你准备怎么办？这可不是小孩子玩过家家，要命的事呢！”

“怎么办？我要知道怎么办就好了！”郭万清倒在沙发上不住地拍自己的头。

郭夫人到底是经过阵势的，她曾经无数次给懦弱胆小的丈夫出过主意。于是，很老练地说道：“大不了，你往陆伯龄身上推，是他让你干的。真有了个三长两短，他也不会不保你，你急什么急？”

郭万清听了老婆的话，琢磨琢磨是有点道理，于是，渐渐平静下来，沉吟着说：“话是这么说，可我不忍心害振汉呀。再怎么说，他也是我的兵，而且他是个正派人。”

郭夫人想了想，语重心长地劝道：“万清啊，这个事情你最好不要沾手。他们干是他们干，这种事是要损阴德的。你在一旁看着就完了，千万别掺和。”

郭万清摇摇头：“我要是真能在一旁看着就好了。现在陆伯龄恨不得把我当枪用当刀子使，直接整死刘振汉呢！我真不明白，他个政法委书记，怎么就这么恨振汉呀？”

郭夫人不吭声了，皱着眉头，帮助丈夫苦思冥想起应对之策来……

2

刑警支队办公室里，弥漫着一股悲怆气息。刘振汉坐在中间，周围是他的一个个脸色晦暗的手下。

王明气呼呼地说：“我现在才知道什么是莫须有！妈的，他们这是在践踏法律，知法犯法！”

刘振汉阻止住他的牢骚，语调沉重地说道：“现在最要紧的是把案卷保护好，如果丢掉了它，那我们所有的心血和努力都会付诸流水。这件事我反复进行了权衡，觉得还是放在你们这儿比较稳妥，就由马荃来保管。”他目光直视着马荃，“你没有参加对张峰的审讯，又很聪明，他们不会注意一个实习的刑警。你一定要保管好，卷宗可以说是咱们刑警的生命。我现在是停职，以后很可能还有更严重的情况发生。所以，卷宗放在我这里很不安全。只要有案卷在，我们就有拼到最后一刻的信心，就有战胜他们的希望。”

马荃神情激动地说：“刘支队，你放心，有我在就有案卷在！”

刘振汉点点头，接着说：“从明天起，我们就不要进行任何联系了，有什么重大的事你们可以直接找庞局长。跟我接触越少，你们就越安全，战胜他们的希望也就越大。我的意思你们懂吗？”

王明等人心领神会地点点头。

“哦，还有一件事。”刘振汉叮嘱李冬和汤文军，“你们要密切注视肖云柱的动向，他对我们来讲是个非常重要的人物。”

李冬和汤文军神情庄重地点点头。

“如果调查组问起案卷的事，你们就讲让我带走了。”刘振汉补充道。

“那你的压力不就更大了吗？我们怎么忍心让你再……”

“你就不用为我考虑这么多了！”刘振汉打断王明的话，“以后你们遇到这类事，就全往我身上推。我现在多一事跟少一事没什么区别。我就是要看看，他们还能使出什么样的手段！”

众刑警的脸上不由得涌出了悲壮。

刘振汉到自己的办公室收拾东西，把能带走的装进纸箱里。龚静闷闷地帮他干着。王明把衣架上的警服塞在一个大硬纸盒里，低声问刘振汉：“你不会闲着吧？”

刘振汉抬起头道：“是要休息休息了，我准备带着老婆孩子去省城旅游一下，见见熟人。”

王明一愣，随即明白了他的意思。

龚静边收拾东西边抽抽搭搭地流眼泪，刘振汉爱抚地拍了拍她的头说：“我可能写不了你的鉴定了，就让王明写吧。如果征求我的意见，我一定会说，龚静是个优秀的刑警，正直、勇敢，而且还非常漂亮。”

龚静听了，反而哭得更凶。

刘振汉转脸看到了窗台上的虎刺梅，便抱起欲往纸箱里放。王明伸手摁住：“刘支队，把它放在这里吧，看到它就像看到了你。我给它浇水。”

刘振汉笑了：“你个懒蛋，我信不过你，万一干死了我的宝贝怎么办？”

王明眼睛红红的，嘴上却开着玩笑：“我干死了，也不会让花干死，你放心！”

东西收拾好了，刘振汉最后感情复杂地环顾一眼支队长室，扛着纸箱走出了门。

只见走廊两侧，刑警队员们自动地排成两列，夹道送他们的支队长。刘振汉泪水再也忍不住了，唰地流下来。他紧紧握住李冬的手说：“老伙计，真不好意思，一年里面让你送两次。”

李冬哽咽着说：“猫有九条命，我知道你也有九条命，我们等你回来！”

展览馆大厅里，雕像们站在了自己应该站的位置上。蕾蕾和聂明宇、孟琳在展厅中央欣赏着。聂明宇神采飞扬地说：“冯蕾蕾，你这位大艺术家的梦想终于实现了，现在有何感想？”

蕾蕾似乎高兴不起来，她神情悒郁地对哥哥说：“我去了振汉哥家，丽敏姐还不知道他被停职的事，我也没敢告诉她。她说再做做振汉哥的工作，让你们哥儿俩重归于好。”

聂明宇不置可否，好像对这个话题并没有兴趣。

“哥，你不能这样无动于衷。你想想，当年刘大妈是怎么照顾咱们的？”

聂明宇板起了面孔说：“这些话，你对刘振汉去说吧，是他要把我置于死地，不是我要对他下黑手！”

“哥，你少装模作样！你的事情我都很清楚！如果你不是我哥哥，我会义无反顾地站在振汉哥一边谴责你！”

蕾蕾的话击中了聂明宇的七寸之处，他不由得垂下了脑袋，默不作声了。

孟琳连忙接上了话：“蕾蕾，明宇并不希望和振汉弄这么僵。他非要鱼死网破，你说明宇能有啥办法？现在我觉得他暂时被停职，也许是件好事，他头脑可以冷静下来。然后再劝劝他，还是很有希望化干戈为玉帛的。”

蕾蕾想了想，觉得嫂子的话不无道理。于是，她急切地对聂明宇道：“哥，那你就快趁这个机会和振汉哥好好地深谈一次，也许有效果。”

聂明宇是最了解刘振汉的，指望他妥协，那是比登天还难。他幽幽地说：“这是你的一厢情愿，没用的！”

“你可以向振汉哥表示，你愿意做出一些让步。比如辞去龙腾集团董事长的职务，比如离开天都出国……我想，他或许能听进去，毕竟他还是很看重你们之间这份友情的。”

蕾蕾的话在聂明宇心中荡起阵阵波澜，他默默地思索着。

“哥，下决心吧，别再犹豫了，这可是个大好的机会呀！”蕾蕾竭力鼓动着。

孟琳也眼巴巴地看着他说：“明宇，我觉得你可以好好考虑一下蕾蕾的话，真的很有道理。现在虽然你暂时掌握主动，但你没有完全成为最终的胜利者。其实，你和振汉的这场搏杀是没有胜利者的。因为爸爸、妈妈、蕾蕾还有我都会因此受到世人的唾骂。”

聂明宇仍然是缄默不语。

孟琳接着说："明宇，咱们或许可以靠权力将振汉放倒，甚至把他送进监狱。可他是任人宰割的软弱者吗？他如果拼死抗争怎么办？他可以上诉上访。他的老婆孩子，他的同事部下，他身边的朋友，这些人绝不会善罢甘休让他冤沉海底。了解这个案子和经手这个案子的人，你能永远封住他们的口吗？事情闹得越大对咱们家越不利。因为归根到底，咱们毕竟是理亏的呀！"

聂明宇听着听着，汗水便从额上沁了出来。他自语般轻声道："我是要想想，认真地想想……"

3

刘振汉走进家门。亮亮手里拿着吃了一半的馒头从厨房里走出来，激动地喊了声："爸爸！"就扑上去抱住了刘振汉。刘振汉把肩上的纸箱放下，悄声问儿子："还有饭吗？"亮亮连声说有，把他拉进厨房，摁坐在凳子上，就忙着去盛饭。亮亮把盛好的饭放在刘振汉面前，小声说："爸，今天蕾蕾阿姨来了，她让妈妈劝你跟明宇叔叔和好，妈妈骂你没良心，说你再不听她的，就带着我跟你分开过。你吃好饭去给她说几句好话，千万别吵架，行吗？"刘振汉推了推亮亮说："行，我知道了，去写作业吧。"

他吃了几口饭，便觉得没有了食欲，推开碗走进了客厅，往沙发上一躺，点上香烟抽着。躺在家里，他觉得心里踏实多了。都说家是避风的港湾，一点儿不错，但只有落难时才能更深切地体会到。

王丽敏从卧室里走了出来，瞥了他一眼，不无揶揄地说道："今天晚上回来得挺早啊！真是难得！"刘振汉苦笑说："以后天天都可以早回来了。"

王丽敏怔了怔，用狐疑的目光看着他问："怎么了？"刘振汉从沙发上坐起说："没怎么。真不好意思，我又被停职了。现在是我下岗了，咱俩正好扯平。”王丽敏盯着他问：“真的？”

刘振汉抽了口烟，慢慢吐出。本来，他并没打算马上告诉她，想维持两天家庭和谐温暖的气氛，这种祥和的天伦之乐他享受得太少太少了。可话到嘴边，他还是不由自主地说了出来。想想这样也好，这件事不可能瞒得下去。况且，接踵而来的变故随时都可能发生，早一点说出来，让她对以后有可能发生的事有个心理准备，自己也就能坦然面对，并随时去迎接那些突然而至的灾难了。

想到这儿，他便挺直了身子，用平静的语调叙述了他被停职的经过。

王丽敏的脸“唰”地白了，一种大难临头的恐惧如潮水般淹没了她。刑讯逼供致死人命，这可是要进监狱的事情。她沉重的呼吸声在寂静的客厅里弥漫。

过了很长一段时间，王丽敏才醒过神来。她颤抖着声音说：“难怪蕾蕾今天来家里找我，说出鱼死网破的话，敢情是聂叔翻脸了！这可怎么办？怎么办呀？你一个小小的队长，是斗不过聂叔他们的，就是你们局长的命运也握在他的手心里！你这个呆子，就是不听我的劝！”她说着，慌慌张张转身冲进卧室，从衣架上拿外套。刘振汉跟进来，反手把门关死。王丽敏边穿衣服边说：“咱这就去找聂叔、冯姨，向他们认个错……”

“不行！”刘振汉从牙缝里迸出两个字，声音虽然很低，但却极硬，如斩钉截铁般。

“你不去我去！”王丽敏怒冲冲地就要往外冲。

“你敢！”刘振汉阴沉变形的面孔显得狰狞可怖，从嘴里吐出的字句如凝霜结冰般寒气逼人，“如果你敢去找聂家的任何一个人，咱们夫妻的情分从此断绝！我现在就从你的面前永远消失！”

王丽敏的双脚钉住，她哀伤欲绝的目光和刘振汉迸溅着火星的眼睛久久对视着。她扑到了刘振汉身上，撕扯着他，捶打着他，哭着说：“你不顾自己，不顾我，你不能不顾亮亮啊！你不能不顾你的老娘啊！你出了事，我们怎么办啊……”

刘振汉如木雕泥塑般坐在床头，任由王丽敏撕扯捶打。直到她筋疲力尽，瘫倒在床边哭泣时，他才缓缓说道：“丽敏，这些我都想过了。你知道吗？我心里比你还苦还痛还要难受！但什么是正什么是邪，什么是对什么是错，你总该分得清！出卖人格和良心，助纣为虐牺牲公理，这样活着还不如一条狗！如果亮亮知道他的父亲变成这样的人，如果我母亲知道她的儿子沦为这样的败类，那他们比看着我蹲监狱上刑场要痛苦百倍！丽敏，你说你的丈夫该作出怎样的选择？”

王丽敏停住了哭泣，坐在刘振汉旁边抹着眼泪说：“你讲的这些我并不是不懂，但现实生活是最严酷也是最实在的。你蹲了监狱上了刑场就啥都完了！”

“人活着也就是这么几十年，总有生老病死的时候。我就是明天死，这辈子已经没白过了，没做对不起祖宗对不住后代的事。没有我，娘还有你，她不会去要饭。至于亮亮我很愧疚，从他生下来，都是你拉扯大的。我教不了他别的，唯一能给他的，就是一个清白人品！”

王丽敏呆呆地坐着。虽然刘振汉的话让她心有所动，但痛苦、恐惧和忧虑仍紧紧压在她的胸口，泪水不时地涌流而出。

刘振汉抓住王丽敏的手轻声道：“丽敏，有件事求你答应我。”

王丽敏抬起泪眼看着他。

“我想过两天抽个礼拜天去老家看看娘，咱们带着亮亮一块儿去。见到她老人家，你别提我和聂家翻脸的事。她肯定会问起明宇，你就说一切都好。行吗？”

王丽敏泪如泉涌，点了点头。

刘振汉喉头发紧，暗哑着嗓音接着说：“娘这辈子饥一顿饱一顿落下了胃病的根儿，我昨天在商场里看到一种烧木炭的怀炉，抽个时间我去把它买来。海边的风硬，再给娘买个羊皮坎肩儿。娘的腿脚不灵便了，我得给她做个拐杖，反正待在家里没什么事。”他揉了揉眼，“也许这是我最后一次回家了，去的时候别忘了提醒我带照相机，咱们和娘一块儿照个全家福……”

王丽敏再也压抑不住心里的悲痛，扑进刘振汉的怀里，痛哭失声……

庞天岳一个上午都闷在局长室里。他反锁了门，公务不办，电话不接，从不沾烟的他，吸了整整一盒大中华。下班之后，他决定去看看刘振汉，和他商讨一下思索了一个上午的反击计划。

当他推开刘振汉的家门时，看到他正往大木盆里泡衣服。刘振汉见是局长来了，怔了怔，连忙让座。庞天岳心里很不是滋味，嘴里却故作轻松地调侃道：“哟，当家庭妇男了！”刘振汉苦笑说：“唉！算是给丽敏还债吧……”

庞天岳单刀直入道：“振汉，我准备向在北京学习的钱书记汇报，你有什么意见？”

刘振汉认真地想了想，低声说：“其实，我不愿意惊动钱书记。这样一来，等于在告聂叔的状。”庞天岳有些不以为然地摇摇头说：“当法律和权力冲突时，需要更高的权力来制约和裁决。这就是现状，你我都改变不了！”

“但是，我希望您在汇报的时候尽量不要……不要太多涉及聂叔。”

庞天岳叹了口气，说：“我理解你的心情，可这样的话，效果就差多了。”

“我只希望将聂明宇绳之以法就可以了，其他的，我不想再牵扯聂家太多的人。”

庞天岳很严肃地提醒：“振汉呀，你应该能意识到问题的严重，刑讯逼供打死犯罪嫌疑人就是故意伤害罪，是要判重刑的！形势明摆着，要么你刘振汉选择放弃，他们或许会放过你；要么你就要抛开一切情感上的缠绕，义无反顾地投入进去，那他们就一定会下毒手扼杀你。这可是容不得摇摆的大是大非问题，你必须作出决断！”

刘振汉默默思考着庞天岳的话。

4

夜幕在不知不觉中降临了。

刘振汉在灯光下摆弄着刚从商店里买来的怀炉，亮亮趴在旁边好奇地看着。惨白的日光灯照着王丽敏更加惨白的脸，发青的眼睑裹着凝滞不动充满血丝的瞳孔。一天之间，她便显得憔悴不堪了，无时无刻不在心惊肉跳地担心着，唯恐突然有人来把丈夫抓走。她呆呆地坐着，不时发出沉重的叹息声。

“咚！咚！”有人敲门。王丽敏打了个寒噤，霍地站了起来，声音哆嗦着问：“谁……谁呀？”

“是我！”

屋内的空气骤然凝固。刘振汉和王丽敏都听出了这熟悉的声音。王丽敏不安而又激动地看着刘振汉。“他来干什么？就说我不在！”刘振汉低声说罢，拉着亮亮进了卧室。

王丽敏有些失望地愣怔了片刻，无奈地开了门。聂明宇一进门就急切地问：“丽敏，振汉呢？”

王丽敏瞥了一眼卧室的门，然后垂下眼皮，答道：“他……不在……”

聂明宇似乎从王丽敏的神态里察觉出了什么，看了看卧室，提高声音道：“那我就等着他！”然后往沙发上一坐。

过了一会儿，刘振汉似乎意识到如果他不出来，聂明宇就会这么一直等下去，于是，猛地拉开了卧室的门。聂明宇站起来说：“你的味道我十里外就能闻到，还给我唱空城计！”刘振汉眼皮耷拉着，淡淡地问：“聂董事长找我有什么事？”聂明宇看了看王丽敏，笑了笑说：“怎么？非要有事才能来？”“没事你就请便，我们要休息了！”刘振汉下逐客令。

“咱们谈谈不行吗？”

“还有什么好谈的？”

王丽敏一会儿看看刘振汉，一会儿又看看聂明宇，满脸的尴尬，不知道说什么才好。

“振汉，我知道你……不舒服，咱们出去喝两杯吧！”

“聂明宇，说白了，我现在和你之间，已没有任何东西可谈。你走吧！”刘振汉说罢，转身走进卧室，哐地关上了门。

王丽敏眼帘低垂，轻声道：“明宇，实在对不起。他刚刚被停职，心情不好。”

“这跟你没关系。”聂明宇怔怔地注视着卧室的门，过了好大一会儿才接着说道，“丽敏，我们之间的事，你不要往心里去。看得出，你的心理负担太重了，不要把问题想得太严重。你放心，我会把这件事处理好！”

王丽敏幽幽地说：“他的脾气这么倔，能有啥办法呀？”

聂明宇用力搓着手说：“你告诉振汉，我不会放弃他这个兄弟！”说罢转身走向门外。

王丽敏送走聂明宇，关上门，进了卧室。

刘振汉搂着亮亮坐在床边，正一口接着一口地抽烟。

“振汉，看明宇的样子并没有什么恶意，你不该这样对待人家。”王丽敏有些生气地责怪刘振汉。

“他现在来找我干什么，你心里还不清楚？”刘振汉狠狠抽了口烟，“安慰，劝降？除此之外，还能会有什么？我刘振汉还没软弱到那种程度！我是什么样的人，他聂明宇应该清楚！”

王丽敏被烟呛得剧烈咳嗽着，她捂着胸口缓着气说：“不论怎么说，他也是诚心来跟你和解的，你跟他谈谈又有什么大不了的？”

刘振汉连忙把烟掐灭，轻轻给王丽敏捶着背说：“我现在跟他是警察和强盗的关系，没有调和的余地。他不认罪伏法，我不可能放过他！”

王丽敏撇撇嘴说：“你就是撞倒南墙也不回头。现在都头破血流了，还嘴硬。刚才明宇说了，他不会放弃你们兄弟的情谊……”

刘振汉没有接话，不由自主地又点上了烟，默默地抽起来。

窗外传来隆隆的雷声，接着黑沉沉的夜空便如裂开般亮起刺眼的弧光。王丽敏领着亮亮去写作业，然后到阳台收取晾晒的衣物。

刘振汉凝视着窗外不时亮起的闪电，心中同样也是电闪雷鸣，无法平静。聂明宇找上门来完全出乎他的意料，不管他是什么目的，但正如王丽敏说的那样，是要和他讲和。他能来，就说明他没有恩断义绝，不愿意让他走上绝路。这种浓浓的生死之情是无法轻易就能化解的。想到这些，他心底的感动便悄悄涌动起来了：我这样是不是太绝情了点？

这时，王丽敏突然抱着一摞衣服冲进了卧室，指着窗外急促地说：“振汉，明宇他没有走，你看——”

刘振汉顺着她的手指望去，果然看到聂明宇正在楼下昏黄的路灯旁徘徊。他心头一震，身子晃了晃，跌坐在床边。

“外面快要下雨了，你去把他喊进来吧？”王丽敏推了推刘振汉。

“不去！”刘振汉脸紧绷着说，“下雨了他自己会走的！”

王丽敏又推了刘振汉几下，见他毫无反应，气得把衣服扔到床上，不时焦急地看着窗外。

雨噼里啪啦地下了，接着越下越大，不一会儿便传来了哗哗的水声。“振汉，他没有走，还在那儿！”王丽敏的声音像快要绷断的琴弦，尖细颤抖。

刘振汉抬起身望着在雨中踯躅的聂明宇，呼吸也不由得粗重起来。窗玻璃上的雨柱如蚯蚓般缓缓爬动，他的心上也像有虫子在蠕动。

“振汉——”王丽敏几乎是声嘶力竭了。刘振汉又看了一眼窗外说："你给他送把伞去吧。""要去你去，为什么非要我去？"王丽敏赌气地倚坐在床头。

"不去就算了，看他还能淋多久！"刘振汉说着，拿起床头柜上的一本书翻看起来。

过了一会儿，王丽敏便沉不住气了，一翻身从床上跳下来，边拿雨伞边嘟囔："你这个铁石心肠的刘振汉，我算是对你没辙了……"

她拿着雨伞正要往外走，传来了敲门声。她三步并作两步，匆匆去开门……

客厅里传来聂明宇的喷嚏声。刘振汉眼睛看着书，耳朵却倾听着客厅里的每一丝响动。王丽敏说："明宇，你身上全湿了，我找件衣服你换换。"

聂明宇低沉沙哑的声音："不用了，我来只是想再看看亮亮。丽敏，你知道，我没有孩子，一直把亮亮当作我的儿子，也许以后我不能再来了，我看一眼就走。"

刘振汉眼里的泪水唰地流了出来。他丢掉手里的书，使劲揉揉眼，从卧室走出，对聂明宇道："有什么话我们出去说，亮亮他要写作业，走吧！"

正在流眼泪的王丽敏破涕为笑，忙把雨伞塞进刘振汉手里，边把他们往外推边说："好好，到外面也一样，你们哥俩儿敞开心谈！"

聂明宇如释重负地看了看王丽敏，被雨水泡得苍白泛青的脸上终于露出几丝笑意，跟着刘振汉向门外走去。

雨，渐渐小了些，巷子里行人寥寥。

刘振汉和聂明宇并肩走在积着浅水的水泥道上，脚下发出吧嗒吧嗒的声音。两人就这么默默地走着，谁也没有开口。

刘振汉停住脚，从口袋里摸出香烟，点上火。

"也给我一支吧。"聂明宇轻声说。

刘振汉从烟盒里抽出一支递给他，摁亮火机给他点上。他触到了聂明宇的手，冰凉冰凉，鼻子不由得一酸，说道："明宇，你这是何苦呢？还是回去吧，别受了凉。”

聂明宇弓着腰剧烈地咳嗽一阵后，气喘吁吁地直起了身子。他捋了捋湿淋淋的头发说：“我哪儿也不去。咱们能靠得这么紧走走不容易。我这身体无所谓，早点儿结束早点儿清净，就这么活着还不如一了百了！”

刘振汉心里一阵酸楚。这些天来，生与死，荣与辱，亲情和道义，权力和法律——这些无法调和的矛盾一直在缠绕着他。有时他也感到心灰意冷，企望得到彻底解脱。可反过来想想，这人世间只要有贪欲这东西，就会有卑鄙有不平有邪恶，屈服和逃避只能让世界变得更糟糕。他就像了解自己一样了解聂明宇。他之所以步入歧途，原因并不难推测出。他向来争强好胜，不愿意居于人下，同时又不想依靠父亲的权势谋求事业的发展，便以经商办公司为途径实现自己的宏图大业；商场上的残酷竞争是可想而知的，为了立于不败之地，获取更大的利润，他便滑入了走私的泥淖，而且一旦陷进去，就很难再拔出来，于是就有了这之后的一桩桩血案……“把你的外衣脱掉！”刘振汉以命令的口吻说道。

聂明宇正在琢磨着如何说服刘振汉，被他的断喝吓了一跳，愣了愣，问：“干什么？”

刘振汉边解衣扣边说：“出门时为你多穿了一件。”说着，把脱下的外套披到他身上。

聂明宇暗淡的目光顿时有了些神采，变得明亮和温柔起来，发青的嘴唇也渐渐有了血色。逝去的往事便无法抑制地一件件涌到了他眼前。他看了看刘振汉，眼角微微发烫，低声说：“振汉，你……咱们都退一步，不还是好兄弟吗？干吗要把这个家拆散呢？”

刘振汉望着前方雨夜的深处，声音淡淡地说：“你想让我怎么退？我是警察。”

聂明宇说：“你可以不过问这个案子。张峰死了，不管他罪有应得也好，死有余辜也好，活着的人难道还要继续为此付出代价吗？他的死应该是有价值的，应该替大家有个了结。”

刘振汉凝视着他，语气冷飕飕地说：“我承认你一直都比我有智慧，你将来会明白，不该挑战法律。也许我会败在你手里，可正义和人心是不容亵渎的，你最终的结局肯定比我惨！”

聂明宇被噎得直喘粗气，刚刚有些好转的情绪顿时无影无踪。他一时哑口无言。

雨不知何时已经停歇，雾蒙蒙的水汽使深夜中的城市显得更加迷茫。两人又不再说话了，默默地走着。聂明宇在思考着究竟怎么讲才能让刘振汉接受。他深知这位兄弟倔强的性格，要让他放弃认准的东西，并不是件容易的事情。

聂明宇终于开口了：“振汉，我今天来找你，的确是想开诚布公地跟你好好谈谈。”他瞅瞅刘振汉，见他有听的兴趣，于是接着说：“事情发展成这个样子，是很让人遗憾的，也是我最担心最怕看到的，无论如何不能再发展下去了。不然的话，我也无颜面对丽敏、亮亮，还有乡下的老娘……”他说着，显出很伤感的神情。

“那你说该怎么办？”刘振汉盯着他问。

“是不是双方都做出些让步，别弄得反目成仇、虎视眈眈。”

“怎么个让步法？”

“你别再盯住这个案子不放，让其他人去办。我让老爷子做工作不再查刑讯逼供的事，大家言归于好。”

“你这些话好像重复了吧，我记得已经明确表明了自己的态度。”

“你是不是再慎重考虑考虑？”

“不必！”刘振汉斩钉截铁，“我刘振汉做不出这样的事！因为我的血还没有你这么冷，心还没有你这么黑！”

聂明宇笑了，但他的笑容转瞬即逝。他突然脚步踉跄，浑身颤抖起来。他抓住刘振汉的胳膊慢慢蹲在地上，痛苦地呻吟起来。

刘振汉大吃一惊问：“你怎么了？”聂明宇很痛苦地抬起煞白煞白的脸，喘息着说：“还是枪伤……一下雨就痛得要命。没关系，等等就好了……等等就好了……”

刘振汉的心里骤然掠过一阵急风暴雨，浑身一阵战栗。他一把抱住聂明宇的肩膀说：“走，我送你去医院！”

聂明宇推开刘振汉说：“没用的，那帮废物查不出什么来！”他慢慢站起来，手紧紧捂着腹部，“好多了。振汉，要不我辞去集团的职务出国，你看可以吗？”

刘振汉心如刀绞。他知道，孤傲自负的聂明宇能说出这样的话来，已是相当不易了，可他作下的罪孽又根本无法饶恕。他无法回答他提出的问题。

聂明宇期待的目光渐渐暗淡下去，喃喃道：“也许我根本就不该来找你。但有你这把伞和这件衣服，我也就知足了……”

刘振汉默然无语。两人慢慢地走着，天上又飘起了蒙蒙细雨。这条短短的巷子，他们已经来回走了无数次。细细的雨丝在迷茫的夜空织着一张无际的网，他们像两条小鱼艰难地缓缓游弋着。

刘振汉脚步迟滞，思绪如麻：以后也许就形同路人，真的兵戎相见了。倘若没有这件事情发生，面前的世界将会是另外一个样子：明亮的天空，灿烂的笑容，纯洁的友谊，融融的亲情。然而，这些刹那间便在眼前消失了。更可怕的是，不知明天等待他们的又将会是什么。也许是他身陷囹圄，受尽磨难；也许是聂家身败名裂，遭到世人的唾骂。任何一种结局对于他来说都并不美妙，留下的只能是满身心的伤痕和不可弥补的抱憾和痛苦……

聂明宇踉踉跄跄，心情也越来越沉重，刘振汉的态度使他意识到希望的渺茫。这之后将随之而来的可怕场景便在他眼前闪现出来。在戒备森严的铁栅栏里的不是刘振汉就是他聂明宇，甚至还可能有他的老父亲。蕾蕾的话又在他耳边响起：“你不该做生意……”其实，妹妹的话只说对了一部分，他最清楚自己之所以堕入深渊的根本原因。

直到现在，他也毫不动摇地认为，这个世界已变得越来越丑陋，人越来越残忍自私，说到底，就是弱肉强食，就是物欲横流，就是尔虞我诈。他丝毫不为自己的所作所为后悔，更不会乞求谁的宽恕。他只能，也必须一条黑道走到底，一直迈进万劫不复的地狱之门……

雨无声无息地飘洒着，夜风无声无息地吹拂着，昏黄的路灯把他们的身影拉得很长很长。他们的脚步越来越重、越来越慢……他们心中都很清楚，他们无论怎么努力也走不出这死一般沉寂的夜晚了……

5

陆伯龄终于接到了聂大海的指示：立即对刘振汉展开调查，必须在一周内全部结束，拿出处理意见。于是，他像一个短跑运动员，总算等来了发令的枪声，以最快的速度确定了调查组的成员，迅速展开了调查工作，并决定第一步先找有关人员谈话，争取拉过几个人来，孤立刘振汉。

他经过认真的考虑，把王明和李冬列为首批谈话的人选。他们是刘振汉的左膀右臂，只要能把他们攻下来，就成功了一大半，不怕刘振汉不低头。他在市公安局干过几年副局长，对刘振汉是很了解的，可以说，刘振汉是个智勇双全、很难对付的人。先扫清外围的障碍，就能对刘振汉形成强大的压力，迫使他就范。

他先找了王明。

王明向他及调查组其他成员如实讲述了审讯张峰的情况，坚决否认了任何关于刑讯逼供的说法。他一遍又一遍不厌其烦地做王明的思想工作，要王明打消顾虑，清醒地认识到目前的处境，只有划清界限反戈一击才是唯一的出路。并几次暗示，只要他能承认刑讯逼供的事，可以不对他做任何追究。但王明未加任何思索地就一口拒绝了他的劝告和诱惑，说此案在审理中没有丝毫超越和违背法规的地方。尤其是刘支队长，在每次审讯中都坚持了不诱供、不逼供的原则。这种刑讯逼供的说法简直是荒唐至极，让人莫名其妙。

陆伯龄对王明无计可施，最后只好沮丧地结束了谈话。

同李冬的谈话不仅让他更加失望，而且如坐针毡，一直处在心惊肉跳之中。李冬参加了对张峰的最后一次审讯。他可以负责任地说，绝不可能发生刑讯逼供的事来。因为在此之前，案子的侦审工作已基本结束，张峰已经全部供认了所干的坏事，再说有关案件的证据已全部在案，没有对张峰施压的必要，刘支队长和王明只是核实几处极小的细节，怎么可能发生刑讯逼供的事呢？李冬为了让调查组对这个案子有所了解，又把案件的前后经过详细地讲述了一遍，略略透露出了一些办理案件中的波折。他在最后说道，案件的本身并不复杂，事实清楚，证据齐全，复杂的是这案件背后的某些令人深思的东西，其中也包括你们所进行的调查。明眼人应该不难看出，张峰为什么会突然死去？又是怎么死去的？他的死到底对谁有利？

陆伯龄听得满头汗水，从调查组其他几位成员那凝神屏气倾听的神态和不时向他投来的疑疑惑惑的目光里，他意识到了问题的严重性，不得不仓促地结束了同李冬的谈话。陆伯龄对同刘振汉的谈话是非常慎重的，从方式到内容甚至场合都作了精心的谋划。如何把谈话的每一个环节都紧紧衔接上，在什么时候用何种态度才能产生最佳效果，以及既要诱使对方钻进自己布下的圈套又不让对方察觉等等，他都进行了反复的考虑，构想得丝丝入扣。

他必须保证谈话万无一失，出现任何微小的差错和漏洞，都可能导致自己的被动。

刘振汉走进政法委会议室，便感觉到了一种凝重严肃的气氛。陆伯龄和另外三位调查组成员正襟危坐，一副不苟言笑的神态。

陆伯龄站起来寒暄了两句，然后把调查组成员向刘振汉逐一作了介绍。刘振汉向他们笑了笑，点点头就在陆伯龄对面坐下了。

“我们这次是调查犯罪嫌疑人张峰在看守所被殴打致死一事

的。刘支队长是此案的主办人，所以，想请你谈谈有关的情况。”陆伯龄斟字酌句，作了开场白。

刘振汉点上香烟，抽了几口，然后说道：“这个案子的情况，大家可能都已经有所了解，我在这里就不重复了。需要指出的是，张峰的死，绝不是偶然的事件，只有把它和整个案子联系到一块才能作出正确的推断和分析。在座的诸位，都是搞这个工作的，尤其是陆书记一直都是我的领导，就用不着我班门弄斧了吧？”

陆伯龄神情显得有些不自然，干咳了一声说道：“当然，我们对这个案子也是很关心的，但我们来的主要任务是调查张峰的事件。从我们初步了解的情况来看，这件事好像跟你有些牵连，所以，是不是请你详细谈谈接触张峰，尤其是审讯他的一些情况。”

“接触和审讯张峰，我们都是严格依照法律程序进行的，我不明白陆书记所说的有些牵连到底是什么含义，更不清楚你们要了解接触张峰和审讯他的哪些情况。我们都是国法的执行者，最好还是直来直去，就没有必要像对待犯罪嫌疑人那样绕圈子了吧！”刘振汉依然是沉稳平静的语调。

陆伯龄没想到刘振汉一开始就摆出了咄咄逼人的攻势，不得不重新整理了一下思路，定了定神说道：“能够接触张峰的，除看守所干部外就是你们了。这就是我们找你谈话的原因。而有牵连的真实含义，就是我们了解到你们在审讯中动用了一些极端手段，想请你就这些问题如实地讲清楚。你是党员，是刑警支队长，就用不着我强调党的政策和有关法律条文了吧！”

刘振汉只觉得一股热血直冲脑门，心底的无名火噌地直往上蹿。陆伯龄的话已明白无误地告诉了他，他们已经定好了调子。你所有的提示和解释都只能是徒劳的，等于是对牛弹琴，不会起丝毫的作用。他不停地警告自己：愈是这样愈要保持冷静和清醒，不能让他们抓住态度不好、对抗组织等等诸如此类的把柄。这场所谓的谈话，实际就是对他动手的前奏曲，他必须沉着应战，打好这场至关重要的硬仗。

于是，刘振汉在腾地站起来之后，又稳稳地坐下了，冷冷问道："陆书记的意思是不是说，张峰的死，不是看守所干部所为就是我们所为？"

陆伯龄摸了摸泛青的下巴，盯着刘振汉反问道："那刘支队长有什么更好的解释？"

"这还用得着我解释吗？接触张峰的人多得是！我不知道，陆书记是如何作出只有我们和看守所干部才能接触张峰的结论的？"

"还有哪些人？"陆伯龄闪动着惊疑不定的目光问。

"嫌疑人！跟张峰关在同号的犯罪嫌疑人！"刘振汉带着讥诮的语调说道，"跟张峰接触最多，而且有机会对他下手的正是这些人！不知陆书记为何把这些犯罪嫌疑人丢弃一边，只把目光和矛头对准同你一样穿着警服而且是提着脑袋跟着你干的下级身上？我更不知道，是陆书记真的忽略了还是有什么其他的不便言明的隐情？"

陆伯龄脸上红一阵白一阵，尤其是刘振汉最后几句话，像锋利无比的刀刃，切割开了他那深深包藏的祸心。他顿时感到一阵眩晕。

刘振汉继续说道："对你们来调查，我一直是持欢迎态度的。如果真能把张峰的死因查清楚，对整个案件的审理会大大地加深和促进一步，天都的老百姓会深深地感谢你们。"说到这里，刘振汉话题一转，"但如果你们来调查，是秉承了某人的旨意，带着条条框框，来达到某种企图或是某种目的，那就不能不令人担忧了！我刘振汉是个普通的刑警，侦查破案、惩治犯罪是我的天职！在这里，我可以向诸位申明，你们可以剥夺我刑警的权利，甚至把我投进监狱送上刑场，但任谁都别想让我做出对不起法律、对不起老百姓的事来！作为一名警察，能以身殉法以身殉职，应是他最感自豪最感荣耀的事情！"

调查组的另三位成员屏息静气地倾听着刘振汉略带激昂的铿

锵之词，心里翻江倒海般地思索着。当他们了解了案件的全部情况之后，尤其是同李冬的谈话，使他们隐隐地察觉出了案件背后的某种背景。而此案的主要嫌疑人是聂明宇，张峰的死就更是蒙上了一层神秘的色彩。此时此刻，他们把疑惑的目光不约而同地投向了脸色铁青的陆伯龄。

“刘振汉同志！”陆伯龄被几位手下看得有些气急败坏，不由得恼羞成怒，“我们让你来，不是听你在这儿大发豪言壮语的！我们是代表组织同你谈话，是很严肃的事！你毫无根据地诽谤我们别有用心，无端地攻击市委领导以权压法是要承担后果的！”陆伯龄有些上气不接下气，不得不顿了顿，喘了口长气，接着大声说道，“可以毫不隐瞒地告诉你，我们不仅已查清了你刑讯逼供致死人命的事实，而且掌握了有关的证据。狡辩和抵赖是无济于事的，只能加重你的罪责，现在摆在你面前的唯一出路，是老老实实向组织交代违法办案的事实，争取从宽从轻处理。任何幻想和侥幸只能误了你的前途，连累你的同事，损害你的家庭！希望你能认认真真考虑清楚！”

刘振汉剑眉倒竖，双目圆睁地说：“你查清了我刑讯逼供的事实，你掌握了我致死人命的证据，那你还找我谈什么？你现在应该做的是立刻把我拘捕归案，起诉判刑！而不是打哑谜，斗嘴仗，穷摆龙门阵！”

陆伯龄被噎得喉结上下滚动了两下，嘴张了张，终于没能说出话来。

刘振汉双臂撑桌，眼睛逼视着陆伯龄说：“我可以毫不含糊地告诉你，你所说的事实是编造的，你所掌握的证据是虚假的！不然的话，你们调查组敢对张峰的同号人犯逐一进行清查核审吗？我也不隐瞒地对你说，真正的凶手就在他们中间！如果你敢查，就说明你是维护法律的政法委书记，就证明你们调查组是坚持党性原则的调查组！反之，就说明也证明了我刚才所讲的，并非是毫无根据的诽谤和对市委领导的无端攻击！陆书记，你敢表明你的态度吗？”

陆伯龄被刘振汉步步紧逼的问话弄得额上冒出了细碎的汗珠，被挤到墙角的他，不得不强撑着腰杆说：“凡是和张峰有接触的人，我们都要调查，但要一步步进行。至于怎么查，什么时候查，那是我们的事，你无权过问，你现在所要考虑的，应该是你自己的问题。”

“哼，哼……”刘振汉发出几声轻蔑的冷笑，“你什么时候查，怎么查，我当然无权过问，可我要问的是，此等重要迫在眉睫的事为什么不马上就查？你不认为，你这种貌似堂皇的借口和理由是一种心虚的表现吗？其实，你心里比我还要清楚，查出真正的凶手就会带出幕后指使和策划的人，就会把他们的阴谋和险恶用心暴露在光天化日之下！你这位肩负重要使命的调查组组长就无法交差……”

“砰！”陆伯龄忍不住重重地拍了一下桌子，打断了刘振汉一句比一句锋利的话。他知道，如果让刘振汉继续说下去，那老底就全都抖搂出来了，调查组另外几位随他来的成员，情绪和态度已经出现了明显的波动和变化，这是十分危险的信号。

“今天的谈话，就到这里吧。”陆伯龄板起沮丧而又无奈的面孔说道，“刘振汉同志，你的态度令人很失望，希望你回去好好考虑考虑，我们还会再找你谈。”

刘振汉站起身，微笑着向调查组的几位成员点点头。本来，他还想提醒陆伯龄几句，但是忽然间便觉得没了兴致。于是，他转过身，大步走出了小会议室。

望着刘振汉的背影，陆伯龄的目光里透出几分阴冷。

6

市公安局政委室里，郭万清皱着眉，目光茫然地望着窗外。

王明轻手轻脚地走进来，喊了声政委。郭万清一惊，看看是他，便表情有些不自然地招呼他坐下。

王明问："找我来什么事？"

"调查组要看张峰一案的卷宗，你抽个时间，给他们送过去。"郭万清故作很随意的样子道。

王明没有丝毫犹豫地答道："卷不在我手上。"

"检察院不是说已经给退回来了吗？现在在谁手里？"郭万清板起了面孔问。

王明平静地说："刘支队带走了。"

郭万清火了："胡闹！他已经停职了，你怎么能随便让他把卷带走？"

王明做出无奈的神情说："他是负责主办案子的，要卷我能不给吗？再说，他是要卷在前，停职在后，我能有啥办法？"

郭万清盯住王明半天没眨眼，说道："王明，你个小鬼头，我警告你，别给我耍花腔啊！这可不是开玩笑的事情，你应该清楚哄骗领导的后果是什么！"

王明眉峰抖了抖说："那你也停我的职得了，这两天我觉得浑身上下不舒服，正想睡两天呢……"

郭万清怔了一下，不禁恼怒道："你当我不敢？"

王明嬉皮笑脸："别，你是领导，你有什么不敢的？"

郭万清霍地站了起来，手指王明道："好你个王明，真是胆大包天了！"

王明仍然是笑容可掬，但话音却像刀子一般锋利："政委，您想想，刘支队为什么要带走案卷，他也不傻呀！因为他知道这东西是某些人的心病，所以他一定要带走。您说，这么金贵的东西，他给谁能放心？"

郭万清毕竟心虚，而且也不想死心塌地地为陆伯龄当帮凶，他慢慢坐下，对王明道："好了，我知道了，你走吧。"

王明站起来，转身就往外走。

“等等！”郭万清喊住他，犹豫了一下，还是叮嘱道，“从今天晚上开始，调查组可能就要研究对某些人采取强制措施了，你们当心点！”

王明对郭万清敬了个礼，说道：“政委，您是个好人！”

郭万清看着王明远去的背影，喃喃自语：“好人？我算他妈什么好人……”

这时，桌上的电话响了，他不接，一拍椅子扶手站了起来，狠狠地吐出两个字：“回家！”

郭万清回到家后，便往床上一躺。老伴正起劲地在镜子前练习扭秧歌。他问道：“我说，你那个哥哥是市医院的什么官？”

郭夫人不耐烦地回答：“我说了多少遍了，内科主任！”

“你去找他一趟，给我弄张住院单。”

郭夫人诧异地停止了舞蹈，问道：“你怎么了，啥病？”

“这叫病不找人人找病！”郭万清喟然长叹一声，“别问那么多了，去找你哥哥吧，让他给我开张一两个月的住院条子。”

“哟呵，一两个月？你说得轻巧，什么病要住这么长时间？”

“心病！”郭万清要言不烦。

“心病？”郭夫人吃了一惊。

“就是心脏病，真啰唆！”

“咦，我从来没听说你得过什么心脏病……”

郭万清急了：“你到底找不找他？”

“好，好。”郭夫人无奈地走到电话机前。恰好在这时电话响了，她忙拿起话筒接听，然后递给郭万清：“是找你的。”

本来他不想接，但老伴的话对方肯定听到了。他瞪了她一眼，勉强地接过了话筒，里面传出陆伯龄的声音：“喂，老郭啊？晚上九点召开政法委员会会议，不准任何人缺席！”

郭万清拿着话筒的手软软垂了下来，看样子，自己是躲不成了……

刘振汉刚吃好晚饭，就接到了庞天岳的电话。他在电话里只说了一句话："你马上过来，四中大门口见。"

庞天岳的爱人是四中的校长，他的家就在四中院里。刘振汉心里忐忑不安，弄不清庞天岳约他见面是什么事情，但可以肯定是有什么重大的事。不然，不会这么急着约他见面。

刘振汉跟王丽敏说声出去有事，就急急地赶往四中。

庞天岳正在学校门口转悠，刘振汉快步走到他面前，庞天岳拉了拉他的胳膊说："走，咱们边走边谈。"

四中位于环城河边，环境很幽静，庞天岳和刘振汉沿着河堤慢慢走着。

"振汉，北京我已经去过了，当面向钱书记作了汇报。"庞天岳低声说道。

"钱书记是什么态度？"刘振汉话音里透着激动也透着焦急。

"钱书记很重视，向我详细询问了有关案件的全部情况，最后表示应依法办事，说要给聂大海打个电话，尽可能地把情况了解得全面些。"庞天岳顿了顿，接着说道，"钱书记的态度还是很明朗的，说任何人都不能凌驾于法律之上，否则最终只能是自食恶果。他反复强调，从我汇报的情况看，这个案子很复杂，牵涉的面也很广，一定要慎之又慎，要用事实讲话，用证据讲话。他说，他可能还要有半年时间才能回来，在学习期间有些事情不好插手过问。如果能有个文字性的材料给他看看最好，并一再叮嘱我要把案件的进展情况随时向他汇报。"

刘振汉轻轻地舒了一口气说："有钱书记这个态度，我心里就踏实了！庞局长，您看，需要我做什么。"

"我找你来，就是想让你把案子的详细情况和你所遇到的问题及想法写个书面材料，我给钱书记寄去，你看可以吗？"

"行，我马上就写。"

庞天岳若有所思地皱起眉头，语调变得沉重起来："振汉啊，我有一种很不好的预感，情况很可能会越来越恶化。钱书记给聂大海打过电话后，有可能出现两种情况，一是聂家有所顾忌有所收敛，二是矛盾进一步激化，他们加快对你迫害的步子。据我分析，后一种的可能性更大一些，因为他们已经完成了对你停职的工作，对他们来说，是取得了初步的胜利，会更加相信权势的作用，以致忘乎所以。再说，张峰的死已经使他们没有了任何退路，不是鱼死就是网破，他们也就只能破釜沉舟顽固到底了。这样一来，你身处风口浪尖，能不能彻底击垮你，关系到他们的成败。换句话说，你是聂家荣辱沉浮的关键人物，所以他们绝不会对你手下留情。”庞天岳忧郁的目光投向灯火映照下波光粼粼的河水，“咱们做警察的既要面对凶残的罪犯，又要抵挡背后的暗箭。你可以不惧罪犯的凶残，拎着脑袋跟他们干，但你不能不对权力庇护下的阴谋提心吊胆，因为这些能把你毁得不明不白。唉，想想真让人心寒哪！”

庞天岳的一番话，在刘振汉心里掀起一阵阵波澜。他很了解聂大海，做事不仅果断而且彻底，他所追求的就是一种圆满和无懈可击，这也是他取得政绩和官场上赢得威信的一个重要原因。凡是他分管的部门工作效率都很高，凡是他经手做的事，老百姓就放心就称赞。在他任副市长期间，市政府设立的市长热线电话他的线路最忙，有些不是他分管的事，市民也找他。在天都市，提起“聂大海”这三个字，无论是一般干部还是市民，还没有不竖大拇指的。但如果他把这些用到他刘振汉身上去，还真有些让人不寒而栗！

“也许就像前几天对这护城河进行清淤。”刘振汉顺着庞天岳的目光望去，“如果怕被污染陷进去，这河里的污泥就永远都清除不了，这河水也就不可能有今天的清澈纯净。”

“说得好！”庞天岳的情绪也有些激昂起来，“想一想，咱们警察不就是社会清淤工么，也许这就是咱们生命的价值！”

这时，庞天岳衣兜里的手机突然急促地响了，他打开接听：“什么？这时候开紧急会议？什么内容……嗯，好，我知道了，马上就到。”

庞天岳停住脚步，满脸严峻地说：“政法委通知我马上去参加紧急会议，主要内容是研究你的问题，参加会议的还有其他政法委委员。你赶快回家等我的消息，抓紧时间把材料写好，看这架势，他们是要有什么新动作了，你做好思想准备吧！”

望着庞天岳匆匆而去的身影，刘振汉明显地有了一种山雨欲来风满楼的感觉，他只能迎上去，硬着头皮也要迎上去……

第二十四章

1

聂大海坐在宽大的红木办公桌后，仰靠在高背真皮转椅上，微微眯着的双眼望着天花板出神。早晨的阳光透过窗玻璃，斜斜地照在他阴沉的脸上，几点不太显眼的老年斑在眼角处不时地抽动。

正如他所料，聂明宇没能说服刘振汉，这个不知天高地厚的小子是决心跟他对抗到底了。

更令他感到恼火也感到惊惧的是，钱书记竟然知道了这件事，虽然他在电话里话说得很婉转，但他那既是提醒更是警告的意思还是很明显的。听说有几个刑警向省公安厅也写信反映情况。所有这一切，都明白无误地向他提示：事情的解决已迫在眉睫，刻不容缓。

聂大海催促陆伯龄结束调查工作，连夜紧急召开政法委员会议，研究对刘振汉的处理意见。他静静地等待着陆伯龄前来向他汇报。

终于传来了敲门声，不一会儿，黄盛便带着陆伯龄走了进来。聂大海吩咐黄盛：“我和陆书记谈事，任何人都不见，你去吧。”

黄盛答应一声，出去时把门紧紧地带上了。

聂大海站起来走到陆伯龄旁边，很亲热地拍了拍他的肩膀说：“伯龄，辛苦了，坐吧！”

陆伯龄在沙发上轻轻坐下。

聂大海递过去一包中华烟说："抽烟自已拿。会开得怎么样？""基本上还算顺利。"陆伯龄抽出根烟点上，面部神经显得很活跃，"调查组汇报了调查的情况，因为有被害人张峰的申诉书，又有看守所所长曹大良的指证，大家的意见基本上还是一致的。"

"什么意见？"聂大海往前倾了倾身子，脸上有了些红润。

"刘振汉的行为已触犯刑律，应依法办事。"陆伯龄顿了顿，"但庞天岳表示了反对意见。"

"理由呢？"聂大海皱了皱眉。

"理由有三点。一是审讯张峰不是刘振汉一人，其他参加审讯的民警一直否认此事。二是仅有曹大良指证是不够的，如果刘振汉他们刑讯逼供殴打犯罪嫌疑人，不会没有动静，为什么看守所那么多管教民警没人发现？再说张峰并不是关在单身号房，为什么没有同号人犯的情况调查？三是这件事不是孤立的，是和整个案子联系在一起的，应该把全案结合起来重新进行侦查审理。"

聂大海听得两眼冒火，沉声问："最后是什么结果？"

"庞天岳发言之后，很多人就沉默了。我怕再有什么变化，就宣布少数服从多数，对刘振汉依法采取措施。"

"你做得很好！做领导人就该有这样的果断气魄！"聂大海大加赞赏。

"可是田检察长听了庞天岳的发言后，态度有点变化，我把调查卷宗交给他时，他没有收。"

聂大海脸色陡地一变问："他怎么说？"

"他说看起来这个案子很复杂，庞局长讲得有些道理，是不是再议一议。"陆伯龄身子往聂大海跟前凑了凑，压低嗓门，"聂书记，这件事是不能再议下去的，只能越议越麻烦。我当时就没有勉强老田，认为反正你开始已经表过态了，会议记录上白纸黑字，以后想赖也赖不掉，就宣布散会。聂书记，我这样做妥当吗？"

聂大海从烟盒里抽出一根烟递给陆伯龄说："你做得妥当，很妥当！”

陆伯龄点上烟，很陶醉的样子抽着。

聂大海沉吟片刻后说道：“这事不能拖，要趁热打铁，我马上给老田打个招呼，你尽快把卷宗送过去。伯龄，你明白我的意思吗？”

陆伯龄连连点头：“我明白！我明白！”

天气渐渐地热了，阳光烤晒着青灰色的城市。聂大海中午没有回家，在市委招待所为他专设的房间里休息。空调机发出咝咝的响声，驱赶着燥热，聂大海没有丝毫凉爽的感觉，光秃秃的脑门上沁出细碎的汗珠。

他的心一直在悬着，不知陆伯龄事情办得是否顺利。下班时他从检察院给他打了电话，说田检察长还在看卷，他会在那里等着，争取办妥批捕手续。因为他已经给田检察长打了招呼，田已答应尽快办好，所以，就吩咐陆伯龄盯住老田，办好后就到招待所来找他。

他有些烦躁不安地在房间里踱着步。时间对他来说是非常紧迫的，他必须在钱书记回来之前结束这件事。不论他对案子怎么看，已经定了性，判了刑，而且事实证据俱在，他也只能是无可奈何。他还得知，省公安厅对刑警支队的联名信也很重视，已经催公安局把情况报上去，这些更让他心惊肉跳，也逼着他不得不抓紧时间加快进度。

门终于响了。

聂大海快步上前打开门，把陆伯龄一把拖进来，急切地问：“怎么样？”

“批捕手续办好了，老田虽然字签得很勉强，但最后还是被我逼着签了！”陆伯龄抹了抹脸上的汗水，气喘吁吁地说。

聂大海松了一口气，把陆伯龄按坐在沙发上，兴奋得脸上冒着红光，连声说：“伯龄，快喝口茶，喝口茶！”

陆伯龄“咕嘟”把茶几上的茶水灌进喉咙，擦了一把嘴说：

“聂书记，你看什么时候执行？”

聂大海踱着步子思索了一会儿，说道：“最好还是晚上吧，不要把动静弄得太大，能不扩大影响尽量不要扩大影响，这有利于以后的审理。”

陆伯龄马上明白了聂大海的意思，说：“行，就放在晚上，我们尽量不惊动任何人，悄悄采取行动！”

聂大海默默地踱着，神情渐渐变得有些伤感，嘴不停地努着，当他又一次走到陆伯龄面前时，停住了，低声说：“伯龄啊，刘振汉不论怎么说毕竟是刑警支队长，以前还是干过不少工作的，就不要搜他的家了。”

“那案卷……”陆伯龄睁大眼睛，有些不解地看着聂大海。

“案卷不会在他手上，这我心里很清楚。”聂大海拧了拧眉，“即便在他那儿，他也不会傻得放在家里等着你去搜。也许把他抓起来之后能起到一些威慑作用，把卷宗查出来。在这件事上不要操之过急！”

陆伯龄点了点头。

聂大海继续说道：“抓捕也不宜在他家里，最好是选在别的地方，不要惊吓他的老婆孩子！唉，刘振汉是不该走到这一步的！”

陆伯龄对聂大海突然变化的态度有些惊讶，小心翼翼地说：“在别的地方执行有很大的困难，刘振汉晚上不会离开家的，聂书记，你看……”

聂大海想了想说道：“你去找庞天岳，让他通知刘振汉到他办公室，这样，既稳妥又安全，然后把他直接送看守所。”

“庞天岳不干怎么办？”陆伯龄显得很为难的样子，“你知道庞天岳跟我是水火不相容的关系，在这件事上又是竭力支持刘振汉的，就怕他很难配合。”

“他会配合的！”聂大海很肯定的语气，“你把我的意思转告他就行了。”

陆伯龄十分勉强地说：“那好吧，我试试看。”

“还有一件事，你要亲自去办一下。”聂大海郑重其事地说，“你跟看守所打个招呼，给刘振汉安排个单身号房。看守所关进去的人大部分都是经他的手处理的，无论如何不能把他和他们关在一块，以免受到伤害。再一个就是天气热了，要给刘振汉的号房安个电风扇，他的伙食也要尽可能地优待一点。”

陆伯龄连忙说：“聂书记，一切按你的指示办，我这就去安排落实！”

他说着，从沙发上站起来，走出房间。

聂大海呆呆地站在窗前，注视着不远处的苗圃。在白花花阳光的炙烤下，几株并蒂莲在痛苦地挣扎。于是，他的眼前便晃动出亮亮活泼的身影和王丽敏哀怨凄凉的面孔，心里一阵发紧，两颗浑黄的泪珠溢出眼角……

2

庞天岳接到陆伯龄的电话时，心中十分惊讶。

来者不善，善者不来！他这时候来肯定不会有什么好事，十有八九跟刘振汉有关。庞天岳不住地提醒自己：对他一定要保持高度警惕，小心别让他钻了空子！

陆伯龄走进局长室，很亲热的样子说：“庞局长，不好意思呀，下班了还来打扰！”

庞天岳不卑不亢地微笑，上前握手说：“没关系，陆书记你请坐。”

陆伯龄在沙发上稳稳坐下，略略打量了一下四周。

“陆书记来有事吗？”庞天岳强压住心中的厌恶，淡淡地问。

“我是无事不登三宝殿啊！”陆伯龄跷起二郎腿，轻轻晃着脚，“有件事想请庞局长帮忙。”

“什么事？”庞天岳盯着陆伯龄问。

“检察院已经批捕刘振汉，为了不伤害他的家人，尽量减少影响，想请你通知他到你的办公室来执行，这也是聂书记的意思！”陆伯龄不紧不慢地说道。

庞天岳心中一震，可怕的事情终于降临了。尽管他在昨天夜里的会议上据理力争，最终还是没能力挽狂澜。在权势面前，有人考虑得最多的还是头上的乌纱帽，一股深深的悲哀渐渐在他胸腔里膨胀开来。

“庞局长，有问题吗？”陆伯龄见庞天岳脸色骤变，半天没有说话，便觉得心情特别好，幸灾乐祸地微笑着问。

庞天岳冷峻的目光直视陆伯龄说：“陆书记，昨天的会议并没有形成一致的意见，怎么这么快就批捕了，这里边是不是有以权压法的问题？”

陆伯龄收敛起笑容，严肃的样子说道：“庞局长，你这么说就有些不妥当了，我昨天在会议结束时已经强调了少数服从多数。再说，这也是严格按照法律程序办的，怎么可能存在以权压法的问题！”

“在这件事上，我不想跟你争论，孰是孰非，咱们心里谁都一清二楚！我在这里只想提醒你一句，刘振汉是刑警支队支队长，天都市光大案要案他就办了上千件，不是一般的人，而且他是聂明宇、张峰一案的主办人；聂明宇在人证物证俱在的情况下，至今逍遥法外，可你们却仅凭一些根本靠不住的所谓事实和证据，把案件主办人投进监所！就怕你们抓起来容易放出来难！是什么性质的问题，会落得一个什么样的下场，你们应该掂量掂量！”

庞天岳义正词严的一席话说得陆伯龄脸色铁青。他猛地收起双腿，双手使劲按住微微发抖的膝盖，大声说道：“庞天岳，你要为你的狂妄之词负责！我不想多说什么，你表个态吧，是配合还是不配合？”

庞天岳冷笑道：“你可以把我的话转告聂书记，天地人心，自有公道！真没想到，他对刘振汉还有那么一点儿同情心，很难得呀！”

陆伯龄霍地站起来说：“无端攻击聂书记，你应该考虑考虑后果！”

庞天岳哈哈大笑：“他可以撤掉我的局长，当这样的公安局长，我自己都觉得丢人！”

陆伯龄恼羞成怒，指着庞天岳大叫：“你……你还有点组织观念吗？你不配合，那好吧，我们去刘振汉家里执行！”说着，转身就向外走。

“慢着！”庞天岳猛喝一声，缓缓地从办公桌后站起来，“聂书记考虑问题很精细，他料定我会协助才派你来。陆伯龄，你真的忍心到家里去抓刘振汉？你能够面对一位无助的弱女子和一个幼小孩子的泪眼，把手铐扣上一双本来无辜的手腕吗？”

陆伯龄默默地转过身，不敢迎向庞天岳咄咄逼人的目光。

庞天岳沉重地拿起电话听筒，颤抖着手按下刘振汉家里的电话号码，低声说道：“振汉吗？我是庞天岳。把家里的事料理一下，多带几件换洗衣服，到我办公室来……”

几颗泪珠，滚落在电话机上。

刘振汉接到庞天岳局长的电话，就什么都明白了。他轻轻放下话筒，走进卧室，对仍在流泪不止的王丽敏说道：“丽敏，我要走了，你给我准备几件换洗衣服吧。”

王丽敏像被蝎子蜇了一般从床边猛地站起，目光呆呆地看着刘振汉，干裂的嘴唇抖了抖，终于没能说出话来。

“丽敏，该说的话我都说了，你就别这样折磨自己了，亮亮还需要你照顾呢！”刘振汉轻声说道。

王丽敏擦擦脸上的泪水，机械地挪动着脚步，默默从衣柜里拎出早已打好包的衣服，递到刘振汉手里。

“你过两天就带亮亮去乡下一趟，把东西给娘送去。本来我应该去看看娘的，可没有时间了。”刘振汉的脸上露出深深的哀伤，“我现在最想念的就是娘……你千万别给娘说，就说我到省里进修去了……”

王丽敏点点头说：“我过两天就去，你放心走吧。”

“还有我给你的材料，明天就给庞局长送去，这可是件头等大事！”刘振汉叮嘱道。

“我知道了，我会亲手交给庞局长。”王丽敏低垂着头说。

刘振汉走到王丽敏面前，用双手托起她的脸说：“丽敏，我最后求你一件事，你一定要答应我！”

王丽敏嚅动着嘴：“你说吧！”

刘振汉一字一句说道：“不论以后遇到什么情况，都不要去求聂家！”

王丽敏从嘴里迸出一个字：“行！”

刘振汉欣慰地笑了，吻了吻王丽敏，拿起床上的包裹，说：“我走了！你多保重！”

王丽敏再也控制不住自己，猛地抱住刘振汉，压抑低沉的哭声从胸腔里奔涌而出。

刘振汉赶快用手捂住王丽敏的嘴，叮嘱说：“丽敏，不能哭，亮亮在做作业，别让他听到我走！”泪水从他的指缝里流溢出来。

王丽敏更紧地抱住了刘振汉，哽咽着说：“振汉啊！你一走撇下我们娘儿俩咋办呀……”

刘振汉用劲推开王丽敏，语调坚定地说：“丽敏，我已经给你说过。法律不可欺！人心不可辱！会有云开雾散的那一天，你一定要挺起腰杆把亮亮带好，我会回来的！”

刘振汉说罢，转身拉开卧室的门。

刹那间，他呆住了。亮亮正站在门口，流着眼泪一动不动地望着他。他的小手里拿着大门的钥匙，门已被他从里边反锁。

“亮亮，你干什么，快把门打开，爸爸要出差！”刘振汉脸上挤出坦然的笑。

亮亮扑进刘振汉的怀里，放声大哭：“爸爸，我什么都知道，你不是出差，我不让你走！”

泪水从刘振汉的眼里哗哗地倾泻而出，他把亮亮紧紧搂在怀里。

3

时而如急风骤雨，时而如泣如诉。手风琴声从董事长室里传来，在龙腾大厦回荡。聂明宇慢慢睁开双眼。他停下手风琴，擦了一下眼泪。

门突然被人撞开了。

蕾蕾站在门口。她面带愤怒，双眼喷火，死死地盯住聂明宇，咬着牙道：“哥哥，你也太卑鄙了！太卑鄙了……可耻！可耻！”她歇斯底里地吼着，猛地冲进来，操起椅子，横扫着屋子里的各种雕像。

聂明宇冷冷地看着，不置一词。蕾蕾砸得精疲力竭，倒在沙发上痛哭失声。王丽敏慢慢走了进来。聂明宇一惊，问道：“丽敏，你……你有事情吗？”

王丽敏手里拿着一页纸，看了看蕾蕾，然后对聂明宇道：“董事长，这是我的辞职书。谢谢你的关照，再见！”说罢，放下纸便走。

聂明宇跟在她背后喊：“丽敏！丽敏！我会尽力帮助振汉出来的……”

王丽敏转回头，淡淡地说：“你做任何事情都可以，但这些和我还有振汉没有任何关系！”然后挺胸走了。

聂明宇呆呆地站着。他突然发起狂来，拎起椅子砸向最后一尊雕像。

蕾蕾捂着脸冲出哥哥的办公室，跌跌撞撞地去市委大楼找父亲聂大海。她不顾黄盛的阻拦，径直闯进了副书记办公室。聂大海对女儿的突然到来大感惊诧，但看了看她的神态，便明白了八九分。

果然，蕾蕾开口就说：“爸爸，你放过振汉哥吧……”

聂大海像不认识女儿似的审视着蕾蕾，口气严厉地道：“你怎么能说出这种话？你求我放过他，可以。但他能放过明宇吗？他能放过聂家吗？”

蕾蕾流出了眼泪说：“我可以去求他，真的。爸爸，你把他抓起来，丽敏和亮亮怎么办呀？”

聂大海背着手快步来回走着说：“你求他会有什么用？明宇的事，大家三番五次跟他谈，案子他还不是照办不误。有上党校这么好的借口他都拒绝，说明他已经撕下了脸皮，决心与聂家为敌了，我也只有以牙还牙！”

“爸爸，你不知道。哥哥干的坏事……”

聂大海挥手打断，脸阴沉着说：“你以为我真的不知道吗？明宇干的事情，我全都清清楚楚，包括那个张峰怎么死的。你爸爸还不糊涂！但是，你能忍心看着哥哥上断头台，忍心让聂家的声誉就这么被糟蹋吗？爸爸既然迈出了这一步，就必须走下去。现在留着刘振汉就等于留下祸根，就会随时给咱们聂家带来灾难！”

蕾蕾吃惊地看着父亲变形的面孔，好像突然间陌生了……

天都市第二看守所。铁窗铁门无情地隔开了外面的世界。

刘振汉呆呆地坐在单人铁床上，耳边仍在回响着亮亮哀哀的哭声，心里如针扎般疼痛起来。

没想到同罪犯较量了十几年，自己却成了被关在号房里的囚犯。这些天来，他一直在想象着被戴上手铐押进囚车送进监所的场景，当这一切都成为现实并且一一体验时，他才真真切切地感受到了一种无奈的恐惧和精神上的摧残。冤屈和愤怒此时反而不那么强烈了，只有无边的黑暗使他产生出一种无法抗拒的压抑和足以使人窒息的孤独。在这戒备森严、哨兵的枪刺不时闪过的铁栅栏里，生命就像在狂风中摇曳的残烛，随时都可能熄灭。人仿佛只剩下了一副躯壳，在这厚厚的高墙里无望地飘浮。

他不停地提醒自己：千万不能被这黑暗磨损掉意志，现在只是刚刚开头，以后的日子还长着呢，要战胜聂大海必须首先战胜自己！

他逼迫着自己不去想亮亮，儿子幼小的心灵承受重压和被无情地伤害已是不可弥补的事实。他在学校里无疑会因为是囚犯的儿子受到欺辱和嘲弄。既然自己无力去改变这些，也就只能祈望儿子自强自爱，经受住这突如其来的打击和日复一日的磨难。

他逼迫着自己不去想丽敏，尽管他心里很清楚妻子柔弱的性格，也许在无数个这样的夜晚她只能以泪洗面，可他不可能给她任何安慰，更不可能帮她顶住来自四面八方的攻击。所以，他也只能默默地希望妻子坚强起来，带着儿子在崎岖坎坷的绝境里走出一条小路来。

但母亲的身影却在他的眼前越来越清晰了，佝偻的腰背，颤抖的白发，脸上的条条皱纹就像家乡的那条瘦瘦的小河，正用浑浊无力的目光竭力向这儿眺望着。他的心便剧烈地撞击着发闷的胸壁了：他被关押的消息会传到家乡吗？娘能受得了乡亲们那锥子般锐利的目光吗？把声誉看得比生命还要重的娘会不会丧失活下去的勇气？直到这时，他才又愧又悔，作为娘唯一的儿子没能在紧张的办案之余挤点儿时间去乡下看看娘，尽些孝心。他现在最渴望的就是跪在娘的跟前，让娘用干枯皴裂的手抚摸一下他的头脸。

泪水不知何时溢出了他的眼眶，顺着脸颊缓缓蠕动。他的眼睛不由自主地移向了朝南的铁窗，那儿便是他家乡的方向。

4

庞天岳感到了肩上担子的沉重。眼看着自己的部下蒙冤受屈，却不能阻止悲剧的发生。而这之后的更大悲剧也将会随之而来，正义和法律面临着被践踏、被蹂躏的可悲局面，他必须义无反顾地跟他们较量到底了，毕竟刘振汉已经踏出了一条血路。

他决定先赴北京，再去省公安厅。

走之前他必须先安顿好刘振汉，看守所那个地方就像潘多拉的盒子，关着形形色色的妖魔鬼怪，随时都有伤害刘振汉的可能。虽然为了安全起见，他没把刘振汉放在曹大良任所长的第一看守所，但他也不能不防万一。想到这些，他摸起电话拨通了第二看守所的所长朱德荣，让他即刻到局里来。

去北京的火车还有半个小时就要开出了，朱德荣仍没赶到。难道这小子也耍起了滑头？庞天岳恼怒地骂了一句，拎起旅行箱，匆匆下了楼。他在公安局大门口迎面碰上了满头大汗、骑着自行车的朱德荣。

“怎么到现在才来？”庞天岳气呼呼地质问。

朱德荣擦了把汗，气喘吁吁地说：“检察院提审刘振汉，所以来晚了。”

庞天岳皱起了眉头说：“他们提审，跟你有什么相干？你的职责是看好管好人犯，少管闲事！”

朱德荣苦着脸说：“政法委指示，在提审刘振汉时，任何人不准擅离岗位……”

庞天岳勃然大怒：“你是政法委的看守所还是公安局的看守所？以后没有我的命令，不准任何人进看守所，谁的话都是他娘的放屁！”

朱德荣额上又冒出了汗：“是，庞局长。”

庞天岳抚着朱德荣的肩膀说：“我马上要出一趟差，多说来不及了。你只记着我一句话，刘振汉也和你一样穿的是警服，他是冤枉的，你一定要善待他！”

朱德荣点点头说：“我明白了。”

庞天岳拎起地上的旅行包说：“我回来的时候要是看见刘振汉少一根汗毛，你这辈子别想太平！”

就在这天下午的五点五十分，庞天岳带着刘振汉整理的关于龙腾集团走私贩私拉拢腐蚀干部集体受贿及有关杀人赌博案的材料和卷宗复印件，秘密踏上了北去的列车……

又破又旧的客车在公路上颠簸，王丽敏挤在车厢的尾部。车子的摇晃震动使她一阵阵翻肠倒肚，浑身的骨头像散了架。

她上午把刘振汉交给她的材料送给庞天岳，庞局长安慰了她以后，便问她有没有勇气帮助振汉。她没有丝毫迟疑地点了点头。庞天岳说振汉现在最急需的就是找一位精通法律又能仗义执言的好律师。他认识一个叫汪公的律师，是全国人大代表，以专攻老大难案和冤假错案闻名。他就住在离天都不远的珠城，可以去找找他，如果能请他担任辩护律师是最合适的。庞天岳说，据他所知，汪律师已年近六十，找他的委托人很多，能不能请动他，就看你了。庞天岳说罢，给她写了封信，又递给她一本《中华名律师辞典》，说上边有汪公的介绍，可以看看有个初步了解。她回到家后看了《辞典》上汪公的条目后，便下了去找他的决心。她不知道这一去几天才能回来，就跟亮亮讲要去给爸爸找律师，问他一个人在家怕不怕，亮亮使劲地摇摇头，说只要能把爸爸救出来，他就什么都不怕。她给亮亮买了方便面和饼干，然后买了张去珠城的车票，挤上了这辆破旧的大客车。

王丽敏强忍着恶心，从包里掏出那本《辞典》，再次细细地看着汪公律师的介绍：

汪公，男，汉族，湖南省沅江市人。第七届全国人大代表，中共党员，高级律师，珠城市律师事务所专职律师……

他有着“当律师就要当血性律师”的信念。关于律师从业信仰和职业道德，他通过实践概括为：地狱之门勇直前，唯法唯实反唯权，唯人唯义反唯钱，张扬血性遍人间。

王丽敏轻轻合上《辞典》，心里觉得踏实了许多。刘振汉蒙冤被关押的事她心里最清楚。此时此刻，对丈夫的怨恨和对聂家的同情已经完全颠倒过来。她不会再只知道流泪，她很清楚关在暗无天日号房里的丈夫对她的期待是什么。振汉的话不时地在她耳边响起："什么是正，什么是邪，什么是对，什么是错，你总该明白！"

是的，她是应该明白了，这是丈夫惨遭暗算为代价换来的啊！她现在只盼着能尽快赶到珠城，找到汪公律师，她就是求也要把他求到天都去！

一阵刺耳的刹车声把王丽敏惊得睁开了眼睛，她挺直身子从窗口望去，心里不由得一阵激动，珠城终于到了。

王丽敏顶着烈日，在热气蒸腾的城市里奔走了两个多小时，终于找到了汪公律师的家。

当她心情紧张地站在汪公面前时，汪公一句"哎呀，这么热的天，快喝口水解解渴"，使她怦怦急跳的心平缓了不少，燥热和疲惫一扫而光。汪律师那种对人关心的自然流露，大大增强了她的自信。

王丽敏把庞天岳的信交给汪公，在汪公看信时，她仔细打量着这位很有些传奇色彩的著名律师。宽宽的脸膛、宽宽的肩膀，虽说年近花甲，头发已经花白，但腰板硬实，皮肤白皙，颜面上仍露出彩霞般的红润。红色，记得鲁迅先生曾说过，这是忠勇的象征。

汪公看完信，抬起头来，面露难色地说道："小王，庞局长在信里已把你爱人的情况作了介绍，也把案子简要讲了讲，可我现在实在抽不开身，无法接受你的委托，请你谅解。"

汪公接着又向王丽敏解释了他正在为环境污染尤其是水污染的问题奔忙的实际情况。王丽敏见汪公推辞，而且态度又很诚恳，汗水不觉从发鬓间渗了出来，她颤着嗓音说道："汪律师，我知道您很忙，这时候来打扰您，我也觉得很过意不去。可我实在是没有办法了才来找您，求您帮帮我丈夫和我们孤儿寡母！"

汪公把信折好放在桌上说："你的心情我完全能理解。再说，庞天岳局长又写了信，你丈夫很有可能是受到了冤屈。按说，我应该出于律师的职责和道义接受你的委托，但我实在是分身无术呀！”

王丽敏心渐渐凉了，看样子，请汪公出山希望是很渺茫了。于是，她心一横，说道：“汪律师，您是法律工作者，我丈夫刘振汉也是法律工作者。他为了维护法律的圣洁，以生命和老婆孩子为代价，同权势较量，最后蒙冤入狱，您作为一位唯法唯实反唯权的血性律师，能忍心置之不顾吗？我看过介绍您的文章，这句话给我印象最深，所以，我才抱着希望来找您。当然，您为了解决水污染的事情是很忙，可是社会污染难道不比这要严重得多吗？您在我的心目中不仅仅是位大律师，而且是人民的代表。老百姓现在渴望的就是能有真正的民主和真正的法制，最深恶痛绝的就是眼睁睁地看着权力戏弄法律，当官的可以任意胡作非为而无能为力！”

汪公怔怔地看着王丽敏。他被眼前的这位貌似柔弱的女子一番惊天动地的铿锵之词震撼了，双颊显得更红，搓着手说：“这……这……”

王丽敏来珠城前复印了一份刘振汉写给庞天岳的材料，她赶快从包里掏出来，双手捧给汪公：“汪律师，这是我丈夫写的有关这个案子的详细经过，你看过后再说能不能去天都，如果您认为没有价值和必要去，我绝不勉强！”

汪公不由自主地伸手接过了材料，戴上眼镜，很认真地看起来。他被材料深深震动了，脸上时而阴云密布时而激愤不已，看完材料后久久没有说话。

王丽敏的心不由得悬了起来，睁大眼睛紧盯着汪公，目光里满含着焦急和期待。

汪公轻轻取下眼镜，终于缓缓开了口：“真没想到，离珠城这么近的天都竟然会发生这样的事情，触目惊心呀！以权压法权大于法这个老生常谈的话题为什么就不能改变呢？小王，谢谢你对我的信任。你说得很对，社会污染比自然污染对人的危害要严重得多，我没有理由不去天都。你先休息休息，我去准备一下东西。”

看着汪公走进内室，王丽敏像虚脱了一般瘫倒在客厅的沙发上……

5

贺清明终于下了决心。张峰的死，刘振汉的被捕，都使他意识到了问题的严重。如果此时他再保持沉默，那良知就丧失殆尽了，这一生都将在黑暗的见不得人的洞穴里忍受折磨。他也无颜面对毛毛和亲爱的女儿，于是从地毯下翻出了材料。

就在这时，传来了急促的敲门声。贺清明心中一紧，忙把材料锁进抽屉，然后紧张地打开了门，竟然是毛毛。

贺清明松了口气，说：“这么急！有什么好消息？片子做完了吧？我正准备打电话让你晚上过来呢，弄几个好菜给你庆贺庆贺！”毛毛回身把门紧紧关上说：“你的材料不能给公安局了！”贺清明一愣，忙问：“怎么了？”

“庞天岳局长失踪了，市委正开紧急会议！”

贺清明大吃一惊：“竟有这样的事？”

“我给王明打了电话，他说让我放心，悄悄向我透露庞局长可能去了北京。”

贺清明稍稍定了定神问：“那我们是不是也把材料送北京去？”

毛毛点点头说：“马上就走。你跟我一块儿去，留在这里太危险！”

贺清明和毛毛拉着行李箱匆匆下了楼，见眼前一闪，很像是聂明宇的手下阿三。他们顾不了许多，急忙拦住一辆出租车，朝机场疾驰而去。

机场大厅。贺清明提着箱子和毛毛排在安检队伍中。突然他的手机响了。他拿出手机，看了看号码，犹豫着接了。他并没有急于通话，而是注意地听着。手机里静默了片刻，忽然传出丹丹的哭喊声：“爸爸……爸爸……是你吗？你在哪里呀……”

贺清明顿时血往上冲，对着手机叫：“丹丹！丹丹！你怎么了？”

手机里传出粗重的男声：“贺处长，我们找您找得好辛苦呀！您是不是快要上天了？”

贺清明声音发抖地问：“你是谁？”

“我们是您的老朋友，找不到您，只好找您的女儿了！”

贺清明大怒：“你们……太无耻了！”大厅里不少人被贺清明的声音惊动，都惊讶地看他。毛毛也顿时紧张起来。

“贺处长，我们一会儿去机场接您，只要您回来和我们见面，我们立刻把您的女儿放了！”对方说罢便挂了电话。

贺清明紧紧握着手机，呆愣了片刻，对毛毛说：“不行，我必须得回去。东西就由你带北京去吧，我等着你的消息……”

毛毛猛地拉住他说：“不行啊！清明，你回去会有危险的！”

贺清明决绝地说：“我必须救丹丹！”

广播中开始播出飞往北京的航班就要起飞。

贺清明用力把毛毛塞进队伍中说：“我没事的，你放心，一定要把东西送到！”说完转身便走。

毛毛眼泪汪汪地大喊一声：“清明！”

贺清明转过身，冲她苦涩地笑了笑，二人拥抱到一起，热烈忘情地吻着。在这一刻，他们似乎都隐隐感觉到：这很可能是一场生离死别……

陆伯龄急匆匆地走进聂家。他上身的短袖衬衫已全部湿透，紧贴在肥厚的腰背上，头上脸上油腻腻的汗水在灯光下闪动。

正坐在电视机前看《新闻联播》的聂大海有些惊讶地看着陆伯龄问：“看你慌慌张张的，咋啦？有庞天岳行踪的消息吗？”

“说是去下边布置打捞工作去了。”陆伯龄在聂大海旁边的沙发上坐下，喘着粗气说，“聂书记，还有件大事，汪公来天都了！”

聂大海用遥控器把电视机的音量调小，问道：“汪公是谁？他是干什么的？”

“珠城的律师，来为刘振汉辩护！”陆伯龄抹抹脸上的汗，音调依然显得粗重。

“咳，不就是个律师嘛，把你紧张成这样！”聂大海面部紧绷的肌肉松弛下来，对着卧室喊道，“老冯，伯龄来了，把冰箱里的西瓜拿出来给他解解渴。”

冯月梅答应一声从卧室里走出，满面笑容地同陆伯龄打了个招呼，从冰箱里取出切好的西瓜，放在陆伯龄手里，亲热地说：“伯龄，快吃吧，到这儿就跟自家一样，别客气。你们谈事吧，需要什么喊我一声！”

陆伯龄看着冯月梅走进内室，把咬了一口的西瓜放在茶几上的果盘里说：“聂书记，原来你不知道汪公？他可不是一般的律师呀！”

聂大海哦了一声，问道：“这个姓汪的有哪些不一般的地方？”

“他不仅以专门代理大案难案疑案著称，而且对冤假错案有特别的兴趣，他还是全国人大代表！”

聂大海听到这些，不能不认真起来。他关掉电视，把躺椅调高，直起了腰说：“你详细给我讲讲他的情况。”

陆伯龄清清嗓子说道：“他是十一届三中全会后首批获得律师资格的人，也是第一位当选为全国人大代表的律师。在人代会上他出尽了风头，海内外所有关心这次会议的报刊都在显著的位置报道了他。在人大闭幕会上的七次即席发言中，他一个人就占了四次，有几句话几乎是在高声呼喊。”

聂大海睁大眼睛问：“几句什么话？”

陆伯龄压低嗓门说：“民大还是官大？法大还是权大？我们的口号应该是人民万岁，宪法神圣，一切权力归人民……”

聂大海坐的躺椅发出吱吱的响声，陆伯龄斜眼看看他愈来愈阴沉的脸，不知自己是否还应该说下去。

“你接着讲！”聂大海的声音几乎是从嗓子里挤出。

“他常把白居易的诗‘我有鄙介性，好刚不好柔。勿轻直折剑，犹胜曲全钩’挂在嘴边，自诩为血性律师。有人问他何谓血性，他解释说，阳刚正直的气质也。他还说，近代资产阶级学者梁启超在他的政论中说过‘血性者，人类之所以生，世界之所以立也，无血性则是无人类无世界也……人生于天地之间，各有责任，一国之人各自放弃责任，则国必亡’……”

“伯龄，这个汪公的确是来者不善，你是怎么打算的？”聂大海探了探身问。

陆伯龄凝神考虑了一会儿，说道：“我觉得最要紧的是尽快对刘振汉起诉判决，时间拖得越久，就会越麻烦。再说，也有个期限问题。其次是尽量把证据再搜集齐全一些，汪公是久经沙场很不好对付的，无论如何不能让他抠出什么漏洞来！”

“嗯，你考虑得很全面。”聂大海双手使劲一撑躺椅站起来，在客厅里踱了一圈，然后站在陆伯龄面前，“法院检察院我来催他们，补充证据的事就由你办吧。看守所是不是能动员一下，多几个作证的。王明那里你再争取争取，可以跟他讲明，只要他能检举刘振汉，可以免除对他的处理。否则，刘振汉就是他的镜子。”说到这儿，他弯腰拿起茶几上的西瓜，递到陆伯龄手里，“现在形势对我们还是有利的，庞天岳极有可能在玩什么鬼花样，但他已是孤掌难鸣。对汪公也不要太怯他。这里毕竟是我们的一亩三分地，他闹腾不出什么大浪花来。对他不妨先礼后兵，你以政法委的名义请他吃个饭，先摸摸他的底。”

陆伯龄一边啃着西瓜，一边频频点头。

6

海边废旧的工棚里。聂明宇双手背在身后，慢慢走了进来，聂明宇的走路姿势很特别，他喜欢背着手，上身挺得很直，但是头微微低垂着，似乎永远在凝神思考着什么问题……

几个马仔纷纷退在一旁，他们对聂明宇有一种敬畏的感觉。

聂明宇微微点点头，马仔退去的一瞬间，他在角落里看到了坐在地上的贺丹丹。她被绑着，脖子上有一道血痕，白皙的脸上是一道道污痕，眼睛都哭红了……

而贺清明则被绑在贺丹丹旁边的柱子上，他眼睛中喷出怒火："聂明宇，我跟你拼命，天都市别人怕你我不怕……"

几个马仔把贺清明死死地摁住。聂明宇的脸色变得十分难看，他指着贺丹丹问："这是怎么回事？"

肖云柱愣了，说道："这……这丫头不听话。"

聂明宇慢慢走到贺丹丹身旁，贺丹丹惊恐地看着他问："你要干什么？"

贺清明吼着说："你想对我女儿怎么样？你要杀就杀我吧，她还是个孩子呀……"

聂明宇伸手解开贺丹丹身上的绳子，然后又把贺清明身上的绳子解开，贺清明搂住自己的女儿，吃惊地看着聂明宇。

聂明宇把手收了回来，站直身体，语调冷冷地问："是谁干的？"

阿三看了肖云柱一眼，上前一步说："是我！"

肖云柱忙解释："是我……"

"到底是谁干的？"聂明宇的声音突然提高，他的声音里压抑着巨大的愤怒，如同即将喷发的火山孕育着炙热的岩浆。

"是我……"肖云柱喃喃地说，聂明宇慢慢走到肖云柱面前，他凝视着肖云柱，狠狠地甩了他两个嘴巴。肖云柱惊愕地捂住了脸。

聂明宇和颜悦色地看看贺清明和贺丹丹说："贺处长，这几个人原来都是跟着张峰干事的，所以，一身的毛病。希望你能原谅他们。我请你过来，不过是想告诉你，去英国看病的事情已经办好了。那边伦敦医学院的教授说，像丹丹这样的病人，在他们那里，一年就可以完全治愈。如果丹丹愿意的话，可以立即去英国大使馆办签证，一周内就可以去英国了。我太太可以陪丹丹一起去。"

丹丹吃惊地看着聂明宇问："这是真的吗？"

聂明宇点点头说："我从来没有要伤害你父亲的意思。相信我，丹丹。你看，这是你的护照。"

聂明宇从口袋中拿出护照交给丹丹，丹丹脸上露出了惊喜的神情。

"这份是医学院来的邀请函，我们和英国使馆有很好的关系，签证明天就可以去办……你看呢？"聂明宇盯着贺清明。

贺丹丹激动地摇着爸爸的手臂说："爸爸，爸爸，我想去英国……"

贺清明看着女儿，嘴唇哆嗦着说："丹丹，丹丹……过两年再去吧……"

贺丹丹不高兴地说："聂叔叔都安排好了，为什么过两年……你还要我再坐两年轮椅吗？"

贺清明轻轻抚摸着女儿的头发，重重地点点头说："好，丹丹，你去，爸爸同意你去……"

狂喜的丹丹抱住爸爸，亲了亲他的面颊。

聂明宇露出了满意的笑容。

副书记办公室里，聂大海怒气冲冲地逼视着陆伯龄，郭万清胆战心惊地站在旁边。

陆伯龄眼睛睁得溜溜圆，说：“什么，庞天岳去北京了？他不是去……”

“去下边打拐是吧？”聂大海冷着脸，“那是他瞒天过海的诡计！你们居然被他骗了！今天中午，我接到了钱书记的电话，让我尽量回避刘振汉的案子，你们看，显然庞天岳是拿了黑材料去的北京！”

陆伯龄一惊问：“他现在还在北京吗？”

聂大海神色冷酷地说：“不，他今天一早就赶到了省公安厅。我的一个老战友给我打电话了，说省公安厅对庞天岳的汇报很重视，准备连夜召开党委会。现在，崔厅长很有可能要派员过来调查……这件事情，这两天就要定了！”

郭万清已经脸色苍白，喃喃地说：“我说……聂书记，要不，咱们就把刘振汉放了吧……我也觉得他可能有冤屈……”

陆伯龄狠狠地瞪着郭万清说：“这个时候，你还说这种话……”

聂大海道：“现在就算是错，也要错到底了！必须抓紧时间解决刘振汉的问题，不能再拖下去。只要起诉判决了，别说省公安厅，就是公安部来，也无可奈何！”

郭万清愁眉苦脸地说：“聂书记，检察院起诉了两次，都被法院退了卷。法院认为事实不清，证据不足……我看，咱们是不是再议议……”

聂大海冷笑：“还议什么？我已经找了石院长，他已经答应我会尽快开庭！”

陆伯龄松了一口气。

7

刘振汉迈着沉稳的脚步走进座无虚席的法庭，走上被告席。

他神情自若，浓黑的胡须在瘦削的脸上如钢针般奓着。他从容的目光巡视着旁听席。

王丽敏坐在最后一排的角落里，面孔苍白，神情显得异常紧张。在与刘振汉目光接触的刹那间，她周身如电击般一阵颤抖，激动得几乎无法自持。刘振汉微微点了点头。她从他无声的目光里读懂了一切：思念、问候、信任，似乎还有些许的感激。

他看到了刑警支队的弟兄和局里那一张张熟悉的面孔。

他看到了坐在后边不时站起向他张望的庞天岳，也是满脸胡须，但脸上却露出激奋人心的笑容。他不由得激动起来。

他还看到法庭门口有个身影晃过，似乎是蕾蕾，还有那些他虽然陌生但却都显得很关切的面孔。

他和坐在辩护人席上的汪公相视一笑，那种相互鼓励抱有必胜信心的默契是旁观者所无法窥探到的。

法庭里十分闷热，房顶的吊扇疯狂地旋转，发出嗡嗡的响声。

审判长宣布开庭。

坐在公诉人席上的一位年轻的检察官站起来，用不太清晰的言词和略显低沉的语调宣读起诉书，念到最后几句时才很艰涩地提高了声调：“……综上所述，被告人刘振汉的行为已构成伤害罪，触犯了《刑法》第二百三十四条第三款，特依法提起公诉，请法庭依法酌情判处。”

公诉人抹了把脸上的汗水，如释重负地坐下，旁听席上的人交头接耳议论：“就这也能定罪，也有点太过分了吧！”“犯罪嫌疑人的指控怎么能证明他不是陷害？看守所那个姓曹的说不定是推脱责任。”审判长用方木块敲着桌子，接连说了几声“肃静”后，宣布开始法庭调查。

刘振汉对法官的提问毫不迟疑地予以否认。王明和李冬也分别走上证人席，证明刘振汉从来没有对张峰使用刑讯逼供的手段。

曹大良终于出场了，他低垂着头，匆匆走过过道，站在证人席上。曹大良面对刘振汉咄咄逼人的目光，像站不稳似的晃了晃，头垂得更低了。法官开始提问：

“你是什么时间看到被告殴打犯罪嫌疑人张峰的？”

“是在他死亡前一天下午四点多钟看到的。”

“当时有没有别的人和你在一起？”

“没有，就我一个人。”

“你是怎么看到的？”

“是从窗户看到的。”

“被告是如何殴打的？”

“他把张峰摁倒在地上，拳打脚踢。”

“张峰当时是何种表现？”

“他抱着头求饶，喊爹叫娘的。”

“打了多长时间？”

“有……有十几分钟吧。”

“你当时为什么不劝阻不制止？”

“我……我怕……怕得罪刘支队长。”

汪公在法官提问结束后，站了起来，他满头的白发在风扇强风的吹拂下飘动，极像一头挺立在山巅的狮子，凝止不动，两眼直视着曹大良，声若洪钟：

“请问证人，张峰被殴伤到什么程度？”

“这个……这个……被打得趴在地上不能动。”

“那张峰是谁送回号房的？”

“我……我……我忘了！”

汪公面向审判长，大声说道：“公诉人连如此简单的案情都没有调查清楚，就贸然起诉是不是太草率了？请法庭予以关注！”

坐在审判长旁边的书记员很认真地记录着。

汪公回过头来说：“我还有几个问题询问证人。”

曹大良的脸上开始冒汗。

“请问证人，你在发现张峰被打得趴在地上不能动也就是生命垂危的情况下，为什么不向局领导汇报？为什么不送医院或采取其他抢救措施？”

曹大良结结巴巴，回答不出。

“再请问证人，你既然已知道张峰是被办案人殴打致死，为什么在发现张峰死后，还向值班人员和看守所的干部及武警战士询问张的死因？”

曹大良脸色蜡黄，惶恐和惊惧已在他慌乱的神情里表露无遗。此时他连嘴也张不开了。

汪公举手说：“请审判长允许我再向证人核实几个问题的细节。”

审判长说：“同意。”

曹大良惊恐不安地看了看汪公。

汪公问道：“请问证人，张峰走出预审室的时候，你扶他了没有？”

曹大良迟疑地回答：“没……没有，是刘支队长的人扶着张峰回去的……”

“你看到张峰一瘸一拐对吗？”

“不仅仅是我，很多看守员都看见了！”

汪公出示照片说：“但是，我从法医那里得到的资料是，张峰的两条腿上，并没有伤！他的致命伤是在头部，而且，法医鉴定张峰头部的钝伤足以使张峰当场毙命，他怎么可能挨打后走回号房，然后半夜再死呢？”

听众席上哗然。

汪公面向审判长说：“公诉人连如此简单的尸检报告都没有检查，就贸然起诉，是不是又太草率了？请法庭予以关注！”

书记员很认真地记录着。

汪公问道：“请问证人，据我所知，去年年初，市公安局就在预审室安装了闭路监视系统，对不对？”

曹大良点点头。

“按照要求，每次的预审都是要录像的，对不对？”

曹大良点点头。

“那么，很简单，只要把刘振汉审问张峰那天的录像拿出来便可以查清案情的真相……为什么这么重要的证据没有呈送检察部门？”

下面再次哗然，法官敲桌子喊：“安静，安静……”

“这……那天正好闭路系统出了故障，所以，那两天的录像都没有……”曹大良大汗淋漓。

汪公面露愤然之色：“录像系统坏了？就在刘振汉审问张峰的那天，政法委书记陆伯龄和市局郭政委就去了你们的监控室看录像，我说得对吗？”

曹大良几乎要虚脱了，喃喃地说：“对……对不起……我身体不好……”

曹大良晃了几晃，虚脱般瘫倒在证人席上。几名法警跑过去，把曹大良架出。

汪公待法庭平静下来，清了清嗓子，朗声说：“在法庭调查结束之前，本辩护人还有如下几个问题提请法庭查清：一是张峰的同号人犯是哪些人，为什么没有这些人犯的资料；二是根据看守所一名内部管理人员提供的情况，在张峰关入123号房后的当天晚上，便有一名神秘的犯罪嫌疑人也关入了同号的号房，而这名犯罪嫌疑人在张峰死后的当天下午，又被偷偷地释放了，我想请法庭调查一下这名神秘人的姓名、身份……三是从张峰的尸检报告中，发现其口腔内及嘴外部有损伤，咽喉有充血，胸腔内有黏液，说明他是被堵住嘴殴打所致，我的委托人既然是逼供，这显然和证人提供的听到张峰喊叫的说法不符合！我的问题完了！”

旁听席掌声如雷。

法官说：“请辩护人作辩护发言……”

汪公眼睛湿润地说：“诸位，我的当事人上有七十多岁的老母，下有嗷嗷待哺的幼子，而他，为了我们的安宁，时时刻刻都要面对凶残罪犯的枪口利刃。可现在，他却要站在被告席上，接受他为之牺牲一切的法律的审判。不知诸位是否读过《门槛》这首散文诗，作为执法者，就像屠格涅夫笔下的女士，随时准备跨进地狱之门。而我的当事人是一位刑警，他在与妖魔鬼怪殊死搏杀的同时，也同样还要随时准备着，把高尚纯洁的灵魂，丢进溢满污浊的无底深渊之中，承受着从肉体到精神的毁灭！每一个有良知的人都应该扪心自问，如何能无愧地面对站在被告席上，含垢忍辱刚直不阿的我的当事人，他的铮铮铁骨不应该被囚禁于冤狱中，他的一腔热血不应该冷却在被告席上！我希望人民的检察官能维护法律的神圣，有纠正错误的勇敢，不要让悲剧继续上演！”他转向审判长：“如果公诉人不撤诉，我请求法庭秉公执法，顶住压力，排除权力的干扰，公开宣布刘振汉无罪，并当庭释放，我的发言完了。”

旁听席上掀起了海啸般的欢呼声。

审判长没有再敲审判台。他那没有丝毫表情的脸上此时也不禁露出些许激动。

掌声平息之后，审判长站起作结案发言。他神态从容，语调平静，说从法庭调查已经得出了结论，刘振汉应是无罪的。但他又接着说因此案比较特殊，须经审判委员会合议后才能作出判决。最后宣布休庭。

虽然听众等待的并不是最希望的结果，但他们从审判长的结案发言里已经得到了谁胜谁负的结论，他们不相信真有人敢逆人心而动，逆法律而行！

8

聂大海脸色阴沉，在办公室里围着沙发转圈子。陆伯龄站在旁边沮丧地直叹气。

“这就是你说的没有问题？你就是这样安排的？”聂大海愤愤

地质问着陆伯龄。

“这个审判长太胆大了，竟然敢违背领导的指示临时变卦，简直让人不敢相信。”陆伯龄两眼发直。

聂大海以教训的口吻道：“这就是我常提醒你的，阴沟里翻船。现在，我们陷入如此被动的局面中，你说该怎么办吧？”

陆伯龄眨眨眼睛说：“这个审判长还算聪明，没把事情做绝。聂书记，你放心。只要法庭没宣判，我们就有余地。”

聂大海稍稍平定了些，在沙发上坐下，问：“石院长怎么讲？”

“他说马上采取补救措施，问判决的事能不能缓几天，走走过场。”

“两天！只能给他两天时间！”聂大海用不容商量的口吻，“你马上去找他，就说我讲的。等省里一来人，就全完了！”

陆伯龄点点头说：“我明白。我这就去找老石谈。”说完，匆匆走了出去。

聂大海双手抱头，长长地叹了口气……

两天过去了，刘振汉一直没有等来那一纸宣告他无罪的判决书。但他坚信，法律会以事实为根据还他的清白，为他正名。坐在号房里的铁床上，他开始思索出去之后如何攻下聂明宇这个堡垒。

有人轻轻敲了几下铁门，刘振汉抬脸望去，一个看守民警从铁门上方的望风孔里丢进一个折叠起来的纸片。自从他们了解开庭的情况后，便弄清了刘振汉蒙冤受屈的真相，对他的监管就放松了。

刘振汉拾起纸片，展开一看，是王丽敏熟悉的字迹：

振汉：

亮亮很想你，我已经告诉他你就要回家了，这两天他就老是坐在门口等你，说要带你去理发去洗澡，闹着叫我去买肉，说要亲手包饺子给你吃。

振汉，有件事我不能不告诉你，我之所以给你写这个条子，就是让你回家时有个心理准备。娘从乡下来了，她老人家已经知道了。你想想，一开庭，就都传开了，没法瞒得住她。娘来了后，只是一个劲地叹气，搂着亮亮流眼泪。她吃不下饭，睡不好觉，我有时半夜起来看她，她还在抱着你跟明宇合影的大镜框摸来摸去。我劝她安慰她，说这是没办法的事，明宇犯法了，聂叔和冯姨护着他，你是刑警支队长，又不能把法给卖了，所以，才闹成这样子。可娘不禁劝，我说着说着，她又流起了眼泪。

振汉啊，我真是一点儿办法也没有了，我就怕娘的身子骨撑不下去。你快点回来吧，咱俩一块好好给娘宽宽心，她这么大岁数了，可不能有个三长两短。前天开庭，公理自在人心，你也全都看到了，谁好谁孬，老百姓心里亮得很。我以前错怪了你，你一被抓走，我就什么都想清楚了，聂叔他们虽然为了儿子心里也很苦，但也不能一点道理不讲，一点法律不顾，使用这种狠毒的手段。别说你是我丈夫他们对你这样我想不通，就是别的民警受到这样整治，我也会毫不犹豫地跟他们聂家一刀两断！

振汉，快点回来吧，我也很想你！

丽敏　字

刘振汉看着王丽敏的信，眼泪不知不觉流了出来。娘终于知道了这件事。虽然他心里很清楚娘早晚都会知道，但他此时此刻心里还是像被扎了一刀般一阵剧痛。他知道娘在想些什么。她是无法把善与恶、美与丑这些截然相反的概念统一到聂明宇身上。所以，她那颗真诚慈善的心灵才如此地备受折磨。当那种在她心目中最美好的事物诸如关心爱护帮助他人和世上最珍贵的东西诸如友谊情义爱心被无情地摧毁时，娘的精神支柱就有可能轰然倒塌。

霎时，他的眼睛不由自主地向外望去，目光越过铁门，越过高墙和高墙上的电网，穿过熟悉的家门，看到了正在暗自垂泪的老母亲。于是，渴盼尽快回家的愿望便无法抑制地急切起来。

突然，“哐当”一声，厚重的铁门被猛地打开了，刺眼的阳光一下子倾泻到他脸上，晃得他眼睛一阵发花。他定了定神，这才看清站在面前的是两位身着制服的法官。他的心里一阵激动，自由就要来临了！

刘振汉整整衣服，站了起来。

法官面无表情地宣读判决书：“刘振汉，男，天都市巴里县人……经审判委员会合议决定，以故意伤害罪判处有期徒刑十年，如不服本判决，可于十日内上诉至……”

刘振汉如遭当头一棒般呆住了，他已听不清后边的宣判词，大脑里一片空白，只有法官头顶的国徽在他眼前晃来晃去。

亮闪闪的太阳悬挂在空中，灿烂的光芒犹如千万条银色的小蛇，在他面前蹿动着……

第二十五章

1

天都市公安局局长办公室，汪公前来向庞天岳告别。全国人大即将在北京召开代表大会，他接到通知，即日赴会。

庞天岳面色凝重地说：“您在这种时候离开天都，虽然不太合适，但也是没有办法的事，希望您能继续关注刘振汉一案。”

汪公怅然地长叹一声：“没想到会是这种结局，于理不通，于法不容呀！”

庞天岳无奈地耸耸肩说：“这就是权势的威力，权大于法的现象一天不清除，类似的悲剧也就不会停止上演。您是人大代表，应该在人代会上针对这种不正常的现象进行呼吁，‘以法治国’不能仅仅只是一句空洞的口号！”

汪公点点头说：“是的，法制的健全有赖于机制的健全，这一点，大家都看得很清楚。作为一名人大代表，我会尽到我的一份责任的。”

“您跟刘振汉见面了吗？”庞天岳问。

“见了，我昨天下午去看的他。”汪公神情显得激动，“刘振汉真是个硬汉子，精神状态仍然是那么不惊不惧，从容不迫。他已经拟好了上诉书，这两天就递上去。当我告诉他要上北京开会，他很兴奋，没谈自己的事，却叮嘱我为法治建设鼓与呼，让人感动啊！”

“对这个案子，您有什么打算？”庞天岳紧盯着汪公问。

“只要没有终审，我就仍然是刘振汉的辩护人，我会坚持到最后一分钟，这一点，请你放心！”汪公的神情毅然决然。

“那就太好了！”庞天岳以掌击桌，“省公安厅对此案已经展开了调查，相信会有结果的！”

“法律不会沉默！正义不会沉默！我们应该有这个信心，现在还很难说谁胜谁负。庞局长，你说是吗？”汪公的双颊又红了起来。

庞天岳掷地有声：“邪不压正，自古皆然！封建社会还有包公这样的人呢，我就不信个别人能一手遮天，咱们共产党人会清除这些害群之马的！”

在蕾蕾万念俱灰、痛不欲生之时，颜名从外地风尘仆仆回到了天都，来到了她身边。蕾蕾并没有因为他的归来，心情有所好转。尤其是在得知刘振汉被判重刑之后，情绪更是颓败到了极点。

这天已经是中午时分了，蕾蕾仍窝在床上一动不动。颜名口干舌燥地劝她，她紧闭着眼睛一言不发。

颜名有些生气了：“你不能老是这样不吃不喝躺着。这样对刘振汉丝毫也没有帮助。”

蕾蕾猛地转过身问：“我又能做什么？你说，我又能做什么？我能说服爸爸放了振汉哥吗？”

颜名见她终于开口了，忙拉住她的手，试图让她起来，口中说道：“这正是你应该做的，快去试试！”

蕾蕾挣脱他的拉扯，凄凉地说道：“如果那样，哥哥就会被送上断头台。爸爸不忍心，我能忍心吗？我的心现在像撕裂了一样……”

敲门声打断了她的话，随即门就被推开了，聂明宇出现在门口。

“是你？”颜名站了起来。

聂明宇耸耸肩说：“我来看看蕾蕾。”

“蕾蕾，我先走了，你好好休息。”颜名冷冷地瞥了聂明宇一眼，转身大步出门。

聂明宇走到床边，轻轻抚摸蕾蕾的肩头，柔声道："蕾蕾……"

蕾蕾猛地跳下床，推搡着聂明宇："你走！你走！你是个魔鬼！我没有你这个哥哥……"

聂明宇忍无可忍，断喝一声："蕾蕾！"

蕾蕾不睬，转身走到床前。

聂明宇大声吼道："你觉得我心里好受是吗？我把自己的兄弟送进监狱。我就得意了？蕾蕾，我没有别的选择呀！现在已经不是我一个人的问题了，你难道还不明白吗？如果我们失败了，那么，受到法律制裁的不仅仅是我，肯定还会牵涉到爸爸、妈妈甚至还有孟琳！你愿意看到这种结局吗？"

"他们还不都是因为你才陷进去的？你是个坏蛋！大坏蛋！"蕾蕾尖声叫着，"在振汉哥出来之前，我不想再看到你！"

聂明宇笑了笑："那好，麻烦你代我去看看振汉。"他说着把一包包东西放在床边，"这是一些补品、香烟和书。喏，还有这些药品，天热了，他在里面用得着。你转告他，不管他判多少年，他都会很快出来的，我的公司给他留了百分之三十的股份。"他说罢转身就走。

"等等！"蕾蕾喊住了他。

聂明宇缓缓转过身来。

"我去看过振汉哥了。"蕾蕾眼帘低垂，"但是，他们不让我进，说振汉哥不愿意见我……"

聂明宇想了想道："你为什么不说你是王丽敏呢？"

2

进入盛夏的天都犹如一个蒸笼般炙热难当。平房水泥顶的看守所就完完全全成了人间地狱。密不透风的号房里，不时传出人犯忍受不住酷热的呻吟声。有的把水泼在地上，然后四仰八叉躺倒，苟延残喘；有的以头撞墙，企望得到彻底解脱。

已经有不少的人中暑了。看守所尽了最大的努力，但根本战不过不断发威的天公。在刘振汉的建议下，看守所不得不使用上土办法，不停地用水龙头逐个对号房里喷水。

刘振汉因挂念母亲，心火上升，加上天气的酷热，嘴上布满燎泡，身上长满了厚厚的痱子。刺痒钻心，痛苦不堪。这个钢铁般的汉子，愈是遭受非人的折磨，愈是坚定起跟聂明宇斗到底的决心。

他喘着粗气，很艰难地倚在铁床那微微有些凉意的铁皮上，整理准备发往各级领导机关的申诉信。

铁门哗啦一声拉开了，看守员手里提着一串钥匙，大声说道："老刘，有家人探视！"

按法律规定，一审判决后就可以被探视接见了。刘振汉想了想，觉得应该是妻子王丽敏，不知道她会不会带娘来，会不会带亮亮来。这几天来，他彻夜难眠，思念他们惦挂他们又怕他们来探望。他毕竟是个囚犯啊！肮脏的囚服，难闻的气味，还有满嘴的水疱和全身上下遍布的痱子。娘看到儿子这副模样，她那饱尝沧桑备受艰辛，常以儿子是警官为荣而在乡亲们面前自豪的耄耋之心能经受得住吗？亮亮还小，当他看到爸爸成了跟电视里一样的十恶不赦的罪犯时，他那稚嫩的心灵该受到多么大的摧残呀！

刘振汉犹豫了，扯了扯衣襟，竟迈不动半步。

"老刘，你就换上自己带的衬衣吧。"看守员似乎看出了刘振汉的心思，低声说道。

"这合适吗？监所对接见穿着是有规定的。"刘振汉有些顾虑重重的样子说。

"你就别管那么多了！"看守员拿起床头的白衬衣，塞到刘振汉怀里，"快换吧！你别忘了，我也是个警察！"

刘振汉眼里一阵发热，感激地看了看从未见过的看守员。

刘振汉换好衣服，揣着渴盼见到亲人又怕见到亲人的忐忑不安的心，跟着看守员穿过长长的走廊，从边门走进会见室。

刘振汉刹那间如木雕泥塑般僵住了。站在铁栅边的不是妻子王丽敏，竟是冯蕾蕾。接见室里死一般地寂静。蕾蕾满面羞惭，嗫嚅着说："振汉哥……"

刘振汉脸色铁青霍地转身，大步向会见室边门走去。

蕾蕾仰起脸，发出一声凄厉的呼叫："哥，我为爸爸和明宇向你道歉……"说着，她扑通跪在铁栏杆外面。

刘振汉停住脚步，缓缓转过身说："起来，蕾蕾。"

蕾蕾摇头说："你不原谅他们，我就不起来……"

刘振汉慢慢走到铁栅边，扶起蕾蕾，然后冷冷地道："蕾蕾，你转告聂明宇，只要我刘振汉不死，我总会有一天把他绳之以法！"

蕾蕾把一个塑料袋子递进栏杆说："哥哥已经为他的行为忏悔了，他让我把这些东西给你带来，他说他会尽快把你从这里弄出去……他说……他说希望你能宽恕他……"

刘振汉盯着蕾蕾说："别编了，蕾蕾，你是个好孩子，你不会撒谎！"

蕾蕾满脸是泪地说："哥哥真的忏悔了，他忏悔了……"

刘振汉笑着说："把东西拿回去，你可以问问你的哥哥，如果在战场上负伤，他会接受敌人赠与的药品吗？"

蕾蕾像被虫子猛地蜇了一下，用哀求的音调道："振汉哥，你骂我几句吧！"

刘振汉说道："蕾蕾，你的爸爸和哥哥把我关进了牢房，然后派你抚摸我的伤口是吗？还是代表聂书记，教导我要服法守法，做一个模范囚犯？转告你的父亲，尊敬的聂大海书记，我刘振汉会好好地过这十年，我会活着走出去！你让他放心吧！"

刘振汉转身而去。

“振汉哥，振汉哥……”蕾蕾双手抓着铁栏杆痛哭失声……

刘振汉不服一审判决，向省高级人民法院提起了上诉……

在市公安局局长庞天岳、北京电视台记者毛毛、天都市委书记钱涛等正义的官员和普通民众的奔走下，刘振汉蒙冤入狱一案终于引起了中央的高度重视，中央纪委和公安部责成省委和省公安厅组成联合调查组开赴天都市调查……

刘振汉的案件突然获得了转机。

五天后，调查工作便全部结束。

省公安厅会议室。关于复查刘振汉一案的总结会议在严肃的气氛中进行。会议由崔厅长主持，会议桌周围坐着一圈高级警官。

调查组组长、公安厅政治部副主任雷振东宣布调查结果后道：“以上所列举的事实已经反复核对，不会有任何差错。聂明宇、张峰一案事实清楚，证据确凿，但至今仍迟迟不能进入法律程序审理。案件主办人、天都市公安局刑警支队原支队长刘振汉，无端被关押并判十年。从调查的无可辩驳的事实可以得出结论，关于刘振汉刑讯逼供、致死人命一事，根本不能成立。因此，我们必须向省高检高法通报，希望他们能依法重审，纠正这起错抓错判案件，维护法律的尊严和严肃性，杜绝悲剧的重演。”

崔厅长指示：“马上写出调查报告，报省委、省政府、省人大、省政法委，送高检、高法！责成天都市公安局，迅速侦办聂明宇、张峰一案！”

雷副主任答道：“是。”

省高级人民法院对刘振汉一案进行了复查，很快便得出“事实不清，证据不足”的结论。审判委员会随即作出决定，向天都市中级人民法院发出了改判裁定：刘振汉一案事实不清不能成立。应予无罪释放。本裁决为终审裁决。

天都市公安局下午五时三十分接到改判决定，六时整，庞天岳就召开党委会议研究妥善处理刘振汉善后事宜，并向市委组织部递交了恢复刘振汉刑警支队支队长职务的报告。

紧接着，天都市市长办公会议研究决定，撤销天监审字第01号《关于开除刘振汉公职的处分决定》，恢复其公职。中共天都市纪律检查委员会常委会议研究决定，撤销市纪委79号《关于开除刘振汉党籍的决定》，恢复其党籍。天都市人事局局长办公会议研究决定，补发刘振汉冤狱期间的工资……

3

刘振汉走出看守所已是黄昏时分。雨后初晴的天空碧蓝如洗，西天的晚霞如燃烧的火焰镀亮了他身上的旧警服。他贪婪地大口呼吸着清新的空气，对送他出来的几位看守所干部说："谢谢你们了，这些天来你们从没有把我当囚犯！"

王明和龚静、李冬、马荃等从门旁扑了上来，他们紧紧抱住刘振汉，摇晃着，跳跃着，只是一个劲儿地流眼泪，说不出一句话来。

他们把刘振汉推上警车，龚静连声催开车的王明："快！快！快回家！"

桑塔纳警车如箭一般射出。

刘振汉坐在车后排座位上，摇下车窗，忘情地看着两边的楼房和人行道上匆匆行走的人流。他伸出手拍了拍王明的肩膀问："你们还好吗？"

王明和龚静齐声说："好好，我们都很好！"

王明似有触动，不由得减缓了车速，吞吞吐吐地小声说："刘支队，有件事……有件事……"

龚静用目光制止王明，王明把后半句话咽了回去。

处于亢奋状态中的刘振汉正凝视着窗外，没有留意王明的举动，随口问道："什么事？"

龚静急忙答道："回到家再说吧！"

终于到家了。警车还没有停稳，刘振汉就跳下车，大步冲进家门。

王丽敏和刘振汉四目相视，嘴唇颤抖着，泪珠顺着脸颊无声地滑落，两人谁也挪不动半步。亮亮张开双臂，扑进爸爸怀里，高声哭喊着："爸……爸……"

刘振汉抚摸着亮亮的头，哽咽着说不出话来。王丽敏走上前来，把刘振汉的另一只手紧紧握住，一副生怕他飞走的样子。

刘振汉深情的目光凝视着王丽敏，声音沙哑地说："丽敏，你受苦了！"他的目光移向旁边寻找着，"娘呢？"

王丽敏猛地抱住刘振汉，哭出了声音："娘，她……她……"

刘振汉拼命挣脱王丽敏，冲进卧室，冲进亮亮的小房间，冲进厨房，高声哭喊："娘！娘！你在哪儿？我回家了！我回家了……"

他奔回客厅，摇晃着王丽敏，焦灼的声音透着期待："娘呢？你快告诉我，娘在哪儿……"

他泣血的呼叫戛然而止。他这时才突然看到王丽敏和亮亮的臂上佩戴的黑纱。顿时，他的脸"唰"地白了，目光变得呆滞，如掉了魂似的喃喃自语："不会的，不会的……你不是在信里说娘好了吗？还说娘要等我穿着警服回家，娘不会走的……不会走的……"

王丽敏哀伤欲绝地哭着说："娘听说你判刑后就再没说过一句话，她把啥都埋心里去了。我东奔西跑给你申诉，娘就泪往肚里流，还要带亮亮，后来一下子就垮了，连天发高烧，滴水不进，只是一个劲儿地喊你的名字。我把娘送进医院，可还是没能留住娘……"

刘振汉空漠的目光望着王丽敏，声音艰涩地问："为什么不告诉我娘病了？"

王丽敏抽泣着说："你在里边够苦的了，我不想再给你添负担，我也想把娘治好。就是给你说了也没用，你出不来呀！"

刘振汉一阵天旋地转，摇摇欲倒。默默走进来的龚静和王明急忙上前，扶住他……

刘振汉带着王丽敏和亮亮，在王明等人的陪伴下，连夜赶回了老家。

他们站在宽宽的海堤上时，已是黎明时分。透明的青色雾岚在大海上缭绕，清清的海波在静静地荡漾，枕在海堤上入睡的乡村已悄悄醒来。

刘振汉站在母亲的坟前，轻声地喊着："娘，儿子来看您了！"

他慢慢地跪下，从怀里掏出无罪判决书，用火点着，轻轻放在坟前，望着一缕青烟缓缓升起，融入田野上的清风里。

乡亲们看到了停在海堤旁的警车，纷纷围上来，喊着刘振汉的乳名，撮起一把把泥土撒在坟上。

刘振汉的身上涌动着一股股热流，从那一声声亲切的呼唤里，他汲取着信心、意志和无穷无尽的力量。

太阳渐渐升起，把大海染成了巨大无垠的红色彩绸，在高高矗立的新坟边缓缓飘动……

市委书记钱涛遵照省委的指示，提前结束了在中央党校的学习，回到天都市。

他下了飞机之后，来不及休息，便主持召开了常委会。聂大海面无表情地坐在钱涛旁边，常委们个个正襟危坐，神态严肃。

钱涛首先讲话："根据省委的指示精神，结合大家的意见，我下面宣布一下常委会的四项决定。一、恢复刘振汉同志的刑警支队支队长职务，并由刘振汉同志继续主持聂明宇、张峰一案的侦办；二、鉴于聂大海同志与聂明宇的父子关系，应回避此案；三、鉴于陆伯龄同志前一段工作上的严重失误，暂停政法委书记的工作，等候组织调查；四、任何人不得干预案件的审理，如有发现，将严肃处理。"

陆伯龄额头上全是冷汗。

钱涛转脸对聂大海说："大海同志，你还有什么要讲的吗？"

聂大海神情僵硬地说道："省委的指示和常委会作出的决定是正确的，我完全同意。"

钱涛于是宣布散会。

聂大海昏昏沉沉，不知自己是如何回到家的，进了门便窝在沙发里，稀疏的双眉紧皱着。冯月梅急得团团转，聂明宇和蕾蕾呆呆地坐在聂大海身旁。

聂大海终于沙哑着声音说话了："让明宇走吧，让他出国，好歹给咱们聂家留个根。"聂明宇欠欠身子问："那您怎么办？"聂大海语气苍凉地道："我是完了，我这一生结束了。"聂明宇眼圈发红，声音低沉地说："爸，我对不起您……""父子之间，没有什么对得起对不起的。你跑吧，越远越好。爸爸能为你做的都做了。"泪水顺着聂大海苍老晦暗的面颊流了下来，"爸爸救不了你，你知道为什么吗？"

聂明宇垂下头，默不作声。

"因为你干了对不起人民和国家的事情。爸爸愧对组织、愧对天都的父老百姓呀！其实，陆伯龄想干什么，黄盛想干什么，爸爸能不清楚吗？但是爸爸又不能不救你呀！爸爸老了，不能再失去自己的骨肉了……"他老泪纵横，哽噎着说不下去了。

聂明宇嘴唇上被咬出了几个青紫的血痕。

聂大海往沙发背上仰去，闭上眼睛喃喃道："我是看不到孙子了，你们要记住，一定不能让他再做坏事了……"

4

贺清明和聂明宇一块把孟琳、丹丹送到了机场。她们就要踏上去英国伦敦的旅途，贺丹丹将在异国他乡接受治疗，一年之后，她就可以恢复健康了。

贺清明和聂明宇没有相互说一句话，他们彼此都清楚对方在想什么。此时此刻，语言对他们来说已失去了任何意义。

飞机即将起飞。蓝蓝的天空飘动着几朵白云。丹丹欢叫着说，是白云擦净了天上的灰尘，聂叔叔就像那白云……

聂明宇的心弦在剧烈地震颤。

贺清明一阵眩晕。

聂明宇和孟琳吻别。

贺清明和丹丹告别。

空中客车腾空而起，银翼滑过蓝天，果然像洁白的云朵……

贺清明从机场回到家里，就摸起了电话，毛毛的声音含着兴奋："清明吗？中央纪委这两天就派调查组进驻天都，说是要把这个案子一查到底。我会和调查组的同志一起到天都去，你等着我啊！"

贺清明握话筒的手微微发抖，轻声道："毛毛，再见了，我爱你！"

话筒里传来毛毛的惊叫："清明……"

贺清明猛地一扯，电话线断了。他走到桌前，打开抽屉，拿出一瓶氰化钾，倒进了嘴里。

王明接到毛毛求救的电话后，和龚静一起驱车直奔贺家。他们撞开门，发现贺清明静静地躺在白色的床单上，两眼微闭，双手交叉放在胸前，身旁是他和丹丹、妻子的合影，枕边放着一封信。

王明轻轻取过信，展开，只见上面写道：

丹丹：

你看到这封信的时候，爸爸已经得到了最后的解脱，前往另一个世界找你的妈妈去了。爸爸出身贫寒，一生最大的愿望就是做一个读书人，安安静静地做学问，踏踏实实地工作，做一个对社会对自己都无愧的好人。但是，爸爸没有做到。

丹丹，记住爸爸，但不要像爸爸这样软弱，有时候，好人和坏人之间只是一念之差。爸爸的教训是深刻的。

希望你能做一朵白云，希望你能做一个坚强的人。爸爸的在天之灵会时刻注视着你。我的好女儿，祝你快快长大！爸爸相信你！爱你！

永别了！丹丹。

你永远的爸爸

泪水从龚静的眼里滚滚而下，王明把信小心翼翼地放进了贴身的衣袋里。

在中央纪委和省委联合调查组的配合下，天都市公安局迅速将龙腾集团公司走私案以及相关的女尸案、赌场案、阿强和赵志刚等杀人灭口案一一侦破。

紧接着，张峰的情妇杨丽丽慑于公安机关的强大声势也投案自首，交出了张峰死前留下的龙腾集团公司走私贩私以及贿赂腐蚀干部的大量证据。由此，一批隐藏在党政机关的腐化分子浮出水面。

陆伯龄被依法逮捕；

刘建义被依法逮捕；

黄盛潜逃，公安部门正全力以赴追捕；

曹大良被刑拘；

郭万清等受到了党纪政纪处分；

……

聂大海自知最终也难脱法网，于是，称病住进了市医院高干病房，静静等待着那一天的降临。他穿着病员服呆呆地站在窗前，冯月梅边为他削着苹果边长吁短叹："老聂，怎么办呀？这可怎么办呀？"

聂大海深深吸进一口气，然后缓缓吐出，道：“兵败如山倒，现在说什么都没用了，等死吧！”

蕾蕾凝视着父亲花白的头发，泪珠一颗颗顺腮滚落。聂明宇恨从心头起，恶向胆边生，猛地扭身走了出去。他走到走廊尽头僻静处，打开手机：“按原计划执行。二十分钟后，你在医院门口的巷子里等着，要保证万无一失，明白吗？”

聂明宇合上手机，又走进了病房。蕾蕾冲他喊道：“哥哥，你就不能多陪陪爸爸？又出去干什么？你看看你把咱们这个家毁成什么样子了！”

聂明宇垂头说道：“蕾蕾，你骂得好！爸爸、妈妈，我现在想把所有的罪责承担下来。”他说着把手机递给蕾蕾，“你现在就叫刘振汉过来，我向他自首！”

冯月梅吃惊地站起来说：“不能呀，明宇。现在我就给你拿钱去，送你走……”聂明宇摇摇头道：“不行了，妈妈。现在天都的所有海关码头交通要道肯定都被控制了。”

聂大海想了想，艰难地作出决定，低声道：“也许只能这样了，但是你救不了聂家。不过，我想还是自首的好，这或许能给聂家挽回点面子。”

父亲的最后一句话挑起了聂明宇一直积郁在心底的愤懑。他冷冷一笑：“爸，您想知道我为什么会走到今天这一步吗？我现在可以告诉您。还记得您被关进牛棚的日子吗？妈妈重病在床，奄奄一息；我和蕾蕾流浪街头，忍饥挨饿，受尽凌辱。已被开除党籍的您，却把身上仅有的十七块钱交了党费。这可能就是您所说的所谓的面子！您清正廉明，从不允许我和蕾蕾沾您权力的光，我只能投身商场，靠自己的手脚跟那些官商相搏。为了争得一片天下，我只能步入旁门左道。这可能也是您所谓的面子！在您的心中，只有您的前途，只有您的事业，心里却从来没有我们！我承认，在您的人生暮年，您懂得了天伦之乐，也知道关心疼爱自己的子女了，不然，您不会舍弃一切地救我。直到现在，您才成为我心目中最慈祥、最伟大的父亲！可是太晚了，您付出的代价也太大了！在您得到儿子的心的同时，也失去了儿子……”

聂明宇的话像一记记重锤，砸在聂大海虚弱不堪的心头，身子禁不住发出一阵阵战栗，浑黄的泪珠滚滚而下。冯月梅和蕾蕾都呆了。

聂明宇又把手机送到蕾蕾面前说：“打吧，为了报答你们，也为了爸爸的面子，我只有这条路可走！”

蕾蕾迟疑着接过手机，聂明宇加重语气道：“让振汉看在我们生死一场的分儿上，亲自来，一个人来！”

蕾蕾颤抖着手，摁下了一个个号码……

5

市公安局会议室里，庞天岳在主持召开案侦会议。刘振汉站在会议室门口，手里举着手机发呆，聂明宇会投案自首？这好像不是他的性格。可他又不能不相信蕾蕾。不管是真是假，也不管是不是聂明宇在玩弄什么诡计，自己都应该去看看。

想到这儿，他慢慢合上手机，转身进了会议室。庞天岳正在布置任务。刘振汉悄悄走到他身边，悄声说：“庞局，我出去一趟，有点重要的事情，马上就回来。”庞天岳问他是不是跟案子有关，他点了点头。庞天岳又叮嘱他把手机开着，以便随时联系。他答应一声，在王明等人的注视下匆匆离开了会场。

病房里，蕾蕾把手机还给聂明宇，说道：“我去接他，求他看在你自首的分儿上，帮你说说话，争取能从轻处理。”

聂明宇挡住她说：“不，你别去，咱们绝不求他。你现在应该明白了，谁才是真正的冷血动物。”

“我要去，你让开！”蕾蕾对哥哥的话有些生气，猛地推开他跑出门去。

聂明宇要追，被聂大海喊住："你让她去，她去谈一谈或许能有点用。"

聂明宇无奈地停住了脚步，心里如猫抓般乱作一团，在病房里坐立不安。

警车在医院大门口停住。刘振汉跳下车子，左右看了看，四周一片寂静，只有大门两侧门楼上的灯散发着昏黄的光。

肖云柱这时出现在大门对面的巷子口，他以极快的速度借着墙角和阴影的掩护向刘振汉靠近。蕾蕾从医院里走出来，边喊着"振汉哥"边迎了上去。

肖云柱抬起枪口瞄准刘振汉的背部。蕾蕾一抬头，正好看见了他，不由得惊叫一声，猛地推开了刘振汉。就在这瞬间，枪响了。蕾蕾胸部中弹，一个踉跄栽倒在地。

"蕾蕾——"刘振汉发出一声悲怆的号叫。

肖云柱再次向刘振汉射击，刘振汉拔枪还击。肖云柱趁着夜色奔逃而去……

聂明宇在病房里听到枪声，猛地站起，冲向门外。他在走廊中狂奔，跑到楼门口时，不由悚然心惊。只见刘振汉正抱着蕾蕾痛哭，他的脸唰地白了。

刘振汉抱起蕾蕾，发疯般冲进急救室，绝望地号叫："大夫！大夫！快救人！快救人……"

聂明宇此时大脑里一片空白，也跌跌撞撞跟进了急救室。医生立刻实施抢救，但子弹击中了心脏，医生在检查了蕾蕾的瞳孔、脉搏之后，无奈地告诉刘振汉，人已停止了呼吸。

聂明宇失魂落魄地跑出门去。他面对黑夜露出狰狞的嘴脸，冲出医院。

肖云柱逃离医院之后，以最快的速度赶到了住处，问小云："东西收拾好了吗？"

小云拎起旅行包，回答说收拾好了。

"走！立刻走！"肖云柱大声催促。

小云突然望着他背后惊叫了一声。肖云柱顺着小云的目光一回头，惊愕地发现聂明宇正用枪对着他。

“聂董，不是我……她自己……”肖云柱结结巴巴地解释着。

聂明宇泪流满面，号叫：“我是个混蛋！我该死……”

肖云柱倒退着，突然拔枪。

聂明宇开枪了，随着火光迸现，肖云柱的身体弹跳着、痉挛着……身上布满了枪眼。

小云惊恐地尖叫，聂明宇又把枪对准了她。小云拼命地抓起枕头、抓起手袋、抓起各种东西挡在自己胸前。聂明宇慢慢垂下枪口，转身走了。

医院急救室里，此时正乱作一团。聂大海和冯月梅踉跄着冲进来，被眼前的情景惊呆了。望着女儿胸口汩汩流淌的鲜血，冯月梅顷刻之间崩溃了，哀叫：“蕾蕾怎么了？蕾蕾……”

刘振汉两眼发红，掐着医生的喉咙狂吼：“你必须给她动手术！你必须动手术！她没有死！没有死……”

冯月梅跪在蕾蕾身前，失声痛哭。聂大海挣扎着用手扶住墙，老泪纵横地喃喃：“作孽呀！作孽……”

市检察院签发了逮捕龙腾集团公司董事长聂明宇的命令。刑警支队院子里，警车轰鸣，警灯闪烁，刑警胸挂微型冲锋枪，端坐车内。

庞天岳和刘振汉大步走出支队长室，在三菱越野警车旁站住。庞天岳紧紧握住刘振汉的手说：“这是最后一仗，要打好。我等着你把聂明宇活着带回来。”刘振汉点点头，刚要迈步跨上车，又突然转过身：“对了，局长。我一直有个问题不明白，为什么所有的匿名信总是落在您的手里？”

庞天岳笑了：“这个，我也不明白。”说罢转身就走。刘振汉似有所悟地说：“您监守自盗？”庞天岳背着手说：“这话难听，应该说是自产自销！”

6

聂明宇站在窗前，看着下面闪烁的警灯，缓缓拉上了窗帘。然后若无其事地走向门外。

走廊里全是惊慌的员工，纷纷嚷着说："下面全是警察，警察来了……"

聂明宇挥挥手说："大家可以下班了。把灯关好，把门关好。"

混乱嘈杂的人群渐渐平静下来。王经理走到聂明宇面前，担心地问："董事长，您没事吧？"

聂明宇笑了笑，拍着王经理的肩膀说道："老王，我墙上的手风琴是从意大利买的，送给你儿子吧！"

王经理眼睛潮湿了，小声说："董事长，您跑吧。我们掩护您……"

聂明宇哈哈大笑："我不下地狱，谁下地狱？"他看着站满走廊的员工，拱拱手，"各位！各位……"

员工们安静下来。

此时，刘振汉带人出现在走廊尽头，王明等欲冲上前抓聂明宇，刘振汉拉住了他。

聂明宇对刘振汉等众刑警视而不见，继续对员工们高声说道："诸位，大家跟了我聂明宇一场，我谢谢大家。今天并不是公司完结的日子，大家不要难过，更不要害怕。我聂明宇会死，但龙腾不会死。它会改个名字，会有别的老总。我只希望诸位明白，并在心中铭记，不论它表面发生何种变化，它都永远是龙腾公司！"

刘振汉等人向他走来，员工们自动让出一条路。刘振汉和聂明宇四目相对，进行着无言的对话："还记得小时候吗？我们在海边。我拉着手风琴，你和蕾蕾跳舞。那海水真蓝，沙滩上像铺满了金子……"

“我从来都没有忘记过。”

“还记得南方的丛林和那高高的木棉树吗？我们俩多少次违反纪律，睡在一张行军床上，于是就不惧怕枪声炮声了。希望你能保留咱们在木棉树下的那张合影，尽管我很丑，身上绑着绷带……”

“我一直珍藏在身边，即使进了看守所，我也一直带着它。”

“我觉得很奇怪，我为什么不恨你？替我照顾爸爸妈妈……”

“他们一直都是我的爸爸妈妈，你放心。”

“照顾好自己，还有亮亮，长大了别让他做生意。每年清明节，给我烧张纸……”

“我真希望站在你面前的不是我。”

“但是，我希望终结我生命的人，是你。这样，我觉得一生是个美丽的篇章……”

聂明宇冲刘振汉微笑一下道：“能不能给我点儿时间，让我换件衣服？”

刘振汉缓缓点了点头。

聂明宇走进办公室，轻轻掩上了门。不一会儿，响起了高亢嘹亮的手风琴声。

刘振汉慢慢移动着脚步，走向那扇虚掩着的门。他眼角微烫，双脚沉重迟滞。琴声渐渐低沉下来，如泣如诉。他推开了门，琴声戛然而断。

聂明宇静静地坐在老板桌后，桌上摆着两杯酒。他端起一杯酒，轻声道：“咱们可以喝杯诀别酒吗？”

刘振汉站着不动，聂明宇苦笑了笑，仰脖喝下。“你放心。”他指指另一杯酒，“这酒里没毒！”刘振汉跨前一步，猛地端杯灌下。

“这才有个兄弟的样子。”聂明宇从桌后缓缓站起。

刘振汉用枪指着聂明宇说：“我从不提防你，但也不会放过你！”

“你错了，我不会让你抓到我，你也不可能抓到我。”聂明宇从桌后步出。

“我抓到你了！”刘振汉从腰间抽出了手铐。

聂明宇走到刘振汉面前，惨然一笑：“不，你没有。你抓到的只是一个腐烂的行尸走肉，而我能感觉到我的灵魂已经开始上升。”

刘振汉瞥了一眼酒杯，大惊失色：“你……”

聂明宇的嘴角流出一丝鲜红的血，脸上依然微笑着说：“我看到了咱们的过去，可你看不到。好美丽啊！碧绿的海水，金黄的沙滩，夕阳下的银帆……海鸥在振翅飞翔，渔歌在遥远的余晖里盘旋……年轻的水手，站在甲板上，劈波斩浪就要远航……”他捂住腹部，笑容渐浓，“蕾蕾在等着我，你看，她站在高高涌起的波峰之巅，正向我招手……她需要我的照顾……爸爸和妈妈都留给你了，你要替我……照顾好他……”

“砰！”聂明宇未及说完，便重重地栽倒在地板上。

“明宇——”刘振汉扑上去，一把把聂明宇托在背上，“我不让你死！我不让你死……”他发疯般冲出门。

所有荷枪实弹的警察都吃惊地看着他们。

聂明宇在刘振汉厚实温暖的背上缓过来一口气。他艰难地嚅动着嘴：“振……汉，你……你能再喊……喊我一声兄弟吗？”

“坚持，明宇！你要坚持住……”刘振汉背着他往电梯间冲，泪珠滚滚而下。

聂明宇惨然一笑：“有……你这样的……兄弟……值……”说完，他身体一僵，头软软地耷拉在刘振汉肩上。

刘振汉猛地停住了脚步，放下聂明宇，用手探了探他的鼻孔，然后把他紧紧拥抱在怀里，仰面长啸：“明宇——兄弟啊！”

蕾蕾的雕塑展开幕了。展览大厅的正中央，立着蕾蕾的巨幅照片。颜名站在蕾蕾的照片旁，胸上戴着一朵洁白的花。

刘振汉、王丽敏领着亮亮慢慢走进展厅，他们的身后是王明、李冬、龚静、马荃和汤文军等刑警。龚静和马荃把一个缤纷的花环挂在蕾蕾的照片上。

参观的人络绎不绝。

2000 年 6 月 28 日，龙腾集团公司走私案暨聂明宇、张峰杀人案在天都市中级人民法院开庭审理宣判：

陆伯龄被判处无期徒刑，剥夺政治权利终身；

刘建义因受贿数目巨大，被判处死刑，剥夺政治权利终身；

曹大良因伪证罪被判处有期徒刑三年；

聂大海因包庇罪被判处有期徒刑三年；

冯月梅因突患脑溢血致偏瘫免于刑事处罚；

……

尾声

一年后，也就是 2001 年的清明节。

孟琳带着已经康复的贺丹丹，来到了聂明宇的墓前。丹丹把一束雪白的鲜花放在无字碑上，默默地三鞠躬。

刘振汉怀里抱着木棉树苗从远处走来。他看到了墓前的孟琳和丹丹，连忙伸手拉住了身旁蹦蹦跳跳的亮亮，远远地眺望着……

不久，刘振汉被任命为市公安局副局长。

刘振汉在提升为市公安局副局长后，无论工作多忙，都要亲自照料冯月梅。他为冯月梅擦身、喂饭、端屎端尿，每隔两天都要推着她到公园或环城路上溜达。

冯月梅因痴呆便有了语言障碍，她只会说“明宇”“蕾蕾”四个字。每当刘振汉服侍她时，她都极艰难地拉着刘振汉的手，瞪着干涸凝滞的眼睛，从嘴里迸出“明宇”两个字。刘振汉于是就半跪在她面前，极恭顺地答应着。刘振汉和王丽敏已不再喊她冯姨而是喊妈，亮亮只要放学回家，第一件事就是一边喊着奶奶，一边为她唱那首《让世界充满爱》，冯月梅脸上便有了笑意。

随着夏天的来临，阳光明媚起来。

这天是个星期天，刘振汉天刚亮就把王丽敏和亮亮喊起来，说：“咱们今天去看看大海吧，我昨天晚上把车开回来了，就在楼下。亮亮，你去把奶奶的轮椅搬车上去。”

然后刘振汉给冯月梅穿衣、洗脸，把她抱到楼下，放在座位上……

东方的朝霞映照着海堤上嫩嫩的青草。一朵朵不知名的小花或白或蓝或黄，在晨风的抚弄下轻轻晃动。海湾里，小鸟在碧绿树叶掩遮的枝杈间叽喳跳动。

刘振汉推着轮椅，王丽敏和亮亮一边一个扶着轮椅的扶手，在海堤上慢慢走着。

一行大雁排成“人”字形，从南方飞来，发出欢快的鸣叫。冯月梅仰起脸痴痴地看，然后在轮椅上挣扎身子。刘振汉急忙停住，走到她的面前，从丽敏手里接过他从战场上带回来的、上面刻着他和聂明宇名字的军用水壶，送到冯月梅嘴边。

冯月梅拼命地摇头，刘振汉只得把水壶又递给王丽敏。他看着她有所求的神情，半跪下来，把常用的生活用品一样一样拿给她看，她仍是摇头。刘振汉惶惑了，弄不清她究竟要干什么。

冯月梅拉紧刘振汉的手。

刘振汉就又往前靠了靠。

冯月梅剧烈抖动的手终于非常困难地抬起来了，一点点向刘振汉脸前移动。刘振汉马上明白了她的意思，把脸贴到了她的手上。

冯月梅眼里的泪慢慢渗出，在眼角渐渐聚成两颗硕大的泪珠。她用手抚摸着刘振汉的眼睛、鼻梁和嘴唇，嘴唇嚅动着，终于轻轻吐出两个字：“振汉……”

1999 年 8 月 10 日—12 月 10 日凌晨

一稿于北京

2001 年 3 月 5 日—6 月 8 日下午

改完于合肥